रोज़ाबाल वंशावली

Celebrating
30 Years of Publishing
in India

लेखक के बारे में

अश्विन सांघी का शुमार भारत के सबसे ज़्यादा बिकने वाले अंग्रेज़ी उपन्यासकारों में होता है। आपने भारत सीरीज़ में अनेक बैस्टसैलर (*रोज़ाबाल लाइन, चाणक्याज़ चैंट, कृष्ण की, सियालकोट सागा, कीपर्स ऑफ़ द कालचक्र, द वॉल्ट ऑफ़ विष्णु*) और जेम्स पैटरसन के साथ *न्यूयॉर्क टाइम्स* के दो बैस्टसैलिंग क्राइम थ्रिलर, *प्राइवेट इंडिया* (जो अमेरिका में *सिटी ऑफ़ फ़ायर* के नाम से बिका) और *प्राइवेट डेल्ही* (जो अमेरिका में *काउंट टु टैन* के नाम से बिका) लिखे हैं। आपने अन्य लेखकों के साथ सह-लेखन में 13 स्टैप्स सीरीज़ के तहत भाग्य, धन, अंकों, स्वास्थ्य और पालन-पोषण पर कई कथेतर किताबें भी लिखी हैं।

अश्विन को *फ़ोर्ब्स इंडिया* द्वारा अपने सेलेब्रिटी 100 में और *द न्यू इंडियन एक्सप्रेस* द्वारा अपनी कल्चर पॉवर लिस्ट में शामिल किया है। आप क्रॉसवर्ड पॉपुलर चॉइस अवार्ड 2012, आटा गलाटा पॉपुलर चॉइस अवार्ड 2018, डब्ल्यूबीआर आइकॉनिक अचीवर्स अवार्ड 2018, लिट-ओ-फ़ेस्ट लिट्रेचर लीजेंड अवार्ड 2018 और कलिंग पॉपुलर चॉयस अवार्ड 2012 के विजेता भी रहे हैं।

आपने कैथीड्रल एंड जॉन कॉनन स्कूल, मुंबई, और सेंट ज़ेवियर्स कॉलेज, मुंबई से शिक्षा प्राप्त की। आपने येल यूनिवर्सिटी से एमबीए में डिग्री हासिल की है। अश्विन मुंबई में अपनी पत्नी अनुष्का और पुत्र रघुवीर के साथ रहते हैं।

आप निम्न माध्यमों से अश्विन के साथ जुड़ सकते हैं:

- Website www.sanghi.in
- Twitter@ashwinsanghi
- Instagram@ashwin.sanghi
- Koo@ashwin.sanghi
- Clubhouse@ashwin.sanghi
- Facebook fb.com/ashwinsanghi
- YouTube youtube.com/ashwinsanghi
- LinkedIn linkedin.com/in/ashwinsanghi

नवेद अकबर अनुवाद से काफी लंबे अरसे से जुड़े हुए हैं। आपने *पैराडाइज़* (खुशवंत सिंह), *माई डेज़ इन प्रिजन* (इफ़्तिखार गीलानी), *सी ऑफ़ पॉपीज, रीवर ऑफ़ स्मोक, फ़्लड ऑफ़ फ़ायर* (अमिताभ घोष), *बियॉन्ड 2020* (ए.पी.जे. अब्दुल कलाम व वाई. एस. राजन), *ब्लैक बुक* (ओरहान पामुक), *एसेंट ऑफ़ मनी* (निएल फ़र्ग्यसन) *मास्क ऑफ़ अफ़्रीका, ए हाउस फ़ॉर मि. बिस्वास, बियॉन्ड बिलीफ़* (वी. एस. नायपॉल), अश्विन सांघी की *चाणक्या'ज़ चैंट, द कृष्ण की* और *द रोज़ाबाल लाइन* का अनुवाद भी आपने ही किया है। आप स्वतंत्र रूप से अनुवाद कार्य से जुड़े हुए हैं।

आभार

मेरे लिए अनेक लोगों से प्राप्त सहायता, जानकारी, मार्गदर्शन, प्यार और समर्थन के बिना अपनी किताबों को लिख पाना असंभव रहा होता। यहां उन कुछ लोगों के नाम हैं जिनके बिना यह पुस्तक संभव नहीं हो पाती।

मेरे प्रकाशक हार्परकॉलिन्स पब्लिशर्स—विशेष रूप से, अनंत पद्मनाभन और उदयन मित्रा, जिन्होंने यह सुनिश्चित किया कि यह पुस्तक मेरे पाठकों तक जल्दी और कुशलतापूर्वक पहुंचे।

प्रीता मैत्रा, मेरी प्राथमिक संपादक, जो भारत सीरीज़ के संपादन में अपरिहार्य बनी हुई हैं; साथ ही कार्तिका वीके, दीप्ति तलवार, अशोक रजनी, अपर्णा गुप्ता, कार्तिक वेंकटेश और स्वाति दफ़्तुआर, जिनकी बारीक नज़र ने इस कहानी को अंतिम रूप दिया है।

रूपेश तलस्कर, मेरे प्रतिभाशाली इलस्ट्रेटर, जिन्होंने कहानी को पूरा करने के लिए नक़्शे और चित्रों को बहुत सावधानीपूर्वक बनाया, और सेमी हेटेनलो, जिन्होंने हमें एक अद्भुत तस्वीर देकर किताब को मुकुट पहना दिया।

बहुमुखी संगीतकार अमेया नाइक, जिन्होंने किताब के ट्रेलर में इस्तेमाल किया गया मार्मिक संगीत तैयार किया, और उत्कृष्ट वीडियो ट्रेलर और सोशल मीडिया सपोर्ट के लिए ट्विस्ट स्टूडियो और ऑक्टोबज़ की टीम।

मेरे भाषण दौरों और इवेंट्स पर सलाह और जानकारियों के

लिए स्पीकइन की दीपशिखा कुमार और निजंश वर्मा। साथ ही, सिनेमा, टेलीविज़न और ओटीटी के माध्यम से मेरी कहानियों को अधिक से अधिक दर्शकों तक पहुंचाने की दिशा में प्रयासों के लिए कलेक्टिव के आशू नायक और चिराग़ निहलानी।

मेरे माता-पिता, महेंद्र और मंजू सांघी, और मेरे भाई-बहन, विधि और वैभव, जिन्होंने हमेशा मुझे प्रेरित किया है कि मैं अपने सपनों को पूरा करूं। मेरी पत्नी अनुष्का और बेटा रघुवीर, जो मेरे लेखन के उद्यमों में मेरा सतत संबल रहे हैं। उनका बिना शर्त प्यार मेरे साथ नहीं होता, तो मेरी कोई भी पुस्तक वजूद में न आ पाती। मेरी छोटी राखी-बहन फ़राह, जिन्होंने मुझे सिखाया है कि जीवन में हर चीज़ की व्याख्या नहीं की जा सकती और कुछ चीज़ों को समझे बिना ही छोड़ देना चाहिए।

गौतम पद्मनाभन, मेरे मित्र, फ़िलॉसफ़र और गाइड, जिन्होंने प्रकाशन के क्षेत्र में मुझे मेरा पहला ब्रेक दिया और इस कहानी सहित मुझे कई कहानियों के लिए प्रोत्साहित किया है।

स्वर्गीय रामप्रसाद और स्वर्गीय रामगोपाल गुप्ता, मेरे नाना और उनके भाई, जिन्होंने मुझे अपनी कहानियों और किताबों से प्रेरित किया था। उनके आशीर्वाद कभी मेरे क़लम की स्याही को सूखने नहीं देते।

और अंत में लेकिन सबसे महत्वपूर्ण, माँ शक्ति, जिन्होंने मेरी कलम को धार दी। आपकी असीम अनुकंपा के लिए हार्दिक आभार।

भारत सीरीज़ की प्रशंसा में

रोज़ाबाल लाइन (2008)

"*रोज़ाबाल लाइन* में अश्विन सांघी ने डैन ब्राउन की शैली अपनाते हुए थ्रिलर के सारे मसाले मिलाए हैं—धर्मयुद्ध, एक्शन, एडवेंचर, रहस्य—और बड़ी दक्षता और सहजता से वे ऐसी कहानी बुनते हैं जो संस्कृतियों और महाद्वीपों, धर्मों और संप्रदायों से होकर निकलती है।"

—द *एशियन एज*

"अश्विन सांघी की *रोज़ाबाल लाइन* एक ज़बर्दस्त थ्रिलर है जो मजबूर कर देता है कि हम अपने इतिहासों, अपनी आस्थाओं को फिर से जांचें।"

—प्रीतिश नंदी

"अश्विन जब पाठक को विभिन्न दशकों में दुनिया की सैर पर ले जाते हैं तो धर्म, इतिहास और राजनीति के प्रति सांघी का रुझान स्पष्ट झलकता है। तुलनात्मक धर्म, ख़तरनाक रहस्यों और रोमांचकारी कथानक का मेल एक रहस्यपूर्ण उपन्यास रचता है।"

—द *स्टेट्समैन*

"सांघी ने कामयाबी के फ़ॉर्मूले का सही इस्तेमाल किया है।"

—द *टाइम्स ऑफ़ इंडिया*

"सांघी धर्मशास्त्र की एक उत्तेजक, ज्ञानपूर्ण और दीप्तिमान दिशा की ओर संकेत करते हैं कि मेरी मैग्डेलीन के संप्रदाय की वास्तविक प्रेरणा भारतवर्ष की पावन त्रिदेवी-शक्ति है इस प्रकार कल्पनाशक्ति और षड्यंत्र रचने में वे डैन ब्राउन को भी पीछे छोड़ देते हैं।"

—द *हिंदू*

चाणक्या'ज़ चैंट (2010)

"अश्विन सांघी का बेहद दिलचस्प उपन्यास *चाणक्या'ज़ चैंट* आत्मालापों और अंगूठे में थामे जनेऊ जैसे कसे हुए वर्णनों से भरा है। दो कहानियां गंगा और यमुना की तरह बहती जाती हैं... यह एक द्रुत टैक्नीकलर रोमांच है।"

—*हिंदुस्तान टाइम्स*

"मैं पूर्णतया रोमांचित हूं। एक आनंदपूर्ण रूप से दिलचस्प और बांधकर रखने वाली किताब। ऐतिहासिक रिसर्च अत्यंत प्रभावशाली..."

—शशि थरूर

"बांधकर रखने और तेज़ गति वाला यह उपन्यास वास्तव में डैन ब्राउन द्वारा स्थापित परंपरा का रोमांच है।" —*पीपुल मैगज़ीन*

"राजनीतिक रूप से तैयार करना और षड्यंत्र अश्विन सांघी के ऐतिहासिक थ्रिलर के मूल में है। ख़ूनख़राबा, मुक़द्दमेबाज़ियां, विश्वासघात, हत्याएं, हत्या की कोशिशें और वो सब कुछ जो इसे रोमांचक बनाता है।"

—*सकाल टाइम्स*

"भारत में व्यापक प्रशंसा पाने वाली *चाणक्या'ज़ चैंट* एक राजनीतिक रोमांच है।" —*बिज़नेस इंडिया*

कृष्ण की (2012)

"रसपूर्ण ऐतिहासिक रोमांचक या विचारपूर्ण विलक्षण गाथाएं केवल पश्चिमी जगत के लेखकों के दिमाग़ों से ही क्यों उपजें? अश्विन सांघी भी धागे अच्छी तरह बुनना जानते हैं, और हर मोड़ पर आपको भौचक्का छोड़ जाते हैं। आश्चर्य नहीं कि उनकी किताबें बैस्टसैलर होती हैं!"

—*हिंदुस्तान टाइम्स*

"कथानक आधुनिक संसार का है, लेकिन आप, ढेर सारे इतिहास और सस्पेंस भरी कहानी के साथ, बार-बार समय-यात्रा की उम्मीद कर सकते हैं।" — द *टेलीग्राफ़*

"वैदिक युग की एक वैकल्पिक व्याख्या जिसका षड्यंत्र और रोमांच दोनों के शौक़ीन ख़ूब आनंद लेंगे।" —द *हिंदू*

"मैंने अभी अश्विन सांघी की *कृष्ण की* पूरी की। ज़बर्दस्त कहानी और अविश्वसनीय रिसर्च। बेहद पसंद आई!" —अमीश त्रिपाठी

"सांघी ने वास्तविकता और कल्पना के बीच की रेखा को धुंधला दिया है और इतिहास और वैदिक युग को एक नया दृष्टिकोण प्रदान किया है।"

—*डीएनए*

सियालकोट सागा (2016)

"*सियालकोट सागा* समय और स्पेस के बीच बेतहाशा गति से दौड़ती हुई प्राचीन रहस्यों को खोलती और आधुनिक रहस्यों को दबा देती है।"

—द *हिंदू*

"किताब दशकों और शताब्दियों पर पसरी हुई है, और फिर आधुनिक भारत तक पहुंच जाती है। यह ऐतिहासिक और थ्रिलर दोनों प्रकार के पाठकों के लिए आनंदमय साबित होगी।" —*टाइम्स ऑफ़ इंडिया*

"कुछ किताबें दिलचस्पी पैदा करने में समय लेती हैं जबकि कुछ किताबें पहले ही पन्ने से आपको बांधकर रखती हैं। *सियालकोट सागा* ऐसी ही किताब है और आरंभ से ही आपको ख़ुद से जोड़ लेती है।"

—*हिंदुस्तान टाइम्स*

"इस किताब में कोई भी नीरस क्षण नहीं आता है। वास्तविकता तो यह है कि कहानी इतनी गति से आगे बढ़ती जाती है कि कई बार तो भौचक्का पाठक किताब को अलग रखकर सांस लेने को मजबूर हो जाता है।"

— द *फ़ाइनेंशियल एक्सप्रेस*

"सांघी ने एक शाहकार की रचना की है और हर पन्ना पलटने के साथ वे पाठकों की रुचि को बढ़ाते गए हैं।" —द *पॉयनियर*

कीपर्स ऑफ़ द कालचक्र (2018)

"आप किताब तब तक नहीं छोड़ सकते, जब तक ये पहेली पूरी तरह हल न हो जाए।" —द *फाइनेंसियल एक्सप्रेस*

"लेखक ने जबरदस्त मसाला दिया है... चटाकेदार, जो अतीत और वर्तमान को हिलाकर रख देता है... इसमें एक भी पल बोरियत का नहीं है।"
—*द संडे स्टैंडर्ड*

"अश्विन सांघी की नई थ्रिलर में विज्ञान और अध्यात्म का मिश्रण है।"
—*इंडिया टुडे*

"विस्तृत कैनवास में फैला यह उपन्यास मिथक, इतिहास और दंतकथा को बुनता है।"
—द *हिंदू*

"अश्विन सांघी का *कीपर्स ऑफ़ द कालचक्र* आपके हाथ में टिकटिक करता टाइम बम है। हर अध्याय में कोई नया ही सरप्राइज सर उठा लेता है।"
—*डेक्कन क्रॉनिकल*

"*कीपर्स ऑफ़* द *कालचक्र* में सबकुछ है: राजनीतिक किरदार जो आपको वास्तविक नेताओं की याद दिलाते हैं, एक जटिल और उलझा हुआ प्लाट, जो आपको अंत तक बांधे रखता है।" —*हिंदुस्तान टाइम्स ब्रंच*

द वॉल्ट ऑफ़ विष्णु (2020)

"पुराण और विज्ञान के इस रहस्य के साथ, अश्विन सांघी ने भारत सीरिज की छठी किताब दी है। अश्विन की बाकी किताबों की तरह द *वॉल्ट ऑफ़ विष्णु* भी आपको इतिहास, पुराण, भौतिक, युद्धकल्याण की तकनीक, एआई और जैव-रसायन की रोमांचक दुनिया में ले जाती है।"
—*द टाइम्स ऑफ़ इंडिया*

"द *वॉल्ट ऑफ़ विष्णु* भी अश्विन की चिरपरिचित शैली में इतिहास, पुराण और विज्ञान की रोमांचक राइड है।"
—द *हिंदू*

"एक रोचक और जिज्ञासापूर्ण थ्रिलर... लेखक की कहानी कहने की क्षमता और गहन रिसर्च की दाद देनी पड़ेगी।"—द *न्यू इंडियन एक्सप्रेस*

"सांघी की नई किताब में उनके पसंदीदा विषय, पुराण को इतिहास के साथ गूथकर एक जबरदस्त रोमांच प्रस्तुत किया गया है।"
—*हिंदुस्तान टाइम्स*

रोज़ाबाल वंशावली

अश्विन सांघी

अनुवाद

नवेद अकबर

हार्पर
हिन्दी

प्रथम प्रकाशन 2008

हार्पर हिन्दी

(हार्परकॉलिंस पब्लिशर्स इंडिया) द्वारा प्रकाशित 2023

बिल्डिंग नं. 10, टावर A, 4th फ्लोर,
डीएलएफ साइबर सिटी, फेज II, गुरुग्राम 122002, भारत
www.harpercollins.co.in

P-ISBN: 9789356296190
E-ISBN: 9789356296305

कवर डिजाइन © : आक्टोबज़

टाइपसेटिंग : निओ साफ्टवेयर कन्सलटैंट्स, प्रयागराज (इलाहाबाद)

मुद्रक: रेप्लिका प्रेस प्रा. लि, भारत

HarperCollinsIn

इतिहास की पृष्ठभूमि में लिखी गई यह काल्पनिक कहानी है। सार्वजनिक रूप से विख्यात व्यक्ति, जीवित या मृत, कहानी में अपने वास्तविक नामों से आ सकते हैं। उनसे जुड़े दृश्य और संवाद कल्पनाजनित हैं। वास्तविक व्यक्तियों के नामों का अन्य कोई प्रयोग संयोगमात्र है। वास्तविक व्यक्तियों, जीवित या मृत, के साथ काल्पनिक पात्रों की कोई भी समानता पूर्णतया संयोगमात्र है। ऐतिहासिक यथार्थता से जुड़ा कोई भी दावा न तो किया गया है, न ही निहित है। ऐतिहासिक, धार्मिक या पौराणिक पात्रों, घटनाओं या स्थानों को हमेशा काल्पनिक रूप से इस्तेमाल किया गया है।

अध्याय एक

श्रीनगर, कश्मीर, भारत, 2012

सुरम्य कश्मीर में सर्दी के आगमन का मतलब था कि धीरे-धीरे दिन छोटे होते जाएंगे। हालांकि अभी दोपहर के तीन ही बजे थे, मगर ऐसा लग रहा था कि रात बहुत तेज़ी से घिरती आ रही है। क्षेत्र के सेब और चैरी के बेशुमार बाग़ों से होकर आती सर्दियों की बर्फ़ीली हवाओं ने विंसेंट के नथुनों में तीखी और ताज़ा सुगंधभरी ठंडक भर दी थी। प्रार्थना करने के लिए क़ब्र पर झुकते विंसेंट के लिए उसकी लैदर की जैकेट और उसके नीचे पहना हुआ लैंब्सवुल का पुलोवर ही एकमात्र सहारा था।

गर्माहट लाने के लिए फ़ादर विंसेंट सिन्क्लेयर ने हाथों को रगड़ा, और शीशे की चारों दीवारों को निगाहों में समेटा जिनके अंदर लकड़ी का ताबूत रखा था। मगर, मक़बरे का मालिक, नीचे एक अगम्य तलघर में रहता था। एक मुस्लिम क़ब्रिस्तान के सामने बना मक़बरा सफ़ेद क़लई की हुई दीवारों और मामूली से लकड़ी के साज़ो-सामान वाली एक साधारण और ग़ैर दिखावटी इमारत में था।

विंसेंट के ब्लांड बाल, नीली आंखें और साथ ही छरहरा बदन और फीके रंग की त्वचा उसे स्थानीय लोगों से स्पष्ट रूप से भिन्न दर्शाती थी। कुच्ची दाढ़ी और बिना रिम के चश्मे ने उसके किसी

सीमा तक अकादमिक हुलिये को पूरा कर दिया था।

पुराने श्रीनगर के कन्यार इलाक़े में रोज़ाबाल मक़बरे के बाहर लगे बोर्ड से आनेवालों को पता चलता था कि उसमें मौजूद शरीर यूज़ आसफ़ नाम के किसी शख़्स का था। स्थानीय भू रिकॉर्डों के मुताबिक़ मक़बरा 112 ईसवी से अस्तित्व में था।[1]

कश्मीरी शब्द *रौज़ा-बाल* से लिए गए शब्द 'रोज़ाबाल' का अर्थ 'पैग़ंबर का मक़बरा' था। मुस्लिम रिवाज के मुताबिक़, क़ब्र का पत्थर उत्तर-दक्षिण अक्ष पर रखा गया था। लेकिन नीचे वास्तविक दफ़्न कक्ष की ओर खुले एक छोटे से सूराख़ से दिखाई देता था कि यूज़ आसफ़ का ताबूत यहूदी रिवाज के अनुसार पूर्व-पश्चिम अक्ष पर रखा हुआ था।

यहां और कुछ असाधारण नहीं था—अलावा ताबूत के नज़दीक मौजूद खुदे पैरों की एक छाप के। पैर सामान्य इंसानी पैर थे—सामान्य, अलावा इसके कि उन पर निशान थे; ऐसे निशान जैसे सूली पर चढ़ाए जाने में फटने से हो जाते हैं।

एशिया में सूली दिए जाने की परंपरा कभी नहीं रही थी, इसलिए स्पष्ट था कि मक़बरे के निवासी ने ये यातना किसी अन्य, दूर-दराज़ के इलाक़े में झेली थी।

मक्का, सऊदी अरब, 2012

ज़िलहिज्ज के इस्लामी महीने में मक्का में हज़ारों पुरुष तीर्थयात्री एहराम का समान लिबास पहने हुए थे—एक सादा सा सफ़ेद और बिना गोट का कपड़ा। इंसानों के इस विशाल समुद्र में एक तीर्थयात्री को दूसरे से अलग कर पाना नामुमकिन था।

आख़िर ये हज था, और अल्लाह के सभी बंदों को उसके सामने बराबर होना था। लेकिन कुछ अन्यों से ज़्यादा बराबर थे।

तवाफ़—काबे की परिक्रमा, चार बार तेज़ी से और फिर तीन

बार बिना जल्दी किए—करते हुए इस ख़ास तीर्थयात्री के सादे से चेहरे और सामान्य नाक-नक़्श से उसकी गुप्त गहराइयों का पता नहीं चलता था।

ये ग़ालिब का काबे का दूसरा दौरा था। एक हफ़्ते पहले वो ये सारी विधि पहले ही कर चुका था। उम्रा करने के बाद, ग़ालिब ज़मज़म के पाक चश्मे पर पानी पीने के लिए रुका था। फिर उसने मस्जिदे-नबवी जाने के लिए मदीने का सफ़र किया था और फिर हज के अंतिम तीन काम किए थे—अराफ़ात की पहाड़ी का पांच दिन का सफ़र, मिना के शहर में शैतान पर पत्थर फेंकना और फिर मक्का वापस आकर दूसरी बार काबे का तवाफ़ करना।

ग़ालिब पढ़ रहा था: *बिस्मिल्लाहिर्रहमानिर्रहीम। अल्लाह के नाम से, जो बहुत मेहरबान और रहम करने वाला है।* बस अपनी मशहूर मेहरबानी या रहम मेरे दुश्मनों पर मत दिखाना।

वो ताज़गी भरा, धन्य और विशुद्ध महसूस कर रहा था।

लश्करे-तैयबा, विशुद्धों की सेना, भारत में इस्लामी ख़िलाफ़त की बहाली के लिए एक ख़ूनी जिहाद लड़ रहा था। इस गुट पर दुनिया भर की इंटैलिजेंस एजेंसियों की नज़र थी। लेकिन ग़ालिब अभी परदे पर कहीं एक धब्बे की शक्ल में भी नहीं था।

लश्करे-तैयबा ने अपने ही अंदर, ज़्यादातर इंटैलिजेंस एजेंसियों के लिए अनजान, एक और भी विशिष्ट गुट लश्करे-सलासता-अशर, तेरह की सेना, बनाया था, जिसमें बारह विशिष्ट धार्मिक योद्धा थे जिनके लिए अल्लाह की राह में मरना सम्मान की बात थी। वो कश्मीर तक सीमित नहीं थे बल्कि सारी दुनिया में फैले हुए थे।[2] उनका लीडर, तेरहवां आदमी, उनका जनरल था। उसका नाम ग़ालिब था।

लंदन, यूके, 2012

धर्म अध्ययन विभाग स्कूल ऑफ़ ओरियंटल एंड अफ्रीकन स्टडीज़ का भाग था जो कि ख़ुद यूनिवर्सिटी ऑफ़ लंदन का भाग था। स्कूल में एक विशाल लाइब्रेरी थी जो स्कूल की प्रमुख बिल्डिंग में रसेल स्क्वेयर से ज़रा सा हटकर थी।

इस नमी भरी सुबह में, फ़ैकल्टी लाइब्रेरियन बारबरा पॉलसन लाइब्रेरी को सुबह नौ बजे खुलने के समय आनेवाले सबसे पहले छात्रों और फ़ैकल्टी सदस्यों के लिए तैयार करने में लगी हुई थी।

अधिकतर छात्र अपनी तलाश लाइब्रेरी कैटलॉग से शुरू करेंगे, जिससे पता चलता था कि लाइब्रेरी में वो आइटम है या नहीं जो उन्हें चाहिए। कैटलॉग में आइटम का क्लास मार्क—संदर्भ संख्या—होती थी और इसका प्रयोग किताब का सही स्थान खोजने में किया जा सकता था।

एक दिन पहले, प्रोफ़ेसर टैरी एक्टन 1855 में स्टीफ़न ऑस्टिन द्वारा प्रकाशित हिंदू ग्रंथ *भगवद गीता* की प्रति खोजने का प्रयास कर रहे थे। खोए-खोए से रहने वाले प्रोफ़ेसर उसे ढूंढ़ने में नाकाम रहे और उन्होंने बारबरा की मदद मांगी। बारबरा ने वादा किया था कि उस सुबह उनके आने से पहले वो उसे ढूंढ़ लेगी।

उसने मशीनी ढंग से लाइब्रेरी के कंप्यूटरीकृत कैटलॉग में 'भगवद गीता' शब्द टाइप किए। सिर्फ़ दो किताबें दिखाई दीं, लेकिन उनमें वो नहीं थी जो प्रोफ़ेसर को चाहिए थी। फिर उसे याद आया कि प्रोफ़ेसर ने कहा था कि *भगवद गीता* दरअसल एक और बड़े महाकाव्य *महाभारत* का भाग थी। उसने तुरंत कंप्यूटर पर 'महाभारत' टाइप किया और उसे 229 प्रविष्टियां मिलीं। बारहवीं प्रविष्टि थी 'भगवद गीता, दिव्य पर कृष्ण और अर्जुन के बीच संवाद'। उसने इस हाइपर-लिंक को क्लिक किया और नतीजा सामने था—स्टीफ़न ऑस्टिन की पुस्तक, 1855 में हर्टफ़ोर्ड द्वारा प्रकाशित। क्लास

मार्क—सीडब्ल्यूएमएल 1220—को नोट करके उसने उसे लोकेशन सूची में देखा।

'सीडब्ल्यूएमएल' से शुरू होने वाले आइटम लेवल एफ़ पर स्पेशल कलेक्शन्स रीडिंग रूम में स्थित थे। अत्यंत सक्षम बारबरा पॉलसन लेवल एफ़ की ओर बढ़ गई, जहां वो सीडब्ल्यूएमएल 1220 की ओर उलटे क्रम में बढ़ने लगी।

सीडब्ल्यूएमएल 1224... सीडब्ल्यूएमएल 1223... सीडब्ल्यूएमएल 1222... सीडब्ल्यूएमएल 1221... सीडब्ल्यूएमएल 1219... सीडब्ल्यूएमएल 1220 कहां था?

किताब के स्थान पर एक चौकोर, सुर्ख़ डिब्बा था जो लंबाई, चौड़ाई और ऊंचाई में बारह इंच का था। इस पर एक छोटा सा सफ़ेद लेबल चिपका हुआ था जिस पर बस इतना लिखा था, 'सीडब्ल्यूएमएल 1220'।

बारबरा चौंक गई, लेकिन उसकी सक्षम और क्रमपूर्ण दुनिया में चीज़ों पर बहुत देर तक सोचने का समय नहीं होता था। उसने शेल्फ़ से डिब्बे को उठाया, उसे सबसे नज़दीकी रीडिंग डेस्क पर रखा और उसके गत्ते के ढक्कन को हटाया जिसमें प्रोफ़ेसर टैरी एक्टन का बड़ी अच्छी तरह से संरक्षित सिर रखा हुआ था जिसे गर्दन से बड़ी सफ़ाई से काटा गया था। उनके माथे पर एक पीला पोस्ट-इट था जिस पर लिखा था 'मार्क 16:16'।

शांत और बेहद सक्षम बारबरा पॉलसन ने सहारे के लिए डेस्क के किनारे को पकड़ा और फिर फ़र्श पर गिरकर बेहोश हो गई।

न्यू टेस्टामेंट में मार्क 16:16 पर लिखा है: *वो जो विश्वास करता है और जिसका बपतिस्मा हुआ है उसे बचा लिया जाएगा; लेकिन वो जो विश्वास नहीं करता है उसे नष्ट कर दिया जाएगा।*

वज़ीरिस्तान, पाकिस्तान-अफ़ग़ानिस्तान सीमा, 2012

पाकिस्तान-अफ़ग़ानिस्तान सीमा पर पथरीला और पहाड़ी इलाक़ा वज़ीरिस्तान एक विवादित इलाक़ा था और अपने आप में एक क़ानून था। हालांकि वज़ीरिस्तान अधिकृत रूप से पाकिस्तान का भाग था, लेकिन ये वज़ीरी क़बायली सरदारों द्वारा स्व-प्रशासित था जो ख़ौफ़नाक लड़ाकू होने के साथ-साथ पूरी तरह अदम्य और रूढ़िवादी थे।

यहां एक सादा सा सफ़ेद साफ़ा बांधे, छलावरण जैकेट पहने, बाएं हाथ में छड़ी लिए एक लंबे, छरहरे शरीर और ज़ैतूनी सी त्वचा वाले आदमी की मौजूदगी इस इलाक़े के लिए कुछ बेमेल सी थी। ये आदमी अत्यंत मृदुभाषी और विनम्र था। उसकी कुल भाव-भंगिमा किसी योद्धा के बजाय किसी साधु जैसी थी। तो वो इस कठोर इलाक़े में क्या कर रहा था जहां ज़्यादातर बातचीत तलवारों और गोलियों की ज़बान में होती थी?

वो एक गुफा के अंदर एक ख़ूबसूरत अफ़ग़ानी ग़लीचे पर बैठा था। उसके कुछ भरोसेमंद अनुयायी उसके इर्द-गिर्द बैठे चाय पी रहे थे। वो उनसे बात कर रहा था। "जहां तक वर्ल्ड ट्रेड सेंटर के हमले का संबंध है, वहां जिन लोगों पर हमला किया गया और जो लोग मारे गए, वो वो लोग थे जिनके हाथ में बिज़नेस और सरकार के कुछ सबसे महत्वपूर्ण ओहदों का नियंत्रण था। वो कोई स्कूल नहीं था! वो किसी का घर नहीं था। और ये एक सर्वमान्य विचार होगा कि अंदर मौजूद ज़्यादातर लोग एक ऐसी भयानक शक्ति का साथ देने के ज़िम्मेदार थे जो सारी दुनिया में शरारत फैलाने में माहिर है!"[3]

"तमाम तारीफ़ें अल्लाह के लिए हैं!" एक अनुयायी ने जोशीले ढंग से कहा।

"हम दूसरों के साथ वैसा ही बर्ताव करते हैं जैसा वो हमारे साथ करते हैं। जो हमारी औरतों और मासूमों को मारते हैं, हम उनकी

औरतों और मासूमों को मारते हैं, जब तक कि वो बाज़ न आ जाएं।"

"लेकिन शेख़, हम एक सनसनीख़ेज़ फ़तेह तो हासिल कर ही चुके हैं। अब करने को क्या बचा है?" उसके एक अनुयायी ने पूछा।

"हमने अफ़ग़ानिस्तान में महंगी लड़ाइयों के ज़रिए उनकी दौलत को निचोड़ने से शुरुआत की। फिर हमने उनकी सरज़मीन पर हमले करके उनकी सुरक्षा को बर्बाद किया। अब हम उस इकलौती चीज़ पर हमला करेंगे जो उनके पास बची है—उनका विश्वास।"

"कैसे?" अनुयायियों ने पूछा।

"आह! मेरे पास एक ख़ुफ़िया हथियार है," शेख़ ने अपनी सामान्य शांत आवाज़ में कहा।

वैटिकन सिटी, 2012

पोपों ने 1870 तक रोम सहित पूरे इटैलियन प्रायद्वीप पर एक सहस्त्राब्दी से ज़्यादा तक शासन किया था। पोप और इटली के बीच के विवाद मुसोलिनी ने 1929 में तीन लैटरन संधियों द्वारा निबटा दिए थे, जिन्होंने स्तातो देला चिता देल वातिकानो की स्थापना की थी, जिसे आमतौर पर वैटिकन सिटी के नाम से जाना जाता है। केवल 0.44 वर्ग किलोमीटर क्षेत्र के साथ, ये तुरंत ही दुनिया का सबसे छोटा राज्य बन गया।

महामहिम अल्बर्तो कार्डिनल वैलेरियो होली सी के अन्य 921 राष्ट्रीय नागरिकों में से बस एक थे, लेकिन 183 कार्डिनलों में बहुत महत्वपूर्ण थे।

अभी वो अपने ऑफ़िस में अपना काला सिमर पहने बैठे थे जिस पर लाल पाइपिंग थी और कमर पर एक लाल रंग का फ़ीता बंधा हुआ था। चमकदार लाल इस बात का प्रतीक था कि कार्डिनल अपने धर्म के लिए मरने को तैयार है। *मरने या मारने के लिए,* महामहिम ने सोचा।

उन्होंने बैंग एंड ओलफ़्सेन बियोकॉम-4 का शानदार टेलीफ़ोन उठाया जिसका रंग उसकी मुरानो की एंटीक डेस्क से एकदम विषम था, और अपनी सेक्रेटरी से मुलाक़ाती को अंदर भेजने को कहा।

ऑफ़िस में प्रवेश करने वाली लड़की के नाक-नक़्शे नाज़ुक और त्वचा बेदाग़ थी। स्पष्ट था कि उसके नाक-नक़्शों में यूरोपीय और पूर्वी देशों का एक सुंदर मिश्रण था। उसकी चमकदार आंखें तीक्ष्ण समर्पण से सुलग रही थीं और वो महामहिम के आगे घुटनों के बल झुक गई।

"मुझ पर कृपा करें, फ़ादर, क्योंकि मैंने पाप किया है। मेरे पिछले कंफ़ेशन को एक साल हो चुका है।"

"बोलो, मेरी बच्ची," महामहिम फुसफुसाए। अपने मोटे से हाथ को हिलाते हुए उन्होंने उसे बोलने का इशारा किया। उनकी अंगूठी वाली उंगली में 10.16 कैरट का एकदम सुर्ख़ बर्मी रूबी था।

स्वाकिल्की ने बोलना शुरू किया। "मैंने प्रोफ़ेसर का सिर काटकर उसे उन लोगों के लिए सबक़ के रूप में लाइब्रेरी में छोड़ दिया जो क्राइस्ट की पीड़ा की पवित्रता का मज़ाक़ उड़ाते हैं। वो ईश-निंदा के लिए इसी का अधिकारी था।"

"क्या तुम्हें इस भयानक पाप के लिए पश्चाताप है?"

"हे प्रभु, तुझे क्रोधित करने के लिए मुझे दिल से खेद है और तेरे न्यायोचित दंड के लिए मुझे अपने सारे पापों से घृणा है, लेकिन सबसे बढ़कर इसलिए कि वो तुझे क्रुद्ध करते हैं, मेरे ईश्वर, तू हर प्रकार से अच्छा है और मेरे सारे प्रेम का अधिकारी है। मैं दृढ़ संकल्प करती हूं कि तेरी कृपा से मैं अब पाप नहीं करूंगी और पाप के अवसरों से बचूंगी। आमीन।"

महामहिम ने कुछ पल उसकी कही बात पर विचार किया और फिर बोले। "हमारे प्रभु जीज़स क्राइस्ट तुम्हें मुक्त करें; और उनके दिए अधिकार से मैं तुम्हें बहिष्कार के प्रत्येक बंधन से मुक्त करता हूं... मैं तुम्हें पिता, पुत्र और पवित्र आत्मा के नाम पर तुम्हारे सारे पापों से मुक्त करता हूं। आमीन। *पासियो दोमीनी नॉस्त्रि जेज़ू क्रिस्ती,*

मैरिता बेयताए मेरियाए विर्जीनिस ए ओम्नियुम सैंक्तारुम, क्वीदक्विद बोनि फ़ेचेरिस वेल मेल सूस्तिनुएरिस सिंत तीबी इन रेमिसियोनेम पेकातोरुम, ऑगमेंतुम ग्रेतियाए ए प्रेमियूम वीताए एतेर्ने।"[4]

वैलेरियो ने क्रॉस का संकेत किया और सीधे लड़की की ओर देखा। स्वाकिल्की ने सिर उठाकर कार्डिनल को देखा। वो विलासितापूर्ण ऑफ़िस में लैदर के एक बड़े से सोफ़े पर बैठे थे।

"क्या तुम पाप को ठुकराती हो ताकि ईश्वर की संतानों की आज़ादी के साथ जी सको?" वैलेरियो ने पूछा।

"हां," स्वाकिल्की ने जवाब दिया।

"क्या तुम पाप के जनक और अंधकार के राजकुमार शैतान को ठुकराती हो?"

"हां।"

"क्या तुम सर्वशक्तिमान पिता, आकाश और पृथ्वी के रचयिता ईश्वर में विश्वास करती हो?"

"हां।"

"क्या तुम उसके एकमात्र पुत्र, हमारे स्वामी जीज़स क्राइस्ट में विश्वास करती हो, जिन्हें कुंआरी मेरी ने जन्म दिया, जो सूली पर चढ़ाए गए, मृत्यु को प्राप्त हुए, दफ़्न किए गए, मौत से वापस आए, और अब पिता के दाईं ओर विराजमान हैं?"

"हां।"

"क्या तुम पवित्र आत्मा, पवित्र कैथलिक चर्च, संतों के भोज, पापों की माफ़ी, शरीर के पुनरोत्थान और अनंत जीवन में विश्वास करती हो?"

"हां।"

"तो समय आ गया है कि उन सबको ख़त्म कर डाला जाए जो लोगों को इसके विपरीत विश्वास दिलाते हैं। अब ध्यान से सुनो..."

ज़ूरिक, स्विट्ज़रलैंड, 2012

1844 में जोहानेस बॉर ने ज़ूरिक में ठीक झील के पास अपना दूसरा होटल खोला जहां से पहाड़ों का खुला नज़ारा दिखाई देता था। जल्द ही ये ज़ूरिक के सबसे विलासितापूर्ण होटलों में से एक बन जाने वाला था, बॉर ऑ लैक।

बॉर ऑ लैक के ज़ूरिक झील के ख़ूबसूरत नज़ारे वाले एक डीलक्स सुइट में ब्रदर थॉमस मैनिंग बैठा हुआ था। स्पष्ट था कि वो एक बहुत क़ीमती नियमित मेहमान था। वर्ना होटल ख़ासतौर से उसकी मनपसंद टस्कन वाइन ब्रूनेलो दी मोंटैलचीनो का भंडार क्यों करता?

दरवाज़े पर धीमी सी दस्तक हुई। ब्रदर ने रवां जर्मन में आदेश दिया, "*कमेन साइ हेयरइन!*" और दरवाज़ा खुल गया।

आगंतुक एक दुबला-पतला, चश्मे वाला आदमी था।

मि एग्लॉफ़ दुनिया के सबसे पुराने स्विस बैंक, बैंक ल्यू, में निवेश सलाहकार था। बैंक ल्यू ने 1755 में अपने पहले चेयरमैन ज़ूरिक के मेयर जोहान जैकब ल्यू की देखरेख में ल्यू एत कॉम्पाग्नी के रूप में शुरुआत की थी। जल्दी ही बैंक के क्लायंटों में ऑस्ट्रिया की साम्राज्ञी मारिया थेरेसा जैसे यूरोपीय राजघरानों के लोग शामिल हो चुके थे।[5]

"हैर एग्लॉफ़, महामहिम अल्बर्तो कार्डिनल वैलेरियो के निर्देशानुसार, मैं चाहूंगा कि एक करोड़ डॉलर की राशि इडीपस ट्रस्ट से इज़ाबेल मैडोना ट्रस्ट में ट्रांसफ़र कर दी जाए," ब्रदर मैनिंग ने कहा।

"ज़रूर, ब्रदर मैनिंग," बैंकर ने जवाब दिया।

बाहरी दुनिया को पता नहीं था कि हैर एग्लॉफ़ द्वारा अपने क्लायंटों के लिए देखे जाने वाले अजीब से नामों वाले विदेशी ट्रस्टों

के लाभार्थी उनके विपर्यय शब्द थे। ब्रदर मैनिंग मन ही मन हंसा।

ज़ाहिर है, इडीपस ट्रस्ट का लाभार्थी ओपस देइ था और इज़ाबेल मैडोना ट्रस्ट का प्रमुख लाभार्थी ओसामा बिन लादेन था।

अध्याय दो

लद्दाख़, भारत, 1887

द्मित्री नोविकोव थका हुआ था।[6] श्रीनगर से 3,500 मीटर ऊंचे ज़ोजी-ला दर्रे से होते हुए लद्दाख़ तक का उसका अभियान थका देने वाला था, बावजूद इसके कि कई आदमी उसके साज़ो-सामान का बोझ उठाए हुए थे। उसके बाद लद्दाख़ की राजधानी लेह तक और फिर हेमिस तक की ट्रेकिंग ने उसकी सारी ऊर्जा को चूस डाला था। हालात इसलिए और बदतर हो गए थे कि अपने ख़च्चर से गिर जाने के कारण उसकी दाईं टांग भी घायल हो गई थी।

हेमिस लद्दाख़ के सबसे सम्मानित बौद्ध मठों में से एक था, और वहां इस आगंतुक का एक इज़्ज़तदार मेहमान के रूप में स्वागत किया गया। भिक्षु उसे तुरंत अपने सामान्य से निवास में ले गए और उसके घाव की देखभाल करने लगे। जब उसे गर्मागरम बटर चाय के साथ ख़ूबानियों और अख़रोटों का भोजन कराया जा रहा था, तभी वो मठ के प्रमुख लामा से मिला।

"मैं जानता हूं तुम यहां क्यों आए हो, बेटे," लामा ने कहा। "हम भी ईसाइयों के ईश्वर के पुत्र का सम्मान करते हैं।"

द्मित्री भौंचक्का रह गया। उसे ऐसी स्पष्टवादिता की उम्मीद नहीं थी। "क्या मैं वो लेखन देख सकता हूं जिसमें ईसा की बात की

गई है?" उसने सावधानीपूर्वक बात शुरू की।

बुद्धिमान लामा सवालिया अंदाज़ के साथ मुस्कुराए और फिर शांतिपूर्वक आगे बोले, "बुद्ध की आत्मा ने निश्चित रूप से महान ईसा में अवतार लिया था, जिन्होंने, बिना युद्ध किए, हमारे सुंदर धर्म के ज्ञान को दुनिया के कई भागों में फैलाया। ईसा एक कीर्तिवान पैग़ंबर हैं जिन्होंने बाईस बुद्धों के बाद जन्म लिया। उनका नाम, उनका जीवन और उनके काम उन ग्रंथों में दर्ज हैं जिनकी तुम बात कर रहे हो। लेकिन पहले तुम आराम कर लो और अपने ज़ख़्मों को भर जाने दो।"

द्मित्री की टांग में बुरी तरह दर्द हो रहा था। बौद्ध भिक्षुओं ने कई क़िस्म की जड़ी-बूटियों की औषधियां और लेप लगाए थे, लेकिन उनसे कुछ ख़ास फ़ायदा नहीं हुआ था। उसने दर्द को नज़रअंदाज़ करने की कोशिश की और लामा के साथ अपनी उत्साहपूर्ण बातचीत को जारी रखा।

लामा अपना प्रार्थना-चक्र घुमाते-घुमाते रुके और बोले, "मुसलमानों और बौद्धों में समानताएं नहीं हैं। मुसलमानों ने हिंसा और युद्धों का सहारा लेकर बौद्धों का इस्लाम में धर्मपरिवर्तन कराया। ईसाइयों ने कभी ऐसा नहीं किया। उन्हें तो मानद बौद्ध माना जा सकता है! बड़े दुख की बात है कि ईसाई अपनी जड़ें भूल गए और भटकते-भटकते बुद्ध मत से दूर होते चले गए!"

द्मित्री का बुरी तरह पसीना बह रहा था। लगता था जैसे लामा के शब्द बरसों के परंपरागत ज्ञान पर सवाल उठा रहे हैं। उसने महसूस किया कि उसकी खोज कितनी बड़ी है, लेकिन वो अपने ज्ञान को पश्चिमी दुनिया के सामने लाने से भी डरता था। उसे ग़द्दार और झूठा माना जाएगा। उसके शब्दों को धर्म की निंदा माना जाएगा। उसे बड़ी सावधानी से चलना होगा।

द्मित्री ने जल्दी से दोबारा पूछा कि क्या वो उन पवित्र लेखों को देख सकेगा जिसके बारे में लामा ने बात की थी। लामा उसकी ओर देखकर मुस्कुराए। "धैर्य एक बौद्ध गुण है, मेरे बच्चे," वो

बोले। "धैर्य।"

☬

द्मित्री जहां तक हो सकता था धैर्य से काम ले रहा था। उसने ईसा के बारे में उन लेखों को देखने के लिए कई दिन तक इंतज़ार किया जिनकी लामा ने बात की थी। अपनी प्रत्याशा को छिपाना मुश्किल हो रहा था और वो बार-बार बिना देरी किए पांडुलिपियां देखने के लिए कहना चाहता था। आज उसके धैर्य ने आख़िर फल दिया था। लामा उसके पास कई प्राचीन ग्रंथ लेकर आए जो बौद्ध इतिहासकारों ने तिब्बती में लिखे थे।

एक अनुवादक को बुलाया गया जिसने उन ग्रंथों का अनुवाद करना शुरू किया जबकि द्मित्री उनकी प्रतियां बनाने की कोशिश करने लगा।

ग्रंथों में जूडिया में पैदा हुए ईसा नाम के एक लड़के की कहानी थी। कहानी में बताया गया था कि लड़का अपने चौदहवें वर्ष में बौद्ध उपदेशों का अध्ययन करने भारत आया था। अपनी यात्रा के दौरान वो सिंध, पंजाब और अंत में अशोक की प्राचीन राजधानी मगध पहुंचा जहां उसने हिंदुओं के ज्ञान के भंडार वेदों का अध्ययन किया। लेकिन फिर जब ईसा उन लोगों को पढ़ाने लगा जिन्हें हिंदुत्व की कड़ी जाति प्रथा के अंतर्गत हिंदू ब्राह्मण 'अछूत' मानते थे, तो उसे मजबूरन वहां से जाना पड़ा।

फिर ईसा ने बौद्ध मठों में शरण ली और बुद्ध की भाषा पाली में बौद्ध ग्रंथों का अध्ययन करना शुरू किया। फिर वो फ़ारस होता हुआ जूडिया वापस चला गया। फ़ारस में पारसी पादरी उससे नाराज़ हो गए। उन्होंने उसे इस उम्मीद के साथ जंगलों में भेज दिया कि जंगली जानवर उसे ज़िंदा खा जाएंगे।

आख़िरकार उनतीस साल की उम्र में वो जूडिया पहुंच गया। चूंकि वो इतने लंबे समय तक बाहर रहा था, इसलिए किसी ने उसे

पहचाना नहीं। वो पूछने लगे, "तुम कौन हो, और तुम किस देश से हमारे देश में आए हो? हमने न तो कभी तुम्हारे बारे में सुना है और न हम तुम्हारा नाम जानते हैं।"

और ईसा ने कहा, "मैं एक इज़रायली हूं और मैंने अपने जन्म के ही दिन येरूशलम की दीवारों को देखा था, और मैंने ग़ुलामी में पड़े अपने भाइयों के रोने और बुतपरस्तों द्वारा क़ैद करके ले जाई गई अपनी बहनों की कराहों को सुना था। बचपन में ही, मैं दूसरे राष्ट्रों को जाने के लिए अपने पिता के घर से चला गया। लेकिन ये सुनकर कि मेरे भाई अभी भी भारी यातनाएं सहन कर रहे हैं, मैं उस देश को लौट आया हूं जहां मेरे माता-पिता रहते थे ताकि मैं अपने भाइयों को उनके पूर्वजों के धर्म की याद दिला सकूं।"

विद्वान लोगों ने ईसा से कहा, "कहा जाता है कि तुम मोज़ेज़ के क़ानूनों को नकारते हो और लोगों को प्रभु का मंदिर छोड़ने को कहते हो।"

और ईसा ने उत्तर दिया, "हम उसका विध्वंस नहीं कर सकते जो ईश्वर ने हमें दिया है। जहां तक मोज़ेज़ के क़ानूनों का सवाल है, मैंने उन्हें लोगों के हृदय में पुनर्स्थापित करने का प्रयास किया है, और मैं आपसे कहता हूं कि आप उनके सही अर्थ से अनभिज्ञ हैं क्योंकि वो प्रतिशोध नहीं, क्षमा सिखाते हैं।"[7]

द्मित्री उत्साहित हो उठा। फिर भयभीत हो गया। वो जानता था कि वो अपनी खोज से पीछे नहीं हट सकता था। वो जानता था कि इस समय उसके हाथों में पिछली दो सहस्राब्दियों के सबसे बड़े रहस्योदघाटन हैं।

ईसा के बारे में रहस्योदघाटन, जो हीब्रू नाम *येशुआ* का अरबी रूप था, और जिसे *जीज़स* नाम से भी जाना जाता था।

अध्याय तीन

श्रीनगर, कश्मीर, भारत, 1975

राशिद बिन ईसार का घर ख़ुशियों से भरा हुआ था। उसकी बीवी नासिरा ने अभी एक बेटे को जन्म दिया था। गर्व से भरे बाप ने ऐलान किया था कि वो शहर के सारे ग़रीबों और बेघरों को एक हफ़्ते तक खाना खिलाएगा। बकरे की बिरयानी से भरी देगें गलियों में लाई जा रही थीं और भिखारी और सड़कों पर रहने वाले बच्चे दावत उड़ाने के लिए राशिद के घर पर भीड़ लगाए हुए थे।

राशिद ने अपनी पहली संतान को गोद में लेकर उसके दाएं कान में अज़ान दी और बाएं कान में इक़ामा, और उसकी ख़त्ना, ख़ित्तान, होने का इंतज़ार करने लगा।

कुछ क्षण बाद बाप और बेटा बालकनी में आए, तो गली में मौजूद भीड़ ने शोर मचाकर उनका अभिनंदन किया। "मैं चाहता हूं कि आप सब मेरे बेटे को दुआ दें। अल्लाह की मर्ज़ी और करम से ये महान बनेगा। इसका नाम होगा ग़ालिब, यानी विजेता!"

गुलमर्ग, कश्मीर, भारत, 1985

दस साल बाद, राशिद बिन ईसार के वीकएंड के घर में घुस आए भारतीय सेना के सदस्यों को विश्वास था कि उसने एक दिन पहले बाज़ार में हुए बम विस्फोट के लिए ज़िम्मेदार लोगों की गतिविधियों में पैसा लगाया था।

उसने अपनी बेगुनाही की दलील दी, लेकिन उसके चीख़ने-चिल्लाने का कोई फ़ायदा नहीं हुआ। उसका आतंकित परिवार देखता रह गया जब उनके प्यारे अब्बा को मौक़े से गिरफ़्तार कर लिया गया।

उसे तुरंत हथकड़ियां लगाई गईं और घसीटकर जेल ले जाया गया जहां उसको इतने लात-घूंसे मारे गए कि वो देखने, सुनने, बात करने या चलने के योग्य भी नहीं रहा। अगले दिन वो अपनी कोठरी में लटका पाया गया; उसने अपने कपड़ों को अपने गले का फंदा बना लिया था।

उसे दफ़्नाने के लिए उसकी लाश को उसके परिवार को ले जाने दिया गया। इस्लामी रिवाज के अनुसार उसकी तदफ़ीन की तैयारी में उसके परिवार को उसे नहलाना और कफ़न पहनाना चाहिए था।[8] लेकिन शहीद होने की सूरत में इस भाग को छोड़ दिया जाना था; शहीदों को उन्हीं कपड़ों में दफ़्न किया जाना था जिनमें वो मरे थे। राशिद बिन ईसार को उन्हीं कपड़ों में दफ़्न किया जाना था जिनमें वो मरा था। वो किसी शहीद से कम नहीं था।

लोग उसकी लाश को क़ब्रिस्तान ले गए जहां इमाम ने जनाज़े की नमाज़ पढ़ाई। नमाज़ पूरी होने के बाद उसे क़ब्र पर ले जाया गया, और उसे रिवाज के मुताबिक़, बिना ताबूत के, दाईं तरफ़ मक्का की ओर करवट दिलाकर लिटा दिया गया।

दस वर्षीय नन्हा ग़ालिब क़ब्र के पास खड़ा था, और आंसू

उसके गालों पर बह रहे थे। इमाम ने उसके कंधे पर हाथ रखते हुए कहा, "बेटे, रोओ मत। तुम एक बहादुर शख़्स के बेटे हो। तुम्हारे पिता की मौत बेकार नहीं जाएगी। तुम उनकी मौत का बदला लोगे। आज के बाद से तुम आंसू नहीं बहाओगे। तुम ख़ून बहाओगे!"

नन्हा ग़ालिब उलझन में पड़ गया। वो बदला कैसे ले सकता है? वो तो बस दस साल का है।

"मेरे साथ आओ, बेटे," इमाम ने कहा और वो उसे हाथ पकड़कर मस्जिद में ले गया। अगले दिन इमाम ने नियंत्रण रेखा के पार पाकिस्तानी ओर के कश्मीर में मुज़फ़्फ़राबाद का सफ़र किया। यहां लड़के का दाख़िला जमातुद्दावा मदरसे में करा दिया गया।

सादा सा सफ़ेद साफ़ा पहने, लंबे, छरहरे शरीर और ज़ैतूनी सी त्वचा वाले आदमी ने उसे अलविदा कहा। "अपनी पढ़ाई पूरी करने के बाद मुझसे मिलना," उसने बस इतना कहा।

मुज़फ़्फ़राबाद, पाकिस्तान, 1986

पाकिस्तान में अगले कुछ वर्षों में ग़ालिब के दो अलग-अलग कोर्स चलते रहे। हिफ़्ज़ कोर्स में, वो पवित्र क़ुरआन को याद करता था। आलिम कोर्स में वो अरबी भाषा, क़ुरआन की व्याख्या, इस्लामी क़ानून, पैग़ंबर मुहम्मद की बातों और कामों, तर्कशास्त्र और इस्लामी इतिहास का अध्ययन करता। ये पढ़ाई पूरी होने के बाद उसे आलिम—विद्वान—की उपाधि मिलनी थी।

एक दिन, इस्लामी इतिहास की कक्षा में उसके उस्ताद ने उसे भारत में इस्लामी विजयों के बारे में बताया।

"सबसे पहला हमला सीरिया के मुहम्मद बिन क़ासिम ने सातवीं सदी में किया। इसके बाद महमूद ग़ज़नवी ने ग्यारहवीं सदी में घुसपैठें कीं। फिर मुहम्मद ग़ौरी आया जिसने भारत पर शासन करने के लिए अपने तुर्की सिपहसालार छोड़ दिए। उसके बाद चंगेज़ ख़ान

की मंगोल सेनाओं ने हमले किए। फिर, 1398 ईसवी में मंगोल तैमूर के नेतृत्व में सबसे कामयाब हमले हुए," उस्ताद ने आगे बताया।[9]

नन्हे ग़ालिब ने तर्क किया, "लेकिन इनमें से कोई भी भारत में रुका तो नहीं। उनकी दिलचस्पी हुकूमत करने से ज़्यादा लूटपाट में थी।"

सटाक! छड़ी तेज़ी से उसकी हथेली पर पड़ी।

"दोबारा कभी ऐसा मत बोलना। तैमूर के वंशज बाबर ने 1526 में भारत पर हमला किया और भारत में अगले 300 साल के लिए मुग़ल शासन स्थापित कर दिया। दरअसल, ये ख़ुदा की मर्ज़ी थी कि भारत पर मुसलमानों की हुकूमत हो। तब तक, हिंदू मूर्तिपूजा में ही पड़े हुए थे। मुस्लिम हमलों ने उन्हें इस्लाम की महानता का अहसास कराया!"

"तो फिर आज कश्मीर पर मुसलमानों की हुकूमत क्यों नहीं है?" ग़ालिब ने पूछा।

"इसीलिए तुम्हें लड़ना होगा," उस्ताद ने समझाया। "ऐसा करना तुम्हारा फ़र्ज़ है। कश्मीर पर और फिर पूरे भारत पर इस्लामी हुकूमत क़ायम करने के लिए जिहाद करो! अल्लाहु-अकबर!" वो चिल्लाया।

"अल्लाहु-अकबर!" ग़ालिब समेत सारे बच्चे एक आवाज़ में चिल्लाए।

वज़ीरिस्तान, पाकिस्तान-अफ़ग़ानिस्तान सीमा, 2010

सादा सा सफ़ेद साफ़ा पहना, लंबे, छरहरे शरीर और ज़ैतूनी सी त्वचा वाला इमाम अब ग़ालिब का नियंत्रक था। उसे सब बस 'शेख़' बुलाते थे।

वो पाकिस्तान-अफ़ग़ानिस्तान सीमा पर वज़ीरिस्तान में अपनी गुफा में एक ख़ूबसूरत बुनाई वाली क़ालीन पर बैठा हुआ था।

उसके दाईं ओर, लश्करे-सलासता-अशर का पैंतीस वर्षीय लीडर ग़ालिब बिन ईसार बैठा हुआ था। वो अपने दर्जन भर साथियों की सेना के साथ था।

मेज़बान ने पहले ग़ालिब को देखा। फिर उसने एक नज़र ग़ालिब के आदमियों पर डाली—बुतरोस, क़ादिर, यहया, याक़ूब, फ़ारिस, फ़दान, अताउल्लाह, तौआम, आदिल, शमऊन, यहूदा और फ़वाद। इन सारे पूर्व सैनिकों ने ख़ैबर पास को विश्व के विभिन्न भागों से पार किया था और ख़ुद को अल-क़ायदा द्वारा संचालित ख़लदैन कैंप में नए रंगरूटों के रूप में दर्ज कराया था, और अब ये मज़बूत और लड़ाई के लिए तैयार थे।

ख़लदैन तंबुओं और पत्थर की ऊबड़-खाबड़ इमारतों का एक मिश्रण था। ये एक समय में लगभग सौ रंगरूटों को लेता था। हर गुट में सऊदी अरब, जॉर्डन, यमन, अल्जीरिया, फ्रांस, जर्मनी, स्वीडन, चेचन्या और कश्मीर के मुसलमान हुआ करते थे। मज़े की बात ये थी कि अल-क़ायदा ख़लदैन कैंप प्रशिक्षण के वही तरीक़े इस्तेमाल कर रहा था जो मूल रूप से अमेरिकी सीआईए ने रूसियों से लड़ने के लिए मुजाहिदीन गुरिल्लों के लिए इस्तेमाल किए थे।[10] यहां तक कि आतंकी तकनीकों पर किताबें—अरबी, फ्रेंच और अंग्रेज़ी में—भी गुरिल्लों को सीआईए के सौजन्य से ही उपलब्ध कराई गई थीं।

ख़लदैन में हर सुबह को ग्रुप को परेड के लिए बुलाया जाता और फिर इबादत करने को कहा जाता। सुबह के खाने के बाद, वो धीरज प्रशिक्षण और शक्ति प्रशिक्षण करते। उन्हें कई क़िस्मों के चाक़ुओं, वैकल्पिक गैरोटों और अन्य हथियारों के साथ आमने-सामने का द्वंद्व भी सिखाया जाता। वो छोटे आग्नेयास्त्रों, घातक एसॉल्ट राइफ़लों और यहां तक कि ग्रेनेड-लांचरों का प्रयोग भी सीखते। विस्फोटकों और बारूदी सुरंगों का विज्ञान उनके अध्ययन का भाग था। हमास, हिज़्बुल्लाह और इस्लामी जिहाद के प्रतिनिधि रंगरूटों को उनके ज्ञान के व्यावहारिक इस्तेमाल के बारे में सिखाने के लिए नियमित रूप से कैंप में आते रहते।

ख़लदैन कैंप के प्रयासों का अंतिम नतीजा ये विशिष्ट तेरह की सेना, लश्करे-सलासता-अशर, था। शेख़ इस नतीजे से ख़ुश था।

इन आदमियों की मदद से शेख़ का आक़ा काफ़िरों की सारी दुनिया को एक ऐसा सबक़ सिखाएगा जिसे वो कभी भूलेंगे नहीं। इसकी तुलना में 2001 में अमेरिका पर 9/11 का हमला भी एक टी पार्टी जैसा लगेगा। शेख़ के आक़ा को यक़ीन था कि अब इस्लामी ख़िलाफ़त की श्रेष्ठता को पुनर्स्थापित करने का समय आ गया था।

शेख़ सोच रहा था कि इसका क्रक्स देकुसात्ता पर्मुता पर क्या असर होगा।

अध्याय चार

ओसाका, जापान, 1972

पिंक फ़्लॉयड ने 9 मार्च को ओसाका के फ़ैस्टिवल हॉल में लाइव परफ़ॉर्मैंस किया था। दर्शकों में अकी हेराइ नाम की एक सुंदर लड़की भी मौजूद थी। वो शहर के शिंसाइबाशी इलाक़े में एक बड़े डाइमारू स्टोर में नौकरी करती थी लेकिन अभी वो छुट्टी पर थी क्योंकि उसे आठ महीने का गर्भ था। कंसर्ट के टिकट स्टोर के उसके दोस्तों ने उसे तोहफ़े में दिए थे। बच्चे के बाप के नाज़ुक विषय पर कभी बात नहीं हुई थी।

पिंक फ़्लॉयड का *डार्क साइड ऑफ़ द मून* कंसर्ट में मौजूद जापानी नौजवानों में ज़बरदस्त हिट था। शो अपने चरम पर पहुंच ही रहा था कि अकी को प्रसव पीड़ा शुरू हो गई। उसके दोस्त उसे ओसाका नेशनल हॉस्पिटल ले गए, जहां डॉक्टरों ने एक आपातकालीन सीज़ेरियन सेक्शन किया।

उसकी बेटी स्वाकिल्की चालीस सप्ताह के सामान्य गर्भ से छह सप्ताह पहले पैदा हुई थी। सौभाग्य से उसका वज़न पांच पाउंड और क़द 12.6 था और उसके फेफड़े अच्छी तरह विकसित थे जिसके कारण वो ज़िंदा बच गई।

स्वाकिल्की के छठे जन्मदिन पर उसकी मां ने एक पार्टी दी।

अकी भीड़ भरे छोटे से घर में मेहमानों को देख रही थी जबकि उसकी एक दोस्त नन्ही स्वाकिल्की को ताज़ा हवा खिलाने के लिए बाग़ में ले गई। अभी वो बच्ची को अपनी गोद में संभाले हुए ही थी कि उसे उस धमाके का झटका महसूस हुआ जिसने अकी हेराइ के घर को उड़ा दिया था।

बाद की छानबीन में विस्फोट का कारण एक दुर्घटना बताया गया—गैस रिसाव।

ये गैस रिसाव ही था; मगर दुर्घटना नहीं थी।

हां, स्वाकिल्की वाक़ई सख़्तजान थी—बाप के बग़ैर पैदा हुई, और मां के बग़ैर जीवित थी।

टोक्यो, जापान, 1987

छह साल की आयु में अनाथ होने के बाद स्वाकिल्की को दयालु और विनम्र ननों द्वारा संचालित ओसाका के एक अनाथालय होली फ़ैमिली होम में भेज दिया गया था। अगले छह वर्ष उसने यहीं बिताए।

इन छह सालों में वो रोम के एक मज़ेदार और गोल-मटोल फ़ादर के माहाना दौरों का इंतज़ार करती थी। उनका नाम अल्बर्तो वैलेरियो था, और वो हमेशा उसके लिए कैंडी लाते थे। वो स्वाकिल्की के लिए उसके सैंटा क्लॉज़ थे।

वो 'लकी' थी कि बारह साल की उम्र में उसे टोक्यो के एक खाते-पीते जोड़े ने गोद ले लिया। लेकिन वो ये नहीं जानती थी कि उसे इस एडॉप्शन की क़ीमत चुकानी पड़ेगी। नन्ही स्वाकिल्की से चौदह साल की उम्र में उसके मुंहबोले बाप ने यौन शोषण और बलात्कार किया; वो उससे कहता था कि ये उनका 'ख़ास राज़' है।

डरी-सहमी लड़की एक साल बाद भाग गई और उसने एक *ओपेपाबू* में नौकरी कर ली, जो कि टोक्यो के उपनगरीय इलाक़े के

उन अनैतिक प्रतिष्ठानों में से एक था जहां ग्राहकों को महिला स्टाफ़ को जी भरकर छूने-सहलाने की इजाज़त थी। इसी ओपेपाबू में वो एक बड़ी उम्र के आदमी ताकुआ से मिली।

उससे मुलाक़ात के बाद पहली ही रात में उसने उसके साथ हमबिस्तरी कर ली, जबकि ताकुआ ने उसे एनैंडेमाइड के बारे में बताया।

एनैंडेमाइड मस्तिष्क में प्राकृतिक रूप से घटित होने वाले वो न्यूरोट्रांसमीटर होते हैं जिनकी रासायनिक संरचना गांजे से बहुत मिलती-जुलती होती है। 'एनैंडेमाइड' शब्द संस्कृत के *आनंद* से लिया गया है।

स्वाकिल्की ने सीख लिया था कि वो किसी को मारते समय अपने मस्तिष्क में एनैंडेमाइड के प्रवाह का कैसे आनंद ले। फिर उसने सीखा कि वो मर्दों के साथ सैक्स करते समय उन्हें इसी प्रवाह का आनंद कैसे कराए।

ताकुआ ने अगले कुछ साल उसे अच्छा प्रशिक्षण दिया। पहले हत्या करने के तरीक़े—दम घोंटकर, गला घोंटकर, डुबोकर, गैरोट द्वारा, ज़हर देकर, विस्फोट से, गोली मारकर, धारदार हथियार द्वारा, बधिया करके और आनुष्ठानिक रूप से अंतड़ियां बाहर निकालकर।

फिर बारी आई मोहने की टैकनीकों की। तांत्रिक सैक्स और कामसूत्र उसके रोज़ाना की अध्ययन सामग्री बन गए। इसके बाद ख़ुद को संवारने, कपड़े पहनने, बातचीत करने, भोजन और वाइन के चयन पर ध्यान दिया गया।

ताकुआ और स्वाकिल्की की दोस्ती आपसी निर्भरता की दोस्ती थी। ताकुआ का ऑम शिनरिक्यो से क़रीबी संबंध था, जो कि एक घातक धार्मिक संप्रदाय था। वो एक छोटे गुट का सदस्य था जो उन महत्वपूर्ण और प्रभावशाली लोगों की हत्याएं करता था जिन्हें ऑम

शिनरिक्यो का दुश्मन माना जाता था। स्वाकिल्की एक बिल्कुल उपयुक्त रंगरूट थी। वो सुंदर थी, बेरहम थी, और सबसे बढ़कर, भावनात्मक रूप से बंजर थी। कुल मिलाकर वो सैक्सी, आकर्षक, कामोत्तेजक, ख़ामोश और तेज़ थी। रेज़र जैसी तेज़।

उसका पहला काम मुराकामी-सैन था, जो ऑम शिनरिक्यो के सबसे मुखर आलोचकों में से एक था।

टोक्यो, जापान, 1990

स्वाकिल्की और मुराकामी-सैन ने एक बहुत महंगे काइसेकी रेस्तरां में डिनर किया था। काइसेकी भोजन अपने ज़ेन मूल के कारण ऐतिहासिक रूप से शाकाहारी था, हालांकि अब ऐसा नहीं रहा था। इसमें सिर्फ़ ताज़ी मौसमी सामग्री का ही इस्तेमाल किया जाता था, और वो भी एक ख़ास कोमल ढंग से जिसका उद्देश्य बस उनके मूल स्वाद को बढ़ाना होता था। प्रत्येक डिश उत्कृष्ट ढंग से तैयार की जाती और फूल-पत्तियों के विस्तृत अलंकरण के साथ सावधानीपूर्वक प्रस्तुत की जाती।

अभी वो उत्तरपश्चिमी टोक्यो के नियोन से चमचमाते शुंजुकू इलाक़े की एक गगनचुंबी इमारत के टॉप फ़्लोर पर मुराकामी के पेंटहाउस में थे। वो किंगसाइज़ बेड पर पूरी तरह नग्न लेटे हुए थे; उसने मुराकामी को बुरी तरह थका डाला था। स्वाकिल्की पुरुष को आनंदित करने की कुछ बेहतरीन तकनीकें जानती थी। उसके छोटे से शरीर, एकदम गोल छातियों और नाज़ुक नाक-नक़्शों ने उसकी ज़बरदस्त सैक्स अपील को और भी बढ़ा दिया था।

वो अपनी विभिन्न प्रकार के सहलाने और उत्तेजित करने की शैलियों द्वारा मुराकामी को कई बार चरम के बिल्कुल नज़दीक ले गई थी। वो जानती थी कि वीर्यपात हुए बिना कई बार चरम तक पहुंचने के बाद, ज़्यादातर पुरुषों को बहुत लंबे ऑर्गैज़्म होते हैं।

तंत्र कला ने उसे सिखाया था कि आदमी को बिना स्खलित हुए भी ऑर्गेज़्म का अहसास हो सकता है। उसने मुराकामी को ऐसे कई 'सूखे' ऑर्गेज़्म लगातार करा दिए थे। जब उसने उसे अंतिम वीर्यपात कराया, तो वास्तविक ऑर्गेज़्म इतना ज़बरदस्त था कि मुराकामी का पूरा शरीर कई मिनट तक थरथराता रहा।

इसीलिए स्वाकिल्की के लिए इसमें हैरत की कोई बात नहीं थी कि सैक्स पर प्राचीन भारतीय किताब *कामसूत्र* अभी भी एक बैस्टसैलर थी, हालांकि इसके लेखक वात्स्यायन ने इसे 600 ईसवी में लिखा था।

उसने मुराकामी-सैन की ओर देखा, जो धीरे-धीरे ख़र्राटे ले रहा था और किसी संतुष्ट बच्चे की तरह सो रहा था। उसने धीरे से अपना तकिया उठाया और उसे मुराकामी के चेहरे पर रख दिया। अब समय आ गया था कि मुराकामी-सैन ज़्यादा गहरी नींद सोए।

टोक्यो, जापान, 1993

सेशू टाकेमासा गहरी नींद में सोया हुआ था।

स्वाकिल्की ने सेशू को अभी इंपीरियल सुइट के विलासितापूर्ण संकेन मार्बल टब में एक गर्म, कामुक मिनरल स्नान कराया था।

टोक्यो के प्रख्यात इंपीरियल होटल में 1057 कमरे थे जिनमें से 64 सुइट थे, जो ज़्यादातर राजनयिकों, शाही परिवार और मशहूर हस्तियों के लिए आरक्षित रहते थे।

सेशू टाकेमासा ये सभी कुछ था। जापान के 125वें सम्राट महाराज आकीहीतो के साथ उसकी निकटता के बारे में सभी जानते थे। वो तीन लगातार प्रधानमंत्रियों—सूटोमू हाटा, टोमीशी मुरायामा और रियूटारो हाशीमोटो—समेत राजनीतिक क्षेत्र से भी क़रीब था। मैडोना, ओप्रा, प्रिंस चार्ल्स, बिल गेट्स, टॉम क्रूज़ और बिल क्लिंटन के साथ उसके फ़ोटो अक्सर सोसाइटी के पन्नों पर छपते रहते

थे। उसका मीडिया साम्राज्य सिर्फ़ रूपर्ट मुरडोक से ही छोटा था और उसने ऑम शिनरिक्यो पर सीधा हमला करने के लिए उसका इस्तेमाल किया था।

इतने वर्षों में स्वाकिल्की और भी आकर्षक हो गई थी। वो एक ख़ूबसूरत और शानदार जापानी गुड़िया जैसी थी। उसकी हल्के हाथीदांत जैसे रंग की त्वचा बेदाग़ थी। उसके गहरे काले बालों में सुनहरेपन का हल्का सा पुट था और वो उसके कूल्हों की गोलाइयों तक जाते थे। उसका चेहरा उत्कृष्ट था, जहां आंखों की जगह गहरी झीलें थीं, गरुड़ जैसी नाक थी और नाज़ुक लेकिन भरे-भरे होंठ थे। वो हर तरह से एक राजकुमारी सी लगती थी।

सेशू को स्नान कराने के बाद उसने उसकी मसाज करना शुरू कर दिया। उसका इरादा उसकी संवेदना को गहरा करने के साथ-साथ उसके भीतर से उसकी लय को बिठाना था। तंत्र के अपने ज्ञान के कारण वो सातों चक्रों, तंत्रिका केंद्रों पर फ़ोकस कर पा रही थी, उसकी रीढ़ के आधार से शुरू करके उसके जननांगों और फिर आगे उसके पेट, फिर और ऊपर हृदय, और आगे गले, और फिर और ऊपर उसके माथे—रहस्यमयी तीसरी आंख—और आख़िर में सिर के ऊपर तक। उसकी दुलार भरी हरकतों ने सेशू को नर्म मिट्टी जैसा बना दिया था जिसे वो जैसे चाहती ढाल सकती थी।

अभी उसका ध्यान सेशू की पुरस्थग्रंथि पर था। ये कथित रूप से कुंडलिनी ऊर्जा का अभिगम बिंदु था जो ज्ञान की ओर ले जाता था।

मसाज कराते-कराते उसे एक गहरी भावनात्मक मुक्ति सी महसूस हुई। उसके गालों पर आंसू ढलक आए। वो हंसने लगा। फिर रोने लगा। ये परमानंद की एक के बाद एक उठती लहर थी। स्वाकिल्की के अविश्वसनीय कौशल के प्रति कृतज्ञता प्रकट करने के लिए उसने नज़रें उठाकर उसके मुस्कुराते हुए विनम्र चेहरे को देखा।

उसे उस धारदार रेज़र की चमक तक महसूस नहीं हुई जिसने

तेज़ी से उसका गला काट डाला।

ओसाका, जापान, 1995

20 मार्च 1995 को, सवेरे की भीड़ के बीच ऑम शिनरिक्यो पंथ के दस सदस्य भिन्न स्टेशनों से पांच ट्रेनों में सवार हुए। एक पूर्वनिर्धारित समय पर उन्होंने सरीन गैस के बैग फोड़े। बारह लोग मरे और हज़ारों अपाहिज हो गए। जापानी पुलिस का मानना था कि हमला गैंग के दस लोगों ने अंजाम दिया था। वास्तव में इसमें बारह लोग शामिल थे।

पच्चीस लाख की आबादी वाला, जापान का तीसरा सबसे बड़ा शहर ओसाका कांसाई क्षेत्र की आर्थिक शक्ति था। हिगाशी-ओसाका, या पूर्व ओसाका, एक रिहाइशी उपनगर था और इसके औद्योगिक क्षेत्र में बिजली के उपकरणों, मशीनरी, कपड़े के फ़ाइबर और काग़ज़ का उत्पादन होता था। इसी इलाक़े ने स्वाकिल्की और ताकुआ को भी पैदा किया था।

ताकुआ 1955 में पैदा हुआ था, जिस साल ऑम शिनरिक्यो पंथ का बदनाम संस्थापक आसाहारा शोको भी पैदा हुआ था। आसाहारा की तरह वो भी टोक्यो विश्वविद्यालय की प्रवेश परीक्षा पास करने में नाकाम रहा था और एक्युपंक्चर के अध्ययन में लग गया था। आसाहारा और ताकुआ दोनों आगोन्शू से जुड़ गए, जो कि ध्यान के माध्यम से 'बुरे कर्म' से मुक्ति प्राप्त करने पर बल देने वाला एक नया धर्म था। आसाहारा ने 1986 में भारत का दौरा किया था और जापान वापस पहुंचने पर उसने हिमालय में ज्ञान प्राप्त कर लेने का दावा किया था। उसने अपने नए ग्रुप का नाम ऑम शिनरिक्यो रखा।[11]

ऑम में, एक आस्तिक बुरे कर्म को विभिन्न कष्ट सहन करके दूर कर सकता था। नतीजतन, पंथ के सदस्य अन्य सदस्यों के साथ

दुर्व्यवहार को न्यायोचित ठहराने के लिए आज़ाद थे।

जैसे-जैसे आसाहारा का पंथ फैला, वैसे-वैसे उसकी ताक़त और दौलत भी बढ़ती गई। सारे नए सदस्यों को अपने परिवारों से संबंध तोड़ना और अपनी दौलत पंथ में देनी पड़ती थी। ऑम शिनरिक्यो ख़ूनी दीक्षाओं, अनैच्छिक चंदों, धमकियों और जबरन वसूली के लिए बदनाम हो गया। इनमें से कई गतिविधियों के पीछे ताकुआ का ही दिमाग़ और बाहुबल होता था, हालांकि सिर्फ़ व्यावसायिक उद्देश्यों के लिए।

जैसे-जैसे आसाहारा का पागलपन बढ़ता गया, उसे लगा कि दुनिया को ये विश्वास दिलाने की ज़रूरत है कि एक प्रलय आने वाला है, और वही दुनिया का एकमात्र रक्षक है। 1994 में उसने आदेश दिया कि मात्सुमोटो ज़िले के कीता-फ़ुकाशी में सरीन गैस के बादल छोड़े जाएं। इसके तुरंत बाद भयानक ट्रेन हमला हुआ।

आख़िरकार आसाहारा को कामीकुईशीकी गांव के एक ख़ुफ़िया कमरे में छिपा हुआ ढूंढ़ निकाला गया। उसके पास भारी मात्रा में कैश और सोने की छड़ें मिलीं। उसके कई अनुयायी भी पाए गए—जो बेहोशी की एक दवा पेंटोबार्बिटल के प्रभाव में बेहोश थे। आसाहारा और 104 अनुयायियों पर अभियोग लगाए गए। दो पर नहीं लगाए गए।

अन्यों के विपरीत, स्वाकिल्की और ताकुआ आसाहारा के साथ केवल व्यावसायिक कारणों से थे। उनका आसाहारा या ऑम शिनरिक्यो से कोई भावनात्मक या आध्यात्मिक संबंध नहीं था, और वो कुछ भी करने को आज़ाद थे।

तेल अवीव, इज़रायल, 1995

चार नवंबर को, इज़रायल के प्रधानमंत्री यित्ज़ाक रेबिन की एक दक्षिणपंथी कार्यकर्ता यिगाल अमीर द्वारा हत्या कर दी गई। हत्या का

आमतौर पर स्वीकृत विवरण ये था कि हत्यारा रेबिन द्वारा ओस्लो समझौता साइन करने से नाराज़ था, जिसके कारण उसने रेबिन की जान ले ली।[12]

दो अन्य षडयंत्रकारियों के बारे में कोई नहीं जानता था जिन्होंने टोक्यो से बैंकॉक के लिए थाई एयरवे फ़्लाइट 643 और फिर बैंकॉक से तेल अवीव के लिए एल अल फ़्लाइट 84 ली थी।

मैड्रिड, स्पेन, 1998

स्पेनिश कॉन्स्टीट्यूशनल कोर्ट के अध्यक्ष लोपेज़ टॉमस मैड्रिड ऑटोनॉमस यूनिवर्सिटी में अपने ऑफ़िस में थे कि एक बंदूक़धारी उनके ऑफ़िस में घुसा और उसने उन्हें बिल्कुल नज़दीक से गोली मार दी। आमतौर पर माना गया कि बास्क अलगाववादी गुट, ईटीए, इस हत्या के पीछे था।

टोक्यो से लुफ़्थान्सा की फ़्लाइट 711 से फ्रैंकफ़र्ट आनेवाले कैमरा लटकाए जोड़े ने जर्मनी में तस्वीरें शूट करने की ज़हमत गवारा नहीं की थी। इसके बजाय, उन्होंने उसी दिन मैड्रिड के लिए स्पेनएयर की फ़्लाइट 2582 ले ली थी।

मैड्रिड में इससे ज़्यादा कुछ शूट करना था।

दोशंबा, ताजिकिस्तान, 2001

27 अक्तूबर को, ताजिकिस्तान के एक मशहूर पत्रकार ओताख़ोन ख़ैरोल्लायेव को बिल्कुल नज़दीक से गोली चलाकर मार डाला गया। उसी दिन एक जापानी औरत एक अफ़ग़ानी बुर्क़ा पहने राजधानी दोशंबा में दाख़िल हुई थी।

आसुन्सियोन, पैरागुए, 2002

27 जून को, पैरागुए के वित्त मंत्री लुइस सैंटा क्रूज़ को उनकी कार में गोली मार दी गई। वो राष्ट्रपति पद के उम्मीदवार हो सकते थे। लगभग इसी समय एक जापानी औरत बहुत से टूरिस्ट स्थलों के दौरे कर रही थी, जिनमें आसुन्सियोन भी शामिल था।

एथेंस, यूनान, 2005

16 जून को, एथेंस में ब्रिटिश मिलिट्री अताशी डेविड रॉबर्ट्स को मार्क्सवादी क्रांतिकारी संगठन एन17 से जुड़े, मोटरसाइकिलों पर सवार बंदूक़धारियों ने गोली चलाकर मार डाला। उस समय हनीमून पर आया एक जापानी जोड़ा यूनानी द्वीपों पर क्रूज़ पर था।

मनीला, फ़िलीपींस, 2007

26 फ़रवरी को, वामपक्ष की ओर झुकाव वाले एक उभरते राजनीतिज्ञ फ़िलेमोन मोंटिनोला की हत्या कर दी गई।

अगले दिन एक जापानी लड़की माइनर बैसिलिका ऑफ़ द इमैक्युलेट कंसैप्शन, जिसे आमतौर पर मनीला कैथीड्रल के नाम से जाना जाता था, में मोमबत्ती जलाने के लिए गई।

बेल्ग्राद, सर्बिया, 2010

9 मई को, सुबह 11:28 पर, एक सरकारी इमारत के अंदर, सर्बिया

के विदेश मंत्री ड्रैगिंजा जींजिच को दो बार छाती में गोली मारी गई। उनके हत्यारे वोजिस्लाव जोवानोविए ने इलाक़े की एक और इमारत से गोलियां चलाई थीं। उसी सुबह उस इमारत में एक जापानी औरत आई थी।

हां, स्वाकिल्की और ताकुआ का बिज़नेस अच्छा चल रहा था। ये देखते हुए कि आसाहारा और ऑम शिनरिक्यो इतिहास बन चुके थे, अब वो पूरी आज़ादी से काम कर सकते थे। दरअसल, कोई था जो स्वाकिल्की का सैंटा क्लॉज़ था। उसका नाम अल्बर्तो वैलेरियो था।

वैटिकन सिटी, 2012

अल्बर्तो वैलेरियो प्रसिद्ध विद्वान, यूनिवर्सिटी ऑफ़ लंदन में धर्म अध्ययन विभाग के प्रोफ़ेसर टैरी एक्टन का शोध-निबंध पढ़ने में व्यस्त था। भले डॉक्टर ने ये साबित करने के लिए ठोस तर्क दिए थे कि जीज़स क्राइस्ट की मौत सलीब पर नहीं हुई थी। अल्बर्तो कार्डिनल वैलेरियो ने अपनी वाल्पोलिचेला से एक चुस्की ली, और आगे पढ़ने लगा:

अगर मंदिर के स्वार्थी यहूदी जीज़स को मारना चाहते, तो उनके पास रोम से अनुमति लिए बिना उन्हें पत्थरों से मार डालने की शक्ति थी। ऐसा क्यों नहीं हुआ?

इसके बजाय, जीज़स को रोमवासियों ने रोम के क़ानून के तहत सज़ा दी और सूली पर चढ़ा दिया—वही सज़ा जो रोमन साम्राज्य के दुश्मनों को दी जाती थी। एक ऐसे व्यक्ति को रोमन क़ानून के अंतर्गत सज़ा देने की क्या आवश्यकता थी जिसका उद्देश्य महज़ धार्मिक था, राजनीतिक नहीं?

रोमन क़ानून के तहत उन्हें पहले कोड़े मारे जाते जिससे भारी मात्रा में ख़ून बह जाता। इस कमज़ोर हालत में उनकी बांहें तस्मों या

कीलों द्वारा उनके कंधों और गले के आरपार ठोस लकड़ी के एक शहतीर से जड़ दी जातीं। फिर उन्हें शहतीर का भार उठाए हुए सूली के अंतिम स्थान तक चलना पड़ता।

सूली के स्थान पर क्षैतिज शहतीर में एक लंबवत शहतीर जड़ दिया जाता, जबकि पीड़ित अभी भी उस पर लटका होता। इसी तरह लटके-लटके पीड़ित दो दिन तक जीवित रहता बशर्ते कि उसके पैर क्रॉस से जुड़े रहते। पैरों के जुड़े रहने से उसकी छाती पर दबाव कम हो जाता और वो सांस लेने में सक्षम रहता।

आख़िरकार, पीड़ित थकान, प्यास या कीलों के द्वारा ख़ून में ज़हर फैल जाने से मर जाता। पीड़ित की निरंतर पीड़ा को उसके घुटने तोड़कर समाप्त किया जा सकता था जिससे सारा दबाव उसकी छाती पर आ जाता जिसके नतीजे में तुरंत उसका दम घुट जाता। इस तरह, आम विचार के विपरीत, घुटनों का तोड़ना दुर्भावनापूर्ण नहीं होता था—वास्तव में, ये दया का कार्य होता। जीज़स के घुटने कभी नहीं तोड़े गए, फिर भी वो क्रॉस पर कुछ घंटों के अंदर ही मर गए। क्यों?

क्रॉस से लटके रहने के दौरान जीज़स ने कहा था कि उन्हें प्यास लगी है। आम विचार है कि उन्हें पानी देने के बजाय निर्दयतापूर्वक सिरके में भिगोकर स्पंज दिया गया था। यहां ध्यान देने योग्य बात है कि सिरके का प्रयोग कश्तियों पर थके हुए ग़ुलामों में नई जान फूंकने के लिए किया जाता था। वास्तव में, सिरके से उनमें अस्थायी रूप से नई जान आ जानी चाहिए थी। उलटे, सिरके की भभक महसूस करने के तुरंत बाद उन्होंने अपने अंतिम शब्द बोले और फिर मर गए। उन पर इसका उलटा प्रभाव क्यों हुआ?

इसका एक संभव कारण हो सकता है। स्पंज में सिरका था ही नहीं। इसके बजाय, उसमें कंटालिका और अफ़ीम का मिश्रण था। इससे जीज़स पूरी तरह बेहोश हो गए होंगे, और बस देखने में ऐसा लगा होगा कि वो मर चुके हैं। इस तरह पहरेदारों को उनके घुटने तोड़ने का आख़री काम नहीं करना पड़ा होगा, जिससे दम घुटने के

कारण उनकी मृत्यु हो जाती।

रोमन क़ानून सूली पर चढ़े व्यक्तियों की लाशों को उनके परिवारों को देने से स्पष्ट रूप से रोकता था। ऐसी लाशों को सड़ने या शिकारी पक्षियों द्वारा खा लिए जाने के लिए सलीब पर ही छोड़ दिया जाता था। तो फिर क्यों जूडिया के रोमन गवर्नर पोंटियस पाइलेट ने रोमन क़ानून को नज़रअंदाज़ करते हुए जीज़स की लाश को अरिमेथिया के जॉज़ेफ़ को दफ़्न करने के लिए देने का फ़ैसला किया?[13]

अपनी स्वादिष्ट वाल्पोलिचेला से एक और नपी-तुली चुस्की लेते हुए, अल्बर्तो कार्डिनल वैलेरियो के चेहरे पर एक संतोष भरी मुस्कान पसर गई। अब एक और अधर्मी को नर्क की आग में जलने के लिए भेजने का समय आ गया था!

अल्बर्तो कार्डिनल वैलेरियो एक ख़ुशमिज़ाज, गोल-मटोल और मिलनसार आदमी थे। अपनी मुस्कुराती हुई आंखों, गुलाबी चेहरे और बुद्धा-तोंद की वजह से वो एक हंसमुख सैंटा क्लॉज़ से दिखते थे। वो आर्कीवियो सीग्रेतो वातिकानो के प्रमुख थे, जिसे आमतौर पर सीक्रेट आर्काइव्ज़ ऑफ़ द वैटिकन के नाम से जाना जाता था।

वैटिकन सीक्रेट आर्काइव्ज़ उन सारे दस्तावेज़ों का केंद्रीय भंडारगृह था जिन्हें युगों से रोमन कैथलिक चर्च जमा करता आ रहा था। तीस मील के बुकशेल्फ़ों के इस आर्काइव्ज़ को पोप पॉल पंचम ने सत्रहवीं शताब्दी में बाहरी लोगों के लिए बंद कर दिया था और ये उन्नीसवीं शताब्दी तक बंद ही रहा।

अल्बर्तो वैलेरियो 1941 में टूरिन में पैदा हुए थे। 1964 में विधिवत पादरी बनने के बाद जल्दी ही उन्हें रोमन क्यूरिया में अपनी पहली नियुक्ति मिली और फिर सेक्रेड कांग्रीगेशन फ़ॉर सैमिनेरीज़ एंड यूनिवर्सिटीज़ में तेज़ी से तरक़्क़ी करते हुए वो कई पदों पर

आसीन रहे और आख़िरकार 1981 में इसके अंडरसेक्रेटरी बन गए।

कुछ समय की छुट्टी लेकर उन्होंने बेल्जियम में लूवेन की कैथलिक यूनिवर्सिटी से धर्मशास्त्र में डॉक्टरेट की, और फिर वैटिकन आने पर कांग्रीगेज़ियोन पर ले चाइज़ ओरियंताली, या कांग्रीगेशन फ़ॉर दि ओरियंटल चर्चेज़ के सेक्रेटरी बन गए, और उस समय उन्होंने जापान की विस्तृत रूप से यात्रा की। क्यूरिया के अंदर कई पदों पर रहने के बाद उन्हें आर्कीवियो सीग्रेतो वातिकानो का पदभार दे दिया गया, जो उन्हें बहुत आनंदित करता था।

जो बात सब लोग जानते थे, वो थी प्रीस्टली सोसाइटी ऑफ़ द होली क्रॉस की उनकी सदस्यता, जो पादरियों की एक ऐसी संस्था थी जो ओपस देइ और इसकी गतिविधियों का पूरी तरह समर्थन करती थी। जो बात सब लोग नहीं जानते थे वो थी क्रक्स देकुसात्ता पर्मुता की उनकी सदस्यता।[14]

जहां एक सामान्य सलीब स्पष्ट रूप से उनके गले में लटका रहता था, वहीं एक बहुत छोटा सा पेंडेंट उनके चोग़ो के अंदर लटका था। इसका एक अजीब सा डिज़ाइन था।

उन्होंने अपनी एंटीक मुरानो डेस्क पर से बैंग एंड ओलफ़्सेन का टेलीफ़ोन उठाया और डायल करने लगे: +81 . . . 3 . . .

कुछ घंटियों के बाद दूसरी ओर से एक महिला आवाज़ ने जवाब दिया। महामहिम ने रवां जापानी में '*ओहाया गोज़ाइमासू...*' शुरू कर दिया। "मेरे पास तुम्हारे लिए एक काम है। अगले दो दिनों में मुझसे लंदन में मिल सकती हो?"

"*हाइ, वाकारिमासू,*" स्वाकिल्की ने सम्मानपूर्वक कहा। "किस जगह मिलूं?"

"डोरचेस्टर में। मेरे सुइट में।"

"*डोमो आरिगाटो गोज़ाइमासू।*"

"ईश्वर तुम पर कृपा करे, मेरी बच्ची।"

स्वाकिल्की ने फ़ोन रखते हुए मेज़ के दूसरी ओर ताकुआ को देखा। उसने बेध्यानी में अपनी कलाई पर बने अजीब से टैटू पर उंगलियां फिराईं।

●●●

वो टैटू उसकी मां अकी ने तब बनवाया था जब स्वाकिल्की पांच साल की हुई थी। ऐसा ही टैटू ख़ुद अकी की बांह पर भी बना हुआ था।

स्वाकिल्की को सेंट विंसेंट डी पॉल की सिस्टर्स ऑफ़ चैरिटी की याद आ गई जिन्होंने ओसाका के होली फ़ैमिली अनाथालय में उसके छह वर्षों के दौरान उसकी बहुत अच्छी देखभाल की थी। उसे वो ख़ुशमिज़ाज सैंटा क्लॉज़ भी याद आया जो उन वर्षों में अनाथालय के बच्चों के लिए कैंडी लाता था। वो तभी से उसे सैंटा क्लॉज़ ही समझती थी; हालांकि उसका असली नाम अल्बर्तो वैलेरियो था।

स्वाकिल्की की स्वर्गीय मां से दोस्ती की वजह से अल्बर्तो वैलेरियो ने उसमें ख़ास दिलचस्पी ली थी। उसे गोद लिए जाने के दो साल बाद तक स्वाकिल्की को उसकी ओर से पोस्टकार्ड मिलते रहे थे, लेकिन जब वो अपने शोषक मुंहबोले बाप को छोड़कर भाग गई तो उसके साथ उसका संपर्क टूट गया। लेकिन उसने कई साल बाद किसी तरह स्वाकिल्की को ढूंढ़ ही निकाला। स्वाकिल्की ने उसके सामने अपनी बदहाली का कंफ़ैशन किया और अपनी ज़िंदगी की सारी गुप्त बातें भी बता दीं। फिर अल्बर्तो वैलेरियो ने उससे कहा था, "मैं पिता, पुत्र और पवित्र आत्मा के नाम पर तुम्हें तुम्हारे पापों से मुक्त करता हूं।"

स्वाकिल्की को बस इतना याद था कि उसके सामने अपना बोझ उतारकर उसने कितना हल्का महसूस किया था। अब के बाद

से वो ऑम शिनरिक्यो के लिए हत्याएं नहीं करेगी।

सिर्फ़ क्राइस्ट के लिए करेगी।

लंदन, यूके, 2012

वर्जिन एटलांटिक की फ़्लाइट 901 ने टोक्यो के नरीता एयरपोर्ट से सवेरे ठीक ग्यारह बजे टेक ऑफ़ किया और लंदन के स्थानीय समय शाम 3:30 के अपने निर्धारित समय से कुछ मिनट पहले ही हीथ्रो पर लैंड कर गई। वर्जिन के अपर क्लास केबिन में एक जापानी जोड़ा था जिसने साढ़े बारह घंटे की पूरी फ़्लाइट आराम से सोते हुए बिताई थी।[15]

उन्होंने न तो पढ़ने के लिए कुछ मांगा था और न ही अपने मनोरंजन स्क्रीनों को चालू किया था। मछली के अंडों के साथ श्रिंप, मीसो पेस्ट में बनी ज़ुकीनी, अंडे की ज़र्दी और केकड़े के मांस के रोल, कूटू के नूडल्स और ग्रीन टी का लंबा-चौड़ा डिनर परोसे जाने के दौरान भी वो सोते ही रहे थे। यक़ीनन वो लंदन में एयरबस एयरक्राफ़्ट से निकलने वाले सबसे ताज़ादम मुसाफ़िर थे।

कैमरा लटकाए एक सामान्य जापानी टूरिस्ट जोड़ा, मि एवं मिसेज़ यामामोटो के पासपोर्ट सरसरी नज़र से जांचते हुए इमिग्रेशन ऑफ़िसर ने सोचा। फ़्लाइट के दौरान उन्होंने जो लैंडिंग कार्ड भरे थे उनसे पता चलता था कि वो पार्क लेन में ग्रॉसवीनर हाउस होटल में एक हफ़्ता ठहरेंगे। उसने रूटीन में उनके पासपोर्ट स्टैंप किए और उन्हें आगे बढ़ने का इशारा कर दिया।

उनका कोई चेक-इन किया हुआ सामान नहीं था, सिर्फ़ जहाज़ पर साथ लाए स्ट्रोलर थे, इसलिए उन्हें कंवेयर बेल्टों पर इंतज़ार करने की ज़रूरत नहीं थी जहां धुंधली आंखें लिए सैकड़ों यात्री भीड़ लगाए हुए थे। वो इसके बजाय हीथ्रो के टर्मिनल तीन के ग्रीन चैनल से निकले और बिना कोई संदेह जगाए टहलते हुए आगमन क्षेत्र के

टैक्सी प्रस्थान बिंदु तक पहुंच गए। वहां लंदन की चार कैब इंतज़ार कर रही थीं और उनमें से पहली में वो बैठ गए।

"कहां चलें, सर?" ख़ुशमिज़ाज कैबी ने पूछा।

"पार्क लेन पर लंदन हिल्टन, प्लीज़," जवाब मिला। न कि ग्रॉसवीनर हाउस।

लंदन हिल्टन की रिसेप्शन डेस्क पर उदासीन रिसेप्शनिस्ट ने उनके पासपोर्ट और क्रेडिट कार्ड मांगे। ताकुआ ने बड़ी ख़ुशी से उसे एक वीज़ा कार्ड के साथ दो जाली पासपोर्ट दे दिए, जिनमें से एक उसका था और एक उसकी बीवी का।

एग्ज़ीक्यूटिव फ़्लोर पर अपने कमरे में पहुंचने के बाद स्वाकिल्की ने अपना घुंघराले बालों वाला विग और ताकुआ ने अपना बिना नंबर का चश्मा और मूंछ हटा दी। उन्होंने सफ़र के अनौपचारिक कपड़े उतारे, अच्छी तरह से स्नान किया और फिर नए औपचारिक कपड़े पहन लिए। फिर स्वाकिल्की ने अपना घुंघराले बालों वाला विग और ताकुआ ने अपना बिना नंबर का चश्मा और मूंछ फिर से लगा लिए। उसके बाद वो एलीवेटर से लॉबी में और लॉबी से टहलते हुए होटल से बाहर पार्क में आए, दाएं मुड़े, और 22 पार्क लेन, हिल्टन से टहलते हुए कुछ ब्लॉक दूर 54 पार्क लेन तक पहुंच गए जहां डोरचेस्टर होटल था। वहां पहुंचने पर उन्हें महामहिम अल्बर्तो कार्डिनल वैलेरियो से अपना काम औपचारिक रूप से मिलने वाला था।

अध्याय पांच

न्यूयॉर्क सिटी, यूएसए, 1969

20 जुलाई को चंद्रमा से हुआ पहला टीवी प्रसारण दुनिया भर में साठ करोड़ लोगों ने देखा था। मैथ्यू सिन्क्लेयर एक काफ़ी पुराने सोफ़े पर बैठा टकटकी लगाए नील आर्मस्ट्रांग को चांद पर चलने वाला पहला आदमी बनते देख रहा था। इस अविश्वसनीय दृश्य को देखते समय उसके साथ उसकी पत्नी जूलिया और उनका तीन हफ़्ते का बच्चा विंसेंट मैथ्यू सिन्क्लेयर भी मौजूद था।

नील आर्मस्ट्रांग के चांद पर पहुंचने और नन्हे विंसेंट के पृथ्वी पर आने से पहले एक और महत्वपूर्ण घटना हुई थी। टैरेंस कार्डिनल कुक न्यूयॉर्क के आर्चबिशप बने थे। कुक के पदग्रहण वाले दिन मार्टिन लूथर किंग जूनियर की हत्या हो गई थी जिसके नतीजे में कई अमेरिकी शहरों में भयानक दंगे हुए थे।[16]

आर्चबिशप के रूप में कुक का दौर मुश्किल होने वाला था। 1967 और 1983 के बीच न्यूयॉर्क में डायोसीज़ पादरियों की संख्या लगभग 30 प्रतिशत, शिशु बपतिस्मा लगभग 40 प्रतिशत और चर्च में शादियों की तादाद लगभग 50 प्रतिशत गिर गई। लगता था जैसे न्यूयॉर्क में कैथलिकवाद तेज़ी से फ़ैशन से बाहर होता जा रहा है।

न्यूयॉर्क में आर्चडायोसीज़ के अंदर चल रहे इस संकट के

बीच, सिन्क्लेयर दंपती, जो बहुत धार्मिक थे, उम्मीद कर रहे थे कि उनका बेटा सेंट जॉज़ेफ़ की सैमिनेरी में दाख़िला पाकर उनका नाम रौशन करेगा।

विंसेंट के हावभाव में बचपन से ही धार्मिकता थी, और उसका पादरी बनना लगभग पूर्वनिर्धारित था।

इस तरह ये ईश्वर द्वारा पूर्वनिर्धारित और विंसेंट के मां-बाप द्वारा निर्धारित था कि वो एक तेज़ी से कम हो रहे अल्पसंख्यक ग्रुप—डायोसीज़ पादरी—का भाग बनेगा।

न्यूयॉर्क सिटी, यूएसए, 1979

दस साल की उम्र में विंसेंट सिन्क्लेयर एक सामान्य बच्चा था। वो पिछवाड़े की ओर पड़ोसी की बेटी केट के साथ खेल रहा था। वो एक झूले पर थे जो उसके पिता मैथ्यू ने आंगन में एक मज़बूत पेड़ की एक तगड़ी शाखा से बांधा हुआ था। विंसेंट को केट पहले ही झूले पर झोंके दे चुकी थी; अब झूलने और झोंके दिलवाने की बारी केट की थी।

लड़के तो लड़के ही होते हैं। जब विंसेंट ने केट के झूले को झोंके देना शुरू किया, तो उसके चेहरे पर एक शरारती चमक थी। जब वेग बढ़ने लगा, तो उसने देखा कि वो कम ताक़त लगाकर भी केट को और ज़्यादा ऊंचा पहुंचा पा रहा है। नतीजे में केट के मासूम चेहरे पर घबराहट का भाव आ गया।

झोंके खाने के मुक़ाबले झोंके लगाना ज़्यादा आसान था।

और फिर वही हुआ जो होना था। आख़री झोंका कुछ ज़्यादा ही ज़ोरदार था और केट अपना संतुलन खो बैठी। बेचारी नन्ही केट ज़मीन पर गिर गई और उसका घुटना छिल गया। विंसेंट की मां जूलिया और आंट मार्था दौड़ती हुई बाहर आईं और उन्होंने लड़की के घुटने पर एक जीवाणुरोधी मरहम लगाया, जो ज़मीन पर पड़ी हुई

थी और उसके गुलाबी गालों पर आंसू बह रहे थे।

विंसेंट क्षमा मांगने के भाव से पास ही खड़ा था और उसे उठाने के लिए हाथ बढ़ा रहा था।

अपना हाथ बढ़ाते हुए, वो ये शब्द दोहराए जा रहा था, "*टलीथा कोम। टलीथा कोम। टलीथा कोम।*"

बाइबिल में मार्क 5:41 का अवतरण इस तरह है:

वो उपासनागृह प्रशासक के घर पर आया, और उसने वहां शोर, रुदन और भारी विलाप देखा। प्रवेश करने के बाद उसने उनसे कहा, "तुम लोग क्यों शोर करते और रोते हो? बच्ची मरी नहीं है, बल्कि सो रही है।" उन्होंने उसका उपहास किया। लेकिन वो, उन सबको बाहर करने के बाद, बच्ची के पिता, माता, और उन लोगों को जो उसके साथ थे, साथ लेकर वहां गया जहां बच्ची लेटी हुई थी। बच्ची का हाथ पकड़कर उसने उससे कहा, "टलीथा कोम!" जिसका अर्थ है, "लड़की, मैं तुझसे कहता हूं, उठ जा!" लड़की तुरंत उठी और चलने लगी, क्योंकि वो बारह वर्ष की थी।[17]

न्यूयॉर्क सिटी, यूएसए, 1989

चार साल के हाई स्कूल, चार साल के कॉलेज और चार साल के धर्मशास्त्र के बाद विंसेंट मैथ्यू सिन्क्लेयर को आर्चबिशप द्वारा सेंट पैट्रिक्स कैथीड्रल के आर्चबिशप द्वारा दीक्षा के लिए बुलाया गया।

मैनहैटन के बीचोबीच 50वीं स्ट्रीट और 5वीं एवेन्यू पर स्थित सेंट पैट्रिक्स कैथीड्रल का निर्माण 1879 में पूरा हुआ था। लेकिन कैथीड्रल को नया लाउडस्पीकर सिस्टम और आधुनिक लाइटिंग 1989 में मिली। टैक्नॉलोजी में इस सुधार के कारण, फ़ादर विंसेंट सिन्क्लेयर के रोमन कैथलिक पादरी बनने को वहां मौजूद सभी लोगों

ने साफ़-साफ़ देखा और सुना।

दर्शकों में गर्व से फूले मां-बाप जूलिया और मैथ्यू सिन्क्लेयर और बोर हो रही लेकिन कर्तव्यनिष्ठा के साथ आई आंट मार्था सिन्क्लेयर भी मौजूद थी। आर्चबिशप महामहिम जॉन कार्डिनल ओ'कॉनर ने अपने हाथ विंसेंट के सिर पर रखे और साम 110:4 के शब्द बोले: "अब तुम मैल्चिज़ीडेक की रीति के अनुसार हमेशा के लिए पादरी हो!"

इस तरह व्हाइट प्लेन्स, न्यूयॉर्क के अवर लेडी ऑफ़ सॉरोज़ चर्च में एक डायोसीज़ पादरी के रूप में विंसेंट की नई ज़िंदगी की शुरुआत हो गई। उसके कामों में रविवार और अन्य दिनों में मास कराना, कंफ़ैशन सुनना, बीमारों का अभिषेक करना, नवजातों का बपतिस्मा करना, विवाह योग्य लोगों की शादियां कराना और मृतकों को दफ़्न करवाना शामिल था।

अपने चर्च के कामों के अलावा, विंसेंट ने पास के आर्चबिशप स्टैपिनैक हाई स्कूल में कैथलिक लड़कों की एक क्लास को इतिहास पढ़ाना भी शुरू कर दिया।

व्हाइट प्लेन्स, न्यूयॉर्क, यूएसए, 1990

स्कूल की सबसे पुरानी चीज़ सफ़ेद बालों वाला बूढ़ा चौकीदार टेड कैलाहैन था। स्कूल में विंसेंट के पहले ही दिन टेड ने उसे स्कूल के मैदान में घेर लिया। "फ़ादर, क्या मैं आपसे एक गंभीर मामले के बारे में कुछ सवाल पूछ सकता हूं जिन्हें लेकर मैं परेशान हूं?" टेड ने मक्कारी से पूछा।

जवाब का इंतज़ार किए बिना टेड बोलता गया, "देखिए, बाइबिल के लैविटिकस 15:19-24 से पता चलता है कि मैं औरत से उसकी माहवारी के दौरान संबंध नहीं रख सकता। मगर समस्या ये है कि मुझे ये पता कैसे चले? पूछने की कोशिश करता हूं, तो ज़्यादातर

औरतें बुरा मान जाती हैं!"

विंसेंट हंस दिया।

टेड ने एक सस्ते से सिगार से बदबूदार धुएं का कश छोड़ते हुए अपने 'गंभीर' मुद्दे को जारी रखा। "इसके अलावा, फ़ादर, एक्सोडस 21:7 मुझे अपनी बेटी को ग़ुलाम के रूप में बेचने की अनुमति देता है। आपके ख़्याल से कितनी क़ीमत सही रहेगी?"

बात विंसेंट की समझ में आने लगी थी।

विंसेंट की प्रतिक्रियाओं से बेख़बर टेड आगे बोला, "लैविटिकस 25:44 ये भी कहता है कि मैं ग़ुलाम रख सकता हूं, लड़के और लड़कियां दोनों, बशर्ते कि वो पड़ोसी देश के हों। आपके ख़्याल से ये मैक्सिकी और कनाडा के लोगों पर लागू होता है?"

अब तक विंसेंट बुरी तरह हंसने लगा था। टेड प्रभाव के लिए रुका और फिर उसने अपनी बात जारी रखी, "मेरा एक पड़ोसी है जो सैबथ पे काम करने की ज़िद पर अड़ा हुआ है। एक्सोडस 35:2 स्पष्ट कहता है कि उसे मार डालना चाहिए। क्या उसे मारना मेरी नैतिक ज़िम्मेदारी है?"[18]

टेड अपने मज़ाक़ के चरम पर पहुंच चुका था और आख़री पंच लाइन बोलते-बोलते वो बुझे हुए सिगार का टुकड़ा नाटकीय ढंग से लहराते हुए ज़ोरदार ठहाका मारकर हंसने लगा था। विंसेंट हंसी से दोहरा हुआ जा रहा था। उस दिन के बाद से टेड और विंसेंट पक्के दोस्त बन गए।

व्हाइट प्लेन्स, न्यूयॉर्क, यूएसए, 2006

उनकी दोस्ती अगले सोलह साल तक क़ायम रही, जब तक विंसेंट अपनी छोटी सी शांत दुनिया में जीता रहा। लेकिन अब हालात बदलने वाले थे।

"तो जब हम अमेरिका के सोलहवें राष्ट्रपति अब्राहम लिंकन

के बारे में सोचते हैं, तो हम अक्सर ये भूल जाते हैं कि उन्होंने नाव पर काम किया, एक स्टोर चलाया, एक लोहार बनने का सोचा और क़ानून पढ़ा। हम भूल जाते हैं कि वो अपने कई प्रयासों में नाकाम रहे थे। वो कई मुक़द्दमे हारे, उप-राष्ट्रपति पद के लिए रिपब्लिकन पार्टी का उम्मीदवार बनने के अपने प्रयास में नाकाम रहे, और अमेरिकी सीनेट के लिए स्टीफ़न डगलस से हार गए थे। महत्वपूर्ण चीज़ ये है कि इनमें से किसी भी हार के कारण उन्होंने ख़ुद को रुकने नहीं दिया। उन्होंने 1860 में राष्ट्रपति का चुनाव लड़ा और जीते," विंसेंट ने अपनी बात पूरी की।[19]

लड़के उठने के लिए बेसब्री से इंतज़ार कर रहे थे। लंच ब्रेक की घंटी बजे पूरे तीस सैकंड हो चुके थे, लेकिन विंसेंट को भाषण पूरा करने में थोड़ा समय लग गया था। उसने जल्दी से अपनी किताबें उठाईं और स्टाफ़ लाउंज की ओर चल दिया, जहां बासी कॉफ़ी उसका इंतज़ार कर रही थी।

घटिया कॉफ़ी उस काम के लिए एक छोटी सी क़ीमत थी जिससे अब उसे प्यार हो गया था। युवा दिमाग़ों को ज्ञान देने से ज़्यादा ताज़गी भरा कुछ नहीं था। और फिर, उसे अपने विषय के लिए जुनून था। इस जुनून के कारण वो बड़ी सरलता से अपने युवा श्रोताओं को बीते दौर में ले जाता था। इसीलिए इसमें आश्चर्य की कोई बात नहीं थी कि विंसेंट स्टैपिनैक हाई के सबसे प्रिय टीचरों में से एक बन गया था।

विंसेंट बड़ी आसानी से वैस्टचैस्टर में रच-बस गया था। उसके पैरिशवासी अच्छे लोग थे और जैसे-जैसे उसके चर्च में आनेवालों की संख्या बढ़ती गई, वैसे-वैसे डायोसीज़ के अंदर उसका क़द भी बढ़ता गया। उसके सरल और सहज तौर-तरीक़ों की वजह से लोग उसके आने के कुछ ही महीनों में उसके साथ घुलमिल गए।

एक रविवार को उसके उपदेश के बाद, एक अधेड़ उम्र के श्रोता ने आकर उसे बधाई दी कि उसका उपदेश "छोटा और सुंदर था, उन लंबे और नीरस उपदेशों से उलट" जो उसका पूर्ववर्ती पादरी

दिया करता था। विंसेंट ने छूटते ही जवाब दिया कि उपदेश लड़की की स्कर्ट की तरह होना चाहिए, इतना लंबा कि मूल छिपा रहे और इतना छोटा कि दिलचस्पी बने रहे! जल्दी ही चारों ओर ख़बर फैल गई कि नया लड़का ब्रह्मचारी तो है, लेकिन बहुत मज़ेदार है!

उसे जो कॉफ़ी मिली वो बासी मगर गर्म थी। अभी लाउंज में एक आरामकुर्सी पर बैठकर उसने अपना अख़बार खोला ही था कि वर्ष का सर्वश्रेष्ठ चौकीदार टेड कैलाहैन वहां आ धमका।

"आपके लिए फ़ोन है, विंसेंट," उसने कहा।

विंसेंट ने नज़र उठाकर उसे देखा और पूछा, "किसका है?"

"पता नहीं। शायद किसी छोकरी का जिसे आपने पवित्र जल से अभिमंत्रित किया होगा," टेड हंसा।

विंसेंट ने कटाक्ष को नज़रअंदाज़ किया और लाउंज के प्रवेश के पास स्थित फ़ोन पर कॉल लेने के लिए खड़ा हो गया। उसने रिसीवर उठाया और बोला, "हैलो?"

"क्या मि विंसेंट सिन्क्लेयर बोल रहे हैं?" दूसरी ओर से किसी महिला की आवाज़ सुनाई दी।

"जी हां। कौन बोल रहा है?"

"मैं लेनॉक्स हिल हॉस्पिटल से डॉ जोन सिल्वर हूं। मुझे अफ़सोस है कि मेरे पास आपके लिए एक बुरी ख़बर है।"

विंसेंट तुरंत सतर्क हो गया। वो समझ गया कि कुछ गंभीर बात है। उसने कहा, "प्लीज़ बोलिए।"

"मि सिन्क्लेयर, आज सुबह लगभग 8 बजे एक कार दुर्घटना हुई थी। अफ़सोस कि आपके पिता की मौक़े पर ही मृत्यु हो गई। आपकी मां के सिर में चोटें आईं लेकिन उनके यहां पहुंचने तक बहुत देर हो चुकी थी। उनकी भी मौत हो गई।"

फ़ादर विंसेंट मैथ्यू सिन्क्लेयर के हाथ से रिसीवर छूट गया और वो प्रार्थना करने के लिए झुक गया, लेकिन वो इसमें अक्षम रहा; वो बस रो सका।

क्वीन्स, न्यूयॉर्क, यूएसए, 2006

1852 में, शहर के एक क़ानून ने मैनहैटन के अंदर दफ़्न को वर्जित घोषित कर दिया था। मैनहैटनवासी मैनहैटन में पैदा हो सकते थे, पढ़ाई या काम मैनहैटन में कर सकते थे, मैनहैटन में शादी कर सकते थे, मैनहैटन में मर सकते थे, लेकिन मैनहैटन में दफ़्न नहीं हो सकते थे।[20]

बारिश ने दफ़्न को बड़ा मुश्किल काम बना दिया। मैथ्यू और जूलिया सिन्क्लेयर दोनों को क्वीन्स काउंटी में सेंट जॉन सीमेट्री में दफ़्न किया जाना था, जहां विंसेंट के दादा-दादी भी दफ़्न थे।

विंसेंट के लिए अपनी आंट मार्था की उपस्थिति एक बड़ी राहत थी। मार्था विंसेंट के पिता मैथ्यू की काफ़ी छोटी बहन थी, और विंसेंट के लिए एक बुआ से ज़्यादा बहन जैसी थी।

मार्था सिन्क्लेयर अविवाहित रही थी। बत्तीस साल की उम्र में उसने भारत में आयंगर योग का अध्ययन करने के लिए अपने इंटीरियर डिज़ाइन के कैरियर को छोड़ दिया था। उसकी भारत और नेपाल यात्राएं पूरे तीन साल तक चलती रही थीं और उसे उपमहाद्वीप से प्यार हो गया था। इसके बाद उसने कुछ साल इंग्लैंड में बिताए, जहां वो स्पिरिचुअलिस्ट एसोसिएशन ऑफ़ ग्रेट ब्रिटेन में पूर्वजीवन की चिकित्सा का काम करती रही।

एक साल और भारत में बिताने के बाद वो अपनी योग अकेडमी स्थापित करने के लिए बड़े अनमने ढंग से न्यूयॉर्क वापस आई थी। भारत के साथ उसके संपर्क ने उसके मस्तिष्क को दर्शन, धर्म, ध्यान और आध्यात्मिकता के प्रति खोल दिया था; इस तथ्य के कारण वो ज़्यादातर आदमियों को सनकी सी लगने लगी थी।

अभी वो विंसेंट के दुख में उसे ज़्यादा से ज़्यादा सांत्वना देने की कोशिश में उसके पास खड़ी हुई थी।

चेहरे पर पड़ रही बारिश को नज़रअंदाज़ करता विंसेंट हाथ जोड़े प्रार्थना करता हुआ ख़ामोशी से खड़ा था जबकि उसका दोस्त और सहयोगी फ़ादर थॉमस मैनिंग साम 23:4 से पढ़ रहा था, "हां, यद्यपि मैं मृत्यु की छाया की घाटी में चल रहा हूं, किंतु मुझे कोई भय नहीं है क्योंकि तू मेरे साथ है।"

विंसेंट की आंखें प्रार्थना-प्रेरित भावशून्यता में बंद थीं। सारे लोग जहां तक संभव हो सूखे रहने की कोशिश में छतरियां पकड़े हुए थे। हल्की बारिश भयानक होती जा रही थी और क़ब्रिस्तान के ऊपर आसमान में बार-बार बिजली चमक रही थी। ताबूतों को ज़मीन में उतारा जा रहा था। विंसेंट की आंखें कसकर बंद थीं। वो बस फ़ादर थॉमस द्वारा बोले जा रहे शब्दों को दोहरा रहा था।

"येरूशलम की बेटियों, मेरे लिए रोना बंद करो। इसके बजाय, अपने और अपने बच्चों के लिए रोओ!" विंसेंट अचानक अपनी मोहावस्था से बाहर आ गया और उसने अपनी आंखें पूरी खोल दीं। ये शब्द एक अंत्येष्टि के लिए बिल्कुल अनुपयुक्त थे।

ये शब्द फ़ादर थॉमस ने नहीं बोले थे। उसकी बाइबिल बंद थी और उसके होंठ नहीं हिल रहे थे। प्रार्थना पूरी हो चुकी थी। तो फिर ये कौन बोला था?

कौंध! उसे अपने दिमाग़ के अंदर किसी कैमरे का फ़्लैश बल्ब सा बुझता महसूस हुआ। "*एलोइ, एलोइ लेमा साबाक्थानी?*" विंसेंट स्तब्ध था। क्या उसे मतिभ्रम हो रहा था? क्या वो पागल हो रहा था?

कौंध! *येरूशलम। वो लकड़ी का क्रॉस क्यों पकड़े हुए था?* कौंध! *विलाप करती औरतें। इसे सूली चढ़ाओ! इसे सूली चढ़ाओ!* कौंध! *ख़ून।* "*एलोइ, एलोइ लेमा साबाक्थानी?*" विंसेंट के दिमाग़ में किसी ख़ामोश फ़िल्म की रील की तरह दृश्य ज़बर्दस्त तेज़ी के साथ कौंध रहे थे।

विंसेंट का रंग फीका पड़ गया और वो अपनी जगह पर जमा खड़ा रह गया। फिर वो खड़े-खड़े आगे को झुका और अपनी दोनों बांहों को अपने दाएं कंधे के पास लाया। अब वो एक ऐसा आदमी

लग रहा था जिसके दाएं कंधे पर लकड़ी की कोई भारी चीज़ रखी हो। *साइमन! एलेक्ज़ैंडर! रूफ़स!* ये कैसे नाम थे? विंसेंट बेढंगेपन से ज़मीन पर गिर पड़ा।

सहानुभूतिपूर्ण दोस्तों को लगा कि दुख उस पर हावी हो गया है और वो उसे उठाकर उसे तसल्ली देने की कोशिशें करने लगे।

विंसेंट बेहोश हो चुका था।

⸙

बाइबिल में मार्क 15:34 का अंश इस तरह है:

और नौवें घंटे पर, जीज़स तेज़ आवाज़ में चिल्लाए, " *एलोइ, एलोइ लेमा साबाक्थानी?"*

⸙

विंसेंट की आंख क्वीन्स हॉस्पिटल सेंटर के एक अच्छी तरह प्रकाशित कमरे में खुली। उसने सबसे पहले परेशान फ़ादर थॉमस मैनिंग का चेहरा देखा। फिर उसने अपनी आंट मार्था को एक नर्स के साथ खड़े देखा। फिर उसने छत पर लगी सफ़ेद रोशनी को देखा।

उसकी बांह में एक इंट्रावेनस लाइन लगी हुई थी। उसकी हृदय गति दर, ब्लड प्रेशर और फेफड़ों की निगरानी के लिए उसके धड़ पर पैच लगे हुए थे।

विंसेंट बेसुधी में बड़बड़ा रहा था। फ़ादर थॉमस ने ये समझने के लिए कि वो क्या बोलने की कोशिश कर रहा है, उसके मुंह पर अपना कान लगा दिया। वो रुक-रुककर कुछ शब्द बोल रहा था। "...राहगीर... साइरीन... एलेक्ज़ैंडर... रूफ़स... साइमन... देहात... सेवा... आदेश... यातना... सलीब... उठा...।"

फ़ादर थॉमस तुरंत बाइबिल के उस अंश को पहचान गया जिसमें सूली पर चढ़ाने के लिए गोलगोथा ले जाए जाते समय जेरूसेलम की सड़कों पर जीज़स की यात्रा का विवरण था। चूंकि

जीज़स यातनाएं सहन करने के बाद बेहद कमज़ोर हो गए थे, इसलिए रोमवासियों ने क्रॉस का बोझ उठाने के लिए साइमन नाम के एक आदमी को आदेश दिया था।

विंसेंट जो अंश बड़बड़ाता लगता था, वो ये था: "साथ ही, उन्होंने एक राहगीर को, जो साइरीन का रहने वाला, एलेक्ज़ैंडर और रूफ़स का पिता, साइमन नाम का आदमी था और देहात से आ रहा था, इस सेवा का आदेश दिया कि वो उनकी यातना की सलीब को उठा ले।"

विंसेंट ये शब्द क्यों बड़बड़ा रहा था? "शांत हो जाओ, विंसेंट। तुमने बहुत तकलीफ़, सदमा और थकान झेली है। तुम्हें आराम चाहिए। तुम क़ब्रिस्तान में गिर गए थे और हम तुम्हें यहां ले आए ताकि तुम ठीक हो जाओ," फ़ादर थॉमस ने बोलना शुरू किया।

विंसेंट ने कोई परवाह नहीं की। उसके कंधे में तकलीफ़ हो रही थी। उसकी बांहों में दर्द हो रहा था। उसे चीख़ें और ताने सुनाई दे रहे थे। उसका पसीना बह रहा था। वो ख़ून पर चल रहा था! वो एक क्रॉस लिए चल रहा था!

आंट मार्था अस्पताल में एक सोफ़े पर लेटी हुई थी जब विंसेंट के शरीर में कुछ हरकत हुई। डॉक्टर ने उसे डैल्मेन का इंजेक्शन दिया था ताकि वो आराम से सो सके। अभी सुबह के लगभग ग्यारह बजे थे।

"गुड मॉर्निंग, बेटा," आंट मार्था ने सोफ़े पर बैठते हुए कहा। रात भर जागने के बावजूद भी मार्था ताज़ा दिख रही थी। बरसों के योग और ध्यान से उसे काफ़ी मदद मिली लगती थी; वो किसी भी तरह पैंतालीस साल के क़रीब की नहीं लगती थी। अपनी जवान त्वचा, अख़रोटी बाल, आकर्षक नाक और सुडौल 34-24-34 की फ़िगर की वजह से पैंतीस से ज़रा भी ऊपर नहीं लगती थी।

विंसेंट ने जवाब दिया। "हाइ, नाना। मुझे क्या हुआ? क्या मैं

बीमार हूं?" मार्था को ये देखकर राहत मिली कि विंसेंट उसे उसी नाम से बुला रहा था जिससे मैथ्यू का पूरा परिवार उसे बुलाता था—नाना। इसका साफ़ मतलब था कि उसकी हालत में सुधार हो रहा था। मार्था सोफ़े से उठकर बेड के पास आ गई।

"तुम्हें अंत्येष्टि के दौरान एक सदमा लगा था, विंसेंट। तुम बेहोश हो गए थे। मेरे बच्चे, तुम दो दिन से बार-बार बेहोश हो रहे हो। हम तुम्हें मुंह से नहीं खिला पा रहे थे, इसलिए नसों के रास्ते पोषण दे रहे थे।"

विंसेंट अंत्येष्टि के बारे में सोचने लगा और बोला, "नाना, फ़ादर थॉमस कहां हैं? मुझे उनसे बात करनी है।"

मार्था ने जवाब दिया, "कल रात वो यहीं थे, बेटे। काफ़ी देर से गए। मेरा ख़्याल है कि वो लंच के आसपास तुम्हें देखने आएंगे। तुम्हें उनसे क्या पूछना है?"

"नाना, मुझे लग रहा है कि मैं पागल हो रहा हूं। अंत्येष्टि में बेहोश होने से पहले, मुझे दृश्य से दिखाई दे रहे थे। वो इतने वास्तविक थे कि मुझे डर लगने लगा था। मुझे और भी डर इसलिए लगा कि मुझे लग रहा था कि अपनी आंखों के सामने कौंधने वाली तस्वीरों में मैं ख़ुद भी था," विंसेंट ने कहा।

मार्था ने विंसेंट का हाथ पकड़ा और कहा, "विंसेंट, कभी-कभी जब ज़िंदगी में हमें सदमे लगते हैं, तो वो हमारे दिमाग़ के उन भागों का विद्युतीकरण कर देते हैं जिन्हें हम सामान्य रूप से इस्तेमाल नहीं करते हैं। कभी-कभी इससे पुरानी यादें लौट आती हैं, ऐसी यादें जिन्हें लंबे समय से दबाकर रखा गया है।"

"ये कोई पुरानी याद नहीं थी, नाना। मैं कभी येरूशलम नहीं गया हूं, लेकिन फिर भी मैं उसे पूरी बारीकी के साथ देख सकता था। ये कोई याद नहीं थी। ये कुछ और ही था... मैं बता नहीं सकता। डरावनी बात ये है कि मैंने ख़ुद को जीज़स का क्रॉस लेकर चलते देखा!"

मार्था ने सीधे विंसेंट की आंखों में देखा और पूछा, "ये तुम्हारी

कल्पना हो सकती है... एक पादरी के रूप में तुमने जीज़स के बारे में जानने लायक़ लगभग हर बात पढ़ी है। उनमें से कुछ भंडारित तथ्यों के कारण ऐसे दृश्य दिखाई दे सकते हैं। ये संभव है ना?"

"आपकी बात बिल्कुल सही है, नाना। सदमे के कारण ही मतिभ्रम हो रहा है। इसमें चिंता करने की कोई बात नहीं है," विंसेंट ने ख़ुद को समझाते हुए कहा।

मार्था ने विंसेंट के पास लगी घंटी को बजाया ताकि नर्स उसे स्पंज कर सके और उसके लिए कुछ नाश्ते का इंतज़ाम कर सके। हालांकि वो और कुछ बोली नहीं, लेकिन उसे विंसेंट का बचपन में नन्ही सी प्यारी केट के पास खड़े होकर एक दूसरी भाषा के शब्द बड़बड़ाना याद आ गया जिन्हें सिर्फ़ वो समझ सकी थी।

"*टलीथा कोम। टलीथा कोम। टलीथा कोम।*"

न्यूयॉर्क सिटी, यूएसए, 2012

उसके माता-पिता की मौत को छह साल हो चुके थे। मार्था सिन्क्लेयर और विंसेंट सिन्क्लेयर मार्था की योग एकेडमी के शानदार यॉर्क एवेन्यू स्टूडियो में साथ बैठे हुए थे। छह साल पहले विंसेंट को अस्पताल से छुट्टी मिलने के बाद मार्था उसे मनाने में कामयाब रही थी कि ख़ुद को रीचार्ज करने के लिए उसे प्राणायाम करना चाहिए।[21]

अपने मां-बाप के मरने के बाद से विंसेंट ने हर हफ़्ते आंट मार्था के पास जाने को नियम बना लिया था। उसे इन मुलाक़ातों का इंतज़ार रहता था क्योंकि आंट मार्था बहुत मज़ेदार थीं। वैसे भी, उसके पास परिवार के नाम पर अब बस वही तो बची थीं।

बुआ और भतीजा टांग पर टांग रखे एक दूसरे के सामने बैठे हुए थे। प्राचीन योग मुद्रा पद्मासन उतनी आसान नहीं थी जितनी आंट मार्था ने बताया था। दायां पैर बाएं घुटने के नीचे, और बायां पैर दाएं घुटने के नीचे होना चाहिए था। करने से कहना आसान था!

"सांस लेना ही जीवन है। लेकिन हम इस पर कितना ध्यान देते हैं? मसलन, क्या तुमने कभी ध्यान दिया है कि सांस लेने के लिए तुम एक समय में एक ही नथुने का इस्तेमाल करते हो?" आंट मार्था ने अपने छात्र से कहा। विंसेंट को इसमें संशय था।

मार्था ने जल्दी से बात आगे बढ़ाई, "किसी भी एक क्षण में, दायां या बायां नथुना ही सांस लेगा। क्या तुम्हें पता था कि चौबीस घंटे में सक्रिय नथुना लगभग हर नव्वे मिनट पर बदल जाता है? बहुत कम अवधि के लिए ऐसा होता है जब दोनों नथुने एक साथ सांस लेते हैं। प्राचीन भारतीय योगी ये सब और इसके अलावा भी बहुत कुछ जानते थे। उन्होंने इंसान की सांस और उसके मस्तिष्क के बीच घनिष्ठ संबंध की खोज की और इसका अध्ययन किया। वो जानते थे कि जब दिमाग़ परेशान होता है, तो श्वसन लगभग निश्चित रूप से इससे प्रभावित होता है। वो ये भी जानते थे कि अगर सांस को ज़्यादा समय तक रोका जाए, तो इससे मस्तिष्क प्रभावित होगा। चूंकि योगी मूल रूप से मस्तिष्क को नियंत्रित करने का प्रयास करते थे, इसलिए उनका अनुमान था कि संभवत: सांस ही मस्तिष्क को नियंत्रित रख सकती है," उसने अपनी बात पूरी की।

वो उसकी रुचि को आकर्षित करने में सफल हो गई थी। धीरे-धीरे लेकिन निश्चित रूप से, विंसेंट ने सांस लेना और शांत रहना सीखना शुरू कर दिया।

पर बहुत समय तक नहीं।

ॐ

सेंट्रल पार्क 843 एकड़ में फैला है यानी मैनहैटन के 6 प्रतिशत भाग में। पार्क दक्षिण में 59वीं स्ट्रीट से उत्तरी छोर पर 111वीं स्ट्रीट तक और पूर्वी ओर 5वीं एवेन्यू से पश्चिम में 8वीं एवेन्यू तक फैला हुआ है।

विंसेंट को बचपन में सेंट्रल पार्क ज़ू जाना बहुत पसंद था। अपनी वयस्कता के बाद के वर्षों में, उसे पार्क के डीलाकोर्ट थिएटर

में कार्यक्रमों में जाना और पार्क के सबसे मशहूर रेस्तरां, टैवर्न ऑन द ग्रीन, में खाने के मज़े लेना अच्छा लगता था।

मार्था के योग और ध्यान के नियम का उस पर अदभुत प्रभाव हो रहा था और वो उस समय बड़ा ऊर्जावान महसूस कर रहा था जब वो पार्क के कुंड के पास कोई शांत जगह ढूंढ़ने के लिए जा रहा था। सेंट्रल पार्क के बीचोबीच स्थित कुंड आसपास की किसी भी सड़क से काफ़ी दूरी पर था और पार्क के सबसे शांत क्षेत्रों में से एक था। यहां विंसेंट को विपश्यना की वो तकनीक आज़माने के लिए एक बेंच मिल गई जो मार्था उसे कई महीनों से सिखा रही थी।[22]

बौद्ध मत की मूल भाषा पाली में विपश्यना का अर्थ था 'अंतर्दृष्टि'। इसका इस्तेमाल भारत की सबसे प्राचीन ध्यान की तकनीक के बारे में बताने के लिए भी किया जाता था, जिसकी बुद्ध ने पुनर्खोज की थी।

विंसेंट बेंच पर बैठा और फिर उसने अपनी टांगें ऊपर कर लीं ताकि वो पद्मासन की मुद्रा में आ सके जो नाना ने उसे सिखाई थी। फिर वो आंखें बंद करके अपने श्वास पर ध्यान देने लगा। सांस खींचो। सांस छोड़ो। अभी वो शांतचित्त हुआ ही था कि एक परिचित सी कौंध हुई! वही छह साल पहले वाली मनहूस कौंध!

धत! विंसेंट ने सोचा। मुझे तो लगा था कि वो पागलपन ख़त्म हो चुका है!

ख़ून। कौंध! *घायल सैनिक... पट्टियां*। कौंध! *समान भुजाओं वाला ख़ून जैसा लाल क्रॉस*। कौंध! *बसानो की तस्वीर... एक शानदार औरत*। कौंध! *एक भव्य मकान... भूतल और पहले तल पर स्वागत कक्ष*। कौंध! *नंबर 18*। *लंदन की सड़कें*। कौंध! *लोहे की बाड़... 'एस' का चिह्न*। कौंध! *भारतीय पुरातन चीज़ें*। कौंध! *पार्टियां, भोजन, संगीतकार, सैनिक*। कौंध! *लासॉल की एक पुरानी एंबुलैंस*। कौंध! *बकिंघम पैलेस*। कौंध! *बैल... ग्रेव... सो सून?*

ये क्या था? विंसेंट ने बुरी तरह डरकर आंखें खोल दीं। उसके साथ ये क्यों हो रहा था? *बैल... ग्रेव... सो सून?* आख़िर इसका

मतलब क्या था? क्या वो मरने वाला था? क्या ये कोई पूर्वसंकेत था? और वो लंदन की सड़कों को और भव्य मकानों की छवियां क्यों देख रहा था? विंसेंट सिन्क्लेयर को पहले से कहीं ज़्यादा विश्वास हो गया कि वो पागल हो रहा है।

वो उठा और पागलों की तरह भागने लगा। सौभाग्य से वो सेंट्रल पार्क के कुंड के बाहरी किनारे पर था, जिसका इस्तेमाल आमतौर पर बस जॉगर्स ही करते थे।

उसे भागते देखकर किसी को अजीब नहीं लगा। उन्हें लगा कि वो व्यायाम के लिए भाग रहा है। कौन जान सकता था कि वो ख़ुद से भाग रहा है?

"मुझे बचाइए, नाना। मैं पूरी तरह पागल हो रहा हूं। या फिर मेरे ऊपर किसी भूत का साया है। क्या मुझे झाड़-फूंक के लिए फ़ादर थॉमस मैनिंग को बुलाना चाहिए? मुझे हुआ क्या है? मैं क्यों अजीब-अजीब चीज़ें देख और सुन रहा हूं?" विंसेंट बिल्कुल उन्मादी हो रहा था।

नाना ने महसूस किया कि उसे उसको शांत करने की ज़रूरत है। "शांत रहो, बेटे। उन घटनाओं, चीज़ों, लोगों और जगहों की यादें आना असामान्य नहीं है जो हमारे मस्तिष्क में छिपी होती हैं। वास्तव में, पूर्वजन्म को याद करना भी असामान्य नहीं है। दुर्भाग्य से, तुम एक कैथलिक पादरी हो... मैं तुमसे पूर्वजन्म के मुद्दों पर कैसे बात कर सकती हूं जबकि तुमने अपने मस्तिष्क को ऐसी संभावनाओं के लिए बंद कर लिया है?"

विंसेंट की आंखें फैल गईं। "आपको लगता है मुझे पूर्वजन्म की यादें आ रही हैं? लेकिन ये बकवास है, नाना। बाइबिल कहती है कि इंसान का एक बार मरना निश्चित है, और मरने के बाद निर्णय का दिन आएगा।"

"सुनो, विंसेंट, मैं जानती हूं कि मैं तुम्हारे लिए हमेशा सनकी, गूढ़, पूर्वी दर्शन की वकालत करने वाली ख़ब्ती आंट रहूंगी, लेकिन

क्या ये संभव नहीं है कि तुमने अभी तक जो कुछ सीखा है वो आधा सच हो? क्या ये संभव नहीं है कि तुम्हें अभी और भी चीज़ें जाननी हैं?" मार्था ने बड़ी मासूमियत से पूछा।

"बिल्कुल, नाना, लेकिन मैं अपने धर्म पर सवाल नहीं उठा सकता। मेरा धर्म मेरे लिए सब कुछ है।"

मार्था ने कहा, "ठीक है। मैं तुम्हें मेरे तरीक़े से चीज़ों को देखने में मदद करती हूं। हम सब बाइबिल के उस अंधे आदमी के बारे में जानते हैं... वही जब जीज़स के शिष्यों ने उनसे पूछा था: 'रब्बाइ, किसने पाप किया था, इस आदमी ने या इसके मां-बाप ने, जो ये अंधा पैदा हुआ?' बताओ, विंसेंट, अगर शिष्यों को पिछले जन्म में विश्वास नहीं होता तो वो ये सवाल क्यों पूछते? हां?"

विंसेंट ख़ामोशी से सोच में डूबा रहा।

मार्था आगे बोली, "तुम्हें शायद वो अंश याद होगा जहां जीज़स कहते हैं: "मैं तुम्हें सत्य बताता हूं, दोबारा जन्म लिए बिना कोई ईश्वर के राज्य को नहीं देख सकता।' मुझे बताओ, बेटे, एक से अधिक जीवन हुए बिना दोबारा जन्म लेना कैसे मुमकिन है?"

विंसेंट के पास अपने तर्क मौजूद थे।

"नाना, उस आदमी के अंधेपन के कारण के बारे में शिष्यों द्वारा जीज़स से पूछने का अर्थ बस इतना है कि उस युग में पुनर्जन्म की अवधारणा जीवित थी। पर इसका ये अर्थ नहीं है कि जीज़स इसमें विश्वास रखते थे। और जब जीज़स दोबारा जन्म लेने की बात कर रहे थे, तो वो आध्यात्मिक जागरण की बात कर रहे थे, वास्तविक रूप में जन्म लेने की नहीं।"[23]

मार्था भी अपनी बात सिद्ध करने पर अड़ी हुई थी। उसने दृढ़तापूर्वक जवाब दिया। "तो फिर तुम्हारे ख़्याल से तुम्हारे विचित्र दृश्यों और कौंधों का क्या कारण हो सकता है?"

विंसेंट ख़ामोश रहा। उसके पास कोई तर्कपूर्ण उत्तर नहीं था।

"मैं एक सुझाव दूं? कभी-कभी, पिछले जन्म की याद किसी

जगह या चीज़ से भी जागृत हो जाती है। क्या तुम्हें अपनी हाल की कौंधों से कुछ याद है?"

"आज के दृश्यों में तो मुझे बस बकिंघम पैलेस देखना याद है। मॉम और डैड की अंत्येष्टि में मुझे येरूशलम के दृश्य देखना याद है—कम से कम मुझे ऐसा लगता है कि वो येरूशलम था। बाक़ी जो कुछ मैंने देखा, उसे किसी एक स्थान से नहीं जोड़ा जा सकता।"

मार्था ने जल्दी से उसकी बात काटी। "मेरा ख़्याल है अब समय आ गया है कि तुम और तुम्हारी आंट लंदन घूम आएं। क्या कहते हो, विंसेंट?" चेहरे पर चौड़ी सी मुस्कान के साथ उसने विंसेंट को देखकर आंख मारी।

"मुझे लग रहा था कि पागल मैं हो रहा हूं! आपका दिमाग़ ख़राब हो गया है क्या, नाना? मैं इस पुनर्जन्म की बकवास में विश्वास नहीं करता। वैसे भी, मेरे पास इतना पैसा नहीं है; आपको पता है न मैं एक पादरी हूं? हम लोग इतना पैसा नहीं कमाते हैं!"

"ओह, शटअप, विंसेंट! तुम्हारे नाना ने अपने पूर्व के कामों से अच्छा-ख़ासा पैसा कमाया है। ख़र्च मैं उठाऊंगी। तो अब अपनी पवित्र पिछौटी उस अभिमंत्रित फ़्लाइट पर ले जाने के लिए तैयार हो जाओ, फ़ादर विंसेंट सिन्क्लेयर!"

अध्याय छह

हरारे, ज़िम्बाब्वे, 1965

टैरी एक्टन 11 नवंबर को पैदा हुआ था, जिस दिन रोडेशिया के प्रधानमंत्री इयान स्मिथ ने देश की आज़ादी की एकतरफ़ा घोषणा कर दी थी।

टैरी के पिता डी बियर्स माइनिंग कंपनी में एक ओहदे का प्रस्ताव दिए जाने पर इंग्लैंड से रोडेशिया आ गए थे। एक साल बाद उन्होंने ब्रिटिश सुपरवाइज़र की बेटी से शादी कर ली और रोडेशिया को ही अपना घर बनाने का फ़ैसला कर लिया। टैरी दो साल बाद पैदा हुआ था।

दुर्भाग्य से, रोडेशिया संकट में था। प्रधानमंत्री इयान स्मिथ की सरकार गोरे अल्पसंख्यकों की एक रंगभेदी सरकार थी। देश में गृहयुद्ध जारी था और विद्रोहियों का नेतृत्व रॉबर्ट मुगाबे कर रहे थे, जिन्होंने आख़िरकार 1980 में सत्ता पर क़ब्ज़ा कर लिया।

मुगाबे के शासन में भ्रष्टाचार, अनैतिकता, यातना और तानाशाही की सरकार थी।[24] एक्टन परिवार को मजबूरन 1991 में देश छोड़कर इंग्लैंड वापस लौटना पड़ा।

लंदन, यूके, 1991

टैरी के माता-पिता ज़िम्बाब्वे से भागे, तो अपनी ज़िंदगी भर की बचत खो बैठे। हालात ने उन्हें ग़रीब ईस्ट-एंडवासी बना दिया और वो हैकनी के श्रमिक वर्ग के इलाक़े में रहने लगे।

अर्थव्यवस्था मंदी में थी और टैरी के पिता भाग्यशाली थे कि उन्हें लैज़्नी की फ़ैक्टरी में एक श्रमिक की नौकरी मिल गई। ये फ़ैक्टरी हैकनी विक में स्थित थी, और नन्ही-नन्ही कारों और ट्रकों जैसे छोटे-छोटे खिलौनों का निर्माण करती थी। लैज़्नी इलाक़े की प्रमुख रोज़गारदाता थी; बल्कि वास्तव में, ये इलाक़े की एकमात्र रोज़गारदाता थी।[25]

वरिष्ठ एक्टन से अपनी तबाही बर्दाश्त नहीं हुई थी। वो एक सुर्ख़ नाक वाला दुष्ट शराबी बन गया जो—अपने ख़ून में शराब की मात्रा पर निर्भर करते हुए—अक्सर अपनी पत्नी को और कभी-कभी अपने बच्चों को भी पीटा करता था। नन्हा टैरी एक कमज़ोर और डरा हुआ सा बच्चा था जो दमे से पीड़ित था जिसने उसे और भी कमज़ोर बना दिया था।

टैरी की मां आसमान से उतरे किसी फ़रिश्ते जैसी थी जो किसी तरह अपने भावनात्मक और शारीरिक ज़ख़्मों को नज़रअंदाज़ करके अपने बेटे के लिए इंग्लैंड की बेहतरीन यॉर्कशायर पुडिंग, रुबार्ब क्रंबल और शेफ़र्ड्स पाई बनाती थी। टैरी को स्कूल से वापस घर अपनी मां के पास आना अच्छा लगता था, लेकिन उसे अपने पिता का घर वापस आना अच्छा नहीं लगता था।

उसे तब बड़ी राहत महसूस हुई जब हैकनी में बचे हुए अंतिम बिज़नेसों में से एक, लैज़्नी की फ़ैक्टरी, बंद हो जाने से बेरोज़गार हो गए उसके पिता ने ख़ुद को गोली मार ली।

अपनी शुरुआती ज़िंदगी में झेले झटकों ने स्कूल में और फिर

ज़िंदगी में कामयाब होने के टैरी के संकल्प को और भी पुख़्ता कर दिया था। दो साल बाद ऑक्सफ़ोर्ड के लिए मिली रोड्स छात्रवृत्ति उसके उज्जवल भविष्य की ज़मानत थी।

उसने ख़ामोशी से सीसिल जॉन रोड्स को धन्यवाद दिया।

रोडेशिया राज्य—जो आगे चलकर ज़िम्बाब्वे बन गया—के संस्थापक सीसिल जॉन रोड्स ने अपनी विशाल दौलत बड़े शातिराना ढंग से दक्षिणी अफ़्रीका की हीरे की खानों में निवेश करके कमाई थी। 1880 में, उन्होंने डी बियर्स कंपनी की स्थापना की, जिसने आगे चलकर उन्हें ज़बरदस्त शक्ति, पैसा और यश दिया।[26]

1877 में, रोड्स ने मत प्रकट किया: "हम ब्रिटिश दुनिया की सर्वश्रेष्ठ जाति हैं; और हम जितनी अधिक से अधिक दुनिया में निवास करेंगे, मानव जाति के लिए उतना ही अच्छा होगा।"

रोड्स की मौत उनचास साल की कम उम्र में हो गई। अपनी वसीयत में, उसने अपनी विशाल संपत्ति एक गुप्त समाज की स्थापना के लिए समर्पित की: एक ऐसा समाज जो सारी दुनिया पर ब्रिटेनिया का शासन फैलाने में मदद करे। रोड्स ने अनुमान लगाया था कि 1920 तक 2,000 से 3,000 नौजवान सारी दुनिया में फैले होंगे, और वो सभी रोड्स के द्वारा निर्धारित उद्देश्यों की पूर्ति के लिए गणितीय रूप से चयनित होंगे।

रोड्स ने एक क़रीबी दोस्त से गुप्त रूप से कहा था कि "जेज़ुइटों की नक़ल में... एक समाज" का निर्माण करना ज़रूरी है, "लॉयोला के जैसा एक गुप्त समाज, जो उन लोगों के संचित धन द्वारा समर्थित हो जो कुछ करना चाहते हैं... पूरे विश्व की सरकार को अपने हाथ में लेने की योजना!"

आगे चलकर रोड्स छात्रवृत्ति बहुत मशहूर हुई जो भविष्य के अत्यंत प्रतिभाशाली और मेधावी लीडरों को भरती करने के लिए महज़ एक औज़ार भर थी—चाहे वो जिस क्षेत्र में भी काम करना

चाहें—राजनीति, कारोबार, सरकार, बैंकिंग, वित्त, कला, विज्ञान, औषधि, टैक्नॉलोजी या सामाजिक कार्य।

अमेरिका के बयालीसवें राष्ट्रपति बिल क्लिंटन रोड्स छात्रवृत्तिधारी थे। सिर्फ़ उनके प्रशासन में ही बाईस अन्य रोड्स छात्रवृत्तिधारी थे।

1993 में, रोड्स के गुप्त समाज में एक नया रंगरूट था टैरी एक्टन। वो इस विशिष्ट ग्रुप के सबसे युवा और मेधावी सदस्यों में से एक था, जिसे ऑक्सफ़ोर्ड में मनोविज्ञान की एक अंडरग्रेजुएट डिग्री के लिए प्रवेश दिया गया था। एक अन्य रंगरूट एक अविश्वसनीय रूप से बुद्धिमान अमेरिकी औरत थी। उसका नाम था एलीसा केटज़ेल।

ऑक्सफ़ोर्ड डिग्री हासिल करने के दो वर्ष के दौरान ही टैरी को एक बहुत बड़ा अवसर प्रदान किया गया—येल से नैदानिक मनोविज्ञान में एक उन्नत डिग्री प्राप्त करने का मौक़ा। टैरी ने इसे दोनों हाथों से उचक लिया।

एलीसा राजनीतिक सिद्धांत, तुलनात्मक सरकार और अंतरराष्ट्रीय संबंधों पर एम.फ़िल। पूरी करने के लिए ऑक्सफ़ोर्ड में ही रुकी रही।

न्यू हेवेन, कनेक्टिकट, यूएसए, 1993

टैरी की रोड्स की छात्रवृत्ति ने एक नया दरवाज़ा खोल दिया था, न केवल ऑक्सफ़ोर्ड और येल के लिए, बल्कि येल के गुप्त समाज—ऑर्डर ऑफ़ स्कल एंड बोन्स के लिए भी।[27]

पिछले वर्ष, वो बोन्स के प्रांगण के सामने स्थित वीयर हॉल की टॉवर पर चढ़ा था जहां से उसने इमारत के अंदर से आ रही दिल दहला देनेवाली चीख़ें सुनी थीं जबकि पंद्रह नवागंतुकों को दीक्षा दी जा रही थी।

टैरी का क्षण 'टैप नाइट' पर आया जब स्टीफ़न एलियट की अगुवाई में पंद्रह सीनियर उसके कमरे के बाहर दरवाज़ा पीटने लगे। जब उसने दरवाज़ा खोला, तो स्टीफ़न टैरी के कंधे पर ज़ोर से हाथ मारकर चिल्लाया, "स्कल एंड बोन्स: स्वीकार करते हो?"

हक्का-बक्का टैरी बुदबुदाया, "स्वीकार करता हूं।"

उसे एक काले फ़ीते से बंधा और काले मोम से मोहरबंद किया हुआ संदेश दिया गया जिस पर खोपड़ी और एक दूसरे को काटती हड्डियों का प्रतीकचिह्न और 322 नंबर था। संदेश में एक समय और स्थान बताया गया था जहां दीक्षा की रात को टैरी को पहुंचना था।

दीक्षा की रात को उसे स्टीफ़न एलियट एक विशेष कमरे में ले गया था जहां दीवारों पर जर्मन में एक सवाल लिखा हुआ था: "*वेर वार डेर थोर, वेर वाइज़र, बैटलर ऑडर काइज़र? ऑब आर्म, ऑब राइच, इम टोडे ग्लाइच।*"

इस जर्मन वाक्य का अनुवाद था: "कौन मूर्ख था, कौन बुद्धिमान था, भिखारी या राजा? ग़रीब हो या अमीर, मृत्यु में सब बराबर हैं।"

वास्तव में इस पहेली का मूल बहुत पुराना था। इसके चिह्न 1776 में खोजे जा सकते थे।

⚜

1776 में, बवेरिया के इल्युमिनाती की स्थापना जर्मनी में यूनिवर्सिटी ऑफ़ इंगोल्स्टाट में हुई थी। लैटिन शब्द *इल्युमिनाती* का अर्थ था 'प्रबुद्ध'।[28]

ये ऐसे लोग थे जिनके लिए ज्ञान का प्रकाश चर्च जैसे किसी प्रामाणिक स्रोत से नहीं बल्कि उन्नत आध्यात्मिक चेतना से आता था। गुप्त संगठन के बड़े विस्तृत दीक्षा संस्कार होते थे। दीक्षित को एक कंकाल दिखाया जाता, जिसके पैरों में एक मुकुट और तलवार होती। फिर दीक्षित से पूछा जाता कि कंकाल राजा का है, सामंत

का है या भिखारी का है। जवाब देने में अक्षम दीक्षित को बताया जाता कि ये अमहत्वपूर्ण है... महत्व की एकमात्र बात मानव होने का चरित्र है।

आख़िरकार सारे इंसान खोपड़ी और हड्डियां मात्र ही हैं।

टैरी एक्टन को अपनी पत्नी सूज़न की मौत के बाद अनुभव हुआ कि उसके अंदर एक 'आध्यात्मिक प्रतिभा' है।

टैरी और सूज़न येल में प्रेमी रहे थे। वो येल वालों के पीत्ज़ा के अड्डे, रोमानोज़ में वेट्रेस के रूप में काम करती थी और टैरी तब तक उस पर हास्यास्पद रूप से लाइन मारता रहा जब तक वो उसके साथ जाने को मान नहीं गई। येल में टैरी के अंतिम वर्ष में उन्होंने शादी कर ली। स्कल एंड बोन्स में टैरी को दीक्षित करने वाला स्टीफ़न एलियट टैरी का बैस्ट मैन था।

अगर स्टीफ़न ने टैरी का परिचय स्कल एंड बोन्स से कराया था, तो टैरी ने भी एलीसा केटज़ेल से स्टीफ़न का परिचय कराकर इस अहसान का बदला चुकाया था। एलीसा ऑक्सफ़ोर्ड में अपनी एम.फ़िल। पूरी करने के बाद घर लौटी और न्यू हेवेन में टैरी से मिलने आई। लेकिन स्टीफ़न एलियट से मिलने के बाद वो दो हफ़्ते रुकी रह गई।

दोनों जोड़े छुट्टियां मनाने के लिए पोकोनो माउंटेन्स गए हुए थे जब टैरी की कार एक गीली सड़क से फिसल गई। टैरी के साथ-साथ स्टीफ़न और एलीसा तो बच गए लेकिन सूज़न नहीं बच सकी।

स्टीफ़न और एलीसा बहस कर रहे थे कि क्या कभी कोई औरत या कोई अफ़्रीकी अमेरिकी अमेरिका का राष्ट्रपति बन सकता है। टैरी इस गर्मागरम बहस में इतना ज़्यादा खो गया कि उसने कुछ गज़ आगे सड़क पर तीखे मोड़ को देखा ही नहीं।

टैरी की ज़िंदगी एकदम ठहरकर रह गई। उसे सूज़न को खो देने का दुख था। उसे उन बच्चों को खो देने का दुख था जिनकी

उसने सूज़न के साथ योजना बनाई थी लेकिन जो पैदा नहीं हुए थे।

अब अमेरिका में कोई आकर्षण नहीं रहा था। अमेरिका उसे सूज़न की बहुत ज़्यादा याद दिलाता था। टैरी ने लंदन के लिए उपलब्ध पहली फ़्लाइट पकड़ ली। अपने इस फ़ैसले के बारे में उसने अपने क़रीबी दोस्त और राज़दार स्टीफ़न एलियट के अलावा और किसी को बताने का कष्ट नहीं उठाया।

लंदन, यूके, 1996

लंदन में अकेले और दुखी टैरी के सामने शून्य को भरने के अलावा कोई विकल्प नहीं रहा। उसने इस शून्य को रोज़ाना एक बैल्स व्हिस्की से भरना शुरू कर दिया।

उसने महसूस किया कि उसे ज़िंदगी में अनुशासन की ज़रूरत है। इसलिए, वो अनुशासन से हर सुबह ठीक 11:30 पर स्टार टैवर्न पब में जाने लगा।

टैरी स्टार टैवर्न में अपनी रोज़ाना वाली टेबल पर बैठा था कि एक लड़की पब के अंदर आई और हर टेबल पर जाकर आदमियों से जल्दी-जल्दी पूछने लगी, "माफ़ करना। क्या आपका नाम टैरी है?" कई नाकाम कोशिशों के बाद, वो आख़िरकार टैरी की टेबल पर पहुंच गई।

"माफ़ करना। क्या आपका नाम टैरी है?" उसने पूछा। टैरी अपने हाथ में पकड़े गिलास को घूरता रहा और सिर ऊपर उठाए बिना उसने इक़रार में सिर हिला दिया।

"मेरे पास आपके लिए सूज़न का एक संदेश है," वो बोली।

टैरी के हाथ से गिलास छूट गया और व्हिस्की और बर्फ़ टेबल पर फैल गई। "तुम साली हो कौन?" उसने ग़ुस्से से पूछा।

"प्लीज़ मेरी बात सुनिए। मैं कोई झक्की नहीं हूं। मैं जानती हूं कि सूज़न मर चुकी है। मैं बग़ल में ही स्पिरिचुअलिस्ट एसोसिएशन

में काम करती हूं। मैं एक अतींद्रिय माध्यम हूं," उसने विनती की।

"भाड़ में जा! बीमार, विकृत कमीनी! भाग जा।"

टैरी आगबबूला हो गया था। सूज़न का नाम भर लिए जाने ने उसके ज़ख़्मों को फिर से हरा कर दिया था।

लड़की भी उतनी ही दृढ़ थी और वो अपनी जगह पर जमी रही। "सुनो, घटिया पियक्कड़, मुझे भी तुमसे बात करने का कोई शौक़ नहीं है। लेकिन मेरी राय है कि तुम सैब्रीना और जॉनेथन को समर कैंप में जाने दो।"

इतना कहते हुए लड़की पलटी और तेज़ी से पब से निकल गई।

टैरी का मुंह लटक गया और उसका गला सूख गया। जिस दिन से सूज़न और टैरी ने बच्चों के बारे में सोचना शुरू किया था, तभी से उन्होंने अपने पैदा होने वाले बच्चों के लिए सैब्रीना और जॉनेथन नाम सोचे थे। सूज़न मज़ाक़ में कहती थी कि वो हर गर्मी में बच्चों को कैंप भेज दिया करेगी ताकि उसे मातृत्व से थोड़ी राहत मिल सके, लेकिन इस पर टैरी बुरी तरह चिढ़ता था क्योंकि वो बच्चों से दूर रहने के विचार को सहन नहीं कर सकता था।

पति और पत्नी के बीच की ये निजी बातचीत कभी किसी और से साझा नहीं की गई थी।

स्पिरिचुअलिस्ट एसोसिएशन ऑफ़ ग्रेट ब्रिटेन, या एसएजीबी, दक्षिणपश्चिमी लंदन की एक सुंदर सी विक्टोरियन इमारत में स्थित थी। 1955 में एसोसिएशन ने 92 वर्ष का पट्टा 24,500 पाउंड की अविश्वसनीय रूप से कम क़ीमत पर कराया था।[29]

इमारत में कई स्वतंत्र कमरे थे जिनमें आमने सामने रखी दो कुर्सियों के अलावा कोई सामान नहीं था। इनमें से एक कुर्सी पर आगंतुक बैठता था और दूसरी पर वहां काम करने वाले कई अतींद्रिय माध्यमों में से कोई एक। हर कमरे में कांच की स्काइलाइट

होती थी ताकि कमरे में ऊर्जा का आवागमन होता रहे। एसएजीबी में आध्यात्मिक उपचार, अतींद्रिय वर्कशॉप और प्रत्यागमन सत्रों के लिए अतींद्रिय माध्यमों के साथ रूबरू मुलाक़ात कराई जाती थी।

टैरी एक्टन उस औरत की तलाश में एसएजीबी आया था जो पब में उससे मिलने आई थी। उसे उसका नाम याद नहीं था। दरअसल, उसे यक़ीन था कि उसने उसे अपना परिचय देने का मौक़ा ही नहीं दिया था।

सौभाग्य से, एसएजीबी की लॉबी में एक बुलेटिन बोर्ड था जिस पर वहां काम करने वाले सभी माध्यमों के नाम और फ़ोटो थे और उसने उस पर उसका फ़ोटो पहचान लिया। फ़ोटो निश्चित रूप से तब का था जब उसकी उम्र कुछ कम रही होगी, लेकिन वो निश्चित रूप से वही थी। मार्था सिन्क्लेयर।

वो उठकर रिसेप्शन तक गया लेकिन फिर हिचकिचाने लगा। बड़ी उम्र की रिसेप्शनिस्ट ने उसे देखा और बोली, "जी? मैं आपकी कुछ मदद कर सकती हूं, सर?"

"हां। मैं सो... सोच रहा था कि क्या आज मार्था सिन्क्लेयर एक अतींद्रिय सत्र के लिए उपलब्ध होंगी?" उसने पूछा।

"आपकी क़िस्मत अच्छी है। अभी वो एक सत्र में हैं जो लगभग पंद्रह मिनट में ख़त्म हो जाना चाहिए। क्या मैं एक बैठक के लिए आपकी बुकिंग कर दूं? तीस मिनट के प्राइवेट अपॉइंटमेंट की फ़ीस 30 पाउंड है," रिसेप्शनिस्ट ने पूरी बात समझाते हुए कहा। टैरी ने इस पर बस एक क्षण को सोचा और फिर मार्था के साथ मुलाक़ात के लिए तुरंत तीस पाउंड निकाल दिए।

"क्या आप प्लीज़ कमरा नंबर छह में इंतज़ार करेंगे? वो कुछ ही देर में आपके पास होंगी।"

टैरी ने कभी सोचा भी नहीं था कि वो कभी एसएजीबी में बैठा एक अतींद्रिय मुलाक़ात के लिए इंतज़ार कर रहा होगा। ये उसके मिज़ाज के एकदम विपरीत था। कुछ ही देर में मार्था अंदर आ गई। वो नहीं जानता था कि ये एक मुलाक़ात उसकी ज़िंदगी को हमेशा

के लिए बदल डालेगी।

ﮩ

टैरी ने सोचा था कि उसने पब में जिस तरह का बर्ताव किया था, उसके लिए वो उससे बुरी तरह नाराज़ होगी। लेकिन इसके उलट वो तो विनम्र, स्नेही, मित्रतापूर्ण और उसके लिए वास्तव में चिंतित थी। उसके इतने अच्छे व्यवहार के कारण वो पब में अपने घटिया बर्ताव के लिए और भी बुरा महसूस करने लगा।

"प्लीज़ दुखी मत हो," वो उससे बोली। "अपने अपराधबोध को भुला देना अहम है। ज़िंदगी हमें ऐसी परिस्थितियों में इसीलिए डालती है कि हम उनसे सीख सकें। एक बार सीख लें, तो अपराधबोध को भुलाकर आगे बढ़ने का समय आ जाता है," वो बोली।

उसने आगे कहा। "हर किसी में अतींद्रिय योग्यताएं होती हैं। ये योग्यताएं संवेदना, भविष्यवाणी, बोध या दृष्टि के रूप में हो सकती हैं। हम में से सभी में ये कम या ज़्यादा मात्रा में मौजूद होती हैं। ये वो विभिन्न तरीक़े हैं जिनके द्वारा अतींद्रिय अनुभूति संभव है। जब आप ख़ुद को इन प्रतिभाओं के आगे खोलते हैं, तो आध्यात्मिक ऊर्जा आपकी शिक्षक बन जाती है और आप अपनी छठी इंद्रिय को ज़्यादा तीक्ष्णता से पहचान पाते हैं।"

फिर वो अपनी आवाज़ नीची करके बोली, "पिछले कुछ सप्ताह से मुझे एक ऐसी आत्मा की मौजूदगी महसूस हो रही है जो पूरी तरह शांत नहीं है। कुछ दिन पहले जब मैं ध्यान कर रही थी, तो मैंने एक महिला की आवाज़ सुनी जो मुझे बता रही थी कि उसका नाम सूज़न है और कि मैं उसके पति टैरी को एक संदेश दे दूं जो पड़ोस में ही एक पब में है," उसने कहा। मार्था टैरी की आंखों में अविश्वास को देखने के लिए रुकी—पर उसे वहां कोई अविश्वास नज़र नहीं आया।

"वो चाहती थी कि मैं तुम्हें बताऊं कि वो ख़ुश है। वो एक ऐसी जगह पर है जहां वो ख़ुशी और प्यार के बीच है। वो तुम्हें

समझाना चाहती है कि पृथ्वी पर हमारे जीवन मात्र भ्रम हैं। प्रत्येक जीवन कपड़े बदलने से ज़्यादा कुछ नहीं है। शरीर मरते हैं और सड़ जाते हैं, जो नहीं बदलता वो आत्मा है; वो अनंत है," उसने अपनी बात पूरी की।

टैरी की आंखें नम हो चुकी थीं। उसे अपनी थकी और दुखती आत्मा पर एक सुखदायक मरहम का पीड़ानिवारक स्पर्श महसूस हो रहा था। मार्था की विनम्र आवाज़ एक मां की लोरी की तरह उसे शांत कर रही थी।

मार्था ने आगे कहा, "वो जानती थी कि तुम मेरी बात का विश्वास नहीं करोगे और इसीलिए उसने मुझे बच्चों के नाम बताए। उसने कहा कि तुम्हारा हृदय स्वच्छ और पवित्र है और कि अगर तुम अपने अंदर देखो और अपने आध्यात्मिक व्यक्तित्व को तलाश करो तो तुम आसानी से दूसरों की मदद कर सकते हो।"

मार्था तभी ख़ामोश हुई जब उसने देखा कि टैरी कमरे में ऊपर स्काइलाइट की ओर देख रहा है और बारी-बारी से कभी सुबक रहा है और कभी हंस रहा है, और महसूस कर रहा है कि सूज़न की आत्मा के ताप ने उसे लपेट लिया है।

मनोविज्ञान का छात्र होने के नाते टैरी को डॉ ब्रायन वाइस द्वारा विकसित पूर्वजन्म थेरेपी की आधारभूत समझ थी। लेकिन वो उस प्रत्यागमन के लिए क़तई तैयार नहीं था जिससे कुछ दिन बाद मार्था ने उसे गुज़ारा।

1980 में, मायामी बीच के माउंट ज़िनाई मैडिकल सेंटर में मनोचिकित्सा के विभाग प्रमुख डॉ ब्रायन वाइस ने एक रोगी कैथरीन का इलाज शुरू किया था। कैथरीन एक सत्ताईस वर्षीय महिला थी जिस पर अवसाद, व्यग्रता और आशंका के मनोभाव बुरी तरह सवार रहते थे। वाइस ने उसके शैशव और बचपन की भूली या दबी हुई घटनाओं, आघातों और यादों को सतह पर लाने के लिए सम्मोहन

का प्रयोग किया था।

कैथरीन ने न केवल अपने बचपन की घटनाओं को याद कर लिया था, बल्कि अपने छियासी पूर्वजन्मों का भी विस्तृत वर्णन दिया था।

कैथरीन की आशंकाएं आख़िरकार दूर हो गईं क्योंकि अपने पूर्वजन्मों को याद करने की प्रक्रिया ने उसे वर्तमान ज़िंदगी में अपनी आशंकाओं के कारण का अहसास करा दिया था। पूर्वजन्म थेरेपी अब मैडिकल शब्दावली का भाग बन गया था।[30] मार्था पूर्वजन्म थेरेपी द्वारा ही टैरी के घावों का उपचार करना चाहती थी।

मार्था ने कहा, "पुराने घावों का उपचार करने या वर्तमान ज़िंदगी की कुछ ख़ास बीमारियों का कारण ढूंढ़ने के लिए पूर्वजन्म थेरेपी एक बहुत अच्छा तरीक़ा है। टैरी, किसी और का इलाज करने से पहले ज़रूरी है कि तुम्हारा अपना इलाज हो जाए। मैं तुम्हें सब्जेक्ट बनाकर समझाने की कोशिश करूंगी कि ये पूरी प्रक्रिया किस तरह काम करती है। ठीक है?"

टैरी ने स्वीकृति में सिर हिला दिया।

"ठीक है, पहले तुम आराम से हो जाओ, शारीरिक रूप से। अपनी कुर्सी पर बैठो और शांत हो जाओ... इसी तरह... बस... शांत हो जाओ।" आवाज़ विनम्रतापूर्ण लेकिन दृढ़ थी।

टैरी ने ख़ुद को ढीला छोड़कर मार्था की आवाज़ पर ध्यान केंद्रित करना शुरू कर दिया। "अब नज़र उठाओ, और स्काइलाइट को देखो। तुम्हें स्काइलाइट पर एक हरा बिंदु दिखाई देगा। वो बस एक हरा धब्बा ही है। इसका आकार गोल है और रंग हरा है। वैसे आकार और रंग का कोई अर्थ नहीं है। मैं बस इतना चाहती हूं कि तुम उस जगह पर ध्यान केंद्रित रखते हुए मेरी आवाज़ को सुनते रहो।"[31]

मार्था आगे बोलती रही, "तुम्हें एक शांत, सहज अनुभूति ढक

रही है, किसी आरामदेह रज़ाई की तरह। शांत हो जाओ। ख़ुद को प्रवाहित होने दो। बिंदु पर ध्यान केंद्रित करते हुए कुछ होना शुरू होगा। शायद बिंदु हिलने लगे। शायद इसका आकार बदल जाए। शायद इसका रंग बदल जाए। इन बदलावों को देखते हुए शायद तुम अपने अंदर बदलाव महसूस करो। तुम्हारी आंखें थक चुकी हैं। वो बिंदु पर ध्यान केंद्रित करने से उकता गई हैं। तुम्हारी आंखें और पलकें बंद होना चाहती हैं। कोई बात नहीं।"

उसने अपनी बात उसी शांतिदायक आवाज़ में जारी रखी, "अब अपनी हर सांस के साथ और गहराई में जाओ। अपने शरीर को भारी होते और ज़्यादा गहराई में डूबते महसूस करो। तुम आराम से और सहज हो लेकिन तुम भारी हो रहे हो और डूब रहे हो। और गहरे। और गहरे। ठीक है, अब मैं चाहूंगी कि तुम अपने दिमाग़ को समय में और पीछे तैर जाने दो... आज सुबह में पहुंचो... कल रात में पहुंचो... यूनिवर्सिटी के समय में पहुंचो... अपने हाई स्कूल के दिनों में... अपने शैशव में... अपने शैशव से पहले के समय में... इसी तरह।" अब मार्था विनम्र प्रश्नों के साथ उसे खंगालने लगी।

"अब तुम कहां हो?"

"मैं उत्तरी भारत में कहीं किसी खेत पर हूं।"

"तुम कौन हो?"

"मैं एक ज़मींदार हूं। मेरे पास इस इलाक़े में ढेरों ज़मीन है।"

"तो तुम किसान हो?"

"नहीं। मैं सिर्फ़ ज़मीन का मालिक हूं। मैं इसे भूमिहीन किसानों को जोतने के लिए किराए पर देता हूं और पैदावार को उनसे बांट लेता हूं।"

"तुम कहां रहते हो?"

"एक सुंदर नदी के किनारे मेरा एक महलनुमा घर है। उसमें बाहर एक अच्छा सा बरामदा है जहां बैठकर मैं हुक़्क़ा पीता हूं।"

"हुक़्क़ा क्या होता है?"

"ये एक बड़ा सा तांबे का पाइप होता है। मेरा नौकर उसमें तंबाकू, केसर, इलायची, अंगारे और पानी भरता है। मैं दिन भर बैठा उसे पीता हूं और नदी को देखता रहता हूं।"

"क्या तुम्हारे पास बहुत से नौकर हैं?"

"हां। आदमी की अहमियत इसी से पता चलती है कि उसके पास कितने नौकर हैं और कितने मवेशी हैं।"

"तुम शादीशुदा हो?"

"हां। मेरी पत्नी बहुत सुंदर है। हमारी शादी तभी हो गई थी जब हम बच्चे थे।"

"तो तुम्हें उससे प्यार हो गया था?"

"नहीं। हमारी शादी हमारे परिवारों ने तय की थी। मुझे अपने पिता की ज़िद की वजह से उससे शादी करनी पड़ी। मेरा सौभाग्य है कि आख़िरकार मुझे उससे प्यार हो गया। मैं उसके लिए कुछ भी कर सकता हूं। मैं उसकी पूजा करता हूं... मैं बुरी तरह उसपे फ़िदा हूं।"

"तुम्हारे बच्चे हैं?"

"तीन हैं। एक बेटी और दो बेटे।"

"तुम उन्हें प्यार करते हो?"

"हां, मगर मुझे अपनी बेटी की शादी तेरह साल की उम्र में ही करनी पड़ गई।"

"क्यों?"

"क्योंकि बाल विवाह ही रिवाज है। मैं उसे प्यार करता हूं और चाहता हूं कि वो ख़ुश रहे—लेकिन वो अभी बच्ची है! मुझे उसकी बहुत याद आती है।"

"और तुम्हारे बेटे? उन्हें प्यार करते हो तुम?"

"हां। लेकिन बड़ा वाला बहुत लापरवाह है। मुझे उस पर बहुत ग़ुस्सा आता है। कभी-कभी उसकी खोपड़ी में बात घुसाने के लिए मुझे उसकी पिटाई करनी पड़ती है।"

"उसे ये कैसा लगता है?"

"मुझे लगता है वो मुझसे चिढ़ता है।"

"तुम्हारी उम्र कितनी है?"

"मेरी काफ़ी उम्र है। पर मुझे अपनी सही उम्र नहीं पता क्योंकि किसी ने मेरे पैदा होने पर तारीख़ या समय नोट नहीं किया था। दुर्भाग्य से, मैं बहुत बीमार हूं।"

"क्यों?"

"तंबाकू की वजह से मुझे भयानक खांसी हो गई है। जाती ही नहीं। और मुझे हुक़्क़े की बुरी तरह लत लगी हुई है। मैं इसे पीना छोड़ ही नहीं पाता।"

"तुम्हें लगता है कि टैरी के रूप में तुम्हारी वर्तमान ज़िंदगी में तुम्हारे दमे और सांस की समस्या की वजह ये हो सकता है?"

"हां। संभव है।"

"तुम्हें लत क्यों लगी?"

"मैं बहुत तनाव में रहा हूं। मेरा सबसे छोटा बेटा शिक्षक है और उसने एक किताब लिखी है जिसमें उसने हिंदू धर्म की जाति प्रथा पर सवाल उठाया है। बहुत से ब्राह्मण और पुरोहित उसके ख़िलाफ़ हो गए हैं।"

"ये *जाति* क्या है जिसकी तुम बात कर रहे हो?"

"हिंदू मानते हैं कि समाज में उनका स्थान जन्म द्वारा निर्धारित होता है। इसके कारण कई लोगों के साथ अन्यायपूर्ण बर्ताव किया जाता है। इस प्रथा का एक प्रत्यक्ष नतीजा छुआछूत है।"

"इस समस्या के बारे में लिखने के लिए तुम्हें अपने बेटे पर गर्व होगा।"

"नहीं। मैंने उसे ऐसा करने से रोका था। विवादास्पद मुद्दे क्यों उठाए जाएं? सोए हुए कुत्तों को पड़ा रहने दो। वो मुझसे बहुत नाराज़ है।"

"तुम्हें अपनी वर्तमान ज़िंदगी से कोई चेहरे नज़र आ रहे हैं?"

"हां।"

"कौन?"

"मेरी मां, टैरी के रूप में मेरे वर्तमान जीवन में... वो पिछले जन्म में मेरी पत्नी थीं।"

"और कोई?"

"वर्तमान जीवन में मेरे पिता... वो पिछले जन्म में मेरे बड़े बेटे थे—वही जिसे मैं अक्सर पीटा करता था।"

"और कोई चेहरे जो पहचाने से लगते हों?"

"सूज़न। वर्तमान ज़िंदगी में मेरी पत्नी।"

"वो तुम्हारी पिछली ज़िंदगी में क्या है?"

"वो मेरी पिछली ज़िंदगी में मेरी बेटी थी—मैंने तेरह साल की उम्र में उसकी शादी करा दी थी! बेचारी!"

"इस सबसे तुम क्या सीख सकते हो?"

"मेरी मां ने मेरे वर्तमान जीवन में मुझे बेतहाशा प्यार दिया। ऐसा इसलिए कि पिछले जन्म में जब वो मेरी बीवी थीं, तो मैंने उन्हें बेतहाशा प्यार दिया था। वो बस उस प्यार को लौटा रही थीं।"

"और?"

"मैं पिछले जन्म में अपने बड़े बेटे को पीटकर उस पर अपना ग़ुस्सा उतारा करता था। वो इस जन्म में मुझे ये दिखाने के लिए मेरा पिता बना कि एक बाप के ग़ुस्से को झेलना कैसा लगता है।"

"और कुछ?"

"अपनी बेटी का बालविवाह करा के मैंने पक्का किया था कि वो कम आयु में ही मुझसे बिछड़ जाए। वर्तमान जीवन में वो मेरी पत्नी सूज़न बनी। उसने मुझे बिछड़ने का गहरा दुख और निराशा सिखाई—जल्दी मरकर।"

"तुम्हारे छोटे बेटे ने तुम्हें कुछ सिखाया? वो बेटा जिसने जातिगत भेदभाव की बुराइयों के बारे में लिखा था।"

"सोते हुए कुत्तों को कभी पड़ा नहीं रहने देना चाहिए।"

लंदन, यूके, 2012

प्रोफ़ेसर टैरी एक्टन बिखरा हुआ सा दिख रहा था। बाल उंगलियों से बने हुए थे और चेहरे पर शेव बढ़े होने का स्थायी भाव था। उसकी जीन्स और स्वेटर ने कभी बेहतर दिन देखे थे। लेकिन अजीब बात थी कि इस सबके कारण विपरीत सैक्स में उसके प्रति आकर्षण और भी बढ़ता था। उसकी आंखों में पीड़ा थी और इससे वो महिलाओं को और ज़्यादा आकर्षक लगता था।

मार्था सिन्क्लेयर के साथ उस सत्र वाले दिन के बाद के सोलह सालों ने टैरी एक्टन पर सकारात्मक प्रभाव किया था।

टैरी ने मनोविज्ञान में अपनी पृष्ठभूमि का इस्तेमाल करने और उसे पूर्वजन्म थेरेपी और स्पिरिचुअलिस्ट एसोसिएशन में धर्म के तुलनात्मक अध्ययन से जोड़ने का फ़ैसला किया था। टैरी ने आध्यात्मिक बनने से शुरुआत की। फिर उसने सम्मोहन की कला में विशेषज्ञता प्राप्त की। फिर जब मार्था अपनी योग एकेडमी शुरू करने के लिए न्यूयॉर्क वापस चली गई, तो वो पूर्वजन्म प्रत्यागमन के व्यवसाय में आ गया।

मार्था के साथ पहले कुछ सत्रों के बाद टैरी यूनिवर्सिटी ऑफ़ लंदन के धर्म शिक्षा विभाग में आध्यात्मिकता पर होने वाले भाषणों में जाने लगा। टैरी के शिक्षकों ने उसकी रुचि धर्म और आध्यात्मिकता में जगाई। इसके नतीजे में उसे यूनिवर्सिटी में पढ़ाने का काम मिल गया।

आज टैरी हिंदुत्व और इसके दो स्तंभों—पुनर्जन्म व कर्म पर भाषण दे रहा था।

"हिंदुत्व की उत्पत्ति की कोई तारीख़ दे पाना नामुमकिन है, लेकिन 4000 ईसा पूर्व में भी सिंधु घाटी में इसके मानने वाले मौजूद थे। 94 करोड़ अनुयायियों के साथ हिंदुत्व दुनिया का तीसरा सबसे

बड़ा धर्म है," टैरी ने बात शुरू की।[32]

बिना कोई नोट्स देखे उसने आगे कहा, "हिंदुत्व दुनिया के कई धर्मों के समान है। उदाहरण के लिए, त्रिमूर्ति की धारणा हिंदुत्व में मौजूद है। ये त्रिमूर्ति सृष्टि निर्माता ब्रह्मा, संरक्षक विष्णु और संहारक शिव की है। यही त्रिमूर्ति परम नारी शक्ति के प्रतीक के रूप में हिंदू देवियों—लक्ष्मी, सरस्वती और काली की त्रिमूर्ति में भी दोहराई गई है। हिंदू धर्मशास्त्रों में देवताओं की बहुलता पाई जाती है। ये प्राचीन यूनानी व रोमन धर्मशास्त्रों से काफ़ी समानता रखते हैं। लेकिन, यूनानियों और रोमनों के विपरीत हिंदुओं की मान्यता है कि उनके सारे देवता एक ही परमेश्वर के बस प्रतीक भर हैं। इस प्रकार बहुदेववादी नहीं, बल्कि अद्वैतवादी है।

"हिंदुत्व ब्रह्मा, या एक परम और दैवीय अस्तित्व, की बात करता है। आधारभूत विश्वास ये है कि प्रत्येक जीवित चीज़ की एक आत्मा है जो एक बड़े अस्तित्व, ब्रह्मा, से जुड़ी हुई है। पुनर्जन्म में अपने मौलिक विश्वास के कारण हिंदुओं का मानना है कि उनका जीवन अनंत है।" टैरी ने देखा कि सामने की ओर बैठी एक छात्रा कुछ संशय में दिख रही थी। उसने रुककर पूछा, "कोई सवाल?"

संशयी छात्रा ने हाथ उठाया और कहा, "प्रोफ़ेसर एक्टन, हाल ही में प्रकाशित अपनी एक किताब में आपने कहा है कि *रीइन्कार्नेशन* शब्द कार्नेट से लिया गया है, जिसका अर्थ है देह। इसलिए, *इन्कार्नेट* का अर्थ हुआ *देह में प्रवेश करना* और *रीइन्कार्नेट* का अर्थ हुआ *देह में पुनर्प्रवेश करना*। आप कहते हैं कि आत्मा जन्म के समय शरीर में प्रवेश करती है और मृत्यु के समय निकल जाती है, और ये एक निरंतर चक्र है। क्यों? ऐसे चक्र का उद्देश्य क्या है?"

टैरी इस लंबे लेकिन बड़े बुनियादी सवाल पर मुस्कुराया और उसने जवाब दिया, "प्रत्येक जीवन के साथ आत्मा कुछ न कुछ सीखती जाती है जब तक कि ये मुक्ति की अवस्था में नहीं पहुंच जाती। यही वो लक्ष्य है जिसकी प्राप्ति के लिए सभी हिंदुओं को प्रयास करना चाहिए। मुक्ति की अवस्था में, जो कि कई जीवनों के

बाद मिलती है, आत्मा ब्रह्मा से मिल जाती है। अब आप पूछेंगे कि कौन सी चीज़ निर्धारित करती है कि आत्मा का पुनर्जन्म कब और कहां हो?

"और ये मुझे कर्म के सिद्धांत पर लाता है। कर्म का शाब्दिक अर्थ है काम, और एक सिद्धांत के रूप में ये जीवन के कारण-और-प्रभाव के सिद्धांत को रेखांकित करता है। कर्म को भाग्य नहीं समझना चाहिए। मनुष्य के पास स्वतंत्र इच्छा है और वो अपने कार्यों द्वारा अपने भाग्य का निर्माण करता है। कर्म का सबसे नाटकीय चित्रण हिंदू महाकाव्य महाभारत में मिलता है। कर्म की हिंदू अवधारणा को बौद्ध जैसे अन्य धर्मों ने भी अपना लिया था।[33]

"ध्यान से सोचें, तो कर्म का सिद्धांत मूर्खता नहीं है। ईसाइयत सहित लगभग सभी धर्मों ने किसी न किसी समय पर पुनर्जन्म को माना है। न्यू टैस्टामेंट में पुनर्जन्म के संदर्भ चौथी शताब्दी में कहीं जाकर मिटाए गए जब ईसाइयत रोमन साम्राज्य का अधिकृत धर्म बना। 553 ईसवी में दूसरी कुस्तुनतुनिया परिषद ने पुनर्जन्म को विधर्म घोषित कर दिया। इन फ़ैसलों का उद्देश्य चर्च की शक्ति को बढ़ाना था ताकि लोग विश्वास करने लगें कि उनका मोक्ष केवल चर्च पर निर्भर करता है।"[34]

अध्याय सात

उत्तरपूर्व तिब्बत, 1935

"*ताह-शी दे-लेह। खे-रांग कू-सू दे-बो यिन-पेह?*" खोजी दल के लीडर ने पूछा।

नन्हे तेंज़िन ग्यात्सो ने मासूमियत से सिर उठाकर देखा और जवाब दिया, "*ला यिन। न्गाह सुग-पो दे-बो यिन।*"[35]

दलाई लामा बुद्ध के पुनरावतार थे जो मानवता की सेवा के लिए पुनर्जन्म लेते थे। तेरहवें दलाई लामा की 1933 में मृत्यु हो गई थी। तिब्बती सरकार को न केवल तेरहवें दलाई लामा का उत्तराधिकारी नियुक्त करना था बल्कि उनके पुनरावतार को तलाश भी करना था।[36]

1935 में, तिब्बत के रीजेंट ने ल्हासा के पास एक पवित्र झील तक की यात्रा की। रीजेंट ने पानी में देखा और उन्हें हल्के हरे और सुनहरे रंग की छत वाले एक मठ और फ़ीरोज़ी पटियों वाले एक घर की छवि दिखाई दी।

जल्दी ही, तिब्बत के सभी भागों में इस छवि जैसी जगहों की तलाश में खोजी दल भेज दिए गए। एक खोजी दल पूर्व में तिब्बत के एक गांव अम्दो पहुंचा, जहां उन्हें फ़ीरोज़ी पटियों वाला एक घर मिला जिसके पास पहाड़ी पर कर्मा मठ था। मठ की छत हल्के हरे

और सुनहरे रंग की थी।

दल का लीडर घर के अंदर गया जहां उसे तेंज़िन ग्यात्सो नाम का बच्चा खेलता हुआ मिला। वो 6 जुलाई 1935 को पैदा हुआ था।

"हैलो। आप कैसे हैं?" खोजी दल के लीडर ने नन्हे तेंज़िन ग्यात्सो से तिब्बती में पूछा। तेंज़िन ग्यात्सो ने मासूमियत से सिर उठाकर देखा और जवाब दिया, "मैं ठीक हूं।" फिर बच्चे ने तुरंत आदेशात्मक स्वर में वो माला मांगी जो लीडर पहने हुए था। ये तेरहवें दलाई लामा की माला थी।

एक किसान परिवार में पैदा हुए महामहिम तेंज़िन ग्यात्सो को तिब्बती परंपरा के अनुसार, दो वर्ष की आयु में, अपने पूर्ववर्ती तेरहवें दलाई लामा का पुनरावतार स्वीकार कर लिया गया।

बेथलहम, जूडिया, 7 ईसा पूर्व

बृहस्पति और शनि का एक ही वर्ष में त्रिपक्षीय संयोजन अत्यंत दुर्लभ था। ये संयोजन, जिसमें दोनों ग्रह एक दूसरे को लगभग स्पर्श करते लगते थे, 7 ईसा पूर्व में 29 मई, 3 अक्तूबर और अंत में 5 दिसंबर को घटित हुआ।[37] इस खगोलीय चमत्कार को देख रहे तीनों बौद्ध ज्ञानी आश्वस्त हो गए। पृथ्वी पर पुनरावतार आ चुका था और अब उससे मिलने का समय आ पहुंचा था। फिर उन्हें ख़ुद को आश्वस्त करना था कि वो वाक़ई वही है जिसकी उन्हें तलाश थी। फिर उन्हें उसे उसके जीवन के उद्देश्य के लिए तैयार करने के काम पर लगना था। अब उन्हें येरूशलम जाना था।

येरूशलम, जूडिया, 5 ईसा पूर्व

राजा हेरोद बुरी तरह नाराज़ था; जूडिया पर शासन करना नामुमकिन था। उस पर तुर्रा ये कि इन तीन अजनबियों का दावा था कि उन्होंने दो ग्रहों को आकाश में एक दूसरे को स्पर्श करते देखा था और वो इसे कोई मूर्खतापूर्ण दिव्य निशानी मान रहे थे। भाड़ में जाएं वो!

अब वो किसी दो साल के बच्चे को ढूंढ़ना चाहते थे जिसे वो भारत के किसी आध्यात्मिक गुरु का पुनरावतार मानते थे। वो उसे साथ ले जाना चाहते थे ताकि उसे प्रशिक्षित कर सकें। भाड़ में जाएं वो!

उसे इस बात की चिढ़ थी कि उसे रोमन साम्राज्य का दोस्त और सहयोगी बनने को मजबूर किया गया था। उसे इस बात की भी चिढ़ थी कि उसकी अरब मां की वजह से यहूदी उसे घृणा की दृष्टि से देखते थे। कभी-कभी, उसे ऑक्टेवियन और मार्क एंटनी पर भी ग़ुस्सा आता था कि उन्होंने उसे जूडिया का शासक बना दिया था, हालांकि राजा बनने की उसकी बड़ी तीव्र इच्छा रही थी। भाड़ में जाएं वो सब![38]

और फिर एक विचार कौंधा! उन सारे दो साल के बच्चों को मार डाला जाए जो उसके हाथ लगें। कम से कम इस तरह उसे कुछ तो करने को मिलेगा। भाड़ में जाएं वो सब!

"मार डालो उन्हें," हेरोद ने अपने जनरलों से कहा।

क़ाहिरा, मिस्त्र, 5 ईसा पूर्व

"मार डालो इसे," क़ाहिरा के गवर्नर ने कहा। उसने सुना था कि लड़का सिंह देवी बास्तेत के मंदिर में घुस गया था, और कि मूर्तियां उसके सामने ज़मीन पर बिखर गई थीं। वो निश्चित रूप से राक्षसी

था।

सभी दो-वर्षीय लड़कों को मार डालने के हेरोद के फ़ैसले के बाद, लड़के के माता-पिता ने महसूस किया था कि उसकी जान बचाने का एकमात्र तरीक़ा बेथलहम से भागकर मिस्र चले जाना है। वो बेथलहम से रफ़ाह पहुंचे, और वहां से अल-आरिश जाकर फ़रामा होते हुए तेल बास्ता आ गए।[39] ये सिंह देवी बास्तेत का शहर था। जब बच्चे ने सिंह देवी के मंदिर में प्रवेश किया, तो ज़मीन थरथराई और मंदिर की मूर्तियां उसके आगे झुककर टुकड़े-टुकड़े हो गईं।

इसके बाद परिवार पुराने क़ाहिरा चला गया जहां उसने एक गुफा में शरण ली। जब क्षेत्र के गवर्नर ने तेल बास्ता में मूर्तियों के टूटने की कहानियां सुनीं, तो वो लड़के की हत्या की योजनाएं बनाने लगा और परिवार को मजबूरन समय से पहले ही मादी के लिए प्रस्थान करना पड़ा।

वो एक नाव पर सवार हुए जो उन्हें दैरुल-ग़रनूस ले गई। यहां से परिवार जब्लुलक़ाफ़ चला गया और फिर क़ुसक़ाम शहर, जहां अल-मुहर्रक़ मठ स्थित था, जाने से पहले उसने एक गुफा में आराम किया।

ये मिस्र के उन कई मठों में से एक था जिन्होंने लड़के की शिक्षा में भूमिका निभाई थी।

मिस्र, 4 ईसवी

अपने माता-पिता के साथ जूडिया से भागने वाले छोटे से लड़के को ये नहीं पता था कि उसकी शिक्षा का कारण 200 वर्ष पहले घटी घटनाएं थीं।

लगभग दो सदी पहले मिस्र और फ़िलिस्तीन के यहूदियों में एक आध्यात्मिक क्रांति आई थी। मिस्र में ये मनीषी ख़ुद को

'थेरेप्यूट' कहते थे और फ़िलिस्तीन में उनके आध्यात्मिक समकक्ष ख़ुद को 'नाज़रीन' और 'असीन' कहते थे।

थेरेप्यूट, नाज़रीन और असीन काफ़ी हद तक बौद्धों के समान थे। मसलन, वो शाकाहारी थे, शराब से परहेज़ करते थे, ब्रह्मचर्य का पालन करते थे, गुफाओं में रहते हुए वैराग्य का जीवन बिताते थे, पशु बलि का विरोध करते थे, ग़रीबी को गुण मानते थे, उपवास और मौन की लंबी अवधियों द्वारा ज्ञान प्राप्त करने का प्रयास करते थे, साधारण वस्त्र पहनते थे, और नए लोगों को पानी में बपतिस्मा द्वारा दीक्षित करते थे।

पानी में आनुष्ठानिक डुबकी लगाने का मूल भारतीय था। दो सहस्राब्दियों बाद भी लाखों हिंदुओं को अपनी पवित्र नदी गंगा के किनारे इस संस्कार को करते रोज़ाना देखा जा सकता था।[40]

लड़के के गुरु विशेषज्ञ थे। उनमें से कई के पास उत्तोलन, परोक्षदर्शन, टेलीपोर्टेशन और उपचारक जैसी असाधारण शक्तियां थीं। उनके परिश्रम के फल वैसे ही थे जैसे योग के प्रतिपादकों ने प्राचीन भारत में प्राप्त किए थे। लड़के को भविष्य में भारत में अपनी शिक्षा प्राप्ति की तैयारी में विभिन्न प्राचीन ग्रंथ पढ़ाए गए।

इन ग्रंथों की बहुत सी शिक्षाएं भारत में 265 ईसा पूर्व में हुई एक क्रूर हत्या के नतीजे में मिस्र तक पहुंची थीं।

कलिंग, उत्तरपूर्व भारत, 265 ईसा पूर्व

"हत्यारे! निर्दोषों के वधिक! तू साक्षात राक्षस है!" बुरी तरह सुबकती हुई बेक़ाबू बूढ़ी औरत पागलों की तरह चिल्ला रही थी। वो बूढ़ी और क्लांत थी; उसके चेहरे पर सूखे आंसू जमे हुए थे और उसके बाल चुड़ैलों की तरह उसके चेहरे पर पड़े हुए थे। उसकी गोद में एक लड़के की लाश थी, जो शायद उसका पोता था और जिसे सम्राट अशोक की सेना ने मारा था।

मगध के सम्राट अशोक ने पूर्वी भारत में अपने पड़ोसी कलिंग राज्य पर हमला करके ज़बरदस्त शक्ति प्रदर्शन करते हुए 1,00,000 लोगों को मार डाला था।[41]

युद्ध पूरा होने के बाद अशोक शहर में निकला। सड़कों पर लाशें बिखरी पड़ी थीं। कभी ख़ुशियों से भरे रहे घर नष्ट हो चुके थे। "मैंने क्या कर डाला?" अशोक ने सोचा। जीतने के लिए चुकाई गई ये बहुत ज़्यादा बड़ी क़ीमत थी। बहुत हुआ युद्ध; भविष्य में उसकी विजयें प्रेम और शांति की तलाश में होंगी।

महान राजा ने बौद्ध मत स्वीकार कर लिया और इसके शांति, करुणा, अहिंसा और प्रेम के संदेश को अपने राज्य में और राज्य के परे हर व्यक्ति तक पहुंचाने का फ़ैसला किया।

अशोक का संदेश जिन लोगों तक पहुंचा, उनमें मिस्र का राजा टोलेमी द्वितीय फ़िलाडेल्फ़ियस भी था।

मिस्र, 258 ईसा पूर्व

टोलेमी द्वितीय फ़िलाडेल्फ़ियस सिंहासन पर बैठा हुआ था। उसके पास ही उसकी पत्नी और बहन बैठी थी। वास्तव में, उसकी पत्नी उसकी बहन थी।

वो भारतीय राजा अशोक द्वारा भेजे गए उन धर्मप्रचारकों की बात सुन रहा था जो स्वयं को बुद्ध कहने वाले किसी व्यक्ति का संदेश फैला रहे थे।[42]

वो ख़ुद को थेरवाद भिक्षु कहते थे। विचित्र बात थी कि मिस्र में जल्द ही भिक्षुओं का एक संघ होने वाला था जिसका नाम संदेहास्पद सीमा तक समान था—उन्हें थेरेप्युटे के नाम से जाना गया। ये मिस्र के मशहूर बैरागी भिक्षु थे, जो ग़रीबी, ब्रह्मचर्य, अच्छे कर्मों और करुणा के प्रति समर्पित थे; हर वो चीज़ जिसका बुद्ध, जो मुनि शाक्य के नाम से भी जाने जाते थे, समर्थन करते थे।

टोलेमी द्वितीय ने सोचा भी नहीं होगा कि 500 साल बाद मिस्र के महान एलेग्ज़ैंड्रिया बंदरगाह का ख़ुद अपना मुनि शाक्य होगा—अमोनियस सैकास।

एलेग्ज़ैंड्रिया, मिस्र, 240 ईसवी

अमोनियस सैकास मरणासन्न था। वर्षों के अध्ययन और ध्यान के बाद उसने एलेग्ज़ैंड्रिया में अपना दर्शन का विद्यालय खोला था। विद्यालय चलता रहा लेकिन वो ख़ुद बुझ रहा था। इतिहास उसका नाम अमोनियस सैकास के नाम से दर्ज करने वाला था। वास्तव में, उसका नाम मुनि शाक्य के नाम से लिया गया था, जो बुद्ध का सामान्यत: स्वीकृत नाम था।

उसका सबसे मशहूर शिष्य ओरिजेन हुआ, जो ईसाई चर्च के सबसे पहले संस्थापकों में से एक था। तीन सदी बाद पुनर्जन्म के बारे में ओरिजेन के लेखों को चर्च ने विधर्म माना।

अमोनियस सैकास पाइथागोरस का अनुयायी था। पाइथागोरी लोग दार्शनिक, गणितज्ञ और ज्यामितिशास्त्री हुआ करते थे। वो आत्माओं के देहांतरण में अपने विश्वास के लिए मशहूर थे। वो शुद्धीकरण के अनुष्ठान करते थे और ब्रह्मचर्य, पथ्य और नैतिक नियमों का पालन करते थे, जिससे उनकी आत्माओं को अपनी श्रेणी बढ़ाने में मदद मिलती थी।

बेशक अमोनियस सैकास ने ये कभी नहीं सोचा होगा कि पाइथागोरस ने इतना ढेर सारा ज्ञान 800 ईसा पूर्व में हुए एक भारतीय मुनि से प्राप्त किया था।

भारत, 800 ईसा पूर्व

महान भारतीय ऋषि बौधायन जंगल में बैठे पवित्र अग्नि के लिए सही आयाम सुनिश्चित करने का प्रयास कर रहे थे। एक विशेष रूप से निर्मित वर्गाकार वेदी में अग्नि जलनी थी। इस आग में देवताओं के प्रति प्रसाद के रूप में दूध, दही, शहद, छाछ, फूल, अनाज और पवित्र जल पलटा जाना था। वो वर्ग के आयामों में बदलाव के नतीजे में वेदी के क्षेत्र में होने वाले प्रभावों के बारे में ग़ौर कर रहे थे। उनका मस्तिष्क शांत था, लेकिन ऐसा लगता था जैसे उनके दिमाग़ में एक मशीनरी सी भिनभिना रही हो। हां! उन्हें हल मिल गया था। उन्होंने सावधानी से लिखा, "एक समकोण के विकर्ण पर खींची गई रस्सी का क्षेत्र लंबरूप और क्षैतिज रेखाओं के जोड़ के बराबर होता है।"[43]

लगभग 250 साल बाद, यूनान में समोस द्वीप के एक गणितज्ञ और दार्शनिक ने बौधायन द्वारा प्रतिपादित सिद्धांत को दोहराया। उसने पाइथागोरियन प्रमेय को इस तरह लिखा: "कर्ण का वर्ग रेखाओं के वर्ग के जोड़ के बराबर होता है।"[44]

पांच सौ साल बाद, एगिया में एक नॉस्टिक विद्यालय ने अपना पूरा ध्यान पाइथागोरियन सिद्धांतों को पढ़ाने पर लगाया। असीनियों की एक शाखा, कोइनोबी, ने मिस्र में पाइथागोरस का दर्शन पढ़ाया। इफ़ेसुस में एक नॉस्टिक विद्यालय फला-फूला जहां बौद्ध मत, पारसी धर्म के सिद्धांत और रहस्य और अध्यात्म की अंकज्योतिष प्रणाली अफ़लातूनी दर्शन के साथ पढ़ाई जाती थी। जहां एलेग्ज़ैंड्रिया में थेरेप्यूटे सारा जीवन ध्यान और सोच-विचार में लगा रहे थे, वहीं असीनी और नाज़रीन अपने वतन फ़िलिस्तीन में इसी विचारधारा की कई संस्थाओं को समर्थन दे रहे थे।

जब तक जूडिया से भागने वाला बच्चा विद्यालय के लिए तैयार हुआ, तब तक नॉसिस, या आत्मज्ञान का प्राचीन दर्शन सारे मिस्र के नॉस्टिक गुटों और आध्यात्मिक विद्यालयों में फलने-फूलने लगा

था। इससे कोई फ़र्क़ नहीं पड़ता था कि वो पाइथागोरियन शिक्षाओं के अनुयायी थे या कैल्डियन या अफ़लातूनी या असीनी या थेरेप्यूट या नाज़रीन या किसी अन्य के। बुनियादी ज्ञान एक ही स्रोत से प्राप्त किया जाना था: बौद्ध मत।[45] उसके बाद ये 1947 तक दफ़्न रहना था।

क़ुमरान, इज़रायल, 1947

"बेवक़ूफ़ बकरी!" मुहम्मद बड़बड़ाया। दुष्ट बकरी भटककर गुफा में घुस गई थी और मुहम्मद ने उसे मारने के लिए एक पत्थर उठाया ताकि मूर्ख बकरी दौड़कर बाहर निकल आए। ये पत्थर उसे शोहरत दिलाने वाला था।

1947 में, मुहम्मद अल-ज़इब नाम के एक नौजवान चरवाहे ने अपनी भटक गई बकरी को बाहर निकालने के लिए एक गुफा में पत्थर फेंका था। उसका पत्थर अंदर जाकर सेरेमिक के एक बर्तन से टकराया। ये बर्तन मिट्टी के उन कई मर्तबानों में से एक था जिनमें प्राचीन पांडुलिपियां थीं और जो बाद में 'मृत सागर पांडुलिपियां' के नाम से जानी गईं। बाद में स्थानीय बद्दुओं और पुरातत्ववेत्ताओं के प्रयासों से 1947 और 1956 के बीच वहां से 900 दस्तावेज़ प्राप्त किए गए। कार्बन डेटिंग से जल्द ही स्थापित हो गया कि ये दस्तावेज़ पहली शताब्दी ईसापूर्व और दूसरी शताब्दी ईसवी के बीच लिखे गए थे।[46]

अनुमान है कि ये पांडुलिपियां एक यहूदी पंथ की लाइब्रेरी की थीं और इन्हें शायद यहूदी-रोमन युद्ध के दौरान 66 ईसवी में वहां छिपाया गया था। माना जाता है कि ये पंथ असीनियों का था। ईसाई धर्मशास्त्री ये जानकर बड़े हैरान थे कि पर्वत के उपदेश के ज़्यादातर आशीर्वचन, जिन्हें जीज़स से जोड़ा जाता था, मृत सागर पांडुलिपियों में मौजूद थे, जिनमें से अनेक जीज़स के जीवन से बहुत वर्ष पहले

लिखी गई थीं।[47]

इससे इशारा मिलता था कि जीज़स द्वारा अपने शिष्यों को दिया गया काफ़ी ज्ञान असीनियों के प्रारंभिक काम से निकला था, जिन्होंने ख़ुद भी आध्यात्मिक ज्ञान काफ़ी हद तक बौद्ध धर्म से प्राप्त किया था।

ये वो आध्यात्मिक ज्ञान था जो मिस्र में 1945 में खोजे गए नॉस्टिक गॉस्पेल को प्रतिबिंबित करता था।

नज हम्मादी, मिस्र, 1945

"*शुक्रन लिल्लाह!* अल्लाह का शुक्र!" ज़मीन में गड़े मर्तबान को देखकर मुहम्मद बोल उठा।

उसका भाई ख़लीफ़ा-अली जिज्ञासापूर्वक देख रहा था। "*तवक्कलतु अलल्लाहि!* लेकिन अगर इसके अंदर कोई दुष्ट जिन हुआ जो इसमें से निकलकर हमें तबाह कर देगा तो?" उसने पूछा।

ये ऊपरी मिस्र में दिसंबर का एक गर्म दिन था। दोनों किसान, मुहम्मद और ख़लीफ़ा-अली खाद की तलाश में खुदाई कर रहे थे कि उन्हें मिट्टी का एक बड़ा सा मर्तबान मिला। उन्हें उसमें कोई छिपा हुआ ख़ज़ाना मिलने की उम्मीद थी लेकिन साथ में ये डर भी था कि कहीं उसके अंदर कोई दुष्ट आत्मा न हो!

"*इंशाल्लाह,* सब ठीक होगा!" मुहम्मद ने कहा और उत्सुकतापूर्वक मर्तबान को खोल लिया लेकिन उसके अंदर जो था उसे देखकर वो निराश तो हुआ लेकिन साथ ही उसने राहत की सांस भी ली। उसे इस बात की निराशा थी कि मर्तबान में ख़ज़ाना नहीं था, लेकिन राहत भी थी कि उसमें कोई जादू नहीं था। मर्तबान में सुनहरे-भूरे चमड़े की जिल्द में पुराने भोजपत्र के काग़ज़ों की किताबें थीं। ये उसमें सैकड़ों साल पहले रखी गई थीं। मर्तबान में मिले बावन पवित्र दस्तावेज़ लंबे समय से खोए हुए नॉस्टिक दस्तावेज़ थे जो कई सौ

साल पहले ईसाइयत के शुरुआती दिनों में लिखे गए थे।[48]

मेरी मैग्डेलीन के गॉस्पेल। थॉमस के गॉस्पेल। जूडस के गॉस्पेल। फ़िलिप के गॉस्पेल। वो गॉस्पेल जिन्हें चर्च के फ़ादर्स ने उसी तरह प्रतिबंधित कर दिया था जिस तरह उन्होंने द्मित्री नोविकोव को प्रतिबंधित किया था।

पेरिस, फ्रांस, 1899

द्मित्री नोविकोव को विश्वास ही नहीं हुआ! उसे आख़िरकार सोसाइटी डी'हिस्टॉयर डिप्लोमेटीक में स्वीकार किया जा रहा था, जो प्रख्यात इतिहासकारों, लेखकों और राजनयिकों का मशहूर संघ था। उसे विश्वास नहीं हो रहा था कि वो यहां उन सबके बीच था; उसे गर्व भी महसूस हो रहा था और राहत भी। वो एक दर्जन वर्ष पूर्व 1887 के बारे में सोचे बिना नहीं रह सका जब उसने लद्दाख़ में ईसा की प्राचीन पांडुलिपियों की खोज की थी।

अपनी खोज के बाद उसका इरादा उन पांडुलिपियों को तुरंत प्रकाशित करने का था। परिषद के आर्चबिशप ने द्मित्री को ऐसा करने से रोकने का भरपूर प्रयास किया था। फिर द्मित्री एक उच्च श्रेणी के कार्डिनल की राय लेने इटली गया था, लेकिन उसने भी उनके प्रकाशन का उतने ही ज़ोरदार ढंग से विरोध किया था।

लेकिन द्मित्री भी अड़ा रहा, और आख़िरकार उसने एक फ्रांसीसी प्रकाशक को अपनी किताब *लीज़ एनी सीक्रेत दी जेसू, जीज़स के गुप्त वर्ष* के प्रकाशन के लिए मना लिया, और आख़िरकार 1896 में वो छप गई।

इसके प्रकाशन के बाद द्मित्री ने मॉस्को का दौरा किया, जहां उसे तुरंत ज़ार की सरकार ने ऐसी साहित्यिक गतिविधि के लिए गिरफ़्तार कर लिया जो 'राज्य और समाज के लिए ख़तरनाक' थी। वो अगले कई वर्षों तक बिना मुक़द्दमे के देश से निर्वासित रहा।

उसकी किताब के नतीजे में ज़बरदस्त आलोचना हुई। प्रसिद्ध जर्मन विशेषज्ञ मैक्स मूलर उन आलोचकों में सबसे आगे थे जो किसी भी ऐसी धारणा के विरुद्ध थे कि बुद्ध मत ने ईसाइयत को प्रभावित किया था। कुछ आलोचकों ने तर्क दिया कि द्मित्री नोविकोव ने लद्दाख़ में हेमिस मठ का दौरा कभी किया ही नहीं था और कि ईसा की पांडुलिपियां बस उसकी कल्पना की उपज थीं।

द्मित्री नोविकोव समाजच्युत और अछूत बन गया। एक समाजच्युत व्यक्ति के लिए कुछ ही वर्षों बाद सोसाइटी डी'हिस्टॉयर डिप्लोमेटीक का भाग बन जाना वाक़ई एक दुर्लभ सम्मान की बात थी। शायद समाज कुछ ऐसा जानता था जो मैक्स मूलर नहीं जानते थे। हो सकता है उन्होंने हिप्पोलीटस की कृतियां पढ़ी हों।

रोम, इटली, 225 ईसवी

हिप्पोलीटस, जो एक यूनानी-भाषी रोमन ईसाई था, ने लिखा था: "बौद्ध दक्षिणी भारत में थॉमस ईसाइयों के संपर्क में थे... जो ब्राह्मणों के बीच दार्शनिक चिंतन करते हैं, जो आत्मनिर्भर जीवन जीते हैं, जीवित प्राणियों और पके हुए खाने को खाने से परहेज़ करते हैं... वो कहते हैं कि ईश्वर प्रकाश है... ईश्वर संभाषण है।"[49]

नॉस्टिकवाद के युग के दौरान यूनानी-रोमन दुनिया और सुदूर पूर्व के बीच व्यापारिक रास्ते फल-फूल रहे थे, और एलेग्ज़ैंड्रिया में अशोक द्वारा टोलेमी द्वितीय के पास अपने पहले संदेशवाहक भेजे जाने के कई पीढ़ियों बाद भी वहां बौद्ध प्रचारक सक्रिय थे।

प्राचीन भारत के थॉमस ईसाइयों का नाम थॉमस डिडीमस के नाम पर पड़ा था, जो क्राइस्ट के बारह प्रचारकों में से एक थे। उन्हें 72 ईसवी में बरछे से मार डाला गया था। नहीं, उन्हें फ़िलिस्तीन या मिस्र में नहीं मारा गया था। उन्हें दक्षिणी भारत में मयलापुर के नज़दीक मारा गया था।

दक्षिण पहुंचने से पहले वो राजा गोंदोफ़र के पास गए थे, जिसका राज्य भारत के उत्तरपश्चिमी इलाक़ों में था। उन्होंने अपनी *एक्टा थोमे* या *दि एक्ट्स ऑफ़ जूडस थॉमस* में इसके बारे में लिखा भी था।[50]

इतिहासकारों और चर्च प्रशासन दोनों ने ही गोंदोफ़र नाम के किसी भी राजा के अस्तित्व को ही ख़ारिज किया था। उस समय के आसपास भारत के उत्तरपश्चिम में ऐसे किसी राजा द्वारा शासन किए जाने का कोई रिकॉर्ड नहीं था। 1854 तक उन सबको मुंह की खानी पड़ी।

कलकत्ता, भारत, 1854

भारतीय पुरातत्व सर्वेक्षण के पहले निदेशक सर एलेग्ज़ैंडर कनिंघम ने कहा कि अब राजा गोंदोफ़र को काल्पनिक कहकर ख़ारिज नहीं किया जा सकता।

कनिंघम ने बताया कि अफ़ग़ानिस्तान में अंग्रेज़ों की मौजूदगी के बाद से 30,000 से ज़्यादा सिक्के मिले हैं। इनमें से कुछ सिक्के राजा गोंदोफ़र ने ढलवाए थे, जो अब चमत्कारिक रूप से मिथक से वास्तविकता में बदल गया था।[51] अचानक, *एक्टा थोमे* एक काल्पनिक कृति नहीं रही और किताब की प्रतियों को कथा से कथेतर साहित्य के ख़ानों में ले जाना पड़ा। और इसलिए, अब बाक़ी की किताब में भी विश्वास करना ज़रूरी था; 72 ईसवी तक।

मयलापुर, दक्षिण भारत, 72 ईसवी

थॉमस डिडीमस जंगल में अपनी कुटिया के बाहर प्रार्थना कर रहे थे कि गोवी वंश के एक शिकारी ने ज़हर में बुझे अपने बरछे से

सावधानीपूर्वक निशाना साधा और उन्हें मार दिया। घाव गंभीर था और सेंट थॉमस की 21 दिसंबर, 72 ईसवी में मृत्यु हो गई।[52]

थॉमस 52 ईसवी में भारत के कोचीन नगर से कुल अड़तीस किलोमीटर दूर कोदुन्गल्लुर में आए थे। उन्होंने मालाबार तट के निवासियों को गॉस्पेल की शिक्षा देनी शुरू की और जल्दी ही इलाक़े में सात चर्चों की स्थापना की। दक्षिण भारत आने से कुछ समय पहले वो राजा गोंदोफ़र के दरबार में गए थे। दरबार राजा की बेटी की शादी का जश्न मना रहा था। शादी के अलावा भी राजा के दरबार में एक जश्न चल रहा था। *एक्टा थोमे* में उनके अपने शब्दों के अनुसार, प्रचारक थॉमस अपने स्वामी जीज़स से मिलने में सफल हुए थे, जो स्वयं शादी में मौजूद थे,[53] और एक सूली पर चढ़ाए गए आदमी के तौर पर काफ़ी स्वस्थ और आश्चर्यजनक रूप से शांत दिखाई दे रहे थे!

अध्याय आठ

बालाकोट, नियंत्रण रेखा, भारत-पाकिस्तान सीमा, 2012

भारत-पाकिस्तान सीमा पर स्थित एक सुदूरवर्ती गांव सही मायनों में बाड़ पर स्थित था। ये न यहां था न वहां। जलास नाला नदी इसके बीच से गुज़रती है,[54] इसलिए गांव आधा पाकिस्तान में है और आधा भारत में। ग़ालिब अभी शेख़ से मिलकर आने के बाद यहीं ईद मना रहा था।

पहले उसने जानवर की आंखों और कानों की जांच की ताकि पक्का कर सके कि जानवर स्वस्थ है; क्योंकि क़ुर्बानी सिर्फ़ स्वस्थ जानवर की ही की जा सकती थी। फिर उसने उसे पानी पिलाया और उसका रुख़ मक्का की ओर किया। उसने पढ़ा, "*बिस्मिल्लाहिर्रहमानिर्रहीम*—अल्लाह के नाम से जो बहुत मेहरबान और रहम करने वाला है। *सुब्हान मन हलालका लिलज़िबह*—वो ज़ात पाक है जिसने तुझे ज़िबह होने के लिए हलाल क़रार दिया।" उसने बकरे को हलाल तरीक़े से ज़िबह किया—जानवर की गर्दन की नसों को एक ग़ैर-दांतेदार फलके के एक वार द्वारा। फिर उसने पशु के अंदर से सारा ख़ून निकलने दिया। धार्मिक क़ानून के तहत, उसने उसके मर जाने तक उसे छुआ नहीं।

ये ईदुल-अदहा थी और जानवर की क़ुर्बानी त्योहार का भाग था। इस्लामी कैलेंडर के हिसाब से ये ज़िलहिज्ज का दसवां दिन था, रमज़ान के ख़त्म होने के सत्तर दिन बाद।

लश्करे-सलासता-अशर का लीडर ग़ालिब बिन ईसार बैठा हुआ था और उसकी सेना आधा दायरा बनाए उसके साथ बैठी थी। बीच में तेज़ दहकती आग में बकरे को भूना जा रहा था, और एक और छोटी आग में नान सेंकी जा रही थीं।

ग़ालिब बुरी तरह भावुक हो रहा था। उसने अपने आसपास—अपनी टीम को—देखा; ये उसके सबसे ज़बरदस्त, सबसे वफ़ादार साथी थे। वो उसकी ख़ातिर ख़ुशी-ख़ुशी जान दे सकते थे। वो उन्हें दिखाना चाहता था कि वो उन्हें न सिर्फ़ प्यार करता है, बल्कि उनका सम्मान भी करता है। वो उठकर खड़ा हुआ और उसने अपना पठानी सूट उतारकर अपने शरीर पर एक मामूली सूती कपड़े का गमछा लपेट लिया। बर्तनों के लिए रखे लोहे के टब में उसने गुनगुना पानी भरा। फिर उसने अपने साथियों को एक-एक करके बुलाया और उनके पैर धोए और उन्हें तौलिए से पोंछकर सुखाया। बुतरोस अपने लीडर की इस सेवा से बचना चाहता था, लेकिन ग़ालिब ने ज़िद की।

अच्छी तरह पैर धुलने के बाद वो सब बैठ गए और उनके लिए बकरे का गोश्त परोसा गया। ग़ालिब ने गर्म-गर्म नान उठाई और उसके टुकड़े करके बड़े प्यार से अपने साथियों को दिए। फिर उसने यहूदा से कहा, "श्रीनगर में एक जापानी औरत मेरी तलाश में है। तुम जाकर उसे ढूंढ़ो और उससे कहो कि तुम मुझे उसे सौंप सकते हो।"

समोवार में क़हवा उबल रहा था। उसने उसे एक बड़े से प्याले में पलटा और उसे सबके बीच घुमाया। कुछ ही दिनों के अंदर उसके ये जवान अपनी-अपनी मंज़िलों के लिए रवाना होने वाले थे। वो जानता था कि उसका समय आ चुका है।

येरूशलम, जूडिया, 27 ईसवी

ये जानते हुए कि उनका समय आ चुका है, जीज़स ने कहा कि पासओवर भोज का आयोजन किया जाए। खाने से पहले जीज़स मेज़ से खड़े हुए, उन्होंने अपने बाहरी कपड़े उतारे और अपने शरीर पर एक तौलिया लपेट ली। फिर उन्होंने एक तसले में पानी पलटा और एक-एक करके अपने शिष्यों के पैर धोए; फिर उन्होंने तौलिए से उन्हें पोंछा। साइमन पीटर झिझके लेकिन जीज़स ने ज़िद की। जल्दी ही उन्होंने सबके पैर धो लिए, अपने कपड़े पहने और अपने शिष्यों के साथ मेज़ पर बैठ गए।

खाते हुए जीज़स ने कहा कि मेज़ पर बैठे लोगों में से एक उनके साथ विश्वासघात करेगा। जूडस ने जीज़स से पूछा कि क्या उनका इशारा उसकी ओर है। "तुमने कह दिया," जीज़स ने जवाब दिया।

खाने के दौरान जीज़स ने रोटी के टुकड़े करके उन्हें अपने शिष्यों में बांटा और कहा, "इसे लो और खाओ; ये मेरा शरीर है।" फिर उन्होंने वाइन का एक प्याला लिया और उसे अपने शिष्यों को देते हुए बोले, "तुम सब इसमें से पियो। क्योंकि ये मेरा रक्त है, अनुबंध का रक्त है, जो पापों की माफ़ी के लिए बहाया गया है।"

बालाकोट, नियंत्रण रेखा, भारत-पाकिस्तान सीमा, 2012

चूंकि जलास नाला नदी बालाकोट के बीच से गुज़रती है, इसलिए दोनों ओर का नज़ारा चट्टानों भरी पहाड़ियों से भरा हुआ है। ग़ालिब बिन ईसार अपने आदमियों और बाक़ी सेना को उन कामों के पीछे के कारण और प्रेरणाएं बताना चाहता था जिनका उसने इरादा किया

हुआ था। वो नदी के सबसे पास के एक टीले पर खड़ा होकर बोलने लगा।

"तुम्हारे ग़रीब होने का ये मतलब नहीं है कि ख़ुदा तुम्हें प्यार नहीं करता है। अल्लाह की मर्ज़ी से 9/11 को ट्विन टॉवर्स में हज़ारों अमीर अमेरिकी मरे थे। उसने तुम्हारी हिफ़ाज़त की! उनकी नहीं!" उसने कहा जबकि उसकी सेना आदर से उसे देखती रही।

वो आगे बोला, "न्यूयॉर्क में मरनेवालों के परिवारों ने शोक किया। उन्होंने कहा, 'अगर हमें पता होता कि अमेरिका सारी दुनिया में कैसी दुष्टताएं कर रहा है, तो हम कभी अपनी सरकार का समर्थन नहीं करते।' मेरा यक़ीन करो, अल्लाह इन लोगों की मदद करेगा जो अब हमारे मक़सद को समझ चुके हैं। ख़ुदा इन शोकाकुलों को हिफ़ाज़त और राहत देगा।"

वो इसी अंदाज़ में बोलता जा रहा था। "अमेरिकी कहते हैं कि हम मुसलमान उनके तर्ज़े-ज़िंदगी को पसंद नहीं करते और कि हम उनके आज़ाद समाज को तबाह कर देना चाहते हैं। मैं तुमसे पूछता हूं, हम अमेरिका पर क्यों हमला करते हैं, स्वीडन पर क्यों नहीं? स्वीडन भी तो उतना ही आज़ाद है जितना अमेरिका। फ़र्क़ है अमेरिका का घमंड। क्या अमेरिका नहीं जानता कि दुनिया की विरासत विनम्र लोगों को मिलेगी?"

मूड ख़ुशी भरा था और उसकी टीम के सदस्य जोश में आ रहे थे। ग़ालिब ने अपनी आवाज़ थोड़ी ऊंची की। "*बिस्मिलाहिर्रहमानिर्रहीम*—अल्लाह के नाम से, क्या हम रमज़ान के महीने में रोज़ा नहीं रखते और रोज़ा पूरा होने के बाद खाने और पानी की लज़्ज़त का लुत्फ़ नहीं उठाते? मैं चाहता हूं कि तुम इसी तरह अल्लाह के वादे और मर्ज़ी के लिए भूखे और प्यासे रहो! तुम जितने ज़्यादा भूखे और प्यासे होगे, अल्लाह की नज़रों में उतने ही क़ीमती होगे!

"फ़िलिस्तीन, लेबनान, कश्मीर, इराक़, अफ़ग़ानिस्तान और चेचन्या में हमारे भाइयों और बहनों को क़त्ल, लूटमार और बलात्कार

का सामना करना पड़ा है। फिर भी हमने उन क़ाफ़िरों के साथ ये सब नहीं किया जिन्होंने ये भयानक जुर्म किए। इसके बजाय, अल्लाह की मर्ज़ी से इन मुजरिमों के ऊपर तक़रीबन अपने आप ही दहशत और आग की बरसात हुई। हम मुसलमान हैं। हम मुश्किल से मुश्किल हालात में भी रहमदिल होते हैं!" ग़ालिब गरजा।

उसके शब्दों के जवाब में सबने एक आवाज़ में कहा, "अल्लाहु-अकबर!"

ग़ालिब की आवाज़ में नर्मी आई। "ख़ुदा बस हमसे ये चाहता है कि हमारा ज़मीर साफ़ रहे। हमारे दिल साफ़ और शुद्ध रहें। सिर्फ़ यही चीज़ पक्का करेगी कि जीत हमारी हो। "*अऊज़ु बिल्लिाहि मिनश्शैतानिर्रजीम!*"

"क़ुरआन[55] हमसे सूरत 4, आयत 90 में कहता है: 'फिर अगर वो तुमसे किनाराकश रहें और तुमसे न लड़ें, तो अल्लाह ने तुम पर उन्हें सताने की कोई राह नहीं रखी।' क्या तुम्हें नहीं लगता कि दुनिया भर के मुसलमान लड़ाई के बजाय शांति को तरजीह देंगे? इस्लाम शांति का धर्म है और शांति क़ायम करने वाले अल्लाह को अज़ीज़ हैं! बदक़िस्मती से काफ़िर शांति नहीं चाहते!" ग़ालिब चिल्लाया।

अब ग़ालिब की आवाज़ जज़्बात से भर्राने लगी थी। वो आगे बोला, "क़ुरआने-पाक 49:13 कहता है कि 'अल्लाह के नज़दीक तुममें सबसे ज़्यादा इज़्ज़त वाला वो है जो सबसे ज़्यादा नेक है'। हम पर बरसों तक ज़ुल्म होते रहे और हम नेक रहे। इसीलिए हम अल्लाह को अज़ीज़ हैं! हमारे जिन दोस्तों ने 9/11 के हमले किए, उन्होंने अपनी मर्ज़ी से ख़ुद को नेकी की राह में शहीद हो जाने दिया।"

फिर उसने अपनी बात पूरी की। "घबराना मत, अगर दुनिया ग़ालिब को दहशतगर्द कहे, या अगर मेरे दुश्मन तुम्हारे लिए अपमानजनक बातें कहें। जब तक तुम अल्लाह की मर्ज़ी पर चलोगे, तुम्हें इनाम मिलता रहेगा। जब हम अपने मंसूबे को अंजाम देंगे, तो इस बात को ज़हन में रखना," उसने पहाड़ी पर खड़े होकर अपने

साथियों को शुद्ध और गहरे जज़्बात से देखते हुए कहा।

गैलिली सागर, केपरनॉम, 27 ईसवी

वो पहाड़ी पर खड़े हुए और अपने साथियों को शुद्ध और गहरे जज़्बात से देखते हुए उन्होंने पहाड़ पर उपदेश दिया।[56] केपरनॉम के नज़दीक गैलिली सागर के उत्तरी छोर पर, एक पहाड़ के ऊपर, जीज़स ने अपने शिष्यों और अनुयायियों की एक बड़ी भीड़ को संबोधित किया।

"जो दीन हैं उनकी आत्माएं धन्य हैं, क्योंकि उनके लिए स्वर्ग का साम्राज्य है। जो शोक करते हैं वो धन्य हैं, क्योंकि उन्हें सांत्वना प्रदान की जाएगी। जो विनम्र हैं वो धन्य हैं, क्योंकि उन्हें पृथ्वी का उत्तराधिकार मिलेगा। वो धन्य हैं जो सदाचार के लिए भूखे और प्यासे रहते हैं, क्योंकि उन्हें तृप्ति मिलेगी। जो दयालु हैं वो धन्य हैं, क्योंकि उन पर दया दिखाई जाएगी। जो हृदय से पवित्र हैं वो धन्य हैं, क्योंकि वो ईश्वर को देखेंगे। शांति स्थापित करने वाले धन्य हैं, क्योंकि वो प्रभु की संतान कहलाएंगे। वो धन्य हैं जो सदाचार के लिए अत्याचार सहते हैं, क्योंकि उनके लिए स्वर्ग का साम्राज्य है। जब वो मेरी वजह से तुम्हारा अपमान करते हैं और तुम पर अत्याचार करते हैं और तुम्हारे लिए हर तरह की झूठी बातें बोलते हैं तब तुम धन्य हो। आनंद लो और प्रसन्न रहो क्योंकि स्वर्ग में तुम्हारा इनाम बहुत बड़ा होगा।"

बालाकोट, नियंत्रण रेखा, भारत-पाकिस्तान सीमा, 2012

ग़ालिब शाहतूश की चमकदार शॉल पर लेटा हुआ था जो उसके

टेंट के अंदर गद्दे पर बड़े क़रीने से बिछी हुई थी। एक कोने में गुलाबजल का मर्तबान था जिसमें जन्नतुल-फ़िरदौस इत्र छिड़का गया था। उसकी बीवी—उसकी एकमात्र बीवी मरियम—उसके कंधे पर अपना सिर टिकाए हुए थी। उससे उसकी एक बेटी ज़ाहिरा थी।

कुछ अन्य मुस्लिम मर्दों के विपरीत ग़ालिब एक बीवी के प्रति समर्पित रहा था। हालांकि क़ुरआन ने बहुविवाह की इजाज़त दी थी, लेकिन ग़ालिब का ख़्याल था कि क़ुरआन की सूरत अल-निसा में कहा गया है कि, "अपनी पसंद की दूसरी औरतों से शादी करो, दो या तीन से, या चार से, लेकिन अगर तुम्हें डर हो कि तुम उनके बीच इंसाफ़ नहीं कर सकोगे, तो एक से..."

ग़ालिब ने सिर्फ़ एक का फ़ैसला किया था। वो एक बेइंतेहा ख़ूबसूरत औरत थी, और वो उस पर बुरी तरह फ़िदा था। वो ग़ालिब के कंधे पर अपना सिर रखे हुए थी और ग़ालिब उसके सुर्ख़-भूरे रेशमी बालों को उंगलियों से सहला रहा था।

वो एक छोटी सी कुप्पी लाने के लिए उठी जो उसने दिन में तैयार की थी। कुप्पी में एक तेज़, गुनगुनी और महकदार कस्तूरी थी जिसे उसने इस इलाक़े में पैदा होने वाले नालदा पौधों की रेशेदार तकले जैसी सूइयों से निचोड़ा था। "ये बस मेरे प्यार की एक छोटी सी निशानी है," कहते हुए उसने कुप्पी को खोला और उसे उसके पैरों पर पलटा। उसने ख़ुशबू उसके पैरों पर मली और फिर अपना सिर उसके पैरों में झुका लिया। उसके नर्म बाल ग़ालिब के तलवों को सहला रहे थे और उसके पूरे शरीर में एक मीठी सी सनसनी पैदा कर रहे थे। फिर वो उसके पैरों को चूमने और उंगलियों को धीरे-धीरे चाटने लगी। वो चंचलतापूर्वक उसकी उंगलियों को चूसने लगी जबकि उसके बाल लगातार उसकी त्वचा को सहलाते रहे। फिर उसने उसे अपने पहले ही नम और गुनगुने हो चुके सार में समा लिया और जब वो पूरी तरह उसमें समा गया, तो वो उसे पूरे जोश के साथ चूमने लगी।

अगर फ़िरदौस बर रू-ए ज़मीं अस्त; हमीं अस्तो हमीं अस्तो

हमीं अस्त। कश्मीर के हुस्न को बयान करने के लिए मुग़ल सम्राट जहांगीर ने जो फ़ारसी शेर पढ़ा था, उसका अर्थ था, 'अगर पृथ्वी पर कहीं जन्नत है, तो यहीं है, यहीं है, यहीं है!'[57] ग़ालिब अपनी जन्नत में था और उसका टेंट नालदा की अदभुत ख़ुशबू से महकता रहा।

बेथैनी, इज़रायल, 27 ईसवी

लैटिन नाम *नरदुस्ताखि यतामांसी* संस्कृत शब्द *नालदा* से लिया गया था। ये सख़्त और मज़बूत बूटी हिमालय की तलहटी में उगती थी। इस पौधे के रेशेदार तकले ज़मीन के अंदर उगते थे और उनमें तेल की बहुतायत होती थी। इस तेल से नार्डिन नाम का एक सूखा कंद तेल सत्व बना लिया जाता था। ये नार्ड या गुलमेहंदी का स्रोत था।

पासओवर से छह दिन पहले जीज़स बेथैनी में आए, जहां मेरी मैग्डेलीन ने शुद्ध गुलमेहंदी, जो एक महंगा इत्र था, की एक शीशी ली और उसे जीज़स के पैरों पर डाला और फिर उनके पैरों को अपने बालों से पोंछा। जिस घर में वो बैठे हुए थे वो इत्र की सुगंधित ख़ुशबू से महक रहा था।

अध्याय नौ

न्यूयॉर्क, यूएसए, 2012

ब्रिटिश एयरवेज़ की फ़्लाइट बीए 0178 ने सुबह सवा नौ बजे जॉन एफ़. कैनेडी एयरपोर्ट छोड़ा था और उसे रात को नौ बजे हीथ्रो पहुंचना था। 351 दूसरे यात्रियों और 39,900 पाउंड सामान के साथ वर्ल्ड ट्रैवलर क्लास की दूसरी पंक्ति की दो सीटों पर मार्था और विंसेंट सिंक्लेयर बैठे थे।

परंपरागत ड्रिंक्स और नमकीन मूंगफली आ गई थीं, और बुआ और भतीजा घूमने के मूड में आ रहे थे। "विंसेंट, तुम अपनी छवियों में जो भी देखते हो, वो सब कुछ तुम्हें लिख लेना चाहिए। इस तरह की चीज़ें हम अक्सर भूल जाते हैं," मार्था ने कहा।

विंसेंट ने उत्तर दिया, "दरअसल, नाना, मैं पहले ही ये कर चुका हूं। वास्तव में उन छवियों के अपने नोट्स मैं साथ ही लाया हूं जिन्हें मैंने मॉम और डैड के अंतिम संस्कार के दौरान देखा था, साथ ही वो भी जब सेंट्रल पार्क में मुझे वो अजीब सी झलकियां दिखी थीं।"

विंसेंट उठा, उसने सिर के ऊपर बनी सामान की दराज़ खोली और अपना डफ़ेल बैग खींच लिया। उसकी ज़िप खोलकर उसने फ़टाफ़ट अपनी लैदर की जिल्द चढ़ी नोटबुक को ढूंढ़ा। उसे

निकालकर बैग की ज़िप बंद की और उसे वापस दराज़ में रखकर बैठ गया। उसे खोलकर उसने एक पन्ना पलटा जिस पर पीले रंग का पोस्ट-इट चिपका हुआ था। उसने नोटबुक मार्था को दे दी। पन्ने पर अनेक टिप्पणियां थीं:

"सेंट जॉन सीमेट्री: येरूशलम की बेटियां। *एलोइ, एलोइ लेमा साबाक्थानी?* येरूशलम। लकड़ी का क्रॉस। ख़ून। विलाप करती औरतें। इसे सूली चढ़ाओ! साइमन। एलेक्ज़ैंडर। रूफ़स।"

इन प्रविष्टियों के बाद लिखा था: "सेंट्रल पार्क: ख़ून। घायल सैनिक। पट्टियां। यूनानी क्रॉस। लाल। बसानो चित्र। भव्य मकान। नंबर 18। लंदन स्ट्रीट। लोहे की बाड़ जिस पर 'एस' का लोगो है। भारतीय प्राचीन वस्तुएं। पार्टियां। खाना। संगीतकार। 1940 की लासॉल एंबुलैंस। बकिंघम पैलेस। बैल। सो सून!"

"माफ़ करें, मैम। आप चिकन कैसरॉल पसंद करेंगी या भुने बीफ़ के स्लाइस?" उड़ान परिचारिका ने पूछा। "कुछ नहीं। मैंने शाकाहारी खाने का ऑर्डर किया है," मार्था ने कहा। स्टुअर्डेस ने सूची में देखा और तुरंत अपनी कार्ट से सही ट्रे खींच निकाली। सुश्री मार्था सिन्क्लेयर के लिए बासमती चावल के साथ हल्की फ्राइड सब्ज़ियां, पास्ता सलाद और ताज़े फलों का योगर्ट।

विंसेंट भुने हुए चीज़ पोटैटो और हरी बीन्स के साथ भुने बीफ़ के स्लाइस, रैंच ड्रेसिंग के साथ गार्डन सलाद, और ब्लूबैरी चीज़केक पर टूट पड़ा; एयरलाइन खाने के हिसाब से बुरा नहीं था। कुछ समय के लिए तो कम से कम, वो नोटबुक और उसकी सामग्री के बारे में भूल गए थे।

लंदन, यूके, 2012

हास्यास्पद नाम, एयरवेज़ होटल, उन्नीसवीं शताब्दी के एक घर का था जो बकिंघम पैलेस से बस हाथ भर की दूरी पर था। अब

उसे पैंतालीस पाउंड प्रति रात की दर से चालीस कमरों के बेड एवं ब्रेकफ़ास्ट आवास में बदल दिया गया था। ये परिवारों के द्वारा चलाए जाने वाले उन बहुत से छोटे होटलों में से था जो लंदन के अजीबो-ग़रीब इलाक़ों में दिखते थे। वो सब एक जैसे दिखते थे— वास्तव में, बाहर लगे साइनबोर्डों के बिना, कोई भी खंभों और सफ़ेद बाहरी हिस्सों वाले विक्टोरियन टाउनहाउस-होटलों में फ़र्क़ नहीं कर सकता था।

लंदन आने पर मार्था और विंसेंट ने यहीं चैक इन किया था। विंसेंट ने तय किया था कि उस इलाक़े को थोड़ा अच्छी तरह जानने के लिए वो बकिंघम पैलेस के आसपास ही रहना चाहता है। हीथ्रो से हैमरस्मिथ के लिए वो पिकैडिली लाइन पर सवार हुए और फिर विक्टोरिया स्टेशन के लिए उन्होंने डिस्ट्रिक्ट लाइन ली, जो होटल से बस कुछ ही दूर था।

फ्रंट डेस्क को एक अधेड़ उम्र की महिला संभालती थी। गुलाबी गालों, और चौड़े कूल्हों वाली और चैकदार एप्रन पहने वो एक ठेठ अंग्रेज़ मकानमालकिन थी। उसने झटपट विंसेंट को डील बता डाली: “आपके बेडरूमों में अलग से बाथरूम हैं। दोनों कमरों में टेली, हेयरड्रायर, फ्रिज, और टी-कॉफ़ी मेकर हैं। कमरे से डाइरेक्ट फ़ोन करने का बिल आपके खाते में जुड़ेगा। किराए में पारंपरिक इंग्लिश ब्रेकफ़ास्ट शामिल है जो सुबह आठ और नौ बजे के बीच नीचे दिया जाता है। वैट शामिल है। कोई सवाल, डियर?”

अगली सुबह का पारंपरिक इंग्लिश ब्रेकफ़ास्ट कोलेस्ट्रॉल का भरपूर हमला था। टोस्ट, मारमलेड, फल और पॉरिज के अलावा फ्राइ-अप थे जिनमें सॉसेज, बेकन, किपर, ब्लैक पुडिंग, फ्राइड अंडे, मशरूम, टमाटर, बेक्ड बीन्स और हैश ब्राउन्स थे। विंसेंट को यक़ीन नहीं हो रहा था कि अंग्रेज़ रोज़ाना सुबह इतनी ज़्यादा चिकनाई खाते हैं, जब तक कि मार्था ने उसे ये नहीं बताया कि सारे ही अंग्रेज़ रोज़ाना इस तरह नहीं खाते हैं। मार्था अपने जेट लैग को दूर करने की कोशिश कर रही थी, इसलिए विंसेंट ने बस चाय और

टोस्ट लिए। फिर वो जल्दी से बकिंघम पैलेस की ओर चल दिया।

न्यूयॉर्क से लंदन की यात्रा के दौरान विंसेंट ख़ुद को ये यक़ीन दिलाने में कामयाब रहा था कि लंदन की उसकी ये यात्रा महज़ समय की बर्बादी ही होने वाली है—पूर्वजन्म के अनुभवों की ये बातें कोरी बकवास थीं। अभी वो सेंट जॉर्ज मार्ग पर चलता हुआ वारविक स्क्वेयर पर पहुंच गया था जहां से वो बाएं मुड़ गया और बैल्ग्रेव रोड पर चलने लगा। जब वो बकिंघम पैलेस रोड के चौराहे पर पहुंचा तो वो दाएं मुड़ गया और बकिंघम के गेट पर पहुंचने तक चलता रहा। इतना चलने में उसे तीस मिनट से भी कम लगे होंगे। जब वो बकिंघम पैलेस पहुंचा तब जाकर उसे अहसास हुआ।

उसने कहीं भी रास्ता नहीं पूछा था। न ही उसने नक़्शा देखा था। ज़िंदगी में पहले कभी वो लंदन नहीं आया था। और फिर भी वो बिना किसी कोशिश के अपने होटल से चलकर पैलेस आ पहुंचा था मानो अपनी सारी ज़िंदगी वो वहीं रहा हो!

बकिंघम हाउस मूलत: 1703 में बकिंघम के ड्यूक के निजी आवास के रूप में बनाया गया था। 1762 में, शाही परिवार के अनेक आवासों में से एक के रूप में इस्तेमाल करने के लिए जॉर्ज तृतीय ने इस भवन को ख़रीद लिया। बाद में, जॉर्ज चतुर्थ ने आर्कीटेक्ट जॉन नैश की सेवाएं ली, जिसने प्रवेश पर संगमरमर के मेहराब के साथ बकिंघम हाउस को फिर से डिज़ाइन किया; इसे बाद में हाइड पार्क में पुनर्स्थापित कर दिया गया। 1837 में क्वीन विक्टोरिया ने बकिंघम हाउस को लंदन में अपना मुख्य आवास बनाया और अब बकिंघम हाउस का नाम अधिकृत रूप से बकिंघम पैलेस कर दिया गया था।[59]

1660 से ही राजवंश की सुरक्षा हाउसहोल्ड ट्रुप्स करते रहे थे, उनके पैदल सैनिक चिर-परिचित वर्दी लाल ट्युनिक और बीयरस्किन (फ़र का लंबा टोप) पहनते थे। गर्मियों में पर्यटकों के लिए मुख्य आकर्षण गार्डों की बदली होती थी, जो महल के सामने के प्रांगण

में रोज़ाना सुबह साढ़े ग्यारह बजे होती थी। पैंतालीस मिनट के बहुत बारीकी से तैयार किए गए आयोजन में नए गार्ड का बैंड के साथ वैलिंग्टन बैरक्स से महल तक मार्च करते हुए आना और पुराने गार्ड से कार्यभार लेना शामिल होता था।

जब विंसेंट वहां पहुंचा तो सुबह के बस दस बजे थे और इस समय कुछेक उत्साही पर्यटकों के अलावा प्रांगण शांत पड़ा था। विंसेंट वहां खड़ा रहा और महल के बाहरी हिस्से को देखता रहा, ये देखने की कोशिश करते हुए कि क्या वो उसके अंदर दबी किसी याद को कुरेद पाता है या नहीं। कुछ नहीं हुआ। तो आख़िरकार ये झूठी चेतावनी निकली, एकदम समय की बर्बादी, जैसा उसने सोचा था।

क़रीब आधे घंटे भटकते रहने के बाद विंसेंट ने मार्था का हाल-चाल पता करने के लिए होटल वापस जाने का फ़ैसला किया। वो बकिंघम पैलेस रोड पर चलने लगा और दाहिनी ओर एकलेस्टन स्ट्रीट पर मुड़ गया। वो चलता ही रहा जब तक कि एक ख़ूबसूरत विक्टोरियन आवासीय खंड में नहीं जा पहुंचा। किसी रहस्यमय कारण से विंसेंट उस ओर बढ़ने लगा। अब उसने ख़ुद को बैल्ग्रेव स्क्वेयर में पाया।

बैल... ग्रेव... सो सून? बिजली की कड़क की तरह उसके मन में कौंधा। ये तो एक ही शब्द था—बैल्ग्रेव, दो नहीं! सेंट्रल पार्क में उसकी यादों की झलकियों में उसके दिमाग़ की कोटरों से टकराने वाला शब्द *बैल्ग्रेव* था। अगर पूर्वजन्म की धारणा सच है, और अगर विंसेंट वाक़ई इस क्षेत्र में पहले रहता था, तो वो अक्सर बकिंघम पैलेस के पास से निकला होगा। उसकी प्राथमिक याद बैल्ग्रेव स्क्वेयर की होनी चाहिए थी, लेकिन उसे बकिंघम पैलेस के क्षेत्र की भी धुंधली सी याद होती। हां, बात में दम तो था।

विंसेंट ने स्क्वेयर पर चारों तरफ़ देखा। समान खंभों वाले बाहरी हिस्से वाले सफ़ेद प्लास्टर किए शानदार घरों को देखकर जाना-पहचाना सा अहसास हुआ। उसकी रीढ़ में सनसनी सी दौड़ गई। वो सिहर गया; ये भयानक सा था। इन सभी टैरेस वाले घरों में एक

जैसा विक्टोरियन 'युग का अहसास' था। वो घर जिसे उसने सेंट्रल पार्क में अपनी झलकियों में देखा था बहुत कुछ इन्हीं घरों जैसा था।

उसने जल्दी से अपनी नोटबुक में देखा। नंबर 18। क्या ये किसी घर का नंबर हो सकता है? वो स्क्वेयर पर उसी साइड में चलता रहा जिस पर उसने प्रवेश किया था, फिर क़रीब आधे रास्ते पर उसने 18 नंबर देखा। उसके बाहर एक बोर्ड लगा था जिस पर लिखा था, 'द रॉयल कॉलेज ऑफ़ सायकायट्रिस्ट्स'। ये वो नहीं हो सकता था जो उसने देखा था—एक सायकायट्रिस्ट कॉलेज? नहीं। उसने तो साफ़-साफ़ एक आवासीय घर देखा था, कॉलेज नहीं। विंसेंट पलटने ही वाला था कि उसका ध्यान 'एस' के चिह्न पर गया जो बाउंड्री पर लगी लोहे की रेलिंग में बड़ी ख़ूबसूरती से जड़ा हुआ था।

लोहे की रेलिंग पर ये वही 'एस' का डिज़ाइन था जिसे उसने अपनी झलकियों में देखा था। उत्तेजना और प्रत्याशा से उस पर बेहोशी सी सवार हो रही थी। उसे अपनी पीठ पर पसीना बहता महसूस हुआ। वो मजबूर सा हो गया कि अंदर जाए और इस जगह के बारे में और मालूमात हासिल करे।

रिसेप्शन एरिया में आगंतुकों के लिए एक हैल्प डेस्क, और एक लाउंज था जहां निचली कॉफ़ी टेबल के आसपास आरामदेह कुर्सियां रखी हुई थीं। उसकी नज़र कॉफ़ी टेबल पर पड़े कुछ ग्लॉसी ब्रोशरों पर पड़ी और उसने लापरवाही से एक उठा लिया। वो रॉयल कॉलेज ऑफ़ सायकायट्रिस्ट्स के बारे में था। उसने जल्दी-जल्दी कॉलेज के कोर्सों, छात्रों के लिए कैरियर विकल्पों, प्रकाशनों, कॉलेज के आयोजनों, फ़ैकल्टी और फ़ीस के खंडों के पन्ने पलटे, आख़िरकार वो उस खंड पर आ पहुंचा जो कॉलेज के इतिहास पर था। उसमें लिखा था:

लंदन का वो क्षेत्र जिसे आज बैल्ग्रेविया नाम से जाना जाता है, 1820 के दशक में विकसित हुआ था। पूर्व में इसे फ़ाइव फ़ील्ड्स कहा जाता था और ये लंदन, जैसा कि ये तब था, और नाइट्स्ब्रिज

गांव के बीच एक ग्रामीण क्षेत्र था।

19वीं शताब्दी के प्रारंभिक काल में भूस्वामी, ग्रॉसवेनर परिवार, ने इस क्षेत्र को विकसित करना शुरू किया। 'बैल्ग्रेव' नाम उनकी चेशायर या लैस्टरशायर में स्थित इसी नाम की संपत्ति से आया है।

स्क्वेयर कुल दस एकड़ में है। बैल्ग्रेव स्क्वेयर का ख़ाका 1826 में तैयार हुआ था। स्क्वेयर के कोने कंपास के बिंदुओं पर हैं और 18 नंबर दक्षिण-पश्चिम टैरेस लाइन का हिस्सा है, जो सबसे अंत में पूर्ण हुआ था।

बहुत से किराएदार कुलीन वर्ग के सदस्य और राजनीतिक महत्व के लोग थे। 18 नंबर के पहले किराएदार सर राल्फ़ हॉवर्ड थे, जो स्वयं विकलॉ के सांसद थे, उनके पास आयरलैंड में अथाह संपत्ति थी।

अगली किराएदार क्लेमेंटाइन, लेडी सॉसून थीं। उनके भी विदेशी संपर्क थे; उनके पति का परिवार, सॉसून, मूल रूप से बग़दाद और भारत से आया था। वो यहां 1929 से 1942 तक रहीं और दूसरे विश्व युद्ध के दौरान उन्होंने सेना के लिए अपना घर खोल दिया था। कहा जाता है कि युद्ध के दौरान वो यहां सैनिकों के लिए पार्टियां आयोजित करती थीं; साथ ही, इस युद्ध के दौरान इस भवन का एक हिस्सा रेड क्रॉस आपूर्ति डिपो के तौर पर प्रयोग किया जाता था। लेडी क्लेमेंटाइन 1942 में चली गईं, लेकिन 1955 में 90 से ऊपर की आयु में अपनी मृत्यु होने तक उन्होंने अपनी किराएदारी क़ायम रखी।

1956 में इंस्टीट्यूट ऑफ़ मैटल्स ने नंबर 18 को ले लिया और 1974 में कॉलेज अस्तित्व में आया।[60]

विंसेंट ने जल्दी से सेंट्रल पार्क के अपने नोट्स पर नज़र दौड़ाई: ख़ून। घायल सैनिक। पट्टियां। यूनानी क्रॉस। लाल। बसानो चित्र। भव्य भवन। नंबर 18। लंदन स्ट्रीट। 'एस' चिह्न वाली लोहे की बाड़। भारतीय प्राचीन वस्तुएं। पार्टियां। खाना। संगीतकार। 1940 के दशक की लासॉल एंबुलैंस। बकिंघम पैलेस। बैल। ग्रेव। सो सून?

ख़ैर, ये स्थान बकिंघम पैलेस के बहुत नज़दीक था। ये बैल्ग्रेव स्क्वेयर में था। यक़ीनन ये विक्टोरियन भवनशिल्प के सभी तत्वों से युक्त एक भव्य भवन था। इस पर नंबर 18 लिखा था। 'एस' यक़ीनन ग्रिल के काम का एक हिस्सा था। इत्तफ़ाक़? कल्पना?

विंसेंट के दिमाग़ में रोशनी फूटने लगी... *बैल... ग्रेव... सो सून। सॉसून!* बैल्ग्रव स्क्वेयर के मकान में लेडी सॉसून रहती थीं। ये 'सो सून' नहीं था। ये सॉसून था! इससे लोहे की ग्रिल में 'एस' होने की बात भी स्पष्ट होती थी! विंसेंट अब बुरी तरह पसीने में नहा गया था। उसने फिर से लेडी सॉसून के बारे में दिया गया टुकड़ा पढ़ा:

अगली किराएदार क्लेमेंटाइन, लेडी सॉसून थीं... दूसरे विश्व युद्ध के दौरान उन्होंने सेना के लिए अपना घर खोल दिया था... कहा जाता है कि युद्ध के दौरान वो यहां सैनिकों के लिए पार्टियां आयोजित करती थीं... साथ ही, इस युद्ध के दौरान इस भवन का एक हिस्सा रेड क्रॉस आपूर्ति डिपो के तौर पर प्रयोग किया जाता था।

"तुम्हें हुआ क्या है, विंसेंट?" उसने चिढ़कर ख़ुद से कहा। "क्या तुम समझ नहीं रहे हो कि हर क्रॉस जीज़स का क्रॉस नहीं होता है? समान भुजाओं वाला क्रॉस न केवल यूनानी क्रॉस है, बल्कि ये अंतरराष्ट्रीय रेड क्रॉस का प्रतीक भी है।"

विंसेंट ने 18, बैल्ग्रेव स्क्वेयर के मकान से बाहर क़दम रखा। उसके मोबाइल फ़ोन की बैटरी ख़त्म हो गई थी। आसपास देखने पर उसे एक फ़ोन बूथ नज़र आया और उसने किसी तरह मार्था से संपर्क साध ही लिया। इससे पहले कि वो कुछ कहती, विंसेंट ने कहा, "सुनिए, नाना। मुझे आपसे बहुत ज़रूरी बात करनी है। पास में ही एक पब है। आज सुबह यहां आते वक़्त मैंने उसे देखा था। उसका नाम स्टार टैवर्न है, शायद। ये बैल्ग्रेव स्क्वेयर से लगे म्यूज़ पर है। क्या आप जल्दी से जल्दी मुझसे वहां मिल सकती हैं?" और फिर

विंसेंट जल्दी-जल्दी अपने मिलने की जगह की ओर चल पड़ा।

पब पत्थरों से बनी अलग-थलग सी म्यूज़ के आख़िर में स्थित था जो बैल्ग्रेव स्क्वेयर के फ़ौरन बाद थी। पब शायद उन्नीसवीं शताब्दी के शुरू में कभी बनाया गया होगा ताकि बैल्ग्रेविया के कुलीन भवनों में काम करने वाले नौकरों की ज़रूरतों को पूरा कर सके। म्यूज़, जैसा कि स्पष्ट है, घोड़ों के अस्तबलों के साथ-साथ कोचवानों को आवास उपलब्ध करवाने के लिए बनाए गए थे। बेशक, आज के दौर में म्यूज़ में न अस्तबल हैं और न ही नौकरों के आवास, बस करोड़पतियों के घर हैं। पब में आरामदेह बेंचें और देवदार की चिकनी मेज़ें पड़ी थीं, और विंसेंट का ध्यान सीढ़ियों के ऊपर ख़ुशगवार से दिखने वाले हिस्से की ओर भी गया, जो डाइनिंग एरिया दिखता था। विंसेंट बैठ गया और उसने अपने लिए फ़ुलर की बीयर लंडन प्राइड का ऑर्डर किया और मार्था का इंतज़ार करने लगा।

उसके पास वाली मेज़ पर एक अस्त-व्यस्त सा मगर ख़ूबसूरत आदमी बैठा हुआ था। प्रोफ़ेसर टैरी एक्टन ने कुछ ही देर पहले स्पिरिचुअलिस्ट एसोसिएशन में अपने मरीज़ों के साथ अपना सुबह का सत्र पूरा किया था और सुकून से चिस्विक बिटर के पिंट के साथ मछली और चिप्स का लंच करने पब में चला आया था।

क़रीब पंद्रह मिनट बाद मार्था अंदर आई। विंसेंट ने हाथ हिलाकर उसे बताया कि वो कहां बैठा है। मार्था आई, उसने अपना कोट उतारा, उसे मोड़कर अपनी कुर्सी की पीठ पर टांगा और बैठ गई। "तो, विंसेंट, क्या बात है?" उसने शुरू किया।

"मार्था, तुम?" पास की मेज़ से अविश्वास भरी आवाज़ आई।

मार्था ने कनखियों से पास की मेज़ वाले को देखा और टैरी एक्टन के मुस्कुराते चेहरे को पाया। उसे इसे समझने में कुछ सैकंड लगे। "टैरी!" वो कह उठी।

"मार्था, स्वीटहार्ट! इतने साल बाद तुम्हें देखकर कितना अच्छा लग रहा है! तुम बहुत अच्छी दिख रही हो। तुम आख़िर थीं कहां?"

टैरी ने पूछा।

"इगतपुरी मौन क्षेत्र गए हुए हमें लगभग दस साल हो गए होंगे, है ना?" मार्था ने मज़ाक़िया अंदाज़ में कहा। लंदन में अपने प्रत्यागमन सत्रों के बाद टैरी और मार्था लगभग एक ही समय में भारत गए थे लेकिन भिन्न कारणों से। मार्था की दिलचस्पी उन्नत योग विधियों को दोहराने में थी, तो टैरी ने भारतीय विद्या भवन में—मुंबई में प्राचीन विज्ञानों का एक विश्वविद्यालय जहां ज्योतिषविज्ञान और कुछ दूसरे गूढ़ विज्ञानों की शिक्षा दी जाती थी—दाख़िला लिया था। भारत में अपने निवास के दौरान दोनों ने अलग-अलग इगतपुरी के विपश्यना ध्यान कोर्स में नाम लिखाया था, जो मुंबई से पांच घंटे की दूरी पर स्थित एक बड़ा मगर शांत बौद्ध ध्यान केंद्र था।[61]

इगतपुरी यक़ीनन कमज़ोर दिल वालों के लिए नहीं था। विद्यालय ने उनसे एक गंभीर शपथ पर दस्तख़त करवाए थे कि वो कोर्स के बीच में नहीं जाएंगे, ख़ुद कोर्स बारह दिन लंबा था। रोज़ाना वो औसतन दस घंटे ध्यान लगाएंगे और बौद्ध भिक्षुओं का सा जीवन जिएंगे। वो पूरी ख़ामोशी बनाए रखेंगे और उन्हें बस कोर्स के बारहवें दिन ही बात करने की विलासिता की छूट थी।

टैरी और मार्था को, विशुद्ध संयोग से, प्रदान की गई सोने की जगह एकदम पास-पास थी। विडंबना ये थी कि अगले ग्यारह दिन तक वो आपस में क़तई कोई बात नहीं कर सकते थे। बारहवें दिन, जब अंतत: उन्हें बात करने की अनुमति मिली, तो उन्होंने भरपेट बातें कीं—पिछले 264 घंटे से वो बातचीत करने के लिए भूखे थे! कोर्स के बाद वो एक साथ कार से मुंबई वापस आए और भारत में विभिन्न योग्यताओं को हासिल करते हुए वो निरंतर संपर्क में बने रहे। छह महीने बाद मार्था न्यूयॉर्क वापस जाने के लिए भारत से चली गई, जबकि टैरी, स्पिरिचुअलिस्ट एसोसिएशन और यूनिवर्सिटी की अपनी रिसर्च के लिए वापस लंदन चला गया। उसके बाद उनका संपर्क पूरी तरह से टूट गया था। इस तरह, भाग्यवश, मिलना दोनों के लिए ही बहुत सुखद आश्चर्य था।

मार्था ने आगे कहा, "बाइ द वे, विंसेंट, ये मेरे सबसे क़रीबी दोस्तों में से एक हैं, प्रोफ़ेसर टैरी एक्टन।"

"आपसे मिलकर अच्छा लगा, प्रोफ़ेसर," विंसेंट ने कहा। "मैं फ़ादर विंसेंट सिन्क्लेयर हूं। अपनी आंट से मैंने आपके बारे में बहुत सुन रखा है, ये बड़े शौक़ से आपकी बातें करती हैं।"

कुछ औपचारिक बातों के बाद टैरी ने पूछा, "मार्था, मुझे तो लगता था कि तुम हमेशा के लिए भारत में बस जाओगी। क्या हुआ?"

मार्था ने जवाब दिया, "मैं न्यूयॉर्क वापस चली गई थी। अब मैं मैनहटन के अपने केंद्र में योग सिखाती हूं। और तुम?"

टैरी ने जवाब दिया, "मेरी तो ज़िंदगी ही तुम्हारी देन है, मार्था। तुम न होतीं तो मैं सूज़न को खोने के दुख से कभी नहीं उबर पाता। अगर तुमने मुझे स्पिरिचुअलिस्ट एसोसिएशन से परिचित न करवाया होता तो येल से मनोविज्ञान में ली मेरी डिग्री किसी काम न आती। यहां बैल्ग्रेव स्क्वेयर में एसोसिएशन में मैं न केवल अपनी कला की प्रैक्टिस कर रहा हूं, बल्कि उसे सायकायट्रिक थेरेपी के आधार की तरह भी इस्तेमाल करता हूं। मैं यूनिवर्सिटी ऑफ़ लंदन में आध्यात्मिकता और धर्म के क्षेत्रों में भी शिक्षा दे रहा हूं और शोध कर रहा हूं। इस हद तक, मैं तुमसे कहीं ज़्यादा सैद्धांतिक हूं।"

विंसेंट ख़ुद को रोक नहीं पाया। "माध्यम? प्लीज़ ये न सोचना कि मैं अशिष्ट हूं लेकिन आप लोग असल में करते क्या हैं, नाना?"

मार्था हिचकिचाई। विंसेंट की संभावित प्रतिक्रिया की वजह से ही उसने जानबूझकर स्पिरिचुअलिस्ट एसोसिएशन के साथ अपने संपर्कों की बात उससे छिपाई थी। वो बेमन से बोली। "जैसा कि शायद तुम जानते होगे, पुनर्जन्म की अवधारणा हमें बताती है कि जब हम मरते हैं तो अपनी पार्थिव देह को त्याग देते हैं मगर आत्मा ज़िंदा रहती है। ये आत्मा आमतौर पर कोई दूसरा शरीर, और कोई दूसरा जीवन पा लेती है जिससे हमारा ज्ञान पाना जारी रहता है। जब कोई आत्मा वो सब कुछ पूरी तरह से जान लेती है जो जीवन के बारे

में जाना जा सकता है तो निर्वाण की स्थिति में उसका परमात्मा से मिलन हो जाता है। विभिन्न जीवनों के बीच में, जिनमें वो पुनर्जन्म लेती है, आत्मा विश्राम भी लेती है। किसी आध्यात्मिक माध्यम के ज़रिए इस आध्यात्मिक ऊर्जा तक पहुंचना और अपने उन खोए हुए प्रियजनों से संपर्क साधना संभव है जो हो सकता है सशरीर मौजूद न हों लेकिन आत्मिक रूप में यक़ीनन मौजूद होते हैं।"

टैरी अचानक बोल पड़ा। "कुछ साल पहले अपनी पत्नी को खोने से पहले तक मैं इन चीज़ों में कभी विश्वास नहीं करता था। तुम्हारी आंट मार्था ने अपनी पत्नी की आत्मा तक पहुंचने में मेरी मदद की। अब मैं लोगों को उनके प्रियजनों से मिलवाने में मदद करता हूं। इसके अलावा, आध्यात्मिक माध्यम होने की वजह से तुम्हारी आंट और मैं अधिकृत पूर्वजन्म प्रत्यागमन थेरेपिस्ट भी हैं; जो लोग अपने पिछले जन्मों के बारे में जानना चाहते हैं, हम उनकी मदद करते हैं ताकि इससे उन्हें अपने वर्तमान जीवन को थोड़ा बेहतर समझने और उससे पार पाने में मदद मिल सके।"

विंसेंट को कई सवाल पूछने थे। अशिष्ट मालूम पड़ने के डर से वो उन सबको पूछने में हिचकिचा रहा था। मार्था ने उसकी दुविधा को दूर करते हुए टैरी से कहा, "चूंकि विंसेंट रोमन कैथलिक चर्च का पादरी है, इसलिए स्पष्ट है कि ये पुनर्जन्म में विश्वास नहीं करता है।"

"आह। तब तो जो कुछ भी मैं कहूंगा उसमें मुझे सावधानी बरतनी होगी," टैरी ने ख़ुशगवार अंदाज़ में कहा, "मैं नहीं चाहूंगा कि पादरी साहब के साथ किसी धर्मशास्त्रीय वादविवाद में पड़ जाऊं!"

एकदम अनपेक्षित ढंग से, विंसेंट टैरी की ओर मुड़ा और बोला, "प्लीज़ मेरी मदद करें। हो सकता है ईश्वर ने ही विधान करके मुझे आपके पास भेजा हो! मैं और अधिक जानना चाहता हूं।"

⚜

विंसेंट, मार्था और टैरी सेंट जेम्स पार्क में बैठे थे, जो शायद लंदन का

सबसे सुंदर पार्क था। हरियाली में टहलते, बत्तख़ों को चारा डालते, पैलिकनों को तकते, ब्रिज पर से बकिंघम पैलेस को निहारते, खेल के मैदान में बच्चों पर निगाह रखते, या पार्क के कैफ़े में खानपान का मज़ा लेते पर्यटक और स्थानीय लोग पूरे दल-बल के साथ मौजूद थे।

उन तीनों ने पब में शांति से लंच किया और फिर टहलते हुए पार्क की ओर आ गए ताकि पुनर्जन्म और प्रत्यागमन से जुड़े मुद्दों पर बात कर सकें। मार्था ने मोटे तौर पर टैरी को वो सब बताने की कोशिश की थी जिससे विंसेंट छह साल पहले अपने माता-पिता की मृत्यु के बाद से दो-चार होता रहा था, साथ ही उन झलकों और दृश्यों के बारे में भी जो उसे अनुभव होते रहे थे।

टैरी ने कमान संभाली। "मेरी बात सुनो, विंसेंट। भले ही कैथलिक धर्म में पुनर्जन्म की पूरी अवधारणा ही बहिष्कृत हो, लेकिन इसका ये अर्थ नहीं है कि तुम इसमें विश्वास नहीं कर सकते। वास्तव में ऐसे बहुत से ईसाई हैं जो मानते हैं कि पुनर्जन्म ईसाई धर्म के विपरीत नहीं है। इस पर विचार करो: रोमन कैथलिक चर्च समलैंगिकता को स्वीकृति नहीं देता, लेकिन क्या इसका ये मतलब है कि ऐसा कोई समलिंगी नहीं है जो रोमन कैथलिक बना रहता हो, कम से कम सांस्कृतिक रूप से?"

टैरी ने कहना जारी रखा। "रोमन कैथलिक चर्च ने 1633 में गैलीलियो पर मुक़द्दमा चलाया और निर्णय दिया कि ग्रहों का सूर्य की परिक्रमा करने का उसका दृष्टिकोण बकवास है। क्या तुम यक़ीन से कह सकते हो कि पुनर्जन्म पर मौजूदा नज़रिया आने वाले समय में कभी बदलेगा नहीं? नज हम्मादी की खोज में कई अ-धर्मप्रामाणिक ग्रंथ, मृत सागर ग्रंथ, साथ ही नॉस्टिक गॉस्पेल भी मिले हैं जो वास्तव में पुनर्जन्म का समर्थन करते हैं।"

विंसेंट ने धैर्य के साथ टैरी की बात सुनी और फिर कहा। "सच तो ये है कि ज़िंदगी में पहली बार मैं अपने कुछ हिस्सों को अपनी आस्था से टकराते पा रहा हूं।"

अचानक मार्था ने बात काटी। "क्या मैं कुछ कह सकती हूं?

तुम स्पष्ट रूप से नॉसिस, या व्यक्तिगत स्तर पर अनुभव किए गए ज्ञान की अवधारणा से तो परिचित हो ही। अगर कोई जन्म से ही नेत्रहीन हो और हम उससे कहें कि लाल रंग का वर्णन करो, तो वो नहीं कर पाएगा। उसने लाल, हरा, नीला, या वास्तव में और किसी रंग को अनुभव ही नहीं किया है। एक अवधारणा के रूप में पुनर्जन्म पर अंतहीन बहस की जा सकती है। इसके बजाय, इस अवधारणा के कुछ हिस्से को अगर तुम ख़ुद अनुभव करो, शायद प्रत्यागमन सत्र के माध्यम से, तो किसी ख़ास नज़रिए को मानने या नकारने की तुम्हारी क्षमता आसान हो सकती है।"

ग्रं

विंसेंट अपने होटल के कमरे में बेड पर पीठ के नीचे कई तकिए लगाकर अधलेटी अवस्था में था। टैरी ने एक कुर्सी उसके पास खींच ली और बैठ गया। मार्था नीचे होटल के लाउंज में थी।

"मैं तुम्हें गहन शांति की स्थिति में ले जाने की कोशिश करने वाला हूं। मैं चाहता हूं कि तुम आराम से, पीछे होकर पुरसुकून हो जाओ... अगर तुम्हें कोई अंग या मांसपेशी असुविधाजनक लगे तो उसे हिलाकर आरामदेह स्थिति में ले आना और फिर उसे सुविधाजनक बनाना।"

विंसेंट आराम से बैठ गया और टैरी ने जारी रखा। "अब मैं चाहता हूं कि तुम अपनी सांसों पर ध्यान केंद्रित करो। महसूस करो अपनी सांस को अंदर जाते... और बाहर आते... अंदर... और बाहर... कल्पना करो कि हरेक सांस के साथ तुम अपने सारे विषैले तत्व, अपना तनाव, अपनी चिंताएं और अपने डर भी बाहर निकाल रहे हो। हर सांस के साथ तुम जीवनदायी ऊर्जा को अपने अंदर खींच रहे हो। अब एक ख़ूबसूरत रोशनी की कल्पना करो... ये तुम्हारे ठीक ऊपर है... ये तुम्हारे शरीर के अंदर प्रवेश कर रही है और तुम्हारा उपचार कर रही है... तुम्हारे लिए अहम है तो बस मेरी आवाज़... एक शांत, सहज भावना एक बहुत ही नर्म कंबल की तरह तुम्हारे

ऊपर छा रही है... अब मैं पांच से एक तक की उलटी गिनती गिनूंगा। हर अंक के साथ तुम ख़ुद को गहरी और गहरी अचेतनता में तैरता महसूस करोगे। पांच... चार... तीन... दो... एक।"

विंसेंट अर्धमूर्च्छा में प्रतीत हुआ तो टैरी ने आगे कहा। "अब कल्पना करो कि तुम सीढ़ियों से उतर रहे हो... हर सीढ़ी के साथ तुम शांतचित्तता में गहरे, और गहरे जा रहे हो... सीढ़ियों के नीचे एक शांत, सुस्थिर मरीचिका है जो ऊर्जा, प्रसन्नता, प्रेम, शांति, आनंद, संतोष से भरी है... अब तुम्हारा मस्तिष्क इतना शांत है कि ये ख़ुद को खोलने और लगभग सब कुछ याद करने की अनुमति दे सकता है।"

जारी रखने से पहले टैरी ज़रा सा ठहरा, "अब बचपन की किसी याद को सोचना... वो कुछ भी हो सकती है... कोई अच्छी और ख़ुशगवार... अपनी याददाश्त के तटस्थ पर्यवेक्षक बनना... तुम्हारा दिमाग़ थोड़ा भटकता फिरता है तो इससे फ़र्क़ नहीं पड़ता... बस याद की अनुभूति का अनुभव करना... अब मैं तुम्हें पांच से गिनकर एक पर वापस ले जाऊंगा और तुम एक बार फिर बालक बन जाओगे... पांच... चार... तीन... दो... एक...

"तुम कहां हो?"

"मैं न्यूयॉर्क में अपने माता-पिता के घर के पिछवाड़े में हूं। हल्की सी ख़ुनकी है हवा में लेकिन ठंड नहीं है... अभी शायद बसंत है।"

"तुम क्या पहने हुए हो?

"ये एक बास्केटबॉल की जैकेट और कैप है—न्यूयॉर्क यैंकीज़। मेरे पिता को और मुझे यैंकीज़ बहुत पसंद हैं।"

"तुम किसके साथ हो?"

"डैड और मैं पिछवाड़े में कैच खेल रहे हैं। मॉम एक कोने में हॉट डॉग बारबेक्यु कर रही हैं। मुझे हॉट डॉग्स की महक अच्छी लग रही है। मेरे लिए वो एक्स्ट्रा मस्टर्ड, मसाले, कैचअप, कतरे हुए प्याज़ और सॉवरक्रॉट डालती हैं!"

"तुम मज़े कर रहे हो?"

"ओह, मुझे वो दिन बहुत अच्छे लगते हैं जब मेरे डैड को काम पर नहीं जाना होता है। हम कैच खेलते हैं और मॉम बारबेक्यु लगाती हैं। मुझे इसका हर पल अच्छा लगता है। मेरे माता-पिता दुनिया के सबसे अच्छे माता-पिता हैं। वो मुझे फ़िल्में और ज़ू दिखाने ले जाते हैं और मुझे कॉटन कैंडी दिलवाते हैं।"

"ठीक है, उस प्यार और स्नेह का आनंद लो जिसका तुम अनुभव कर रहे हो। इस याद का मज़ा लो, इसे जियो। मैं चाहता हूं कि अब तुम इससे थोड़ा सा ऊपर उठो और जब मैं पांच तक उलटी गिनती करूं तो मैं चाहूंगा कि तुम गर्भ से परे और गहराई में वापस जाओ... तुम्हें लगता है कि तुम और गहरे जा सकते हो? ठीक है... पांच... चार... तीन... दो... एक... अब तुम कहां हो?"

"ये एक बहुत प्यारा विक्टोरियन घर है। ये यक़ीनन लंदन है। लेकिन सड़क बहुत बुरे हाल में है। सब तरफ़ तनाव है... शायद कोई युद्ध हो रहा है।"

"क्या तुम युद्ध में लड़ रहे हो?"

"नहीं। मैं डॉक्टर हूं। मैं आपूर्ति डिपो और अस्पतालों के बीच आता-जाता हूं। अस्पताल घायल सैनिकों और नागरिकों से अटे पड़े हैं। जर्मन लगातार लंदन पर बमबारी कर रहे हैं। मैं एंबुलैंस भी चलाता हूं।"

"वाक़ई? ये किस तरह की एंबुलैंस है?"

"ये 1940 की मज़बूत शैवी है... इसमें सुधार किया गया है... शायद ये लासॉल है। इसने बहुत एक्शन देखा है। सामने का फ़ेंडर बुरी तरह मुड़ गया है, लेकिन हमारे पास इसे ठीक करवाने का वक़्त नहीं है।"

"तो तुम इस विक्टोरियन घर में क्यों हो?"

"ओह, ये एक रेड क्रॉस आपूर्ति डिपो है। ये घर एक अमीर यहूदी औरत का है जिन्होंने इसके एक हिस्से को रेड क्रॉस द्वारा

इस्तेमाल करने की इजाज़त दी है। वो बहुत दयालु और उदार हैं। वो अक्सर सैनिकों को पार्टी देती हैं। मैं कुछ पार्टियों में शामिल हुआ हूं। संगीत और खाना, युद्ध की राशनिंग में जो भी मुमकिन हो पाता है।"

"तुम इस महिला को व्यक्तिगत रूप से जानते हो?"

"मैं उनसे बहुत बार मिला हूं। वो बहुत गरिमापूर्ण हैं। उनकी तस्वीर नीचे लाउंज में लगी है, जिसे एक मशहूर कलाकार बसानो ने बनाया था, शायद। लाउंज एक ख़ूबसूरत स्क्वेयर में खुलता है। सामने के दरवाज़े और ग्रिल पर ख़ानदानी चिह्न लगा है... 'एस', शायद।"

"तुम्हें उनका नाम याद है?"

"सॉसून, शायद।"

"तुम्हें यक़ीन है?"

"हां। सॉसून। घर बैल्ग्रेव स्क्वेयर पर है। मुझे वहां से रेड क्रॉस का सामान उठाना होता है। मैं अक्सर बकिंघम पैलेस के पास से अस्पताल जाता हूं, जहां मैं माल उतारता हूं। उनका परिवार बहुत मशहूर है। उन्होंने बग़दाद और फिर भारत में अपनी दौलत कमाई थी।"

⸙

सॉसून बेन सालेह का जन्म 1745 में हुआ था और लगभग तीस साल बाद उसे बग़दाद का शेख़ नियुक्त किया गया था। चूंकि बग़दाद की आय का एक बड़ा हिस्सा यहूदियों के कारोबार से आता था, इसलिए बग़दाद का गवर्नर किसी यहूदी को ही वित्त मंत्री बनाया करता था।

1821 में, बग़दाद का एक नया यहूदी विरोधी गवर्नर सॉसून परिवार समेत अनेक यहूदी परिवारों के जाने की वजह बना, जो अंतत: भारतीय बंदरगाह नगर मुंबई, या बंबई जिस नाम से तब इसे जाना जाता था, में आकर बस गए।

सॉसून बेन सालेह के बेटे मैथ्यू का जन्म 1791 में हुआ। मैथ्यू

ने ब्रिटिश नागरिकता ले ली और बंबई में मैथ्यू सॉसून एंड कंपनी शुरू की, जो कि चीन में भारतीय अफ़ीम का निर्यात करने वाली सबसे ज़्यादा लाभ कमाने वाली कंपनियों में से थी।

उसका बेटा जोनाथन सॉसून लंदन चला गया और उसने जे.डी. सॉसून एंड कं. शुरू की जिसने जल्दी ही शिपिंग, रियल एस्टेट और बैंकिंग में अधिकार हासिल कर लिए। 1885 में जोनाथन की मृत्यु हुई जो अपने पीछे अपनी विधवा क्लेमेंटाइन, लेडी सॉसून को छोड़ गया था जो लंदन के 18, बैल्ग्रेव स्क्वेयर में रहती रही।

उस समय के सबसे मशहूर फ़ोटोग्राफ़र एलेग्ज़ैंडर बसानो ने उस युग की कुछ सबसे अभिजात्य वर्ग की और ख़ूबसूरत महिलाओं की तस्वीरें बनाई थीं। इनमें से एक क्लेमेंटाइन, लेडी सॉसून भी थी।

"ठीक है। रेड क्रॉस और सॉसूनों को रहने दो। क्या तुम्हारी ज़िंदगी मे कोई और भी महत्वपूर्ण है? माता-पिता? भाई? बहनें? पत्नी? प्रेमिका?" टैरी ने पूछा। विंसेंट अभी भी होटल के कमरे में बेड पर शांतिपूर्वक लेटा हुआ था।

"मेरे माता-पिता ज़िंदा नहीं हैं। मेरी पत्नी और बच्चे नहीं हैं। मेरी प्रिय इकलौती व्यक्ति लेडी क्लेमेंटाइन हैं। उनके पास सब कुछ है—दौलत और ताक़त। लेकिन वो जल्दी ही मर जाएंगी।"

"तुम उन्हें बहुत प्यार करते होगे?"

"इस निराशाजनक दुनिया में वो मेरे लिए सब कुछ हैं। बदक़िस्मती से उन्हें कैंसर है। बस कुछ ही समय की बात है... वो जल्दी ही मर जाएंगी।"

"तुम्हें याद है वो कैसी दिखती हैं?"

"वो ख़ूबसूरत, गरिमामयी और नाज़ुक सी हैं। लेकिन वो कमज़ोर होती जा रही हैं। अस्पताल लोगों से भरे पड़े हैं और दवाएं मिलना मुश्किल हो गया है। मैं अपनी ओर से उनकी देखभाल करने

की पूरी कोशिश कर रहा हूं।"

"क्या तुम किसी और को देख सकते हो जो तुम्हारी वर्तमान ज़िंदगी से हो?"

"क्लेमेंटाइन—वो वर्तमान ज़िंदगी में मेरी नाना हैं।"

विंसेंट अभी भी गहरे सम्मोहन में था। टैरी ने नर्मी से कुरेदा, "तो तुम्हारे ख़्याल से वो यहां इस ज़िंदगी में फिर से तुम्हारे साथ क्यों हैं?"

विंसेंट ठहरा और फिर उसने जवाब दिया, "ऐसा प्रतीत होता है कि वो उसी तरह मेरा ध्यान रख रही हैं, मेरी परवरिश कर रही हैं जैसे अपनी पिछली ज़िंदगियों में मैंने उनकी की थी।"

"क्या तुम ऐसे किसी और व्यक्ति को देख पा रहे हो जिसे तुम पहचानते हो?" टैरी ने पूछा।

"अपने माता-पिता को।"

"वर्तमान जीवन के या पिछले जन्म के माता-पिता?"

"मेरे वर्तमान जीवन के। मेरे पिछले जन्म में वो अजनबी थे जो बस सड़क पार कर रहे थे और मैं घायल सैनिकों को अस्पताल पहुंचाने की जल्दी में था। मेरी एंबुलैंस ने उन्हें टक्कर मार दी थी!"

"तुम क्या कर रहे हो?"

"मैं ज़्यादा कुछ नहीं कर सकता। वो मर चुके हैं। सड़क के किनारे एक लड़का खड़ा है। वो रो रहा है! मुझे लगता है कि वो उनका बेटा है। हे भगवान! मैंने क्या कर दिया?"

"शांत हो जाओ, विंसेंट। तुम्हें क्या लगता है कि जो तुमने किया उससे तुम क्या सीख सकते हो?"

"अपनी लापरवाही से मैंने किसी से उसके माता-पिता को छीना था... ठीक इसी तरीक़े से मैंने अपने माता-पिता को खोयाा था—कार हादसे में!"

"विंसेंट, अब मैं चाहता हूं कि तुम फिर से इन यादों से ऊपर उठो। अब मैं फिर से पांच से उलटी गिनती करूंगा, और मैं चाहता

हूं कि तुम इस जीवन से आगे जाओ जिसे तुमने अभी याद किया है... बहुत आगे... पांच... चार... तीन... दो... एक... और तुम क्या देख रहे हो? अब तुम कहां हो?"

"आयरलैंड में, शायद। उनके पास खाना नहीं है।"

"क्यों? वो कौन हैं?"

"अकाल पड़ा है। कैथलिक किसान भूखों मर रहे हैं। मैं प्रोटेस्टेंट कर-संग्रहकर्ता हूं। मैंने उन सबको धोखा दिया है। मैं उनसे इतना कर जमा करता हूं जिसे जमा कर पाना उनके लिए मुमकिन नहीं है, भले ही वो ख़ुद को क्यों न बेच दें!"

"कोई जाना-पहचाना?"

"हां, ऐसा लगता तो है।"

"तुम्हें ऐसा लगता है?"

"हां। मेरा एक मित्र है। फ़ादर थॉमस मैनिंग। ये वही है।"

"वो कौन है?"

"वो उन ग़रीब कैथलिक किसानों में से एक है। मैंने उसे यातना दी है।" विंसेंट ख़ामोश हो गया।

टैरी को अहसास हुआ कि वो विंसेंट से ज़्यादा कुछ नहीं उगलवा पा रहा है, इसलिए उसने जल्दी से रुख़ बदल दिया। "हम और गहराई में चलते हैं, विंसेंट... पांच... चार... तीन... दो... एक... तुम कहां हो?"

"ग्रामीण भारत के एक खेत में, एक ख़ूबसूरत नदी के तट पर एक महलनुमा घर है।"

"तुम कौन हो?"

"मैं ज़मींदार का बेटा हूं। मैं शिक्षक हूं। मैंने हाल ही में एक पुस्तक लिखी है।"

"क्या तुम अपने पिता से प्रेम करते हो?"

"हां... नहीं... मैं नहीं जानता। वो गांव के वरिष्ठों के नज़रिए का साथ दे रहे हैं। वो नहीं चाहते कि मैं गांव की परंपराओं और

जातिगत समीकरणों से छेड़छाड़ करूं। मैं बहुत निराश महसूस कर रहा हूं।"

अगला सवाल पूछते वक़्त टैरी अपने माथे पर पसीना आता महसूस कर रहा था।

"क्या तुम किसी परिचित को देख रहे हो?"

"हां। तुम हो! तुम! टैरी! तुम मेरे पिता हो! मैं तुमसे नफ़रत करता हूं! तुमने उनका साथ दिया था!"

"सीखने को कुछ है?"

"तुम्हारे लिए। मेरे लिए नहीं।"

"क्या?"

"तुमने सच को सामने आने से रोका था। तुमने मेरा रास्ता बंद किया था। किसी और ज़िंदगी में तुम प्रायश्चित करोगे, शायद इसी में। ये सुनिश्चित करने के लिए कि सच सामने आए, तुम किसी भी हद तक जाओगे।"

टैरी ने इस जानकारी को जज़्ब किया और तय किया कि अब आगे बढ़ना चाहिए। "विंसेंट, फिर से इन यादों से ऊपर उठो... अब मैं फिर से पांच से उलटी गिनती करूंगा... और गहराई में जाओ... बहुत आगे... पांच... चार... तीन... दो... एक... और तुम क्या देख रहे हो?"

"*आब्वुन द'वाश्माजा नेथकादाश श्माश टेट माल्कुथ हैच नेहवे त्ज़ेवजाकिनाक आइकाना द'वाश्माज आफ़ ब'अरहा।*"

"तुम किस भाषा में बोल रहे हो? क्या ये तुम्हारी मातृभाषा है?"

"*हॉव्वलेन लाकमा डी' सुन्कनेन जाओमेन वाशबोकलेन चाउबेन आइकाना दाफ़ श्नेन श्वोकेन ल'चाइजबेन वेला टैकलेन ल'नेजुना एला पैत्ज़ेन मिन बीशा मेटॉल दिलाची माल्कुथ वाहैला वाटेश्कबुक्टा ल'आहलैम आल्मिन।*"[62]

"विंसेंट, मुझे कुछ समझ नहीं आ रहा कि तुम क्या कह रहे हो।

मैं चाहता हूं कि तुम दृश्य से कुछ ऊपर उठो और उसे एक तटस्थ दर्शक की तरह देखो... मैं चाहता हूं कि तुम मुझे बताओ कि तुम क्या देख रहे हो।"

"मैं येरूशलम में हूं। मैं इस महान नगर को देखने यहां आया हूं।"

"तुम कहां से आए हो?"

"साइरीन से। ये उत्तरी अफ़्रीका में है।"

"तुम क्या कर रहे हो? क्या तुम देख सकते हो कि तुम्हारे आसपास कौन है?"

"सड़कें लोगों से भरी हुई हैं। सड़क के किनारे पड़े खुरदुरे पत्थरों पर ख़ून लगा है। बहुत चीख़-पुकार मची हुई है। मुझे हर जगह रोमन सैनिक दिखाई दे रहे हैं।"

"येरूशलम कैसा दिखता है?"

"येरूशलम? ये एलेग्ज़ैंड्रिया और दमिश्क़ के बीच सबसे ज़्यादा भव्य शहर है, यहां लगभग 80,000 लोग रहते हैं। पासओवर की वजह से इस समय यहां लगभग 250,000 लोग हैं!"[63]

"क्या वहां बहुत भीड़ है?"

"तीर्थयात्रियों के साथ सड़कों पर बैलों के दल हैं जो चूना पत्थर के बहुत बड़े-बड़े खंड खींच रहे हैं। बड़े स्तर पर निर्माण-कार्य चल रहा है। जब आप नगर की ओर जाते हैं तो बाईं तरफ़ लगभग डेढ़ सौ फ़ुट ऊंची एक विशाल दीवार है। ये मंदिर नहीं है, बस मंदिर का चबूतरा है! मेरे दाईं तरफ़ ऊपरी नगर है जहां यहूदी पादरी शानो-शौक़त से रहते हैं।"

"तो शहर को फिर से बनाया जा रहा है?"

"हेरोद महान निर्माता है। उसने क़िले, महल, शहर और एक कृत्रिम बंदरगाह बनवाया है। उसने सभी मौजूदा घुमावदार सड़कों को पक्के सीधे रास्तों में फिर से बनवाया है और एक महल बनाया है जो खाई से घिरा है और उसमें शानदार जल उद्यान हैं। वो राजा

सॉलोमन को पीछे छोड़ देना चाहता है।"

"कैसे?"

"परंपरा इस बात की मनाही करती है कि सॉलोमन द्वारा बनवाए मूल मंदिर को बड़ा किया जाए। हेरोद ने ये विशाल पैंतीस एकड़ का चबूतरा जोड़ा है जिस पर मंदिर स्थित है। कुछ पत्थर तो पचास टन से भी ज़्यादा वज़नी हैं।"

"तुम मंदिर का वर्णन कर सकते हो?"

"मंदिर के स्थापन में सात प्रवेशद्वार हैं, लेकिन मुख्य प्रवेशद्वार दक्षिणी ओर पर एक ज़ीने से है। ज़ीने के नीचे दुकानों पर बलि के पशु बिक रहे हैं। आनुष्ठानिक शुद्धीकरण के लिए हम्माम भी हैं।"

"तुम मंदिर में क्या करते हो?"

"बलि। पासओवर के लिए मेमना, यॉम किप्पुर के लिए भैंसा, शिशु के स्नान के लिए दो फ़ाख़्तें।"

"यानी, पहले पशुओं को ख़रीदते हैं और फिर उनकी बलि देते हैं?"

"हां, लेकिन पशु ख़रीदने के लिए पहले आपको रोमन देनारी को शैकेल में बदलना होता है।"

"शैकेल क्या हैं?"

"शैकेल मंदिर की मुद्रा है—ऐसे सिक्के जिन पर कोई तस्वीर नहीं होती। वो यहूदी क़ानून का उल्लंघन नहीं करते।"

"मंदिर किस तरह का है?"

"वहां हज़ारों पुरोहित और विद्वान हैं। अग्नियों से धुआं उठ रहा है, साथ ही उन डरे हुए पशुओं की चीख़ें गूंज रही हैं जिनकी बलि दी जाने वाली है। वधस्थली से भयंकर बदबू आ रही है और चारों तरफ़ ख़ून ही ख़ून है।"

"तुम येरूशलम कैसे आए थे?"

"एक कारवां में। समरिया, सीरिया, मिस्र, नैबेतिया, अरब और फ़ारस से कारवानों में सामान आता है। येरूशलम बहुत

कॉस्मोपोलिटन है। यहां यूनानी, आर्माइक और हीब्रू बोली जाती हैं।"

"क्या शहर पर रोमनों का अधिकार है?"

"हां, लेकिन उनका असल में चीज़ों पर नियंत्रण नहीं है। मंदिर के एक कोने में एंतोनिया है, रोमनों की विशाल छावनी जहां क़रीब 3000 सैनिक रहते हैं। हेरोद द्वारा पुराने मंदिर को एक तरह से नष्ट कर देने को बहुत लोगों ने पसंद नहीं किया है। उसने कमोबेश एक रोमन मंदिर बनवाया है। मालूम होता है कि लोगों को रोमनों के राज से नफ़रत है।"

"रोमन किस धर्म के तहत शासन कर रहे हैं?"

"मंदिर के अधिकांश कुलीन सदूकी और फ़रीसी हैं। उग्रपंथी स्वभाव से आक्रामक हैं जबकि असीनी शहर से बाहर भिक्षुक समूहों में रहते हैं। इन गुटों के बीच बहुत ज़्यादा तनाव है।"

"सड़कों पर भीड़ की क्या वजह है?"

"मुझे वजह पता है... मैंने ख़ुद इसे देखा था। सैनहेड्रिन के उच्च पुरोहित कैफ़स ने पोंटियस पाइलेट से इस आदमी को सूली पर चढ़ाने के लिए कहा था जिससे ख़ून बह रहा है। लोग उसे देखने के लिए सड़कों पर जमा हो रहे हैं। उसे अपनी सलीब को गोलगोथा ले जाने के लिए मजबूर किया जा रहा है। भीड़ चिल्ला रही है, 'बाराब्बास! हम बाराब्बास की रिहाई चाहते हैं!'"

"और कुछ?"

"Εβραιος! βοηθηστε αυτο το καθαρμα να φεραι το σταυρσ του!"[64]

"विंसेंट, तुम फिर ऐसी भाषा बोलने लगे हो जिसे मैं समझ नहीं सकता। तुमने अभी क्या कहा?"

"यूनानी! वो घृणा भरे अंदाज़ में मुझे यहूदी बुला रहे हैं और मुझसे कह रहे हैं कि क्रॉस उठाने में उसकी मदद करूं।"

"तुमसे ऐसा कौन कह रहा है?"

"रोमन सैनिक ज़ैतून के पहाड़ से नीचे आ रहे हैं।"

"तुम क्या कर रहे हो?"

"मैं उसके लिए सलीब उठा रहा हूं। मैं उस व्यक्ति का चेहरा और शरीर देख सकता हूं। उसे इतनी बुरी तरह से पीटा गया है कि उसके नैन-नक़्श लगभग पहचाने ही नहीं जा रहे हैं। वो गिरा जा रहा है जबकि उसकी सलीब का सारा बोझ अब मैं उठा रहा हूं। वो मुझसे कुछ कहना चाह रहा है।"

"क्या?"

"*नायिम मायोद साइमन। तोडा। हाशेम याज़ोर!*"

"तुम फिर से एक अजनबी भाषा बोल रहे हो। मैं चाहूंगा कि तुम दृश्य से ऊपर उठो ताकि तुम एक तटस्थ पर्यवेक्षक बन सको। वो क्या कह रहे हैं?"

"तुमसे मिलकर अच्छा लगा, साइमन। शुक्रिया। ईश्वर मदद करेगा। ये हीब्रू है। आख़िर वो मेरा नाम कैसे जानता है?"

"तुम अपने आसपास और क्या देख सकते हो?"

"यहूदी नेता। वो बहुत उत्तेजित दिख रहे हैं। वो हमें गालियां दे रहे हैं। कुछ औरतें रो रही हैं। वो उनसे कह रहा है, 'येरूशलम की बेटियो, मेरे लिए रोना बंद करो। इसके बजाय, अपने और अपने बच्चों के लिए रोओ! आने वाले दिनों में संतानहीन औरतें ख़ुशक़िस्मत मानी जाएंगी। जब अंत समय आएगा, तो स्त्री-पुरुष पहाड़-पहाड़ियों से ख़ुद को ढांपने के लिए कहेंगे। अगर वो तब ऐसा करेंगे जबकि पेड़ हरे-भरे हैं, तो जब वो सूख जाएंगे तब वो क्या करेंगे?'"

"तुम और क्या देख-सुन रहे हो?"

"*एलोइ, एलोइ लेमा साबाक्थानी?*"

"तुम क्या कह रहे हो, विंसेंट? इसका क्या मतलब है?" टैरी ने पूछा।

विंसेंट उत्तेजना से कहता रहा। "जब हथौड़े उसके शरीर में कीलें ठोंक रहे थे तब मैंने उसकी पीड़ा को देखा है। जब सलीब को रस्सों से लंबवत खड़ा किया जा रहा है तो ये बहुत ज़्यादा

तकलीफ़देह है। उन्होंने दो अपराधियों को उसके दोनों तरफ़ रखा है।"

विंसेंट को सम्मोहन की अवस्था में क़रीब एक घंटा हो गया था। टैरी बुरी तरह पसीने में नहाया हुआ था और उसकी नब्ज़ बहुत तेज़ चल रही थी। क्या ये हक़ीक़त हो सकता था? वर्तमान युग का एक इंसान पिछले किसी जन्म में सामने से और ज़िंदा जीज़स को देख रहा था?

"'मेरे ईश्वर, मेरे ईश्वर, तूने मुझे क्यों त्याग दिया है?' वो कह रहा है। उन्होंने उसके सिर पर ये साइन रख दिया है।"

"साइन पर क्या लिखा है?"

"लैसुअस ओ नाज़ोरेइयॉस ओ बैसिलियस टॉन लाउडेइयॉन।"

"ये क्या है?"

"ग्रीक। नाज़रीन जीज़स, यहूदियों का राजा।"

"तुम और क्या देख सकते हो?"

"सैनिक उसके कपड़े आपस में बांट रहे हैं। भीड़ उस पर ताने कस रही है। वो कह रहे हैं कि उसने दूसरों को बचाया लेकिन ख़ुद को नहीं बचा सकता।"

"Τονς σνγχωρηστε του πατερα επειδη δεν ξερουν τι κανουν."

"ये क्या है?"

"इन्हें क्षमा कर दे, पिता, क्योंकि ये नहीं जानते कि ये क्या कर रहे हैं।"

"वो और क्या कह रहे हैं?"

"Σας νποσχομαι οτι σημερα θα ειστε στον παραδεισο με με."

"ठीक है। वो ये किससे कह रहे हैं और इसका क्या मतलब है?"

"वो एक अपराधी से बात कर रहे हैं। वो उससे वादा कर रहे

हैं कि वो उसे स्वर्ग ले जाएंगे। क्रॉस के पास दो आदमी आपस में कुछ हंसी-मज़ाक़ कर रहे हैं। एक आदमी फब्ती कस रहा है कि यहूदियों का सूली पर चढ़ा राजा एलीजा को बुला रहा है। दूसरा आदमी कह रहा है, 'हम यहीं रहकर देखेंगे कि एलीजा इसे उतारने में मदद करता है या नहीं!'"

"और कुछ?"

"वो प्यासा है। वो उसे पानी नहीं दे रहे हैं। वो कोई ऐसी चीज़ दे रहे हैं जो सिरके जैसी दिखती है। क्या वो सिरका है? मैं समझ नहीं पा रहा हूं। नहीं रुको, ये कुछेक चीज़ों का मिश्रण है जिसे वो एक लंबे डंडे के सिरे पर लगे स्पंज पर लगा रहे हैं। अब वो इसे उसके होंठों से लगा रहे हैं। वो कराह रहा है। रुको! वो कुछ कह रहा है... 'हे पिता, मैं अपनी आत्मा तेरे हाथों में सौंपता हूं। ये चुक गई है।' वो बेहोश हो गया लगता है।"

"क्या उनकी मृत्यु हो गई है?"

"मैं यक़ीन से नहीं कह सकता। वो यक़ीनन बेहोश हो गया है। वो निश्चय ही मृत सा *दिखता* है। शतपति घबराया सा दिख रहा है। 'यक़ीनन ये नेक बंदा ईश्वर का पुत्र था,' वो कह रहा है। चारों ओर खड़ी भीड़ अब अपनी छाती पीट रही है। लोग जा रहे हैं।"

"तो हर कोई जा रहा है?"

"चूंकि ये पासओवर की तैयारी का दिन है, इसलिए मंदिर का पुरोहित ये नहीं चाहता कि लाशें सैबथ पर सलीबों पर टंगी रहें। उन्होंने पाइलेट के पास ये पूछने के लिए अपने प्रतिनिधि भेजे हैं कि क्या सूली पर चढ़ाए गए लोगों की टांगें तोड़ दी जाएं जिससे उनकी जल्दी मौत हो जाए। इससे समय रहते उनके शवों को उतारा जा सकेगा।"

"क्या वो टांगें तोड़ रहे हैं?"

"उन्होंने दोनों अपराधियों की टांगें तोड़ दी हैं, लेकिन ये जांच कर रहे हैं कि क्या जीज़स की मृत्यु हो चुकी है। एक सैनिक अपना

भाला उठा रहा है और उसे जीज़स के पहलू में भोंक रहा है... ख़ून और पानी! वो ज़िंदा होंगे तभी ख़ून इस तरह फूटा है! वो ऐसा मानते लग रहे हैं कि वो मर चुके हैं। 'मरे हुए आदमी की टांगें तोड़ने की कोई तुक नहीं है,' वो कह रहे हैं।"

"तुम कहां हो?"

"मैं कुछ दूरी पर खड़ा हूं। मेरे पास उनकी मां और मेरी मैग्डेलीन हैं। मैं क्रॉस के क़रीब जा रहा हूं। मैं उनकी स्थिति देखना चाहता हूं। ये गंध कैसी है? ये सिरका नहीं है। ये तो किसी क़िस्म की अफ़ीम है... अफ़ीम और कंटालिका? मैं यक़ीन से नहीं कह सकता।"

"क्या समय हो रहा है?"

"शाम है। मैं ये देखने के लिए रुका हूं कि क्या होता है। अरिमेथिया का जॉज़ेफ़ नाम का एक अमीर आदमी है। वो पाइलेट के पास गया है और उससे शव को उतारकर दफ़्नाने की इजाज़त ले आया है। पता नहीं वो जानता है या नहीं कि ये आदमी ज़िंदा हो सकता है?"

"ये जॉज़ेफ़ कौन है?"

"यहां लोग कहते हैं कि वो जीज़स का गुप्त अनुयायी है। वो बहुत अमीर भी है और उसकी पाइलेट से अच्छी बनती है। बज़ाहिर पाइलेट को काफ़ी हैरानी थी कि जीज़स की इतनी जल्दी मृत्यु हो गई। पता नहीं वो कुछ जानता है या नहीं?"

"अब क्या हो रहा है?"

"वो शव को एक मक़बरे की ओर ले जा रहे हैं जिसे जॉज़ेफ़ ने गोलगोथा के पास ही एक चट्टान काटकर बनाया है। बहुत हैरानी की बात है कि पाइलेट ने उन्हें शव को दफ़्नाने की इजाज़त दे दी है... रोमन क़ानून सूली पर चढ़ाए लोगों को दफ़्नाने की इजाज़त नहीं देता। जॉज़ेफ़ और एक दूसरा आदमी, निकोडेमस, शव को उतार रहे हैं। वो लिनेन का एक लंबा कफ़न और क़रीब सौ पाउंड कुचला

हुआ लोबान और एलोवेरा लाए हैं।"

पिट्सबर्ग, यूएसए, 2004

आख़िरकार 2004 में यूनिवर्सिटी ऑफ़ पिट्सबर्ग के वैज्ञानिकों ने सफलता प्राप्त की। उन्होंने साबित किया कि एलोवेरा के पत्तों का अर्क़ चूहों के ऐसे अंगों की क्रियाशीलता को क़ायम रख सकता है जिनसे भारी मात्रा में ख़ून बह चुका हो। संकेत ये थे कि एलोवेरा शायद युद्ध में घायलों के लिए एक आदर्श इलाज बन सकता है क्योंकि ये अर्क़ ख़ून के उपलब्ध होने तक घायल को कुछ समय दिला सकता है।[65] तेज़ी से निकलने वाले ख़ून की तेज़ी से भरपाई करना बड़ा कठिन होता है और इसके नतीजे में अक्सर शरीर के अंग काम करना बंद कर देते हैं। ऐसे समय में एलोवेरा काम आ सकता है।

पिट्सबर्ग अध्ययन के लेखक डॉ मिचेल फ़िंक ने औपचारिक रूप से संकेत दिया था कि अध्ययन से सामने आया है कि जब मानव शरीर से भारी मात्रा में रक्त निकलता है, तो इसे रक्तस्राव का झटका लगता है क्योंकि ख़ून का बहाव बाक़ी के शरीर के बजाय हृदय, मस्तिष्क और यकृत जैसे महत्वपूर्ण अंगों की ओर हो जाता है। इससे ब्लड प्रेशर कम हो जाता है।

यूनिवर्सिटी ऑफ़ पिट्सबर्ग की टीम ने पता लगाया था कि एलोवेरा की पत्तियों का जूस रक्त वाहिकाओं में रक्त के बहने के लिए आवश्यक वेग को कम करता है और इस तरह बचने की उम्मीद को बढ़ा देता है। इनमें से कुछ गुणों के बारे में 1400 ईसा पूर्व के भारतीय ऋषि जानते थे।

उत्तरी भारत, 1400 ईसा पूर्व

महर्षि व्यास प्राचीन भारतीय ज्ञान के अनेक ग्रंथों से उपयुक्त चिकित्सकीय आलेखों को लेकर आयुर्वेद की रचना कर रहे थे। अभी वो *हीराबोल* नाम की एक जड़ी के गुणों में उलझे हुए थे। आयुर्वेद में हीराबोल का एक लंबा चिकित्सकीय इतिहास रहा था; सूजन और संक्रमण के इलाज के लिए इसका प्रयोग बहुत आम था।

बाद में सातवीं शताब्दी में आयुर्वेद द्वारा हीराबोल के प्रयोगों को चीनी और तिब्बती औषधीय प्रणालियों में लागू किया गया। *गाइ-ज़ी* या 'चार तंत्र' तिब्बती में अनूदित पहला भारतीय औषधीय ग्रंथ था। नतीजतन, तिब्बती और चीनी औषधि में आघात से लगी चोटों, घावों, और कटने व हड्डी के दर्द में हीराबोल का इस्तेमाल होने लगा।

बाद में मेमोरियल स्लोन-कैटरिंग कैंसर सेंटर द्वारा चूहों पर इसका इस्तेमाल करने के शोध से पता चला कि हीराबोल में सूजन-विरोधी और ज्वरनाशक गुण मौजूद हैं। सेंटर के अनुसार, हीराबोल का एक अवयव कुछ निश्चित क़िस्म के कैंसरों में शक्तिशाली अवरोधक का काम करता है।[66] हीराबोल का वैज्ञानिक नाम *कॉमिफ़ोरा मॉलमॉल* है। ये अपने सामान्य नाम, लोबान, से भी जाना जाता है।

"जॉज़ेफ़ और एक दूसरा आदमी, निकोडेमस, शव को उतार रहे हैं। वो लिनेन का एक लंबा कफ़न और क़रीब सौ पाउंड कुचला हुआ लोबान और एलोवेरा लाए हैं।"

लंदन, यूके, 2012

विंसेंट अभी भी होटल के कमरे में ही था, और बेड पर अधलेटा सा पड़ा हुआ था। जिन तकियों पर वो टिका हुआ था वो उसके पसीने

से नम हो गए थे। टैरी अभी भी बेड के पास की कुर्सी पर जमा हुआ था, और मार्था नीचे होटल के लाउंज में इंतज़ार कर रही थी।

पूर्वजन्म प्रत्यागमन सत्र एक घंटे से ज़्यादा से चल रहा था, और हालांकि टैरी इस बात से प्रभावित हुए बिना नहीं रह सका था कि विंसेंट ने सब कुछ कितनी बारीकी से याद किया था, लेकिन अब उसे लग रहा था कि उसे अपने स्वास्थ्य और विंसेंट की भलाई के लिए सत्र को यहीं रोककर इसे किसी अन्य दिन आगे बढ़ाना चाहिए।

टैरी ने विंसेंट को वर्तमान में वापस लाने की प्रक्रिया शुरू की। "विंसेंट, अब समय आ चुका है कि तुम अपनी जागृत चेतना में लौट आओ। अब मैं एक से दस तक गिनना शुरू करूंगा। हर अगले अंक के साथ तुम ज़्यादा जागते जाना। जब मैं दस पर पहुंचूंगा, तो तुम अपनी आंखें खोलोगे और पूरी तरह जाग जाओगे, और तुम्हें वो सब याद रहेगा जो तुमने देखा था... एक... दो... तीन... तुम जाग रहे हो... चार... पांच... छह... तुम अच्छा महसूस कर रहे हो... सात... आठ... तुम अब लगभग जाग चुके हो... नौ... दस... अब तुम अपनी आंखें खोल सकते हो। अब तुम पूरी तरह जाग चुके हो और अपने शरीर और मस्तिष्क पर तुम्हारा पूरा नियंत्रण है।"

विंसेंट की आंखों ने कमरे की कम रोशनी के साथ ख़ुद को अनुकूलित किया। बाहर अंधेरा हो चुका था और वो रोशनी, जो जब उन्होंने सत्र शुरू किया था, उस समय खिड़कियों से छनकर अंदर आ रही थी अब मौजूद नहीं थी। टैरी ने हाथ बढ़ाकर बेडसाइड लैंप को ऑन कर दिया।

"तो, कैसा महसूस कर रहे हो?" टैरी ने पूछा।

विंसेंट के मुंह से शब्द तेज़ी से फूटने से लगे, "लाजवाब! टैरी, मैं धन्य हूं कि मैंने प्रभु को देख लिया। मैंने साइरीन के क्रॉसवाहक साइमन के बारे में बस पढ़ा था, लेकिन मैंने ये कल्पना कभी नहीं की थी कि पिछले किसी जन्म में मैं ही वो व्यक्ति रहा होऊंगा। मैं सचमुच धन्य हूं। मुझे ये अनुभव कराने के लिए धन्यवाद।"

टैरी ने एक क्षण को सोचा और फिर अपनी आवाज़ धीमी करते

हुए बोला, "विंसेंट, मैं तुम्हें बताना चाहता हूं कि मैं भी तुम्हारी तरह ही उत्साहित हूं। मैंने ऐसा रोमांचक प्रत्यागमन सत्र कभी अनुभव नहीं किया जैसा अभी तुम्हारे साथ किया है। स्वाभाविक है कि तुम ये अनुभव दूसरों के साथ बांटना चाहोगे। मेरी सलाह है कि ये जानकारी जिन लोगों के साथ बांटो, उन्हें बहुत सावधानी से चुनना। तुम्हें इस बात के लिए तैयार रहना होगा कि कई लोग तुम्हारे अनुभवों को सुनकर तुम्हें पागल कहेंगे।"

"सलाह के लिए शुक्रिया... अच्छा सुनो, किसी ऐसी जगह चलते हैं जहां हम एक ड्रिंक ले सकें और मैं ये बात नाना को बता सकूं!" उत्साह से भरे विंसेंट ने एक झटके से बिस्तर से उतरते और कोने में आरामकुर्सी पर तह रखी जैकेट उठाते हुए कहा।

टैरी ने उसे रोक दिया। उसने अपनी जेब से तह किया हुआ एक लिफ़ाफ़ा निकालकर विंसेंट को दिया। लिफ़ाफ़े के सामने की ओर दो शब्द लिखे थे, "बॉम जीज़स"।

विंसेंट उलझन में पड़ गया। "ये क्या है?" उसने पूछा।

टैरी ने जवाब दिया, "मैंने पिछले दस साल दुनिया के लगभग हर धर्म का अध्ययन करने में बिताए हैं। इस लिफ़ाफ़े में एक ऐसा दस्तावेज़ है जिसके दुनिया पर नाटकीय प्रभाव हो सकते हैं। मैं ये उम्मीद नहीं करता कि तुम इसे समझ सकोगे। बस इसे सुरक्षित रखना और वादा करो कि अगर तुम्हारे प्रत्यागमन के अनुभव किसी विशेष दिशा में संकेत करें तो तुम इस पर आगे रिसर्च करोगे। एक पिछले जन्म में तुम्हें सच से दूर रखने के बाद, मैं सुनिश्चित करना चाहता हूं कि इस जीवन में सच्चाई की जीत हो! मैं सोए हुए कुत्तों को पड़ा नहीं रहने दे सकता, मेरे दोस्त!"

हालांकि मार्था प्रत्यागमन सत्र के नतीजे के बारे में जानने को उत्सुक थी, लेकिन उसने अपनी उत्सुकता को दबा रखा था। वो तीनों व्हाइट हॉर्स की ओर बढ़ रहे थे। पार्सन्स ग्रीन में स्थित व्हाइट हॉर्स शायद लंदन का बेहतरीन पब था, सिर्फ़ इसलिए कि ज़्यादातर लंदनवासी इसके बारे में जानते ही नहीं थे। पब के गोदाम के इंचार्ज

मार्क डोर्बर को सारी दुनिया में इंग्लिश कास्क्ड बीयर को स्टोर और सर्व करने के क्षेत्र में बेहतरीन कलाकारों में गिना जाता था। पब का मेन्यु बहुत बड़ा था, लेकिन सबसे पसंदीदा चीज़ें थीं बैंगर्स एंड मैश, रेड बीन सूप और गोट्स चीज़ सलाद। ये पब टैरी के नियमित अड्डों में से एक था।[67] आराम से बैठ जाने और अपनी ड्रिंक्स और खाने का ऑर्डर देने के बाद, आख़िरकार मार्था बोली, "तो, विंसेंट, कैसा रहा?"

विंसेंट ने वो सब सुना डाला जो उसने उस एक घंटे के सत्र में देखा था जो उसने टैरी के साथ किया था। वो एक गहरे रंग वाली बीयर गेल्स ट्रैफ़ल्गार के घूंटों के बीच बड़ी बारीकी से एक-एक चीज़ बताता रहा और मार्था हैरत से आंखें फाड़े उसे सुनती रही। विंसेंट इस पर विचार किए बिना नहीं रह सका कि मुर्दों को दफ़्नाने के यहूदी रिवाज लगभग 3,500 साल में भी बदले नहीं हैं और कि वो बस शरीर को नहलाकर दफ़्न कर देते हैं। वो एलोवेरा और लोबान जैसी जड़ी-बूटियों से शव-लेपन नहीं करते हैं।[68]

तो फिर जीज़स को क्रॉस से उतारने के बाद उन पर पिसे हुए लोबान और एलोवेरा का इस्तेमाल क्यों किया गया था? और खट्टे वाइन-सिरके के स्पंज में अफ़ीम और कंटालिका की गंध क्यों थी? पोंटियस पाइलेट जीज़स के शरीर को रसूख़दार जॉज़ेफ़ को देने के लिए क्यों तैयार हो गया था, जबकि रोमन क़ानून के तहत सूली की सज़ा दिए गए व्यक्ति को दफ़्नाया नहीं जाता था?

बहुत सारे सवाल थे मगर जवाब पर्याप्त नहीं थे। "मुझे इस पर किसी ऐसे व्यक्ति से बात करनी होगी जो मेरे विश्वास के साथ उसका सामंजस्य स्थापित कर सके जो मैंने अभी देखा है," विंसेंट ने सोचा। उसने क्रीमी मैश्ड आलू के साथ एक और रसीला सॉसेज लिया, और तभी उसे अपना दोस्त थॉमस मैनिंग याद आ गया।

थॉमस मैनिंग और विंसेंट सेंट जॉज़ेफ़ विद्यालय में एक ही समय में पढ़े थे और दोनों को पादरी की पदवी भी एक ही समय में प्राप्त हुई थी। जब विंसेंट के माता-पिता की मौत हुई थी, तो थॉमस

ने ही अंत्येष्टि की सारी व्यवस्था संभाली थी। विंसेंट के उबरने के दौरान वो रोज़ाना अस्पताल आया करता था। हां, थॉमस ही वो व्यक्ति है जो उसे सही दिशा और सलाह दे सकता है। लेकिन क्या उसने एक पूर्वजन्म में थॉमस को आयरलैंड में नहीं देखा था? क्या उस पर भरोसा करके वो ठीक करेगा? हां, उसे विश्वास था कि वो थॉमस पर भरोसा कर सकता है—पूर्वजन्म की कोई घटना किसी पर भरोसा न करने का कारण नहीं हो सकती।

अपनी टेबल से उठते हुए, उन्होंने खिड़की के पास वाली टेबल पर एक आकर्षक जापानी औरत को एक जापानी आदमी के साथ बैठे देखा। वो रेड वाइन की चुस्कियां ले रही थी और ग्राहकों के शोर-शराबे के बावजूद धीमे-धीमे बात कर रही थी। विंसेंट सोचे बिना नहीं रह सका: "क्या शानदार व्यक्ति है!"

लेकिन विंसेंट ने ये ध्यान नहीं दिया कि उसकी टैरी पर लगातार नज़र लगी हुई थी। उसने उस समय भी उसे टैरी का पीछा करते नहीं देखा जब वो शाम को यूनिवर्सिटी की लाइब्रेरी से कोई संदर्भ सामग्री लेने जा रहा था। सबसे अहम ये कि उसने अपनी आंट मार्था को भी उस नौजवान जापानी लड़की को बहुत ध्यान से देखते हुए नहीं देखा। ठीक उसी तरह जिस तरह उसने अपनी आंट की कलाई पर बड़ी मुश्किल से दिखाई पड़ने वाला छोटा सा टैटू कभी नहीं देखा था।

●●●

अध्याय दस

आयरलैंड, 1864

आयरलैंड के महा-अकाल की वजह एक अकेली फ़सल, आलू, की असफलता थी, जो आइरिश किसान वर्ग का मुख्य भोजन था। हालांकि कैथलिक किसानों ने पर्याप्त मात्रा में आलू उगाया था, लेकिन उन्हें अपनी ज़्यादातर फ़सल को प्रोटेस्टेंट कर-संग्रहकर्ताओं द्वारा मांगे गए भूमि के आकाशचुंबी किरायों को चुकाने के लिए बेचना पड़ा।[69] महा-अकाल का शिकार बनने वाले ग़रीब कैथलिक परिवारों में से एक, मेहनती ओ मैनिन कुनबा था जो कोनाख़्त के महान मुखिया मैनिन के वंशज थे। 1864 में उनके सामने अमेरिका चले जाने के अलावा और कोई विकल्प नहीं बचा था—बस अभागे आलू की वजह से!

वो कैथलिक जो आयरलैंड को छोड़कर अमेरिका आ गए थे, उस भूख को कभी भुला नहीं पाए जिसे उन्होंने झेला था। वो पूरे समर्पण के साथ अपनी आस्था से चिपके रहे, लेकिन साथ ही प्रोटेस्टेंट अल्पसंख्यकों के प्रति अपनी घृणा से भी चिपके रहे जिनकी वजह से उन्हें भूख का सामना करना पड़ा था।

मिडिल विलेज, न्यूयॉर्क, यूएसए, 1968

मिडिल विलेज में मौत से कोई बच नहीं सकता। ये पश्चिमी-मध्य क्वींस के इलाक़े में था जो ख़ासतौर से क़ब्रिस्तान व्यवसाय की वजह से विकसित हुआ था। मिडिल विलेज अंग्रेज़ परिवारों के एक समूह के रूप में शुरू हुआ और विलियम्स्बर्ग और जमैका टर्नपाइक के बीच अपनी केंद्रीय स्थिति होने के कारण इसने ये नाम पाया। 1879 में, रोमन कैथलिक चर्च द्वारा 80वीं स्ट्रीट के पूर्व में सेंट जॉन सीमेट्री स्थापित की गई। गांव की आर्थिक प्रगति शीघ्र ही अनिवार्य रूप से मौत से जुड़ गई थी।[70]

नव्वे साल बाद, थॉमस मैनिंग ऐसे माता-पिता के यहां जन्मा जो मेट्रोपोलिटन और 69वीं स्ट्रीट पर एक साधारण से घर में रहते थे। थॉमस के पिता स्थानीय अख़बार द *रिजवुड टाइम्स* में काम करते थे, जो 1908 से प्रकाशित हो रहा था। उनका पारिवारिक नाम *मैनिंग* गेलिक नाम *ओ' मैनिन* का अंग्रेज़ी समकक्ष था।

1853 में, न्यूयॉर्क के बिशप ने पाया कि मिडिल विलेज क्षेत्र में बहुत से कैथलिकों के पास कोई चर्च नहीं है। उन्होंने 1860 में सेंट मारग्रेट चर्च और एक स्कूल का निर्माण शुरू करवाया। यहीं 1968 में थॉमस मैनिंग का बपतिस्मा हुआ था।

मिडिल विलेज में बड़े होने के शुरुआती सालों में चर्च और स्कूल थॉमस मैनिंग की ज़िंदगी का केंद्र थे। उसके पसंदीदा शिक्षक, जो छात्रों को विज्ञान, अर्थशास्त्र और गणित पढ़ाते थे, सुनिश्चित करते थे कि वो अपने छात्रों में सही मूल्य स्थापित करें। उनके पसंदीदा सबक़ और शिक्षाएं 999 नीतिवचनों या सूत्रों की एक पुस्तक से ली गई थीं। 999 नीतिवचनों की पुस्तक जिसका शीर्षक *द वे* था एक स्पेनी पादरी होसेमरिया एस्क्रीवा ने लिखी थी जिसने ओपस देइ की स्थापना की थी। हां, थॉमस मैनिंग बहुत अच्छा विद्यार्थी था।

आइंज़ीडेल्न, स्विट्ज़रलैंड, 1988

वास्तव में, थॉमस मैनिंग उत्कृष्ट विद्यार्थी था। वर्जीनिया के सेंट कैथरीन में कई साल धर्मोपदेश देने के बाद फ़ादर थॉमस मैनिंग स्विट्ज़रलैंड के आइंज़ीडेल्न के बेनेडिक्टीन एबी में बस गया था। अभी भी, 999 नीतिवचनों की पुस्तक उसके सिरहाने रखी रहती थी। प्रीस्टली सोसायटी ऑफ़ द होली क्रॉस से उसका संबंध मज़बूत बना रहा—आइंज़ीडेल्न की बुनियादों की तरह। फ़ादर थॉमस मैनिंग ब्रदर थॉमस मैनिंग में तब्दील हो गया था।

आइंज़ीडेल्न के मूल की खोज 835 ईसवी तक की जा सकती थी जब एक बेनेडिक्टीन भिक्षु माइनराड वैरागी होकर डार्क फ़ॉरेस्ट में रहने लगे थे। अनेक वैरागियों ने उनका अनुसरण किया। एक सदी बाद स्ट्रॉसबोर्ग के एक पादरी एबरहार्ड ने एक मठवासी समुदाय के रूप में भिक्षुओं को एकत्रित किया और आइंज़ीडेल्न के बेनेडिक्टीन मठ की स्थापना की।[71]

आइंज़ीडेल्न आगे चलकर स्विस कैथलिक मत के लिए और साथ ही एक अंतरराष्ट्रीय तीर्थस्थान के रूप में बहुत ज़्यादा महत्वपूर्ण हो गया। आइंज़ीडेल्न ने उत्तर और दक्षिण अमेरिका में मठों की स्थापना को प्रोत्साहन दिया, जिनमें से कुछ ख़ुद आइंज़ीडेल्न से भी कहीं ज़्यादा बड़े हो गए।

वस्तुत: ऐसी ही अमेरिकी स्थापनाओं में से एक ने थॉमस मैनिंग को खोज निकाला और इटली में कार्डिनल अल्बर्तो वैलेरियो से उसकी मुलाक़ात का इंतज़ाम किया। वैलेरियो ने गुप्त रूप से आइंज़ीडेल्न के स्वामी से बात की थी और सुनिश्चित किया कि इस कार्य के लिए सही व्यक्ति के चुनाव में इडीपस ट्रस्ट का दख़ल रहेगा।

जब मैनिंग पहली बार आइंज़ीडेल्न पहुंचा था, तो मठ की दैनिक प्रार्थना और काम से परिचित होने में उसे कुछ समय लगा। इसके बाद नवदीक्षित वर्ष हुआ जिसमें उसे सेंट बेनेडिक्ट के नियम, मठ की आध्यात्मिकता, प्रार्थना और सामुदायिक जीवन से परिचित करवाया गया। फिर उसने तीन वर्ष की शपथ ली। इन तीन वर्षों के दौरान उसे या तो दर्शन शास्त्र पढ़ना था या धर्मशास्त्र या 'अपने शिल्प में काम करना' था।

ब्रदर मैनिंग ने अपने गणित और अर्थशास्त्र के ज्ञान को मठ के वित्तीय मामलों के बेहतर प्रबंधन के लिए लगाने का विकल्प चुना। आइंज़ीडेल्न के अन्य बंधुओं को ये पता नहीं था कि वो अपने गुरु कार्डिनल अल्बर्तो वैलेरियो के लिए ज़ूरिक में अनेक गुप्त नंबरों के खातों का प्रबंधन भी करता है। ये यक़ीनन सच था कि अब भिक्षु का चोला पहनना और *ग्लोरिया पैट्री* गाना ही पर्याप्त नहीं था। ब्रदर मैनिंग की क्षमताएं बिल्कुल ही भिन्न परिमाण की थीं।

लंदन, यूके, 2012

यूके में एक आमतौर पर माना जाने वाला चुटकुला था कि द *टाइम्स* वो लोग पढ़ते हैं जो देश को चलाते हैं; *मिरर* वो पढ़ते हैं जो ये समझते हैं कि वो देश को चलाते हैं; *गार्जियन* उन लोगों के द्वारा पढ़ा जाता है जो देश को चलाने के बारे में केवल सोचते हैं; *डेली टेलीग्राफ़* वो लोग पढ़ते हैं जो सोचते हैं कि देश को किसी और देश के द्वारा चलाया जाना चाहिए; *एक्सप्रेस* वो लोग जो आश्वस्त हैं कि वाक़ई ऐसा ही है; और *सन* वो लोग पढ़ते हैं जिन्हें इस बात की फ़िक्र ही नहीं होती कि देश कौन चला रहा है बशर्ते तीसरे पन्ने पर बड़े वक्षों वाली कोई नंगी लड़की हो।[72]

विंसेंट एयरवेज़ होटल की दयनीय रूप से छोटी लॉबी में बैठा

हुआ *सन* पढ़ रहा था। सुखद रूप से वो तीसरे पन्ने के बड़े वक्षों से अनजान था। वो तो पहले पन्ने पर अपने नए दोस्त प्रोफ़ेसर टैरी एक्टन के फ़ोटो को तक रहा था। आगे जो ख़बर दी गई थी वो यूनिवर्सिटी ऑफ़ लंदन के स्कूल ऑफ़ ओरियंटल एंड अफ़्रीकन स्टडीज़ की लाइब्रेरी में प्रोफ़ेसर टैरी एक्टन का कटा सिर पाए जाने की वीभत्स तफ़्सील से भरी हुई थी। उसमें बहुत बुरी तरह से विचलित दिख रही लाइब्रेरियन बारबरा पॉलसन को ये कहते हुए उद्धृत किया गया था कि वो "यक़ीन ही नहीं कर सकतीं कि कोई इंसान दूसरे इंसान के साथ ऐसा कर सकता है।" बज़ाहिर, दुनिया में हो रहे जुर्मों की सुश्री पॉलसन की जानकारी अप-टु-डेट नहीं थी।

ख़बर में डिटेक्टिव चीफ़ सुपरिंटेंडेंट का ये कथन उद्धृत किया गया था कि कटे हुए सिर के साथ एक चिट्ठी भी बरामद हुई है और कि ये तय पाया गया है कि उसमें लिखी बातों को गोपनीय रखा जाए ताकि आम लोग अपराध की प्रकृति को लेकर ग़लत धारणाएं न बनाएं। उसने आगे कहा कि जल्द से जल्द शेष शरीर को खोजने और अपराधियों को पकड़ने की कोशिशें जारी हैं।

विंसेंट कांपने लगा था। ईश्वर उसके साथ ऐसा क्यों कर रहा था? क्यों टैरी एक्टन को उसकी ज़िंदगी में लाया और फिर उसे मिटा दिया? टैरी के ज़रिए पिछली ज़िंदगियों के राज़ क्यों खोले? उसके हाथ में बॉम जीज़स दस्तावेज़ क्यों रखे? और भला कौन टैरी जैसे उदार, भले और विनम्र प्रोफ़ेसर को मारना चाहेगा?

विंसेंट एयरवेज़ होटल की लॉबी में बैठा रहा, इस ओर से बेख़बर कि वहां के फ़र्नीचर और सजावट ने कभी बेहतर दिन देखे होंगे। वो टैरी के फ़ोटो को घूरता ही रहा, फिर आख़िरकार उसने कोई इरादा किया। वो उठा, फ़्रंट डेस्क पर गया और डेस्क के पीछे बैठी अधेड़ उम्र की महिला से उसने फ़ोन मांगा। उसने पर्स से अपना एटीएंडटी यूएसए डाइरेक्ट कॉलिंग कार्ड निकाला और लंदन का स्थानीय एक्सेस नंबर, 0800-89-0011, डायल किया। जवाब देने वाली इलेक्ट्रॉनिक इंग्लिश आवाज़ ने उससे यूनाइटेड स्टेट्स का

क्षेत्रीय कोड और सात अंकों का नंबर डायल करने को कहा। उसने क्वींस, न्यूयॉर्क के नंबर के लिए 718-777-2840 डायल किया। फिर उससे अपने अंतरराष्ट्रीय कॉलिंग कार्ड का नंबर डालने को कहा गया जो उसने झटपट डाल दिया। उसने एक अकेली, लंबी और स्पष्ट घंटी सुनी जो इंग्लैंड की स्थानीय रुक-रुककर बजने वाली घंटी से बहुत भिन्न थी। चार घंटियों के बाद थॉमस मैनिंग ने फ़ोन उठाया।

"हैलो?"

"टॉम! अच्छा हुआ तुम मुझे न्यूयॉर्क में ही मिल गए। मुझे पता नहीं था कि तुम मुझे वहां मिलोगे या स्विट्ज़रलैंड में।"

"विंस, कहां हो तुम? कितना ज़माना बीत गया है!"

"मैं लंदन में हूं।"

दूसरे छोर पर लंबी ख़ामोशी छा गई। एक पल के बाद थॉमस ने पूछा, "तुम लंदन में क्यों हो?"

"क्यों नहीं हो सकता? सुनो, टॉम, मुझे तुम्हें कुछ बताना है... मुझे समझ नहीं आ रहा कि इस बातचीत को फ़ोन पर करना सही आइडिया है या नहीं, मगर मुझे नहीं पता कि तुमसे मिलने का मौक़ा मुझे कब मिलेगा..."

"विंस, कोई गड़बड़ है क्या? कुछ हुआ है?" थॉमस सच में फ़िक्रमंद सुनाई दे रहा था।

"मैं कुछ कहूं, इससे पहले तुम्हें वादा करना होगा कि ये बातचीत गोपनीय रहेगी," विंसेंट ने कहा।

"बिल्कुल, मगर आख़िर मामला है *क्या?* तुम तो मुझे चिंता में डाल रहे हो।"

"ठीक है, तो सुनो... जैसा कि तुम्हें पता ही है, अपने माता-पिता की मृत्यु के बाद से मुझे अजीब-अजीब सी झलकियां दिखने लगी थीं। वास्तव में, तुम तो अस्पताल में मेरे पास ही थे, सही? मुझे उन अजीब सी झलकियों के बारे में पता लगाना था। ये मत पूछना

कैसे... लेकिन इसीलिए मैं यहां आया था।"

"मैं कुछ समझा नहीं, विंस। ये फ़ोन कॉल किसलिए है?"

"टॉम, कल बस संयोग से ही मैं एक व्यक्ति से मिला—आध्यात्मिकता और धर्म के प्रोफ़ेसर टैरी एक्टन से। उन्होंने कुछ विचित्र सी झलकों से, जो मेरे दिमाग़ में उठ रही थीं, जुड़ी भ्रांतियों को समझने में मेरी मदद की।"

इस बार दूसरे छोर की ख़ामोशी ज़्यादा लंबी थी।

"टॉम, तुम अभी भी फ़ोन पर हो न?" विंसेंट ने पूछा।

"हां, माफ़ करना, विंस, मेरा दिमाग़ कहीं और भटक गया था। तुम इन प्रोफ़ेसर के बारे में बता रहे थे।"

"सही। हमने सारा दिन साथ गुज़ारा और उसी रात वो मारे गए!"

"क्या? ऐसा कैसे हो गया?"

"मुझे कुछ पता नहीं है। टॉम, मैं सच में डरा हुआ हूं। क्या ईश्वर ने मेरी पिछली ज़िंदगियां मेरे सामने उजागर करने के लिए उन्हें दंड दिया हो सकता है?"

"अरे! ज़रा ठहरो तो, विंस। कैसी पिछली ज़िंदगियां?"

"ये ज़रा लंबी कहानी है।"

"कहते रहो... मैं सुन रहा हूं," थॉमस मैनिंग ने अपने फ़ोन में लगा ऑटोमेटिक रिकॉर्डिंग बटन दबाते हुए कहा, जबकि बेध्यानी में उसका हाथ अपने गले में पड़े छोटे से पेंडेंट से खेल रहा था।

न्यूयॉर्क सिटी, यूएसए, 2012

थॉमस मैनिंग ने फ़ोन उठाया और वैटिकन सिटी का नंबर मिलाया।

बैंग एंड ओलफ़्सेन फ़ोन धीमे से बजा। पहली ही घंटी पर

महामहिम ने फ़ोन उठा लिया। उन्होंने एसवी-100 स्क्रैम्ब्लर बटन दबाया जो लाइन से जुड़ा हुआ था; आजकल जितनी सावधानी बरतो, कम है।

जब आवाज़ ने जवाब दिया, तो थॉमस ने जल्दी से लैटिन में कहा, "*साल्वे! क्वोमोदो वालेस?* (नमस्ते! आप कैसे हैं?)"

आवाज़ ने जवाब दिया, "*एगो सुम तेरेस। ऑपेरॉर वास पॉस्तुलो उत सेरमो सैक्रेतुम?* (मैं ठीक हूं। क्या इतनी गोपनीयता बरतने की ज़रूरत है?)"

थॉमस ने दबी हुई आवाज़ में जवाब दिया, "*एतियम विंसेंट सिन्क्लेयर पॉस्तुलो फ़्युतुरस विजिलो।* (विंसेंट सिन्क्लेयर को भी देखना होगा।)"

आवाज़ में फ़िक्र झलकी। "*क्वारे?* (क्यों?)"

थॉमस मैनिंग महामहिम को हालात समझाने लगा, "*इज़ ऑरेतर वॉलो* (मैं कह रहा था)... हमारे सामने एक समस्या है..."

महामहिम सचेत हो गए।

"प्रोफ़ेसर टैरी एक्टन ने मरने से पहले किसी से बात की हो सकती है," थॉमस ने आगे कहा।

महामहिम को ग़ुस्सा आने लगा था और वो तीखेपन से बोले, "किससे?"

"फ़ादर विंसेंट सिन्क्लेयर से। बज़ाहिर एक्टन की मौत से पहले उन्होंने पूरा दिन साथ गुज़ारा था।"

महामहिम का चेहरा सुर्ख़ हो गया था, उनके चोग़ो की रंगत का, लेकिन उन्होंने अपने ग़ुस्से पर क़ाबू पाया।

"तुम्हें लगता है कि वो टैरी एक्टन की रिसर्च के बारे में जानता है? विंसेंट इल्युमिनाती है?" महामहिम ने पूछा।

"मुझे नहीं लगता कि अभी वो कुछ जानता है। और नहीं, मुझे नहीं लगता कि विंसेंट इल्युमिनाती है। टैरी एक्टन तो यक़ीनन इल्युमिनाती था, लेकिन मुझे नहीं लगता कि विंसेंट है। टैरी एक्टन का

इल्युमिनाती से संपर्क केवल उसकी रोड्स स्कॉलरशिप और स्कल एंड बोन्स की उसकी सदस्यता की वजह से हुआ था," थॉमस मैनिंग ने समझाया।

वैलेरियो ने बात काट दी, "थॉमस, मैं और ज़्यादा स्पष्ट पूछता हूं। तुम्हें लगता है कि एक्टन ने बॉम जीज़स रिकॉर्ड विंसेंट सिन्क्लेयर को दिए होंगे?"

थॉमस मैनिंग एक पल को ख़ामोश रहा। फिर उसने जवाब दिया, "बहुत मुमकिन है। ऐसा मालूम होता है कि विंसेंट को यक़ीन है कि पिछले किसी जन्म में उसने जीज़स क्राइस्ट को देखा था।"

"ईशनिंदा!" महामहिम चीख़े।

"सच है। लेकिन उसे वाक़ई ऐसा विश्वास है। मेरे पास फ़ोन पर उससे हुई मेरी बातचीत की रिकॉर्डिंग है। मुझे पूरा यक़ीन है कि टैरी एक्टन को भी इस पर विश्वास था। इसलिए ये बहुत मुमकिन है कि उन्होंने बॉम जीज़स दस्तावेज़ पर चर्चा की हो," थॉमस ने जवाब दिया।

"फिर तो बस एक ही हल है। इस इल्युमिनाती की मुसीबत से छुटकारा पाने का अंतिम उपाय तय करने के लिए मैं तुमसे ज़ूरिक में मिलूंगा!" क्रक्स देकुसात्ता पर्मुता का एक वफ़ादार सदस्य दूसरे पर बरसा।

लंदन के हीथ्रो से टोक्यो के नरीता एयरपोर्ट के लिए वर्जिन एटलांटिक की फ़्लाइट वीएस 900 दोपहर एक बजे उड़ी। कैमरे बांधे जापानी पर्यटक दंपती मि एंड मिसेज़ यामामोतो डोरचेस्टर होटल में अपने संरक्षक अल्बर्तो वैलेरियो से लाइब्रेरी के काम की अपनी व्यावसायिक फ़ीस पाने के बाद वर्जिन के अपर क्लास केबिन में थे। महामहिम ने इसके बाद उसी दिन होटल छोड़ दिया और वैटिकन सिटी के लिए चल दिए। मि यामामोतो को पता नहीं था कि मिसेज़ यामामोतो को मि यामामोतो से जुड़ा एक नया काम मिल गया था।

उन्हें पता नहीं था, लेकिन उनके जाने के पचपन मिनट बाद रोम से एक और फ़्लाइट ने उड़ान भरी। स्विस इंटरनेशनल एयरलाइंस की फ़्लाइट एलएक्स 333 ज़ूरिक की ओर बढ़ रही थी। चूंकि इस फ़्लाइट में एयरलाइन के पास फर्स्ट क्लास खंड नहीं था इसलिए महामहिम अल्बर्तो वैलेरियो के पास बिज़नेस क्लास में बैठने के अलावा और कोई विकल्प नहीं था।

गत शाम को ब्रदर थॉमस मैनिंग जेएफ़के एयरपोर्ट से अमेरिकन एयरलाइंस की फ़्लाइट 64 पर सवार हुआ था। अगली सुबह 7:05 पर वो ज़ूरिक पहुंचा, महामहिम से पूरे नौ घंटे पहले। वो आइंज़ीडेल्न के लिए निकल गया मगर स्विस समय के अनुसार दोपहर तीन बजे आइंज़ीडेल्न से ज़ूरिक के लिए चलने वाली ट्रेन से सैंतालीस मिनट की यात्रा करके, जिसमें बीच में बस वेडेनस्विल पर एक बदलाव था, वापस ज़ूरिक आ गया।

मि एंड मिसेज़ यामामोतो लंदन से चलने के बारह घंटे बाद टोक्यो पहुंचे थे। ताकुआ थक गया था और उसने बाथटब में ख़ुद को आराम देने का फ़ैसला किया जबकि स्वाकिल्की ने कर्तव्यपरायणता से दोनों के सामान को अनपैक किया। स्वाकिल्की ने उन ख़ास निर्देशों के बारे में सोचा जो महामहिम से उसे मिले थे। भविष्य के कामकाज बहुत ज़्यादा नाज़ुक होने वाले थे। जुगलबंदियों को छोड़ दिया गया था; एकल परफ़ॉर्मैंस की ज़रूरत थी। ताकुआ एक बोझ था।

उसे ख़ुद को शांत करना था। साली मारिजुआना कहां थी? उसने ख़ुद को दृढ़ किया और भाप से भरे बाथरूम की ओर गई और मेडिसिन कैबिनेट खोली। हानिरहित दिखने वाले विटामिन के एक जार में रखी भांग से उसने अपने लिए एक जॉइंट बनाया। कांपते हाथों से उसने उसे जलाया और एक लंबा और ज़ोरदार कश खींचा। कश लेते हुए ही उसे अपना तनाव कम होता और हल्की आनंदानुभूति छाती महसूस होने लगी।

वो अच्छी थी। वो ख़ूबसूरत थी। उसे ताकुआ की ज़रूरत नहीं

थी। ताकुआ को उसकी ज़रूरत थी। दुश्मन को मारना ही होगा। वो पलटी और पाया कि ताकुआ टब में ही सो गया है और हल्के-हल्के ख़र्राटे भर रहा है।

उसने अपनी ट्रैवल किट से हेयरड्रायर निकाला और उसका प्लग लगा दिया। फिर उसने उसका बटन खिसकाया और आराम से टब में छोड़ दिया। फिर भावहीन चेहरे से वो देखती रही और विद्युत प्रवाह तेज़ी से ताकुआ के शरीर में दौड़ने लगा। जब उसकी सांस निकली तो स्वाकिल्की ने अपनी सांस वापस पाई।

ज़ूरिक, स्विट्ज़रलैंड, 2012

दोनों आदमी महामहिम की पसंदीदा जगह पैरादेप्लात्ज़ के स्प्रुंगली कैफ़े में बैठे थे। महामहिम ने दोनों के लिए हॉट चॉकलेट का ऑर्डर दिया था। स्वादिष्ट पेय के घूंट भरते हुए वो नई आई पेचीदगी पर चर्चा कर रहे थे, और हॉट चॉकलेट के दो दौरों में दो फ़ैसले लिए गए।

इस जोंक, विंसेंट सिन्क्लेयर, से स्वाकिल्की को निबटने दिया जाए। इज़ाबेल मैडोना ट्रस्ट से जल्द से जल्द समझौता करने के लिए ब्रदर थॉमस मैनिंग को इडीपस ट्रस्ट का प्रतिनिधित्व करने दिया जाए।

अध्याय ग्यारह

लंदन, यूके, 2012

36, नाइटिंगेल स्क्वेयर पर होली गोस्ट चर्च का कॉन्वेंट चैपल 1890 में समर्पित किया गया था। चर्च की वर्तमान इमारत सात साल बाद 1897 में खोली गई थी।

विंसेंट और मार्था भी अनेक छात्रों, सहकर्मियों, मित्रों एवं परिवार के बीच बैठे थे जो प्रोफ़ेसर टैरी एक्टन के लिए रखी गई एक विशेष स्मृति प्रार्थना में शामिल होने के लिए चर्च में जमा हुए थे। विंसेंट को अभी भी ये विश्वास कर पाना मुश्किल लग रहा था कि कोई एक सीधे-सादे, हानिरहित व्यक्ति को बिना किसी ज़ाहिर वजह के इतनी क्रूरता से मार सकता है। उनकी मौत का तरीक़ा किसी कहीं ज़्यादा भयानक चीज़ की ओर इशारा करता लगता था।

मार्था बुरी तरह हिल गई थी। उसके दुख की गहराई उसकी नम आंखों में देखी जा सकती थी जो हर कुछ मिनट बाद भर आती थीं। उपदेश के दौरान वो ख़ामोश बैठे रहे। “उस आस्था ने जो जीज़स को ईश्वर में थी, उन्हें मृत्यु को एक विरक्त भाव से देखने दिया। मृत्यु तो महज़ एक द्वार था जो कहीं बेहतर अस्तित्व की ओर ले जाता था,” पादरी कह रहा था।

स्मृति प्रार्थना सभा ख़त्म हुई, विंसेंट और मार्था चर्च के ठंडे,

अंधकार भरे माहौल से दोपहर की धूप में बाहर आ गए। विंसेंट ने बिखरी हुई मार्था को दिलासा देने की कोशिश की।

"आप दुखी क्यों हैं? आप तो मरने के बाद की ज़िंदगी की सबसे कट्टर समर्थकों में से हैं। टैरी तो बस आगे बढ़ गया है। इस समय तो शायद वो अपनी पत्नी सूज़न के साथ होगा। बस भी करें, नाना, बहादुर बनिए," विंसेंट ने कहा।

विंसेंट ने आगे कहा, "प्रत्यागमन के बाद टैरी ने मुझे एक दस्तावेज़ दिया था। उसने मुझसे ख़ासतौर से कहा था कि प्रत्यागमन की बातों पर चलूं क्योंकि ये शायद उसके किसी सिद्धांत को साबित कर सकता है। नाना, मुझे आपकी मदद चाहिए होगी।"

"विंसेंट, मैं किसी की मदद करने की हालत में नहीं हूं। मैं तो ख़ुद को भी नहीं संभाल पा रही हूं," मार्था भड़की।

विंसेंट भी तमककर बोला, "देखिए, मैं जानता हूं कि ये आपके लिए मुश्किल है, लेकिन अगर आप टैरी की दोस्त हैं, तो आपको वो करना होगा जो वो आपसे करवाना चाहता था... ये आप पर टैरी का ऋण है।"

विंसेंट और मार्था तीसरी मंज़िल पर स्थित एसएजीबी के लिए सीढ़ियों से गए, जिसे रेकी, आध्यात्मिक उपचार और प्रत्यागमन जैसी उपचारात्मक चिकित्साओं के लिए प्रयोग किया जाता था, और उन्होंने वहां एक कमरा ले लिया। मार्था को अभी भी प्रशासनिक स्टाफ़ बहुत स्नेह से याद करता था और उन्हें उसके काम आकर ख़ुशी ही हुई।

"ठीक है, ख़ुद को आरामदेह स्थिति में लाओ, शारीरिक रूप से आरामदेह। आराम से बैठो और ख़ुद को शांत करो... ये सही है... बस... शांत रहो," मार्था ने शुरू किया। "ऊपर देखो और स्काइलाइट को देखो। स्काइलाइट में तुम्हें एक नन्हा सा हरा बिंदु दिख रहा है... सुनना जारी रखते हुए कुछ देर के लिए तुम पूरी तरह

से अपना ध्यान उस बिंदु पर केंद्रित करो... एक शांति भरी सहज भावना तुम्हारे ऊपर छा रही है... तुम्हारी आंखें बंद होना चाहती हैं। ये ठीक है। तुम और गहराई में जाना और शांत होना चाहते हो। तुम्हारी पलकें भारी हो रही हैं... तुम्हारी आंखें ख़ुद को आराम पहुंचाने के लिए ख़ुद-ब-ख़ुद बंद होना चाहेंगी... अब मैं पांच से एक तक उल्टी गिनती गिनूंगी। हर अंक के साथ तुम ख़ुद को गहरी, और गहरी अवचेतना में तैरता हुआ महसूस करोगे। पांच... चार... तीन... दो... एक। ठीक है, विंसेंट, तुम कहां हो?"

"मेरे ख़्याल से मैं फ्रांस में हूं।"

"तुम क्या देख रहे हो?"

"सार्वजनिक मृत्युदंड दिए जा रहे हैं। मैं भीड़ में हूं, लेकिन मेरे सामने प्लेज़ दे ला रिवॉल्युशन है। बीच में एक गिलोटीन है।"

"ये किस तरह का गिलोटीन है?"

"इसमें दो बड़े-बड़े सीधे खड़े खंभे हैं जो ऊपर एक शहतीर से जुड़े हैं। ये एक चबूतरे के ऊपर है जिस पर चढ़ने के लिए दो दर्जन सीढ़ियां हैं। सारी मशीन ख़ूनी लाल हो रही है। एक विशाल फल है जिस पर वज़न लगा है। ये फल खांचों पर चलता है जिन्हें चरबी से चिकना किया गया है।"[73]

"क्या इस गिलोटीन पर लोगों को मारा जा रहा है?"

"आतंक का साम्राज्य पहले ही 30,000 लोगों की जान ले चुका है। केवल इसी महीने में एक हज़ार से ज़्यादा लोगों का सिर क़लम किया जा चुका है।"

"क्या तुम फ्रांसीसी क्रांति के बीच हो?"

"मुझे ऐसा ही लगता है। ये 1794 है।"

"तुम कौन हो?"

"मैं ज़्यां-पॉल पैलतिए हूं। मैं सार्वजनिक तमाशा देख रहा हूं। फ़िलहाल वो शार्लट लैवॉइज़ियर नाम की एक युवती को मृत्युदंड देने वाले हैं।"

"क्यों?"

"उसे मुझे, क्रांति के एक महान नेता ज़्यां-पॉल पैलतिए को, चाक़ू मारने और घायल करने के आरोप में मौत की सज़ा दी गई है।"[74]

"क्या वो फल के गिरने का इंतज़ार कर रही है?"

"नॉ। एले अ ज्युस्त अरीवे दान ल तुम्बेह नॉहमल... एले दिमांदे अ सैनसून, ल बुहायो, वॉयर ल गिलॉतीन। एले ऐ कुहाज्यस!"

"रुक जाओ, विंसेंट। दृश्य से ऊपर तैरो। मैं चाहती हूं कि तुमने अभी जो कहा, उसे फिर से फ्रांसीसी में नहीं, अंग्रेज़ी में कहो।"

"वो अभी-अभी साधारण छकड़े में आई है... वो उतर गई है... वो जल्लाद सैनसून से कह रही है कि उसे गिलोटीन को नज़दीक से देखने दे... उसने पहले कभी गिलोटीन नहीं देखा है और वो ये देखने के लिए उत्सुक है कि ये कैसे काम करता है... मेरा कहना है, वो बहादुर है!"

"अब क्या हो रहा है?"

"उसे बासक्यूल पर बांधा जा रहा है और उसके सिर को ल्युनैट पर लाने के लिए बासक्यूल को आड़ा किया जा रहा है।"

"बोलते रहो।"

"सैनसून रस्सा खींच रहा है... फल गिर रहा है... सिर कट गया है! ये गिलोटीन के सामने लगी टोकरी में लगे ख़ून से रंगे मोमजामे में लुढ़क रहा है!"

"ठीक है, विंसेंट, मैं चाहूंगी कि तुम अपनी पिछली ज़िंदगियों में और गहरे जाओ। मैं पांच से उलटा गिनना शुरू कर रही हूं, और जब मैं गिनती बंद करूंगी तो तुम और भी पुरानी ज़िंदगी में होगे... पांच... चार... तीन... दो... एक... अब तुम कहां हो?"

"मैं तावान्तिन्सुयु में हूं।"

"वो कहां है?"

"दक्षिण अमेरिका। मैं सापा इन्का पचाकुटी की कमान में एक

सम्मानित योद्धा हूं।"

"क्या तुम इन्का योद्धा हो?"

"हां। सापा इन्का पचाकुटी ने बहुत ज़्यादा विस्तार किया है और तावान्तिन्सुयु का निर्माण किया है। वो चार प्रांतीय प्रशासनों के प्रमुख हैं—चिनचासुयु, एंतीसुयु, कॉन्तीसुयु और कोलासुयु। ये उनके विशाल साम्राज्य के चार कोनों में स्थित हैं। केंद्र में राजधानी कुज़को है।"[75]

"क्या तुम कुज़को में हो?"

"नहीं। सापा इन्का पचाकुटी ने माचू पीचू में एक विशाल आवास बनवाया है। मैं वहां उनके परिवार की सुरक्षा करता हूं।"

"माचू पीचू कैसा है?"

"ओह, ये धरती की सबसे ख़ूबसूरत जगह है। ये एक ऊंचे, बादलों जितने ऊंचे, पहाड़ी टीले पर स्थित है। यहां एक विशाल महल और अनेक मंदिर हैं। एक वक़्त में यहां साढ़े सात सौ लोग रह सकते हैं। माचू पीचू की पृष्ठभूमि की पहाड़ी श्रृंखलाएं आसमान को देखते किसी इन्का की तरह हैं... सबसे ऊंचा, हुआयना पीचू, इन्का की नाक है।"

"माचू पीचू के बारे में तुम मुझे और क्या बता सकते हो?"

"हम इन्काओं का विश्वास है कि पृथ्वी की ठोस बुनियाद को कभी नहीं खोदना चाहिए, इसलिए हमें ये जगह पूरी तरह से उखड़े पत्थरों और चट्टानों से बनानी पड़ी है! हमारी बहुत सी इमारतों में कोई गारा नहीं है... काटने की हमारी ज़बरदस्त सटीकता ने ही इसे बनाना मुमकिन किया है।"

"तुम अपने आसपास क्या देख रहे हो?"

"मंदिर। पर्वतों के देवता आपो का; बिजली के देवता एपोकेटाक्विल का; भोर की देवी चास्का का; फूलों की देवी चास्का कॉयल्लुर का; स्वास्थ्य की देवी ममा कोका का; चंद्रदेवता कॉनिराया का; संपत्ति के देवता एकैको का; गर्जन के देवता इल्लपा का; बारिश

के देवता कॉन और जाने कितने दूसरे मंदिर..."

"राजा न्यायप्रिय है? वो तुमसे अच्छा बर्ताव करता है?"

"*नो लैद्रोन, नो मैंतिरोसो, नो ऑसियोसो। तैल कोमो एस्तीमेस ए ऑत्रो, ऑत्रोस ताम्बियेन ते एस्तीमरान।*"

"ये कौन सी भाषा है, विंसेंट? स्पेनी जैसी सुनाई दे रही है।"

"कैचुआ। यहां हम यही भाषा बोलते हैं।"

"तो तुमने अभी क्या कहा था?"

"राजा न्यायप्रिय व्यक्ति हैं। उनका सूत्रवाक्य है, 'चोरी मत करो, झूठ मत बोलो, आलसी मत बनो।' उनका ये भी मानना है कि जैसे आप दूसरों से प्रेम करते हैं, वैसे ही वो भी आपसे प्रेम करेंगे।"

"तुम्हारी भूमिका क्या है?"

"मैं ममा एनावार्खी का अंगरक्षक हूं।"

"वो कौन है?"

"वो सापा इन्का पचाकुटी की पत्नी हैं।"

"तुम्हें क्या करना होता है?"

"मुझे उनकी सुरक्षा करनी चाहिए। इसके बजाय, मैं उनकी हत्या करने वाला हूं क्योंकि वो सापा इन्का के ख़िलाफ़ साज़िश कर रही हैं।"

"विंसेंट, मैं चाहती हूं कि तुम और ज़्यादा गहराई में जाओ... मैं फिर से उलटी गिनती गिनूंगी, पांच... चार... तीन... दो... एक... अब तुम कहां हो?"

'我是在中國。我是在宮殿裡面。'

"मैं अंदाज़ा लगा रही हूं कि तुम एशिया में कहीं हो?"

'我有很多痛苦。我是在極度痛苦。痛苦是可怕的。'

"विंसेंट, मैं चाहूंगी कि तुम ख़ुद को दृश्य से अलग करो। क्या तुम कुछ दूर हट सकते हो ताकि तुम मुझे अंग्रेज़ी में बता सको?"

"मैं चीन में हूं... एक महल में। मैं बहुत तकलीफ़ में हूं। मैं

पीड़ा में हूं। दर्द भयंकर है।"

"तुम्हें क्या हुआ है?"

"साम्राज्ञी, वू ज़ाओ, सत्ता के लिए बुरी शक्ति है। उसने मेरे अंग कटवा दिए हैं और फिर उसने मुझे दर्द भरी धीमी मौत मरने के लिए शराब से भरे एक पात्र में डलवा दिया है।"

"कोई इतना क्रूर क्यों होगा?"

"सम्राट गाओज़ौंग के जीवनकाल में मैं उनका सलाहकार था। मैंने उन्हें सलाह दी थी कि वू ज़ाओ से सावधान रहें, जो सम्राट की प्रधान रानी थी। सम्राट गाओज़ौंग की मृत्यु के बाद, वू ज़ाओ ने सिंहासन पर क़ब्ज़ा कर लिया और अब मुझे हटाना चाहती है।"[76]

"क्या वो कामयाब हो गई है?"

'我認為不如此。'

"मतलब?"

"मुझे ऐसा नहीं लगता। हालांकि मैं ज़िंदगी भर के लिए अपाहिज हो गया हूं, लेकिन एक दूसरी रानी, ज़्याओ, ने मुझे बचा लिया था। मैं ख़ुशक़िस्मत हूं।"

"क्या तुम समय-काल बता सकते हो—ये कौन सा वर्ष है?"

"मेरे ख़्याल से ये 689 ईसवी है।"

"तो तुम कहां हो? तुम अभी तक महल में ही क्यों हो?"

"दयालु रानी ज़्याओ ने मुझे मेरे पैतृक गांव भेजने का इंतज़ाम किया है। उम्मीद है, वू ज़ाओ के जासूसों की नज़र में आए बिना मैं अपनी शेष ज़िंदगी वहां गुज़ार सकूंगा।"

"विंसेंट, अब और गहरे... मैं एक बार फिर उलटी गिनती गिन रही हूं, पांच... चार... तीन... दो... एक... अब तुम कहां हो?"

"मैं येरूशलम में हूं। मैं उस मक़बरे के बाहर हूं जिसमें जॉज़ेफ़ और निकोडेमस जीज़स को ले गए हैं।"

"वहां और कौन है?"

"मेरी मैग्डेलीन और जोज़स की मां पीछे गई थीं। मैं उनके पीछे था। लेकिन सूरज ढलने वाला है और स्त्रियां सैबथ के लिए घर लौट गई हैं।"

"तुम क्या कर रहे हो?"

"मैं अब मक़बरे के बाहर इंतज़ार कर रहा हूं। मक़बरे की सुरक्षा के लिए मंदिर के पहरेदार भेजे गए हैं। फ़ारिसियों को चिंता है कि जीज़स के अनुयायी जीज़स के शव को चुराने और फिर ये दावा करने की कोशिश करेंगे कि वो मृतक से वापस आए हैं। वो अपने पहरेदार लगा रहे हैं।"

"अब क्या है?"

"मैं कुछ झाड़ियों के पीछे छिपा हुआ हूं। मैं नहीं जानता कि मैं ख़ुद को यहां से हटा क्यों नहीं पा रहा हूं। रात घिर आई है। आधी रात में कोई आया था। अपने सफ़ेद चोले की वजह से वो किसी फ़रिश्ते जैसा दिख रहा था... मेरे ख़्याल से वो कोई असीन भिक्षु था। उसने पत्थर हटा दिया। पहरेदार डर के मारे बेहोश हो गए हैं।"

"और?"

"सैबथ ख़त्म हो गया है, और दोनों मेरी मक़बरे से पत्थर को हटाने यहां आई हैं लेकिन उसे खुला देखकर वो कुछ हैरान हैं। वो अंदर जा रही हैं। मैं समझदारी से कुछ दूरी रखकर पीछे जा रहा हूं।"

"तुम क्या देख रहे हो?"

"सफ़ेद चोलों में दो आदमी हैं। वो असीनियों जैसे दिख रहे हैं। वो कह रहे हैं कि जीज़स मरे नहीं हैं, ज़िंदा हैं! वो उन स्त्रियों से कह रहे हैं कि जाकर उनके शिष्यों को ये समाचार बता दें।"

"और वो जाती हैं?

"वो बाहर भाग रही हैं। मैं यहीं ये देखने का इंतज़ार कर रहा हूं कि क्या होता है।"

"वहां और कोई है?"

"दोनों असीनी अभी भी वहां हैं। तीसरा व्यक्ति पहचान में नहीं

आ रहा है; वो झाड़ियों से बाहर निकला है। कोई आ रहा है...”

“कौन?”

“जीज़स के शिष्य—पीटर और जॉन। दोनों अंदर झांक रहे हैं... नहीं, रुकिए, वो बाहर आ रहे हैं। वो हतप्रभ से दिख रहे हैं। वो शहर वापस जा रहे हैं। आह। मेरी आ गईं।”

“कौन सी मेरी?”

“मेरी मैग्डेलीन।”

“वो क्या कर रही हैं?”

“वो मक़बरे के अंदर देख रही हैं। वो बहुत घबराई सी दिख रही हैं। वो मक़बरे के अंदर दोनों असीनियों को घूर रही हैं। अब वो झाड़ियों में तीसरे व्यक्ति को देखती हैं। क्या वो माली है? नहीं। वो तो जीज़स हैं! मेरी उनसे बात कर रही हैं।”

“क्या तुम सुन सकते हो कि वो एक-दूसरे से क्या कह रहे हैं?”

“नहीं। मुझे लगता है कि वो उनसे कह रहे हैं कि वो जाकर उनके शिष्यों को बता दें कि वो जीवित हैं। वो जा रही हैं। जब भी मैं मेरी मैग्डेलीन को देखता हूं, मुझे तीन धुंधली छवियां दिखाई देती हैं जो एकाकार सी नज़र आती हैं। जीज़स भी जा रहे हैं, लेकिन उनके साथ नहीं।”

“तुम क्या कर रहे हो?”

“मैं जीज़स के पीछे जा रहा हूं।”

“वो कहां जा रहे हैं?”

“वो अपने दो शिष्यों के पीछे जा रहे हैं जो एमॉस के मार्ग पर बढ़ रहे हैं। वो उनके साथ आ रहे हैं। अब वो उनके साथ चल रहे हैं और उनसे बात कर रहे हैं। वो दोनों ये नहीं समझ पाए हैं कि ये वो हैं।”

“वो क्या कह रहे हैं?”

“वो उनसे कह रहे हैं कि पैग़ंबरों को आवश्यक रूप से कष्ट

और पीड़ा को भोगना होता है। आह! वो एमॉस पहुंच गए हैं। वो घर में प्रवेश कर गए हैं और भोजन कर रहे हैं। जीज़स एक रोटी उठा रहे हैं, धन्यवाद दे रहे हैं और उसके टुकड़े करके उन्हें बांट रहे हैं। आख़िरकार! वो आख़िरकार समझ गए हैं कि ये जीज़स हैं!"

"ठीक है। अब वो क्या कर रहे हैं?"

"दोनों शिष्य वापस येरूशलम जा रहे हैं और एक गुप्त स्थान पर प्रचारकों और कुछ अन्य लोगों से मिल रहे हैं। वो अन्य लोगों को अपना अनुभव बता रहे हैं। आह! जीज़स भी यहां आ गए हैं।"

"वो ख़ुश होंगे, है ना?"

"वो डरे हुए हैं। वो समझ रहे हैं कि वो भूत हैं। जीज़स उनसे कह रहे हैं कि उन पर संदेह न करें। उन्हें अपने घाव दिखाने के लिए वो एक ओर से अपना चोग़ा ऊपर उठाते हैं। वो आश्वस्त तो दिख रहे हैं लेकिन निश्चिंत नहीं। जीज़स उनसे खाना मांग रहे हैं। उन्होंने उन्हें भुनी हुई मछली दी है। वो उसे खा रहे हैं। अब वो ये समझते प्रतीत हो रहे हैं कि जीज़स हक़ीक़त हैं।"[77]

"आगे कहो।"

"जीज़स जा रहे हैं। मैं अभी भी यहीं प्रचारकों के साथ हूं। ओह, लगता है कि थॉमस यहां नहीं थे। वो अब आ रहे हैं।"

"वो क्या कह रहे हैं?"

"प्रचारक थॉमस को जीज़स के जीवित होने के बारे में बता रहे हैं। थॉमस उन पर विश्वास नहीं कर रहे हैं। वो उनसे कह रहे हैं कि जब तक वो घावों को ख़ुद देख और महसूस नहीं कर लेते, वो विश्वास नहीं कर सकते।"

"क्या जीज़स लौट आए हैं?"

"आह, आज थॉमस और जीज़स दोनों यहां हैं। जीज़स थॉमस को बुला रहे हैं और उनसे अपने घावों को छूने के लिए कह रहे हैं। अब लगता है कि थॉमस को विश्वास हो गया है कि ये यक़ीनन साक्षात जीज़स ही हैं। जीज़स उन्हें 'शक्की थॉमस' कह रहे हैं

क्योंकि वो किसी चीज़ पर केवल तभी विश्वास करते प्रतीत होते हैं जब वो वास्तव में ख़ुद उसे परख लेते हैं।"

"अब क्या हो रहा है?"

"मैं जीज़स के पीछे लेक गैलिली जा रहा हूं। पीटर, थॉमस, नैथेनियल, जेम्स और जॉन यहां हैं। वो रात भर मछली पकड़ते रहे हैं लेकिन नाकाम रहे हैं। जीज़स किनारे पर उनका इंतज़ार कर रहे हैं। वो उनसे पूछ रहे हैं कि उन्हें कोई मछली मिली या नहीं। वो उन्हें बता रहे हैं कि वो कुछ भी नहीं पकड़ पाए हैं। जीज़स उनसे कह रहे हैं कि अपने जाल ठीक से डालें क्योंकि उन्हें पता है कि वहां मछलियां हैं। वो कोशिश कर रहे हैं। उनके हाथ ढेर सारी मछलियां लगी हैं! जीज़स ने चारकोल से आग जला ली है और वो उनके लिए नाश्ता बना रहे हैं। वो पीटर से कुछ सवाल कर रहे हैं।"

"और?"

"वो पीटर के साथ जा रहे हैं। जॉन पीछे जा रहे हैं। मैं उनके पीछे हूं।"

"वो कहां जा रहे हैं?"

"गैलिली में एक पर्वत पर। जीज़स ने वहां अपने सारे प्रचारकों के साथ मुलाक़ात रखी है।"

"इस मुलाक़ात में क्या हो रहा है?"

"जीज़स उनसे कह रहे हैं कि वो हर राष्ट्र में शिष्य बनाने के लिए दुनिया के विभिन्न हिस्सों में जाएं। जब वो बोल रहे हैं तो सब घुटनों के बल बैठे हुए हैं। अब वो उठ रहे हैं और जीज़स उन्हें बेथैनी की बाहरी सीमा की ओर ले जा रहे हैं। वो उन्हें आशीर्वाद दे रहे हैं। वो बेथैनी की ओर जा रहे हैं... मार्था, लैज़रस और मेरी मैग्डेलीन के नगर।"

अध्याय बारह

ओसाका, जापान, 2012

शिन्तो शब्द साधारणत: दो शब्दों का संयोग है: *शिन* जिसका अर्थ है *ईश्वर*, और *ताओ* जिसका अर्थ है *मार्ग।* चीनी भाषा में शिन ईश्वर का प्रतीक है, और जापानी में इसे *कामी* में रूपांतरित किया गया।[78] कामी को आमतौर पर उन दिव्यात्माओं के रूप में देखा जाता था जो जन्म, मृत्यु और पुनर्जन्म के चक्र में फंसी हुई थीं।

मेइजी पुनर्स्थापन के परिणामस्वरूप शिन्तो जापान का राजधर्म बन गया था। मगर शिन्तो राज दूसरे विश्व युद्ध के साथ समाप्त हो गया। बहुत से लोगों को लगा था कि दिव्यात्माएं, या कामी, विदेशी हमलों को खदेड़ने के लिए दिव्य हवा, कामीकाज़े, बनाने में असफल रही थीं! युद्ध ख़त्म होने के कुछ ही समय बाद सम्राट ने साक्षात देवता होने की अपनी स्थिति को त्याग दिया था। लेकिन आधुनिक जापान में राजसी परिवार द्वारा दिव्य स्थिति को त्यागने के बाद भी शिन्तो फलता-फूलता रहा। शिन्तो मंदिर साधारण लोगों की अपने पूर्वजों की आत्माओं और कामी के साथ संबंध क़ायम रखने में मदद करते रहे।

जब स्वाकिल्की का जन्म हुआ तो उसकी मां, अकी हेराइ, ने ओसाका के सबसे पुराने शिन्तो मंदिरों में से एक सुमियोशी जिन्जा

में रखी सूची में स्वाकिल्की का नाम भी जुड़वा दिया था, और उसे उजिको, नामित शिशु, घोषित करवाया। ये इस बात को सुनिश्चित करने का एक तरीक़ा था कि दिव्य कामी स्वाकिल्की की इस जीवनकाल में और इसके बाद भी रक्षा करेंगे।

इस समय स्वाकिल्की सुमियोशी जिन्जा में थी। हालांकि वो कैथलिक थी, मगर शिन्तो विश्वास और अनुष्ठान उसके साथ बने रहे थे और वो हताशाजनक रूप से दिलासा पाना चाहती थी। उसने हाल ही में उस एकमात्र इंसान को मार डाला था जिसे शायद वो प्यार करने के सबसे ज़्यादा क़रीब पहुंची थी। अब वो वाक़ई अकेली थी, अलावा दिव्य कामी के साथ के।

बिजली के करंट से ताकुआ की हत्या करने के बाद, अगले छह घंटे उसने बड़े जतन से तब तक घर की सफ़ाई की जब तक कि अपने सारे चिह्न मिटा नहीं दिए। फिर उसने अपना सारा सामान पैक किया, ताकुआ के बेजान जिस्म को अपनी टोयोटा स्प्रिंटर में डाला और ताउमेइ एक्सप्रेस मोटरवे से टोक्यो से बाहर नोगोया की ओर चल पड़ी। फिर उसने ओसाका के लिए मेइशिन एक्सप्रेस मोटरवे ले लिया। जल्दी ही वो कान्साइ अंतरराष्ट्रीय एयरपोर्ट की ओर जा रही थी। मेनलैंड को कृत्रिम द्वीप के हवाई अड्डे से जोड़ने वाले तीन किलोमीटर के पुल पर वो लाश को ओसाका खाड़ी में फेंकने के लिए बहुत कम पलों के लिए रुकी। ऐसा करते हुए वो झिझक सी गई थी। वो उसे वापस जीवित कर देने और फिर से उसकी बांहों में जाने की हसरत कर रही थी। उसने ओसाका हयात रीजेंसी होटल के कमरे में चैक इन किया, जहां उसने दरवाज़े पर 'डू नॉट डिस्टर्ब' का साइन लगाया और अगले सात घंटे सोती रही। जब वो जगी और उसने अपने पलंग के ख़ालीपन को देखा तो उसे एक बार फिर अहसास हुआ कि उसे ताकुआ की कमी कितनी खल रही थी।

अब स्वाकिल्की पैदल ही सुमियोशी जिन्जा के दो खंभों वाले गेट तॉरी की ओर जा रही थी, और उसने परिसर के अंदर ख़ूबसूरत चमकीले लाल सीढ़ियों के पुल को पार किया। स्वाकिल्की मंदिर में

घुसने से पहले फ़व्वारे पर अपेक्षित प्रतीकात्मक शुद्धीकरण के लिए अपने हाथ-मुंह धोने के लिए ठहरी। उसे योशीहामा शियोकावा को ढूंढ़ना था।

योशीहामा शिन्तो पुजारी थे जो उस क्षेत्र में काफ़ी मशहूर थे। उनकी शोहरत की वजह शिन्तो नियमों में आध्यात्मिक उपचार की प्राचीन जापानी कला रेकी का मिश्रण कर देना था—और स्वाकिल्की को इस फ़ॉर्मूले की बेतहाशा ज़रूरत थी।

रेकी एक वैकल्पिक उपचार प्रणाली थी जिसे जापान में उन्नीसवीं शताब्दी के उत्तरार्ध में मिकाओ उसुई ने विकसित किया था। *रेकी* दो जापानी शब्दों की संधि है, *रेइ* जिसका अर्थ है ब्रह्मांड, और *की* जिसका अर्थ है ऊर्जा। यानी ब्रह्मांड की ऊर्जा।

योशीहामा शियोकावा जैसे उपचारकों का विश्वास था कि वो अपनी हथेलियों के माध्यम से रेकी ऊर्जा को मरीज़ के शरीर के विशिष्ट भागों में निर्देशित कर सकते हैं। इससे भी महत्वपूर्ण ये कि योशीहामा ने शारीरिक उपचार के साथ-साथ मानसिक उपचार भी करने के लिए रेकी के साथ शिन्तो और बौद्ध नियमों को भी जोड़ दिया था। उनका विश्वास था कि अपने मरीज़ों को ऊर्जा प्रदान करते समय उनकी वर्तमान और बीती ज़िंदगियों की घटनाओं की 'छवियों' को आत्मसात करके वो व्यसन, चिंता और अवसाद की प्रवृत्तियों जैसे गहराई से पैठे हुए मसलों तक को ठीक कर सकते हैं।

योशीहामा ने स्वाकिल्की से लेटने और शांत हो जाने के लिए कहा। जब वो शांत हो गई तो उन्होंने अपने हाथों से उसके शरीर के विभिन्न भागों में उपचारात्मक ऊर्जा संचरित करना शुरू किया। रेकी ऊर्जा स्वाकिल्की के सात चक्रों के माध्यम से उसके अंदर प्रवेश करती। उसका शरीर ख़ुद को ठीक करने के लिए आवश्यक रेकी ऊर्जा को जज़्ब कर लेता जबकि अनावश्यक ऊर्जा को नष्ट कर देता।[79]

स्वाकिल्की कई तरह की संवेदनाएं महसूस करने लगी: गर्मी की तमतमाहट, ठंडी लहरें और दबाव। रेकी ऊर्जा प्रवाहित हो रही

थी। उसकी ऊर्जा की कमियां भरी जा रही थीं; उसके ऊर्जा पथों की मरम्मत की जा रही थी और उन्हें खोला जा रहा था; जीर्ण ऊर्जा के खंड धीरे-धीरे घुल रहे थे।

उनके हाथ पेड़ू के हिस्से के ऊपर हवा में ही ठहर गए। वो निश्चित थे। इस लड़की ने यक़ीनन अपने जीवन में यौन हादसे का सामना किया था; शायद बाल शोषण, मगर उन्होंने कोई टिप्पणी नहीं की।

उनकी हथेलियां गर्माहट को महसूस कर रही थीं—बहुत ज़्यादा गर्माहट को। कोई विस्फोट? किस क़िस्म का विस्फोट? गैस रिसाव? वो लाल चोग़ो में एक कार्डिनल को क्यों देख रहे थे?

योशीहामा ने धीरे से अपनी हथेलियां स्वाकिल्की के सिर के ऊपर घुमाईं और घुमाते हुए उन्हें नीचे उसके कंधों तक लाते रहे। उसकी गरदन के आधार पर वो ठहरे। "यहां तुम्हारे अंदर ऊर्जा का तीव्र अवरोध है," उन्होंने कहा, तभी उनके सामने एक छवि कौंध गई। उस छवि में उन्होंने अठारहवीं शताब्दी के पेरिस में एक युवती के सिर को गिलोटीन पर क़लम किए जाते हुए देखा। अपनी छवि में योशीहामा न तो मृतका शार्लट लैवॉइज़ियर का चेहरा देख पाए और न ही जल्लाद सैनसून का। मूल चेहरे भिन्न रहे होंगे। योशीहामा ने जो देखा वो स्वाकिल्की को प्रोफ़ेसर टैरी एक्टन द्वारा गिलोटीन पर मृत्युदंड दिया जाना था। वर्तमान जीवन में स्वाकिल्की ने टैरी का सिर काट डाला था क्योंकि पिछले अवतार में टैरी ने उसका सिर काटा था!

वो अपनी हथेलियों को और नीचे उसके पेट की ओर ले गए। यक़ीनन वो सख़्त और जकड़ा हुआ था। उसके पास छिपाने के लिए कुछ था। अपराधबोध? उसने हत्या की थी। किसकी? एक और छवि—1890 में न्यूयॉर्क के सिंग सिंग कारावास में एक बिजली की कुर्सी। एक महिला क़ैदी को एक स्विच दबाकर मार डाला गया था जिसने उसके शरीर में 2450 वोल्ट बिजली प्रवाहित कर दी थी। स्विच राज्य के जल्लाद ने दबाया था जिसका चेहरा योशीहामा

पहचान नहीं सके। वास्तव में, वो चेहरा ताकुआ का था, जिसे हाल ही में स्वाकिल्की ने बिजली का करंट दिया था। जैसे को तैसा!

एक और छवि—माचू पीचू में इन्का महल। राजा सापा इन्का पचाकुटी की पत्नी ममा एनावार्खी का अंगरक्षक उसका गला दबा रहा है। योशीहामा ने देखा कि रानी का चेहरा स्वाकिल्की का है, लेकिन अंगरक्षक का चेहरा वो नहीं पहचानते थे। वो चेहरा विंसेंट सिन्क्लेयर का था। योशीहामा ने अपनी हथेलियां उसकी बांहों और हाथों की ओर घुमाईं। हाथों में शैतानी ऊर्जा का प्रवाह था। क़त्ल? क्या ये कोई क़ातिल है जिसका वो उपचार कर रहे थे? उनकी छवि में, स्वाकिल्की चीनी सत्ता की दुष्ट शक्ति साम्राज्ञी वू ज़ाओ के रूप में बदल गई जो ममा एनावार्खी की हत्या का बदला लेने के लिए विंसेंट सिन्क्लेयर का अंगभंग कर रही थी।

पिछली ज़िंदगियों में स्वाकिल्की ही वू ज़ाओ और ममा एनावार्खी थी। बार-बार, बार-बार हत्याएं करते हुए वो वापस स्वाकिल्की के रूप में आ गई थी।

अध्याय तेरह

मदीना, सऊदी अरब, 632 ईसवी

पैग़ंबर की सभी पत्नियों ने उनकी बीमारी के दौरान उनकी सेवा की थी। बीबी आयशा हमेशा उनके पास मौजूद रहती थीं। वो केवल तभी हटती थीं जब उनकी बेटी बीबी फ़ातिमा उनसे मिलने आती थीं। अल्प बीमारी के बाद तिरेसठ वर्ष की आयु में मदीना शहर में सोमवार 8 जून, 632 ईसवी की दोपहर में पैग़ंबर मुहम्मद मृत्यु को प्राप्त हुए।[80] मृत्यु से पहले एक विस्तारित अवधि में फ़रिश्ते जिब्रील ने उन्हें क़ुरआन पहुंचाया था। बदले में, पैग़ंबर अपने सहाबा को क़ुरआन लिखवाते गए। पैग़ंबर द्वारा लिखवाए गए अनेक अनुच्छेदों में से एक था:

"और उनका कहना है, 'हमने अल्लाह के रसूल ईसा इब्ने-मरियम को क़त्ल किया'। लेकिन उन्होंने उनको क़त्ल नहीं किया और उन्होंने उनको सूली नहीं दी। बल्कि उनके लिए ऐसी सूरत बना दी गई। और बेशक जो लोग इस बारे में इख़्तिलाफ़ करते हैं, वो अलबत्ता इस बारे में शक में हैं, अटकल की पैरवी के सिवा उन्हें इसका कोई इल्म नहीं। और उन्होंने यक़ीनन उनका क़त्ल नहीं किया!"[81] क्या ऐसा मुमकिन था कि पैग़ंबर ने ल्योन्स के आइरेनियस को सुना हो?

ल्योन्स, फ्रांस, 185 ईसवी

आइरेनियस द्वारा अपनी पुस्तक *अगेंस्ट हेरेसीज़* की बुक टू, अध्याय 22 में लिखा पहेलीनुमा अनुच्छेद इस प्रकार है:

> *अपनी आयु का तीसवां वर्ष पूरा करने पर उन्होंने कष्ट पाया, वस्तुतः अभी भी युवा होते हुए, और जो यक़ीनन परिपक्व अवस्था नहीं थी... चालीसवें और पचासवें वर्ष से मनुष्य वृद्धावस्था की ओर झुकना शुरू हो जाता है, जो हमारे प्रभु ने प्राप्त की थी यद्यपि वो अभी भी एक शिक्षक का कर्तव्य पूरा करते थे, जैसा कि गॉस्पेल और सभी वरिष्ठजन साक्षी हैं।*[82]

इस कुछ विचित्र से अनुच्छेद में, आइरेनियस अपने पाठकों से कह रहे हैं कि जीज़स निस्संदेह जीवित थे और पचास वर्ष की आयु में भी शिक्षा प्रदान कर रहे थे, यद्यपि अब वो वो युवक नहीं रहे थे जो लगभग तीस वर्ष की आयु में सूली चढ़ाए जाने के समय थे। क्या ये मुमकिन था कि आइरेनियस ने इतिहास की वो भारतीय पुस्तक पढ़ी हो जिसे *भविष्य महापुराण* कहते हैं जिसमें उस भेंट का ज़िक्र है जो 115 ईसवी में हुई थी।

उत्तर भारत, 115 ईसवी

पहाड़ पर बैठे व्यक्ति के चेहरे पर शांत और सुस्थिर भाव थे। शांति और प्रेम उसके भीतर से फूटते प्रतीत होते थे। राजा शालिवाहन इस व्यक्ति की शांतचित्तता से भावविभोर हो गया था।

शालिवाहन एक बहादुर और प्रभावशाली शासक था। उसने चीनी, पार्थी, स्किथी और बाख़्त्री हमलावर सेनाओं को नष्ट कर दिया था। एक दिन शालिवाहन हिमालय पर्वत पर गया। वहां, हूणों

के प्रदेश में, शक्तिशाली राजा ने एक व्यक्ति को एक पहाड़ पर बैठे देखा जो शुभ्रता का प्रतीक मालूम होता था। उसकी त्वचा श्वेत थी और उसने श्वेत वस्त्र पहने हुए थे। राजा ने उस पवित्रात्मा से पूछा कि वो कौन है। उसने जवाब दिया, "मुझे ईश्वर का पुत्र कहा गया है, मैं एक अक्षतयौवना से जन्मा, अ-विश्वासियों का अधिकृत पुरुष, सत्य की खोज में अनवरत हूं।"

तब राजा ने उनसे पूछा: "आपका धर्म क्या है?" पवित्रात्मा ने उत्तर दिया, "ओ महान राजा, मैं एक विदेशी धरती से आया हूं जहां अब सत्य नहीं रहा है और जहां असीम बुराई है। अ-विश्वासियों की धरती पर मैं मसीहा के रूप में आया था। ओ राजा, उस धर्म को सुन जो मैं अ-विश्वासियों के लिए लाया था। न्याय, सत्य, ध्यान, और आत्मा की एकता के माध्यम से मनुष्य प्रकाश के केंद्र में ईसा तक पहुंचने का मार्ग पा लेगा। सूर्य की भांति दृढ़ ईश्वर अंततः सभी भटकती आत्माओं को स्वयं में एकाकार करेगा। इसलिए, ओ राजा, परमसुख देने वाले ईसा का सुखदायी स्वरूप हमेशा हृदयों में रहेगा; यही कारण है कि मुझे ईसा-मसीह भी कहा जाता है।[83]

हिंदुओं की अठारह ऐतिहासिक पुस्तकें हैं जिन्हें *पुराण* कहा जाता है। नवीं पुस्तक *भविष्य महापुराण* है। गॉस्पेलों के विपरीत, जिनकी सटीक कालावधि तय नहीं की जा सकती, *भविष्य महापुराण* की उत्पत्ति का समय स्पष्ट रूप से ज्ञात है। इसे 115 ईसवीं में कवि सुत्ता ने लिखा था। राजा शालिवाहन और पवित्रात्मा व्यक्ति के बीच ऐतिहासिक अनुच्छेद *भविष्य महापुराण* से ही लिया गया है। क्या ऐसा मुमकिन हो सकता था कि भविष्य महापुराण ने हज़रत मिर्ज़ा ग़ुलाम अहमद को प्रभावित किया हो?

क़ादियान, भारत, 1835

हज़रत मिर्ज़ा ग़ुलाम अहमद का जन्म 1835 में भारत के एक छोटे

से शहर क़ादियान में हुआ था। इस्लामिक जगत में वो मशहूर हुए और 1908 में मृत्यु होने से पहले उन्होंने *मसीह हिंदुस्तान* में नाम से एक पुस्तक प्रकाशित करवाई थी।[84] बाद में उन्होंने मुसलमानों के अहमदिया संप्रदाय का गठन किया। अपनी पुस्तक में उन्होंने लिखा था:

> *इसका ध्यान रखें कि यद्यपि ईसाई विश्वास करते हैं कि जीज़स जूडस इसकैरियट के धोखे के माध्यम से गिरफ़्तार किए जाने, और क्रूसिफ़िक्शन और पुनरोत्थान होने के बाद स्वर्ग चले गए थे, मगर, पवित्र बाइबिल से ऐसा मालूम होता है कि उनका ये विश्वास सिरे से ग़लत है...*
>
> *सच तो ये है कि चूंकि जीज़स एक सच्चे पैग़ंबर थे... वो जानते थे कि ईश्वर... उन्हें अभिशप्त मृत्यु से बचा लेगा... वो क्रॉस पर नहीं मरते, न ही ऐसी अभिशप्त मौत मरते; इसके विपरीत, पैग़ंबर जोनाह की तरह, वो तो केवल मूर्च्छा की स्थिति से गुज़रे थे।*
>
> *जीज़स पृथ्वी के गर्भ से बाहर आने के बाद अपने उन क़बीलों के पास गए जो पूर्वी देशों, कश्मीर और तिब्बत आदि, में रह रहे थे—इज़रायल के दस क़बीले जिन्हें जीज़स से 721 साल पहले समरिया में असुर का राजा शाल्मनेसर बंदी बनाकर ले गया था। अंतत: ये क़बीले भारत आ गए और इस देश के विभिन्न हिस्सों में बस गए।*
>
> *जीज़स ने, हर हाल में, ये यात्रा की ही होगी; क्योंकि उनकी यात्रा में अंतर्निहित दिव्य उद्‌देश्य ये था कि उन्हें उन खोए हुए यहूदियों से मिलना था जो भारत के विभिन्न हिस्सों में बस गए थे; इसकी वजह ये थी कि ये वास्तव में इज़रायल की खोई भेड़ें थीं।*

बेशक, हज़रत मिर्ज़ा ने ब्नेई मेनाशे के बारे में नहीं सुना था, जो कई वर्ष बाद मशहूर हुए थे।

इज़रायल, 2005

अप्रैल के शुरू में बीबीसी वर्ल्ड न्यूज़ डेस्क पर फ़ाइल की गई रिपोर्ट छोटी और स्पष्ट थी:

> *ब्नेई मेनाशे नाम की एक भारतीय जनजाति ने हमेशा से दावा किया है कि वो इज़रायल के दस खोए क़बीलों में से एक हैं। अब, इज़रायल के मुख्य रब्बाइयों में से एक ने इस भारतीय जनजाति को प्राचीन इज़रायलियों के खोए वंशजों के रूप में मान्यता प्रदान कर दी है।*
>
> *भारत के यहूदियों का प्रतिनिधित्व करने वाली एक संस्था सिंगलंग-इज़रायल एसोसिएशन के संयोजक लालरिन सैलो ने कहा: "हमने हमेशा से कहा है कि हम मेनाशे (जॉज़ेफ़ के पुत्र) के वंशज हैं, इसलिए ये सुनकर अच्छा लगा कि हमारे दावों को प्रमाणिकता प्रदान कर दी गई है।"*
>
> *समुदाय के अनुसार, ब्नेई मेनाशे इज़रायल के खोए हुए दस क़बीलों में से एक हैं जिन्हें तब निर्वासित कर दिया गया था जब ईसा पूर्व आठवीं शताब्दी में असीरियों ने इज़रायल के उत्तरी राज्य पर हमला किया था। समुदाय की मौखिक परंपरा है कि क़बीला फ़ारस, अफ़ग़ानिस्तान, तिब्बत, चीन होते हुए भारत पहुंचा था।*[85]

रिपोर्ट ने ईसा पूर्व आठवीं शताब्दी में खोए क़बीलों द्वारा की गई यात्रा के बारे में तो बताया, मगर उस यात्रा का ज़िक्र नहीं किया जो सेंट थॉमस ने 52 ईसवी में की थी।

भारत, 52 ईसवी

एक्टा थॉमे, या *द एक्ट्स ऑफ़ जूडस थॉमस*, सिरिएक, यूनानी,

लैटिन, आर्मेनियाई, और इथियोपियाई समेत अनेक भाषाओं में लिखी गई थी। *एक्टा थॉमे* के अनुसार, क्रूसिफ़िक्शन के बाद, प्रचारकों ने दुनिया के विभिन्न देशों को आपस में बांटने के लिए सभा की थी। मध्य पूर्व और भारत सेंट थॉमस के हिस्से में आया।

किताब आगे कहती है कि हब्बन नाम का एक व्यापारी किसी बढ़ई की खोज में येरूशलम आया था, जो एक भारतीय राजा गोंदोफ़र को चाहिए था। जीज़स बज़ाहिर हब्बन से मिले, उन्होंने अपना परिचय बढ़ई जीज़स के रूप में करवाया और बीस चांदी के सिक्कों में अपने 'ग़ुलाम' थॉमस को हब्बन को बेच दिया।

हब्बन ने थॉमस से पूछा कि क्या वाक़ई जीज़स उनके स्वामी हैं। ज़ाहिर है थॉमस ने जवाब दिया, "हां, वो मेरे प्रभु हैं।" तब हब्बन ने थॉमस को बताया, "उन्होंने तुम्हें मुझे बेच दिया है।"

जीज़स ने हब्बन से चांदी के बीस सिक्के लिए और उन्हें थॉमस को दे दिया, जो इसके बाद हब्बन की कश्ती पर चले गए। भारत पहुंचने का समुद्री मार्ग उन्हें सैंद्रुक महोसा के बंदरगाह से होते हुए लेकर गया, और अंतत: वो भारत में गोंदोफ़र के राज्य में पहुंचे।

फिर थॉमस दक्षिण में केरल की ओर बढ़े। कोदुन्गल्लुर में उन्होंने केरल के अनेक परिवारों को ईसाई धर्म में परिवर्तित किया। अनेक चर्च स्थापित करने के बाद थॉमस भारत के पूर्वी तटीय क्षेत्र की ओर चले गए। अंतत: धर्मांतरण करवाने के लिए मयलापुर के नज़दीक उनकी हत्या कर दी गई।

थॉमस की मृत्यु के बाद केरल में सेंट थॉमस ईसाई फलते-फूलते रहे। 1498 तक ये स्थिति अपरिवर्तित रही।

कालीकट, भारत, 1498

20 मई 1498 का दिन था। तीन जहाज़ों का बेड़ा जो लगभग एक साल पहले लिस्बन से चला था, साओ गैब्रियल, साओ रफ़ेल और

साओ मिगेल, केप ऑफ़ गुड होप का चक्कर लगाते हुए भारत के पश्चिमी तट पर कालीकट आ पहुंचा था।[86]

वास्को डी गामा भारतीय तट पर आया था। अगले 450 साल तक अपने भारतीय उपनिवेशों पर पुर्तगालियों का हिंसक, निर्मम और अत्यधिक लाभप्रद प्रभाव रहा।

अभियान के 170 सदस्य ये मानकर भारत आए थे कि उन्हें 'धर्महीन' स्थानीय लोगों को ईसाई धर्म का उपदेश देना होगा। ये देखकर उन्हें झटका लगा कि देश में पहले से लगभग बीस लाख ईसाई फैले हुए हैं और ईस्ट सीरियन चर्च के अकेले मेट्रोपोलिटन के न्यायाधिकरण में 1500 चर्च हैं।[87] सेंट थॉमस ने अपना काम बख़ूबी किया था।

सेंट थॉमस ईसाई हिंदू जातिक्रम के अनुरूप समाज के उच्चवर्गीय सदस्य माने जाते थे। उनके चर्च हिंदू मंदिरों की शैली में निर्मित थे। सेंट थॉमस ईसाइयों के ईस्ट सीरियन चर्च संस्कृति में हिंदू, धर्म में ईसाई और पूजा में सायरो-ओरियंटल थे।

पुर्तगाल से आए लोगों को ये बहुत रुचिकर नहीं लगा। पुर्तगाल रोमन कैथलिक था और रोमन कैथलिक चर्च के बाहर की कोई भी चीज़ धर्मविरुद्ध मानी जाती थी। भारतीय ईसाइयों को अपने नियंत्रण में लाने के लिए पोप पॉल चतुर्थ ने 1557 में गोआ को आर्चडायोसीज़ घोषित कर दिया।

ये कहना जितना आसान था, उतना करना नहीं। सैकड़ों सालों में स्थानीय स्तर पर विकसित हो चुकी पूजा पद्धति, संस्कृति, रस्मो-रिवाज को बदलना मुमकिन नहीं था। एक हल जो मुमकिन था, वो भारत में धर्म-न्यायाधिकरण लाना था। गोआ धर्म-न्यायाधिकरण औपचारिक रूप से 1560 में आरंभ हुआ, और 1774 तक जब ये ख़त्म हुआ, ये हज़ारों लोगों को यातना और मृत्युदंड देने में कामयाब रहा था।

पहले धर्म-न्यायाधिकारी एलेक्सियो डियस फ़ाल्काओ और फ्रैंसिस्को थे, जिन्होंने हिंदुओं के अपने धर्म का पालन करने पर

प्रतिबंध लगाने की पहली औपचारिक कार्रवाई की। किसी भी उल्लंघन का दंड मौत थी। 1599 में, थॉमस ईसाइयों को धर्म-न्यायाधिकारियों द्वारा ज़बरदस्ती रोमन कैथलिक मत में परिवर्तित किया गया। इसका निहितार्थ भी उनके सीरियाई और आर्माइक रिवाजों पर कठोर प्रतिबंध था। फिर से, उल्लंघनों की सज़ा मौत थी। दोषी पाए गए हिंदुओं को यातनाएं दी जातीं और मार दिया जाता था।[88]

धर्म-न्यायाधिकरण ने तेज़ी पकड़ी और भारतीय संगीत-वाद्यों, मर्दाना धोती, और पान खाने पर भी प्रतिबंध लगा दिया। सैकड़ों हिंदू मंदिरों को या तो नष्ट कर दिया या ज़बरदस्ती ईसाई चर्चों में बदल दिया। रोमन कैथलिक ग्रंथों की श्रेष्ठता को सुनिश्चित करने के लिए हज़ारों हिंदू ग्रंथों को जला दिया गया।[89]

इस सब उथल-पुथल के बीच, धर्म-न्यायाधिकरण की समाप्ति की ओर 1767 में अल्फ़ांसो डी कास्त्रो गोआ पहुंचा।

गोआ, भारत, 1767

अल्फ़ांसो डी कास्त्रो ज़ाहिरी तौर पर धर्म-न्यायाधिकरण को और धार देने के लिए गोआ आया था, लेकिन इस काम के लिए वो सही चुनाव नहीं था। धार्मिक मतांध होने से ज़्यादा वो एक विद्वान था और उसे विधर्मियों को जलाने की जगह गोआ के चर्चों की हिंदू बुनियादों का अध्ययन करते ज़्यादा पाया जा सकता था।

स्पष्ट रूप से इसने समस्या खड़ी कर दी। मुख्य धर्म-न्यायाधिकारी चाहता था कि कास्त्रो को वापस लिस्बन भेज दिया जाए लेकिन ऐसा नहीं किया जा सकता था क्योंकि पुर्तगाल में कास्त्रो के पिता के राजा जेम्स प्रथम के साथ बहुत अच्छे संबंध थे।

दूसरा बेहतरीन हल ये था कि उसे ऐसा कोई प्रोजेक्ट दे दिया जाए जो उसे व्यस्त, और, अधिक महत्वपूर्ण ये कि, उनके रास्ते से दूर रखे। उससे उन प्राचीन ग्रंथों की विस्तृत सूची बनाने को कहा गया

जो हिंदुओं, थॉमस ईसाइयों, मुसलमानों और सफ़ार्डी के यहूदियों के घरों, मंदिरों, चर्चों, मस्जिदों और सिनेगॉगों में मिले थे। रोमन कैथलिक चर्च की संवेदनाओं पर खरा न उतरने वाले किसी भी ग्रंथ को अंततः नष्ट कर दिया जाना था।

बॉम जीज़स चर्च के तलघर में मिली पुरानी पांडुलिपियों के एक सेट को देखते वक़्त कास्त्रो को एक ऐसा दस्तावेज़ मिला जो उसकी ज़िंदगी हमेशा के लिए बदल देने वाला था।

बॉम जीज़स चर्च में स्पेन के मिशनरी सेंट फ्रांसिस ज़ेवियर की क़ब्र थी जिन्होंने 1542 में गोआ का अपना मिशन शुरू किया था। मगर, उस चर्च की शोहरत की प्रमुख वजह ये नहीं थी। इतिहास में दर्ज है कि इस चर्च का निर्माण 1559 में हुआ था। वास्तव में ये 1559 से पहले से वजूद में था। चर्च के रूप में नहीं, बल्कि एक मस्जिद के रूप में।[90]

उन खंभों में से एक के अंदर, जिन्हें ग़ैर-इस्लामी पाषाण शिल्प के लिए अलग डाल दिया गया था, एक कोटर थी। उस कोटर में कुछ दस्तावेज़ों का एक बंडल रखा था जो उर्दू में लिखे हुए थे। ये दस्तावेज़ उस स्थल पर एक हिंदू मज़दूर लक्ष्मण पोवले के हाथ लगे थे जहां चर्च बनाने के लिए मस्जिद को गिराया जा रहा था।

इन दस्तावेज़ों के महत्व से अनजान लक्ष्मण उन्हें दमाओ शहर में स्थित अपने घर ले गया जहां वो कई साल तक बेकार पड़े रहे। उसने ये बंडल अपने बेटे रवींद्र पोवले को सौंप दिया जिसने धर्म-न्यायाधिकरण के डर से उन्हें अपने घर में ज़मीन में दबा दिया। 1702 में जब चौरासी साल की उम्र में रवींद्र की मौत हुई तो पुर्तगाली प्रशासन ने आने वाले मिशनरियों के लिए आवास बनाने के लिए उसके घर को अपने क़ब्ज़े में ले लिया।

उस क्षेत्र के घरों पर क़ब्ज़ा तो 1705 में ही कर लिया गया था लेकिन धन की कमी की वजह से निर्माण कार्य रोक दिया गया था। लगभग तैंतालीस साल बाद 1748 में निर्माण फिर से शुरू हुआ। जब नई बुनियाद डालने के लिए ज़मीन खोदी जा रही थी तो काग़ज़ों का

पुराना बंडल बरामद हुआ। उस बंडल को तुरंत पुर्तगाली वायसराय के अभिलेखागार में भेज दिया गया जहां ये तब तक पड़ा रहा जब तक कि उन्नीस साल बाद अल्फ़ांसो डी कास्त्रो ने सूचीबद्ध करने के लिए उसे नहीं उठाया।

उस बंडल में ग्यारह आलेख थे जिनमें से दस को नष्ट करने के लिए चिह्नित कर दिया गया था। ग्यारहवें को कास्त्रो ने औपचारिक रूप से सूचीबद्ध नहीं किया था। उसका नाम था *तारीख़े-ईसा-मसीह*।[91]

अपनी जान गंवाने के डर से, 1770 में लिस्बन के लिए रवाना होने से पहले अल्फ़ांसो डी कास्त्रो ने तय किया कि उस दस्तावेज़ को भारत में ही छोड़ जाना बेहतर होगा। मगर वो दस्तावेज़ को किसी ऐसी जगह पर रखने के लिए दृढ़संकल्प था जहां उसे सुरक्षित रखा जा सके ताकि भावी पीढ़ियां उसे खोज सकें।

पहले तो वो कश्मीर समेत उत्तरी भारत की यात्रा पर निकला। कुछ महीने बाद लौटने पर उस जहाज़ पर सवार होने से पहले जो उसे वापस पुर्तगाल ले जाने वाला था, वो बॉम जीज़स चर्च गया और प्रार्थना करने के लए सेंट फ्रांसिस ज़ेवियर के सुसंरक्षित शव के सामने झुक गया।

"*एग्रादेसा-ओ द्यूस पारा दार मे अ फ़ोर्सा पॉपुआर एस्ते लीवरो* (मुझे इस पुस्तक को बचाने की ताक़त देने के लिए ईश्वर को धन्यवाद)," व्यग्रता से प्रार्थना करते हुए उसने मन ही मन सोचा।

अध्याय चौदह

लंदन, यूके, 2012

विंसेंट वो दस्तावेज़ पढ़ रहा था जो उसे टैरी एक्टन ने सौंपे थे। ये *तारीख़े-कश्मीर* के अंग्रेज़ी अनुवाद की फ़ोटोकॉपी था, जो 1421 में किसी मुल्ला नादरी नाम के व्यक्ति द्वारा लिखा कश्मीर का इतिहास था।

> *राजा अख़ सिंहासन पर बैठे। उन्होंने सोलह साल राज किया। उनके बाद उनके बेटे गोपानंद ने राज्य संभाला और गोपदत्त के नाम से देश पर राज किया। उनके राज में कई मंदिर बनाए गए।*
>
> *माउंट सॉलोमन पर मंदिर के गुंबद में दरार आ गई थी। गोपदत्त ने फ़ारस से आए सुलेमान नाम के अपने एक मंत्री को इसकी मरम्मत के लिए नियुक्त किया। हिंदुओं ने आपत्ति की कि मंत्री विधर्मी है।*
>
> *इस समय में ही, पवित्र देश से इस पवित्र वादी में आने के बाद यूज़ आसफ़ ने अपने पैग़ंबर होने का ऐलान कर दिया था। वो रात-दिन ईश्वर की प्रार्थना में लीन रहते थे और उच्चतम पवित्रता और नैतिकता को प्राप्त कर उन्होंने कश्मीर के लोगों के लिए ख़ुद को ईश्वर का संदेशवाहक घोषित कर*

दिया। उन्होंने लोगों से अपने धर्म में आने का आह्वान किया।

वादी के लोगों को इस पैग़ंबर में विश्वास था, इसलिए राजा गोपदत्त ने उनके निर्णय के लिए हिंदुओं की आपत्ति को उनके सामने रखा। पैग़ंबर के आदेश के कारण ही सुलेमान गुंबद की मरम्मत का काम पूरा कर सका।

साथ ही एक पत्थर पर सुलेमान ने लिखा था: "इस काल में यूज़ आसफ़ ने अपने पैग़ंबर होने का ऐलान किया," और एक अन्य पत्थर पर उसने ये भी लिखा कि यूज़ आसफ़ इज़रायल की संतानों के पैग़ंबर युसु थे।

मैंने हिंदुओं की एक पुस्तक में देखा है कि ये पैग़ंबर असल में ईश्वर पुत्र जीज़स थे, उन्हें शांति और मेरा नमन मिले, और उन्होंने यूज़ आसफ़ नाम ग्रहण कर लिया था। असली ज्ञान तो केवल अल्लाह को है। उन्होंने अपनी ज़िंदगी इस वादी में ही बिताई थी। उनकी मौत के बाद उन्हें मोहल्ला अंज़मारा में दफ़्नाया गया था। ये भी कहा जाता है कि इस पैग़ंबर की क़ब्र से पैग़ंबरी की रोशनी फूटा करती थी। राजा गोपदत्त साठ साल और दो महीने राज करने के बाद स्वर्ग सिधारे।

विंसेंट काग़ज़ के अंत पर आ गया था। उसे पलटने पर, उसे एक और फ़ोटोकॉपी किया दस्तावेज़ मिला। इसका नाम *तारीख़े-ईसा-मसीह* था और इसे मूल रूप से ग्यारहवीं शताब्दी के आसपास कहीं उर्दू में लिखा गया था। ये उबाऊ पाठ बहुत कुछ बाइबिल में जीज़स के राजवंश को रेखांकित करने वाले मैथ्यू के सोलह पदों की तरह था:

अब्राहम आइज़ैक के पिता थे, और आइज़ैक ने जैकब को जन्म दिया था। आगे जैकब का पुत्र जूडस हुआ। जूडस और उसकी पत्नी थमार के बच्चे, फ़ैरेस और ज़ारा थे। फ़ैरेस की एक संतान हुई—एस्त्रॉम, और एस्त्रॉम की एक संतान हुई—एरम। एरम की संतान अमीनादाब था जिसने नासून को

जन्म दिया। नासून साल्मन का पिता बना। साल्मन का रहाब के साथ एक पुत्र हुआ जिसका नाम था बोआज़। बोआज़ ने रूथ के साथ ओबेद को जन्म दिया। ओबेद ने जैसी को उत्पन्न किया। जैसी महान राजा डेविड का पूर्ववर्ती था।

महान राजा डेविड ने जिस स्त्री से विवाह किया वो पहले यूरायस की पत्नी थी, और वो महान सॉलोमन के पिता हुए। सॉलोमन की संतान रोबोअम था जिसने आबिया को जन्म दिया। आबिया का बालक एसा था। एसा का बेटा जोसाफ़ाट था जिसने जोरम को जन्म दिया। जोरम उज़िया का पिता हुआ जिसका वंश योथम के ज़रिए आगे बढ़ा। योथम का बेटा एहाज़ था, और उसका पोता एज़ेकाया था। एज़ेकाया ने मनासा के साथ वंश को आगे बढ़ाया और ऐमन को जन्म दिया जिसने आगे चलकर जोसाया को उत्पन्न किया। जोसाया का एक पुत्र जैकोनाया उस समय के आसपास हुआ जब उन्हें बेबीलोन में क़ैद कर लिया गया था। बेबीलोन में ही जैकोनाया का पुत्र सलाथियल हुआ।

सलाथियल ने अपने पुत्र ज़ोरोबैबेल के साथ वंशावली को अखंडित रखा, जिसने अबिउद को जन्म दिया। इलियाकीम अबिउद का पुत्र था। इलियाकीम ने अज़ोर नाम की संतान को उत्पन्न किया। अज़ोर की संतान सेडॉक था। सेडॉक की संतान आकिम था। आकिम ने इलियड को जन्म दिया, जो एलियेज़र का पिता था। माथन उसका पुत्र था। माथन ने जैकब को जन्म दिया था। जैकब जॉज़ेफ़ का पिता था, जो मेरी का पति था जिनसे ईसा का जन्म हुआ...

बाइबिल, बेशक, यहीं रुक जाती है। मगर ये दस्तावेज़ आगे तक गया था:

जैकब जॉज़ेफ़ का पिता था, जो मेरी का पति था जिनसे ईसा का जन्म हुआ, जिन्होंने मेरी मग्डाला से विवाह किया। ईसा और मेरी के एक सारा नाम की संतान हुई, जिसका

जन्म भारत में हुआ था किंतु बाद में उसे उसकी मां के साथ गॉल भेज दिया गया। ईसा भारत में ही रहे, जहां उन्होंने राजा गोपदत्त के हठ करने पर शाक्य वंश की एक स्त्री से विवाह किया और उनके एक पुत्र हुआ, बेनिस्सा। बेनिस्सा का एक पुत्र था युशुआ जिसने अक्कुब को जन्म दिया। अक्कुब का पुत्र जाशुब था। अबिउद जाशुब का पुत्र था। जाशुब का पोता एल्नाम था। एल्नाम ने हर्ष को जन्म दिया, जो जबाल का पिता था, जो शाल्मन का पिता था। शाल्मन के पुत्र ज़बूद ने इस्लाम क़ुबूल कर लिया। ज़बूद अब्दुल का पिता था, जो हारून का पिता था। उसका पुत्र हमज़ा था। उमर हमज़ा का पुत्र था और उसने राशिद को उत्पन्न किया। राशिद की संतान ख़लील था।

विंसेंट का दिमाग़ भन्ना गया। इस जानकारी के अतिरेक से उसका सिर चकराने लगा था। उसने जो भी अभी पढ़ा था, उसे जज़्ब करने की ज़रूरत थी। पन्ने के नीचे पुर्तगाली में लिखा था:

"सैतीस एस्त, दॉमिनी, सैतीस एस्त, ऑस दोइस एंजॉस दितोस। मास्त्रिली सैम दुविदा फ़ैज़ ए माइस मेल्यॉर कामा जे प्राता। मास पारा गुआरदार कोम कुइदादो उम सेग्रेदो दॉस मॉर्तोस। ओ कॉपो दो ऑरो जे इग्नैचियस' ए मैल्यॉर दो क्वे उमा काबेसा जे प्राता। ए सिदाज ए फ़िकादा सिचुआदा एंत्रे ओ' नॉर्च 15°48' ए 14°53'54' ए एंत्रे 74°20' ए 73°40' पारा ओ लैस्ते।"

जिसका अनुवाद होता था:

ये पर्याप्त है, हे प्रभु, ये पर्याप्त है, दोनों देवदूतों ने कहा। मास्त्रिली ने निस्संदेह चांदी की उत्तम शैया बनाई है। किंतु मृतक के रहस्य की सावधानीपूर्वक रक्षा करने के लिए चांदी की शैया से उत्तम इग्नैटियस का सोने का प्याला है। शहर उत्तर में 15°48' और 14°53'54' के बीच और पूर्व में 74°20' और 73°40' के बीच स्थित है।

अध्याय पंद्रह

मॉस्को, रूस, 2012

फ़ेदराल्न्या स्लूज़्बा बेज़ॉपास्नोस्ति नाम का चुनाव अच्छा नहीं है, भले ही इसका संक्षिप्तीकरण एफ़एसबी कर दिया जाए। ख़ासकर तब जब ये देखें कि इसकी ब्रांड इक्विटी तब कहीं ज़्यादा थी जब इसे कोमितेत गोसुदस्तर्वेन्नोय बेज़ॉपास्नोस्ति, या केजीबी कहा जाता था।[94]

लैवेरंती एदमंदोविच बकातीन अपने दफ़्तर में बैठा था और वोदका की नियमित बोतल आधी ख़ाली कर चुका था कि तभी फ़ोन बजा। उसने फ़ोन उठाया और कुछ सैकंड सुनता रहा। फिर अचानक बोला, "मैं माल्या लुब्यांका पर सेंट लुइस में तुमसे मिलता हूं," और फ़ोन रख दिया।

जल्दी से अपना ओवरकोट पहनकर वो लुब्यांका चौक की ओर बढ़ गया जहां एफ़एसबी का हैडक्वार्टर और उसका दफ़्तर स्थित थे। एफ़एसबी की साधारण सी बिल्डिंग के ठीक सामने सेंट लुइस चर्च था।

नवंबर चल रहा था, और मॉस्को का रोज़ का औसत तापमान 24 डिग्री फ़ॉरेनहाइट से 32 डिग्री फ़ॉरेनहाइट के बीच था। भारी-भरकम ऊनी कपड़ों में बकातीन उससे ज़्यादा मोटा दिख रहा था

जितना वास्तव में वो था। वो चर्च के अंदर गया और आख़री क़तार में लापरवाही से बैठ गया।

गोर्बाचेव के ग्लासनॉस्त युग में बकातीन की अच्छी सेवा के ज़रिए वैटिकन से लाखों डॉलर मॉस्को पहुंचे थे। इसकी आवश्यकता ये सुनिश्चित करने के लिए थी कि पोलैंड वॉरसॉ संधि से मुक्त हो सके।

इन पूंजियों का प्रदाता आया और बकातीन के पास बैठ गया। ब्रदर थॉमस मैनिंग ने ध्यान से बकातीन को देखा और फिर सूंघा। "तुम उसे पी रहे थे या उसमें तैर रहे थे?" वोदका की गंध महसूस करने पर उसने फब्ती कसी।

"*वली ऑस्त्युदा!*" बकातीन ने रूसी में थॉमस को झिड़का।

थॉमस मुस्कुराया। "तुम भी भाड़ में जाओ, बुढ़ऊ!" दोनों आदमियों के बीच अच्छी पटरी बैठती थी जो इतने सालों में पैसे के सतत प्रवाह से और मज़बूत हो गई थी। थॉमस मैनिंग को अपने किसी भी दूसरे स्वतंत्रता सेनानी से ज़्यादा महान होने के लिए ख़ुद पर गर्व था। बकातीन और मॉस्को के साथ उसके गुप्त सहयोग के फलस्वरूप मुख्य रूप से कैथलिक प्रभाव वाले हंगरी, चेकोस्लोवाकिया और यूक्रेन रूस से आज़ाद हो गए थे, साथ ही यूगोस्लाविया से स्लोवेनिया और क्रोशिया भी मुक्त हुए थे। ये सब कुछ अल्बर्तो वैलेरियो के आदेश पर हो सका था।

ख़ुशक़िस्मती से, रीगन काल के बाद से सारा अमेरिकी ख़ुफ़िया तंत्र बहुत ज़्यादा रूढ़िवादी हो गया था। उन्हें मैनिंग की कोशिशों को बढ़ावा देने, यहां तक कि किसी हद तक उन्हें पूंजी देने में भी ख़ुशी होती थी। ग्लासनॉस्त के बाद के काल में बकातीन शेख़ के लिए मैनिंग का वाहक बन गया था।

"तो। क्या वो सौदा करने के इच्छुक हैं?" मैनिंग ने पूछा।

"*पचीमु ती तकोय ज़ालूबोय?*" बकातीन ने पूछा। थॉमस उसकी तौहीनों से उकता गया था। बकातीन उससे पूछ रहा था कि वो इतना समलिंगी क्यों दिख रहा है! "प्रिस्तायिन म्यैं य्बात

माज़्गी स्वोयमी वोप्रोसमी!" मैनिंग ने भी तमककर कहा। "अपने अहमक़ाना सवालों से मेरा दिमाग़ ख़राब मत करो!"

मैनिंग ने आगे कहा, "ये अहम है कि हम उस तक पहुंचें, चाहे कश्मीर में या कहीं और। अगर इसका मतलब पाकिस्तानियों या उत्तरी कोरियाइयों से उपकरण ख़रीदना है तो यही सही।"

बकातीन ने जलती हुई आंखों से उसे देखा। फिर वो गंभीर हो गया और बोला, "शेख़ को सब कुछ चाहिए। रिएक्टर, कच्चा माल, डिलीवरी प्रणाली, रेखाचित्र—और पैसा। बदले में, वो तुम्हें उसे सौंप देगा।"

फिर उसने अपने दस्ताने वाले हाथों में मैनिंग का चेहरा थामा और उसके गालों पर वोदका से महकते रूसी चुंबन जड़े और उठकर चल दिया।

थॉमस ने स्विट्ज़रलैंड जाने से पहले कुछ साल वर्जीनिया में सिएना के सेंट कैथरीन चर्च में धर्मप्रचार करने के अपने सौभाग्य का सराहा। वरना एफ़बीआई के ज़रिए वो बकातीन से कभी नहीं मिल पाता।

फ़ॉक्स न्यूज़ की एंकर कह रही थी, "रूसियों की ओर से जासूसी करने के लिए पकड़े गए एफ़बीआई जासूस के बारे में चिंताजनक सूचना मिली है। बज़ाहिर, उसकी गतिविधियां, जो रूसियों की मदद के लिए होनी चाहिए थीं, ओसामा-बिन-लादेन की मदद करने में भी सफल रही हैं..."[95]

रिपोर्ट जारी थी: उसने रूसियों को अमेरिकी तकनीक का एक अत्यंत गोपनीय और गहरा राज़ बेचा था, और विश्वसनीय रूप से ऐसा लगता है कि रूसियों ने, आगे, इस तकनीक को बिन-लादेन के अल-क़ायदा आतंकवादी संगठन को पहुंचा दिया।"

विवादास्पद एफ़बीआई एजेंट 1957 में शिकागो में जन्मा था। सदर्न इलिनॉइ यूनिवर्सिटी में शिक्षा पाने के बाद वो शिकागो पुलिस में शामिल हुआ और फिर एफ़बीआई के काउंटर-इंटैलिजेंस खंड में चला गया। पंद्रह साल तक कुल इक्कीस लाख डॉलर की राशि में

राज़ों को बेचने के बाद आख़िरकार उसे वर्जीनिया के उसके घर से गिरफ़्तार किया गया। देशद्रोह के इतने सालों के दौरान वो रोज़ाना चर्च में मास में जाता था और वर्जीनिया के सबर्ब के सियना के सेंट कैथरीन चर्च का बाक़ायदा पैरिशनर था। सियना के सेंट कैथरीन चर्च के नियमित उपदेशकों में एक थॉमस मैनिंग नाम का पादरी भी था। अपने चर्च के पैरिशनर के माध्यम से थॉमस मैनिंग ने जल्दी ही बकातीन से मित्रता कर ली थी।

बकातीन को स्विट्ज़रलैंड के बैंक खातों से लाखों डॉलर मिले थे, जिन्हें वैलेरियो की ओर से थॉमस मैनिंग ऑपरेट करता था। मई 2001 में *पैसिफ़िक न्यूज़* ने लिखा था:

> *वॉरसॉ और मॉस्को में धन की नदियां, जिसमें से अधिकांश बिल केसी के सीआईए द्वारा उपलब्ध करवाया गया था, बहा दी गईं, और वैटिकन को यूएस में तुरंत समर्थन मिल गया क्योंकि सुरक्षा तंत्र... रूढ़िवादी कैथलिकों से भरा हुआ था। कैथलिक प्रभुत्व वाले हंगरी, चैकोस्लोवाकिया, यूक्रेन, और बाद में मॉस्को के नाममात्र के साथी यूगोस्लाविया से स्लोवेनिया और क्रोशिया की आज़ादी के साथ, मॉस्को के साथ किए वैटिकन के राजनीतिक कार्य का बहुत अच्छा परिणाम सामने आया।*
>
> *ख़ुफ़िया तंत्र के विशेषज्ञ और कांग्रेस की समितियां इस बात पर सिर खपा रही हैं कि पंद्रह साल से ज़्यादा समय से मॉस्को के लिए जासूसी करने के लिए एफ़बीआई एजेंट को किस बात ने प्रेरित किया। पैसा इसका जवाब नहीं लगता क्योंकि वो वीतरागी ढंग से जीता था। उद्देश्य की खोज इस तथ्य से और भी जटिल हो जाती है कि उसके सहकर्मियों का कहना है कि वो कट्टर कम्युनिस्ट विरोधी और एक अत्यंत रूढ़िवादी कैथलिक संस्था ओपस देइ का समर्पित*

सदस्य था। वो राजधानी के वर्जीनिया सबर्ब में सियना के सेंट कैथरीन चर्च का नियमित पैरिशनर था। ये विरोधाभास मालूम दे सकता है कि वो सोवियत यूनियन के लिए जासूसी करता था जो ओपस देइ की निगाह में एक नैतिक विरोधी और वस्तुत: एक शैतानी ताक़त था। लेकिन गोर्बाचेव के ग्लासनॉस्त काल के दौरान वैटिकन और मॉस्को के बीच परदे के पीछे चल रहे सहयोग के साक्ष्य मौजूद हैं। विशेषकर, ओपस देइ के ताक़तवर समर्थक कार्डिनल अल्बर्तो वैलेरियो ने वॉरसॉ संधि से पोलैंड को मुक्त करवाने के उद्देश्य से मॉस्को की ओर हाथ बढ़ाने की नीति पर अमल किया था।

पोलैंड की स्वतंत्रता हासिल करने की सारी प्रक्रिया ने एक व्यक्ति को बहुत ताक़तवर बना दिया था: महामहिम अल्बर्तो कार्डिनल वैलेरियो को। अल्बर्तो कार्डिनल वैलेरियो ने बेल्जियम की कैथलिक यूनिवर्सिटी ऑफ़ लूवेन से धर्मशास्त्र में डॉक्टरेट किया था।

कहूटा, पाकिस्तान, 2012

उसी समय में किसी और ने भी कैथलिक यूनिवर्सिटी ऑफ़ लूवेन से डॉक्टरेट किया था। उसका नाम था डॉ दाऊद उमर, जो पाकिस्तानी परमाणु बम के जनक डॉ अब्दुल क़दीर ख़ान को रिपोर्ट करने वाले वैज्ञानिक दल के सदस्य थे।[96] डॉ ए.क्यू. ख़ान और डॉ दाऊद उमर उसी समय में लूवेन यूनिवर्सिटी में थे जब अल्बर्तो कार्डिनल वैलेरियो थे।

डॉ दाऊद उमर ने हसरत के साथ अपने परमाणु संस्थानों के फ़ोटोग्राफ़ों को देखा, जैसे माता-पिता प्यार से अपने बच्चे को देखते हैं। उन्होंने 1976 से कहूटा में ख़ान परमाणु रिसर्च लैबोरेटरी की देखरेख की थी। पच्चीस साल बाद, वो भारत के साथ परमाणु खाई को पाटने में कामयाब हुए थे। उमर के पास गर्व करने की सारी वजहें

थीं, भले ही अब वो उम्रदराज़ हो चुके हों।[97]

उमर ने जर्मनी और बेल्जियम जाने से पहले कराची यूनिवर्सिटी से इंजीनियरिंग में डिग्री हासिल की थी, जहां से 1972 में अंततः कैथलिक यूनिवर्सिटी ऑफ़ लूवेन से उन्होंने फ़िज़िक्स में डॉक्टरेट की थी—अल्बर्तो वैलेरियो के समय में ही, जो बाद में महामहिम अल्बर्तो वैलेरियो बने, जो अभी प्योंगयांग के रास्ते में थे।

प्योंगयांग, उत्तरी कोरिया, 2010

अंतरराष्ट्रीय ख़ुफ़िया एजेंसियों ने पाकिस्तान और उत्तरी कोरिया के बीच नियमित उड़ानों पर निगाह रखना शुरू कर दिया था, जिनमें 1990 के दशक में तेज़ी आ गई थी जब महीने में लगभग नौ उड़ानें होने लगी थीं। ख़बरों के अनुसार ये उड़ानें उच्चस्तरीय उत्तरी कोरियाई अधिकारियों के पाकिस्तान आने के बाद होने लगी थीं। 1990 के दशक के शुरू में दाऊद उमर ने भी पाकिस्तान के तेरह दौरे किए थे। मगर ये विशेष उड़ान गोपनीय नहीं थी।

उत्तरी कोरिया का अधिकृत विमान, एयर कोरयो, हफ़्ते में केवल दो दिन—मंगलवार और बृहस्पतिवार—ही प्योंगयांग की उड़ान भरता था। दोनों उड़ानें एक ही स्थान, बीजिंग, से उड़ान भरती थीं। बीजिंग से एयर कोरयो की फ़्लाइट जेएस 152 ने सुबह साढ़े 11:30 पर उड़ान भरी थी और दोपहर 2 बजे वो प्योंगयांग पहुंची थी। जहाज़ पर महामहिम अल्बर्तो कार्डिनल वैलेरियो एक नक़ली नाम से यात्रा कर रहे थे। कोरिया जनवादी लोकतांत्रिक गणराज्य के उनके वीज़ा का इंतज़ाम एफ़बीआई चैनल के माध्यम से किया गया था। हर व्यावहारिक अर्थ में वो महज़ विश्व स्वास्थ्य संगठन के परामर्शदाता थे। हवाई अड्डे पर जन स्वास्थ्य मंत्रालय के सदस्य ने उनसे मुलाक़ात की। कस्टम्स पर उनसे अपना मोबाइल फ़ोन सौंपने को कहा गया जिसके लिए उन्हें एक रसीद दी गई। वापसी पर उन्हें

इसे वापस लेने की अनुमति होगी। उन्हें शीघ्रता से उनकी कार, ड्राइवर, मंत्रालय के प्रतिनिधि और आधिकारिक दुभाषिए के साथ यांगाक्दो होटल ले जाया गया।

उसी दिन एक और फ़्लाइट प्योंगयांग पहुंची। इसका एकमात्र पाकिस्तानी सवार पहले भी कई बार डॉ. ए.क्यू. ख़ान के नेतृत्व वाले प्रतिनिधिमंडलों के साथ प्योंगयांग आ चुका था। उसका नाम डॉ दाऊद उमर था।

उनके पास वीज़ा नहीं था। उन्हें ज़रूरत भी नहीं थी। उनके पास बेचने के लिए मूल्यवान टैक्नॉलोजी थी: न केवल ईरान, लीबिया और उत्तरी कोरिया को बल्कि अल-क़ायदा को बेचने के लिए भी। बिल का भुगतान थॉमस मैनिंग को महामहिम अल्बर्तो कार्डिनल वैलेरियो की ओर से इडीपस ट्रस्ट से करना था।

ॐ

ट्रेन बदले बिना दुनिया की सबसे लंबी रेल यात्रा 10,214 किलोमीटर की है। ट्रांस-साइबेरियन रेलवे द्वारा चलाई जाने वाली ये ट्रेन मॉस्को से चलती है और प्योंगयांग तक जाती है। प्योंगयांग जाने के लिए इस रास्ते का इस्तेमाल बहुत कम किया जाता है, और ठीक इसी वजह से लैवरेंती एदमंदोविच बकातीन इस पर सवार था, शेख़ के साथ।

बकातीन सारे सफ़र के दौरान वोदका पीता रहा। उसका मित्र, शेख़, पूरे वक़्त अल्लाह से दुआ मांगता रहा।

ॐ

वाशिंगटन क्वार्टर्ली ने ख़बर छापी थी:

> *डॉ अब्दुल क़दीर ख़ान के, जिन्हें आमतौर पर पाकिस्तान के परमाणु अस्त्रों का जनक माना जाता है, नेतृत्व में चल रहे अंतरराष्ट्रीय परमाणु तस्करी नेटवर्क का सबसे चिंताजनक पहलू ये है कि इस नेटवर्क की करतूतों को उजागर करने और रोकने में परमाणु अप्रसार व्यवस्था कितनी*

बुरी तरह नाकाम रही है। संकेतों और सुराग़ों की विस्तृत शृंखला के बावजूद, यूनाइटेड स्टेट्स और उसके सहयोगी 1980 और 1990 के पूरे दशकों के दौरान इस नेटवर्क को विफल करने में नाकाम रहे, जबकि ये ईरान, लीबिया और उत्तरी कोरिया समेत यूएस के प्रमुख दुश्मनों को परमाणु अस्त्र निर्माण करने के उपकरण और क्षमता बेचता रहा।[18]

यूएस ख़ुफ़िया तंत्र ने, कम से कम आंशिक तौर पर, नेटवर्क के क्रियाकलापों में घुसपैठ की, जिससे अनेक खुलासे हुए और अंततः जर्मन-स्वामित्व वाले जहाज़ बीबीसी चाइना से लीबिया के गुप्त परमाणु अस्त्र कार्यक्रम के लिए जाने वाले यूरेनियम-समृद्ध गैस-सेंट्रीफ़्यूज उपकरण नाटकीय रूप से ज़ब्त किए गए। बाद में लीबिया द्वारा परमाणु अस्त्रों को त्यागने से इस नेटवर्क के कामकाज के बारे में और अधिक जानकारियां हासिल हुईं और ख़ुद ख़ान समेत इसके कई महत्वपूर्ण खिलाड़ियों की गिरफ़्तारी हुई। ये संदेह अभी भी हैं कि इस नेटवर्क के सदस्यों ने परमाणु रहस्यों को पाने में अल-क़ायदा की मदद की हो सकती है।

लूवेन यूनिवर्सिटी ने इडीपस ट्रस्ट और इज़ाबेल मैडोना ट्रस्ट के बीच एक दिलचस्प साझेदारी को जन्म दिया था। अल्बर्तो वैलेरियो और दाऊद उमर।

वज़ीरिस्तान, पाकिस्तान-अफ़ग़ानिस्तान सीमा, 2012

शेख़ का आक़ा, इज़ाबेल मैडोना ट्रस्ट का असली लाभार्थी, उस दिन की पांचवीं नमाज़ पढ़ रहा था। वुज़ू वो पहले ही कर चुका था जिसमें उसने निश्चित क्रम में तीन-तीन बार अपने हाथ, दांत, नाक, चेहरा, बांहें, बाल, कान और पैर धोए थे। नीयत बांधकर उसने क़ुरआन की पहली सूरह के साथ नमाज़ पढ़ना शुरू किया। फिर वो

झुका, कुछ पढ़ा, फिर से सीधा खड़ा हुआ, फिर टांगों पर बैठा। फिर उसने जानमाज़ पर हाथ रखकर सजदा किया और फिर बैठ गया, एक बार फिर उसने यही क्रिया दोहराई, और फिर खड़े होकर इस सारे क्रम या रकअत को फिर से दोहराया। अब दाएं-बाएं देखकर ये कहते हुए वो नमाज़ पूरी करने के क़रीब था, "अस्सलामुअलैकुम वरहमतुल्लाह।"[99]

नमाज़ अदा करने के बाद वो अपने जानमाज़ पर बैठ गया और पलटकर शेख़ की आंखों में घूरा, जो बकातीन के साथ वहां मौजूद था। उसने पूछा, "तो क्रॉस के धर्मयोद्धाओं की क्या मांग है?"

"उन्हें वो चाहिए... आप समझ रहे हैं न, हमारा आदमी। बदले में उन्होंने परमाणु हथियार का पैसा दे दिया है और उसका बंदोबस्त भी कर दिया है। इसके अलावा, उन्होंने अपने इडीपस खाते से हमारे इज़ाबेल मैडोना खाते में एक करोड़ डॉलर भी जमा कर दिए हैं।"

"अगर मैं उसे उन्हें न सौंपू तो? अगर मैं उसे और किसी बड़े काम के लिए इस्तेमाल करने का तय करूं तो?"

"हमने उनसे वादा किया था कि हम उसे छोड़ देंगे," शेख़ ने ख़ुद अपने जानमाज़ पर असहजता से पहलू बदलते हुए कहा।

"क्या ईसाइयों ने कभी मुसलमानों के साथ किए अपने वादों को निभाया है जो हम एक मुसलमान के एक ईसाई से किए वादे को निभाएं?" शेख़ के आक़ा ने पूछा।

बकातीन हैरतअंगेज़ ढंग से नशे में नहीं था; शेख़ के आक़ा की मौजूदगी में वो पी नहीं सकता था। अपने नए-नए हासिल हुए संयमी रूप में उसने कहा, "मुसलमान हमेशा से मेहरबान और रहमदिल रहे हैं। मैं जानता हूं कि आप महान सलादीन से किसी लिहाज़ में कम नहीं हैं!"

चापलूसी हमेशा काम करती है। बकातीन का संयम मददगार रहा।

येरूशलम, 1192

सलादीन, या सलाहुद्दीन युसूफ़, ने 1187 में मुसलमानों के लिए येरूशलम पर फिर से क़ब्ज़ा कर लिया था। जब उसकी सेना येरूशलम में दाख़िल हुई तो उसने अपने सिपाहियों को नागरिकों को न मारने, और लूटपाट न करने की सख़्त ताकीद की थी। सलादीन की जीत से पोप ग्रेगरी अष्टम को धक्का लगा था जिन्होंने लॉयनहार्ट रिचर्ड को पवित्र शहर पर फिर से क़ब्ज़ा करने के लिए तीसरे धर्मयुद्ध पर भेज दिया।

रिचर्ड ने 1192 में येरूशलम पर चढ़ाई की। बदक़िस्मती से, उसका बुख़ार अड़चन बन गया। उसके सैनिक भूख-प्यास से मर रहे थे, इसलिए उसने महान सलादीन से उसे भोजन और पानी उपलब्ध करवाने की मांग की। सलादीन ने इस मांग को पूरा किया। धर्मनिष्ठ मुसलमान होने के नाते ज़रूरतमंद की मदद करना उसका फ़र्ज़ था। उसने रिचर्ड के पास भारी मात्रा में बर्फ़ और ताज़े फल भेजे।[100]

रिचर्ड अंततः येरूशलम पर क़ब्ज़ा करने में नाकाम रहा और उसने सलादीन से युद्धविराम करने का निवेदन किया। सलादीन ईसाई तीर्थयात्रियों को अपने मुसलमान भाइयों द्वारा किसी भी तरह से परेशान किए बग़ैर पवित्र शहर की यात्रा करते रहने देने के लिए सहमत हो गया। इस असहज समझौते से न तो रिचर्ड और न ही सलादीन बहुत ख़ुश थे, मगर वो दोनों इस बात को समझते थे कि मिल-जुलकर काम करना उन दोनों के ही हित में था।

ईसाई धर्म और इस्लाम के बीच गठजोड़।

वैटिकन सिटी, 2012

"पोप का परंपरागत चोग़ा पहने 265वें पौंटिफ़ मंगलवार को वैटिकन

की बालकनी में आए जबकि हज़ारों लोग सेंट पीटर्स चौक में उनका ईस्टर का उदबोधन सुनने के लिए जमा हुए थे," सीएनएन ने कहा।[101]

दूसरे कार्डिनलों के साथ महामहिम अल्बर्तो कार्डिनल वैलेरियो भी बैठे थे। उस सुबह ही वो एक लेख पढ़ रहे थे जिसे *अरब न्यूज़* से निकाला गया था। लेखक कोई अमीर ताहिरी था, जिसने लिखा था:

> *पिछली सदी की शुरुआत में कुल छह कमो-बेश आज़ाद मुसलमान मुल्क थे। साल 2000 के आख़िर तक ये गिनती बढ़कर तिरेपन हो गई थी। जब जॉन पॉल तृतीय पोप बने थे तब तक इस्लाम महज़ यूरोप की किसी पड़ोसी संस्कृति का मज़हब नहीं रहा था, बल्कि महाद्वीप में एक अहम और विकासशील मौजूदगी बन चुका था।*[102]

लेकिन वैलेरियो का ध्यान अगले पैराग्राफ़ ने खींचा था:

> *पिछले तीन या चार दशकों का इतिहास धर्मांतरण करने वालों के लिए इस्लाम और ईसाई मज़हब, ख़ासकर कैथलिक मत, के बीच ज़बरदस्त मुक़ाबले का रहा है। 1980 में, जॉन पॉल द्वितीय ने इस्लाम के साथ रिश्तों की समीक्षा करने का आदेश दिया था। ये कैथलिक चर्च और इस्लाम के बीच एक बड़े गठजोड़ की अवधारणा पर आधारित था। कैथलिक मत के गढ़ पश्चिमी यूरोप में, पोप ने समलैंगिक 'विवाह,' गर्भपात, इच्छा-मृत्यु, मानव क्लोनिंग और औरतों की स्थिति जैसे मुद्दों पर इस्लाम को एक साथी के तौर पर देखा। जॉन पॉल द्वितीय ने 1986 में किसी मुस्लिम देश का दौरा करने वाले पहले पोप बनकर इस्लाम के साथ गठजोड़ की अपनी पेशकश शुरू की। मोरक्को के उस दौरे के दौरान उन्होंने कहा था: "हम एक ही ख़ुदा को मानते हैं, जिसने इस दुनिया को बनाया और अपने जीवों को पूर्णता प्रदान की।"*

वैलेरियो के चेहरे पर काफ़ी संतोष भरी मुस्कुराहट आ गई और उन्होंने अहम मुद्दों पर अपना इरादा पक्का कर लिया, दुश्मन के

साथ मिलकर काम करना उपयुक्त ही था। क्रक्स देकुसात्ता पर्मुता में सैकड़ों साल से वो यही कर रहे थे।

अध्याय सोलह

पीपावाव, गुजरात, भारत 2011

पश्चिमी भारत में गुजरात राज्य के सौराष्ट्र क्षेत्र में स्थित बंदरगाह पीपावाव छोटे बंदरगाहों में से था, मुंबई के मुक़ाबले तो यक़ीनन बहुत छोटा जो भारत में आने वाले मालवाहकों के भारी प्रवाह को संभालता था। पीपावाव बंदरगाह के फ़ेज़ एक में तीन शुष्क मालवाहक घाट और एक तरल मालवाहक घाट था। तीनों शुष्क मालवाहक घाटों को 725 मीटर की एक लंबी जैटी के रूप में बनाया गया था, जहां कंटेनरों के साथ-साथ भारी माल को संभालने वाले उपकरण भी मौजूद थे।[103]

वो मालवाहक जहाज़ जो पीपावाव पर खड़ा था, वो एक सामान्य 65,000-डीडब्ल्यूटीपैनामैक्स जहाज़ था, जो पनामा कैनाल में परिवहन के लिए सबसे बड़े मान्य आकार—275 मीटर लंबाई और 32 मीटर चौड़ाई—का प्रतिनिधित्व करता था। इसका नाम था *एम/वी नैमगुंग,* उत्तरी कोरिया में पंजीकृत।

ये एक साधारण से कंटेनर को उतार रहा था। कंटेनर में बहुत महत्वपूर्ण माल था जिसे कम से कम झंझट के साथ कस्टम्स से निकलवाना था। और यही वजह थी मालवाहक को मुंबई नहीं, पीपावाव बंदरगाह भेजा गया था।

मूल के प्रमाणपत्र में लिखा था कि कंटेनर में चीन से आ रही 'निर्माण मशीन' है और वो उत्तरी भारत में हिमाचल प्रदेश जा रही है। ये पूरी तरह सच नहीं था। ये वास्तव में पाकिस्तान से चीन होते हुए उत्तरी कोरिया गया था और वहां से पीपावाव आया था। हरेक स्तर पर कुछ महत्वपूर्ण घटक जोड़े गए थे।

यहां से उसे एक बड़े से ट्रक में चढ़ाया जाएगा जो अंततः इसे सड़क मार्ग से इसकी अंतिम मंज़िल तक ले जाएगा। माल के बिल पर प्राप्तकर्ता को एक ऐसी कंपनी दिखाया गया था जिसका हिमाचल प्रदेश में पंजीकृत दफ़्तर था।

'निर्माण मशीन' बहुत कुछ उस 13-किलोटन के यूरेनियम गन-टाइप के उपकरण जैसी थी जिसे हिरोशिमा पर इस्तेमाल किया गया था। इसमें चार साधारण तत्व थे। पहला, एक यूरेनियम टारगेट था। दूसरा, एक रेल थी जिसके एक सिरे पर ये यूरेनियम टारगेट रखा हुआ था। तीसरा, वो गन थी जो एक 'यूरेनियम गोली' चलाएगी और उसे रेल के दूसरे छोर पर रखा गया था। और चौथा ख़ुद यूरेनियम गोली थी।[104]

अलग-अलग न तो टारगेट और न ही गोली में इतना यूरेनियम-235 था कि वे शृंखलाबद्ध प्रतिक्रिया को शुरू कर पाते। लेकिन अगर इन दोनों तत्वों को पर्याप्त बल के साथ टकराया जाए तो क्रांतिक द्रव्यमान और परमाणु प्रतिक्रिया शुरू हो सकती थी। आख़िरकार, यूरेनियम-235 रेडियोएक्टिव था। इसका अर्थ था कि ये स्वतः ही न्यूट्रॉन विकीर्ण करता है। अगर पर्याप्त यूरेनियम-235 को एक साथ रखा जाए, तो विकीर्णित होनेवाला प्रत्येक न्यूट्रॉन एक यूरेनियम एटम पर प्रहार कर सकता है जिससे न्यूट्रॉन का एक और जोड़ा मुक्त होगा, इस तरह शृंखलाबद्ध प्रतिक्रिया शुरू हो जाएगी जिससे आवश्यक ज़बरदस्त विस्फोट होगा। उस तरह का जिसके बारे में नॉस्त्रेदेमस ने 1547 में लिखा था।

सलॉन, फ्रांस, 1547

माइकेल दे नॉस्त्रेदेमस हज़ार से अधिक भिन्न-भिन्न भविष्यवाणियों पर काम कर रहा था। कुछ साल पहले इटली में घूमते वक़्त वो कुछ फ्रांसिस्कन भिक्षुओं से मिला था। नॉस्त्रेदेमस अपने घुटनों के बल गिर पड़ा और आदरपूर्वक उसने एक भिक्षु फ़ैलिस पैरेती का दामन पकड़ लिया। जब भिक्षुओं ने उससे पूछा कि वो एक इतने साधारण से भिक्षु के प्रति सम्मान क्यों दिखा रहा है, तो नॉस्त्रेदेमस ने कहा, "मुझे आदरणीय के सामने नमन करना ही चाहिए।"[105] छोटे कुल के साधारण भिक्षु फ़ैलिस पैरेती नॉस्त्रेदेमस की मृत्यु के उन्नीस साल बाद पोप सिक्स्टस पंचम बने।

नॉस्त्रेदेमस के छंदों ने तीन अन्य शक्तिशाली तानाशाह नेताओं को 'क्राइस्ट-विरोधी' बताया था, जिनमें से प्रत्येक अपने देश और जनता को भयानक रक्तपात में घसीट ले गया था।

नॉस्त्रेदेमस ने सबसे पहले नेपोलियन के बारे में लिखा था:

> "इटली के समीप एक सम्राट का जन्म होगा, जो साम्राज्य को बहुत भारी पड़ेगा... एक साधारण सैनिक से उठकर वो साम्राज्य तक पहुंचेगा... रूस से एक बड़ी सेना आएगी... थके-हारे लोग सफ़ेद क्षेत्र में मारे जाएंगे... बंधक, पराजित, शहज़ादे को एल्बा भेज दिया जाएगा।"

फिर नॉस्त्रेदेमस ने दूसरे क्राइस्ट-विरोधी हिटलर के बारे में लिखा:

> "पश्चिमी यूरोप के गहनतम भाग से, निर्धन लोगों में एक बालक का जन्म होगा, जो अपनी बातों से अनेक लोगों को लुभाएगा... वो एक ऐसी नफ़रत को भड़काएगा जो लंबे समय से सुप्त पड़ी है... जर्मनी का बालक किसी क़ानून का पालन नहीं करेगा... युद्ध का एक बड़ा भाग हिस्टर के

विरुद्ध होगा।"

नॉस्त्रेदेमस आगे तीसरे के बारे लिखता है जिसे हिटलर के बाद आना था:

> "महान अरब देश में मुहम्मद का एक ताक़तवर आक़ा जन्म लेगा... वो मानवता के लिए आतंक होगा... उससे ज़्यादा आतंक नहीं... आग से वो उनके शहर को नष्ट कर देगा, एक सर्द और क्रूर दिल, रक्त बहेगा, किसी पर रहम नहीं।"

नॉस्त्रेदेमस कल्पना भी नहीं कर सकता होगा कि उसकी भविष्यवाणियां किस विनाशकारी हद तक सटीक होंगी।

पेरिस, फ्रांस, 2011

अताउल्लाह अल-लिबी ने सबर्बन पेरिस के सबसे ग़रीब क्षेत्र, बॉन्ल्यो के अपने गंदे छोटे से फ़्लैट में नोट पढ़ा, जहां मुस्लिम आप्रवासियों की सबसे घनी आबादी थी। 2006 में पेरिस जल उठा था, जब मोहभंग हुए मुसलमान युवाओं ने तोड़-फोड़ मचा दी थी। फ्रेंच इंतफ़ादा,[106] जैसा कि इसे जाना गया, युवा अताउल्लाह के दिमाग़ की उपज थी।

पेरिस के मुस्लिम-प्रभुत्व वाले सबर्ब बॉन्ल्यो के गंदे माहौल में जन्मे अताउल्लाह को बहुत कम उम्र से ही आत्मरक्षा के लिए लड़ना सीखना पड़ा था जब उसने उन दो लड़कों को पीट डाला था जिन्होंने उसके एकमात्र जूतों को लूटने की कोशिश की थी। अताउल्लाह ने न केवल अपने जूते बचा लिए, बल्कि उन भावी चोरों की आंख काली कर दी, कई दांत और दो पसलियां तोड़ दीं।

एक औसत अमेरिकी के लिए, सबर्ब शब्द *डेस्परेट हाउसवाइव्ज़* में दर्शाए समुदाय में एक शांत, हरे-भरे घर की तस्वीर खींचता है। मगर, फ्रेंच बॉन्ल्यो अलग तरह से विकसित इलाक़ा था। अगर आप

चार्ल्स दे गॉल एयरपोर्ट से ट्रेन द्वारा पेरिस के केंद्र में जाएं तो आप मीलों तक फैली कंक्रीट की निराशाजनक, फीकी, अमानुषिक और मनहूस इमारतें देखेंगे जो बॉन्ल्यो का निर्माण करती हैं। अगर इस भयानक नज़ारे में बेरोज़गारी की उच्च दर और इस अवधारणा के ख़िलाफ़ पनपता रोष और जोड़ दें कि फ्रांस में जन्मे मुसलमानों को भी कभी फ्रांसीसियों के रूप में स्वीकार नहीं किया जाएगा, तो एक विस्फोटक फ़ॉर्मूला मिलेगा, जो अल-क़ायदा द्वारा युवा और नाराज़ मुसलमानों को वरग़लाने के लिए एकदम उपयुक्त था।

बख़ूबी बरग़लाया हुआ अताउल्लाह अब उस नोट को बहुत ध्यान से देख रहा था जो उसे ग़ालिब से मिला था।

21 जनवरी 2012।

ला ट्रिपल फ्रंटेरा, टीबीए, दक्षिण अमेरिका, 2011

ब्राज़ील, अर्जेंटीना और पैरागुए के बीच फैले लगभग अगम्य जंगल और पहाड़ी क्षेत्र को टीबीए, ट्राइ-बॉर्डर एरिया, या ला ट्रिपल फ्रंटेरा के नाम से जाना जाता था।[107]

हिज़्बुल्लाह, अल-जमाअतल-इस्लामिया, इस्लामिक जिहाद, अल-क़ायदा, हमास, और लेबनानी ड्रग माफ़िया जैसे आतंकवादी संगठन कई सालों से इस क्षेत्र में अपने रंगरूटों को भेजते रहे थे, ख़ासकर इसलिए कि ज़्यादातर प्रशासनिक अधिकारियों के लिए ये अगम्य और पहुंच से बाहर था।

टीबीए का सर्वेसर्वा बुतरोस अहमद था। ग़ालिब द्वारा यहां स्थापित किए गए बुतरोस अहमद ने बुएनोस आयर्स में इज़रायली दूतावास पर हमले के साथ-साथ यहूदी कम्युनिटी सेंटर पर हमले की भी साज़िश रची थी।

बुतरोस अहमद की पैसे की ताक़त पर हुकूमत थी। ला ट्रिपल फ्रंटेरा क्षेत्र में पैसे ट्रांसफ़र करने के इस्लामिक तरीक़े हवाला के

साथ ही, पश्चिमी क्षेत्र में पैसे की कालाबाज़ारी का सबसे बड़ा और सबसे परिष्कृत सिस्टम ब्लैक मार्केट पेसो एक्सचेंज पूरी तरह से बुतरोस के नियंत्रण में था। बुतरोस पर क्षेत्र के अच्छे-ख़ासे बड़े मुस्लिम आप्रवासी समुदाय में ड्रग स्मगलर गिरोह के ज़रिए कोकीन की तस्करी करने का आरोप भी लगाया गया था। कोई भी आरोप कभी साबित नहीं हो पाया और वास्तव में बुतरोस को परवाह भी नहीं थी। बुतरोस अल-मुराबितून का मेंबर था, जो लैटिन अमेरिका का सबसे ज़्यादा लोकप्रिय मिशनरी आंदोलन था, एक अंतरराष्ट्रीय सूफ़ी पंथ जिसे सत्तर के दशक में स्कॉटलैंड के एक विवादास्पद धर्मांतरित मुसलमान शेख़ अब्दुल क़ादिर अस-सूफ़ी अल-मुराबित ने स्थापित किया था। मज़हबी जोश, ड्रग के पैसे और आतंकवाद ने एक घातक मेल बनाया था।

उस घातक मेल का नतीजा अभी ग़ालिब का संदेश पढ़ रहा था। आख़िर, कुछ असली काम होना था।

21 फ़रवरी 2012।

शिंजियांग, चीन, 2011

पूर्वी तुर्किस्तान इस्लामिक आंदोलन 1990 के दशक से चीन से शिंजियांग प्रांत को स्वतंत्र करने की मांग कर रहा है। ये संगठन कट्टर इस्लामी था मगर शिंजियांग के उइग़ुर समुदाय में बहुत ज़्यादा लोकप्रिय था।[108]

वो देश भी जिनका मूल रूप से ये मानना था कि पूर्वी तुर्किस्तान इस्लामिक आंदोलन विशुद्ध स्वाधीनता आंदोलन है, ये तथ्य सामने आने पर अवाक रह गए कि एक हज़ार उइग़ुर आदमी अफ़ग़ानिस्तान में अल-क़ायदा से ट्रेनिंग पा रहे हैं।

संगठन ने प्रभावशाली आंकड़ा बना लिया था: 162 मृतकों और 440 से ज़्यादा घायलों के साथ 200 हमले। फ़ारिस क़दीर को

अपने काम में मज़ा आता था।

फ़ारिस क़दीर उइग़ुर सुन्नी मुसलमान था। शिंजियांग में बड़े हुए बच्चे के तौर पर *महल्ला* ही उसकी ज़िंदगी का केंद्र रहा था। रोज़ाना की ज़िंदगी इन स्थानीय आवासीय कोऑपरेटिव, महल्लों, पर आधारित थी और हर महल्ले का केंद्र बेशक स्थानीय मस्जिद होता था जहां रोज़ की नमाज़ें हुआ करती थीं। ऐसी ही एक नमाज़ के दौरान फ़ारिस क़दीर की भरती हुई और उसे ख़लदैन कैंप में भेज दिया गया। अब फ़ारिस ग़ालिब के दल के सबसे ज़्यादा वफ़ादार सदस्यों में से था।

उसने ग़ालिब से मिले नोट को देखा—बहुत ख़ूब! *बेक एज़िल बोल्दी!*[109]

21 मार्च 2012।

लंदन, यूके, 2011

फ़वाद अल-नूर वैम्ब्ले के अपने छोटे से स्टूडियो में नोट पढ़ रहा था। उसके पास ही गर्म चाय का कप और एक प्लेट में मटन कबाब रखे थे।

जब नोट आया तो वो नमाज़ पढ़ चुका था। ये उसे ईलिंग रोड की वैम्ब्ले मस्जिद का बूढ़ा गेटकीपर देकर गया था।

कभी-कभी फ़वाद को अपने पुराने रूप को याद कर पाना मुश्किल लगता था। कहां गया पूर्वी लंदनवासी का स्पाइकी हेयरकट, गूची जूते और अरमानी कपड़े? ब्रिटेन में जन्मे पाकिस्तानी फ़वाद ने अपनी ज़्यादातर ज़िंदगी एक लंदनिस्तानी, जैसा कि इंग्लैंड के एशियाई युवाओं को कहा जाता है, के तौर पर जी थी, देर रात तक दोस्तों के साथ बाहर रहना, अक्सर नमाज़ें छोड़ देना। लेकिन हज के लिए सऊदी अरब जाने के बाद ये सब बदल गया।

मक्का में उसने ख़ुद को ब्रिटेन के 23,000 मुसलमान हाजियों

के बीच पाया। उसका सिर मुंड गया था, और उसने दाढ़ी भी बढ़ा ली थी। उसके कपड़ों में केवल एक सादा सा सफ़ेद चोग़ा था जो दर्शाता था कि अल्लाह की नज़र में सारे मुसलमान समान हैं—गूची और अरमानी से ये एक क्रांतिकारी अलगाव था।

जब वो मक्का की मस्जिद से निकलते हज़ारों लोगों के साथ धक्के खा रहा था, तो उनके साथ हवा में हाथों को उठाते हुए उसने भी नारे लगाए थे "लब्बैक अल्लाहुम्मा लब्बैक! मैं यहां मौजूद हूं, या अल्लाह!" तभी उसने जाना था कि वो सबसे पहले और अंत तक एक मुसलमान है। ग़ालिब के साथ बाद में हुई मुलाक़ात ने उसे ज़िंदगी में उसके मिशन को लेकर आश्वस्त कर दिया था। ख़लदैन में हुई ट्रेनिंग तो बच्चों का खेल रही।

फ़वाद तब से बेसब्री से इंतज़ार कर रहा था। तारीख़ तय थी।

21 अप्रैल 2012।

कुआलालंपुर, मलेशिया, 2011

तौआम ज़िन हसन ने नोट पढ़ा। दारुल इस्लाम के पीछे मौजूद इस रणनीतिकार ने दौलह इस्लामिया नुसनतरा, या इंडोनेशिया, मलेशिया और दक्षिणी फ़िलीपींस की इस्लामिक ख़िलाफ़त स्थापित करने के अपने सपने के पूरा होने के इंतज़ार में कई महीने बिताए थे।[110]

उसे केंद्रीय जावा के न्रुकी में अल मुकमिन इस्लामिक बोर्डिंग स्कूल में अज़ान सुनाई देना याद था। उस बदनसीब दिन, उसने अपनी पत्नी को छोड़ दिया और मस्जिद और आसपास के गांवों की तकलीम सभाओं की ओर चल पड़ा था। वो पांच साल तक वापस नहीं आया। न्रुकी से वो एक से दूसरे शहर भागता रहा—सेमारंग, बंदुन्ग, जकार्ता, लैंपुंग एवं मेडन—और फिर आख़िरकार मलेशिया में बस गया। पैनकासिला को इंडोनेशिया की एकमात्र राज्य-प्रायोजित अवधारणा मानने से इंकार कर देने की वजह से तौआम ज़िन हसन

न्नुकी से भाग गया था। उसने ये कल्पना भी नहीं की थी कि एक दिन वो मलेशिया, इंडोनेशिया और फ़िलीपींस का सबसे ख़तरनाक इस्लामिक कट्टरपंथी बन जाएगा। ग़ालिब तो बोनस था।

नोट इस्लामिक ख़िलाफ़त की दिशा में एक और क़दम था।

21 मई 2012।

कटरा, जम्मू एवं कश्मीर, भारत, 2011

2003 में लगभग पचपन लाख भक्त देवी के दर्शन करने गए थे। औसतन साल के हर दिन के लगभग 14,794 दर्शनार्थी। वैष्णो देवी की तीर्थयात्रा दुनिया के एक अरब हिंदुओं की सबसे पवित्र यात्राओं में से एक मानी जाती थी। तो फिर जैशे-मोहम्मद[111] के ख़ास लोगों में से एक बिन फ़दान इस हिंदू धर्मनगरी में क्या कर रहा था? उसने ग़ालिब का नोट पढ़ा:

> देशांतर: 74°57'00'। अक्षांश: 32°59'00'। चंद्र दशा: 0.274। ग्रह, देशांतर, अक्षांश, उत्थान, पतन। सूर्य, 29 धनु 31'38', -0°00'03', 17:57:56, -23°26'09'। चंद्र, 08 मेष 00'14', 3°24'56', 00'23:59, 6°18'43'। चंद्र आसंधि, 25 वृश्चिक 35'58', 0°00'00', 15:33:04, -19°09'27', चरमोत्कर्ष, 29 वृषभ 47'12', -0°22'58', 03:50:44, 19°43'42'। बुध, 14 धनु 00'41', 0°27'53', 16:50:52, -22°01'01'। शुक्र, 06 धनु 00'19', 1°07'28', 16:17:19, -20°11'56'। मंगल, 26 मकर 03'52', -1°09'54', 19:53:11, -22°04'38'। बृह, 08 मिथुन 57'20'आर, -0°44'40', 04:29:29, 21°03'14'। शनि, 08 वृश्चिक 37,09', 2°18'24', 14:27:59, -12°11'14'। अरुण, 04 मेष 38'16', -0°42'47', 00:18:09, 1°11'18'। वरुण, 00 मीन 48'11', -0°36'39', 22:12: 18, -11°45'30'। यम,

08 मकर 55'59', 3°20'47', 18:37:56, -19°47'46'। किरोन, 05 मीन 36'53', 5°16'39', 22:21:54, -4°32'17'। क्वावार, 23 मेष 58'46', 7°32'28', 17:35:11, -15°45'55'। सेडना, 22 वृषभ 52'08' आर, 12°02'07,' 03:34:04, 6°49'24'। मेष ए*/आकाशगंगीय केंद्र, 27 मेष 01'52', -5°36'34', 17:46:29, -29°00''38'[112]

तुरंत एक ज्योतिषी को बुलाया गया; कोई ऐसा जो ग्रहों की स्थिति को समझ सके। "आप मुझे बता सकते हैं कि इसका क्या मतलब है?" बिन फ़दान ने पूछा।

पंडित रामगोपाल प्रसाद शर्मा वैष्णोदेवी की तीर्थयात्रा पर कटरा आए एक आम दर्शनार्थी थे, लेकिन वो जहां भी जाते थे अपना पंचांग हमेशा साथ रखते थे। आख़िरकार, ग्रह दशाएं तो उनके व्यवसाय का उपकरण थीं।

उन्होंने अपने पंचांग को देखा और कहा, "ये एक विशेष स्थान के बारे में एक विशेष तिथि की ग्रह-नक्षत्रीय स्थितियां हैं। अपने पंचांग के आधार पर मैं कहूंगा कि ये स्थितियां 21 जून 2012 को कटरा में प्राप्त होंगी।"

बिन फ़दान पाकिस्तान में अपने बड़े होने के दिनों को याद करते हुए पंडित रामगोपाल प्रसाद शर्मा को देखकर मुस्कुराया।

पाकिस्तान में अपने ग्यारह साल के शासन के दौरान जनरल ज़िया उल-हक़ ने इस्लामीकरण की अपनी नीति को लागू किया था, और अंततः मदरसों का बुनियादी ढांचा संस्थागत हुआ। ज़िया ने मुल्लों को ताक़तवर किया जो अंततः इस्लामीकरण की तलवार बने। बिन फ़दान भी ऐसे ही एक मदरसे की पैदाइश था। वो, वास्तव में, पाकिस्तानी सेना का उत्पाद था जिसने सियासी फ़ायदे के लिए मदरसा प्रणाली का सिर से पैर तक विस्तार करने की योजना बनाई थी। मदरसों के बुनियादी ढांचे का अहम मक़सद अफ़ग़ानिस्तान और भारत में भौगोलिक-राजनीतिक फ़ायदों के लिए इस्लामी उग्रवाद को किफ़ायती हथियार के तौर पर इस्तेमाल करना था।

बिन फ़दान की शिक्षा भारतीय उपमहाद्वीप में इस्लाम के घोर-कट्टरपंथी देवबंदी रूप, वहाबी मत के सऊदी रेगिस्तानी रूप, और इस्लामिक ब्रदरहुड के मध्य-पूर्वी क्रांतिकारी रूप का घालमेल थी। कुछ साल बाद, उसे चोरी-छिपे पाकिस्तान-भारत सीमा में घुसने और लाखों भारतीय मुसलमानों में घुल-मिल जाने के लिए चुना गया था।

अब उसकी तैयारी काम में आने वाली थी।

21 जून 2012

बग़दाद, इराक़, 2011

क़ादिर अल-ज़रक़ावी का जन्म जॉर्डन के ज़र्क़ा शहर में हुआ था। वास्तव में उसके नाम, 'अल-ज़रक़ावी,' का शाब्दिक अर्थ 'ज़र्का का आदमी' ही था। इराक़ में वो सबसे ज़्यादा ख़तरनाक और भयानक इस्लामी आतंकवादी था और अमेरिकी सरकार ने उसको पकड़ने के लिए पांच करोड़ अमेरिकी डॉलर का इनाम रखा था।[113]

क़ादिर अल-ज़रक़ावी ने जॉर्डन में छोटे-मोटे मुजरिम के रूप में अपनी नौजवानी गुज़ारी थी। ग़ुस्सैल, और बमुश्किल पढ़ा-लिखा अल-ज़रक़ावी अस्सी के दशक में अफ़ग़ानिस्तान में रूसियों के ख़िलाफ़ लड़ाकों का नेतृत्व करने के लिए अफ़ग़ान अरब के रूप में वालंटियर करने को झट तैयार हो गया था। अफ़ग़ानिस्तान में सोवियतों की हार का नतीजा ये हुआ कि क़ादिर एक उग्रवादी इस्लामिक एजेंडा लेकर जॉर्डन लौटा। वहां राजशाही को उखाड़ फेंकने की साज़िश करने के इल्ज़ाम में अगले छह साल उसने जेल में बिताए। वो दुस्साहस से जेल तोड़कर भागने में कामयाब रहा, और ग़ालिब के कहने पर, इराक़ आ गया और उसने अंसार अल-इस्लाम—देश के उत्तरी हिस्से का कुर्द इस्लामिक संगठन—के साथ संबंध जोड़ लिए।

बग़दाद के अल-शोला इलाक़े में अल-नूर अस्पताल के पास,

एक तरह से अमेरिकी सेना की नाक के नीचे, एक पुराने जीर्ण-क्षीण घर में बैठा क़ादिर अल-ज़रक़ावी सुकून से अरबी में लिखा वो नोट पढ़ रहा था जो सीधे ग़ालिब के पास से आया था। उसने गाली दी, "इब्न अल मेतनाका!"[114]

"अब उन सूअर के बच्चे अमेरीकियों को पता चलेगा उड़ाया जाना क्या होता है," उसने कहा।

21 जुलाई 2012।

न्यूयॉर्क, यूएसए, 2011

शमऊन इदरीस ब्रुकलिन में फ़ॉस्टर एवेन्यु पर अबू बक्र मस्जिद में बैठा था। उसके आसपास इस्लामिक जिहाद काउंसिल के दूसरे मेंबर थे।[115]

शमऊन को देखकर कोई नहीं कह सकता था कि वो एक आतंकवादी है। उसकी रंग उड़ी जींस, ह्यूगो बॉस का धूप का चश्मा और सफ़ा-चट मुस्कुराता चेहरा, ऐसी चीज़ें नहीं थीं जिन्हें किसी कट्टरपंथी से जोड़ा जाए। वॉल स्ट्रीट के एक असहाय निवेश बैंकर ने इसे बड़े कठोर रूप में जाना था।

निवेश बैंकर ब्रुकलिन के बेडफ़ोर्ड-स्टुयवेसेंट क्षेत्र में मस्जिद अत-तक़वा के सामने अपनी गर्लफ्रेंड के फ़ोटो खींच रहा था। लड़की 'अनुपयुक्त कपड़े' पहने थी और इसने शमऊन को भड़का दिया। बैंकर को घसीटकर मस्जिद के नीचे बेसमेंट में ले जाया गया जहां शमऊन ने, जो अपने जोशीले प्रशंसकों से घिरा रहता था, उसकी क्लास ले ली। जब बैंकर ने ये दावा किया कि वो इस्लाम का प्रशंसक है और शांति और सहनशीलता के इस मज़हब के बारे में और ज़्यादा जानना चाहता है, तब जाकर शमऊन के बिगड़े चेहरे पर मुस्कुराहट उभरी।

शमऊन सब्र के साथ उस नोट पर चर्चा कर रहा था जो उसे

ग़ालिब से मिला था। उसमें एक तारीख़ का ज़िक्र किया गया था।

21 अगस्त 2012।

जकार्ता, इंडोनेशिया, 2011

जमाअह इस्लामिया एक उग्रवादी इस्लामिक आतंकवादी संगठन था जिसका एकसूत्री एजेंडा था: इंडोनेशिया, सिंगापुर, ब्रुनेइ, मलेशिया, थाईलैंड और फ़िलीपींस में कट्टरपंथी इस्लामिक ख़िलाफ़त स्थापित करना। जमाअह इस्लामिया ने बाली के बम विस्फोट को अंजाम दिया था जिसमें आत्मघाती दस्ते ने एक व्यस्त नाइटक्लब में 202 लोगों को मौत के घाट उतार दिया था।

जमाअह इस्लामिया का बुद्धिजीवी डाइरेक्टर याक़ूब इस्लामुद्दीन जेल की उस कोठरी में बैठा क़ुरआन पढ़ रहा था, जिसमें पिछले कुछ महीनों से वो रह रहा था।[116] याक़ूब टैक्नोलॉजी का दीवाना था और जकार्ता में कंप्यूटर का कारोबार करता था। पेशावर के अफ़ग़ान-समर्थक ट्रेनिंग सैंटर में दो हफ़्ते क़ुरआन पढ़ने में बिताने ने उसे ऐसे नौजवान मुसलमानों का एक छोटा सा दल बनाने के लिए प्रेरित किया जो इस्लामिक क़ानून, या शरीया, को इंडोनेशयाई क़ानून का आधार बनाना चाहते थे। वो हमेशा से बुद्धिजीवी से ज़्यादा बदमाश रहा था। बदक़िस्मती से, उसकी बातें और विचार अक्सर किसी बदमाश के घूंसों से ज़्यादा ख़तरनाक होते थे।

उसकी डाक में, जिसे पाने की उसे इजाज़त थी, ग़ालिब का एक अकेला नोट था। उसमें बस क़ुरआन की एक आयत लिखी थी। "उनका ख़ुदा उन्हें अच्छी ख़बर देता है: उसकी रहमत और रज़ामंदी, और वो बाग़ जहां वो अनंत आनंद भोगेंगे।" याक़ूब इस्लामुद्दीन को ये आयत पता थी।

अध्याय 9, आयत 21।

9/21।

21 सितंबर 2012।

सिडनी, ऑस्ट्रेलिया, 2011

ऑस्ट्रेलिया में मुसलमानों का एक लंबा इतिहास था। आदिल अफ़रोज़ के पूर्वज 1800 के दशक में अफ़ग़ानी ऊंट चालकों के रूप में ऑस्ट्रेलिया आए थे।[117] उन्होंने ऑस्ट्रेलिया के अंतहीन सूखे इलाक़ों की खोज करने के लिए लोगों को और ऐसे बिंदुओं तक टेलीग्राफ़ के खंभों को ले जाने में जहां केवल ऊंटों से जाया जा सकता था, महत्वपूर्ण भूमिका निभाई थी। लेकिन क्या उनकी कोई क़द्र हुई? गोरों ने ऊंट की पिछौटी जितनी परवाह भी नहीं की उनकी।

आदिल ने अपनी ज़िंदगी में काफ़ी कुछ हासिल किया था। उसने कामयाबी के साथ एक ट्रेडिंग फ़र्म स्थापित की थी जिसकी विशेषज्ञता मिडिल ईस्ट के बेहद संवेदनशील ग्राहकों को हलाल मीट निर्यात करना थी। 2005 में, ऑस्ट्रेलिया से नौजवान मुसलमान लीडरों का एक प्रतिनिधिमंडल इंडोनेशिया में इस्लाम के बारे में जानने के लिए जकार्ता गया था। इंडोनेशिया में ऑस्ट्रेलियाई राजदूत ने कहा था, "नौजवान ऑस्ट्रेलियाइयों के लिए इंडोनेशिया में मज़हब की भूमिका की बेहतर समझ हासिल करना और उनके नज़रिए को समझना बहुत ज़रूरी है कि इस्लाम कैसे ऑस्ट्रेलिया और इंडोनेशिया के विविधतापूर्ण, लोकतांत्रिक समाजों में योगदान दे सकता है।" राजदूत को स्पष्ट रूप से ये पता नहीं था कि उस दौरे के दौरान आदिल ने ठीक यही बात सीखी थी!

आदिल ने ख़ूबसूरत लाकेम्बा मस्जिद का सर्वे किया जहां वो रोज़ाना नमाज़ पढ़ता था। आज वो दुआ मांग रहा था कि ग़ालिब के नोट के मुताबिक़ अल्लाह उसे अपनी मर्ज़ी पूरी करने की ताक़त दे।

21 अक्तूबर 2012।

ग्रोज़्नी, चेचन्या, रूस, 2011

ग्रोज़्नी के चार प्रशासनिक ज़िलों में लैनिंस्की, ज़ैवोद्स्कोय, स्तारो-प्रोमायस्लोव्स्की और ऑक्त्याब्रस्की शामिल थे। स्तारोप्रोमायस्लोव्स्की मुख्य तेल उत्पादक क्षेत्र था, तो ऑक्त्याब्रस्की में उद्योग लगे थे और अर्थव्यवस्था निहित थी, माफ़िया समेत। यहीं पर द्ज़ोकर रदुएव विलासिता से भरे घर में, अपने सिर पर रखे गए एक करोड़ डॉलर के इनाम से बेफ़िक्र, आराम से बैठा था।[118]

द्ज़ोकर रदुएव महज़ चेचन्या सिपहसालार नहीं था। वो एक चालाक राजनीतिज्ञ, ख़तरनाक आतंकवादी और, इस सबसे पहले, चेचन्या का सबसे ज़्यादा सम्मानित राष्ट्रीय हीरो भी था। अपनी शुरुआती नौजवानी में रदुएव ने अपना नाम बदल लिया था; उसका नया नाम उसकी इस्लामिक जड़ों से जुड़ा यहया अली था।

1992 में, जब बोरिस येल्तसिन ने चेचन्या में अपनी सेना भेजी थी, तो यहया ने रूस के मिन्राल्न्ये वोदी से तुर्की के अंकारा को जा रहे एरोफ़्लोट के एक विमान को अग़वा कर लिया था। उसने धमकी दी थी कि अगर येल्तसिन ने आपातकालीन स्थिति नहीं हटाई तो वो जहाज़ को उड़ा देगा। फिर यहया ने अफ़ग़ानिस्तान की यात्रा की और अल-क़ायदा के साथ अपना ताल्लुक़ बनाया और मज़बूत किया। इसके बाद वो अपना संघर्ष जारी रखने के लिए वापस चेचन्या आ गया।

अब वो ग़ालिब का नोट पढ़ रहा था। उसके चेहरे पर संतोष भरी मुस्कुराहट तैर गई।

21 नवंबर 2012।

बख़्तरान, ईरान, 2011

ट्रक अपने हिस्से की अच्छी-ख़ासी यात्रा कर चुका था। पीपावाव बंदरगाह से वो जम्मू गया था, जहां प्राप्तकर्ता के नाम से दर्ज माल को 'अधिकृत तौर पर उतारा गया,' हालांकि असली मशीनरी ट्रक पर ही बनी रही।

फिर ट्रक का सभी साज़ो-सामान हटाया गया और उसे मिलिट्री का गंदा हरा पेंट कर दिया गया। कार्गो कंटेनर को एक ख़ाकी कैनवस से ढक दिया गया और लाइसेंस प्लेट को बदलकर भारतीय सेना द्वारा इस्तेमाल किए जाने वाले नंबर लगा दिए गए। विंडस्क्रीन के बाईं तरफ़ के ऊपरी कोने पर एक मिलिट्री पास चस्पां कर दिया गया।

अपनी नई पहचान के साथ ट्रक पश्चिम में पंजाब-कश्मीर की अंतरराज्यीय सीमा की ओर बढ़ गया और भारतीय पक्ष में राजौरी शहर से कुछ ही दूरी पर रुक गया। यहां से, आज़ाद कश्मीर या पीओके—पाकिस्तान अधिकृत कश्मीर—बस पत्थर फेंकने जितनी दूरी पर था। नियंत्रण रेखा, कश्मीर को पीओके और भारतीय कश्मीर के बीच बांटने वाली रेखा, पर एक शांत जगह ट्रक ने इंतज़ार किया। ये सीमा पार से संकेत मिलने का इंतज़ार कर रहा था।

हालांकि भारतीयों ने नियंत्रण रेखा पर 734 किलोमीटर लंबी बाड़ लगा ली थी, मगर सीमा के अहम हिस्से असुरक्षित रह गए थे। ये पाकिस्तान में प्रशिक्षित उग्रवादी संगठनों को पूरी तरह से सूट करता था क्योंकि ये उन्हें अपनी मर्ज़ी के मुताबिक़ हथियारबंद आतंकवादियों के गुटों को भेजने में समर्थ बनाता था।

ठीक ग्यारह बजे, पांच बार तेज़ी से रोशनी चमकती देखने पर ट्रक का इंजन स्टार्ट कर दिया गया और इसने सीमा पार करना शुरू कर दिया। सड़क तो जैसे थी ही नहीं और कच्चे रास्ते पर ट्रक चलाने के लिए बहुत महारत की ज़रूरत थी। रात के 11:27 बजे

ट्रक आराम से पाकिस्तानी क्षेत्र में पहुंच गया था, और कुछ ही घंटे बाद वो मीरपुर में था।

रावलपिंडी से आए दस ट्रक विशेषज्ञों का एक दल मीरपुर में ट्रक का इंतज़ार कर रहा था। अगले चौबीस घंटे के अंदर ट्रक पर फूलों के डिज़ाइन, चमकीले रंग और उर्दू के शेर पेंट कर दिए गए थे। कैनवस के टॉप की जगह पेंट किए डिज़ाइनदार लकड़ी के ढांचे ने ले ली। नन्हे-नन्हे कांच, रिफ़्लेक्टर, पीतल की सजावटी फ़िटिंग, घंटियां और चेन इसे और चकमक बना रही थीं।[119]

ट्रक-आर्ट पाकिस्तान की लोककला का एक बहुत ही अहम हिस्सा बन चुकी थी और इस ख़ास दल की महारत 'डिस्को पेंटिंग' में थी जिसमें सतह का लगभग हर इंच छवियों या अलंकरणों की सजावट से भर दिया जाता था। नया-नवेला सजा-धजा ट्रक पाकिस्तानी माहौल का हिस्सा बन जाता और किसी का ध्यान भी नहीं जाता। नई लाइसेंस प्लेट पर नंबर था 'केएई 5675।' नंबर कराची की नंबर सीरीज़ का था।

अब ट्रक उत्तर में मुज़फ़्फ़राबाद की ओर, और वहां से पश्चिम में मानसेहरा की ओर बढ़ रहा था। मानसेहरा से ये कुछ दक्षिण-पश्चिम दिशा लेकर पाकिस्तान के उत्तर-पश्चिमी सीमांत प्रांत पेशावर की ओर चल दिया जहां मशहूर ख़ैबर पास पार करने के लिए इसने इंतज़ार किया।

अफ़ग़ानिस्तान और पाकिस्तान के उत्तर-पश्चिमी सीमांत प्रांत के बीच स्थित ख़ैबर पास शायद दुनिया का सबसे ज़्यादा उत्तेजनापूर्ण सीमा क्षेत्र था। सीमा, डूरंड लाइन, को अंग्रेज़ों ने 1893 में बंद कर दिया था और पश्तूनों को विभाजित कर दिया था, जिसका नतीजा पश्तूनिस्तान का लगातार बना रहने वाला मुद्दा था, जिसने इतिहास में हमेशा ही पाकिस्तान और अफ़ग़ानिस्तान के रिश्तों को प्रभावित किया।[120]

पाकिस्तान के क़बायली इलाक़े ज़्यादातर संघीय नियंत्रण से बाहर ही बने रहे थे, इस तरह पाक-अफ़ग़ान सीमा आवागमन के

लिए बहुत आसान, और तस्करों के लिए सुरक्षित हो गई थी।

ट्रक के काग़ज़ात दर्शाते थे कि वो काबुल हाईवे को अपग्रेड करने के लिए आवश्यक निर्माण उपकरण लेकर जा रहा है। ख़ैबर एजेंसी के एक हथियारबंद गार्ड को अच्छी-ख़ासी टिप देकर सीमा पर तोरख़म तक ट्रक के साथ चलने के लिए तैयार कर लिया गया था। पाकिस्तान से निकलने के बाद ट्रक अफ़ग़ान पक्ष की छोटी सी बॉर्डर चौकी पर पहुंचा और फिर 500 मीटर आगे मौजूद मुख्य आप्रवासन चौकी की ओर बढ़ा। कस्टम अधिकारियों का पहले ही ध्यान रखा जा चुका था। कोई जांच नहीं हुई।

ट्रक अफ़ग़ानिस्तान में घुस गया और जलालाबाद शहर की ओर चल पड़ा। जलालाबाद से इसने काबुल की सड़क पकड़ी और चग़चरान की ओर बढ़ गया। चग़चरान से ये और आगे हेरात की ओर गया जो, इतिहास में एक वक़्त, सभ्यताओं के दोराहे पर हुआ करता था। इसका उत्तर-दक्षिण अक्ष यूरोप का द्वार था। ईरान से जुड़ी अफ़ग़ानी सीमा ज़्यादातर काग़ज़ों और नक़्शों पर ही रहती थी—900 किलोमीटर के मार्ग पर ज़मीनी हक़ीक़त बहुत भिन्न थी। रेगिस्तानी रेत के लंबे-लंबे टुकड़े ख़ुद पर निगरानी किए जाने की इजाज़त नहीं देते थे।

हेरात में ट्रक की एक बार फिर कॉस्मेटिक सर्जरी हुई। छवियां हटा दी गईं। चटकीले रंगों पर स्लेटी के नीरस रंग पेंट कर दिए गए। उर्दू शेरो-शायरी की जगह फ़ारसी की मज़हबी रंगों वाली कहावतों ने ले ली। नई लाइसेंस प्लेटें पीले रंग की थीं और उन पर लिखा था 'टीएचआर 77708,' तेहरान का पंजीकरण नंबर।

जब ट्रक अफ़ग़ानिस्तान की सीमा पार करके ईरान में घुसा तो किसी ने पलटकर भी नहीं देखा। ये महज़ एक ऐसा ट्रक था जो 3.8 करोड़ डॉलर के सड़क निर्माण प्रोजेक्ट के लिए ज़रूरी चीज़ों का एक छोटा सा पार्ट ले जा रहा था। ईरानी क्षेत्र में पहुंचने के बाद ट्रक दक्षिण में ज़ाहेदान की ओर बढ़ा जहां से ये पश्चिम में किर्मान, यज़्द, इस्फ़हान और अराक होते हुए चलता रहा जब तक कि ये बख़्तरान

नहीं पहुंच गया, जो बग़दाद की ईरान-इराक़ सीमा के बिल्कुल पास स्थित है।

ड्राइवर थक गया था, लेकिन ख़ुद को चौकस रहने के लिए मजबूर कर रहा था। अपनी आख़री मंज़िल पर पहुंचने से पहले उसे अभी इराक़ और सीरिया को भी पार करना था। ग़ालिब ने ज़रा देर आंख झपकने का फ़ैसला किया। उसके सोने के दौरान उसका दोस्त अल-अज़हर निगरानी रखेगा। उसे 21 दिसंबर 2012 की अंतिम कार्रवाई की तैयारी करनी थी। अन्य ग्यारह घटनाएं उसके पहले होंगी, हर महीने एक। और हर घटना आतंक मचा देगी।

अंतिम जीत शेख़ के मास्टर की होगी। 500 ईसा पूर्व से दुनिया इस दिन का इंतज़ार कर रही थी।

21 दिसंबर 2012।

गुआटेमाला, 500 ईसा पूर्व

राज ज्योतिषी अपनी वेधशाला से, जो कुकुलकन के सम्मान में बने मंदिर का हिस्सा थी, आसमान में तक रहा था।

वो कुछ चिंतित दिखाई दे रहा था। वो माया कैलेंडर के दीर्घ गणना के महाचक्र, 26,000 साल के ग्रहीय चक्र, के अंत को निश्चित कर चुका था। इस तारीख़ पर अप्रत्यक्ष परिणाम होंगे। ये घटना पृथ्वी के ध्रुवों के भूचुंबकत्व परिवर्तन के साथ होगी, जो पिछली बार 780,000 साल पहले हुआ था! तारीख़ तय थी; आकाशगंगीय भूमध्यरेखा और सूरज के क्रांतिवृत्त के टकराव बिंदु का शीत संक्रांति से अत्यंत नज़दीक का संयोग। जिसे माया सभ्यता में आमतौर पर पवित्र वृक्ष कहते थे।[121]

21 दिसंबर 2012।

लैंग्ली, वर्जीनिया, यूएसए, 2011

कंपास में सोलह बिंदु थे और ये सारी दुनिया की जानकारी की खोज का प्रतीक था। इस जानकारी को वापस लाना और एक जगह पर केंद्रीकृत करना होता था जहां इसे संचित, सूचीबद्ध और विश्लेषित किया जाता था। कंपास एक शील्ड पर लगा था—वो शील्ड जो अमेरिका की रक्षा करने के लिए थी। ये वो जाना-पहचाना चिह्न था जो लैंग्ली में सैंट्रल इंटेलिजेंस एजेंसी के मुख्यालय में आने वालों का स्वागत करता था।

मीलों लंबे गलियारों में छिपा हुआ एक छोटा सा दफ़्तर था जो सैस, या स्पेशल एक्टिविटीज़ स्टाफ़ का था। संचालन निदेशालय का एक डिवीज़न, सैस ऐसी ख़ुफ़िया अर्धसैन्य कार्रवाइयों को संभालता था जिनके साथ अमेरिकी सरकार सार्वजनिक रूप से जुड़ना नहीं चाहती थी। इस मिशन के सदस्य अपने साथ ऐसी कोई भी चीज़ लेकर चलने से सख़्त परहेज़ करते थे जो उन्हें दूर-दूर तक भी कहीं यूनाइटेड स्टेट्स सरकार से जोड़ सकती हो।

डिवीज़न में कुछ सौ कर्मचारी भी नहीं थे, उनमें से ज़्यादातर डेल्टा फ़ोर्स और नेवी सील टीमों के भूतपूर्व जासूस थे, हालांकि, समय-समय पर अर्धसैन्य गतिविधियों के लिए वो नागरिकों को नियुक्त किया करते थे। डिवीज़न आरक्यू-1 प्रीडेटर ड्रोन का इस्तेमाल करता था जो हाई-रिज़ॉल्यूशन कैमरे और व्यापक हथियारों के अंग के रूप में एजीएम-114 हैलफ़ायर टैंकरोधी मिसाइलों से सुसज्जित थे। डिवीज़न अफ़ग़ानिस्तान और इराक़ में अमेरिका के अपरंपरागत युद्ध के एक बड़े अंग के रूप में जाना जाता था।[122]

सैस का असली सामरिक लाभ दक्षता, नकारने की क्षमता और अनुकूलनीयता थी। अक्सर सैस के एजेंट निजी तौर पर और अकेले, अंडरकवर, काम करते थे, और वो भी दुश्मन की सीमा में विद्वेषपूर्ण माहौल में। वो सब क़िस्म के कामों को अंजाम देते थे

जिनमें काउंटर-इंटैलिजेंस, जासूसी, बंधक-स्थितियों को संभालना, जानबूझकर गड़बड़ी पैदा करना, और योजनाबद्ध हत्याएं शामिल थीं।

सैस के सबसे ख़ास एजेंटों में से एक को एजेंसी बस उसके निकनेम 'सीआईए ट्रॉइस' से ही जानती थी। वो अरब-अल्जीरियन मूल का था और धर्मनिष्ठ मुसलमान था। उसके काम का क्षेत्र अफ़ग़ानिस्तान, पाकिस्तान और कश्मीर थे और चूंकि वो इन तीनों ही क्षेत्रों से समान रूप से परिचित था, इसलिए उसका नाम 'ट्रॉइस', या 'तीन' था।

सैस का प्रमुख स्टीफ़न एलियट उसका कंट्रोलर था। स्टीफ़न एजेंसी के सबसे ज़हीन लोगों में से था। येल के अंतिम वर्ष के दौरान उसे गुप्तचर सेवा में शामिल किया गया था, उसी साल जब उसने टैरी एक्टन को स्कल एंड बोन्स की सदस्यता के लिए 'टैप' किया था।

एलियट सैस के मुख्यालय में उस कोडित संदेश को समझने की कोशिश कर रहा था जो उसे सीआईए ट्रॉइस से मिला था। उसमें बस ये लिखा था:

> एन 45:50 ई 6:52 एस 11:00 डब्ल्यू 66:00 एन 31:00 ई 112:00 एन 51:07 ई 1:19 एन 3:09 ई 101:41 एन 32:59 ई 74:57 एन 33:20 ई 44:30 एन 44:98 डब्ल्यू 110:45 एस 06:09 ई 106:49 एस 33:00 ई 146:00 एन 43:2 ई 45:45 एन 31:34 ई 34:51

अंत में था: क्यू 17:16

एन, एस, ई और डब्ल्यु का तो स्पष्ट रूप से मतलब नॉर्थ (उत्तर), साउथ (दक्षिण), ईस्ट (पूर्व) एवं वैस्ट (पश्चिम) से था। ट्रॉइस ने स्थान उपलब्ध करवाए थे। लैंग्ली के कंप्यूटरों ने झटपट इन निर्देशांकों को तलाशा और परिणाम सामने ला दिए।

एन 45:50 ई 6:52 — रॉन आल्प्स, फ्रांस

एस 11:00 डब्ल्यू 66:00 — रिबरेल्टा, बोलीविया
एन 31:00 ई 112:00 — हुबेइ, चीन
एन 51:07 ई 1:19 — डोवर, इंग्लैंड
एन 3:09 ई 101:41 — कुआलालंपुर, मलेशिया
एन 32:59 ई 74:57 — कटरा, जम्मू-कश्मीर, भारत
एन 33:20 ई 44:30 — बग़दाद, इराक़
एन 44:98 डब्ल्यू 110:45 — व्योमिंग, यूएसए
एस 06:09 ई 106:49 — जकार्ता, इंडोनेशिया
एस 33:00 ई 146:00 — न्यू साउथ वेल्स, ऑस्ट्रेलिया
एन 43:2 ई 45:45 — ग्रोज़नी, चेचन्या, रूस
एन 31:34 ई 34:51 — तेल मजीदो, इज़रायल

लेकिन क्यू 17:16? एलियट ने अपनी मेज़ में से अंग्रेज़ी का पॉकेट क़ुरआन निकाला और उसमें अध्याय 17, आयत 16 देखी। उसमें लिखा था:

> "और जब हम किसी शहर को नष्ट करने की इच्छा करते हैं, तो हम वहां के लोगों को अपना आदेश भेजते हैं जो आरामदेह ज़िंदगी जी रहे हैं, लेकिन वो उसमें अवहेलना करते हैं; इस तरह इसके ख़िलाफ़ बात साबित होती है, तो हम घोर तबाही के साथ उसे नष्ट कर देते हैं।"

एलियट चकरा गया। पहली ग्यारह जगहों के बारे में तो उसे पता था, लेकिन मजीदो इस योजना में कैसे शामिल हो गया? उसे इस बारे में राष्ट्रपति से रूबरू बात करनी थी।

मजीदो, इज़रायल, 2012

तेल मजीदो के आधुनिक शहर के पास एक पहाड़ी प्राचीन शहरों के खंडहरों की छब्बीस परतों से बनी थी। लेकिन मजीदो किसी और वजह से मशहूर था। न्यू टेस्टामेंट की बुक ऑफ़ रिवीलेशन ने भविष्यवाणी की थी कि दुनिया का अंतिम सैन्य प्रदर्शन मजीदो में होगा। जल्दी ही, 'मजीदो' शब्द दुनिया के अंत का पर्यायवाची बन गया था। वास्तव में, 'आर्मागेडन' शब्द भी 'मजीदो' से ही निकला था।

ग़ालिब का ट्रक उसी दिशा में जा रहा था। ग़ालिब ने अल-अज़हर से उसका थुराया सैटेलाइट फ़ोन मांगा और पाकिस्तान का एक नंबर डायल करने लगा: +92 51...

अध्याय सत्रह

मुंबई, भारत 2012

स्वाकिल्की विंसेंट के पीछे-पीछे लंदन से दिल्ली होते हुए मुंबई आ पहुंची थी। इंडियन एयरलाइंस की उड़ान आईसी-887 उसे एक घंटे पचपन मिनट के अंदर नई दिल्ली से मुंबई ले आई थी। एयरपोर्ट पर ताज महल होटल से उसे लेने आई मर्सिडीज़-बेंज़ एस 350 एल ने बदनाम ट्रैफ़िक के बीच से तेज़ी से रास्ता बनाया और आलीशान होटल के समुद्र के सामने मौजूद स्वर्ग में उसे ला छोड़ा।

जॉर्ज बर्नार्ड शॉ ने कहा था कि ताज महल होटल में रहने के बाद उन्हें आगरा के असली ताज महल को देखने जाने की ज़रूरत ही महसूस नहीं हुई थी। स्वाकिल्की हैरिटेज विंग में ठहरी थी जहां ऊंची छतों वाले अलग-अलग थीम वाले सुइट आपको एक ऐसे युग में ले जाते थे जब सॉमरसेट मॉम और ड्यूक एलिंग्टन जैसी हस्तियों ने शहर के बेहतरीन होटल के नर्म-नर्म तकियों पर अपना सिर टिकाया होगा।

टैरी द्वारा विंसेंट को दिए गए बॉम जीज़स दस्तावेज़ की खोज का नतीजा मार्था के साथ अंतहीन चर्चाएं था। दस्तावेज़ ऐसा संकेत देते मालूम होते थे कि जीज़स क्रूसिफ़िक्शन से बच गए थे और कि वो भारत में बस गए थे। विंसेंट के अपने पूर्वजन्म प्रत्यागमन जिनमें

उसने जीज़स को देखा था, इस धारणा की पुष्टि करते प्रतीत होते थे कि जीज़स वास्तव में उस यातना से बच गए थे। उन्होंने आख़िरकार तय किया कि उन्हें सच को कल्पना से अलग करना होगा। ऐसा करने के इकलौते तरीक़े में भारत आना ज़रूरी था।

मुंबई आने पर मार्था और विंसेंट ने ताज महल होटल के लिए टैक्सी ली थी। उन्हें होटल के बिज़नेस-जैसे टॉवर विंग में ठहराया गया था। उनका ध्यान उस नौजवान जापानी लड़की पर नहीं गया जिसने साथ ही लगे हैरिटेज विंग में चैक इन किया था।

ताज महल होटल में कुछ और भी था जो उसके थीम युक्त सुइट्स से भी ज़्यादा दिलचस्प था। मेडिकल इमर्जेंसी के लिए सामान्य 'हाउस डॉक्टर' के अलावा वहां ज्योतिष के कहीं ज़्यादा अर्जेंट परामर्शों के लिए एक 'हाउस ज्योतिषी' की भी सुविधा उपलब्ध थी। विंसेंट ने समय लेने का फ़ैसला किया। होटल की लंबी-चौड़ी सर्विस डाइरेक्टरी के पन्ने पलटते हुए विंसेंट ने 'हाउस ज्योतिषी' के विवरण को देखा था। हालांकि ज्योतिषविज्ञान को लेकर उसे संदेह थे, लेकिन लंदन में उसके पिछले अनुभव ने उसके दिमाग़ को नई अवधारणाओं के लिए खोल दिया था।

विश्वप्रसिद्ध ज्योतिषी पंडित रामगोपाल प्रसाद शर्मा से समय तय करने के लिए, जो हर दूसरे हफ़्ते ताज के पवित्र हिस्से में अपनी कला और विज्ञान की प्रैक्टिस करते थे, वो होटल के रिसेप्शन पर पहुंचा। रिसेप्शनिस्ट ने ख़ुशी-ख़ुशी विंसेंट को शाम तीन बजे का समय दे दिया।

विंसेंट की कल्पना के विपरीत पंडित रामगोपाल प्रसाद शर्मा सनकी, अधनंगे फ़क़ीर नहीं, बल्कि इक्यासी साल के बुद्धिमान बुज़ुर्ग निकले, जो बहुत शानदार अंग्रेज़ी बोलते थे।

"देखिए, मि. सिन्क्लेयर, मेरा बचपन और किशोरावस्था पंजाब के होशियारपुर के ख़ूबसूरत खेतों में बीता था। प्रकृति के वैभव से घिरा हुआ मैं नियति की अवधारणा पर आकर्षित हो गया था। ये मुझे इस प्रश्न पर ले गया: क्या जीवन में सब कुछ पूर्वनिर्धारित है? यही

प्रश्न मुझे ज्योतिष, हिंदू खगोलशास्त्र और दर्शनशास्त्र के अध्ययन की ओर ले गया," पंडित रामगोपाल प्रसाद शर्मा ने दो कपों में, एक विंसेंट के और एक अपने लिए, लेमन टी निकालते हुए बताया।

पंडित रामगोपाल प्रसाद शर्मा के पिता विज्ञान और गणित के प्रोफ़ेसर रहे थे लेकिन वो हमेशा खगोलशास्त्र, हस्तरेखाशास्त्र, रहस्यवाद और अध्यात्म जैसे विषयों में ही डूबे रहते थे। अपने पिता की पुस्तकों और ग्रंथों तक चौबीस घंटे पहुंच होने की वजह से रामगोपाल ने अतृप्त क्षुधा की तरह सबको पढ़ा, दोबारा पढ़ा, आत्मसात किया और समझा। आध्यात्मिकता को लेकर वो इतने उत्सुक हो गए थे कि उन्होंने इस विषय में गहरे और गहरे उतरना शुरू कर दिया। जल्दी ही, उनके पिता के घर के बाहर प्रतीक्षारत आगंतुकों की क़तार लगने लगी। लोगों ने उनकी सटीक भविष्यवाणियों पर विश्वास करना शुरू कर दिया था। इसने और ज़्यादा उत्साह, और ज़्यादा गहरी रिसर्च की ओर प्रेरित किया, अंतत: रामगोपाल भारत और विदेशों के सबसे ज़्यादा लोकप्रिय ज्योतिषी बन गए।

"तो मेरा मानना है कि आपके पास जन्मकुंडली तो होगी नहीं, ऐसी स्थिति में मुझे आपकी कुंडली बनानी होगी।"

"वो क्या होती है?" विंसेंट ने पूछा

पंडित रामगोपाल ने धैर्य से समझाया। "जन्मकुंडली जन्म का चार्ट होती है। ये पैदा होने के वक़्त ग्रहों की स्थिति दर्शाती है। मुझे आपके जन्म की तारीख़, समय और स्थान जानना है।"

विंसेंट ने उन्हें आवश्यक डाटा बताया: एक जुलाई 1969; सुबह के सवा सात; न्यूयॉर्क शहर।

पंडित ने एक बहुत पुराने ग्रंथ को देखा जिससे उन्होंने न्यूयॉर्क शहर के देशांतर और अक्षांश को निकाला। देशांतर 40°29'40 उ से 45°0'42' उ और अक्षांश 71°47'25' प से 79°45'540 प।

वो दक्ष शिल्पकार थे, उन्होंने विंसेंट के जन्म के चार्ट में ग्रहों की स्थिति भरना शुरू कर दी। चार्ट भली प्रकार से पूरा हो गया तो उन्होंने बड़े ध्यान से उसे देखा मानो किसी कलाकृति को सराह रहे

हों।

"मैं आपके अतीत के बारे में आपको कुछ बातें बताऊंगा। कृपया मुझे बताइएगा कि मैं सही हूं या ग़लत। इससे सुनिश्चित होगा कि जो चार्ट मेरे सामने है, वो वाक़ई सही है।"

विंसेंट ने धीरे से सिर हिलाकर हामी भरी।

"आप अकेली संतान हैं। न कोई भाई न बहन।"

"हां।"

"आपके माता-पिता गुज़र चुके हैं। वो लगभग एक ही वक़्त में मृत्यु को प्राप्त हुए थे। हिंसक और अचानक मृत्यु। हादसे में?"

"हां।"

"आपका विवाह नहीं हुआ है।"

"हां।"

"यद्यपि आपका विवाह नहीं हुआ है किंतु आपको बच्चों से प्रेम है। आप अपने व्यवसाय में बच्चों के साथ काम करते हैं। शायद स्कूल में शिक्षक या बालरोग विशेषज्ञ?"

"हां।"

"आप बहुत अधिक धार्मिक हैं। वास्तव में, आपका काम ही आध्यात्मिक प्रकार का है।"

"हां।"

"फिर तो ठीक है," पंडित रामगोपाल ने व्यावहारिक ढंग से कहा मानो विंसेंट के अतीत के विषय में उनकी सटीक गणनाएं कुछ मायने ही नहीं रखती थीं।

फिर वो बहुत गंभीर हो गए। "आपके राशिफल का लग्न मीन है, चंद्र भी मीन में हैं," उन्होंने कहा।

"हह?" विंसेंट ने कहा।

पंडित रामगोपाल ने आगे कहा, "इसका अर्थ ये है कि इस जीवन में आप अपने अनेक जन्म, मृत्यु और पुनर्जन्म के चक्र के

अंत पर हैं। परमात्मा के साथ एकाकार होने से पहले ये आपका अंतिम जीवनकाल है। ये बहुत अदभुत राशिफल है। इसकी गणना करना मेरा सौभाग्य है।"

"इसका क्या मतलब हुआ?" विंसेंट ने पूछा।

पंडित रामगोपाल ने उत्तर दिया, "इसका मतलब है कि आप अनेक जीवनकाल से गुज़र चुके हैं जिनमें आपने विभिन्न चीज़ें सीखी थीं। इस अंतिम जीवनकाल में आपकी आत्मा वो सब सीखेगी जो सीखने के लिए शेष रह गया है। इसके बाद आपको पुनर्जन्म की आवश्यकता नहीं होगी। हम हिंदू इसे मोक्ष कहते हैं।"

"आप मुझे और क्या बता सकते हैं?"

"आपके जीवन में तीन सर्वोच्च शक्तियां हैं। मोक्ष पाने से पहले आपको उन्हें पहचानना होगा।"

"कैसे?"

"पहली शक्ति के लग्न में शनि हैं। लेकिन इस राशिफल में लग्न तुला है, कर्क नहीं। तुला में शनि की सर्वोच्च शक्ति है, जो इस व्यक्ति को धन-संपत्ति और शक्ति में शीर्ष पर ले जाती है। इसके अतिरिक्त, दूसरे घर में शुक्र और चंद्र का संयोग राजयोग है, नक्षत्रों की भेंट जिसने इस व्यक्ति को हमेशा सार्वजनिक प्रभुत्व में रखा है।"

"ये व्यक्ति कौन है?" विंसेंट ने पूछा।

"ये मैं आपको नहीं बता सकता। लेकिन ठहरें, मेरी पूरी बात सुन लें। एक दूसरी शक्ति है जिसका पाप-कत्री योग या विषकन्या योग है। चंद्र संतप्त हैं और शनि, मंगल के साथ-साथ राहु-केतु जैसे अनिष्टकारी ग्रहों से घिरे हुए हैं। ये व्यक्ति को लगभग उन्मत्त सा बना देता है। ये व्यक्ति हत्या करने में हिचकिचाएगा नहीं।"

"मैं क्या कर सकता हूं?" विचलित दिखने लगे विंसेंट ने पूछा।

"इस दूसरी शक्ति के छठे घर में राहु और बारहवें घर में केतु हैं। ये इस व्यक्ति को पवित्र और अत्यंत धार्मिक बनाते हैं। दुर्भाग्य से इस व्यक्ति के लग्न में शनि और मंगल का संयोग है। जो इस पुरुष

या स्त्री को हिंसक और नृशंस बनाता है। इस प्रकार इस नकारात्मक शक्ति का एक आध्यात्मिक पक्ष भी है।"

"राहु और केतु से आपका क्या मतलब है?" विंसेंट ने पूछा।

पंडित रामगोपाल ने जवाब दिया, "हिंदू पौराणिक कथाओं में राहु एक सर्प हैं जो सूर्य या चंद्र को निगल जाते हैं, और तब ग्रहण लगता है। खगोलीय दृष्टि से राहु और केतु सूर्य और चंद्र के पथ में टकराव के बिंदु का द्योतक हैं। इस सीमा तक कि वो उत्तर और दक्षिण चंद्र आसंधि होते हैं, इसलिए इन बिंदुओं पर ग्रहण लगना अवश्यंभावी है।"

"तो राहु और केतु द्वारा उत्पन्न इस नकारात्मक शक्ति को मैं कैसे बेअसर कर सकता हूं?" विंसेंट ने पूछा।

"दूसरी शक्ति को बेअसर करने के लिए तीसरी शक्ति का प्रयोग करना। इस तीसरी शक्ति के नौवें घर में गजकेसरी योग है। यहां बृहस्पति और चंद्र दोनों निष्कलंक हैं। इस पर किसी ग्रह का कोई पक्ष नहीं है, न ही कोई संगम है। ये बुद्धिमान और ज्ञानवान व्यक्ति है। इन्हें एक-दूसरे की काट करने दें!" सामने पड़ी मेज़ पर हाथ मारते हुए उन्होंने आदेश दिया।

मार्था और विंसेंट ताज के सी लाउंज में बैठे थे जो शहर के पसंदीदा टीरूम्स में से था। दर्शनीय स्थलों की सैर करने के व्यस्त दिन के बाद वो अभी-अभी होटल वापस आए थे और रेस्तरां की विशेषता, वियनुआज़ कॉफ़ी का लुत्फ़ ले रहे थे।

पंडित रामगोपाल प्रसाद शर्मा की भविष्यवाणी से विंसेंट हिल सा गया था, और इससे उबरने में उसे पूरा दिन लग गया। सुबह को मार्था ने राय दी थी कि उन्हें थोड़ा सा शहर घूमकर दिन बिताना चाहिए।

विंसेंट ने अपने गाइड—जो स्थानीय जानकारी के अलावा भी जानकारियों का भंडार निकला—से कहा कि वो सबसे पहले सेंट

थॉमस कैथीड्रल देखना चाहता है, और वो वहीं गए थे। मुंबई के व्यावसायिक इलाक़े के बीचोबीच सेंट थॉमस कैथीड्रल कोलाहल के बीच एक शांत मरीचिका की तरह खड़ा था। कैथीड्रल को 1718 में, शहर के पहले एंग्लिकन चर्च के रूप में, बढ़ती जा रही ब्रिटिश कॉलोनी के 'नैतिक मापदंड' को बेहतर बनाने के उद्देश्य से बनाया गया था।

और तभी विंसेंट को ये सूझा। क्या सेंट थॉमस भारत आने वाले पहले प्रचारकों में से नहीं थे? उसने झट से अपना मन बना लिया था। बॉम जीज़स दस्तावेज़ के संदर्भ को समझने के लिए उसे भारत के दक्षिणी भाग में जाना होगा।

जब वो अपने होटल लौट रहे थे तो उन्होंने कोलाबा के भीड़ भरे बाज़ारों को पार किया जो क़ालीन और शॉल बेचने वाली दुकानों से भरा हुआ था। ज़्यादातर दुकानें कश्मीरी व्यापारियों की थीं। विंसेंट का ध्यान नामों पर गया: अहमद जू, बशीर जू, मुहम्मद जू...

विंसेंट ने सहज भाव से अपने गाइड से पूछा, "ऐसा क्यों है कि इतने सारे दुकानदारों के आख़री नाम एक से हैं?" तुरंत जवाब मिला, "ओह, हां, दिलचस्प सवाल है, सर। स्थानीय कश्मीरी मुसलमानों ने बुज़ुर्ग लोगों के प्रति सम्मान जताने के लिए ये 'जू' शब्द जोड़ा है, जैसे कि, मिसाल के लिए, मुहम्मद जू या अहमद जू। लेकिन ये शब्द 'जू' भी 'ज्यू' शब्द से लिया गया प्रतीत होता है। कश्मीर के बहुत से क़बीलों का यहूदी संबंध है। एक क़बीले का नाम है अशेरिया, आशेर की तरह; डांड क़बीला दान हो सकता है; गाधा, गाद; लावी, लेवी, वग़ैरा वग़ैरा।" विंसेंट को समझ आ रहा था कि इज़रायल के खोए हुए क़बीलों और कश्मीर की वर्तमान आबादी के बीच संबंध उससे कहीं ज़्यादा महत्वपूर्ण है जितना पश्चिमी विद्वानों ने अब तक बताया है।

जब वो होटल के पास पहुंच रहे थे तो उन्होंने एक कैफ़े में खिड़की की ओर की मेज़ पर अकेली बैठी एक छोटी सी जापानी औरत को देखा। वो कैमोमील चाय पी रही थी और समुद्र को

तक रही थी। विंसेंट एक बार फिर सोचे बिना नहीं रह पाया, क्या ज़बरदस्त शख्सियत है इसकी। उसने इसे पहले कहां देखा था? वो जानी-पहचानी सी लगी, लेकिन उसने इस अहसास को दरकिनार कर दिया।

उसकी आंट मार्था नहीं कर पाई।

कोचीन, केरल, भारत, 2012

विंसेंट ने एक पैकेज टूर लेने का फ़ैसला किया जिसमें उसे सेंट थॉमस सर्किट की सभी संबद्ध जगहों पर ले जाया जाता। मुंबई से कोचीन वो ख़ुद हवाईजहाज़ से गया, जबकि मार्था ने अगले कुछ दिन डेविड सैसून लाइब्रेरी में कुछ दस्तावेज़ों पर जानकारी जुटाने में बिताए।

विंसेंट का टूर गाइड केरल का एक नौजवान था जिसका नाम कूरियन था। औपचारिकताओं में पड़ने का इंतज़ार किए बग़ैर कूरियन अपनी तैयार सामग्री के साथ शुरू हो गया। "52 ईसवी में सेंट थॉमस केरल आए थे। उस समय, केरल मसालों, चंदन, काली मिर्च, इलायची और दालचीनी के प्राचीन व्यापार के लिए मशहूर था, और नियमित रूप से यूनानियों, रोमवासियों और अरबों के साथ व्यापार करता था। केरल के व्यापारिक केंद्रों पर यहूदी हावी थे। केरल के प्राचीन बंदरगाह नगरों में 27 ईसा पूर्व से 80 ईसवी तक के रोम और यूनान के सोने के सिक्के मिले हैं।"[123]

कूरियन कह रहा था, "सेंट थॉमस की भारत यात्रा के विषय में एक सीरियाई पांडुलिपि, द *एक्ट्स ऑफ़ जूडस थॉमस,* और सीरिया के थॉमस कैने के यात्रा संस्मरण जिन्होंने 372 ईसवी में केरल में सीरियाई ईसाई धर्म की स्थापना की थी, केरल के तटीय क्षेत्र में मालाबार ईसाइयों के रहने का वर्णन करते हैं। 1498 में जब पुर्तगाली भारत आए तो उन्होंने पाया कि केरल में ईसाई धर्म के 143

चर्च पहले से मौजूद हैं।"

कूरियन ने स्पष्ट किया कि सेंट थॉमस ने केरल में छह प्रार्थना केंद्र स्थापित किए थे और वो सभी यहूदी थे। स्पष्ट है कि सेंट थॉमस के लिए विधर्मियों की अपेक्षा यहूदियों को धर्मोपदेश देना कहीं ज़्यादा आसान रहा होगा।

जब तक विंसेंट मुंबई वापस आया, उसे यक़ीन हो गया था कि सेंट थॉमस निश्चय ही भारत आए थे। अब उसके दिमाग़ में अनेक सवाल दौड़ रहे थे। क्या ये मुमकिन था कि सेंट थॉमस के साथ जीज़स भी भारत आए हों? अगर ऐसा था, तो क्या जीज़स की वंशावली अभी भी भारत में क़ायम होगी? क्या टैरी एक्टन के बॉम जीज़स दस्तावेज़ उन्हें उस दिशा में और आगे ले जा सकते हैं? और मेरी मैग्डेलीन और होली ग्रेल का क्या—वो क्या फ्रांस नहीं चले गए थे? क्या एक से ज़्यादा वंशावलियां भी हो सकती हैं?

आगे बढ़ने से पहले उसे इन बातों पर मार्था से चर्चा करनी थी जो अभी भी मुंबई में ही थी।

मुंबई, भारत, 2012

मार्था डेविड सैसून लाइब्रेरी में बैठी थी। शहर के काला घोड़ा क्षेत्र में स्थित इस लाइब्रेरी में 40,000 किताबें थीं, जिनमें से ज़्यादातर बहुत दुर्लभ थीं।

मार्था की खोज उसे *निगारिस्ताने-कश्मीर* नाम की एक दुर्लभ फ़ारसी कृति तक ले गई। उसके सामने एंड्रियस फ़ेबर काइज़र की *जीज़स डाइड इन कश्मीर*[124] शीर्षक की एक किताब और थी। इस दूसरी किताब में एक दिलचस्प अनुच्छेद था जिसमें लेखक मि बशारत सलीम के साथ हुई अपनी बातचीत का ज़िक्र करता है, जो जीज़स का वंशज होने का दावा करते हैं:

उन्होंने (बशारत सलीम ने) मुझे बताया कि उनकी

जानकारी के मुताबिक़, जीज़स के विवाह के इस विषय पर एकमात्र लिखित स्रोत फ़ारसी की एक पुरानी पुस्तक निगारिस्ताने-कश्मीर *है जिसका उर्दू में तर्जुमा हो चुका है। वो (पुस्तक) बताती है कि राजा शालिवाहन (वही राजा जो पहाड़ों में जीज़स से मिले थे और उनसे बात की थी) ने जीज़स को बताया था कि उन्हें अपनी देखभाल के लिए एक स्त्री की आवश्यकता है और उनके सामने पचास में से चुनने की पेशकश रखी... जीज़स ने जवाब दिया कि उन्हें किसी की आवश्यकता नहीं है और कि कोई उनके काम करने को बाध्य नहीं है, लेकिन राजा हठ करते रहे, आख़िर जीज़स को मानना पड़ा... उस स्त्री का नाम मर्जान था, और वही पुस्तक बताती है कि उसने जीज़स की संतान को जन्म दिया।*

मार्था को याद आया कि विंसेंट के प्रत्यागमन सत्रों ने ऐसा संकेत दिया प्रतीत होता था कि जीज़स क्रूसिफ़िक्शन से बच गए थे। मार्था को कुछ और भी याद आया। 1780 में, कार्ल फ्रेडरिक बार्ट[125] ने सुझाया था कि जीज़स ने कुछ दवाओं के इस्तेमाल से जो चिकित्सक ल्यूक ने उपलब्ध कराई थीं, जानबूझकर क्रॉस पर अपने मरने का नाटक किया था। उन्होंने ऐसा ये सुनिश्चित करने के लिए किया था कि उनके अनुयायी उनके राजनीतिक मसीहा होने की संभावना को नकार देंगे और इसके बजाय उनके आध्यात्मिक मसीहा होने के ज़्यादा अभीष्ट विकल्प को स्वीकार करेंगे। बार्ट के अनुसार, जीज़स को उनके एक गुप्त शिष्य एरिमेथिया के जॉज़ेफ़ ने पुनर्जीवित किया जो असीन के सदस्य थे, जीज़स की ही तरह!

इसके बाद, मार्था ने उन फ़ोटोकॉपियों को पढ़ा जिन्हें उसने कार्ल वैनट्युरिनी[126] के शोध से करवाया था। वैनट्युरिनी का ख़्याल था कि गुप्त समाज के जीज़स के साथी सदस्यों ने उस मक़बरे के अंदर कराहें सुनी थीं जहां क्रूसिफ़िक्शन के बाद जीज़स को रखा गया था। वो पहरेदारों को डराकर भगाने में कामयाब रहे और अंततः उन्होंने जीज़स को बचा लिया। हेनरिक पॉलस का एक विद्वतापूर्ण

लेख संकेत देता है कि जीज़स बस अस्थायी कोमा में चले गए थे और मक़बरे में बिना किसी बाहरी मदद के जी उठे थे।

एक कहानी उभरती नजर आ रही थी। मार्था को अभी भी *नाथनामावली* पढ़ना शेष थी, जिसमें भारत के नाथ योगियों के बारे में लिखा था।

पश्चिमी भारत में, सफ़ेद चोले पहनने वाले घुमक्कड़ साधुओं का एक बहुत ही आडंबरहीन समूह था। उन्हें नाथ योगी कहा जाता था। नाथ योगी ऐतिहासिक गुरुओं के वंश से चले आ रहे थे। दूसरे अनेक लोगों में एक ईसा नाथ नाम के थे। नाथ योगियों के इतिहास पर *नाथनामावली*[27] नाम की एक पुस्तक कहती थी:

> *ईसा नाथ चौदह साल की उम्र में भारत आए थे। इसके बाद वो अपने देश लौट गए और धर्मप्रचार करने लगे। जल्दी ही, उनके देश के निर्मम और भौतिकतावादी लोग उनके ख़िलाफ़ साज़िश करने लगे और उन्होंने उन्हें सूली पर चढ़ा दिया। सूली पर चढ़ाए जाने के बाद, या शायद उससे पहले ही, ईसा नाथ योग के माध्यम से समाधि में चले गए थे।*

योग के प्रचारकों के मुताबिक़ समाधि आत्मसंयम का अंतिम चरण होती है। समाधि का शाब्दिक अर्थ होता है 'साथ लाना'। ये चेतन मन और दिव्य को साथ लाना, आत्मा का ब्रह्म के साथ मिलन होना होता है।

> *उन्हें इस स्थिति में देखकर यहूदियों ने अनुमान लगाया कि वो मृत्यु को प्राप्त हो चुके हैं, और उन्होंने उन्हें एक मक़बरे में दफ़्ना दिया। जब ईसा नाथ के गुरु आए, तो उन्होंने उनके शरीर को मक़बरे से निकाला, उन्हें समाधि से जगाया, और बाद में उन्हें आर्यों की पवित्र भूमि पर ले गए। फिर ईसा नाथ ने हिमालय के निचले क्षेत्र में एक आश्रम स्थापित किया।*

मार्था को विंसेंट के शब्द याद आए जब वो प्रत्यागमन के सम्मोहन में था: "मैं कुछ झाड़ियों के पीछे छिपा हुआ हूं। मैं नहीं जानता कि मैं ख़ुद को यहां से हटा क्यों नहीं पा रहा हूं। रात घिर आई है। आधी रात में, कोई आया था। अपने सफ़ेद चोले की वजह से वो किसी फ़रिश्ते जैसा दिख रहा था... मेरे ख़्याल से वो कोई असीन भिक्षु था। उसने पत्थर हटा दिया। पहरेदार डर के मारे बेहोश हो गए हैं। सैबथ ख़त्म हो गया है, और दोनों मेरी मक़बरे से पत्थर को हटाने यहां आई हैं लेकिन उसे खुला देखकर वो कुछ हैरान हैं। वो अंदर जा रही हैं। मैं समझदारी से कुछ दूरी रखकर पीछे जा रहा हूं। सफ़ेद चोलों में दो आदमी हैं। वो असीनियों जैसे दिख रहे हैं। वो कह रहे हैं कि जीज़स मरे नहीं हैं, ज़िंदा हैं!"

क्या वो नाथ योगी थे? क्या ऐसा भी हो सकता है कि ओल्ड टेस्टामेंट में वर्णित महान पैग़ंबर 'नैथन' वास्तव में 'नाथनामावली' के प्रचारक रहे हों?

⫛

विंसेंट की ख़ातिर मार्था ने जो भी खोजबीन की थी, उससे पूरी तरह से संतुष्ट न होकर उसने होल्गर कर्स्टेन को देखने का फ़ैसला किया, जो जीज़स के भारत में होने के विषय पर अग्रणी विशेषज्ञ थे।

1983 में, *जीज़स लिव्ड इन इंडिया* पुस्तक ने छोटा-मोटा भूचाल ला दिया था, जब इसने रूसी यात्री निकोलस नोतोविच के लद्दाख़ के अनुभवों के क्षेत्र को व्यापक किया था। कर्स्टेन को जब पहली बार इस अवधारणा के बारे में पता लगा था कि जीज़स भारत में रहते थे, उससे दस साल पहले ही वो इस मार्ग पर चल चुके थे ।

कर्स्टेन ने पाया कि फ़ारसी के विद्वान एफ़. मुहम्मद की ऐतिहासिक कृति *जमीउत-तवारीख़* को, जो शाही बुलावे पर जीज़स की तुर्की में निसिबिस की यात्रा के बारे में बताती है, पश्चिमी धर्मशास्त्र ने नज़रअंदाज़ कर दिया था। कर्स्टेन ने खोजा कि तुर्की में, साथ ही फ़ारस में भी, 'रोगियों के उद्धारक' यूज़ आसफ़ नाम के एक

महान मसीहा की कहानियां प्रचलित हैं जिनमें चरित्र, शिक्षाओं और जीवन की घटनाओं के संदर्भ में जीज़स के साथ अनेक समानताएं थीं।

कर्स्टेन ने एपोक्रिफ़ा से भी संदर्भ लिए थे, जो जीज़स के शिष्यों द्वारा लिखित आलेख थे, लेकिन जिन्हें रोमन कैथोलिक चर्च ने अधिकृत तौर पर स्वीकार नहीं किया है। एपोक्रिफ़ल *एक्टा थॉमे*, या द *एक्ट्स ऑफ़ जूडस थॉमस* में उन अनेक मुलाक़ातों का ज़िक्र है जो क्राइस्ट के क्रूसिफ़िक्शन के बाद अनेक अवसरों पर जीज़स और थॉमस के बीच हुई थीं। *एक्टा* ये भी बताती है कि क्राइस्ट ने ख़ासतौर पर थॉमस को भारत में धर्मप्रचार करने भेजा था।

होल्गर कर्स्टेन को पता चला था कि ताज महल के पास स्थित फ़तेहपुर सीकरी के शिलालेखों में 'एग्राफ़ा' या 'क्राइस्ट की शिक्षाएं' भी शामिल हैं जो बाइबिल से पूरी तरह से ग़ायब थीं। उनकी व्याकरण थॉमस के एपोक्रिफ़ल गॉस्पेल से मेल खाती थी।

कर्स्टेन ने इस बिंदु को साबित करने के लए इस तथ्य को उद्धृत किया था कि चर्च द्वारा मिटाए गए आलेखों में जीज़स और उनके जीवन के बारे में अत्यंत महत्वपूर्ण जानकारी मौजूद थी और कि ये जानकारी, यद्यपि चर्च द्वारा निर्ममता से नष्ट की गई थी, लेकिन ये भारत के शिलालेखों से नहीं मिटी थी।

मार्था ने तय किया कि उसे *तारीख़े-ईसा-मसीह* तलाशनी होगी जिसकी टैरी एक्टन ने फ़ोटोकॉपी करके विंसेंट को दी थी। प्रकाशित *तारीख़े-ईसा-मसीह*, जो उसे लाइब्रेरी में मिली, के अंतिम पैराग्राफ़ में लिखा था:

> *ईसा और मेरी के एक सारा नाम की संतान हुई, जिसका जन्म भारत में हुआ था किंतु बाद में उसे उसकी मां के साथ गॉल भेज दिया गया। ईसा भारत में ही रहे, जहां उन्होंने राजा गोपदत्त के हठ करने पर शाक्य वंश की एक स्त्री से विवाह*

> *किया और उनके एक पुत्र हुआ, बेनिस्सा। बेनिस्सा का एक पुत्र था युशुआ जिसने अक्कुब को जन्म दिया। अक्कुब का पुत्र जाशुब था। अबिउद जाशुब का पुत्र था। जाशुब का पोता एल्नाम था। एल्नाम ने हर्ष को जन्म दिया, जो जबाल का पिता था, जो शाल्मन का पिता था। शाल्मन के पुत्र ज़बूद ने इस्लाम क़ुबूल कर लिया। ज़बूद अब्दुल का पिता था, जो हारून का पिता था। उसका पुत्र हमज़ा था। उमर हमज़ा का पुत्र था और उसने राशिद को उत्पन्न किया। राशिद की संतान ख़लील था।*

समस्या ये थी कि अगर उस पुस्तक में ज़िक्र की गई जीज़स की सोलह पीढ़ियों को मान भी लिया जाए और हरेक पीढ़ी के लिए चालीस साल का जीवनकाल रखा जाए, तो पुस्तक में जीज़स के बाद केवल 640 साल के क़रीब की जानकारी थी। ख़लील के बाद वंश कहां गया?

अब मार्था को यक़ीन हो चला था कि किसी तरह की लीपापोती चल रही है। उसे उर्दू की मूल कृति देखनी थी, अनूदित संस्करण नहीं। लाइब्रेरी में उर्दू की मूल किताब थी—ये 1862 में प्रकाशित तीसरा संस्करण था।

ख़ुशक़िस्मती की बात ये थी कि भारत में इतने साल रहने की वजह से मार्था उर्दू बहुत अच्छी तरह से जानती थी।

उसने उर्दू में किताब पढ़ना शुरू किया। उसने एक-एक लाइन पढ़ना शुरू किया, पहले उर्दू में, और फिर अंग्रेज़ी में उसका अनुवाद करके:

> *ईसा और मेरी के एक सारा नाम की संतान हुई, जिसका जन्म भारत में हुआ था किंतु बाद में उसे उसकी मां के साथ गॉल भेज दिया गया। ईसा भारत में ही रहे, जहां उन्होंने राजा गोपदत्त के हठ करने पर शाक्य वंश की एक स्त्री से विवाह*

किया और उनके एक पुत्र हुआ, बेनिस्सा। बेनिस्सा का एक पुत्र था युशुआ जिसने अक्कुब को जन्म दिया। अक्कुब का पुत्र जाशुब था। अबिउद जाशुब का पुत्र था। जाशुब का पोता एल्नाम था। एल्नाम ने हर्ष को जन्म दिया, जो जबाल का पिता था, जो शाल्मन का पिता था। शाल्मन के पुत्र ज़बूद ने इस्लाम क़ुबूल कर लिया।

ज़बूद का पुत्र अब्दुल था, और अब्दुल का पुत्र हारून था। हारून का पुत्र हमज़ा था और हमज़ा का पुत्र उमर था। राशिद का पिता उमर था और राशिद की संतान ख़लील था। राशिद की दो संतानें और थीं, एक पुत्र और एक पुत्री। लड़के का नाम मुहम्मद था और लड़की का सुल्ताना। मुहम्मद की विवाह होने से पहले ही मृत्यु हो गई, लेकिन सुल्ताना ने एक पुत्र को जन्म दिया। उसके पुत्र का नाम सलीम था। सलीम के इकराम नाम का पुत्र हुआ। इकराम ने रज़िया से विवाह किया और उनकी बानो नाम की पुत्री हुई। बानो ने अली नाम के पुत्र को जन्म दिया। अली के एक पुत्र हुआ, ग़ुलाम, और ग़ुलाम के भी एक पुत्र हुआ, मुस्तफ़ा। मुस्तफ़ा के पुत्र का नाम हुमायूं था। हुमायूं के बेटे का नाम अब्बास था। अब्बास का फ़ैज़ नाम का पुत्र हुआ। फ़ैज़ का जावेद नाम का पुत्र हुआ। जावेद का एक पुत्र हुआ, गुलज़ार। गुलज़ार की एक पुत्री थी। पुत्री का नाम नसरीन था। नसरीन के एक पुत्र हुआ, अकबर। अकबर का पुत्र हुआ यूसुफ़। यूसुफ़ के पुत्र का नाम था मंसूर। मंसूर के पुत्र का नाम था ज़ैन। ज़ैन का पुत्र हुआ फ़ैसल। फ़ैसल ने एक बेटी को जन्म दिया जिसका नाम था शर्मीन। शर्मीन के पुत्र का नाम था इब्राहीम। इब्राहीम के पुत्र का नाम था आलम। आलम के पुत्र का नाम था मेहदी। मेहदी का पुत्र हुआ बिस्मिल्लाह। बिस्मिल्लाह के पुत्र का नाम था हसन। हसन के पुत्र का नाम था शब्बीर।

मार्था भौचक्की थी। यहां एक अनुच्छेद था जो वंश को लगभग

पच्चीस पीढ़ी आगे तक ले गया था! अंग्रेज़ी अनुवाद में इसे छोड़ने की ग़लती कैसे हो सकती थी?

उसने मन ही मन सोचा, "संस्कृत की अनेक ऐतिहासिक कृतियों का अनुवाद करने के लिए मैक्स मूलर की दुनिया भर में तारीफ़ होती है। बदक़िस्मती से उसके उद्देश्यों पर शायद ही कभी बात होती हो। मैक्स मूलर ही था जिसने लिखा था कि, 'भारत को एक बार जीत लिया गया है, लेकिन भारत को फिर से जीतना होगा... प्राचीन धर्म नष्ट हो रहा है और अगर ईसाई धर्म ने क़दम नहीं रखे, तो ये किसकी ग़लती होगी?'"

मार्था स्पष्ट थी। अंग्रेज़ विद्वान ऐसे किसी भी ऐतिहासिक भारतीय ग्रंथ को सामने लाने के अनिच्छुक थे जो भारतीय संस्कृति या धर्मों को पश्चिमी ईसाई विचारधारा से ज़्यादा पुरानी या उन्नत दर्शाती हो। ऐसी कोई भी किताब जो जीज़स या ईसाई धर्म को भारत से, बौद्ध धर्म से या हिंदू धर्म से प्रेरित दिखाती हो, ईसाई मिशनरियों के काम को बहुत मुश्किल बना देती। भारतीय प्रश्न करते कि अगर ईसाई विचारधारा ख़ुद ही प्राचीन बौद्ध या हिंदू दर्शन से ली गई है तो उन्हें ईसाई धर्म अपनाने की क्या ज़रूरत है।

"यानी अंग्रेज़ी अनुवादों में ये लोप जानबूझकर किया गया था?" मार्था ने मन में सोचा। "इसे जानने का बस एक ही तरीक़ा है," उसने उतनी ही तत्परता से ख़ुद को जवाब दिया। "हमें उस बॉम जीज़स दस्तावेज़ द्वारा खड़ी की गई चुनौती को स्वीकार करना होगा जो टैरी ने विंसेंट को दिया था।"

गोआ जाने का वक़्त आ गया था। क्या विंसेंट मुंबई पहुंच गया होगा? मार्था ने अपनी खोज पर विचार किया और उन निहितार्थों के बारे में सोचा जो व्यक्तिगत रूप से उसके लिए मायने रखते थे।

मुंबई से गोआ जाने के कई तरीक़े थे। सबसे उबाऊ तरीक़ा था पैंतालीस मिनट की फ़्लाइट लेना। थकाऊ तरीक़ा था रात की बस

पकड़ना। क़िफ़ायती तरीक़ा सुपरफ़ास्ट कोंकण रेलवे की एक्सप्रेस ट्रेन जो सात घंटे में वहां पहुंचा देती थी। सम्मानित तरीक़े को डैक्कन ओडिसी कहा जाता था।

यूरोप की ओरिएंट एक्सप्रेस और दक्षिण अफ्रीका की ब्लू ट्रेन के भारतीय जवाब पर विंसेंट और मार्था सवार थे। कोचीन की अपनी यात्रा के दौरान, विंसेंट ने भारत के पश्चिमी रेलवे के सीनियर सुपरिंटेंडेंट से दोस्ती कर ली थी। इस सुपर-लग्ज़री ट्रेन के दो टिकट उसका बहुत रिआयती तोहफ़ा था।

डैक्कन ओडिसी एक गहरे नीले रंग की ट्रेन थी जिस पर सुनहरी धारियां बनी थीं। पुराने कोचों का नामकरण भारत के मशहूर क़िलों, महलों और स्मारकों के नाम पर किया गया था, ऐसे नाम जो मुंबई से गोआ की सुकून भरी यात्रा में परिचित हो जाते थे। ये यात्रा उन दोनों को अपनी अब तक की खोज पर विचार करने का समय भी दे देती।

डैक्कन ओडिसी साठ मील प्रति घंटे की अलसाई गति से चल रही थी और रास्ते में पड़ने वाले छोटे शहरों और समुद्र तटों पर रुकते हुए भारत के पश्चिमी प्रायद्वीप से गुज़र रही थी।

सुबह निजी वेले द्वारा गर्म कॉफ़ी और टोस्ट के साथ उठाया जाना, शाम में सफ़ेद दस्ताने पहने बैरों द्वारा व्हिस्की और सोडा और रोज़ रात को सोने से पहले कोको और बिस्कुट पेश किया जाना सुखद था।

तीसरे दिन वो सिंधुदुर्ग पहुंचे जो अपने हिंदू मंदिरों के लिए मशहूर था। ये सिंधुदुर्ग के दुर्ग के लिए भी मशहूर था, जिसे पूरा करने के लिए 6000 मज़दूरों ने तीन साल तक रात-दिन काम किया था। अड़तालीस एकड़ में फैली विशालकाय इमारत, समुद्र में पसरा सांस रोक देने वाला और आदिकालीन चट्टानी तटीय रेखा से घिरा विशाल निर्माण।

जब बुआ और भतीजा अपने आसपास फैली सुंदरता को नज़रों में भर रहे थे, तो विंसेंट बोला। ट्रेन के सफ़र के दौरान वो रिचर्ड

ज़िम्लर[128] का उपन्यास *गार्जियन ऑफ़ द डॉन* पढ़ रहा था जिसे मार्था किसी तरह लाइब्रेरी से ले आई थी।

"नाना, आपको पता है कि इस किताब के लेखक का हाल ही में भारत में इंटरव्यू लिया गया था? आपको पता है उसने क्या कहा था?"[129]

"क्या?" मार्था ने पूछा।

"उसने कहा कि पुर्तगाली सोलहवीं शताब्दी में धर्म-न्यायाधिकरण को गोआ लाए थे, और कि अनेक भारतीय हिंदुओं को अपने धर्म का पालन करते रहने के लिए यातनाएं दी गईं और जला दिया गया। भारतीय मुसलमानों को आमतौर पर तुरंत मार दिया गया या गोआ की सीमा से भागने पर मजबूर कर दिया गया।"

विंसेंट ने कहना जारी रखा, "इतिहासकार गोआ के धर्म-न्यायाधिकरण को इतिहास में सबसे बेरहम और क्रूर मानते हैं। ये मौत की मशीन था। 1560 से 1812 तक एक बड़ी संख्या में हिंदुओं का पहले तो धर्मांतरण करवाया गया और फिर उन्हें मार दिया गया! 252 साल की उस अवधि में गोआ में रहने वाले किसी भी पुरुष, स्त्री या बच्चे को कोई प्रार्थना बुदबुदाने या घर में छोटी सी भी मूर्ति रखने पर गिरफ़्तार और पीड़ित किया जा सकता था। बहुत से हिंदू, मुसलमान और कुछ पुराने यहूदी भी धर्म-न्यायाधिकरण के विशेष कारागारों में बंद रहे थे, कुछ तो एक बार में चार, पांच या छह साल तक के लिए।"

विंसेंट ने प्रतिक्रिया के लिए मार्था की ओर देखा। वहां कोई प्रतिक्रिया नहीं थी।

उसने आगे जारी रखा, "बेशक, लेखक ये सब जानकर सहम गया था। उसे बहुत धक्का लगा था कि पुर्तगाल के उसके मित्र इस बारे में कुछ नहीं जानते थे। पुर्तगाली गोआ को मसालों के व्यापार के लिए वैभवशाली राजधानी के रूप में मानते थे, और ग़लत तौर पर ये भी मानते थे कि वहां विभिन्न सांस्कृतिक पृष्ठभूमियों के लोग शांति और सदभाव के साथ रहते थे, लेकिन उस आतंक के बारे में

उन्हें कुछ पता नहीं था जो पुर्तगालियों ने भारत में बरपा किया था। उन्हें कुछ पता नहीं था कि किस तरह उनके कट्टर धार्मिक नेताओं ने इतने लोगों को यातनाएं दी थीं।"

"लेकिन इस्लाम भी तो तलवार के बल पर फैला था, विंसेंट। ईसाई धर्म पर ही उंगली क्यों उठाते हो?" मार्था ने पूछा।

"हां। मेरा भी यही कहना है। ईसाई धर्म और इस्लाम दोनों ही शांति के धर्म हैं; मगर आज उनका विशाल अनुयायी वर्ग आंशिक रूप से उस ख़ून की वजह से है जो इतिहास के अनेक वर्षों में बहाया गया है। दूसरी ओर, हम नहीं देखते कि बौद्ध या हिंदू धर्म अपने मत को फैलाने के लिए इतनी दूर तक गए हों भले ही आधुनिक काल के हिंदू राष्ट्रवादी अल्पसंख्यकों के ख़िलाफ़ दंगे भड़काने के ज़िम्मेदार रहे हों, और बौद्ध भिक्षु म्यांमार में सड़कों पर उतर आए हों।"

"तो हम इस बातचीत से असल में किस दिशा में जा रहे हैं?" मार्था ने पूछा।

"इस्लाम और ईसाई धर्म अगर एक-दूसरे से लड़ने की जगह सहयोग करते तो धर्मांतरितों के लिए हुए उनके आक्रामक मुक़ाबले को संभवत: बेहतर तरीक़े से संभाला जा सकता था।"

"अब मुझे ये पूरी तरह से मुमकिन लग रहा है कि जीज़स ने क्रूसिफ़िक्शन में बचकर, जैसा कि मैंने अपने पूर्वजन्म के प्रत्यागमनों में देखा था, यहां भारत आकर उस प्राचीन ज्ञान को फिर से खोजने का फ़ैसला किया हो जिसकी उन्होंने शिक्षा पाई थी," गोआ पहुंचने की तैयारी में सूटकेस में अपने कपड़े रखते हुए विंसेंट ने कहा।

"वो इस सच के कारण भी भारत आए हो सकते हैं कि खोए हुए क़बीले असल में कश्मीर की वादी में बस गए थे। कश्मीर की बहुत सी जगहों के इज़रायली नाम हैं, जैसे *हर नेवो, बेत प्यूर, पिस्गा, हेशुबोन*। ये सभी नाम इज़रायल के दस क़बीलों के प्रदेश के थे। लोगों के नामों के बारे में भी ये बात सच है। कश्मीर के लोग बसंत

में पास्का नाम से एक भोज देते हैं, जब वो चंद्र और सूर्य कैलेंडर के दिनों के फ़र्क़ को संतुलित करते हैं, और इस संतुलन का तरीक़ा यहूदियों जैसा ही है। कश्मीरी में *हूण* का अर्थ कुत्ता होता है, और पत्नी को *आशेन* कहते हैं, हीब्रू की तरह ही। कश्मीर में *फ़ार* कही जाने वाली अधभुनी मछली इज़रायलियों और कश्मीर के लोगों दोनों का पसंदीदा व्यंजन है। इसलिए जीज़स इस पुराने संबंध की वजह से यहां आए हो सकते हैं। सही?"

"सही। तो, अगर उनकी संतानें यहीं रहती रही हों तो? अगर वो मुसलमान हों तो क्या ये विडंबना नहीं होगी? आख़िरकार, इस्लाम भारत में आठवीं सदी से मुस्लिम हमलों के ज़रिए हिंसात्मक ढंग से आया था।"

"हो सकता है ऐसा हो, लेकिन तुम कहना क्या चाह रहे हो, विंसेंट?" मार्था ने खीझकर पूछा।

"ऐसा कोई वंशज जिसमें जीज़स का ख़ून हो और आज वो इस्लाम का अनुयायी हो, तो वो ईसाइयों और मुसलमानों दोनों के लिए समस्या होगा।"

"क्यों?"

"सबसे पहली बात, चर्च ये मानना नहीं चाहेगा कि ऐसी कोई वंशावली है... ये इस मूलभूत विश्वास को नष्ट करता है कि जीज़स ने इंसान के गुनाह के बोझ को वहन करते हुए क्रॉस पर प्राण त्यागे थे। इसका मतलब है कि कोई मृत्यु, पुनरोत्थान नहीं हुआ, दिव्य स्थान नहीं मिला। साथ ही, दुनिया को ये बताना कि क्राइस्ट की अपनी वंशावली ने ही क्राइस्ट द्वारा स्थापित धर्म को त्याग दिया था, ये मानना होगा कि ईसाई धर्म के साथ लड़ाई में इस्लाम जीत गया है!"

"समझ गई। लेकिन जीज़स का ऐसा कोई वंशज इस्लाम के लिए समस्या क्यों होगा?" मार्था अड़ी हुई थी।

"क़ुरआन के अनुसार, केवल एक ही धर्म है जो अल्लाह को स्वीकार है, और वो वही है जिसमें उसकी मर्ज़ी के आगे पूर्ण समर्पण

होता है। इस हद तक कि मुसलमानों का विश्वास है कि पूर्ववर्ती पैग़ंबरों जैसे अब्राहम, मोज़ेज़ और जीज़स का धर्म भी इस्लाम ही था क्योंकि उन्होंने ख़ुद को पूरी तरह ईश्वर की इच्छा और अनुपालन के सामने समर्पित कर दिया था। इस्लाम न केवल अधिकृत रूप से जीज़स समेत सभी पूर्ववर्ती पैग़ंबरों की प्रामाणिकता को मान्यता देता है, बल्कि किसी भावी पैग़ंबर को भी जो आ सकते हैं।"[130]

"तो?"

"क्या वर्तमान समय में ऐसा कोई पैग़ंबर इस्लाम की शक्ति संरचना के लिए ख़तरा नहीं होगा? अगर ऐसा व्यक्ति वाक़ई पैग़ंबर होने का दावा करे, तो आजकल के सारे इमामों का क्या होगा?"

गोआ, भारत, 2012

भारत के पश्चिमी किनारे पर मौजूद कोंकण तटीय क्षेत्र पर स्थित गोआ भारत की पार्टी-राजधानी है। फ़्लाइट्स राज्य की राजधानी पण्जिम में आती हैं मगर उसका व्यापार और वाणिज्य वास्को शहर में होता है, जिसका नाम प्रसिद्ध खोजी वास्को डी गामा के नाम पर पड़ा है। पुर्तगाली व्यापारी जो सोलहवीं सदी में यहां आए थे, गोआ को उपनिवेश बनाने में सफल रहे, और ये पुर्तगाल का ही उपनिवेश रहा जब तक कि 1961 में स्वतंत्र भारत ने इस पर अधिकार नहीं किया।

गोआ की तटीय रेखा पर मौजूद हर मोड़ पर ख़ूबसूरत छोटी-छोटी खाड़ियां थीं, हरेक अपनी ख़ूबसूरती में अनूठी थी। धूप से नहाए तट पर मनोहर छोटे-छोटे उनींदे से गांव थे जहां सफ़ेदी किए गए चर्च और लाल खपरैल की छतों वाले एक जैसे अजीब से घर थे। मीलों तक फैले हरे-भरे नारियल और ताड़ के पेड़ ग़ज़ब के ख़ूबसूरत थे, भले ही कोई भी मौसम हो। ख़ासकर ये हवाई जैसा अनुभव ही था, और वो भी बहुत कम क़ीमत पर, कि अनेक विदेशी पर्यटक जो

गोआ घूमने आते थे, घर लौटना ही नहीं चाहते थे।

गोआ के उत्तरी हिस्से की ओर, गोआ की राजधानी पणजी से क़रीब अठारह किलोमीटर दूर, अंजुना बीच है। आमतौर पर 'दुनिया की नशे की राजधानी' कहा जाने वाला अंजुना बीच अपनी नशे और रेव पार्टीज़ के साथ-साथ हिप्पियों की भरमार के लिए कुख्यात है। नारियल के गहन कुंजों से घिरा ये बीच बुधवारों को सबसे ज़्यादा व्यस्त रहता है जब 'स्थानीय सस्ता बाज़ार' लगता है। ये बाज़ार हमेशा तरह-तरह के स्वादों, रंगों, गंधों और कपड़ों का अदभुत मेल होता है।

गोआ के एक क्षेत्र से दूसरे क्षेत्र के किरायों में फ़र्क़ था, लेकिन विंसेंट के रेलवे वाले दोस्त ने उन्हें अंजुना बीच के पास क़रीब दो सौ डॉलर हफ़्ते पर एक बहुत देहाती सी मगर ठीकठाक कॉटेज दिलवा दी थी। उसमें दो छोटे-छोटे बेडरूम, एक बाथरूम, एक रसोई, एक बैठक और सुकून भरी शामों में बाहर बैठने के लिए एक ख़ुशनुमा सा बरामदा था। ख़ुशक़िस्मती से, उनकी कॉटेज नशेड़ियों के इलाक़े के बीच नहीं, बल्कि अलसाए से गांव के क़रीब थी। ये जगह उन्हें दोनों दुनियाओं का ख़ुशगवार रूप पेश करती थी—सभ्यता के साथ-साथ शांत खाड़ी की निस्तब्धता से नज़दीकी।

जब उनकी टैक्सी, जिसने यक़ीनन कभी बेहतर दिन देखे थे, खड़खड़ाती हुई उनके नए घर की ओर चली, तो एक तेज़ चल रही मोटरसाइकिल उससे आगे निकल गई। जैकेट और हैल्मेट के नीचे एक ख़ूबसूरत नौजवान जापानी औरत थी जो बहुत तेज़ी से आगे निकल गई थी।

उसने मार्था को घूरकर देखा था।

⚜

मोटरसाइकिल पर बैठी और अपने आसपास के हरे-भरे इलाक़े को देखती स्वाकिल्की को अहसास हुआ कि गोआ को देखकर उसे उस छोटे से गांव का ध्यान आ रहा है जहां उसकी मां अकी बचपन में

छुट्टियां मनाने उसे ले जाती थीं। उस गांव का नाम शिंगो था और वो जापान के आओमॉरी के सैनोहे क्षेत्र में स्थित था। वो उसकी मां अकी का जन्मस्थान था।

नन्ही स्वाकिल्की को पता नहीं था, ये नन्हा गांव 1935 में विवाद का केंद्र बन गया था। कियोमारो ताकेयुची नाम के एक सज्जन को इबाराकी प्रांत में रखा एक दस्तावेज़ मिला था जिसमें जीज़स को शिंगो में दफ़्नाए जाने के साक्ष्य थे। इस दस्तावेज़ को इतना प्रामाणिक और विस्फोटक माना गया कि जापान की राजतंत्रीय सरकार ने लोगों द्वारा इस दस्तावेज़ को देखे जाने पर रोक लगा दी और उसे टोक्यो के एक संग्रहालय में बंद कर दिया। दूसरे विश्व युद्ध के दौरान हुई बमबारियों में वो संग्रहालय तथाकथित रूप से अपने सभी दस्तावेज़ों के साथ नष्ट हो गया। जापानी सरकार के लिए ये सुविधाजनक था।[131]

गांव वाले इस सच से अनजान थे कि जीज़स यक़ीनन उनके यहां *नहीं* आए थे। और इस तथ्य से भी कि उनकी पुत्री आई थी।

अध्याय अठारह

वैटिकन सिटी, 2012

महामहिम बाइबिल की बुक ऑफ़ रिवीलेशन के पद पढ़ रहे थे।[132] उनका दिमाग़ पुस्तक में वर्णित सात देवदूतों पर केंद्रित था:

> *पहले देवदूत ने तुरही फूंकी और लहू से मिश्रित ओले और आग उत्पन्न हुए और उन्हें पृथ्वी पर फेंक दिया गया।*
>
> *एक तिहाई पेड़ जल गए, और सारी हरी घास जल गई।*
>
> *और दूसरे देवदूत ने तुरही फूंकी, और जलती हुई आग का एक बड़ा पहाड़ समुद्र में फेंक दिया गया।*
>
> *समुद्र का एक तिहाई पानी लहू हो गया। समुद्र का एक तिहाई जीवन नष्ट हो गया।*
>
> *और तीसरे देवदूत ने तुरही फूंकी, और एक विशाल तारा आसमान से गिर पड़ा, मशाल की तरह जलता हुआ। वो एक तिहाई नदियों पर गिरा, जिसने पानी को अपेय बना दिया और बहुतों को मार डाला।*
>
> *और चौथे देवदूत ने तुरही फूंकी, और एक तिहाई सूरज, चांद और तारे काले पड़ गए जिससे एक तिहाई दिन काला हो गया।*

और पांचवें देवदूत ने तुरही फूंकी, और आसमान से एक तारा पृथ्वी पर गिरा और उसे एक अथाह गड्ढे की कुंजी दे दी गई। और उसने वो अथाह गड्ढा खोला; और उससे ऐसा धुआं उठा जैसे किसी विशाल भट्टी से उठ रहा हो और वातावरण काला हो गया।

उस धुएं से पृथ्वी पर टिड्डी दल टूट पड़ा और उन्हें उन मनुष्यों को आहत करने की शक्ति प्राप्त थी जिनके माथों पर ईश्वर की मोहर नहीं थी।

और छठे देवदूत ने तुरही फूंकी, और उससे दो लाख घुड़सवारों को खोल देने को कहा गया जिन्हें एक तिहाई मानवता को नष्ट कर देना था।

और सातवें देवदूत ने तुरही फूंकी; और आसमान में भारी आवाज़ें गूंजने लगीं, जो कह रही थीं, "इस संसार के राज्य हमारे प्रभु के, और उनके क्राइस्ट के राज्य हो गए हैं, और वो युगों-युगों तक राज करेगा।"

शैमॅनी, फ्रेंच आल्प्स, फ्रांस, 2012

ऑट सैव्वा में, शैमॅनी, मौं ब्लां का अदभुत नज़ारा पेश करता है। उत्तर में स्विट्ज़रलैंड और पूर्व में इटली की सीमा के साथ सैवॉय 1860 में फ्रांस का हिस्सा बना था।[133] इस क्षेत्र को यूरोप की छत, 4807 मीटर ऊंचाई वाले मौं ब्लां के कारण शोहरत हासिल है।

अताउल्लाह अल-लिबि के एगुइल दे मीदी जाने के लिए केबल कार में चढ़ने पर किसी ने ध्यान नहीं दिया। सफ़र के पहले हिस्से के रूप में, 2263 मीटर की ऊंचाई पर स्थित प्लान दे ल'एगुइल की नौ मिनट की यात्रा बहुत बुरी नहीं थी। 3781 मीटर की ऊंचाई पर एगुइल दे मीदी स्टेशन तक का केबल कार यात्रा का दूसरा हिस्सा बहुत डरावना था; अताउल्लाह को ऊंचाई से डर लगता था।

अपनी मंज़िल पर पहुंचने पर अताउल्लाह मौं ब्लां की चोटी से क़रीब सौ मीटर दूर था और उसने शैमॅनी एगुइल और यूरोप के सबसे बड़े ग्लेशियर वैले ब्लांश का भव्य नज़ारा देखा। यही वो जगह थी जहां उसे आराम से अंधेरे में गुम हो जाना था। उसकी स्की जैकेट में ख़ासतौर से एक उच्च-शक्ति वाला सैम्टैक्स फ़िट था। उसने जल्दी से उसे उतारा।

21 जनवरी 2012 के देर से हुए विस्फोट ने शैमॅनी को ओलों और आग की एक चीरती दीवार भेज दी, जिससे 332 लोग मारे गए। काम पूरा हुआ, और अताउल्लाह जेनेवा की फ़्लाइट पकड़ने के लिए शैमॅनी एयरपोर्ट की ओर चल दिया और वहां से अमेरिका में फ्रेडरिक काउंटी, जहां उसकी मुलाक़ात तय थी।

पहले देवदूत ने तुरही फूंकी और लहू से मिश्रित ओले और आग उत्पन्न हुए और उन्हें पृथ्वी पर फेंक दिया गया...

रिबरेल्टा, बोलीविया, 2012

बम विस्फोट का केंद्र बोलीविया की राजधानी ला पाज़ के 850 किलोमीटर उत्तरपूर्व में रिबरेल्टा से 25 किलोमीटर दूर था।

कोई भी उस अपरिष्कृत आईईडी, इंप्रोवाइज्ड़ एक्सप्लोज़िव डिवाइस, को नहीं देख पाया था जो पोटैशियम परक्लोरेट, एल्युमीनियम पाउडर और गंधक से बना था जिसे बुतरोस अहमद ने एमेज़ॉन की घनी आड़ में छोड़ दिया था। वैल्डिंग टॉर्च की ज़बरदस्त ऊष्मा ही उस अत्यंत संवेदनशील मिश्रण में विस्फोट करने में सक्षम थी।[134]

21 फ़रवरी 2014 को लगी आग ने 113 लोगों की जान लेने के अलावा 4,48,000 एकड़ के उष्णकटिबंधीय वन को नष्ट कर दिया था।

काम ख़त्म हुआ, और बुतरोस जनरल ब्यूच एयरपोर्ट की ओर गाड़ी बढ़ा ले गया ताकि लॉयड एयरियो बोलिवियानो की अपनी

फ़्लाइट पकड़ सके जो उसे फ्रेडरिक काउंटी में होने वाली उसकी मीटिंग में ले जाती।

एक तिहाई पेड़ जल गए, और सारी हरी घास जल गई।

हुबेइ प्रांत, चीन, 2012

तीन घाटी बांध सैंदाउपिंग, यीचांग और हुबेइ पर यांग्त्ज़ी नदी को बांधता है। दुनिया के सबसे बड़े हाइड्रोइलेक्ट्रिक बांध का निर्माण, जो हूवर बांध से पांच गुना बड़ा है, 1993 में शुरू हुआ था। बांध 2009 में पूरी तरह चालू हो पाया था। अब जलाशय में 39।3 खरब क्यूबिक मीटर पानी है। छब्बीस पॉवर जेनरेटरों में 18।2 गीगावाट की संयुक्त उत्पादन क्षमता है।[135]

तीन घाटी बांध इतना मज़बूत था कि आतंकवादी हमलों का प्रतिरोध कर सके—चीन के पास इतनी मानवशक्ति और उपकरण थे कि वो मुख्य हिस्सों जैसे स्वयं बांध, बिजली संयंत्र और तीनों घाटियों के तालों की सुरक्षा कर सके।

जिस चीज़ की सुरक्षा नहीं की जा सकती थी वो था उन जहाज़ों पर लदा माल जो विशाल जहाज़ लिफ़्ट से गुज़रते थे। तीन घाटी बांध का जहाज़ लिफ़्ट 113 मीटर की लंबवत दूरी से 3000 टन के विस्थापन तक जहाज़ों को ले जाने के लिए बनाया गया है। उस बेसिन का आकार भी विशालकाय 120 गुणा 18 गुणा 3.5 मीटर था जिससे जहाज़ों को चढ़ाया या उतारा जाता था। हर जहाज़ को ऊपर या नीचे जाने में लगभग तीस मिनट लगते थे।

3000 टन का जहाज़ *दाइयांग* पहले भी कई बार इस मार्ग से जा चुका था। डीज़ल में अमोनियम नाइट्रेट की मौजूदगी का कोई अंदाज़ा भी नहीं लगा सकता था। टैक्नीकल ग्रेड के अमोनियम नाइट्रेट के कण डीज़ल में मिलकर अत्यंत छिद्रिल हो जाते हैं, जिसका परिणाम ईंधन की बेहतर खपत और इस प्रकार महत्वपूर्ण

ढंग से उच्चतर रासायनिक प्रतिक्रियात्मकता होती है।[136]

जहाज़ का नाविकदल अपने माल के प्रति सजग था। वो सब उइग़ुर थे, अपने लीडर फ़ारिस क़दीर के लिए मरने को तैयार। अचानक ऊष्मा दी जाने से एक प्रतिक्रिया होती थी: $2NH_4NO_3 \rightarrow 4H_2O + 2N_2 + O_2$

डीज़ल के साथ संयोग का नतीजा 914 मीटर प्रति सैकंड की दर से विस्फोट था। बांध तो इतना मज़बूत था कि विस्फोट को झेल सके लेकिन लिफ़्ट और ताले इतने मज़बूत नहीं थे।

21 मार्च 2012 को क़रीब 39.3 खरब क्यूबिक मीटर पानी बह निकला जब मानवनिर्मित पहाड़, तीन घाटी का बांध, झागदार समुद्र में गिर गया। मरने वालों की तादाद हज़ार से ज़्यादा रही होगी।

फ़ारिस वहां नहीं था। वो तो एयर चाइना की लंदन की उड़ान पर सवार था। वहां से उसने बाल्टीमोर-वाशिंगटन अंतरराष्ट्रीय हवाई अड्डे की एक फ़्लाइट ले ली। इसने उसे फ्रेडरिक काउंटी के अपने अपॉइंटमेंट के लिए समय पर पहुंचा दिया।

और दूसरे देवदूत ने तुरही फूंकी, और जलती हुई आग का एक बड़ा पहाड़ समुद्र में फेंक दिया गया...

इंग्लिश चैनल, डोवर, 2012

हादसा 21 अप्रैल 2012 को डोवर तटीय क्षेत्र से क़रीब 1.3 किलोमीटर उत्तर में हुआ था। इसका नतीजा पनामा में पंजीकृत एक टैंकर, *गल्फ़ प्रिंसेस,* के पास 15 गुणा 4 मीटर का एक गड्ढा था। टैंकर 3,00,000 टन तेल लेकर मध्यपूर्व से डोवर जा रहा था जब एक इंग्लिश फ़िशिंग बोट उससे टकराई थी।

ये इतिहास के सबसे बुरे तेल फैलावों में से था। 2,39,000 मीट्रिक टन से ज़्यादा तेल इंग्लिश चैनल में फैल गया था। अगले दो महीने भयंकरतम होने वाले थे—तेल से लगी आग बुझाना, चैनल में

होने वाले सारे जहाज़ परिवहन को एक तरह से रोक देना और समंदर से हज़ारों मृत मछलियों को निकालना।

बाद में हुई जांचों में पता लगा कि टकराने वाली इंग्लिश फ़िशिंग बोट, *विल्सन फ़्लायर,* को ईस्ट ससेक्स में उसके पिछले मालिक ने पिछले हफ़्ते ही एक दलाल पॉवरटैक मेरीन के ज़रिए 16,005 पाउंड में नावों के शौक़ीन एक रईस को बेच दिया था। पैसा गन्र्ज़ी में इज़ाबेल मैडोना ट्रस्ट के एक खाते से इलेक्ट्रॉनिक माध्यम से विक्रेता के पास पहुंच गया था।

फ़वाद अल-नूर ने अपना काम बख़ूबी निभाया था। फ़िशिंग बोट को टैंकर के पेंदे में घुसा देने के काम के लिए उसने ख़ुद अपने आदमियों को ट्रेनिंग दी थी। फ़वाद अब यूनाइटेड स्टेट्स जा रही बिटिश मिडलैंड की एक उड़ान पर था। उसकी डायरी फ्रेडरिक काउंटी में एक अपॉइंटमेंट दर्शा रही थी।

समुद्र का एक तिहाई पानी लहू हो गया। समुद्र का एक तिहाई जीवन नष्ट हो गया।

कुआलालंपुर, मलेशिया, 2012

2004 में ताइपेइ-101 द्वारा पीछे छोड़े जाने से पहले तक कुआलालंपुर की पेट्रोनैस टॉवर्स दुनिया की सबसे ऊंची इमारतें हुआ करती थीं। मगर इन जुड़वां टॉवर्स की एक बहुत ही अदभुत विशेषता थी—दोनों टॉवर्स के बीच इकतालीसवीं और बयालीसवीं मंज़िलों पर एक स्काइ ब्रिज। ब्रिज ज़मीन से 170 मीटर की ऊंचाई पर था। स्काइ ब्रिज योजनाबद्ध तरीक़े से पोडियम मंज़िल पर बनाया गया था क्योंकि ऊपर की मंज़िलों पर जाने वाले लोगों को उस मंज़िल पर एलिवेटर बदलने पड़ते थे।[137]

ब्रिज सबके लिए खुला था लेकिन हर दिन के लिए सीमित 1400 पास केवल पहले आओ, पहले पाओ के आधार पर ही

उपलब्ध होते थे। तौआम ज़िन हसन और दारुल इस्लाम के उसके आदमियों ने उस दिन तीस से ज़्यादा पास हासिल कर लिए थे। वो सब ब्रिज पर गए और उन्होंने संबल प्रदान करने वाले खंभों के डिज़ाइन जैसे खांचों में मॉडलिंग क्ले जैसी दिखने वाली एक छोटी सी पट्टी लगा दी। ये मॉडलिंग क्ले असल में सी-4, आरडीएक्स युक्त एक घातक सैन्य प्लास्टिक विस्फोटक था। हरेक छोटी सी पट्टी से एक छोटा सा एनईसी क्रेडिट कार्ड के आकार का सैलफ़ोन लटक रहा था। जब सारी पट्टियां लग गईं, तो तीसों लोग कुआलालंपुर अंतरराष्ट्रीय हवाई अड्डे पर जमा हुए। उन तीसों ने अपने फ़ोन पर स्पीड डायल कुंजियों को दबाया जो पहले से 'ए' अक्षर पर सैट थीं। हरेक सैलफ़ोन पेट्रोनैस के स्काइ ब्रिज में अपने पार्टनर फ़ोन पर कॉल कर रहा था।

जैसे ही ब्रिज के अंदर मिनीफ़ोन बजे, एक हल्का सा बिजली का करंट हर फ़ोन के स्पीकर को भेजा गया। मगर, स्काइ ब्रिज के अंदर मौजूद तीसों फ़ोन में से किसी की भी घंटी नहीं बजी। स्पीकरों से जुड़े फ़ोन के तार हटा दिए गए थे और फिर उन्हें छोटे-छोटे ट्रांज़िस्टरों से जोड़ दिया गया था जिन्हें हल्के से बिजली के करंट से चालू किया जा सकता था। बदले में, हर ट्रांज़िस्टर ने एक डेटोनेटर को सक्रिय कर दिया था।[138]

21 मई 2012 को शाम के ठीक 5:03 पर पेट्रोनैस टॉवर्स का स्काइ ब्रिज फटकर आग के गोले में बदल गया। आग अंततः धड़धड़ाती हुई ज़मीन पर गिरी। जब धमाका हुआ तो ब्रिज पर सौ से ज़्यादा लोग मौजूद थे। ये धड़धड़ाता हुआ चौवन तमाशबीनों पर गिरा।

तौआम ने प्रेस कवरेज देखने का इंतज़ार नहीं किया। वो सिंगापुर एयरलाइंस की एक उड़ान पर मौजूद था जो उसे यूनाइटेड स्टेट्स के पश्चिमी तटीय क्षेत्र पर ले जाने वाली थी। लॉस एंजिलेस से उसने फ्रेडरिक काउंटी में अपनी मंज़िल पर पहुंचने के लिए एक यूनाइटेड फ़्लाइट ली।

और तीसरे देवदूत ने तुरही फूंकी, और एक विशाल तारा आसमान से गिर पड़ा, मशाल की तरह जलता हुआ।

कटरा, जम्मू-कश्मीर, भारत, 2012

2003 में माता के दर्शन के लिए लगभग पचपन लाख लोग गए थे; साल के प्रत्येक दिन औसतन 14,794 लोग। दुनिया भर के एक अरब हिंदुओं में वैष्णो देवी की यात्रा सबसे पवित्र तीर्थयात्राओं में मानी जाती थी। देवी की पवित्र गुफा 5200 फ़ुट की ऊंचाई पर स्थित थी। तीर्थयात्रियों को मंदिर तक पहुंचने के लिए कटरा के बेस कैंप से लगभग बारह किलोमीटर की चढ़ाई चढ़नी पड़ती थी।[139]

साल के सबसे पवित्र समय नवरात्रि के दौरान यात्रा के लिए एक मानव-समुद्र उमड़ पड़ता था। नौ दिनों को तीन-तीन दिनों के तीन भागों में बांटा जाता था। तीन दिन के प्रत्येक हिस्से में सर्वोच्च मातृशक्ति के तीन विभिन्न स्वरूपों की पूजा की जाती थी।[140]

पहले तीन दिनों में, देवी को पालनकर्ता और आध्यात्मिक एवं भौतिक संपदा प्रदान करने वाली लक्ष्मी के रूप में पूजा जाता था। अगले तीन दिन दिव्य मातृशक्ति का ज्ञान की देवी सरस्वती के रूप में पूजन होता था। अंत में, माता को विनाशकारी शक्ति काली के रूप में पूजा जाता था।

कटरा से क़रीब पंद्रह किलोमीटर दूर एक शिव मंदिर था। जंगल के झुरमुट में चट्टानों से एक झरना निकलता था और एक छोटी सी पवित्र नदी में जा मिलता था जो अंतत: चेनाब नदी में जा मिलती थी।

पानी का टैंक लिए वो ट्रक उन सैकड़ों ट्रकों में से था जो तीर्थयात्रियों के लिए पीने का पानी सप्लाई करते थे। मगर ये भिन्न था। पानी के बजाय इसमें सायनायड, आर्सेनिक, मर्करी, पैराथियन, सोडियम फ़्लोरोसीटेट, कैडमियम, सरीन, सल्फ़र मस्टर्ड और

डायलड्रिन का घातक मिश्रण भरा था।

दुर्घटना का सटीक लक्ष्य बनाया गया था—नदी का मुहाना। ड्राइवर की तो तुरंत ही मौत हो गई। 21 जून 2012 के उस दिन काली अपनी भयंकर विनाश शक्ति का प्रदर्शन करने वाली थी। नदी के ज़हरीले पानी की वजह से पांच सौ से ज़्यादा तीर्थयात्री मारे गए और दो हज़ार से ज़्यादा विभिन्न अस्पतालों में बीमार या गंभीर स्थिति में भरती थे।

बिन फ़दान न तो बीमार था और न ही मरा था। वो तो नई दिल्ली के इंदिरा गांधी अंतरराष्ट्रीय एयरपोर्ट की ओर बढ़ रहा था जहां से उसने एम्स्टर्डम होते हुए न्यूयॉर्क के लिए केएलएम की उड़ान पकड़ ली। फिर वो किराए पर ली हुई एविस कार से फ्रेडरिक काउंटी की ओर चल दिया।

...वो एक तिहाई नदियों पर गिरा, जिसने पानी को अपेय बना दिया और बहुतों को मार डाला।

बग़दाद, इराक़, 2012

कैंप वॉर ईगल, जिसे शुरू में प्रथम स्क्वैड्रन, द्वितीय कैवेलरी रेजिमेंट द्वारा इस्तेमाल किया जाता था, बग़दाद के तीसा निसान क्षेत्र में स्थित था। अमेरिकी सेनाओं के अधिकार में आने के बाद से कुछ सालों में कैंप वॉर ईगल के हालात में नाटकीय सुधार आया था। सारी जगह पर एयर कंडीशनर और जेनरेटर घड़घड़ाते रहते थे। कैंप के बीचोबीच एक नया शानदार बास्केटबॉल कोर्ट बन गया था। पे-फ़ोनों से जवान अपने परिवारों से सीधे संपर्क में रह पाते थे। अतिरिक्त जवानों को ठहराने के लिए लगातार नई बैरकें बनाई जा रही थीं।[141]

बदक़िस्मती से, ये चीज़ें भी जवानों को सुरक्षित रखने में मदद नहीं कर पा रही थीं। कैंप के लगभग सभी निवासियों का वहां आनेवाले बमों से नज़दीकी सामना हो चुका था। साठ एकड़ के कैंप

में हज़ारों सैनिक घायल हो चुके थे, ख़ासकर उस समय जब वो मैस की ओर जा रहे होते थे। ख़ुशक़िस्मती से, कोई मृत्यु नहीं हुई थी; आज तक तो नहीं।

वो क़ादर अल-ज़रक़ावी के आदमियों द्वारा बयजी, दौरा, और बसरा पर एक साथ और संयोजित हमले में रॉकेटों से फेंके जाने वाले बमों और आईईडी विस्फोटकों के हमले की कल्पना भी नहीं कर सकते थे।

उसी समय, अल फ़ाव, ख़ोरलअमीया, मिना अल बक़र, उम्मे-क़स्त्र, और अल बसरा समेत विभिन्न बंदरगाहों पर अनेक मालवाहक कंटेनरों में विस्फोट हुए। इनमें से चार जहाज़ों में ज्वलनशील तरल पदार्थ था। जलती हुई दो कश्तियों में रेसिन था और आइसोसाइनेट, नाइट्रिल, और एपॉक्सी रेसिन समेत कोटिंग थीं। हवाएं काला गहरा धुआं लाने और माहौल में विषैले रसायन और धातु घोलने लगीं।

सैनिक आपस में मज़ाक़ किया करते थे कि कैंप में रहने वाले किसी की भी क़ब्र पर लिखने के लिए सही शब्द होंगे: "और जब वो स्वर्ग पहुंचेगा / तो वो सेंट पीटर से कहेगा / 'एक और सैनिक रिपोर्ट कर रहा है, सर, मैं नर्क में अपना समय काट चुका हूं!'"

21 जुलाई 2012 को दो सौ सैनिकों और हज़ार से ज़्यादा नागरिकों ने सेंट पीटर को रिपोर्ट की थी। काम हो जाने के बाद, क़ादिर अल-ज़रक़ावी इस्तंबूल से एक फ़्लाइट पकड़ने के लिए सड़क मार्ग से बग़दाद से चल पड़ा। उससे कहा गया था कि फ्रेडरिक काउंटी में कॉन्फ्रेंस में पहुंचने के लिए उसे लेट नहीं होना है।

और चौथे देवदूत ने तुरही फूंकी, और एक तिहाई सूरज, चांद और तारे काले पड़ गए जिससे एक तिहाई दिन काला हो गया।

व्योमिंग, यूएसए, 2012

शमऊन इदरीस कचरा जमा करने वाले के वेष में था। उसके सामने एक बड़ा सा कूड़ेदान था जिसे पहियों पर आगे लुढ़काया जा सकता था। बारीकी से देखने वाला ये देख लेता कि वो कोई कूड़ा नहीं उठा रहा है। कूड़ेदान कसकर बंद था। येलोस्टोन नेशनल पार्क में आख़िर वो कर क्या रहा था?

अमेरिका का मशहूर नेशनल पार्क पर्यटकों के लिए आकर्षण का केंद्र था क्योंकि वो भूरे भालुओं, भेड़ियों, जंगली भैंसों और बारहसिंगों समेत अनेक क़िस्म के वन्य जीवों का आवास था। और, सबसे ज़्यादा अहम आकर्षण 'ओल्ड फ़ेथफ़ुल' और दुनिया के सबसे असाधारण गर्म पानी के सोतों और चश्मों का संग्रह था। शमऊन यहां क्यों था?

कुछ मिनट बाद, शमऊन ने एक नाव पर कूड़ेदान चढ़ाया और नाव तेज़ी से येलोस्टोन झील के केंद्र की ओर बढ़ गई। पहले से तयशुदा बिंदु पर पहुंचकर शमऊन ने ग़ोताख़ोरी का सूट पहना और कूड़ेदान को फेंक दिया। तैरने के बजाय कूड़ेदान डूब गया और झील की तली में जाकर बैठ गया।

येलोस्टोन नेशनल पार्क में ज्वालामुखीय गतिविधियों के वैज्ञानिक अध्ययनों ने झील की तली में एक विशाल ज्वालामुखीय उभार की मौजूदगी दर्शाई है।[142] शमऊन को ये सुनिश्चित करना था कि कूड़ेदान उस उभार पर ठीक जगह पर बैठ जाए और लहरों द्वारा हटाए जाने से पहले वो फट जाए। सटीकता ही कुंजी थी।

उभार के ऊपर फटे शक्तिशाली बम ने येलोस्टोन झील की तली के उस फूले हिस्से को चीर दिया और श्रृंखलाबद्ध प्रतिक्रियाओं को सक्रिय कर दिया जिन्होंने भूमिगत मैग्मा कोष्ठ को फाड़ दिया। जब मैग्मा कोष्ठ फटा तो ज़मीन हिल गई, ज़मीन के नीचे पार्क के कई हिस्से ज्वालामुखीय कुंडों में फट गए और फिर लावा, लपटों,

धूल और कालिख का एक ज़बरदस्त प्रस्फुटन हुआ।

21 अगस्त 2012। सत्रह सौ बारह लोग मारे गए और बेशुमार घायल हुए। शमऊन वहां नहीं था। वो तो पहले ही बोज़मैन, मोंटाना पहुंच चुका था, जहां से वो हैगर्सटाउन रीजनल एयरपोर्ट गया। उसे वक़्त से फ्रेडरिक काउंटी पहुंचना था।

और पांचवें देवदूत ने तुरही फूंकी, और आसमान से एक तारा पृथ्वी पर गिरा और उसे एक अथाह गड्ढे की कुंजी दे दी गई। और उसने वो अथाह गड्ढा खोला; और उससे ऐसा धुआं उठा जैसे किसी विशाल भट्टी से उठ रहा हो और वातावरण काला हो गया।

जकार्ता, इंडोनेशिया, 2012

1962 में बना दुनिया का सबसे बड़ा बुंग कर्णो स्टेडियम। स्टेडियम की अधिकृत क्षमता तो एक लाख है लेकिन अक्सर 1,20,000 तक दर्शक भर जाते थे। इंडोनेशिया के पहले राष्ट्रपति सुकर्णो के नाम पर नामकरण किए गए इस स्टेडियम में अगले एशिया कप की मेज़बानी के लिए ज़बरदस्त पुनर्निर्माण कार्य चल रहा था। इंडोनेशिया की फ़ुटबॉल ऐसोसिएशन ने इस बीच चौहत्तर क्लबों के अंतरदेशीय राष्ट्रीय कप को फिर से आयोजित किया था। शृंखला का पहला मैच 21 सितंबर 2012 को था।[143]

बदक़िस्मती से, चूंकि आधा स्टेडियम पुनर्निर्माण के तहत था, इसलिए मैच देखने आए प्रशंसकों को स्टेडियम के शेष बचे चालू हिस्से में मवेशियों की तरह समाना पड़ा। स्टेडियम के चालू आधे हिस्से में उत्तेजना का माहौल था लेकिन स्टेडियम के पुनर्निर्माण के तहत बचे क्षेत्र में सीमेंट मिक्सर शांत पड़े थे।

हाफ़ टाइम की घोषणा हुई तो भीड़ शौचालयों की ओर बढ़ने लगी, और तभी मिक्सर रहस्यमय ढंग से चालू हो गए। मिक्सरों में लगे छिड़काव करने के एक विशेष यंत्र के ज़रिए एरोसोल प्रक्षेपण

द्वारा एंथ्रैक्स जीवाणु भेजे जाने लगे।[144] जैसे-जैसे छिड़काव होता रहा, स्टेडियम में मौजूद हज़ारों दर्शक सांस के साथ एंथ्रेसिस के कीटाणु खींचते रहे। अगले कुछ दिन में सैकड़ों मारे गए।

मिक्सर उपलब्ध करवाने का ठेका लेने वाली फ़र्म बर्मिस बक्ती पीटी मोहम्मद यूसिफ़ नाम का एक छोटा सा संस्थान थी, फ़र्म के मालिक के पास अपनी कंपनी के सौ प्रतिशत इक्विटी शेयर थे; मगर, उसके सारे उपकरण लीज़ पर लिए हुए थे। उपकरणों के लिए लीज़ सऊदी-अमेरिकन बैंक सांबा के पास थी। लीज़ का भावी कैश प्रवाह बट्टे में डाल दिया और प्रतिभूतिकृत कर दिया गया। प्रतिभूतियों को ब्रिटिश वर्जिन आइलैंड्स में एक छोटे से निवेश ट्रस्ट, इज़ाबेल मैडोना ट्रस्ट, को बेच दिया गया।

याक़ूब इस्लामुद्दीन एक गरुड़ फ़्लाइट पर सवार सोच रहा था, "हैरानी की बात है, जेल में जब समय होता है तो आदमी कितनी योजनाएं बना सकता है। लेकिन बाहर होना अच्छा है। फ्रेडरिक काउंटी की कॉन्फ्रेंस मेरे लिए अच्छी रहेगी।"

...और उस धुएं से पृथ्वी पर टिड्डी दल टूट पड़ा...

न्यू साउथ वेल्स, ऑस्ट्रेलिया, 2012

न्यू साउथ वेल्स के मैदान शांत और गंभीर से थे। गेहूं और कपास के विशाल खेत अंतहीन थे और आबादी की सघनता बहुत कम थी।

शांति एक बहरा कर देने वाली भिनभिनाहट से टूटने वाली थी। पिछले साल की बारिश से बनी एक अलग-थलग सी दलदल को आदिल अफ़रोज़ ने भली-भांति तैयार किया था। जब उसने दलदल के बीचोबीच बम फोड़ा, तो टिड्डियों ने झुंड बना लिए जो खाने की तलाश में पांच सौ किलोमीटर से ज़्यादा दूर तक जा सकती थीं।

हफ़्तों बाद ऑस्ट्रेलियन प्लेग लोकस्ट कमीशन ने रिपोर्ट दर्ज की कि एक वर्ग किलोमीटर के दायरे में एक झुंड में पांच करोड़

से ज़्यादा टिड्डियां थीं और उन्होंने हर चौबीस घंटे में ग्यारह टन सब्ज़ियां खा ली थीं। फ़सलों, चरागाहों, बाग़ानों, बाग़ों और खेल के मैदानों को बस एक दिन में करोड़ों डॉलर का नुक़्सान हुआ था।[145] 21 अक्तूबर 2012। आदिल भी उड़ान भर रहा था, टिड्डियों की तरह। वो क्वांटैस की एक फ़्लाइट पर था; मंज़िल थी फ्रेडरिक काउंटी।

...और टिड्डियों को उन मनुष्यों को आहत करने की शक्ति प्राप्त थी जिनके माथों पर ईश्वर की मोहर नहीं थी।

ग्रोज़्नी, चेचन्या, रूस, 2012

यहया आर्गुन मस्जिद में प्रयासों को केंद्रीय स्तर पर संयोजित कर रहा था। जल्दी ही, चेचन्या की दो हज़ार मस्जिदों से युद्ध का नारा सुना जा सकता था: 'मियार्श नॉक्शची चे! आज़ाद चेचन्या अमर रहे!' युद्धघोष के साथ ही सैकड़ों चेचन्या विद्रोही अपने घोड़ों पर सवार हुए और उन्होंने यहया अली के नेतृत्व में चेचन्या के दक्षिण में वैदेनो के पास रूसी बेस पर चढ़ाई कर दी। बारह सौ रूसी सैनिक मारे गए। ये तो बस शुरुआत थी।

21 नवंबर 2012, ग्रोज़्नी से मॉस्को जा रही व्नुकोवो एयरलाइंस की उड़ान पूरी भरी हुई थी। तुपोलेव 154 विमान ने सुबह 8:40 पर ग्रोज़्नी से उड़ान भरी थी और उसे तीन घंटे बाद मॉस्को में लैंड करना था। उतरने से ठीक पहले यहया और उसके आदमियों ने विमान पर क़ब्ज़ा कर लिया और उसे इस्तंबूल ले गए। इस्तंबूल में, उनके साथ एक और सहकर्मी क़ादिर अल-ज़रक़ावी भी जुड़ गया जो बग़दाद से सड़क-मार्ग से पहुंचा था। उन्हें सऊदी अरब के मदीना में प्रिंस मुहम्मद-बिन-अब्दुल अज़ीज़ एयरपोर्ट जाने दिया गया।

जब फ़्लाइट सऊदी अरब पहुंची तो चारों आदमियों ने 128 यात्रियों को तब तक बंधक बनाए रखा जब तक कि उन्हें भागने के

लिए वाहन उपलब्ध नहीं करवाया गया। तेज़ी से भागते हुए उन्होंने रिमोट से उस बम को सक्रिय कर दिया जिसे उन्होंने एक सीट के ओवरहैड लगेज में रख दिया था। तिरानवे लोग मारे गए, पैंतीस घायल हुए।

भागने को मिली गाड़ी उन्हें कुवैत ले गई जहां वो अलग-अलग हो गए। यहया ने पहचानें बदलीं और अमेरिका के लिए एमिरेट्स की एक उड़ान ले ली। उसने अपने काम को बख़ूबी अंजाम दिया था। वो फ्रेडरिक काउंटी में आराम करने का हक़दार था।

और छठे देवदूत ने तुरही फूंकी, और उससे एक तिहाई मानवता को नष्ट करने के लिए दो लाख घुड़सवारों को खोल देने को कहा गया।

वज़ीरिस्तान, पाकिस्तान-अफ़ग़ानिस्तान सीमा, 2012

शेख़ का आक़ा, इज़ाबेल मैडोना ट्रस्ट का हितार्थी, एक डीवीडी रिकॉर्ड करने में व्यस्त था। वो अपने जानमाज़ पर, अपनी ट्रेडमार्का सैनिक छलावरण वाली जैकेट पहने बैठा था। डीवीडी 21 दिसंबर को विश्वव्यापी उथल-पुथल के बीच दुनिया में जारी होनी थी। शेख़ अपने आक़ा को अपना बयान रिकॉर्ड करते हुए देख रहा था।

> *अल्लाह का शुक्र है, जिसने सारी कायनात को अपने इबादतगुज़ारों के लिए बनाया कि वो इंसाफ़ के साथ रहें और जिनके साथ ज़्यादती हुई उनको इजाज़त दी कि वो ज़ालिम को बराबर का जवाब दें... उन लोगों को सुकून हासिल हो जिन्होंने उसकी हिदायत पर अमल किया।*
>
> *जो कुछ भी हुआ है, वो महज़ एक झलकी है। फ्रांस में वैले ब्लांश ग्लेशियर का विनाश; बोलीविया में लाखों डॉलर के प्राकृतिक संसाधनों को जला दिया जाना; चीन में तीन घाटी के बांध को पहुंचाया गया नुक़्सान और तबाही;*

इंग्लिश चैनल में ज़बरदस्त तेल रिसाव; मलेशिया में पेट्रोनैस टॉवर्स में बम विस्फोट; भारत में नदी के पानी को ज़हरीला करना; इराक़ में तेल की संपत्तियों में नाटकीय विस्फोट; व्योमिंग में ज्वालामुखीय प्रस्फुटन; जकार्ता में एंथ्रेक्स का हमला; ऑस्ट्रेलिया में टिड्डियों का क़हर; और चेचन्या से बाहर जा रहे रूसी यात्री विमान का अपहरण और उसमें बम विस्फोट... ये सब तो महज़ स्नैक्स थे। अगर आप सोचते हैं कि ये घटनाएं भयानक थीं, तो आपने अभी ख़ुदा का क़हर नहीं देखा है। दावत तो अभी बाक़ी है!

मैं आप सबसे कहता हूं, अल्लाह की मर्ज़ी को क़ुबूल करें और अपनी तबाही को रोकें। मुसलमानों को उनके हक़, उनकी ज़मीनें, उनके तेल और उनकी सियासी ताक़त दें, वर्ना हम आप पर आग और तबाही की बरसात करते रहेंगे। आपकी सुरक्षा आपके अपने हाथ में है। और हर उस राज्य ने जिसने हमारी सुरक्षा के साथ खिलवाड़ नहीं किया है, अपने आप ही अपनी सुरक्षा पक्की कर ली है। अल्लाह हमारा सरपरस्त और मददगार है, जबकि आपका कोई सरपरस्त या मददगार नहीं है। अल्हमदुलिल्लाह। ख़बरदार रहें क्योंकि आर्मागेडॉन आख़िरकार आ गया है!

क्लिक। शेख़ ने, जो कैमरे के पीछे था, उसे बंद किया और रिकॉर्डेबल डीवीडी बाहर निकाल ली। उसने सुघड़ता से उसे एक 3एम-स्कॉच के अस्तरदार लिफ़ाफ़े में सील किया ताकि सही वक़्त आने पर उसे अल जज़ीरा टेलीविज़न को भेजा जा सके। शेख़ हैरान-परेशान था कि वो सौदे का अपना हिस्सा कैसे पूरा करेगा। क्रक्स देकुसात्ता पर्मुता से किए गए वादों को हल्के में नहीं लिया जा सकता था। यही वादे तो थे जिन्होंने दुनिया के दो सबसे बड़े धर्मों ईसाई धर्म और इस्लाम का प्रचार-प्रसार सुनिश्चित किया था। उसे पता था कि उसका आक़ा इस तरह से नहीं सोचता है।

अध्याय उन्नीस

गोआ, भारत, 2012

विंसेंट और मार्था तो देखते ही गोआ पर फ़िदा हो गए थे। ये जगह मशहूर चर्चों से भरी पड़ी थी, जिनमें सेंट कैथीड्रल, तलाउलिम इल्हास का सेंट एन चर्च, मांडवी नदी के तट पर बना रीस मैगोस चर्च, बैसिलिका ऑफ़ बॉम जीज़स, सेंट कैजेटन चर्च, सेंट पॉल चर्च, मेरी इमैकुलेट कंसैप्शन चर्च और सेंट फ्रांसिस ऑफ़ असीसी चर्च शामिल थे।

विंसेंट को ये देखकर बहुत अफ़सोस हुआ कि गोआ में स्थित ईसाई मत के शानदार स्थल कमो-बेश निर्मम पुर्तगाली औपनिवेशीकरण की धरोहर हैं। स्थानीय लोगों पर पुर्तगालियों ने धर्मोन्माद के साथ ईसाई मत थोपा था, ख़ासकर धर्म न्यायाधिकरण के दौरान। इसमें मुसलमानों की मस्जिदों और हिंदुओं के मंदिरों को एक बड़े पैमाने पर संयोजित ढंग से नष्ट करना भी शामिल था और ये 1812 में धर्म न्यायाधिकरण की समाप्ति तक जारी रहा। दुर्भाग्य से, गोआ के अनेक ख़ूबसूरत चर्च पुराने मंदिरों और मस्जिदों के स्थान पर बनाए गए थे। उन ज़मीनों पर चर्च ने बलपूर्वक क़ब्ज़ा कर लिया था।

जो कि हैरानी की बात नहीं है, विंसेंट ने सोचा। आख़िरकार

1515 में पोप लियो दशम ने पुर्तगाल के राजा मैनोएल से कहा था, "अपने सदैव विजेता और योद्धा हाथों में इस योद्धा तलवार को ग्रहण करें... काफ़िरों के आक्रोश के विरुद्ध अपने बल, प्रचंडता और शक्ति का प्रयोग करें!"[146]

विंसेंट और मार्था ने सबसे पहले उस दस्तावेज़ को समझने की कोशिश करने का फ़ैसला लिया जो टैरी ने विंसेंट को सौंपा था। दस्तावेज़ में लिखा था:

> ये पर्याप्त है, हे प्रभु, ये पर्याप्त है, दोनों देवदूतों ने कहा। मास्त्रिली ने निस्संदेह चांदी की उत्तम शैया बनाई है। किंतु मृतक के रहस्य की सावधानीपूर्वक रक्षा करने के लिए चांदी की शैया से उत्तम इग्नैटियस का सोने का प्याला है। शहर उत्तर में 15°48' और 14°53'54' के बीच और पूर्व में 74°20' और 73°40' के बीच स्थित है।

समस्या उपलब्ध अक्षांश और देशांतर में थी। ये लगभग सारा गोआ कवर करते थे। इस तरह तो इसका मतलब गोआ का कोई भी चर्च हो सकता था।

और विंसेंट को कुछ ध्यान आया! वो लिफ़ाफ़ा जिसमें टैरी ने उसे दस्तावेज़ सौंपे थे, उस पर टैरी ने 'बॉम जीज़स' लिखा हुआ था। इसके अलावा, बॉम जीज़स चर्च में स्पेन के मिशनरी सेंट फ्रांसिस ज़ेवियर की समाधि भी थी। कहा जाता है कि शव मास्त्रिली द्वारा बनाए चांदी के ताबूत में संरक्षण की स्थायी अवस्था में रखा हुआ है। मास्त्रिली के संदर्भ का अर्थ था कि जिस दस्तावेज़ को वो तलाश रहे थे वो बॉम जीज़स बैसिलिका में हो सकता है। उन्हें तुरंत बैसिलिका पहुंचना होगा।

जब विंसेंट और मार्था बैसिलिका पहुंचे तो रात के नौ बज चुके थे। चर्च पुराने गोआ में था जो कि पुर्तगाली शासन के पतन के बाद आमतौर पर परित्यक्त पड़ा था। वहां बस कुछेक चर्च, एक मोनैस्ट्री

और एक कॉन्वेंट बचा था। रात की ख़ामोशी में वो चर्च के अंदर पहुंचे। मोमबत्ती की मद्धम रोशनी में चमचमाती वेदी की ख़ूबसूरती, भव्य भित्तिचित्रों और बारीक पच्चीकारी को देखकर एक साथ उनकी सांस थम गई।

चर्च के दक्षिण में सत्रहवीं शताब्दी के फ़्लोरेंस के एक शिल्पकार द्वारा बनाए चांदी के बक्से में बंद कांच का एक एयरटाइट ताबूत रखा था। उसके अंदर सेंट फ्रांसिस ज़ेवियर का संरक्षित शव रखा था। बक्से के नीचे पत्थर के बने दो देवदूत एक संदेश पकड़े हुए थे, *"सैतिस ऐ, डॉमीन, सैतिस ऐ!"* अनुवाद किए जाने पर इसका अर्थ होता था, "ये पर्याप्त है, हे प्रभु, ये पर्याप्त है!"

वो बक्से के नीचे ढूंढ़ने लगे। "आप लोग इस पुराने चर्मपत्र को तलाश रहे हैं?" एक आवाज़ गूंजी। वो जड़ हो गए। एक नन थी। उनकी तरफ़ बढ़ते हुए उसके पैर संगमरमर के फ़र्श पर फिसल से रहे थे। "आप लोग उस दस्तावेज़ को ढूंढ़ रहे हैं न जिसे अल्फ़ांसो डी कास्त्रो ने यहां छिपाया था? ये, मेरे पास है वो," उसने विंसेंट के मुंह पर दस्तावेज़ फेंकते हुए कहा।

जब वो बिल्कुल उसके साथ आ खड़ी हुई तब विंसेंट का ध्यान उसके जापानी चेहरे पर गया और उसने अपनी पसलियों में चुभती 9-एमएम पिस्तौल की नली की सर्द कठोरता को महसूस किया।

॥

जब स्वाकिल्की विंसेंट को चर्च से बाहर एक प्रतीक्षारत कार की ओर ले जा रही थी तो मार्था लाचारी से देखती रह गई। वो औरत बहुत दृढ़ थी: "कोई भी ग़लत हरकत की तो मैं इसे मार दूंगी।"

कुछ पल जड़ खड़े रहने के बाद मार्था सक्रिय हो उठी। साफ़ तौर पर स्वाकिल्की जानती थी कि वो उस दस्तावेज़ की मूल प्रति तलाश रहे हैं जो टैरी एक्टन ने विंसेंट को सौंपा था। उसके पास उसकी एक प्रति भी थी। इसका मतलब था कि टैरी के अलावा

कोई और भी इसके वजूद के बारे में जानता था। इसके अलावा, स्वाकिल्की उनका पीछा करते हुए गोआ तक आई थी। और केवल एक ही व्यक्ति था जिसे पता था कि विंसेंट और मार्था गोआ क्यों आए हैं—थॉमस मैनिंग! विंसेंट को उस पर भरोसा करना ही नहीं चाहिए था!

ये जितना वो संभाल सकते थे उससे कहीं बड़ी साज़िश थी। स्थानीय पुलिस इस मामले में ज़्यादा मदद नहीं कर पाएगी। वो किससे मदद मांगे? स्वाकिल्की ख़तरनाक दुश्मन थी। "भगवान के लिए! विंसेंट को बचाने में कौन मेरी मदद कर सकता है?" मार्था धीमे से बुदबुदाई। फिर उसे वो बातचीत याद आई जो टैरी एक्टन की मौत से दो दिन पहले उनके बीच हुई थी।

हालांकि ये बात सबको पता थी कि टैरी विभिन्न धर्मों पर रिसर्च कर रहा है और पूर्वजन्म की थेरेपी से बहुत गहराई से जुड़ा हुआ है; लेकिन ये सबको पता नहीं था कि उसकी रिसर्च को इल्युमिनाती स्पॉन्सर करती है। टैरी को यक़ीन था कि आज के युग का ईसाई मत, जैसा कि रोमन कैथलिक चर्च प्रसारित करती है, क्राइस्ट की नॉस्टिक आध्यात्मिकता से बहुत दूर है। इल्युमिनाती का मानना था कि टैरी की रिसर्च के निष्कर्ष संभवत: उनके प्रमुख शत्रु—रोमन कैथलिक चर्च—की ताक़त को कम कर सकेंगे। टैरी ने मार्था को बताया था कि रोड्स स्कॉलरशिप और स्कल एंड बोन्स के संपर्कों ने ही उसे इल्युमिनाती तक पहुंचाया था। और संपर्क बिंदु था टैरी का येल के दिनों का सबसे क़रीबी मित्र—स्टीफ़न एलियट।

मार्था को स्टीफ़न याद था क्योंकि लंदन में वो टैरी की पत्नी सूज़न की मौत के बाद कई बार उससे मिलने आया था। स्टीफ़न ने तो अपनी मंगेतर एलीसा के लिए गिफ़्ट चुनने में मार्था की मदद भी ली थी। उसे एलियट से संपर्क करना होगा। वो सोच रही थी कि इन विकासों पर एलीसा की क्या प्रतिक्रिया होगी, मगर उसे ये भी पता था कि इस मामले में उसके सामने ज़्यादा विकल्प नहीं थे।

जब वो चर्च के दरवाज़े की ओर भाग रही थी तभी उसकी

नज़र उन काग़ज़ात पर पड़ी जो नन ने विंसेंट को अग़वा करने से पहले उसके मुंह पर फेंके थे। वो लापरवाही से संगमरमर के ठंडे फ़र्श पर पड़े थे, उस सब हंगामे से बेपरवाह जो उनकी वजह से मचा था।

नई दिल्ली, भारत 2012

रॉ। नाम बहुत कठोर और रूखा सुनाई देता था। इसकी वजह ये थी कि ये ऐसा था भी। रॉ का पूरा नाम था 'रिसर्च एंड एनेलिसिस विंग' और ये भारत की प्रमुख गुप्तचर एजेंसी थी जिसके 1200 एजेंट दुनिया भर में फैले हुए थे। कैबिनेट सचिवालय में, जो भारतीय प्रधानमंत्री के कार्यालय का हिस्सा था, रॉ के चीफ़ की निरीह सी पदवी थी, 'सेक्रेटरी (आर)'। रॉ का प्रमुख दायित्व बाहरी ख़ुफ़िया जानकारी हासिल करना था। ये उसकी सहोदर संस्था, इंटैलीजेंस ब्यूरो, की भूमिका की पूरक थी जिसका दायित्व आंतरिक ख़ुफ़िया जानकारी को जुटाना और उसका विश्लेषण करना था। दोनों संस्थाओं को संयुक्त रूप से राष्ट्रीय सुरक्षा काउंसिल को रिपोर्ट करना होता था जिसकी अध्यक्षता प्रधानमंत्री करते थे।[147]

सेक्रेटरी (आर) जनरल पृथ्वीराज सिंह उस जानकारी पर विचार कर रहे थे जो उन्हें सैस के अपने पुराने मित्र स्टीफ़न एलियट से मिली थी। पृथ्वीराज भारत के सुरक्षा तंत्र में पुराने समय के संभ्रांतवादियों में से थे। एटन में शिक्षित, येल से गणित में पीएच.डी., सफ़ेद मूंछों वाले, बो-टाईधारी और मौंटेक्रिस्टो पीने वाले वरिष्ठ अधिकारी हर लिहाज़ से एक जैंटलमेन थे, अलावा अपनी बुद्धिमत्ता के जो चाक़ू की धार की मानिंद तेज़ थी।

एक येली के रूप में, उन्होंने गेम थ्योरी में महारत हासिल कर ली थी। परीक्षा में सवालों के जवाब न देने में उन्हें बहुत आनंद आता था—इसके बजाय वो बहुत विस्तार से और माक़ूल तर्कों के

साथ लिखते थे कि सवालों के प्रारूप में अंतर्निहित त्रुटियां क्यों हैं। उनकी बौद्धिक उद्दंडता येल कैंपस में जीवंत चर्चा का स्रोत हुआ करती थी।

उन्होंने मोसाद के अपने दोस्त ज़्वी यातोम को देखा। यातोम इज़रायल की इंटैलिजेंस एजेंसी की कुछ सफलतम मुहिमों में शामिल रहा था। 1981 में उसने इराक़ के ऑसिराक परमाणु रिएक्टर को नष्ट करने वाली टुकड़ी की अगुआई की थी। कुछ साल बाद, यातोम ने फ़तेह पार्टी[148] में यासिर अराफ़ात के सबसे ज़्यादा वफ़ादार आदमी अबू जिहाद की हत्या की साज़िश रची थी। ज़्वी तेल अवीव से नई दिल्ली आया था ताकि ये पता लगाने में पृथ्वीराज की मदद कर सके कि बम कहां गया हो सकता है।

अब पृथ्वीराज हैरान-परेशान हो रहे थे कि प्रधानमंत्री को कैसे बताएं। क्रक्स देकुसात्ता पर्मुता नाम के एक संगठन की ओर से, वो संगठन जो पहले ही चर्च-विरोधी रिसर्च करने के कारण एक अंग्रेज़ प्रोफ़ेसर को निबटवा चुका था, एक अंतरराष्ट्रीय क़ातिल ने गोआ में एक पादरी का अपहरण कर लिया था! 3.28 मिलियन वर्ग किमी के भूभाग और 1.02 बिलियन आबादी वाले भारत में चोरी से एक परमाणु उपकरण लाया गया था, जिसके बारे में कोई स्पष्ट संकेत नहीं था कि वो किधर जा रहा था! ये तो भूसे के ढेर में सूई ढूंढ़ने जैसा था!

वो प्रधानमंत्री के कार्यालय के दरवाज़े के बाहर ठिठके और फिर दो बार दस्तक दी। "आ जाएं!" अंदर से आवाज़ आई। जनरल ने गहरी सांस ली, दरवाज़ा खोला और ज़्वी के साथ अंदर चले गए। अस्सी बरस के प्रधानमंत्री ने अपनी ट्रेडमार्का मुस्कुराहट के साथ उनका स्वागत किया, वही मुस्कुराहट जिसने उन्हें पिछला चुनाव जितवाया था। इस मुस्कुराहट के पीछे एक कूटनीतिज्ञ था जो दुश्मन को दोस्त में, हार को जीत में और विरोध को धूल में बदल सकता था।

"ऐसी क्या हड़बड़ी थी, जनरल साहब?" प्रधानमंत्री ने दोनों

व्यक्तियों को बैठने का इशारा करते हुए पूछा।

"सर, हमें अपने अमरीकी मित्रों से विश्वसनीय सूचना मिली है कि लश्कर-ए-तैयबा या लश्कर के ही किसी छोटे गुट ने कमो-बेश हीरोशिमा में इस्तेमाल की गई क्षमता का एक परमाणु उपकरण हासिल कर लिया है। पाकिस्तान और उत्तरी कोरिया का ताल्लुक़ काफ़ी स्पष्ट दिखाई देता है। हड़बड़ी की वजह ये है कि अमरीकी ख़ुफ़िया सूत्रों के मुताबिक़ ये उपकरण भारतीय सीमा में आ चुका है। दुर्भाग्य से, हमें इस बात की कोई जानकारी नहीं है कि वो अभी भी भारत की सरज़मीं पर है या किसी और मंज़िल, जैसे कि इज़रायल, की ओर बढ़ गया है।" छोटा। संक्षिप्त। तथ्यपरक।

"हमारे सामने क्या विकल्प हैं?" प्रधानमंत्री ने पूछा। ज़्वी ने जवाब दिया। "ऐसा मालूम होता है कि ये ग़ालिब का काम है, सर। बहुत मुमकिन है कि ये उन हमलों की श्रृंखला में बारहवां हमला हो जो इस साल हर महीने की इक्कीस तारीख़ को हुए हैं, उस हमले समेत जो भारत ने कटरा में झेला था। अहम सवाल ये है कि पाकिस्तानियों के साथ इस तरह के परमाणु लेनदेन को किसने सुगम बनाया है? हमारे सूत्र, अविश्वसनीय रूप से, क्रक्स देकुसात्ता पर्मुता नाम के एक गौण ईसाई संगठन का हाथ होने का संकेत दे रहे हैं जो परमाणु सौदे को किसी और चीज़ से अदल-बदल करने के लिए इस्तेमाल कर रहा है।"

"वो चीज़ क्या हो सकती है?" प्रधानमंत्री ने पूछा।

"एक व्यक्ति है जो इस सवाल का जवाब पाने में हमारी मदद कर सकता था। प्रोफ़ेसर टैरी एक्टन, जिन्हें स्पष्ट रूप से इतनी जानकारी थी कि क्रक्स ने उन्हें रास्ते से हटा दिया। सैस में हमारे मित्र स्टीफ़न एलियट के अनुसार, टैरी एक्टन ने अपनी रिसर्च एक पादरी विंसेंट सिन्क्लेयर को दी थी।

दुर्भाग्य से कल रात गोआ में उन्हें अग़वा कर लिया गया है। उन्हें तलाश करने की कोशिशें जारी हैं, हालांकि ये कहना जितना आसान है उतना करना नहीं। उन्हें ढूंढ़ने में मदद के लिए हमारी

चार रैपिड एक्शन डिवीज़ंस में से एक को तैनात करने के लिए मुझे आपकी अनुमति चाहिए," पृथ्वीराज ने जवाब दिया।

"आपको अनुमति है," तुरंत जवाब मिला, "मगर इस मामले को गोपनीय रखिएगा, जैंटलमेन।"

"हम ओस की मानिंद ख़ामोश रहेंगे!" पृथ्वीराज ने एमिली डिकिंसन की कविता की एक पंक्ति के साथ जवाब दिया और आहिस्ता से प्रधानमंत्री के कार्यालय के शाहबलूत के भारी दरवाज़े को बंद कर दिया।

अध्याय बीस

मरी, भारत-पाकिस्तान सीमा, 1898

ज़ब ब्रिटिश सेना पिंडी पॉइंट नाम की एक पहाड़ी पर निगरानी चौकी बना रही थी तब उनका ध्यान एक पुराने स्मारक की ओर गया। अगर उन्होंने महज़ स्थानीय लोगों से पूछा होता तो उन्हें बताया जाता कि इस मक़बरे को 'माई मरी दा अस्थान' कहा जाता है। मक़बरा यहूदी पूर्व-पश्चिम शैली में बनाया गया था। इससे इसके वासी के मुसलमान होने की संभावना तो ख़त्म हो जाती थी। ये किसी हिंदू की भी नहीं हो सकती थी क्योंकि हिंदू अपने मृतकों को जलाते हैं।

अनुवाद करने पर, *माई मरी दा अस्थान* का मतलब होता था 'मेरी का अंतिम विश्रामस्थल।' इस मक़बरे की वजह से ही उस जगह का नाम मरी पड़ा था।[149] माना जाता था कि जब जीज़स तुर्की से कश्मीर की ओर आ रहे थे तो उनकी मां की, जो उस वक़्त लगभग सत्तर वर्ष की थीं, मरी में मृत्यु हो गई थी और उन्हें वहीं दफ़्ना दिया गया था।

मगर, ये मक़बरा कश्मीर के एक अन्य मक़बरे की तरह विवादास्पद नहीं था।

कश्मीर, 1774 ईसवी

विवाद कश्मीर में स्थित एक पुराने मक़बरे को लेकर था। कश्मीर के उच्च न्यायालय ने शाही मुफ़्ती की मोहर और लिखाई में आख़िरकार एक हुक्म जारी किया।

क़ाज़ी मुल्ला फ़ज़ल की मोहर, 1194 हिजरी। इंसाफ़ की इस बड़ी अदालत में, सल्तनत के तालीम और पाकीज़गी महकमे के तहत।

मौजूदा: रहमान ख़ान, वलद अमीर ख़ान का दावा है कि: सल्तनत के हर हिस्से से बादशाह, अमीर, वज़ीर और सैकड़ों लोग यूज़ आसफ़, रहमतुल्लाहि अलैह के बुलंद और पाक मक़बरे पर अपनी अक़ीदत पेश करने और भेंट चढ़ाने आते हैं।

दावा है: कि वो इन चढ़ावों को पाने और उनका इस्तेमाल करने के हक़दार अकेले और तन्हा दावेदार हैं, और इन चढ़ावों पर किसी और शख़्स का किसी क़िस्म का कोई हक़ नहीं है।

इल्तेजा है: कि उन सभी लोगों को हुक्मनामा जारी किया जाए जो अड़चन डालते हैं और कि दूसरे लोगों को उनके हुक़ूक़ के साथ छेड़छाड़ करने से रोका जाए।

फ़ैसला: अब ये अदालत, सुबूत हासिल करने के बाद, इस नतीजे पर पहुंचती है। ये साबित हो चुका है कि राजा गोपदत्त के दौरे-हुकूमत के दौरान, जिन्होंने कई मंदिर बनवाए थे और ख़ासकर सुलेमान की पहाड़ी पर सुलेमान की गद्दी की मरम्मत करवाई थी, यूज़ आसफ़ वादी में आए थे। शाही ख़ानदान के यूज़ आसफ़ एक पाक और संत आदमी थे और उन्होंने दुनियावी चीज़ों को तज दिया था। वो अपना

सारा वक़्त इबादत और ध्यान में बिताते थे। नूह के सैलाब के बाद कश्मीर के लोग बुतपरस्त हो गए थे, पाक परवरदिगार ने कश्मीर के लोगों के लिए यूज़ आसफ़ को पैग़ंबर के तौर पर भेजा था। उन्होंने मरते दम तक ख़ुदा के एक होने का पैग़ाम फैलाया। यूज़ आसफ़ को झील के किनारे कन्यार में दफ़्नाया गया था, और उनके मक़बरे को रोज़ाबाल के नाम से जाना जाता है।

हुक्म: चूंकि मक़बरे पर ख़ासो-आम सभी अक़ीदतमंद आते हैं, और चूंकि अर्ज़ीगुज़ार रहमान ख़ान मक़बरे के ख़ानदानी ख़ादिम हैं, इसलिए हुक्म दिया जाता है कि वो पहले की तरह ही चढ़ावे हासिल करने के हक़दार हैं, और इस तरह के चढ़ावों पर और किसी का कोई हक़ नहीं होगा। हमारे हाथ से जारी, 11 जमादुस-सानी, 1184 हिजरी।

फ़ैसले में जिस सुलेमान की गद्दी का ज़िक्र किया गया है, उसे आमतौर पर तख़्ते-सुलेमानी के नाम से जाना जाता है और 78 ईसवी में इसकी मरम्मत करवाई गई थी।

कश्मीर, 78 ईसवी

तख़्ते-सुलेमानी डल झील के पास एक पहाड़ी की चोटी पर स्थित एक शानदार मंदिर था। इस इमारत पर चार आलेख थे।

इन आलेखों में से पहला था, "इस स्तंभ के संगतराश बहिश्ती ज़रगार हैं, साल चौवन।"

दूसरा आलेख था, "ख़्वाजा रुकुन, वलद मरजान ने इस स्तंभ को बनाया था।"

तीसरा आलेख था, "इस समय यूज़ आसफ़ ने अपनी पैग़ंबरी का ऐलान किया था। साल चौवन।"[150]

और अंत में, चौथा आलेख कहता था, "वो इज़रायल की

संतानों के पैग़ंबर जीज़स हैं।"

इन्हीं यूज़ आसफ़ का ज़िक्र शेख़ सादिक़ ने अपनी पुस्तकों में किया था।

ख़ुरासान, ईरान, 962 ईसवी

शेख़ सादिक़ मृत्युशैया पर थे। दुनिया भर की अपनी यात्राओं के दौरान उन्होंने *इकमालुद्दीन* समेत अनेक किताबें लिखी थीं, जिसमें उन्होंने यूज़ आसफ़ की यात्राओं के बारे में लिखा था।

> *फिर, अनेक शहरों में भटकने के बाद यूज़ आसफ़ उस देश में पहुंचे जिसे कश्मीर कहा जाता है। उन्होंने उसके दूर-दराज़ तक के स्थानों का भ्रमण किया और वहीं रहने लगे और अपना शेष जीवन वहीं बिताया, जब तक कि मौत ने उन्हें अपनी आग़ोश में नहीं ले लिया, और वो अपनी पार्थिव देह को छोड़कर प्रकाश की ओर चले गए।*

शेख़ सादिक़ ने ऐसी कुछ नीति कथाओं के बारे में भी लिखा है जो यूज़ आसफ़ सिखाते थे:

> *जब एक बुआई करने वाला बीज बोने जाता है, तो कुछ बीज रास्ते में गिर जाते हैं, और चिड़ियां बीजों को उठा लेती हैं। कुछ निर्जन भूमि पर गिर जाते हैं, और जब अंकुर पथरीली ज़मीन पर फूटते हैं तो वो मुरझा जाते हैं। कुछ कांटों में गिर जाते हैं और विकसित नहीं होते। लेकिन जो बीज उपजाऊ धरती पर गिरते हैं, वो विकसित होते हैं और फल देते हैं।*

ये जीज़स की 'बुआई करने वाला' की नीति कथा से आश्चर्यजनक रूप से मेल खाती है।

श्रीनगर, कश्मीर, भारत, 2012

बाराब्बास श्रीनगर की डल झील पर मौजूद एक ख़ूबसूरत हाउसबोट का नाम था। इसमें देवदार के पैनलों वाला एक शानदार बेडरूम और लग्ज़री होटलों वाली अनेक सुविधाएं मौजूद थीं। बोट पर बेहतरीन फ़र्नीचर, गर्म कश्मीरी क़ालीन, और बाथरूम में आधुनिक फ़िटिंग्स थीं। ये एक ऐसी जगह पर लंगर डाले खड़ी थी जहां से कश्मीर के ख़ूबसूरत कमल बाग़ों का नज़ारा दिखता था। इसके सामने के हिस्से में एक बालकनी, एक लाउंज, डाइनिंग रूम, पैंट्री और अटैच्ड बाथरूमों के साथ तीन बेडरूम थे।

श्रीनगर की हज़ार के क़रीब हाउसबोट डल और नागिन झीलों के साथ-साथ झेलम नदी में भी स्थायी रूप से लंगर डाले खड़ी थीं। श्रीनगर की सभी हाउसबोटों में, भले ही उनकी श्रेणी कुछ भी हो, उच्च स्तर की वैयक्तिक सेवा उपलब्ध थी। न केवल हरेक नाव पर एक बटलर रहता था, बल्कि मैनेजर और उसका परिवार भी कभी उससे बहुत दूर नहीं होते थे।

इस बोट विशेष का मालिक और कोई नहीं बल्कि ग़ालिब था। वो इस पर कभी रहता नहीं था—ज़्यादातर तो वो सफ़र पर रहता था; नाव का इस्तेमाल आमतौर पर उसका भरोसेमंद साथी और दोस्त यहूदा मुईनुद्दीन किया करता था। यहूदा कश्मीर के अभिलेखागार, पुरातत्व, शोध एवं संग्रहालयों का जूनियर सहायक निदेशक भी था।

नाव के मालिक के दुनिया भर में फैले बारह 'बच्चे' थे। उर्दू में बारह एक संख्या है और पिता के लिए अब्बा शब्द है। इस मालिक विशेष, ग़ालिब बिन ईसार, को प्यार से 'बारा-अब्बा' 'बारह का पिता' कहते थे। बारह शिष्य और किसके थे?

येरूशलम, 27 ईसवी

अलस्सुबह, वरिष्ठजनों, विधि के शिक्षकों और संपूर्ण सैनहेड्रिन के साथ, कैफ़स समेत प्रमुख पुरोहितों ने एक निर्णय ले लिया था। उन्होंने जीज़स को बांधा, उन्हें लेकर गए और पाइलेट को सौंप दिया। "क्या तुम यहूदियों के राजा हो?" पाइलेट ने पूछा।

"हां, जैसा तुम कहते हो वैसा ही है," जीज़स ने उत्तर दिया।

प्रमुख पुरोहितों ने उन पर अनेक इल्ज़ाम लगाए थे। इसलिए पाइलेट ने उनसे फिर पूछा, "क्या तुम जवाब नहीं दोगे? देखो वो तुम पर कितनी बातों का इल्ज़ाम लगा रहे हैं!" लेकिन जीज़स ने कोई जवाब नहीं दिया, पाइलेट हैरान था। अब, भोज की ये परंपरा थी कि जनता की मांग पर किसी एक क़ैदी को रिहा किया जाए। भीड़ जमा हो गई थी और उसने पाइलेट से वो करने की मांग की जो वो आमतौर पर करता था।

"आप चाहते हैं कि मैं आपके लिए यहूदियों के राजा को छोड़ दूं?" पाइलेट ने ये जानते हुए पूछा कि प्रमुख पादरियों ने ईर्ष्यावश ही जीज़स को उसके हवाले किया था।

और भीड़ चिल्लाई, "जीज़स बाराब्बास को छोड़ दो!"

अब, उस दिन सूली पर चढ़ाए जाने का इंतज़ार कर रहे क़ैदियों में एक बाराब्बास नाम का आदमी भी था जिसका पहला नाम भी जीज़स था। कुछ विद्वान मानते हैं कि भीड़ पैग़ंबर जीज़स की रिहाई की मांग कर रही थी जिन्हें बार-अब्बा (परमपिता का पुत्र) भी कहा जाता था, न कि मुजरिम की।

या जीज़स बारा-अब्बा, बारह का पिता।

लैंग्ली, वर्जीनिया, यूएसए, 2012

स्टीफ़न एलियट बीच रात में हैडक्वार्टर्स पर वो सूचना पढ़ रहा था जो उसके जासूस सीआईए ट्रॉइस ने कई हफ़्ते पहले उसके पास भेजी थी।

> दक्षिण अमेरिका के लिए प्रमुख आदमी *बुतरोस अहमद* है। वो यक़ीनन बोलीविया मामले में शामिल था। बुतरोस पीटर नाम का अरबी रूप था।
>
> *क़ादिर अल-ज़रक़ावी* इराक़ी ऑपरेशंस का सिरमौर था। 'क़ादिर' का अरबी में मतलब होता है 'शक्तिशाली।' ये एंड्रयु नाम के समान है जिसका अर्थ भी 'शक्तिशाली' होता है।
>
> *यहया अली* चेचन्या ऑपरेशंस का सर्वेसर्वा है। उसका असली नाम द्ज़ोकर रदुएव था। यहया जॉन नाम का अरबी रूप है।
>
> *याक़ूब इस्लामुद्दीन* जमाअह इस्लामिया और जकार्ता मुहिम का षड्यंत्रकारी था। याक़ूब जैकब का अरबी रूप है जिससे जेम्स नाम निकला है।
>
> *शमऊन इदरीस* उत्तरी अमेरिका की इस्लामिक जिहाद काउंसिल का ख़ास आदमी है। शमऊन साइमन का अरबी रूप है।
>
> *फ़ारिस क़दीर* पूर्वी तुर्किस्तान इस्लामिक मूवमेंट का प्रमुख और चीनी क्षेत्र का संयोजक है। फ़ारिस का अरबी में अर्थ है 'घुड़सवार।' यूनानी में फ़िलिप नाम का अर्थ भी 'घुड़सवार' है।
>
> *बिन फ़दान* भारत में जैश-ए-मोहम्मद का ख़ास कर्ताधर्ता है। बिन फ़दान का अर्थ है 'हल का बेटा।' इस बात

पर ध्यान देना चाहिए कि इसका वही अर्थ है जो बार्थोलोम्यु नाम का है, जिसका आर्माइक में अर्थ है 'हल का बेटा।'

अताउल्लाह अल-लिबि फ्रेंच इंतफ़ादा का सरग़ना है। अताउल्लाह का अरबी में अर्थ 'ईश्वर की भेंट' है। ये मैथ्यु नाम के समान है जो हीब्रू नाम मैतियाहू से निकला है, जिसका अर्थ 'ईश्वर की भेंट' है।

तौआम ज़िन हसन मलेशिया में दारुल इस्लाम का मुख्य कार्यकर्ता है। तौआम का अरबी में अर्थ है 'जुड़वां।' ये थॉमस नाम के समकक्ष है जो आर्माइक नाम तेओमा का यूनानी रूप है जिसका अर्थ भी 'जुड़वां' है।

आदिल अफ़रोज़ ऑस्ट्रेलियाई मुहिम का चीफ़ कमांडर है। आदिल का अरबी में अर्थ होता है 'जो इंसाफ़ करे,' जेम्स—'इंसाफ़पसंद' के समान।

यहूदा मुईनुद्दीन ग़ालिब का सबसे ज़्यादा भरोसेमंद साथी है और वो संगठन की सभी मुहिमों में शामिल है। यहूदा हीब्रू नाम जूदह, या जूडस का अरबी रूप है।

फ़वाद अल-नूर यूके में संगठन की गतिविधियों का प्रमुख है। फ़वाद का अरबी में शाब्दिक अर्थ 'दिल' है। ये थैडियस के अर्थ के समकक्ष है जो 'दिल' के समानार्थी आर्माइक शब्द से लिया गया है।

ग़ालिब बिन ईसार लश्कर-ए-सलासता-अशर, तेरह की सेना, का लीडर है। अरबी में ग़ालिब नाम का अर्थ है 'प्रमुख' या 'विजेता,' अरबी में 'बिन' शब्द का अर्थ होता है 'का बेटा।' ईसार नाम को पूर्वी काबालियों के सूर्य देवता ईसार-अल से भी जोड़ा जा सकता है, जिसके नाम पर 'इज़रायल' का नाम पड़ा।[151]

तो, ग़ालिब बिन ईसार का अनुवाद होगा 'ईसार के वंश में प्रमुख।'

एलियट को ये जानकारी उपलब्ध करवाने वाला व्यक्ति इन तेरह लोगों में से एक था। उसका कोड नाम, सीआईए ट्रॉइस, एक अन्य नाम का विपर्यय था। इसकैरियट।

यहूदा मुईनुद्दीन, कश्मीर के अभिलेखागार, पुरातत्व, शोध एवं संग्रहालयों का जूनियर सहायक निदेशक और ग़ालिब का भरोसेमंद सहायक और दोस्त, एलियट का जासूस था। यहूदा हीब्रू नाम जूदह, जिसका यूनानी रूप जूडस था, का अरबी रूप था।

जूडस इसकैरियट।

येरूशलम, 27 ईसवी

फिर बारह में से एक, जिसका नाम जूडस इसकैरियट था, प्रमुख पुरोहितों के पास गया। और उनसे बोला: "अगर मैं उन्हें आपके हाथों सौंप दूं तो आप मुझे क्या देंगे?" और उन्होंने उसे चांदी के तीस सिक्के भेंट किए।

अध्याय इक्कीस

मथुरा, उत्तर भारत, 3127 ईसा पूर्व

चंद्रमा रोहिणी नक्षत्र में था और ये 3127 ईसा पूर्व कृष्ण पक्ष का आठवां दिन था।[152] सौभाग्यशाली अक्षतयौवना देवकी एक पुत्र को जन्म देने वाली थी; उसका नाम कृष्ण होगा। रोहिणी नक्षत्र के तारकीय विन्यास ने, जो कि सबसे ज़्यादा शुभ ज्योतिषीय घटना है, इसकी घोषणा कर दी थी।

दुर्भाग्य से, एक बूढ़े ब्राह्मण ने मथुरा के राजा कंस के सामने भविष्यवाणी कर दी थी कि देवकी का जन्मा एक पुत्र अंतत: उसका विनाश करेगा। कंस ने कृष्ण के जन्म के दिन पर उत्पन्न सभी बालकों को मार डालने का आदेश दिया ताकि भविष्यवाणी को सच होने से रोक सके। कृष्ण के सौभाग्य से उनके पिता को आगाह कर दिया गया था और वो शिशु को लेकर गोकुल चले गए जहां उसका सुरक्षित लालन-पालन हो सकता था।

हिंदू धर्म में एक ज़माने से त्रिमूर्ति, ब्रह्मा—रचयिता, विष्णु—पालनकर्ता, एवं शिव—संहारक, की उपासना की जाती रही है। ऐसा माना जाता था कि कृष्ण इस त्रिमूर्ति में दूसरी इकाई हैं क्योंकि वो विष्णु का एक अवतार थे। बहुत कुछ पिता, पुत्र एवं दिव्यात्मा के त्रित्व की दूसरी इकाई की तरह। कृष्ण नाम को कभी-कभी

'क्रिस्टना' भी लिखा जाता है।

कृष्ण की संपूर्ण कथा ईसा पूर्व 500 वर्ष से पहले कभी एक लाख पदों वाले एक हिंदू महाकाव्य में लिखी गई थी।

क्राइस्ट से पांच सौ साल पहले। बुद्ध के छियासठ वर्ष बाद।

कपिलवस्तु, भारत-नेपाल सीमा, 566 ईसा पूर्व

गहरी नींद में विचित्र सपने आकार लेते हैं। कपिलवस्तु की महारानी माया ने सपना देखा कि उनका शीघ्र ही जन्म लेने वाला पुत्र सिद्धार्थ गौतम जुलाई की एक पूर्णमासी की रात सफ़ेद हाथी पर सवार होकर अपनी अक्षतयौवना मां के गर्भ में प्रवेश कर रहा है।[153]

जन्म के शीघ्र बाद ब्राह्मणों के एक समूह ने सिद्धार्थ को देखा जिन्होंने भविष्यवाणी की कि बालक या तो एक महान राजा होगा या बुद्ध, प्रकाशमान।

उनतीस वर्ष की आयु में, उन्होंने घर त्याग दिया और अगले छह वर्ष जंगलों में साधना करते रहे। साधना के दौरान उन्होंने अपने हज़ारों पिछले जन्मों को देखा। उन्हें अहसास हुआ कि सभी प्राणी पुनर्जन्म प्राप्त करते हैं। अच्छे कामों के परिणामस्वरूप अच्छे पुनर्जन्म होते हैं और बुरे कामों के परिणामस्वरूप बुरे पुनर्जन्म। पुनर्जन्म का स्थान और प्रकृति मनुष्य के कर्मों से चालित होती है।

आठ दिसंबर को, पैंतीस वर्ष की आयु में, वन में उनचास दिन की घोर तपस्या के बाद उन्हें ज्ञान प्राप्त हुआ। शैतान द्वारा बार-बार उन्हें लुभाने और सताने के बावजूद ऐसा हुआ।

बुद्ध संभवत: जानते थे कि छह सदी बाद शैतान इसी तरह की हरकतें किसी और के साथ भी करने की कोशिश करेगा जो जूडिया के रेगिस्तान में चालीस दिन और चालीस रातों तक व्रत करेगा।

जूडिया का रेगिस्तान, 26 ईसवी

शैतान द्वारा लुभाए जाने के लिए दिव्यात्मा जीज़स को रेगिस्तान में ले गई थी। चालीस दिन और चालीस रात व्रत करने के बाद वो भूखे थे। प्रलोभक उनके पास आया और बोला, "अगर तुम ईश्वर के पुत्र हो, तो इन पत्थरों से कहो कि रोटी बन जाएं।" उन्होंने जवाब दिया, "ऐसा लिखा हुआ है कि मानव केवल रोटी पर नहीं, बल्कि ईश्वर के मुख से निकलने वाले हरेक शब्द पर निर्वाह करता है।"

एक हज़ार साल पहले, शैतान ने रोटी से कहीं ज़्यादा की पेशकश की थी—उसने पूरी दुनिया देने का प्रस्ताव रखा था।

फ़ारस, 1000 ईसा पूर्व

सैटन ने उनसे कहा था कि अगर वो ज्ञान के देवता अहूरा माज़्दा की पूजा करना छोड़ दें तो वो उन्हें पूरी दुनिया दे देगा।

वो एक अक्षतयौवना से उत्पन्न हुए थे। तीस वर्ष की आयु में उन्हें उद्बोध हुआ था। उनके जन्म पर सारा संसार प्रसन्न हुआ था। एक नदी में उनका बपतिस्मा हुआ था। अपनी बुद्धि से उन्होंने बुद्धिमान व्यक्तियों को भी चकित कर दिया था।[154] वो अपने अनुयायियों के साथ घूमते रहते थे। वो जंगल में गए जहां बुराई ने उन्हें लुभाया। उन्होंने दानवों को नष्ट किया, एक अंधे व्यक्ति को दृष्टि दी। उन्होंने स्वर्ग, नर्क, निर्णय और मोक्ष के रहस्यों को उद्घाटित किया। उन्होंने और उनके अनुयायियों ने साथ में मिलकर पवित्र भोजन का आनंद लिया।

नहीं, वो जीज़स नहीं थे। उनका नाम ज़रथुष्ट्र था, जोरोस्ट्रियन पंथ के पैग़ंबर, जिनके कृत्य जीज़स से लगभग 1000 वर्ष पहले लिखे गए थे। ज़रथुष्ट्र हज़ार साल लेट थे।

सीरिया, 2000 ईसा पूर्व

तामुज़ रोज़ाना सुबह अपनी गुफा से उठता, दिन भर आसमान में घूमता और रात में अपनी गुफा में लौट आता। वो एक गड़रिया और कल्याणकारी था। तामुज़ शीघ्र ही मृत्यु को प्राप्त हुआ और निचली दुनिया में चला गया। मगर, उसकी प्रिय पत्नी इनन्ना उसकी मृत्यु को स्वीकार नहीं कर पाई। वो तामुज़ की खोज में गई। पृथ्वी से इनन्ना की अनुपस्थिति में प्रकृति जम गई। जब ईश्वर ने मनुष्यों की याचनाओं को सुना तो इनन्ना को तामुज़ के साथ पाताल से जाने की अनुमति दे दी गई। तब से प्रतिवर्ष तामुज़ की दुखद मृत्यु और पुनर्जन्म होता है। ये प्रकृति के चक्र के अनुरूप होता है: जीवन पतझड़ में मृत्यु को प्राप्त होता है और बसंत में पुन: उत्पन्न होता है।

अक्षतयौवना मीरा ने नन्हे तामुज़ को किस तारीख़ को जन्म दिया था? 25 दिसंबर को।[155] तामुज़ भी हज़ार साल लेट था।

मिस्त्र, 3000 ईसा पूर्व

25 दिसंबर को एक नांद में अक्षतयौवना आइसिस ने होरस को जन्म दिया।[156] बारह वर्ष की आयु में एक मंदिर में होरस ने शिक्षा पाई और एनप ने, जिसका बाद में सर क़लम कर दिया गया था, एरिडेनस में उसका बपतिस्मा किया।

होरस ने पानी पर चलने समेत अनेक चमत्कारों को अंजाम दिया। उसके बारह शिष्य थे, और उसे चोरों के साथ एक पेड़ पर सूली चढ़ा दिया गया था। मौत के बाद उसे एक मक़बरे में दफ़्ना दिया गया जहां उसका पुनरोत्थान हुआ और वो स्वर्गारूढ़ हुआ। उसने एक मृतक को जिलाया था। उसका नाम एल-अज़ार-अस था।

बाद में, बाइबिल ने भी एक मानव को मृत्यु के बाद जीवित

करने की बात कही—उसका नाम लैज़ेरस था।

बेथैनी, जूडिया, 27 ईसवी

मेरी और उनकी बहन मार्था के नगर का एक आदमी बहुत बीमार था, जिसका नाम बेथैनिया का लैज़ेरस था। इसलिए जीज़स आए थे और उन्होंने पाया कि वो तो चार दिन पहले ही क़ब्र में जा चुका था। उन्होंने पूछा, "तुमने उसे कहां दफ़नाया है?" उन्होंने जवाब दिया, "प्रभु, चलकर देखें।"

तब जीज़स क़ब्र पर गए। वो एक गुफा में थी: उस पर एक पत्थर रखा हुआ था। जीज़स ने कहा, "पत्थर को हटाओ।" और जीज़स ने अपनी नज़रें ऊपर उठाकर कहा, "हे पिता, मैं तुझे धन्यवाद देता हूं कि तूने मेरी फ़रियाद सुनी।"

क्या ये कोई अनुष्ठान था? उसी तरह का जिसमें जीज़स एक दिन मृतकों के बीच से उठने वाले थे, जिसे बाद में ईस्टर रविवार के रूप में मनाया जाता? संभव है। आख़िर, ईस्टर रविवार 600 ईसा पूर्व से मनाया जा रहा था, पुनरोत्थान से लगभग 600 वर्ष पहले से।

फ़ारस, 600 ईसा पूर्व

सूर्य देव मितरास का जन्म 25 दिसंबर को हुआ था। वो भ्रमणशील गुरु थे और उनके बारह शिष्य थे। उन्होंने अनेक चमत्कार किए थे। उन्हें 'नेक गड़रिया' भी कहा जाता था। उनका पवित्र दिन रविवार था। उन्होंने जीवन के सुखों को त्याग दिया था। उनके अनुयायियों से गहन शुद्धता की आकांक्षा की जाती थी जिनका बपतिस्मा रक्त से होता था। वो सामान्यतया रोटी और वाइन का सामूहिक भोज करते थे।[157]

मृत्यु होने पर उन्हें एक मक़बरे में दफ़्नाया गया। कुछ दिन बाद, वो पुन: जीवित हो गए। तब से मितरास का पुनरोत्थान हर साल मनाया जाता था। उनके पुनरोत्थान को मनाए जाने का दिन ईस्टर रविवार था, वो तारीख़ जिसे बाद में नैज़ेरथ के जीज़स के साथ जोड़ा जाना था।

जूडिया, 23 ईसवी

क्या वो वाक़ई *नैज़ेरथ* के जीज़स थे? या वो *नाज़रीन* जीज़स थे? वास्तव में, अनेक वर्ष बाद जूडिया लौटने पर, अपनी मज़बूत शैक्षिक पृष्ठभूमि की वजह से जीज़स *नैज़र्स* के संघ में दीक्षित किए जाने के योग्य थे। नैज़र्स के संघ में प्रवेश उन्हें नाज़रीन बना देता। *नज़र* शब्द वास्तव में *नाज़िर* से लिया गया है जिसका आर्माइक भाषा में अर्थ है *पृथक।* नाज़िर यहूदी होते थे जो ऐसे नियमों के तहत समर्पण की विशेष शपथ लेते थे जिनसे एक विशेष अवधि के लिए वो शराब पीने, बाल काटने या शव के पास जाने से दूर रहते थे। उर्दू में भी *नज़र* का अर्थ 'देखना' है और इस तरह जीज़स *वो थे जो देख सकते थे।*

युवा शिष्य के रूप में, अपनी परिवीक्षा के दौरान उन्हें क्रैस्टोस कहा जाता था। परिवीक्षा अवधि पूरी करने के बाद उनका तेल से अभिषेक किया गया और क्रिस्टोस की उपाधि दी गई जिसका अर्थ था 'अभिषिक्त।'[158]

शपथ पूर्ण होने पर जल में डुबकी लगानी होती थी। जीज़स के बपतिस्मा की तरह?

जॉर्डन नदी, जूडिया, 26 ईसवी

उन्हीं दिनों, जूडिया के रेगिस्तान में उपदेश देते हुए बैपटिस्ट जॉन आए। उस समय येरूशलम के लोग, सारा जूडिया, और जॉर्डन के आसपास का संपूर्ण क्षेत्र उनके पास जा रहा था और अपने गुनाहों को स्वीकार करते हुए जॉर्डन नदी में उनसे बपतिस्मा करवा रहा था।[159] वो कहते, "प्रायश्चित के लिए, मैं जल से तुम्हारा बपतिस्मा कर रहा हूं, लेकिन मेरे बाद जो आ रहा है वो मुझसे भी शक्तिशाली है। मैं उसकी पादुकाएं भी उठाने योग्य नहीं हूं।"

नदी में हज़ारों लोगों का बपतिस्मा हुआ। यही दृश्य 2001 में भी दोहराया जाना था।

इलाहाबाद, उत्तर भारत, 2001

तीन करोड़ लोग जानते थे कि ये कुंभ मेला विशिष्ट है। 144 वर्ष बाद, इस वर्ष ग्रह ऐसी स्थिति में आए थे जो बहुत शुभ थी।[160] एक माह तक चलने वाले इस उत्सव के दौरान गंगा में डुबकी लगाने से आत्मा सभी पापों से मुक्त और जन्म-मरण के चक्र से सुरक्षित होने में सक्षम हो जाती।

हज़ारों साल से हर तीन वर्ष बाद कुंभ मेला लगता आ रहा है। इसी प्रकार की एक घटना 26 ईसवी में जॉर्डन में देखी गई थी। जल में आनुष्ठानिक डुबकी लगाना बुनियादी तौर पर भारतीय मूल का था, विवाह के पवित्र अनुष्ठान हाइरॉस गैमॉस की तरह।

बेथैनी, जूडिया, 27 ईसवी

वो जीज़स से एक प्राचीन प्रजनन अनुष्ठान करवा रही थी जिसे हाइरॉस गैमॉस, या 'पवित्र विवाह' कहते थे।

1993 में, मारग्रेट स्टारबर्ड द्वारा लिखी गई *द वुमैन विद द एलाबेस्टर जार* शीर्षक की पुस्तक में संकेत दिया गया था कि मेरी मैग्डेलीन ने विवाह के एक पवित्र अनुष्ठान के अंग के रूप में जीज़स का अभिषेक किया था। स्टारबर्ड ने लिखा था:

> *जीज़स ने बेथैनी की मेरी से गुप्त राजवंशीय विवाह किया था। वो बेंजामिन क़बीले की पुत्री थी जिसकी पैतृक विरासत डेविड के पवित्र शहर येरूशलम के आसपास की भूमि थी। जीज़स और बेंजामिनों की राजकुमारी के राजवंशीय विवाह को इज़रायल के लोगों के लिए मरहम के तौर पर देखा गया होगा।*
>
> *बेथैनी की मेरी के नाम के पीछे मैग्डेल जोड़ने के संभवत: सबसे पहले मौखिक संदर्भों का गैलिली के अज्ञात नगर से कोई संबंध नहीं था। हीब्रू में, 'मैग्डेल' शीर्षक का शाब्दिक मतलब है मीनार, या उन्नत, महान, शानदार... इस अर्थ का तब विशेष महत्व होता है जब इस तरह से नामित मेरी वास्तव में मसीहा की पत्नी होती। ये हीब्रू में मेरी महान कहने के समान होता।*
>
> *विवाह के प्राचीन पवित्र अनुष्ठानों में, देवी और भूमि का प्रतिनिधित्व करने वाली एक स्त्री का विवाह राजा के साथ करवाया जाता था। इस प्रकार के अनुष्ठान को संपन्न किए जाने के समय और स्थान के आधार पर ये संबंध अनेक चीज़ों का प्रतीक होता था जिनमें अविरत उर्वरता का वरदान, भूमि और समुदाय की आत्मा का कायाकल्प, और मानवों और देवों के बीच जुड़ाव शामिल था। इन प्राचीन रस्मों में से*

कुछ में राजा के पुजारिन-देवी के साथ विवाह के बाद उसकी आनुष्ठानिक हत्या, चाहे प्रतीकात्मक या वस्तुतः, शामिल थी। प्रतीकात्मक हत्या में, प्रकृति में स्पष्ट जीवन-मरण के चक्र को प्रतिध्वनित करते हुए एक रहस्यमय पुनरोत्थान में वो पुनः जीवित हो जाता था।[161]

अब सबसे अहम सवाल है: अगर जीज़स का अभिषेक इस पवित्र उर्वरता अनुष्ठान का अंग था, तो क्या सूली पर चढ़ाया जाना और पुनरोत्थान भी इसी अनुष्ठान का अंग रहे हो सकते थे?

तो, क्या जीज़स दूल्हा थे?

केना, गैलिली, 23 ईसवी

"उनके पास वाइन नहीं है," मेरी ने जीज़स से कहा।

और तीसरे दिन गैलिली के केना में एक विवाह था; और जीज़स की मां वहां थीं। और जीज़स एवं उनके शिष्यों को विवाह में बुलाया गया था। और जब उन्होंने वाइन पीना चाही तो जीज़स की मां मेरी ने उनसे कहा, "उनके पास वाइन नहीं है।"

मेरी ने तुरंत सेवकों को आदेश दिया कि जीज़स जैसा निर्देश दें वैसा ही करें। और जीज़स ने उनसे कहा कि पात्रों को पानी से लबालब भर दें। फिर उन्होंने उनसे कहा कि उनसे वाइन निकालें और भोज के प्रबंधकर्ता को पेश करें।

सेवकों ने वाइन पेश की। जब भोज के कर्ता-धर्ता ने वो पानी चखा जिसे वाइन बना दिया गया था, तो उसने दूल्हे को बुलाया और उससे कहा कि अधिकांश लोग पहले अच्छी वाइन और बाद में निम्न दर्जे की वाइन पेश करते हैं। मगर दूल्हे ने इसका उल्टा किया था। स्पष्ट रूप से प्रबंध उनकी मां मेरी देख रही थीं। निस्संदेह वो मेज़बान थीं। और दूल्हा जीज़स थे।[162]

बेथैनी, इज़रायल, 27 ईसवी

क्राइस्ट अपने सभी शिष्यों से अधिक स्नेह उनसे करते थे और उनके मुख पर चुंबन किया करते थे। फ़िलिप के नॉस्टिक गॉस्पेल के अनुसार, मेरी मैग्डेलीन मसीहा की संगिनी थीं। लेकिन क्राइस्ट सभी शिष्यों से अधिक स्नेह उनसे करते थे और अक्सर उनके मुंह पर चुंबन किया करते थे। इससे अन्य शिष्यों को ठेस पहुंचती और उन्होंने अपनी अप्रसन्नता जताई। उन्होंने पूछा, "आप उन्हें हम सबसे अधिक स्नेह क्यों करते हैं?"

मसीहा ने जवाब दिया और उनसे कहा, "उनकी भांति मैं तुमसे प्रेम क्यों नहीं करता? जब एक नेत्रहीन और एक नेत्रवान दोनों अंधेरे में होते हैं, तो वो एक-दूसरे से भिन्न नहीं होते। जब प्रकाश होता है, तो जो देख सकता है, वो प्रकाश को देखता है और जो नेत्रहीन है वो अंधेरे में ही रह जाता है... "[163] आख़िर, वो नाज़रीन जीज़स थे, "वो, जो देख सकते थे।"

मेरी ने दो बार गुलमेहंदी से जीज़स का अभिषेक किया था। एक बार उन्होंने उनके सिर का अभिषेक किया। दूसरी बार उनके पैरों का अभिषेक किया, और बाद में उन्हें अपने लंबे बालों से पोंछा। गुलमेहंदी एक सुगंधित लेप होता था जिसे आमतौर पर जटामांसी कहते थे और ये संगीत, उपचार, जादू मंत्रों, नृत्य और जड़ी-बूटियों में पारंगत हीब्रू, सुमेरियाई और मिस्त्री पुजारिनों द्वारा किए जाने वाले विवाह के पवित्र अनुष्ठान का हिस्सा होता था।

धार्मिक रहस्यों के शोधकर्ता लिन पिकनेट ने बाद में लिखा था:

> *उनके समय में एक अत्यंत मूर्तिपूजक अनुष्ठान होता था जिसमें किसी अत्यंत विशिष्ट प्रारब्ध के लिए एक स्त्री किसी चयनित पुरुष के सिर और पांव—और साथ ही गुप्तांगों—का अभिषेक करती थी। ये पवित्र राजा का अभिषेक होता था, जिसमें पुजारिन चयनित पुरुष का चयन*

और उसका अभिषेक करती थी, उसके बाद हाइरॉस गैमॉस के नाम से ज्ञात एक यौन अनुष्ठान से उसका प्रारब्ध उसे अर्पित करती थी।

मेरी मैग्डेलीन प्रभावी तौर पर बेंजामिन क़बीले की शहज़ादी थीं, और चूंकि जीज़स भी डेविड के राजसी परिवार के थे, इसलिए उनका विवाह एक शक्तिशाली राजवंशीय गठबंधन रहा होता। अब ये स्पष्ट हो गया था कि जीज़स को 'यहूदियों का राजा' क्यों कहा जाता था। उनकी पदवी महज़ आध्यात्मिक नहीं थी, बल्कि सांसारिक और राजनीतिक भी थी।[164]

1982 में, हेनरी लिंकन, माइकल बैगेंट एवं रिचर्ड ले की एक पुस्तक, *होली ब्लड, होली ग्रेल,* ने ये मत सामने रखा कि मेरी मैग्डेलीन का गर्भ ही वस्तुत: होली ग्रेल रहा था जिसने अंतत: जीज़स क्राइस्ट की संतान को वहन किया।

बहुत पहले 1946 में, रॉबर्ट ग्रेव्ज़ ने अपनी पुस्तक *किंग जीज़स* में कहा था कि रक्त की शुद्धता को सुरक्षित रखने की ख़ातिर जीज़स की वंशावली और विवाह को कुछ लोगों के सिवाय लगभग सभी से छिपाकर रखा गया होगा।

तो ये एक सांसारिक और लौकिक राजा थे। एक भले इंसान, एक महान इंसान जिसने अच्छे काम किए थे, लेकिन फिर भी वो एक इंसान थे। उन्हें दिव्य कैसे बनाया जा सका? 337 ईसवीं में चलते हैं।

क़ुस्तुंतुनिया, 337 ईसवी

रोमन सम्राट कॉन्स्टैंटीन मृत्युशैया पर पड़े थे। उन्होंने मृत्यु से पहले ईसाई धर्म में बपतिस्मा करवाने का फ़ैसला किया था। आख़िरकार, 312 ईसवी में, वो सिंहासन हासिल करने के लिए ईसाई समर्थन से ही अपने प्रतिद्वंद्वी मैक्सेंटियस को हराने में सक्षम हो पाए थे।[165] अपने

जीवनकाल में ईसाई मत के प्रति उनका रवैया सहानुभूतिपूर्ण रहा था लेकिन अनिवार्यत: वो सूर्यपूजक ही रहे थे। वास्तव में, कॉन्स्टैंटीन ने न्यायपालिका को आदेश दिया था कि अपना साप्ताहिक अवकाश रविवार को रखे जो 'सूर्य का पूज्य दिन' था। दूसरी ओर, ईसाई अपना साप्ताहिक अवकाश यहूदियों के सैबथ—शनिवार—को रखते आ रहे थे। अब ईसाई भी कॉन्स्टैंटीन के आदेश को मानने लगे और रविवार को ही अपना साप्ताहिक अवकाश रखने लगे। ये बात ईसाई मत को मौजूदा रोमन परंपरा के क़रीब लाई।

जीज़स का जन्मदिन जो तब तक छह दिसंबर को मनाया जाता था, बदलकर 25 दिसंबर कर दिया गया। ये ईसाई मत को रोमनों के 25 दिसंबर को मनाए जाने वाले तत्कालीन नतालीस इंविक्तस उत्सव के अनुकूल बनाने के लिए किया गया था।

अब ईसाई मत रोमन जनता के सामने पेश किया जा रहा था। जीज़स को अगर रोमनों के आगे लाया जाना था तो वो महज़ एक मसीहा या गुरु भर नहीं हो सकते थे; उन्हें ईश्वर होना था। ऐसा ईश्वर जो मितरास, होरस, तामुज़ या कृष्ण के मिथकों से भी बड़ा हो। इसके लिए अक्षतयौवना से जन्मा होना आवश्यक था, और चमत्कारों का होना भी अनिवार्य था। पुनरोत्थान होना महत्वपूर्ण था। उनके लिए ऐसा क़द होना ज़रूरी था जो बुद्ध या ज़रथुष्ट्र से बड़ा हो, जो केवल संदेशवाहक थे। जीज़स को दिव्य होना था!

इसने अवतारों के सिद्धांत का अंत भी निश्चित किया। स्वाभाविक रूप से, क़ुस्तुंतुनिया को इस सबके केंद्र में होना था।

क़ुस्तुंतुनिया, तुर्की, 553 ईसवी

"यदि कोई आत्माओं के काल्पनिक पूर्व-अस्तित्व पर बल देता है, और इसके कारण होने वाले मिथ्या प्रत्यागमन पर बल देता है, तो उसका बहिष्कार किया जाएगा," चर्च के वरिष्ठों ने ऐलान किया।[166]

तीसरी शताब्दी के ईसाई धर्मशास्त्री (और अमोनियस सैकास के शिष्य) ओरिजेन ने लिखा था, "आत्मा का न कोई आदि है न अंत... ये अपने पूर्व अस्तित्वों की विजयों से शक्तिशाली या पराजयों से क्षीण होकर इस दुनिया में आती है..."[167] ये दृष्टिकोण असाधारण नहीं था। प्रारंभिक ईसाई ये मानते प्रतीत होते हैं कि आत्मा का अस्तित्व व्यक्ति के जन्म से पहले से मौजूद होता है। ये विश्वास यूनानी, बौद्ध और हिंदू दर्शन के अनेक सिद्धांतों के समान था।

553 ईसवी में, ओरिजेन की मृत्यु के लगभग तीन शताब्दी बाद, सम्राट जस्टिनियन ने क़ुस्तुंतुनिया की दूसरी सभा का आयोजन किया। सभा में कुख्यात प्रस्ताव पास किया गया कि "यदि कोई आत्माओं के काल्पनिक पूर्व-अस्तित्व पर बल देता है, और इसके कारण होने वाले मिथ्या प्रत्यागमन पर बल देता है, तो उसका बहिष्कार किया जाएगा।"

इसने ईसाई मत में अवतार की धारणा के अंत को, और जीज़स को सामने लाने के आरंभ को निश्चित किया। और फ्रेंच लोगों से बेहतर कोई नहीं जानता था कि किसी पैकेज को किस तरह डिज़ाइन और मार्केट किया जाए।

ल्यों, फ्रांस, 185 ईसवी

गॉल में लुग्दूनम के बिशप आइरेनियस ने हाल ही में *एडवर्सस हैरेसिस,* या *अगेंस्ट हेरेसीज़* लिखी थी। अपनी पुस्तक में उसने ये दावा करते हुए नॉस्टिक उपदेशों को पूरी तरह ख़ारिज कर दिया था कि जिन चार गॉस्पेलों का उसने अनुमोदन किया है वो चर्च के चार स्तंभ हैं—वो चार गॉस्पेल मैथ्यू, मार्क, ल्यूक और जॉन के थे।

वो गॉस्पेल जो कहते थे कि जीज़स एक नांद में एक कुंआरी स्त्री से जन्मे थे, जब आसमान में बेथलहम का सितारा चमक रहा था। वही गॉस्पेल जो कहते थे कि जीज़स ने पानी को शराब में बदल

दिया था, कि वो पानी पर चले थे, और कि उन्होंने एक मृतक को जिला दिया था। वही गॉस्पेल जो कहते थे कि वो मृत्यु के बाद जीवित हुए थे।

सीरेपिस, ओसाइरिस, होरस, हर्मेस, मर्क्यरी, इम्होटेप, कृष्ण, बुद्ध, मितरास, थेसियस, हर्क्युलिस, बैकस, हायसिंथ, निमरोद, मार्डुक, तामुज़, एडोनिस, बाल, केटज़ाल्कोएट्ल, बाल्डर, तिएन, एटिस, हीसस, क्रीट, ऑरिसाओको, महावीर और ज़रथुष्ट्र देवताओं, पैग़ंबरों, दूतों, या फ़रिश्तों में से कुछ नाम हैं जिनमें जीज़स क्राइस्ट के साथ समानताएं मिलती हैं।[168]

ये जीज़स से पहले विभिन्न कालों में और मिस्र, यूनान, फ़ारस, भारत, चीन, बेबीलोन और मैक्सिको समेत विभिन्न भौगोलिक स्थानों पर रहे थे। इनमें से कुछ कुंआरी माताओं से उत्पन्न थे। कुछ गुफाओं या नांदों में जन्मे थे। इनमें से अनेक के जन्म की उद्घोषणा शुभ नक्षत्रों द्वारा कर दी गई थी। कुछ को देखने ज्ञानी व्यक्ति आए थे। वास्तव में ऐतिहासिक जीज़स क्राइस्ट के आसपास एक कहानी बुनने के लिए काफ़ी सारी सामग्री उपलब्ध थी।[169]

अक्सर, वो जानलेवा ख़तरे में होते और उन्हें कहीं और, या तो संरक्षण में या फिर निर्वासन में, जाना पड़ता। इनमें से अनेक ने शैतानी प्रलोभनों पर विजय पा ली थी। अनेक ने चमत्कारों को अंजाम दिया। लगभग सभी ने प्रेम और क्षमा का उपदेश दिया। कुछ अपने शिष्यों के साथ भ्रमण करते थे।

कुछ मृत्यु के बाद फिर से जीवित हुए थे।

या ट्युरिन के कफ़न में ज़िंदा रहे।

ट्युरिन, इटली, 1988

अनास्तासियो को तिरस्कृत किया गया था। वो 13 अक्तूबर 1988 का दिन था। ट्युरिन के कार्डिनल अनास्तासियो अल्बर्तो बैलेस्त्रेरो

को दुनिया से ये कहने के लिए मजबूर किया जा रहा था कि ट्युरिन का कफ़न मिथ्या था![170]

उत्कृष्ट वैज्ञानिकों के एक दल ने कफ़न के किनारे से एक छोटा सा नमूना काटा और उसकी कार्बन डेटिंग की। रोमन कैथलिक चर्च के सामने इस नतीजे को मानने के सिवा कोई विकल्प नहीं बचा था कि ट्युरिन का कफ़न मिथ्या है। इसे स्वीकार करना कठिन स्थिति थी, ख़ासकर इस तथ्य को देखते हुए कि आठ साल पहले पोप जॉन पॉल द्वितीय ने इसी कफ़न को श्रद्धा के साथ चूमा था।

बाद में, कई वैज्ञानिकों ने ये दर्शाया कि मूल कार्बन डेटिंग ग़लत थी क्योंकि नमूने का चयन ही ठीक नहीं था। इससे भी महत्वपूर्ण यह कि कफ़न पर मौजूद ख़ून दुर्लभ एबी ग्रुप का था।

ऑवियदो, स्पेन, 1988

सुडेरियम पर लगा ख़ून भी दुर्लभ एबी ग्रुप का था। सुडेरियम एक छोटा सा, ख़ून में सना कपड़ा था जो स्पेन के ऑवियदो शहर के एक कैथीड्रल में रखा था। माना जाता था कि यही वो कपड़ा था जिससे सूली पर चढ़ाए जाने के बाद जीज़स का सिर ढका गया था। कफ़न के गड्डमड्ड इतिहास के विपरीत सुडेरियम के इतिहास को पहली सदी तक खोजा जा सकता था। इसका अर्थ था कि अगर कोई व्यक्ति सुडेरियम को असली मानता था, तो कफ़न के असली होने की संभावना भी बढ़ जाती थी।[171]

क्या ये संभव था कि कफ़न, जीज़स के काल का होने के बावजूद, उसी काल में किसी और को सूली पर चढ़ाए जाने वाले का हो?

यद्यपि ये सच था कि सूली पर चढ़ाए जाने के सब मामलों में घाव एक समान ही होते, मगर एक तथ्य जो जीज़स के मामले में महत्वपूर्ण ढंग से भिन्न था, वो कांटों का ताज था जिसे रोमन सैनिकों

ने उनके सिर पर रखा था। ट्युरिन में मौजूद कफ़न, साथ ही स्पेन में रखा सुडेरियम, साफ़-साफ़ दर्शाते हैं कि सिर के घाव इसी तरह के ताज की वजह से आए होंगे।

गॉस्पेलों के अनुसार, "जॉज़ेफ़ लिनेन का एक बड़ा कपड़ा लाया था, उसने जीज़स को क्रॉस से उतारा, उन्हें कपड़े में लपेटा और एक मक़बरे में लिटा दिया।" ईस्टर की सुबह, ये कपड़ा 'मक़बरे में एक ओर तह करके' रखा पाया गया और बाद में अबगार पंचम के पास पहुंच गया।

राजा अबगार पंचम एडेसा पर शासन करता था, जो जीज़स की मृत्यु के आसपास के समय में दक्षिणपूर्वी अनातोलिया में एक स्वतंत्र राज्य था। राजा को कुष्ठ रोग था और उसने सुना था कि जीज़स कोढ़ियों को ठीक कर सकते हैं। उसने जीज़स को पत्र लिखकर उनसे एडेसा आने की प्रार्थना की, मगर जीज़स जाने में असमर्थ थे।

माना जाता है कि जीज़स को सूली चढ़ाए जाने के बाद जीज़स के दो शिष्य उस कफ़न को एडेसा ले गए जिसमें उन्हें दफ़्नाया गया था, और अबगार चमत्कारिक ढंग से ठीक हो गया। अबगार धर्मपरायण अनुयायी हो गया और उसने वो कपड़ा शहर के मुख्य द्वारों में से एक के शिखर पर लगवा दिया। कपड़े को इस तरह तह किया गया था कि केवल चेहरा देखा जा सकता था।

अबगार की मौत के बाद धीरे-धीरे उसका राज्य जीज़स के बारे में भूल गया और पुराने धार्मिक विश्वासों और परंपराओं में वापस लौट गया। 525 ईसवी में जब शहर की दीवारों का पुनर्निर्माण किया जा रहा था तो कफ़न फिर से मिला। लगभग 420 साल बाद ये क़ुस्तुंतुनिया पहुंचा और 1578 में अंततः उत्तरी इटली के ट्युरिन पहुंचाया गया।

अबगार पंचम वास्तव में सौभाग्यशाली था कि वो ठीक हो गया। 'स्वस्थ होने वालों के रहनुमा' के द्वारा, यूज़ आसफ़ द्वारा?

1898 में फ़ोटोग्राफ़र सैकंदो पिया कफ़न की नेगेटिव फ़िल्म

देखने में समर्थ हो पाए थे, और ये और भी ज़्यादा उल्लेखनीय था। पहली बार नेगेटिव ने वास्तव में उस छवि की अदभुत बारीकियां दर्शाई थीं जो उस कपड़े के अंदर छिपी थी।

आमतौर पर स्वीकृत निष्कर्ष ये थे कि छवि यक़ीनन किसी सूली पर चढ़ाए गए व्यक्ति की थी। ख़ून के निशान वास्तविक थे और दुर्लभ ब्लड ग्रुप एबी के थे। ब्रश के निशान या कोई रंग नहीं था। बुनाई ठेठ मध्यपूर्व की थी। कफ़न पर से उठाए गए परागकणों की जांच ने जीज़स के काल में ख़ास फ़िलिस्तीन के पौधों के परागकणों की मौजूदगी दर्शाई थी। पाइलेट द्वारा 29 और 31 ईसवी में ढलवाए गए सिक्कों के अंश कफ़न के उस हिस्से पर पाए गए जिसने आंखों को ढका होगा। उस जगह पर सड़क की धूल मिली थी जहां पैर रहे होंगे। ये छवि रासायनिक सैकरायडों से बनाई गई थी, जो शरीर पर लिपटे कपड़े की नज़दीकी से जुड़ गए थे।

डसेलडॉर्फ़ यूनिवर्सिटी में फ़ॉरेंसिक विज्ञान विभाग के प्रमुख स्वर्गीय प्रोफ़ेसर बॉन्ते के अनुसार, "...सब बातें इस सच की पुष्टि करती हैं कि रक्त के प्रवाह की गतिविधि अभी तक रुकी नहीं थी।"

अब अनेक वैज्ञानिक मानते हैं कि कफ़न के अंदर मौजूद व्यक्ति मृत नहीं, बल्कि जीवित रहा होगा।

अध्याय बाईस

होशियारपुर, पंजाब, भारत, 2011

भृगु संहिता असाधारण रूप से लंबा ग्रंथ है जिसे प्राचीन भारत में महर्षि भृगु नाम के एक ऋषि ने संकलित किया था। महर्षि पहले व्यक्ति थे जिन्होंने भविष्यदर्शी ज्योतिषविज्ञान का डाटाबेस बनाने के लिए पांच लाख लोगों की कुंडलियों का संकलन किया था।[172]

महर्षि भृगु ने पांच लाख लोगों के जन्म की तिथियों, समय और स्थान के साथ उनके जीवन और उनसे जुड़ी घटनाओं का विवरण जमा किया था। फिर उन्होंने और उनके शिष्यों ने प्रत्येक व्यक्ति के जन्म के समय की सूर्य, चंद्र, बुध, शुक्र, मंगल, बृहस्पति और शनि ग्रहों की स्थिति के आधार पर उनकी जन्मकुंडलियां बनाईं।

इस विस्तृत डाटाबेस का इस्तेमाल करके महर्षि भृगु ने प्रत्येक व्यक्ति के लिए भविष्यवाणी और राशिफल गणना प्रदान की। परिणामस्वरूप एक ऐसा डाटाबेस तैयार हुआ जिसमें साढ़े चार करोड़ विकल्प थे जिन्हें भविष्य बताने के लिए प्रयोग किया जा सकता था।

सातवीं शताब्दी के बाद भारत पर मुसलमानों की जीत के दौरान, आक्रमणकारियों ने इन अदभुत दस्तावेज़ों को लूट लिया जिन्हें ब्राह्मणों ने बहुत जतन से सहेज कर रखा हुआ था। मगध के

प्राचीन नालंदा विश्वविद्यालय के विनाश से महर्षि द्वारा करवाए गए इस महती कार्य को और अधिक हानि पहुंची। अंततः, पांच लाख कुंडलियों के इस मूल डाटाबेस में से बस एक लाख कुंडलियां ही भारत में बचीं, और ये भी देश भर में बिखर गई थीं। इस मूल संकलन का एक हिस्सा धूल-धूसरित नगर होशियारपुर के एक ब्राह्मण परिवार के पास रह गया था।

इस अनमोल ख़ज़ाने के उत्तराधिकारी विश्वप्रसिद्ध ज्योतिषी पंडित रामगोपाल प्रसाद शर्मा थे जो हर दूसरे हफ़्ते मुंबई के ताज महल होटल में अपने पांडित्य का प्रदर्शन करते थे। इस समय वो अपने पैतृक घर के बाहर बरगद के नीचे बैठे उन भोजपत्रों का अध्ययन कर रहे थे जो उनकी ज़िंदगी का अंग थे। उनके चेहरे पर परेशानी के भाव थे। वास्तव में, वो रात में सो नहीं पाए थे। उन्हें अपनी भविष्यदृष्टा दक्षता को इस हद तक नहीं बढ़ाना चाहिए था जहां तक बढ़ाने में वो सफल रहे थे; इससे बस अत्यधिक चिंता ही जन्मती है।

उस आदमी के साथ हुई उनकी आकस्मिक मुलाक़ात ने उन्हें परेशान कर दिया था जो उनके पंचांग से दिनांक का संदर्भ पाना चाहता था। वो जम्मू शहर के वैष्णोदेवी मंदिर में माता के नियमित दर्शन को गए थे जब ये मुलाक़ात हुई थी। अपनी *भृगु संहिता* की सहायता लेने के लिए वो झटपट होशियारपुर वापस चले आए। वो पूरी तरह आश्वस्त थे। दुनिया का अंत क़रीब था।

वो उठे और डाकघर की ओर चल दिए। पंडित रामगोपाल के पास टेलीफ़ोन नहीं था। डाकघर से उन्होंने अपने एक यजमान को फ़ोन किया जो भारतीय गुप्तचर सेवा में एक महत्वपूर्ण व्यक्ति था। वो चाहते थे कि वो जनरल पृथ्वीराज सिंह से उनकी मुलाक़ात का प्रबंध करवा दे।

नई दिल्ली, भारत, 2012

"आपका नाम 'प' से शुरू होता है। आपके पिता का नाम भी 'प' अक्षर से शुरू होता है। आपकी माता जी का नाम भी 'प' से ही शुरू होता है। आपके जन्म के वर्ष का योग बाईस है," पंडित रामगोपाल प्रसाद शर्मा ने कहा।

पृथ्वीराज। पद्मराज। पार्वती। 1957। 1+9+5+7 = 22। पृथ्वीराज भौंचक्के थे। वो इस व्यक्ति को नहीं जानते थे और फिर भी इस अजनबी को उनके बारे में बहुत कुछ मालूम प्रतीत होता था।

"आप कौन हैं, सर?" पृथ्वीराज ने पूछा। "और आप कैसे जानते हैं कि मैं कौन हूं?"

"मेरा नाम पंडित रामगोपाल प्रसाद शर्मा है। मैं पंजाब के होशियारपुर से हूं, और इतनी दूर से मैं केवल आपसे मिलने आया हूं। मैं न केवल ये बता सकता था कि मैं कब और कहां आपसे मिलूंगा, बल्कि ये भी बता सकता था कि आप कैसे दिखते हैं। इसीलिए मैं आपको ढूंढ़ सका था।"

"मुझसे? मुझसे ही क्यों?"

"पुत्र, मेरे विचार में अगर हम कहीं बैठकर बात करें तो अच्छा होगा। बहुत सी बातें हैं जिन्हें समझाना होगा।" उत्सुकता से भरकर जनरल पृथ्वीराज सिंह पंडित रामगोपाल प्रसाद शर्मा को अपने साधारण से घर की बैठक में ले गए।

"अब बताएं, मि शर्मा, कि आप कौन हैं और आपने मेरे बारे में कैसे सुना है? इससे भी महत्वपूर्ण ये कि आपने मुझे किस तरह खोजा?"

"मैं चाहूंगा पहले आप मुझसे एक वादा करें," ज्ञानी वृद्ध ज्योतिषी ने कहा।

"वो क्या?"

"मैं चाहता हूं कि आप मुझसे वादा करें कि आप अपना दिमाग़ खुला रखेंगे और अबोध्य को अवैज्ञानिक मानने की पश्चिमी प्रवृत्तियों से अपने निर्णय को प्रभावित नहीं होने देंगे," शर्मा ने व्यावहारिक भाव से कहा।

"आपको नहीं लगता कि आप मेरे बारे में पहले से धारणा बना रहे हैं? ख़ैर, मैं वादा करता हूं।"

"ठीक है। अब ये सुनें। मैं पंजाब का एक ब्राह्मण हूं। मेरे पास हिंदू इतिहास के सबसे प्राचीन ग्रंथों में से एक—भृगु संहिता—है जो पांच लाख से अधिक राशिफलों का डाटाबेस है जो भावी घटनाओं की ठीक-ठीक भविष्यवाणी कर सकता है। अगर डाटाबेस में किसी मूल पत्र में किसी व्यक्ति का राशिफल उपलब्ध है तो न केवल अतीत को एकदम ठीक-ठीक बताया जा सकता है और भविष्य के बारे में सटीक भविष्यवाणी की जा सकती है, बल्कि परामर्श की तिथि, समय और स्थान भी बताया जा सकता है। हाल ही में, जब मैं *भृगु* का अध्ययन कर रहा था, तो मेरे हाथ एक राशिफल लगा जो संकेत देता था कि मैं यहां नई दिल्ली में, आज, आपके सामने गणना कर रहा होऊंगा। इसीलिए मैं यहां आया हूं," शर्मा ने कहा।

पृथ्वीराज हैरान थे। "लेकिन आपने विशेष रूप से मुझे ही तलाशने की कोशिश क्यों की? ऐसी हड़बड़ी क्या थी?"

"केवल आप ही ऐसे व्यक्ति हैं जिसमें हमें विनाश से बचाने की शक्ति है, मेरे बच्चे। 2012 की शीत संक्रांति पर, दोपहर में सूर्य आकाशगंगा के ठीक केंद्र में नज़दीक से मिलते हुए आकाशगंगीय पथ के साथ सूर्य के क्रांतिवृत्त के ठीक रेखण बिंदु पर मिल रहे हैं। ये दिन 21 दिसंबर 2012 को पड़ता है। आपका राशिफल बताता है कि आपमें ईश्वर के एक ऐसे बंदे को बचाने की शक्ति है जिसके पास पहेली की कुंजी है।"

"मैं आप पर विश्वास क्यों करूं?" पृथ्वीराज ने कुछ चिढ़ते हुए पूछा।

"जब आप पंद्रह वर्ष के थे तो आपके पिता, और जब उनतीस

के थे तो आपकी मां गुज़र गई थीं। आपकी आत्मा पुरानी है जो अनेक मानव-जीवनों से गुज़र चुकी है। मोक्ष पाने से पहले ये आपका अंतिम जीवन हो सकता है। आपका कोई भाई-बहन नहीं है। आपका जन्म और पालन-पोषण पंजाब में हुआ था मगर शिक्षा पश्चिम में हुई, संभवत: इंग्लैड, अमेरिका या दोनों में। सबसे महत्वपूर्ण, प्रेतरूप में आपका एक भाई था, कुछ काल के लिए।"

शर्मा की गणना की सटीकता से विस्मित पृथ्वीराज जड़ बैठे रह गए। फिर उन्होंने कहा, "मेरा कभी कोई भाई नहीं था।"

"हां, था। आपकी माता जी ने अपनी गर्भावस्था के सातवें माह में एक मृत बालक को जन्म दिया था। वो आपका भाई है जो प्रेतलोक में है जिसके बारे में मैं बता रहा हूं। अब वो प्रेतलोक में नहीं है—वो किसी और परिवार में पुनर्जन्म पा चुका है," शर्मा ने आत्मविश्वास से कहा।

"इसका पता लगाने का तो केवल एक ही रास्ता है," पृथ्वीराज ने अपनी मौसी को फ़ोन करने के लिए उठते हुए कहा जो अमृतसर में रहती थीं। चौथी घंटी पर उन्होंने फ़ोन उठा लिया।

"आंटीजी," उन्होंने जाने-पहचाने पंजाबी-भारतीय मिश्रित शब्द को इस्तेमाल करते हुए कहा। "सुनिए, मुझे आपसे कुछ पूछना है।"

"बोलो, पुत्तर।"

"मेरे जन्म के बाद मां एक बार और प्रेग्नेंट हुई थीं?"

"बेटा, ये किसलिए पूछ रहे हो?"

"बताने का वक़्त नहीं है, आंटीजी। बस मुझे बताएं, प्लीज़।"

"ठीक है। वो एक बार और प्रेग्नेंट हुई थीं, जो लगभग घातक साबित हुआ था। वो लड़का था।"

"और ये हुआ कब था, आपको याद है?"

"मेरे ख़्याल से तुम्हारे होने के एक या दो साल बाद की बात है ये।"

"बच्चा मृत जन्मा था?"

"बदक़िस्मती से, हां। तुम्हारे माता-पिता ने तुम्हें ये कभी नहीं बताया क्योंकि वो तुम पर ऐसा कोई बोझ नहीं डालना चाहते थे जिसकी तुम्हारी ज़िंदगी में कोई प्रासंगिकता नहीं थी।"

"बच्चा कितना बड़ा था?"

"मेरे ख़्याल से समय पूरा होने से एक-दो महीने पहले ऑपरेशन किया गया था। मगर बोन मैरो का ट्रांसप्लांट कामयाब रहा था।"

"बोन मैरो?"

"पुत्तर, तुम जब छोटे थे तब तुम्हें थैलेसेमिया बताया गया था। एकमात्र इलाज किसी भाई-बहन का बोन मैरो ट्रांसप्लांट करना था। इसीलिए तुम्हारे माता-पिता ने दूसरे बच्चे की कोशिश की थी... तुम्हें बचाने के लिए।"

पृथ्वीराज इस जानकारी की भयावहता को जज़्ब करने की कोशिश में ख़ामोश हो गए। "थैंक्यू, आंटीजी। कुछ हफ़्ते में जब मैं अमृतसर आऊंगा तो आपसे मिलने आऊंगा।"

पृथ्वीराज ने फ़ोन रख दिया। उन्होंने सोफ़े पर शांतिपूर्वक बैठे माला फेरते बुज़ुर्ग को देखा। वो उनके पास गए।

"ठीक है। तो आप जालसाज़ नहीं हैं। फिर?"

"पुत्र, वो भाई जो मर गया था... उसने आपको बचाने के लिए आपके कर्म ले लिए थे। मृत्यु आपकी नियति में थी, लेकिन इसके बजाय आपके लिए वो मर गया। पिछले जन्मों में भी वो आपके लिए मरा या मारा गया है। आपके साथ उसका कर्म का संबंध है।"

"ठीक है, लेकिन इसका 21 दिसंबर से क्या संबंध है?"

"पुत्र," शर्मा ने कहना शुरू किया, "उस दिन मैं घोर विनाश देख रहा हूं। विष के बादल। घोर अंधकार। गहरा धुआं जो अपने मार्ग में आने वाली हर चीज़ का दम घोंट रहा है। आसमान को छूता आग का एक विशाल गोला। मैं भयानक जनत्रासदी देख रहा हूं। लेकिन सबसे महत्वपूर्ण, मैं आकाश में एक इंद्रधनुष देख रहा हूं जो मुझे बता रहा है कि इस विनाश से बचने का कोई तरीक़ा हो सकता

है।"

पृथ्वीराज सुन्न हो गए। "क्या आप कह रहे हैं कि किसी क़िस्म का विस्फोट होगा या भूकंप आएगा?"

"उससे भी भयानक! भूकंप तो इसे बहुत हल्केपन से कहना होगा। ये तो मानवनिर्मित त्रासदी प्रतीत होती है। किसी प्रकार के विशाल बम की तरह की कोई चीज़।"

"और मैं इसे रोक सकता हूं?" जनरल ने अविश्वास से पूछा।

"हां।"

"कैसे?"

"उस पादरी को ढूंढ़ें जिससे मैं मुंबई में मिला था," शर्मा ने कहा।

"विंसेंट सिन्क्लेयर? मैं तो पहले ही उन्हें ढूंढ़ने की कोशिश कर रहा हूं।"

"और पुत्र..."

"जी।"

"वो भाई, जो आपके लिए मृत्यु को प्राप्त हुआ था..."

"जी?"

"आप जान जाएंगे कि कब आपको उसका ऋण चुकाना है।"

"आप नियति में विश्वास करते हैं?" जनरल पृथ्वीराज सिंह ने पूछा।

"*उन्मेते शिंजुरु?*" पंडित रामगोपाल ने सुना।[173]

"ये क्या था?" पंडित रामगोपाल ने पूछा

"आप नियति में विश्वास करते हैं?" जनरल ने दोहराया।

"*उन्मेते शिंजुरु?*" रामगोपाल ने फिर से सुना।

पंडित रामगोपाल प्रसाद शर्मा उठ खड़े हुए।

उन्होंने उत्तेजित स्वर में कहा, "पृथ्वीराज, कोई जापानी संबंध है। मुझे एक ख़तरनाक स्त्री का आभास मिल रहा है। उसका पाप-

कन्नी योग या विष कन्या योग है। स्त्री शक्ति है। उसका चंद्र दमित है और अशुभ ग्रहों—शनि, मंगल साथ ही साथ राहु-केतु—से भी घिरा है। ये उसे उन्मत्त बनाता है। वो जान लेने में हिचकेगी नहीं। मैंने विंसेंट सिन्क्लेयर को इसी नकारात्मक शक्ति से सावधान किया था।"

"वो मुझे कहां मिलेगी?" जनरल ने पूछा।

गोआ, भारत, 2012

और आगे, गोआ के बाहरी क्षेत्र की ओर, विंसेंट ने अपने आसपास के माहौल का जायज़ा लिया। मद्धम रोशनी और कमरे में मौजूद नमी के अहसास से आभास हो रहा था कि ये कोई बेसमेंट है। उसके ऊपर स्वाकिल्की खड़ी हुई थी। उसके चेहरे को फ़ोकस में लाने की कोशिश में विंसेंट ने आंखें सिकोड़ीं। उसने अपने शरीर को आरामदेह करने की कोशिश की तो उसे जान पड़ा कि उसके हाथ और पैर बंधे हुए हैं।

"तुम जासूसी करने में लगे हो!" स्वाकिल्की ग़ुर्राई।

"क्या? नहीं। मैं कहां हूं? तुम तो..." विंसेंट कहने लगा, उसे ध्यान आ रहा था कि इस जापानी औरत को तो उसने कई बार आते-जाते देखा है।

वो अपना वाक्य पूरा करता इससे पहले उसे अपने चेहरे पर एक झनझनाता तमाचा महसूस हुआ। "चुप रहो!" वो फुफकारी। उसकी आवाज़ का ज़हरीलापन ख़ून को सर्द कर देने वाला था। "मेरे साथ गेम मत खेलो। तुम एक ऐसे शिकार को खोज रहे हो जिससे तुम्हारा कोई लेना-देना नहीं है।"

विंसेंट पूरी तरह से हिल गया था। उसके पास कोई जवाब नहीं था। "देखो, मैं सच में नहीं जानता कि तुम क्या कह रही हो। मैं सहयोग करना चाहूंगा, लेकिन मैं समझ नहीं पा रहा हूं। तुम कह *क्या* रही हो?"

स्वाकिल्की ने उसे घृणा से देखा। "लगता है मेरे मेहमान की याददाश्त चली गई है। ये ब्रदर थॉमस मैनिंग के साथ हुई अपनी बातचीत भी भूल गया लगता है। ये तो बहुत आराम से लंदन में प्रोफ़ेसर टैरी एक्टन के साथ हासिल किए अपने पूर्वजन्म के सबक़ भी भूल गया है। क्या ये उन बॉम जीज़स काग़ज़ात को भी भूल गया है जो एक्टन ने इसे दिए थे? मेरे ख़्याल से इसे होश में लाने के लिए तगड़ा झटका देना होगा।"

विंसेंट जो सुन रहा था उस पर उसे यक़ीन नहीं हो रहा था। थॉमस मैनिंग ने तो वादा किया था कि वो उनकी बातचीत को गोपनीय रखेगा। और ये औरत टैरी एक्टन को क्यों जानती है? ये बॉम जीज़स काग़ज़ात के बारे में कैसे जानती है? क्या कोई साज़िश थी जिसे ढका जा रहा है? क्या टैरी की रिसर्च ने किसी को असहज कर दिया होगा?

भावशून्य चेहरे के साथ विंसेंट स्वाकिल्की को तकता रहा। अपने दिमाग़ में वो ख़ुद को उस अंगरक्षक के रूप में देखता रहा जो राजा सापा इन्का पचाकुटी के ख़िलाफ़ साज़िश करने से रोकने के लिए ममा एनावार्खी को मार रहा था। वो फिर से स्वाकिल्की के रूप में आ गई। फिर उसने साम्राज्ञी वू ज़ाओ—सिंहासन पर बैठी बुरी शक्ति—का रूप धर लिया, वू ज़ाओ ने उसके अंग काटकर उसे धीरे-धीरे तकलीफ़देह मौत मरने के लिए शराब के एक बड़े बर्तन में डाल दिया था। वू ज़ाओ वापस स्वाकिल्की के रूप में आ गई। फिर वापस शार्लट लैवॉइज़ियर बन गई जब वो ज्यां-पॉल पैलतिए को चाक़ू मार रही थी। उसने देखा कि सैनसन उसका सिर काट रहा है और फिर उसने देखा कि स्वाकिल्की टैरी एक्टन का सिर काट रही है। फिर स्वाकिल्की एक ऐसी औरत में बदल गई जो— नहीं, ये मुमकिन नहीं था... मेरी मैग्डेलीन थी! हमेशा की तरह, वो धुंधला गई थी—उसे कई मेरी मैग्डेलीन दिख रही थीं! वो पगला रहा था! फिर वो वापस स्वाकिल्की बन गई।[174]

अब वो स्वाकिल्की के पूरे महत्व को समझ पाया था। विंसेंट

का उसके साथ पिछले कई जन्मों का संबंध था, वर्तमान जीवन तो अनेक जीवन-शृंखलाओं में से बस एक था।

"मेरी बात सुनो, प्लीज़," विंसेंट ने याचना की। "जो कुछ हो रहा है शायद मैं उसे जानता हूं। जिस विषय के बारे में तुम कह रही हो, उसमें मेरी दिलचस्पी पूरी तरह शैक्षणिक है... क्यों न तुम मुझे बताओ कि तुम्हें क्या चाहिए, फिर मैं देखूंगा कि मैं कुछ कर सकता हूं या नहीं।"

"देखा किस तरह ताक़तवर भी हार जाते हैं," स्वाकिल्की ने उसके सिर के बालों को मुट्ठी में दबोचकर उसके चेहरे पर सांस छोड़ते हुए व्यंग्य से कहा। "अब तुम सुनो मेरी बात... तुम वही करोगे जो मैं कहूंगी... समझ में आया तुम्हें? मैं नहीं चाहती कि तुम टांग अड़ाते फिरो।" विंसेंट ने डर के मारे मूर्खों की तरह हामी भरी। वो कमरे से चली गई, और उसके दरवाज़ा बंद करने पर ताला लगने की आवाज़ सुनाई दी।

विंसेंट की बांहें और टांगें दुख रही थीं। उसके हाथों को पीठ के पीछे बांधने के लिए उसने एक खुरदुरी सुतली का इस्तेमाल किया था। उसकी टांगें टख़नों से बंधी हुई थीं। कई घंटों से वो इसी स्थिति में था। उसका सिर फटा जा रहा था और गला सूख गया था। वो समझ नहीं पा रहा था कि वो कहां है। बेसमेंट इस्तेमाल किया हुआ नहीं लग रहा था और अंधकार, नमी और सीलन भरा था। कमरे के सुदूर दाहिने हिस्से के दरवाज़े के सिवा वहां और कोई खिड़की-दरवाज़ा नहीं था। एक अकेला, नंगा दस वॉट का बल्ब छत से लटक रहा था जिससे जहां वो लेटा था वहां हल्की सी रोशनी हो रही थी।

अचानक झटके से दरवाज़ा खुला और जापानी औरत अंदर घुसी। "डिनर लग गया है, माननीय," प्लास्टिक की पानी की बोतल और कुछ गोल नान और दाल के साथ एक लोहे की प्लेट उसके सामने रखते हुए उसने ताना कसा।

"हाथ बंधे-बंधे मैं नहीं खा सकता," विंसेंट बुदबुदाया और इस मूर्खता के लिए स्वाकिल्की का एक और झनझनाता तमाचा

उसे पड़ा। "तुम तभी बोलोगे जब तुमसे कहा जाएगा, समझे?" उसने कहा। उसने विंसेंट के हाथ खोले और अपनी बेरेटा 93आर ऑटोमेटिक उस पर तान दी। "कोई गड़बड़ की तो मैं तुम्हारा भेजा उड़ा दूंगी!" उसने कहा। विंसेंट को कोई ख़ास भूख तो नहीं थी, लेकिन वो जानता था कि उसे अपनी ताक़त बचाकर रखनी है। उसने अपने सामने रखा गया खाना गले से उतारा और प्लास्टिक की बोतल से पानी के कई घूंट पिए।

"अब, क्यों न तुम मुझे बताओ कि तुम यहां क्या कर रहे हो? जीज़स के परिवार को तलाशने की कोशिश?" स्वाकिल्की ने पूछा।

"नहीं... नहीं... तुमने एकदम ग़लत समझा है। मैं तो अपनी आंट के साथ यहां आया हूं। वो भारत-प्रेमी हैं और नवरात्रि के उत्सव को देखना चाहती थीं..." विंसेंट ने कहना शुरू किया। स्वाकिल्की ने उसकी बात काट दी।

"तुम्हारी आंट के बारे में मुझे पता है। फ़ालतू बातों से मुझे परेशान मत करो। तुम्हें लगता है कि मैं यक़ीन कर लूंगी कि पूर्वजन्म में जीज़स को देखने के बाद, उन्हें सूली पर चढ़ाए जाने के बाद जीवित बचते देखकर, मैनिंग से इस बारे में बात करने के बाद, एक्टन से बॉम जीज़स दस्तावेज़ पाने के बाद, गोआ—बॉम जीज़स के गृह—पहुंचने के बाद, तुम यहां महज़ छुट्टियां मनाने आए हो?" स्वाकिल्की तमककर बोली।

"हां! प्लीज़ मेरा विश्वास करो! हां, मैंने प्रत्यागमन थेरेपी करवाई थी। हां, मैंने जीज़स को देखा था। हां, मैंने थॉमस से जीज़स के वंश की संभावना के बारे में बात की थी। लेकिन नहीं, मैं किसी को ढूंढ़ने भारत नहीं आया था... मैं वाक़ई और ज़्यादा कुछ नहीं जानता," विंसेंट ने याचना की।

"हम्म। मैं बताती हूं कि मैं क्या करूंगी। मैं तुम्हें एक कहानी सुनाऊंगी। देखते हैं कि तुम किताब को पहचान पाते हो या नहीं..."

स्वाकिल्की ने कुछ ए-4 साइज़ के काग़ज़ निकाले और पढ़ने लगी। "*ईसा और मेरी के एक सारा नाम की संतान हुई, जिसका*

जन्म भारत में हुआ था किंतु बाद में उसे उसकी मां के साथ गॉल भेज दिया गया। ईसा भारत में ही रहे, जहां उन्होंने राजा गोपदत्त के हठ करने पर शाक्य वंश की एक स्त्री से विवाह किया और उनके एक पुत्र हुआ, बेनिस्सा। बेनिस्सा का एक पुत्र था युशुआ जिसने अक्कुब को जन्म दिया। अक्कुब का पुत्र जाशुब था। अबिउद जाशुब का पुत्र था। जाशुब का पोता एल्नाम था। एल्नाम ने हर्ष को जन्म दिया, जो जबाल का पिता था, जो शाल्मन का पिता था। शाल्मन के पुत्र ज़बूद ने इस्लाम क़ुबूल कर लिया। ज़बूद अब्दुल का पिता था, जो हारून का पिता था। उसका पुत्र हमज़ा था। उमर हमज़ा का पुत्र था और उसने राशिद को उत्पन्न किया। राशिद की संतान ख़लील था... क्या ये अनुच्छेद कुछ याद दिलाता है, फ़ादर सिन्क्लेयर?" स्वाकिल्की ने पूछा

विंसेंट ने हिचकिचाते हुए जवाब दिया, "ज़रूर। ये *तारीख़े-ईसा-मसीह* से है! आह! अब मैं समझा। तुम्हें लगता है कि मैं जासूस-जासूस खेल रहा था!"

"बिल्कुल, मि शरलॉक होम्स! तुम बिल्कुल यही कर रहे हो," स्वाकिल्की विजयी भाव से कह उठी।

विंसेंट ने विरोध किया, "लेकिन मैं तो बस ख़लील तक पहुंचा था। और आगे नहीं। वास्तव में, मुझे तो पता भी नहीं कि ये पुस्तक विश्वसनीय है या नहीं।" विंसेंट सहज भाव से *तारीख़े-ईसा-मसीह* के उर्दू संस्करण की बात गोल कर गया जिसे मार्था ने खोजा था और जिसमें वंश को और आगे ले जाया गया था।

"अरे हां, ये विश्वसनीय है। टैरी एक्टन ने इस विषय पर शोध करने में बरसों लगाए थे और अगर उसकी ज़िंदगी यूं अचानक ख़त्म न हो जाती तो तुम्हें यक़ीन भी दिला देता कि ये पूरी तरह से विश्वसनीय है।"

"यानी तुम मुझे बता रही हो कि तुम्हें पता है कि जीज़स के वंश के अंतिम सिरे पर कौन है?" विंसेंट ने अविश्वास से भरकर पूछा।

"इसका अंदाज़ा ख़ुद लगा लो, फ़ादर। तुम तो तथाकथित

रिसर्च-उत्साही हो, है ना?" उसने प्रतिवाद किया। "मैंने तो ये तुम्हारे लिए बहुत आसान कर दिया है। दुख की बात है कि तुमने उन काग़ज़ात को देखने की ज़हमत नहीं की जो चर्च में मैंने तुम्हें दिए थे!"

"नहीं। उन काग़ज़ों से कुछ भी समझ पाना मुमकिन नहीं है। वो किताब जो टैरी एक्टन के पास थी, *तारीख़े-ईसा-मसीह,* वो जीज़स के बाद केवल सोलह पीढ़ियों की बात करती है। हरेक पीढ़ी के लिए अगर चालीस साल का जीवनकाल भी लगाएं तो हमें जीज़स के बाद क़रीब 640 साल की जानकारी ही मिलती है। कहानी का शेष भाग उसमें नहीं है!" उसने समझाया।

"है उसमें, ठीक है। शायद तुमने सही जगह पर देखा नहीं था," स्वाकिल्की बुदबुदाई। "जो भी हो, बहुत हुआ! अब हमें तुमसे छुटकारा पाना है," स्वाकिल्की ने विंसेंट से कहा। "तैयार हो जाओ, फ़ादर, तुम बहुत जल्द अपने प्रभु से मिलने वाले हो! आमतौर पर तो अपने शिकारों को मैं फ़ौरन मार देती हूं। तुम ख़ुशक़िस्मत हो कि तुम्हारी आंट के लिए मेरे दिल में ख़ास जगह है!"

सेक्रेटरी (आर) जनरल पृथ्वीराज सिंह ने सौ बेहतरीन सैनिक गोआ में भेज दिए थे और फ़ोर्ट एगुआडा होटल में अपना शिविर स्थापित कर लिया। ज़्वी यातोम के साथ वो कामचलाऊ संचार कक्ष में बैठे थे कि तभी मार्था अंदर घुसी, उसके पीछे-पीछे पंडित रामगोपाल प्रसाद शर्मा थे। "प्लीज़ हमारी मदद कीजिए," मार्था ने कहा। "मेरे भतीजे को अग़वा कर लिया गया है।"

जनरल पृथ्वीराज सिंह ने चिढ़ते हुए उन्हें देखा और बोले, "प्लीज़ मुझे अपना काम करने दीजिए। हम पहले ही शहर भर में सौ आदमियों को लगा चुके हैं और वो मि सिन्क्लेयर को ढूंढ़ने के अलावा और कुछ नहीं कर रहे हैं।"

"कृपा करें, जनरल साहब!" जनरल ने पंडित रामगोपाल

प्रसाद शर्मा के चेहरे पर चिंतित भाव देखे। "पंडितजी?" उन्होंने पूछा। जनरल को पता था कि वृद्ध व्यक्ति के भाव क्या संकेत दे रहे हैं। "जल्दी बताएं, पंडितजी। आप जानते हैं कि हमें अपनी खोज का केंद्र कहां रखना चाहिए?"

"सैटन! शैतान!" पंडित रामगोपाल प्रसाद शर्मा ने कहा, मार्था सुबकती ही रही।

गोआ के बीचोबीच कारीगर राक्षस रावण का विशाल पुतला बनाने में व्यस्त थे। पटाख़ों से अच्छी तरह से भरे इस पुतले को नौ दिन के नवरात्रि उत्सव के बाद दसवें दिन जलाया जाना था। ये ख़ास पुतला वाक़ई बहुत शानदार था। ये पैंतालीस फ़ुट ऊंचा था और रावण को उसके दसों सिर के साथ दर्शा रहा था। राक्षस के दसों चेहरों पर क्रूर भाव था और अपने अस्त्र-शस्त्र लिए वो एक विशाल चबूतरे पर अपने पांव फैलाए खड़ा था। ख़ुद चबूतरा भी तेरह फ़ुट ऊंचा था।

संयोजक समिति ने जिस कंपनी को इसका ठेका दिया था वो एक नई कंपनी थी और अपने क्लायंट को ख़ुश करने के लिए ज़रूरत से ज़्यादा काम कर रही थी। ठेकेदार ने इसमें लगने वाली आतिशबाज़ी चीन से मंगवाई थी। इस बात ने रॉ का संदेह बढ़ा दिया। अगले तीस मिनट के अंदर, जनरल के आदेश पर शहर के केंद्र को रैपिड एक्शन डिवीज़न ने घेर लिया। घेरे गए क्षेत्र के बीच में शैतान खड़ा था—दस सिर वाला राक्षसराज रावण।

जनरल ने अपना मोबाइल फ़ोन निकाला और सीएमजी—क्राइसिस मैनेजमेंट ग्रुप जो डीईए, परमाणु ऊर्जा विभाग, का अंग था—के अपने समकक्ष का नंबर मिलाया। "मुझे फ़ौरन एक टीम यहां चाहिए," उन्होंने कहा, जबकि उनके आदमी रावण का पुतला बनाने वाले कारीगरों को गिरफ़्तार करने में लगे थे।

परमाणु अनुसंधान में इतने वर्ष लगाने के बाद भी परमाणु खोजी तकनीक के नाम पर भारत के पास कुछ ख़ास नहीं था। सुरक्षा की इसकी अग्रिम पंक्ति में प्रमुख रूप से थोड़ा सा ही बेहतर गाइगर काउंटर था। बदक़िस्मती से, ये मशीनें सामान्य रूप से होने वाले रेडिएशन से—जो खाद से लेकर बिल्ली की पॉटी तक लगभग हर कहीं पाया जा सकता है—अत्यंत समृद्ध यूरेनियम को अलग पहचान पाने में दयनीय काम करती थीं, जो कि परमाणु अस्त्र का बहुत ख़तरनाक तत्व होता है। एक और कमी ये तथ्य थी कि परमाणु बम में इस्तेमाल होने वाला समृद्ध यूरेनियम आमतौर पर जस्ते में बंद किया जाता है, जिसकी वजह से रेडिएशन रिसाव की मात्रा बहुत कम हो जाती है।

9/11 के बाद से, भारतीय परमाणु ऊर्जा विभाग के वैज्ञानिक एक नए क़िस्म के उपकरण पर काम कर रहे थे जो यूरेनियम की खोज में तेज़ी ला सकता था। इन उपकरणों को पहले चरण में हर क़िस्म के रेडिएशन को पहचानने के लिए बनाया गया था। दूसरे चरण में, रेडिएशन के स्रोत और क़िस्म को निश्चित करने के लिए उन्नत कंप्यूटिंग सॉफ़्टवेयर का इस्तेमाल किया गया। वास्तव में, जस्ते के ख़ोल में बंद परमाणु बम को भी खोजा जा सकता था क्योंकि ख़ोल में से भी कुछ गामा किरणें बाहर आ जाती हैं और सॉफ़्टवेयर कोड द्वारा इस 'चिह्न' को पहचाना जा सकता था जिसे बंगलौर के अत्याधुनिक संस्थान में काम कर रहे सॉफ़्टवेयर इंजीनियरों द्वारा लगातार अपडेट किया जा रहा था।[175]

चुनौती थी इस प्रोटोटाइप को लेना और भारी मात्रा में इसका निर्माण करना ताकि इसे उन साधारण नोटबुक कंप्यूटरों से जोड़ा जा सके जो पहले से युक्त डिटेक्शन सॉफ़्टवेयर के साथ आते। भारी मात्रा में इस निर्माण में अभी भी कुछ साल लगने थे।

इस बीच, प्रोटोटाइप मुंबई के भारतीय प्रौद्योगिकी संस्थान

में उपलब्ध था। प्रधानमंत्री कार्यालय से कहलवाकर जनरल इस उपकरण को हासिल करने और गोआ में अपने पास मंगवाने में समर्थ रहे थे।

जनरल पृथ्वीराज सिंह और ज़्वी यातोम परमाणु ऊर्जा विभाग की क्राइसिस मैनेजमेंट टीम को दस सिर वाले राक्षसराज रावण के पुतले को खोलते देख रहे थे। "भगवान का शुक्र है कि ये बम इतनी जल्दी और बिना परेशानी के मिल गया," पृथ्वीराज ने उस चबूतरे को तोड़ते आदमियों को देखते हुए मन ही मन सोचा, जिसके अंदर विंसेंट और बम होना था। क़रीब एक घंटे बाद, जब वो अपने मॉन्टेक्रिस्टो सिगार को आधा चबा चुके थे तब चीफ़ सुपरवाइज़र उनके पास आया। "सब साफ़ है," उसने कहा। "डरने की कोई बात नहीं है।"

"तो आपने परमाणु बम को बेकार कर दिया?" जनरल ने पूछा।

"परमाणु बम? ना। पुतले के अंदर बस आम चीनी पटाख़े भरे थे। कोई विस्फोटक नहीं था। सैमटैक्स तक नहीं था।" वो रुका। "और जनरल?"

"हां।"

"आपने कहा था कि हमें अंदर कोई आदमी बंधा मिल सकता है..."

"बिल्कुल।"

"कुछ हाथ नहीं लगा।"

"न परमाणु बम? न पादरी? तो आखिर वो हैं कहां, और पंडित रामगोपाल ने मुझे सैटन की ओर क्यों दौड़ाया?" जनरल ने पूछा। और तभी उनका मोबाइल फ़ोन बजने लगा। लैंग्ली से स्टीफ़न एलियट था।

अंजुना बीच के पास वाला नाइटक्लब वाक़ई अजीब सी जगह था। उसमें लाल दीवारें, लाल लाइटें और यहां तक कि फ़र्श भी लाल ही था। लैंप तीन कांटों वाले पंजे थे जिनके हर कांटे में मोमबत्ती लगी हुई थी। बीच में डांस फ़्लोर था जिस पर गहरी लाल बिकिनी पोशाकों में औरतें तेज़ रेव संगीत पर थिरक रही थीं। अफ़ीम और हशीश का धुआं हवा में घुला हुआ था और स्थानीय और हिप्पी लोग रात में अजनबियों को चुन रहे थे।

नाइटक्लब का नाम 'शैताना'—सैटन का हिंदुस्तानी पर्याय—था।

ऑम शिनरिक्यो की विशेषज्ञता, पैंटोबार्बिटल का नशा देकर विंसेंट को वहां छोड़ दिया गया था। उसके हाथ में एक पर्ची थी जिस पर लिखा था:

तुम्हें शैताना की लाली में छोड़ दिया गया है; तुम्हारे सिर का एक बाल भी बांका किए बग़ैर। मैं तुम्हें ख़त्म कर सकती थी—ये मत सोचना कि नहीं कर सकती थी। अपनी ज़िंदगी के लिए अपनी आंट के शुक्रगुज़ार रहना। जो तुम तलाश रहे हो, उसका वजूद है; लेकिन मेरा आग्रह है कि उससे बाज़ आओ! तुम्हें लगता है कि तुम्हारी तलाश किसी ख़ज़ाने की खोज होगी? नहीं, आंखें मूंद लेना ही बेहतर है। कुछ राज़ों को राज़ ही रहने देना चाहिए! स्कल या बोन से रोज़ी-रोटी क्यों कमाई जाए?

रावलपिंडी, पाकिस्तान, 2012

सुबह के पांच बजे दाऊद उमर, जो न केवल पाकिस्तान का प्रमुख परमाणु रिसर्च वैज्ञानिक था, बल्कि अब पाकिस्तान के सबसे बड़े मज़हबी सियासी मोर्चे, जमाअते-इस्लामी, का ख़ास सदस्य भी था,

के घर में ख़ामोशी छाई हुई थी। इज़्ज़ाबेल मैडोना के लिए इडीपस द्वारा रिआयती दर पर उपलब्ध करवाए गए परमाणु उपकरण बेचने के लिए किए प्योंगयांग के अपने सफ़र से थका-हारा लौटकर वो गहरी नींद में सोया हुआ था।

उसी समय सैस के तीन दर्जन एजेंटों ने दरवाज़े तोड़ डाले और उन्होंने अपनी कलाशनिकोव उठाने के लिए बढ़ रहे भौंचक्के व्यक्ति को पकड़ लिया। दाऊद यक़ीनन एक बड़ी मछली था। दुनिया भर में हुई अनेक सनसनीख़ेज़ आतंकवादी घटनाओं के उस संदिग्ध मास्टरमाइंड के सिर पर ढाई करोड़ डॉलर का इनाम था।

स्टीफ़न एलियट ने दाऊद उमर के लैपटॉप को खंगाल डाला और डर से सुन्न हो गया। हार्ड डिस्क पर यूनाइटेड स्टेट्स, यूरोप और इज़रायल में परमाणु तूफ़ानों की श्रृंखला लाने की अल-क़ायदा की योजना थी।[176]

बाद में कई घंटे नींद से वंचित रखे जाने के बाद दाऊद राग अलापने लगा। पूछताछ करने वालों को उसने बताया कि 'अमेरिकन हीरोशिमा' दस्ता ओसामा-बिन-लादेन को नहीं बल्कि उसके डिप्टी, एक नामहीन और अनदेखे आदमी, को रिपोर्ट करता था जिसे बस शेख़ के तौर पर जाना जाता था। शेख़ और उसका सरदार, ओसामा, वज़ीरिस्तान से कुछ सौ गज़ दूर ही रहते थे। परमाणु सौदे के लिए क्रक्स देकुसात्ता पर्मुता नाम के एक ईसाई संगठन ने पैसा दिया था। अल्बर्तो वैलेरियो के साथ डॉ अब्दुल क़दीर ख़ान के लूवेन यूनिवर्सिटी के संपर्कों का इस्तेमाल किया गया था।

एक सवाल जिसका दाऊद जवाब नहीं दे सका, ये था कि परमाणु सौदे का इंतज़ाम करवाने के बदले में ईसाई क्या चाहते थे। उसे बताने की ज़रूरत भी नहीं थी। स्टीफ़न एलियट पहले से ही जानता था।

वाशिंगटन डीसी, यूएसए, 2012

1600 पेंसिल्वेनिया एवेन्यु के 132 कमरे, 35 बाथरूम, 6 स्तर, 412 दरवाज़े, 147 खिड़कियां, 28 आतिशदान, 8 ज़ीने और 3 एलिवेटर दुनिया में सबसे ज़्यादा उच्च सुरक्षा क्षेत्र का निर्माण करते थे।[177] 1600 पेंसिल्वेनिया एवेन्यु के वेस्ट विंग में यूनाइटेड स्टेट्स ऑफ़ अमेरिका के सत्ताईसवें राष्ट्रपति विलियम हॉवर्ड टैफ़्ट द्वारा बनवाया कमरा था। अंडाकार कमरे के लिए टैफ़्ट की पसंद को जॉर्ज वाशिंगटन के काल तक खोजा जा सकता है जो ये सुनिश्चित करने के लिए इस नए प्रयोग को लाए थे कि उनके सभी मेहमान उनसे समान दूरी पर रह सकें।

ओवल ऑफ़िस में चौवालीसवें अमेरिकी राष्ट्रपति को राष्ट्रीय सुरक्षा सलाहकार की मौजूदगी में सैस का प्रमुख स्टीफ़न एलियट रक्षा रिपोर्ट सुना रहा था। राष्ट्रपति की शोहरत ज़्यादा देर ध्यान न दे पाने, और छोटी और चुस्त रिपोर्ट पसंद करने की थी। ऑक्सफ़ोर्ड में शिक्षा पाने के बावजूद राष्ट्रपति में सब्र की बहुत कमी थी।

इन राष्ट्रपति के काल ने बाईस एजेंसियों और एक लाख अस्सी हज़ार कर्मचारियों वाले होमलैंड सिक्योरिटी विभाग के कठोर पुनर्गठन को देखा था, जो कि पचास साल में संघीय प्रशासन का सबसे बड़ा फेरबदल था। इन राष्ट्रपति का यक़ीन काम करने में था।

"तो, हमें क्या पता है?" राष्ट्रपति ने पूछा।

"हमें पता है कि आतंक के ख़िलाफ़ युद्ध में हमारा 'साथी' पाकिस्तान प्रमुख सप्लायर रहा है। मज़े की बात ये है, ये इस्लामाबाद से राष्ट्रपति की अनुमति के बिना हुआ है। ऐसा लगता है कि ए.क्यू. ख़ान का नेटवर्क दाऊद उमर के ज़रिए स्वतंत्र रूप से काम में लगा रहा है। दोस्ताना दलाल की भूमिका निभाने के लिए रूसियों ने बकातीन उपलब्ध करवाया। लश्करे-तैयबा के नेटवर्क का इस्तेमाल करके उपकरण को तस्करी करके भारत में लाया गया लेकिन अब

तक वो कई अंतरराष्ट्रीय सीमाएं पार कर चुका है। हमारे स्रोतों ने बताया है कि ग्यारह नहीं बल्कि बारह लक्ष्य हैं। अब तक हुई घटनाएं बड़े हमले थीं लेकिन हीरोशिमा के पैमाने की नहीं थीं। मुझे जानकारी दी गई है कि बारहवां हमला आणविक हो सकता है और कि लक्ष्य शायद इज़रायल हो," स्टीफ़न ने जवाब दिया।

"जीज़स! कहां? क्यों?" राष्ट्रपति ने पूछा।

"तेल मजीदो—बाइबिल ने भविष्यवाणी की थी कि दुनिया का अंतिम सैन्य प्रदर्शन मजीदो में होगा... ये लोग साबित करना चाहते हैं कि आर्मागेडन अंतत: आ पहुंचा है। ये इस्लाम बनाम अ-विश्वासी है।"

"क्या हम जानते हैं कि ये लोग कौन हैं?"

"ग़ालिब बिन ईसार संगठन का प्रमुख है। उसे कोई और निर्देश देता है जिसे वो लोग शेख़ कहते हैं। उसे, ख़ुद, शायद ओसामा से निर्देश मिलते हैं। मगर ये क्रक्स देकुसात्ता पर्मुता से जो संबंध है, ये उलझन में डाल रहा है। इन लोगों के बारे में हमने कभी नहीं सुना। इस्लामिक आतंकवादियों के साथ सौदा करके ये लोग कर क्या रहे हैं?"

"ये ग़ालिब कौन बंदा है?"

"इसे यक़ीनन ओसामा ने ट्रेनिंग दी है। दुनिया भर—भारत, यूनाइटेड स्टेट्स, इंग्लैंड, ऑस्ट्रेलिया, फ्रांस, दक्षिण अमेरिका, मलेशिया, इंडोनेशिया, रूस, इराक़ और चीन—में इसके बारह बेहद वफ़ादार लोग हैं। वो ख़ुद को 'लश्करे-सलासता-अशर' कहते हैं। अंग्रेज़ी में अनुवाद करने पर इसका अर्थ होता है 'तेरह की सेना'।"

"हमारा कोई आदमी अंदर है?"

"नहीं। अभी तक हमारे पास कोई जूडस नहीं है।"

राष्ट्रपति की ओर से ख़ामोशी रही। राष्ट्रीय सुरक्षा सलाहकार ने एक पल सोचा और फिर कुछ रुखाई से स्टीफ़न से पूछा, "हमारा कोई जासूस क्यों नहीं है? मेरे ख़्याल से ये तो एजेंसी की सबसे बड़ी

प्राथमिकता होनी चाहिए थी!"

राष्ट्रपति ने खंखारा और किसी और पूर्वनिधारित कार्यक्रम के लिए उन्होंने कमरा छोड़ दिया। राष्ट्रपति के ओवल ऑफ़िस से निकलते समय उनके और स्टीफ़न के बीच एक गुप्त निगाह का आदान-प्रदान हुआ।

एलियट ने राष्ट्रीय सुरक्षा सलाहकार को सीआईए ट्रॉइस के बारे में सूचित करने की ज़हमत नहीं उठाई। मगर, वो राष्ट्रपति को पूरी तस्वीर के बारे में हमेशा बता देता था। राष्ट्रपति को वो बीबीसी का इंटरव्यू याद आया जिसकी चार साल पहले व्हाइट हाउस ने स्टीफ़न सैकर को अनुमति दी थी।

लंदन, यूके, 2008

बीबीसी का स्टीफ़न सैकर *हार्डटॉक* के लिए अमेरिकी राष्ट्रपति का इंटरव्यू ले रहा था। दो महीने पहले ही राष्ट्रपति पद का चुनाव जीतने के बाद उन्होंने इंग्लैंड का दौरा किया था।

सैकर: "सैस के प्रमुख येल में थे। क्या आपका वहां उनसे परिचय था?"

राष्ट्रपति: "हां।"

सैकर: "ऐसा सुनने में आया है कि आप दोनों ही इल्युमिनाती की गुप्त शाखा स्कल एंड बोन्स में शामिल थे।"

राष्ट्रपति: "अगर ये गुप्त ही है तो भला इसके बारे में कैसे बात की जा सकती है?"

सैकर: "लेकिन उन लोगों के लिए इसका क्या मतलब है जो इल्युमिनाती, रोड्स स्कॉलर्स या स्कल एंड बोन्स जैसे गुप्त समाजों में कुछ भयावह देखते हैं? वो कहते हैं कि आप चर्च विरोधी हैं।"

राष्ट्रपति (हंसकर): "मैं एक धर्मपरायण ईसाई हूं। मैं चर्च

विरोधी कैसे हूं?"

सैकर: "वो कहते हैं कि आप चर्च के बहुत ज़्यादा ताक़तवर हो जाने... इसके द्वारा अपनी ही विदेश नीति पर चलने को लेकर चिंतित हैं। आपकी दिलचस्पी इस्लाम और ईसाई धर्म को लड़वाते रहने में है ताकि तेल के दाम ऊंचे ही बने रहें।"

राष्ट्रपति: "ये 'वो' कौन हैं जिनका आप संदर्भ दिए जा रहे हैं?"

सैकर: "ये तो राज़ है। सीआईए के डाइरेक्टर के रूप में आपके समय की तरह ही!"[178]

राष्ट्रपति पद के लिए खड़े होने से पहले अमेरिकी राष्ट्रपति ने सीआईए का डाइरेक्टर पद संभाला था।

ये उस समय के आसपास की बात है जब नॉर्म डिक्सन का आलेख छपा था। हैडलाइन थी "किस तरह सीआईए ने ओसामा-बिन-लादेन को बनाया"[179]:

> *आतंकवादी क्रूरताओं की एक श्रृंखला के बाद, जिनमें सबसे ज़्यादा घृणित 11 सितंबर को न्यूयॉर्क और वाशिंगटन में 6000 कामकाजी लोगों की सामूहिक हत्या थी, किस तरह चीज़ें बदल जाती हैं। 'स्वतंत्रता सेनानी' बिन लादेन को अब अमेरिकी लीडर और पश्चिमी प्रेस 'आतंकवादी मास्टरमाइंड' और 'दुष्ट' कहकर कोस रही है, फिर भी यूएस सरकार उस विद्वेषपूर्ण आंदोलन के निर्माण में अपनी केंद्रीय भूमिका को मानने से इंकार कर रही है जिसने बिन लादेन, तालिबान और इस्लामिक कट्टरपंथी आतंकवादियों को जिन्होंने अल्जीरिया और मिस्र को त्रस्त कर रखा है, और शायद उस संकट को भी जन्म दिया था जो न्यूयॉर्क पर आ पड़ा था।*
>
> *अप्रैल 1978 में, पीपुल्स डेमोक्रेटिक पार्टी ऑफ़ अफ़ग़ानिस्तान (पीडीपीए) ने अफ़ग़ानिस्तान में सत्ता हासिल*

की थी। पीडीपीए किसानों के लिए हितकारी क्रांतिकारी भूमि सुधारों, ट्रेड यूनियन अधिकारों, शिक्षा और सामाजिक सेवाओं में विस्तार, स्त्रियों की समानता लाने और धर्म और राज्य को अलग रखने के लिए वचनबद्ध थी। पीडीपीए सोवियत यूनियन से अफ़ग़ानिस्तान के संबंध मज़बूत करने का भी समर्थन करती थी।

इस तरह की नीतियों ने अमीर अर्धसामंतवादी ज़मींदारों, मुस्लिम धार्मिक संस्थानों और क़बायली मुखियों को नाराज़ कर दिया। वाशिंगटन ने इस डर से कि कहीं सोवियत प्रभाव पाकिस्तान, ईरान और खाड़ी राज्यों के उसके मित्रों तक न फैल जाए, तुरंत अफ़ग़ान मुजाहिदीन को मदद देने की पेशकश कर दी।

1978 और 1992 के बीच अमेरिकी सरकार ने मुजाहिदीन गुटों को मदद देने के लिए कम से कम छह अरब अमेरिकी डॉलर (कुछ अनुमान बीस अरब डॉलर तक हैं) के हथियार, ट्रेनिंग और फ़ंड प्रदान किए थे। अन्य पश्चिमी देशों की सरकारों, साथ ही तेल-समृद्ध सऊदी अरब, ने भी इतना ही पैसा दिया। दौलतमंद अरब धर्मांधों, जैसे ओसामा-बिन-लादेन, ने भी लाखों डॉलर प्रदान किए।

अफ़ग़ानिस्तान में वाशिंगटन की नीति सोवियत सेनाओं को पीछे हटने पर मजबूर करने से कहीं दूर तक गई; इसने सोवियत यूनियन को अस्थिर करने के लिए मुस्लिम सेंट्रल एशियन सोवियत गणराज्यों में इस्लामिक कट्टरपंथ फैलाने के लिए एक अंतरराष्ट्रीय आंदोलन को प्रोत्साहन देने का लक्ष्य बनाया। ये ज़बरदस्त योजना पाकिस्तान के सैनिक तानाशाह जनरल ज़िया उल हक़ की क्षेत्र में हावी होने की अपनी महत्वाकांक्षा से मेल खा गई।

अमेरिका चालित रेडियो लिबर्टी और रेडियो फ्री यूरोप ने मध्य एशिया में इस्लामिक कट्टरपंथियों के विषवमन को

ख़ूब प्रसारित किया जबकि विरोधाभासी ढंग से 'इस्लामिक क्रांति' की निंदा की जिसने 1979 में अमेरिका-समर्थक ईरान के शाह का तख़्तापलट कर दिया था।

वाशिंगटन का पसंदीदा मुजाहिदीन गुट घोर चरमपंथियों में से एक गुलबुद्दीन हिकमतयार के नेतृत्व वाला गुट था। आतंकवाद के प्रति पश्चिम की नापसंद इस कुत्सित 'स्वतंत्रता सेनानी' पर लागू नहीं होती थी। 1970 के दशक में हिजाब न पहनने पर औरतों के चेहरों पर तेज़ाब फेंकने के लिए हिकमतयार कुख्यात हुआ था। हिकमतयार अफ़ीम की खेती और उसकी तस्करी का साइड बिज़नेस करने के लिए भी बदनाम था। ओसामा-बिन-लादेन हिकमतयार और उसके गुट का क़रीबी साथी था।

सीआईए डाइरेक्टर और बाद में राष्ट्रपति पद-उम्मीदवार को ड्रग्स के प्रवाह में आई ज़बरदस्त तेज़ी को लेकर कोई गिला नहीं था: "हमारा मुख्य मिशन सोवियतों को ज़्यादा से ज़्यादा नुक़्सान पहुंचाना था... ड्रग्स के मामले में हार थी, हां। लेकिन मुख्य उद्देश्य पूरा हो गया था। सोवियत अफ़ग़ानिस्तान से चले गए थे।"

इसी सीआईए डाइरेक्टर ने अफ़ग़ान जिहाद में शामिल होने के लिए दुनिया भर के वॉलंटियरों को भरती करने के पाकिस्तानी इंटर-सर्विसेज़ इंटैलिजेंस के लंबे समय से पड़े प्रस्ताव का समर्थन किया था। कम से कम एक लाख इस्लामी उग्रपंथी पाकिस्तान पहुंच गए (कोई 60,000 लड़ाई में भाग लिए बिना भी कट्टरपंथियों के मदरसों में गए)।

जल्दी ही, भवन-निर्माण से जुड़े एक अरबपति के बीस बेटों में से एक ओसामा-बिन-लादेन भी जिहाद में शामिल होने अफ़ग़ानिस्तान आ पहुंचा। एक सादगीपसंद धर्मांध और उद्योगपति बिन-लादेन को अनुमानतः उन 35,000 ग़ैर अफ़ग़ानी लड़ाकों की भरती करने, पूंजी लगाने और उन्हें

ट्रेनिंग देने में महारत हासिल थी जो मुजाहिदीन में शामिल हुए थे।

जिहाद के दौरान ओसामा ने अफ़ग़ानिस्तान में वो काम करना जारी रखा जो उससे कहा गया था—लड़ाकों में पूंजी लगाना, उन्हें खिलाना और ट्रेनिंग देना। बदला तो बस उसका प्राथमिक ग्राहक। फिर ये आईएसआई और, परदे के पीछे, सीआईए थी। बिन-लादेन अमेरिका की आंखों में 'आतंकवादी' तब जाकर बना जब इराक़ के कुवैत पर हमले के बाद सऊदी शाही परिवार द्वारा 540,000 अमेरिकी सैनिकों को सऊदी ज़मीन पर रहने देने के फ़ैसले पर उसका उनसे मनमुटाव हो गया था।

अध्याय तेईस

वज़ीरिस्तान, पाकिस्तान-अफ़ग़ानिस्तान सीमा, 2012

पतला-दुबला, ज़र्द त्वचा वाला शेख़ उस नोट को पढ़ रहा था जो अपनी मंज़िल पर पहुंचने के बाद ग़ालिब ने उसे भेजा था। ग़ालिब के नोट को पढ़ते हुए उसने हुंकारा भरा "अल्हमदुलिल्लाह!":

UOY.OT.HTAO.YM.MAMI.HO
OWT.MOTA.TA.MOTA.TIH.OT
HT33T.3HT.TA.MIA.HTUOM.3HT.TA.MIA
TA3H.TOH.3TIHW.HTIW.YAWA.MIH.TIH
3OW.OT.MIH.3IT.YOT.YM.HTIW.3YA
3WO.I.HTUOY.YM.MIHW.YHT.OT
3M.HTIW.TUO.MIH.HTIW.TUO
3M.3SIMOTA.OT.3MIT.YHT.TIAWA.I

"मेरे आक़ा का गुप्त हथियार आख़िरकार अपनी जगह पर है," शेख़ ने अपनी सामान्य धीमी सी आवाज़ में कहा, उत्तेजना में उसके हाथ कांप रहे थे।

इस्लामाबाद, पाकिस्तान, 2012

पाकिस्तान के राष्ट्रपति का अधिकारिक निवास ऐवान-ए-सद्र शहर के बीच में था जिसकी योजना ग्रीक कॉन्सटैंटिनोस डॉक्सियाडिस ने बहुत जतन से बनाई थी और उसका निर्माण किया था। इस्लामाबाद, जिसका अर्थ था 'इस्लाम का घर,' पंजाब और उत्तर-पश्चिमी सीमांत प्रांत के बीच स्थित था और ये शहर पाकिस्तान की राजधानी था।[180] ऐवान-ए-सद्र की शानदार अंदरूनी सजावट में पाकिस्तान के लौह-पुरुष रहते थे। लाहौर के एक निम्न मध्यवर्गीय परिवार में जन्मे, उनके माता-पिता तो कभी सपने में भी ये कल्पना नहीं कर सकते थे कि एक दिन उनका बेटा पाकिस्तान का राष्ट्रपति बनेगा। ये वही व्यक्ति था जिसे आतंकवाद के ख़िलाफ़ जंग में अगली पंक्ति में होना चाहिए था। यही वो व्यक्ति भी था जो इस्लामी कट्टरपंथियों का राजनीतिक समर्थन करते हुए प्रबुद्ध संतुलन के बारे में बढ़-चढ़कर बोलने से हिचकता नहीं था।

राष्ट्रपति पाकिस्तान की इंटर-सर्विसेज़ इंटैलिजेंस (आईएसआई) के चीफ़ के साथ मिडिल ईस्ट में कहीं से ग़ालिब नाम के आतंकवादी की एक थुराया सैटेलाइट फ़ोन पर हुई गुप्त बातचीत के आलेख को देख रहे थे। उनकी राय सही साबित हुई थी। उनकी गुप्तचर एजेंसियां उनके सख़्त हुक्म के बावजूद इस्लामी आतंकवादी संगठनों के साथ संबंध जारी रखे हुए थीं। मसला ये था कि इस हालत को बस चाहने भर से ठीक नहीं किया जा सकता था।

उसी दिन कुछ पहले राष्ट्रपति को आईएसआई के चीफ़ ने आधिकारिक जानकारी दी थी, जो बहुत सहजता से इस बात को गोल कर गया था कि ग़ालिब नाम का एक आतंकवादी एक परमाणु बम लिए मध्यपूर्व में कहीं छुट्टा घूम रहा है। फ़ोन पर हुई बातचीत का आलेख बताता मालूम देता था कि ये ग़ालिब और उसका दल किसी शेख़ नाम के आदमी से आदेश ले रहे थे। सबसे बड़ी चिंता ये थी

कि ये कथित बम पाकिस्तानी मूल का हो सकता है। वो कमबख़्त दाऊद उमर!

फ़ोन पर हुई बातचीत में आईएसआई का चीफ़ ग़ालिब को आश्वस्त कर रहा था कि वो ख़ुद को सैस के स्टीफ़न एलियट के हवाले कर दे! उसकी हिम्मत कैसे हुई! आईएसआई के चीफ़ को तन्ख़ाह पाकिस्तान की सरकार दे रही थी या वो अमेरिकी हरामज़ादे? बज़ाहिर, सौदा रूसियों ने करवाया था, जिन्हें क्रक्स देकुसात्ता पर्मुता नाम के एक दक्षिणपंथी ईसाई संगठन ने पैसा मुहैया करवाया था। अजीब बात ये थी कि किसी को भी परमाणु बम की बहुत चिंता लगती नहीं दिख रही थी। सभी पार्टियों को ग़ालिब चाहिए था।

"इन सबके लिए ये आदमी इतना अहम क्यों है?" अपनी शाम की स्कॉच और सोडा का घूंट भरते हुए पाकिस्तानी लीडर ने सोचा।

गोआ, भारत, 2012

होटल के अपने कमरे में स्कॉच, सोडा और बर्फ़ एक राहत की तरह थी। मार्था से विंसेंट का पुनर्मिलन काफ़ी जज़्बाती था। जिस तकलीफ़ से वो गुज़रा था उसने मित्रों और परिवार की अहमियत को मज़बूत ही किया था। उसे उस भयावहता का भी अहसास हुआ था जिसके बारे में उसने स्वाकिल्की से जाना था।

"विंसेंट, तुम ठीक हो ना? तुम्हारी चिंता में हमारी जान निकल रही थी," मार्था ने सुबकते हुए कहा। "मुझे तो सच में लग रहा था कि मैंने तुम्हें हमेशा के लिए खो दिया है।"

विंसेंट ने मार्था को गले से लगा लिया। "सब्र करें, नाना। बुरा वक़्त बीत गया है। हमारे इस सफ़र पर आने की भी कोई वजह थी। अगर हम यहां न आए होते तो इस ख़तरनाक औरत से हमारा आमना-सामना न हुआ होता। और अगर मैं उससे न मिलता तो टैरी और आपके साथ अपनी पूर्व-ज़िंदगियों में लौटकर मैंने जो देखा था,

उसकी अहमियत को कभी नहीं जान पाता।"

"और वो क्या है?" मार्था ने नर्वस होते हुए पूछा। इतने घंटों के इंतज़ार और तलाश से वो कुछ बेतरतीब सी लग रही थी।

"मुझे अपनी खोज को एक तर्कपूर्ण अंत तक ले जाना है। टैरी से मेरी मुलाक़ात होने की यही वजह थी। नियति मुझे लंदन, मुंबई और गोआ लाई थी। शायद अब ये मुझे कहीं और ले जाना चाहती है।" विंसेंट थका हुआ मगर बहुत ज़्यादा उत्तेजित था।

मार्था ने लाचारी से उसे देखा। "मुझे डर लग रहा है, विंसेंट। तुम मौत के मुंह से निकले हो। मुझे यक़ीन नहीं है कि मैं तुम्हें इस मामले को और आगे बढ़ाने देना चाहती हूं या नहीं। तुम ख़ुशक़िस्मत हो कि उसने तुम्हारी जान बख़्श दी... और उसने तुम्हारे हाथ में चेतावनी का ख़त छोड़ा है।"

"आप तो मेरा नज़रबट्टू हैं, नाना! आपने ये ख़त नहीं पढ़ा? उसने मुझे इसलिए छोड़ा क्योंकि वो आपको पसंद करती है! अविश्वसनीय! लेकिन नाना, वाक़ई, ये मुझे लेकर नहीं है। ये किसी ऐसी चीज़ के बारे में है जो दुनिया के सबसे बड़े रहस्यों में से एक रहा है—एक ऐसी चीज़ जिसे हम अनसुलझा नहीं छोड़ सकते। इतिहास की महानतम कहानी, दुनिया की बैस्टसेलर, एक अनसुलझी गुत्थी की तरह ख़त्म हुई थी। अब मेरे पास मौक़ा है कि मैं इस जिग्सॉ पज़ल का आख़री टुकड़ा लगा सकूं। तो, प्लीज़ मुझे वो दस्तावेज़ दिखाइए जो आपको बॉम जीज़स बैसिलिका के फ़र्श पर पड़ा मिला था।"

दस्तावेज़ पुराना और पीला था और पुर्तगाली में बहती स्याही में लिखा हुआ था जैसा कि अठारहवीं सदी की पांडुलिपियों में प्रचलित था।

I, Alphonso de Castro, tinham chegado em Goa para dar um impeto mais adicional ao Inquisition em 1767. Eu fui requisitado fazer uma lista exhaustive dos textos antigos que tinham sido encontrados nos repousos, temples, igrejas, mosques e synagogues dos Hindus, Thomas Cristaos, os muculmanos e os Jews de Sephardic...

विंसेंट दस्तावेज़ का अनुवाद करने लगा:

"मैं, अलफ़ांसो डी कास्त्रो, ज़ाहिरी तौर पर 1767 के धर्मन्यायाधिकरण को और अधिक बल प्रदान करने के लिए गोआ आया था। मुझे आदेश दिया गया था कि उन सभी प्राचीन ग्रंथों की विस्तृत सूची बनाऊं जो हिंदुओं, थॉमस ईसाइयों, मुसलमानों और स्पेन एवं पुर्तगाल के यहूदियों के घरों, मंदिरों, चर्चों, मस्जिदों और सिनेगॉगों में मिलें। ऐसा कोई भी आलेख जो रोमन कैथलिक चर्च के मिज़ाज के अनुरूप न हो उसे मुझे नष्ट कर देना था। जब मैं बॉम जीज़स चर्च के गर्भ में मिली पांडुलिपियों के एक पुराने जमावड़े को खंगाल रहा था, तो मुझे ये ख़ास दस्तावेज़ मिला।

बॉम जीज़स चर्च 1559 के पहले भी मौजूद था—एक मस्जिद के रूप में। एक स्तंभ के अंदर, जिसे ग़ैर-इस्लामी संगतराशी के लिए अलग डाल दिया गया था, एक कोटर थी। इस कोटर में उर्दू में लिखे दस्तावेज़ों का एक बंडल रखा था। ये दस्तावेज़ एक हिंदू मज़दूर लक्ष्मण पोवले को उस जगह पर मिले थे जहां चर्च बनाने के लिए मस्जिद को गिराया जा रहा था।

बंडल को तुरंत पुर्तगाली वाइसरॉय के अभिलेखागार में जमा कर दिया गया, जहां ये पड़ा रहा जब तक कि उन्नीस साल बाद मैंने इसे सूचीबद्ध करने के लिए नहीं निकाला। बंडल में ग्यारह आलेख थे जिनमें से दस को मैंने नष्ट करने के लिए चिह्नित कर दिया। ग्यारहवें को मैंने जानबूझकर सूचीबद्ध नहीं किया। उसका नाम था तारीख़े-ईसा-मसीह।

अपनी जान जाने के डर से मुझे लगा कि मेरे लिए यही बेहतर होगा कि आज लिस्बन के लिए रवाना होने से पहले इस दस्तावेज़ को भारत में ही छोड़ जाऊं। मैं इस दस्तावेज़

को किसी ऐसी जगह पर रखने के लिए दृढ़ था जहां ये सुरक्षित रहे ताकि भावी पीढ़ियां इसे पा सकें; तब वो सच को जान सकेंगी।

आज रात, मेरा जहाज़ लिस्बन के लिए रवाना होगा। हे परमपिता परमेश्वर, सेंट फ्रांसिस ज़ेवियर की शांति में ख़लल डालने के लिए मुझे क्षमा करना। उनके पास ख़ुद को संरक्षित रखने की चमत्कारिक शक्तियां हैं इसलिए मुझे विश्वास है कि उनके संरक्षण में ये दस्तावेज़ भी सुरक्षित रहेगा। 23 अप्रैल 1770।"

याद रखें: ये पर्याप्त है, हे प्रभु, ये पर्याप्त है, दोनों देवदूतों ने कहा। मास्त्रिली ने निस्संदेह चांदी की उत्तम शैया बनाई है। किंतु मृतक के रहस्य की सावधानीपूर्वक रक्षा करने के लिए। चांदी की शैया से उत्तम इग्नैटियस का सोने का प्याला है।

"आप समझ रही हैं इसका क्या मतलब है?" विंसेंट ने उत्तेजित होते हुए कहा। "इसका मतलब है कि अल्फ़ांसो डी कास्त्रो को मौलिक *तारीख़े-ईसा मसीह* मिल गई थी और उसने उसे बॉम जीज़स बैसिलिका में छिपा दिया था!"

"लेकिन, विंसेंट, ये दस्तावेज़ तो पहले से ही जापानी औरत के पास था। अगर उसे ये मिल गया था, तो यक़ीनन उसे मौलिक *तारीख़े-ईसा मसीह* भी मिल चुकी होगी," मार्था ने तर्क दिया।

"आप सही कहती हैं," विंसेंट ने कहा। "अब तक तो वो दस्तावेज़ कब का जा चुका होगा। वास्तव में, अब तक तो उसे शायद वैटिकन के किसी गुप्त अभिलेखागार में दफ़्न किया जा चुका होगा।"

उनकी बातचीत में बाधा डाली जनरल पृथ्वीराज सिंह, ज़्वी यातोम और पंडित रामगोपाल प्रसाद शर्मा ने।

"फ़ादर सिन्क्लेयर, मैं समझ सकता हूं कि आप एक दहला देने वाले अनुभव से गुज़रे हैं। दुर्भाग्य से, मेरे पास आपको संभलने

देने के लिए वक़्त नहीं है। हमें तुरंत बात करनी होगी!" जनरल ने कहा।

विंसेंट का ध्यान इस पर नहीं गया कि जनरल बहुत ग़ौर से उसके हाथ में मौजूद अल्फ़ांसो डी कास्त्रो के ख़त पर निगाह गड़ाए हुए हैं।

अध्याय चौबीस

गोआ, भारत, 2012

वो सभी पृथ्वीराज के फ़ोर्ट एगुआडा होटल के अस्थायी ऑफ़िस में बैठे थे। पृथ्वीराज ने कहना शुरू किया, "मैं आप सबको बता दूं कि पिछले कुछ दिनों ने मुझे बहुत परेशनी में डाला है। मैंने हमेशा से माना है कि बेहतरीन पुराने ज़माने की तरह के जासूसी के कामों का कोई विकल्प नहीं है। बदक़िस्मती से, पिछले साल की परिस्थितियों ने अब जाकर एक आकार लेना शुरू किया है।"

आगे ज़्वी यातोम ने कमान संभाली। "अब हम सब इस सच से वाक़िफ़ हैं कि ग़ालिब बिन ईसार और उसके बारह कमांडोज़ ने पिछले ग्यारह महीनों में दुनिया भर में आतंकवादी हमलों को अंजाम दिया है। ये सभी हर महीने की इक्कीस तारीख़ को हुए। इक्कीस दिसंबर बस एक हफ़्ते दूर है। हमें आशंका है कि ये सभी हमलों का बाप होगा।"

कमरे में ख़ामोशी पसर गई, सब लोग इस जानकारी को जज़्ब करने में लगे थे। जनरल ने फिर सिरा पकड़ा। "अब हम ये भी पक्की तौर पर जानते हैं कि इन आतंकवादियों ने एक परमाणु अस्त्र हासिल कर लिया है और कि वो भारत से होकर गया है। अमेरिकी राष्ट्रपति, पाकिस्तानी राष्ट्रपति और हिंदुस्तान के प्रधानमंत्री एक-

दूसरे के संपर्क में रहे हैं और ऐसा लगता है कि ग़ालिब इस अस्त्र का इस्तेमाल मध्यपूर्व में कहीं करना चाहता है। अगर आईएसआई के अपने संचालकों के साथ उसकी बातचीत कुछ देर और चली होती तो उसके सैटेलाइट फ़ोन से हम उसकी मौजूदगी की सही-सही जगह बता देते।

"हम उस पूछताछ की फिर से जांच कर रहे हैं जो पाकिस्तान में ओसामा-बिन-लादेन के ख़ास आदमी दाऊद उमर से की जा रही है। हम ये भी जानते हैं कि परमाणु अस्त्र का सौदा रूसी ख़ुफ़िया एजेंट लैवरेंती एदमंदोविच बकातीन द्वारा करवाया गया है।" पृथ्वीराज ने अपने आसपास देखा; सबके चेहरों पर पूरी और तल्लीन एकाग्रता थी।

"सीआईए में अपने समकक्षों से मैंने और मेरे सहयोगियों ने जो सवाल पूछा था, वो था: चर्च के भीतर का एक छोटा सा गुट जो ख़ुद को क्रक्स देकुसात्ता पर्मुता कहता है, इस्लामी आतंकवादियों के एक संगठन के लिए पाकिस्तानी वैज्ञानिकों और उत्तरी कोरिया के कॉन्ट्रैक्टरों को इतना ज़बरदस्त पैसा क्यों देगा जब तक कि उन्हें कोई महत्वपूर्ण चीज़ न मिले? आज भी, हमें साफ़ पता नहीं है कि असल में सौदा किस चीज़ का हो रहा है।

"मैं आपको ये बता सकता हूं कि आतंकवादियों के इस गुट ने ख़ुद को जीज़स क्राइस्ट और उनके बारह शिष्यों की तर्ज़ पर तैयार किया है। इन सभी आदमियों ने ओसामा-बिन-लादेन के वफ़ादारों की देखरेख में एक साथ अफ़ग़ानिस्तान में ट्रेनिंग पाई है। इनमें से हरेक ने हर महीने की इक्कीस तारीख़ को एक बड़े आतंकवादी हमले को अंजाम दिया है," जनरल ने बताया।

"अब आप ये सवाल पूछ सकते हैं कि: इस सबमें हम कैसे फ़िट होते हैं? तो, हम जानते हैं कि फ़ादर सिन्क्लेयर को मारा जाना था। हम ये भी जानते हैं कि क़ातिल एक अंतरराष्ट्रीय हत्यारिन स्वाकिल्की थी जो ख़ुद को नज़रों से दूर रख रही है और गिरफ़्तारी से बची हुई है। हम ये भी जानते हैं कि वो क्रक्स देकुसात्ता पर्मुता से

निर्देश लेती है। प्रोफ़ेसर टैरी एक्टन की मौत और फ़ादर सिन्क्लेयर पर हमला दोनों का आपस में संबंध है। चूंकि ये दोनों जैंटलमेन जीज़स क्राइस्ट के वंश को खोज रहे थे, तो इसने वैटिकन, या क्रक्स, या ओपस देइ में से किसी को बहुत असहज कर दिया था। इसलिए ये मुमकिन है कि ग़ालिब वास्तव में ऐतिहासिक जीज़स का वंशज हो।

"हमने इटैलियन इंटैलिजेंस सर्विसेज़, सेसिस के सेक्रेटरी-जनरल के दफ़्तर और जापान की आईएबी के अपने मित्रों से जानकारी लेने की कोशिश की है, और हमने कुछ निष्कर्ष निकाले हैं। वो ये हैं:

"एक। जापानी नागरिक स्वाकिल्की के रोमन कैथलिक चर्च से संपर्क हैं क्योंकि वो ओसाका के एक अनाथालय होली फ़ैमिली होम में एक अनाथ की तरह पली-बढ़ी थी।

"दो। वहां उसका एक नियमित मुलाक़ाती अल्बर्तो वैलेरियो था, जो कॉन्ग्रीगेशन फ़ॉर द ओरियंटल चर्चेज़ में सेक्रेटरी के पद पर था; उस समय उसने पूर्व में बहुत ज़्यादा यात्राएं की थीं। प्रीस्टली सोसायटी ऑफ़ होली क्रॉस से उसका संबंध अब जगज़ाहिर है। मुमकिन है वो क्रक्स देकुसात्ता पर्मुता का प्रमुख भी हो।

"तीन। शुरू में स्वाकिल्की ऑम शिनरिक्यो संप्रदाय के प्रभाव में थी और उसने अपने पार्टनर ताकुआ के साथ अनेक जुर्म किए। उस वक़्त तक जब तक कि उसने उसे भी नहीं मार दिया। बाद में, स्वाकिल्की हेराइ केवल वैलेरियो के काम ही करती थी।

"चार। ब्रदर थॉमस मैनिंग, जो ज़्यादातर स्विट्ज़रलैंड में रहता है, बैंकिंग संपर्क था जिसने सुनिश्चित किया कि अब तक लौह-आवरण में रहे देशों की सोवियत यूनियन से आज़ादी सुनिश्चिति करने के लिए रूस को आवश्यक राशि की ख़ुराक मिल जाए। ये बकातीन के ज़रिए किया गया, जिसके अल-क़ायदा से भी अच्छे संबंध थे, ख़ासकर 'शेख़' नाम के किसी आदमी के साथ जो शायद किसी आक़ा, संभवत: ओसामा, को रिपोर्ट करता है।

"पांच। आतंक के ख़िलाफ़ जंग के बाद ओसामा-बिन-लादेन पाकिस्तान-अफ़ग़ानिस्तान सीमा पर वज़ीरिस्तान ज़िले के क़बायली क्षेत्रों में कहीं जा छिपा था। उसका नया फ़ोकस विचारधारा और पूंजी से स्थानीय इस्लामी आतंकवादी संगठनों को मदद देना था। वो स्थानीय गुटों का निर्माण करके अपनी गतिविधियों को बढ़ाना चाहता था। इनमें से एक पाकिस्तान का लश्करे-तैयबा था। जब, आतंक के ख़िलाफ़ जंग के नतीजे में, अमेरीकियों ने लश्करे-तैयबा पर प्रतिबंध लगा दिया तो उन्होंने एक बहुत बेहतरीन लश्करे-सलासता-अशर, या तेरह की सेना बनाई जिसका प्रमुख ग़ालिब था।

"छह। पिछले ग्यारह महीनों में, संगठन ने विश्व के विभिन्न हिस्सों में ग्यारह हमले किए हैं। हर हमला इक्कीस को किया गया है, जिससे हम ये मान रहे हैं कि इस वर्ष 21 दिसंबर को एक बड़ा हमला होगा।

"सात। हम जानते हैं कि ग़ालिब के हाथ में एक परमाणु अस्त्र है और कि क्रक्स देकुसात्ता पर्मुटा ने इसे मुमकिन बनाने में भूमिका निभाई है। वैलेरियो, दाऊद उमर और पाकिस्तान के परमाणु अनुसंधान के प्रमुख ए.क्यू. ख़ान एक ही वक़्त में बेल्जियम की लूवेन यूनिवर्सिटी में पढ़ते थे। इस तरह, बहुत मुमकिन है कि वो मित्र रहे हों। हमारा मानना है कि ग़ालिब ओसामा-बिन-लादेन के दाहिने हाथ शेख़ से निर्देश लेता है।

"यहीं आप तस्वीर में आते हैं, फ़ादर विंसेंट सिन्क्लेयर। हमें ये समझने में आपकी मदद चाहिए कि क्रक्स देकुसात्ता पर्मुता के अंदर के लोग ग़ालिब की ख़ातिर परमाणु युद्ध का ख़तरा लेने के इच्छुक क्यों हैं। क्या वो वाक़ई जीज़स क्राइस्ट के वंश का है? इसके अलावा, 21 दिसंबर का क्या महत्व है, ख़ासकर तेल मजीदो में?"

कोई नहीं देख पाया कि मार्था के पोर एकदम सफ़ेद पड़ गए हैं।

जनरल को अपना भाषण देते सुनते हुए विंसेंट भौंचक्का और निश्चल बैठा रहा। 11 सितंबर 2001 की यादें उसके मन में उमड़ आई थीं। स्टेपिनेच हाई स्कूल के स्टाफ़ रूम में वो हमेशा दाढ़ी बढ़ी रखने वाले अपने जेनिटर मित्र टेड कैलाहैन के साथ था। स्टाफ़ रूम का टेलीविज़न चल रहा था।

फिर उस दिन, सुबह 8:46 पर, बोस्टन से आ रही अमेरिकी फ़्लाइट 11 नॉर्थ टॉवर से टकरा गई। सत्रह मिनट बाद, सुबह के 9:03 पर, बोस्टन से आ रही यूनाइटेड फ़्लाइट साउथ टॉवर से टकरा गई।[181]

इतवार को, वर्ल्ड ट्रेड सैंटर पर हमले के पांच दिन बाद विंसेंट और मार्था सेंट पैट्रिक कैथीड्रल में सामूहिक प्रार्थना में शामिल हुए थे। कार्डिनल एगन ने उन सब लोगों के लिए सामूहिक प्रार्थना करने का फ़ैसला किया था जो उस हादसे में मारे गए थे।

दो हज़ार लोग आए थे।

स्मृति प्रार्थना सभा के ख़त्म होने के बाद विंसेंट ने थॉमस मैनिंग के पास जाकर कहा, "मुझे तुमसे बात करनी है।" थॉमस ने हामी भरी। मार्था ने उन्हें अकेला छोड़ दिया, और थॉमस और विंसेंट छठे एवेन्यु पर मरेज़ बेगल्स तक टहलते हुए चले गए। उन्होंने क्रीम चीज़ की वेरायटी वाले दो बेगल ख़रीदे और एक मेज़ पर बैठ गए। "तो, तुम्हारे और ओपस देइ के बारे में मैं ये सब क्या सुन रहा हूं? ओपस देइ से जुड़े एफ़बीआई एजेंट को गिरफ़्तार किया गया है और वो कह रहे हैं कि वो तुम्हारे चर्च का पैरिशनर था," विंसेंट ने पूछा।

"विंसेंट, तुम जानते हो कि मैं हमारी मित्रता को कितनी अहमियत देता हूं। मैं चाहता हूं कि तुम ये जान लो कि गिरफ़्तार किए गए उस एफ़बीआई एजेंट से मेरा कोई लेना-देना नहीं था। वो सेंट कैथरीन में, वही चर्च जहां मैं उपदेश देता हूं, प्रार्थनाओं में आता था। बस।"

"समझ गया। क्या तुम ओपस देइ के सदस्य हो?"

"क्या है ये? कोई पूछताछ है?" थॉमस ने पूछा; वो थोड़ा चिढ़ गया था। "विंसेंट... देखो..."

"बस सवाल का जवाब दो, थॉमस! मुझे जानना है।"

"नहीं। मैं ओपस देइ नहीं हूं। और मैं तुमसे वादा करता हूं—ये पूरी तरह सच है।"

ये सच *था*। वो ओपस देइ नहीं था।

वो क्रक्स देकुसात्ता पर्मुता था।

⸙

जनरल ने अभी-अभी उन्हें जो बताया था, ग्रुप उस पर मनन कर रहा था। "मार्था, आप अपने मरीज़ों को उनके अतीत में ले जा चुकी हैं, लेकिन क्या ये मुमकिन नहीं है कि उन्हें भविष्य में ले जाया जा सके? कुछ गुरुओं, जैसे वीज़, ने संकेत दिया है कि हमारे भविष्य परिवर्तनशील हैं, जिसका अर्थ है कि वर्तमान में हम जो चुनाव करते हैं, वो हमारे भविष्य की गुणवत्ता को निश्चित कर सकते हैं," विंसेंट ने कहा।[182]

जवाब देने से पहले मार्था ने इस विषय पर सोचा। "आगे जाना पीछे जाने से बहुत भिन्न नहीं है। समस्या ये है कि सच और कल्पना को अलग कर पाना मुश्किल होता है। अगर कोई भविष्य में कुछ ऐसा देखे जो सच न हो तो? ये मरीज़ की मनोस्थिति को ऐसा नुक़्सान पहुंचा सकता है जिसे कभी ठीक नहीं किया जा सकता।"

"क्या आप मुझे आगे ले जा सकती हैं?" उसने पूछा।

"ज़रूर। लेकिन ऐसा करने में मैं बहुत सहज महसूस नहीं करती। तुम्हें समझना चाहिए कि सम्मोहक प्रक्षेपण पूर्वजन्म प्रत्यागमन का एकदम उलट है और इसमें मस्तिष्क को भविष्य में प्रक्षेपित किया जाता है। उद्देश्य ये देखना होता है कि भविष्य में क्या होगा या भविष्य में क्या हो सकता है। अगर 'सामान्य' मस्तिष्क के

लिए ये पागलपन है, तो इस बुनियादी तथ्य पर विचार करो कि मानव मस्तिष्क न केवल आगे या पीछे जा सकता है बल्कि आज़ू-बाज़ू भी जा सकता है। सपनों की धारणा को ही लो; क्या ये मुमकिन नहीं है कि सपने में एक पूरे साल के समय को घंटे भर के अंदर पार कर लिया जाए?"

"तो अगर भविष्य हमें कुछ महत्वपूर्ण बता सकता है तो आप मुझे उसमें क्यों नहीं ले जाएंगी?" विंसेंट ने जानना चाहा।

"अगर मस्तिष्क किसी घटना को अक्सर घटते 'देखता' है तो इसकी बहुत संभावना है कि इस प्रकार की घटना अंतत: ख़ुद को स्व-पूरित भविष्यवाणी में दिखा सकती है। मैं तुम्हें उस स्थिति में नहीं डालना चाहती, विंसेंट।"

पंडित रामगोपाल प्रसाद ने स्वीकृति में सिर हिलाया। उन्होंने विंसेंट से कहा, "पुत्र, आपका भविष्य पूर्व-निर्धारित नहीं है। यही हिंदू दर्शनशास्त्र का सार है। यद्यपि एक 'सबसे अधिक संभावित' परिदृश्य हमेशा होता है, फिर भी अपने कार्यों द्वारा परिणाम को बदलना निश्चय ही हमारे हाथ में होता है। यही कर्म का आधार है।"

विंसेंट अड़ा हुआ था। "हम घोर संकट के क्षण में हैं। हमें कुछ ऐसा प्रभावशाली काम करना होगा जो हमारी मदद कर सके। मुझे लगता है कि मैं परिणामों के साथ जी सकता हूं।"

"ठीक है, विंसेंट, तुम जीते। तुम क्या देखना चाहते हो?" मार्था ने लाचारी से कहा।

"क्या यहां भारत में जीज़स के वंशज हैं? क्या वो ग़ालिब है? क्या वो क्राइस्ट-विरोधी है? क्या उसके पास बम है? वो कहां है? वो इसे कहां फेंकने की योजना बना रहे हैं? क्या कल की दुनिया आज की दुनिया से बेहतर जगह होगी? क्या कल कोई दुनिया बची भी होगी?" विंसेंट कहे जा रहा था।

"मुझे तस्वीर समझ आ गई है, विंसेंट," मार्था ने तीखेपन से कहा। "तुम्हें तैयार करते हैं। प्लीज़ ये जान लो कि भविष्य में प्रक्षेपण निर्देशात्मक या अनिर्देशात्मक दोनों हो सकता है। निर्देशात्मक प्रक्षेपण

बीमारियों या आघातों का उपचार करने के लिए बेहतर रहता है। मेरा प्रक्षेपण अनिर्देशात्मक होगा, जिसमें तुम अपनी राह ख़ुद चुनने के लिए आज़ाद होगे। समझ गए?"

"बिल्कुल।"

"तो तुम आराम से बेड पर बैठ जाओ और मैं तुम्हारे पास कुर्सी खींच लेती हूं। आराम से हो?" विंसेंट ने होटल के बेड पर बैठते हुए हामी भरी। मार्था ने उसके पास कुर्सी खींच ली जबकि बाक़ी सब ज़मीन पर पड़े कुशनों पर ही बैठे रहे।

"ठीक है। तकिए पर आराम से टिक जाओ और शांत होना शुरू करो... ऐसे ही... बस... शांत रहो।" आवाज़ शांतिदायक और आश्वासन भरी लेकिन दृढ़ थी। वो कहती रही, "बस सहज रहो, और मेरी आवाज़ पर ध्यान केंद्रित करो। फ़िलहाल तुम्हें कुछ भी नहीं करना है। तुम्हें हिलने की ज़रूरत नहीं है। बस शांत रहो।"

वो उसी शांत आवाज़ में कहती रही, "अब अपनी हर सांस के साथ गहराई में जाओ। अपने शरीर को भारी होते, और ज़्यादा गहरे डूबते महसूस करो। तुम सहज और शांत हो, लेकिन तुम भारी हो और डूब रहे हो। गहरे। और गहरे। ठीक है। अब मैं चाहती हूं कि तुम अपने मस्तिष्क को समय में पीछे लौटने दो... आज सुबह में वापस जाओ... कल रात में वापस जाओ... पिछले हफ़्ते में वापस जाओ... अपने हाईस्कूल के दिनों में... अपने बचपन में वापस जाओ... अपने बचपन से परे जाओ... सही है।" अब मार्था मामूली सवालों से कुरेदने लगी।

"अब तुम कहां हो?"

"येरूशलम में।"

"और अपने आसपास तुम्हें क्या दिख रहा है?"

"मंदिर की आग। रात है। मैं कैफ़स और सैनहेड्रिन को जीज़स का न्याय करते देख सकता हूं। वो चिढ़े हुए हैं क्योंकि कोई भी विश्वसनीय गवाह जीज़स के ख़िलाफ़ गवाही देने सामने नहीं आ

रहा है।"

"तुम्हारी वर्तमान ज़िंदगी का कोई परिचित?"

"थॉमस मैनिंग।"

"वो कौन है?"

"वो कैफ़स है—वहां जमा लोगों के दिमाग़ों में जीज़स के ख़िलाफ़ ज़हर भर रहा है। इस ज़िंदगी में भी, उसने बदला लेना जारी रखा है।"

"और कोई?"

"वो जापानी औरत जिसने मुझे अग़वा किया था। स्वाकिल्की। वो मौजूद है। वो मेरी मैग्डेलीन है!"

"और कोई?

"आप, नाना!"

"मैं क्या कर रही हूं?"

"आप मेरी मैग्डेलीन हैं!"

"तुम उलझ रहे हो, विंसेंट..." मार्था ने नर्वस होते हुए कहा। उसने बात बदलने की कोशिश की। "वहां और कोई है?"

"एक और औरत—मैं उसे नहीं जानता। वो मेरी मैग्डेलीन है!"

"विंसेंट, तुम सबको मेरी मानते मालूम दे रहे हो। आगे बढ़ते हैं... अब क्या हो रहा है?"

"मैं जीज़स और तीनों औरतों को दमिश्क़ की ओर बढ़ते देख रहा हूं... मैं बस उनकी पीठ देख पा रहा हूं।"

"दमिश्क़ क्यों?"

"दमिश्क़ असीनियों का गढ़ है। वहां वो ये तय करने तक छिपे रह सकते हैं कि कहां जाना है।"

"विंसेंट, अब मैं आगे एक से पांच तक गिनूंगी। हर अंक के साथ तुम समय के प्रवाह के साथ ख़ुद को आगे एक अग्रिम जीवन की ओर तैरता महसूस करोगे... एक... दो... तीन... चार... पांच...

ठीक है, विंसेंट, तुम कहां हो?"

"मजीदो।"

"इज़रायल में?"

"हां।"

"तुम कौन हो?"

"एक रोमन सैनिक—मेरा नाम एंटोनियस है।"

"तुम क्या कर रहे हो?"

"मैं एक भगोड़े को ढूंढ़ रहा हूं। वो भगोड़ा एक रोमन सैनिक है। उसका नाम गायनस है।"

"तुम उसके पीछे क्यों हो?"

"वो गुप्त ईसाई है। सारे ईसाई देश के दुश्मन हैं!"

"तुम इससे क्या सीख ले रहे हो?"

"अपनी पिछली ज़िंदगी में मैंने ईसाइयों को मारा था। नियति ने वर्तमान ज़िंदगी में मुझे ईसाई पादरी बना दिया है।"

"मैं फिर से एक से पांच तक गिनूंगी। आगे तैरो... एक... दो... तीन... चार... पांच... ठीक है, विंसेंट, तुम कहां हो?"

"चीन में। मैं सम्राट गाउज़ौंग का सलाहकार हूं। प्रमुख पत्नी वू ज़ाओ ने सत्ता हथिया ली है और वो मुझे मिटा देना चाहती है। ख़ुशक़िस्मती से, वो कामयाब नहीं हुई है हालांकि उसने मुझे अपाहिज बना दिया है।"

"और कोई परिचित?"

"हां... ये वही है, दुष्ट वू ज़ाओ जिसने मुझे क़ैद किया है—वो स्वाकिल्की है!"

"एक से पांच तक गिन रही हूं। तुम समय में आगे जाओगे... एक... दो... तीन... चार... पांच... ठीक है, विंसेंट, तुम कहां हो?"

"मैं सापा इन्का पचकुटी की रक्षा करने वाला इन्का योद्धा हूं। मैं सापा इन्का पचकुटी की पत्नी ममा एनावार्खी का अंगरक्षक हूं।"

"तुम उसे पसंद करते हो?"

"नहीं। मैं उसकी हत्या कर रहा हूं। वो सापा इन्का के ख़िलाफ़ साज़िश कर रही है। वो स्वाकिल्की है!"

"और कोई परिचित है?"

"हां। जनरल पृथ्वीराज। वो सापा इन्का हैं। मैंने उनकी रक्षा की थी। इसीलिए वो मेरी रक्षा कर रहे हैं!"

"मैं फिर से एक से पांच तक गिन रही हूं। तुम समय में आगे जाओगे... एक... दो... तीन... चार... पांच... ठीक है, विंसेंट, तुम कहां हो?"

"ये 1794 है। मैं फ्रांस में हूं। गिलोटीन उन सिरों के ख़ून से रंगा हुआ है जो लुढ़क चुके हैं।"

"कोई ऐसा जिसे तुम पहचनते हो?"

"ये औरत, शार्लट लैवॉइज़ियर, इसका सिर क़लम किया जा रहा है; ये स्वाकिल्की की तरह दिखती है। उसका जल्लाद, सैनसन, टैरी एक्टन जैसा दिख रहा है। एक ज़िंदगी में उसने उसका सिर काटा था... दूसरी ज़िंदगी में वो उसका सिर काटेगी।"

"आगे गिन रही हूं... एक... दो... तीन... चार... पांच... ठीक है, विंसेंट, तुम कहां हो?"

"मैं लंदन में एक डॉक्टर हूं। दूसरा विश्व युद्ध चल रहा है। मैं रेड क्रॉस के लिए काम कर रहा हूं। मैं सॉसून का घर देख रहा हूं, जो सप्लाई डिपो है।"

"कोई जाना-पहचाना?"

"क्लेमेंटाइन सॉसून। वो बहुत बीमार हैं... कैंसर है। उनका चेहरा आपके जैसा है, नाना। ठहरिए। ये तो आप ही हैं, नाना! मैंने आपकी देखभाल की थी, इसीलिए आप मुझे इतना प्यार करती हैं। है ना यही बात?"

मार्था मुस्कुराई और उसने जारी रखा: "आगे गिन रही हूं... एक... दो... तीन... चार... पांच... तुम कहां हो?"

"न्यूयॉर्क में अपने माता-पिता के घर के पिछवाड़े में। डैड और मैं पिछवाड़े में कैच खेल रहे हैं। मॉम कोने में हॉट डॉग बारबेक्यु कर रही हैं।"

"आगे बढ़ रही हूं... एक... दो... तीन... चार... पांच... तुम कहां हो?"

"अपने माता-पिता के अंतिम संस्कार में। बारिश हो रही है। मुझे समझ नहीं आ रहा है कि मेरा चेहरा आंसुओं से गीला है या बारिश की वजह से।"

"आगे बढ़ रही हूं... एक... दो... तीन... चार... पांच... तुम कहां हो?"

"क़ैद में। स्वाकिल्की ने मुझे क़ैद कर रखा है। वो मुझे शैताना नाइटक्लब के एक बिना खिड़की वाले टॉयलेट में छोड़ देती है। अंदर घुटन भरी गर्मी है।"

"आगे बढ़ रही हूं... एक... दो... तीन... चार... पांच... तुम कहां हो?"

"वापस मजीदो में।"

"तुम क्या कर रहे हो?"

"मैं इज़रायल में एक किबुत्ज़ में हूं। वो पहाड़ी जो किबुत्ज़ की पहाड़ी के सामने है, वहीं अंतिम खेल खेला जाएगा।"

"ये पहाड़ी किस जगह पर है?"

"हाईवे 65 और 66 के चौराहे के बहुत पास। पास ही में एक बहुत बड़ी जेल है जिसमें बहुत से फ़िलिस्तीनी बंद हैं जिन्हें इज़रायल के ख़िलाफ़ आतंकवाद के लिए गिरफ़्तार किया गया है।"

"तुम क्या देख रहे हो?"

"एक मोज़ैक।"

"किस क़िस्म का मोज़ैक?"

"ये किसी प्राचीन चर्च का है। इसे हाल ही में खोजा गया है। ये तीसरी सदी का है। इस पर एक बोर्ड लगा है। इस पर लिखा है कि

गायनस ने इस चर्च को बनाने के लिए अपना धन दान किया था।"[183]

"वही गायनस जिसे तुमने पहले देखा था? वही जिसका तुम तब पीछा कर रहे थे जब तुम रोमन सैनिक थे?"

"ये वही है!"

"कौन?"

"वही! गायनस! ग़ालिब!"

"तुम और क्या देख रहे हो?"

"लिटिल बॉय।"

"कौन?"

"एक बम। ये उसी जैसा लगता है जैसा हीरोशिमा में इस्तेमाल किया गया था। उसे लिटिल बॉय कहा गया था।"

"तुम्हें यक़ीन है?" मार्था ने पूछा।

"हां।"

"बम के पास कोई जाना-पहचाना?"

"ये नहीं हो सकता! नहीं! तुम?"

"शांत रहो—विंसेंट। तुम किसे देख रहे हो?"

"जीज़स! गायनस! ग़ालिब!"

"तुम जीज़स को देख रहे हो?"

" 'ا انت! ماذا تفعل؟ اعتقد هذا ما يفعله العالم!'ي "[184]

"विंसेंट। मैं चाहती हूं कि तुम इस दृश्य के ऊपर तैरो। मुझसे अंग्रेज़ी में बात करो, अरबी में नहीं!" मार्था ने निर्देश दिया।

"ए, तुम! क्या कर रहे हो तुम? ज़रा सोचो इससे दुनिया का क्या हश्र होगा!"

"ये कौन कह रहा है? किससे?"

शून्य। विंसेंट एकदम ख़ामोश था।

मार्था को महसूस हुआ कि वो एक शून्य स्थान पर पहुंच गई है। उसने आगे कहा, "आगे बढ़ रही हूं... एक... दो... तीन...

चार... पांच... तुम कहां हो?"

"कह नहीं सकता। यहां सब वीरान है। न खाना। न पानी। लाशें और गिद्ध। ऐसा लग रहा है जैसे आग ने दुनिया को नष्ट कर दिया हो।"

"क्या ये युद्ध है? अकाल है?"

"मैंने सबको चेतावनी दी थी कि धार्मिक ध्रुवीकरण हमें कहीं का नहीं छोड़ेगा। किसी ने नहीं सुना। देखा क्या हो गया। अब हमारे पास लड़ने के लिए कुछ नहीं बचा है।"

"क्या तुम तारीख़ बता सकते हो?"

"ये आकाशगंगीय भूमध्यरेखा और सूर्य के क्रांतिमंडलीय मार्ग को काटने के बिंदु के साथ शीत संक्रांति सूर्य का बहुत निकट का संयोग है।"

"वो कब है, तुम जानते हो?"

"21 दिसंबर 2012 को।"

पंडित रामगोपाल प्रसाद शर्मा ने हामी भरी; वही तिथि जिस दिन उन्होंने दुनिया का अंत देखा था।

"तुम क्या देख पा रहे हो?"

"विस्फोटों से उत्पन्न रेडिएशन ने सारी वनस्पति को नष्ट कर दिया है।"

"और?"

"जलते पेड़। जलती घास। ख़ून की नदियां और समंदर। घोर अंधकार।"

"क्या तुम किसी और को देख रहे हो?"

"मैं उसे देख रहा हूं।"

"किसे?"

"वो आदमी जिसने ये शुरू किया था। वो आदमी जिसने ये ख़त्म किया था।"

"उसने क्या शुरू या ख़त्म किया था?"

"दुनिया का अंत।"

वज़ीरिस्तान, पाकिस्तान-अफ़ग़ानिस्तान सीमा, 2012

शेख़ को ग़ालिब के ख़त की सामग्री की पुष्टि करनी थी। उसने अपने वफ़ादार सेवक से अपना आईना लाने को कहा। जब वो उसके सामने आया तो उसने ख़त को ऊपर किया और आईने के अक्स में फिर से उसे पढ़ा:

OH.IMAM.MY.OATH.TO.YOU
TO.HIT.ATOM.AT.ATOM.TWO
AIM.AT.THE.MOUTH.AIM.AT.THE.TEETH
HIT.HIM.AWAY.WITH.WHITE.HOT.HEAT
AYE.WITH.MY.TOY.TIE.HIM.TO.WOE
TO.THY.WHIM.MY.YOUTH.I.OWE
OUT.WITH.HIM.OUT.WITH.ME
I.AWAIT.THY.TIME.TO.ATOMIZE.ME

अध्याय पच्चीस

ज़ूरिक, स्विट्ज़रलैंड, 2012

हैर एग्लॉफ़, बैंक ल्यू का निवेश सलाहकार, लेक ऐजिरी के पास अपने बंगले के डाइनिंग रूम में बैठा फल और योगर्ट में मिली बर्चर म्यूस्ली का सामान्य नाश्ता कर रहा था। इस ख़ास बैच को कतरे हुए हेज़लनट, बादाम, मीठे अंकुरित गेहूं, ओट्स, सूखी किशमिश और सूखी ख़ूबानियों से बनाया गया था। हैर एग्लॉफ़ अपनी अच्छी सेहत का श्रेय इस शानदार मिश्रण को ही देता था जिसकी खोज प्रख्यात स्विस डॉ बर्चर-बैनर ने की थी।

हैर एग्लॉफ़ की अच्छी सेहत की दूसरी वजह उसके क्लायंट्स के पोर्टफ़ोलियों की उत्कृष्ट स्थिति थी। विशेष रूप से, ब्रदर थॉमस मैनिंग के लिए देखे जाने वाले पोर्टफ़ोलियो की। डाइनिंग टेबल पर एक पन्ने का सारांश रखा हुआ था।

इसके पास ही एक प्रेस विज्ञप्ति का अहस्ताक्षरित ड्राफ़्ट रखा था। उसमें मध्यपूर्व के बीचोबीच परमाणु ख़तरे के बारे में लिखा था। इस तरह की घटना का परिणाम क्षेत्र में तेल के उत्पादन और सप्लाई में कमी आना होगा। क़ीमतें और बढ़ जाएंगी। ब्रदर मैनिंग ख़ुश होंगे।

क्रूड ऑयल फ़्यूचर कॉन्ट्रैक्ट नंबर वन जिसे उसने अपने क्लायंट्स के लिए 51.06 डॉलर प्रति बैलर पर ख़रीदा था, अब

203.11 डॉलर प्रति बैरल पर कारोबार कर रहा था।

ऐसा ही एक निवेश उसने अपने सबसे बड़े क्लायंट यूएनएल मिलीशिया नाम के उग्रवादी संगठन के लिए किया था। हैर एग्लॉफ़ इस बारे में बहुत सवाल नहीं करता था कि पैसा कहां से आ रहा है। उसकी भारी कामयाबी की एक वजह ये भी थी।

और कुछ करने से पहले उसे महामहिम के लिए एक महत्वपूर्ण काम पूरा करना था। उसने 30,000 डॉलर इडीपस खाते से इसकैरियट के खाते में जमा कर दिए। फिर उसने वाशिंगटन डीसी से आया एक फ़ोन सुना और यूएनएल मिलीशिया के खाते से इसकैरियट के खाते में दस लाख डॉलर जमा कर दिए।

येरूशलम, 27 ईसवी

फिर बारह में से एक, जिसका नाम जूडस इसकैरियट था, प्रमुख पुरोहितों के पास गया। और उनसे बोला: "अगर मैं उन्हें आपके हाथों सौंप दूं तो आप मुझे क्या देंगे?" और उन्होंने उसे चांदी के तीस सिक्के भेंट किए।

श्रीनगर, कश्मीर, भारत, 2012

वो यहां श्रीनगर उससे मिलने आई थी। उसे आख़िरकार एक सौदे के लिए तैयार करने में कई महीनों की कोशिश लगी थी। वो कश्मीर के अभिलेखागार, पुरातत्व, शोध एवं संग्रहालयों का जूनियर सहायक निदेशक था। उसका नाम यहूदा मुईनुद्दीन उर्फ़ सीआईए ट्रॉइस उर्फ़ इसकैरियट उर्फ़ जूडस था।

इसीलिए, उसे भूतपूर्व निदेशक—डॉ फ़िदा एम. हसनैन—के कार्यों तक पूरी पहुंच हासिल थी। वो शख़्स जिसका शुमार

अभिलेखागार के सबसे ख़ास लोगों में होता था और जिसका प्राचीन कश्मीरी दस्तावेज़ों की सारी धरोहर पर पूरा नियंत्रण था। डॉ हसनैन की बेस्टसेलिंग किताबों में से एक 1994 में लिखी *ए सर्च फ़ॉर द हिस्टॉरिकल जीज़स* थी। विद्वता की इस अदभुत कृति में ये साबित करने के लिए बहुत मेहनत की गई थी और प्रमाण-योग्य ज़बरदस्त रिसर्च थी कि जीज़स की मृत्यु सलीब पर नहीं हुई थी और कि उन्होंने अपनी ज़िंदगी का अंतिम भाग कश्मीर में बिताया था।

यहूदा काफ़ी समय से विद्वता और रिसर्च के इस ज़बरदस्त माहौल में काम कर रहा था। इतने सालों में उसने कश्मीर में जीज़स की अवधारणा के संदर्भ में जो भी सामग्री उपलब्ध थी, उसकी हर तफ़्सील जज़्ब कर ली थी।

मगर, उसके और डॉ हसनैन के बीच एक बहुत ही अहम फ़र्क़ था। डॉ हसनैन वास्तविक विद्वान थे। वो एक सूफ़ी थे, इस्लाम के रहस्यवादी समर्थक थे, और कभी भी जीज़स या ईसाई मत को नीचा दिखाने की कोशिश नहीं करते थे। वास्तव में, जीज़स के प्रति उनके प्रेम ने ही उन्हें सत्य को कल्पना से अलग करने के लिए प्रेरित किया था। दूसरी ओर, यहूदा मुईनुद्दीन भिन्न मामला था। वो लश्करे-सलासता-अशर के मुख्य सदस्यों में से एक था। वो ग़ालिब का सबसे भरोसेमंद साथी था, जो संगठन के सभी वित्तीय मामले संभालता था और हाउसबोट *बाराब्बास* पर रहता था जो ग़ालिब की थी।

वो डल झील पर बंधी हाउसबोट की बालकनी में बैठा क़हवा पी रहा था, जो ज़ाफ़रान और बादामों से युक्त हल्की कश्मीरी चाय होती है। "विंसेंट सिन्क्लेयर और बाक़ी लोग उस तक पहुंचें, इससे पहले मुझे उसे ढूंढ़ना होगा," स्वाकिल्की ने उससे कहा था।

"पिछले दो साल मैंने उस हर चीज़ पर रिसर्च करने में बिताए हैं जो इस विषय पर उपलब्ध है। जानने के लिए जो कुछ भी है, वो मैं पहले से जानता हूं। मुझे बस आपको उस तक ले जाना है। इसके लिए आपको मुझे मेरी क़ीमत देनी होगी।"

स्वाकिल्की ने उसे एक पतला सफ़ेद लिफ़ाफ़ा थमाया जिसमें एक परची पर ज़ूरिक के ल्यू बैंक के एक खाते का नंबर लिखा था। यहूदा मुईनुद्दीन ने उसे लिया और उत्सुकता से परची को देखा। तीस हज़ार डॉलर। उसके चेहरे पर संतोष की हल्की सी मुस्कुराहट आई। "मैं एग्लॉफ़ से पुष्टि नहीं करूंगा क्योंकि मुझे तुम पर भरोसा है," उसने कहा।

स्वाकिल्की तमककर बोली, "तुम इसलिए पुष्टि नहीं करोगे क्योंकि मैं तुम्हें मार सकती हूं।" वो हंसा। "नहीं, तुम नहीं मारोगी। एक मैं ही हूं जो तुम्हें उसके पास ले जा सकता है," ग़ालिब के साथ किए अपने आख़री भोजन के बारे में सोचते हुए उसने कहा।

अच्छी तरह पैर धुलने के बाद वो सब बैठ गए और उनके लिए बकरे का गोश्त परोसा गया। ग़ालिब ने गर्म-गर्म नान उठाई और उसके टुकड़े करके बड़े प्यार से अपने साथियों को दिए। फिर उसने यहूदा से कहा, "श्रीनगर में एक जापानी औरत मेरी तलाश में है। तुम जाकर उसे ढूंढ़ो, और उससे कहो कि तुम मुझे उसे सौंप सकते हो।"

भारत-पाकिस्तान सीमारेखा के साथ-साथ, श्रीनगर से पश्चिम में कश्मीर के पुंछ ज़िले की ओर की यात्रा बहुत मनोरम थी। आपको आवश्यक रूप से अस्सी मील लंबी और पैंतीस मील चौड़ी उस पट्टी से होकर गुज़रना ही पड़ता है जिसे वादी-ए-कश्मीर कहते हैं, जो लगभग 5500 फ़ुट की ऊंचाई पर झेलम नदी के दोनों ओर फैली हुई है। सब्ज़ पहाड़ियों, बग़ीचों और मीलों तक फैले चिनार के पेड़ों को देखते हुए स्वाकिल्की को ये समझने में मुश्किल हो रही थी कि बिल क्लिंटन कैसे इसे "दुनिया की सबसे ख़तरनाक जगह" कह सकते थे।

भारत की बनी एकदम बेसिक चौपहिया, मज़बूत महिंद्रा कमांडर 650 उन मुश्किल सड़कों के लिए उपयुक्त थी जिनसे वो गुज़र रहे थे। यहूदा ड्राइव कर रहा था। स्वाकिल्की अफ़ग़ानी

बुर्क़ा पहने हुए जिसने उसे सिर से पांव तक ढका हुआ था, गाड़ी की असुविधाजनक पिछली लंबी सीट पर बैठी हुई थी। स्वाकिल्की आख़िरकार उस आदमी से रूबरू मिलने को लेकर उत्सुक थी।

वैटिकन सिटी, 2012

"मुसलमानों पर तो भरोसा कर ही नहीं सकते!" महामहिम अल्बर्तो कार्डिनल वैलेरियो चिल्लाए। वैलेरियो को अपना ग़ुस्सा झाड़ते देखकर ब्रदर थॉमस मैनिंग ख़ामोश रहा।

"हमने अपने इडीपस ट्रस्ट से इज़ाबेल मैडोना ट्रस्ट में पैसे ट्रांसफ़र किए। हमने दाऊद उमर को शृंखला का पहला बम देने के लिए मनाया, बस ये बताए जाने के लिए कि ओसामा ग़ालिब को ट्रिगर की तरह इस्तेमाल करने की योजना बना रहा है! ईश्वर उसकी आत्मा को अनंतकाल तक नर्क में झोंके!" वो दहाड़े। फिर से उन्हें ख़ामोशी मिली।

"तुम्हारे पास कहने को कुछ नहीं है? तुम समझ रहे हो अगर बात फैल गई तो चर्च का क्या हश्र होगा?" उन्होंने भभककर पूछा।

"महामहिम..." थॉमस मैनिंग ने कहना शुरू किया।

"हां। जो भी कहना चाहते हो, जल्दी कहो!"

"क्या इससे कोई फ़र्क़ पड़ता है कि ग़ालिब हमें ज़िंदा सौंपा जाता है या मृत?" मैनिंग ने नर्मी से पूछा।

"क्या मतलब है तुम्हारा?" वैलेरियो ने पूछा।

"क्या इस सारे अभियान की मंशा इस बात को फैलने से रोकना नहीं थी कि क्राइस्ट की मृत्यु क्रॉस पर नहीं हुई थी और कि वो पुनर्जीवित नहीं हुए थे। क्या हमारी मंशा ये सुनिश्चित करना नहीं थी कि जो कहानी हम सदियों से अपने धर्मनिष्ठ समुदाय के दिलो-दिमाग़ में भरते आ रहे हैं, वो यथावत बनी रहे?"

महामहिम भड़कना चाहते थे; मगर इसके बजाय मैनिंग की तर्कपूर्ण बुद्धि पर मुस्कुरा दिए।

मेरीलैंड, यूएसए, 2012

स्टीफ़न एलियट और पृथ्वीराज सिंह मोसाद के अपने मित्र ज़्वी यातोम के साथ थे। वो अकेले नहीं थे। उस अंधेरे कमरे में उनके साथ क़रीब पचास लोग थे। मद्धम रोशनी वाले कमरे की दीवारों पर काले वैल्वेट का अस्तर मढ़ा था। अगरबत्ती की मीठी गंध माहौल में फैली हुई थी। कमरे में केवल एक ही रास्ते से आया जा सकता था, वो दरवाज़ा जो बेंजमिन विल्सन द्वारा 1759 में बनाई बेंजमिन फ्रैंकलिन की तस्वीर से छिपा हुआ था। गुप्त हॉल के अंदर, मद्धम रोशनी में भी तेरह रास्तों को देखा जा सकता था जो तेरह अलग-अलग कमरों को जाते थे। इनमें से प्रत्येक कमरा बहुत ख़ास आयोजनों के लिए प्रयोग किया जाता था।

ग्रैंड मास्टर ने कहा। "अचैता, दिव्य रहस्योदघाटन। रोम ख़त्म हो जाएगा, येरूशलम जलेगा और विवेक खंडित हो जाएगा। और मेरे विधान, ज़ायन के विधान को सारी मानवता स्वीकार करेगी।"[185]

"अचैता!" एकत्रित लोगों ने एक स्वर में कहा।

"ओ इल्युमिनेटेड, ग्रेट हिडेन लॉज के, रात्रि के, सितारों के, प्रकाश के भाइयो और बहनो! ज़ायन ही विधान है!"

"अचैता!"

"उठ और प्रकाश का ऐलान कर, और ज़ायन की शक्ति के साथ मौत की ज़ंजीरों को तोड़ दे, ओ इल्युमिनेटेड। मैं सृष्टियों का रचयिता हूं। मैं ब्रह्मांड का महान शिल्पकार हूं। राष्ट्र और राज्याधिकारी मेरे आगे धूल समान हैं!"

"अचैता!"

"अगली शताब्दियां और सहस्त्राब्दियां केवल एक ही शब्द

जानेंगी: ज़ायन। और एक ही विधान: ज़ायन। ज़ायन के विधान में, उस अनादि के विधान में अगली सहस्त्राब्दी स्वतंत्रता और प्रकाश, जीवन और रचना, प्रेम और करुणा की होगी।"

"अचैता!"

"ज़ायन का उदघोष कर, ओ इल्युमिनाती, और दासों को स्वतंत्रता के मार्ग पर अग्रसर कर। वीर लोग ईश्वर की छवि और समानता के प्रति स्वतंत्र और शाश्वत होंगे। कायर लोग मृत्यु के साथ भुला दिए जाएंगे और अज्ञान और पाप की अपनी ज़ंजीरों में घिरे रहेंगे!"

"ज़ायन! ज़ायन! ज़ायन! ज़ायन! ज़ायन! ज़ायन! ज़ायन! ज़ायन! ज़ायन! ज़ायन! ज़ायन! ज़ायन! ज़ायन!"

सुर्ख़ चोग़ाधारी ग्रैंड मास्टर ने कमरे के बीचोबीच काले ग्रेनाइट के बड़े से स्लैब पर रखी डमी में चाक़ू घोंप दिया।

"ज़ायन! ज़ायन! ज़ायन! ज़ायन! ज़ायन! ज़ायन! ज़ायन! ज़ायन! ज़ायन! ज़ायन! ज़ायन! ज़ायन! ज़ायन!"

डमी की 'बलि' दिए जाने के बाद हर सदस्य ग्रैंड मास्टर के पास गया और झुककर उसने ग्रैंड मास्टर की अंगूठी को चूमा। उसे चूमते वक़्त हरेक ने *नोवस ऑर्देम सैक्लोरम*, नवीन विश्व व्यवस्था, के प्रति अपनी निष्ठा की क़सम ली।

"शैतानी चर्च की शक्तियों के हाथों हम अपने सहयोगी टैरी एक्टन को गंवा चुके हैं। डरें नहीं! उनका बलिदान व्यर्थ नहीं था। अभी हमारे बात करने के दौरान, इस्लाम और ईसाई धर्म की शक्तियां इतिहास के सबसे बड़े संघर्ष के लिए आमने-सामने आ चुकी हैं। इस संघर्ष की समाप्ति पर वो दोनों ख़ुद को नष्ट कर लेंगे। और फिर उदय होगा एक नई विश्व व्यवस्था का—इल्युमिनाती की शक्ति का!"

समारोह ख़त्म हुआ, ग्रैंड मास्टर ने गुप्त मार्ग से वापसी की जहां ये एक गुप्त दरवाज़े पर ख़त्म होता था जिसे दूसरी ओर पेंटिंग

से छिपाया हुआ था। ग्रैंड मास्टर ने दरवाज़े के दोनों ओर लगे स्कैनरों पर अपनी दोनों हथेलियां रखीं और दरवाज़े के खुलने तक इंतज़ार किया।

फिर चौवालीसवें अमेरिकी राष्ट्रपति ने कैंप डेविड की फ्रेडरिक काउंटी में कैटोक्टिन माउंटेन पार्क के केंद्र में 125 एकड़ में बने आधिकारिक आवास के अध्ययन कक्ष की एंटीक डैस्क के पीछे अपनी कुर्सी संभाल ली।

चौवालीसवें राष्ट्रपति, सैस का निर्देशक स्टीफ़न एलियट, रॉ चीफ़ पृथ्वीराज सिंह और मोसाद का जासूस ज़्वी यातोम सब एक ही थैली के चट्टे-बट्टे थे।

इल्युमिनाती।

अध्याय छब्बीस

तेल मजीदो, इज़रायल, 2012

ग़ालिब ने इलाक़े का जायज़ा लिया। अल-अज़हर उस जगह से अच्छी तरह वाक़िफ़ था। वो अपने साथ सभी ज़रूरी अधिकृत नक़्शे लाया था जिनमें उस क्षेत्र के एक-एक इंच को रेखांकित किया गया था। अल-अज़हर ने एक छोटे से कुंज में ट्रक को पार्क करते हुए ताकि वो किसी की नज़र में ना आए, ग़ालिब से कहा था कि वो फ़िक्र न करे। अल-अज़हर ने ग़ालिब से वहीं इंतज़ार करने को कहा जबकि वो ख़ुद ऐसी माक़ूल जगह के लिए गुफाओं का जायज़ा लेने चला गया जो उनके मक़सद पर खरी उतरती हो। ग़ालिब नाइट-विज़न वाली दूरबीन से दूर से अल-अज़हर को देखता रहा। अगले चार घंटे वो बदहवास सा इंतज़ार करता रहा जबकि अल-अज़हर नज़रों से ओझल था। क्या उसे कुछ हो गया होगा? और जब वो प्रोटोकोल तोड़कर उसकी खोज में निकलने ही वाला था तो उसने पहाड़ी की चढ़ाई के एक बहुत संकरे रास्ते से निकलते थके-हारे अल-अज़हर को देखा। ग़ालिब ने आसमान की ओर निगाह उठाकर कहा, "माशाल्लाह! मेरी दुआएं सुनने के लिए अल्लाह का बड़ा शुक्र है! मुझे अपनी कहानी सुनाने के लिए अल-अज़हर ज़िंदा है!"

बेथैनी, जूडिया, 27 ईसवी

बेथैनी का लैज़ेरस नाम का एक आदमी बहुत ही बीमार था। इसलिए जीज़स आए थे और उन्होंने पाया कि वो तो चार दिन पहले ही क़ब्र में जा चुका था। उन्होंने पूछा, "तुमने उसे कहां दफ़्नाया है?" वो एक गुफा थी; और उस पर एक पत्थर रखा हुआ था। जीज़स ने कहा, "पत्थर को हटाओ।" उन्होंने पत्थर हटा दिया। और जीज़स ने अपनी नज़रें ऊपर उठाकर कहा, "हे पिता, मैं तुझे धन्यवाद देता हूं कि तूने मेरी फ़रियाद सुनी।"

तेल मजीदो, इज़रायल, 2012

ज़्वी यातोम के हाथों ग़ालिब की गिरफ़्तारी झटपट और प्रयासहीन रही। अल-अज़हर ने उन्हें सुराग़ देकर अपना काम बड़ी सफ़ाई से किया था। कुछ ही मिनटों में ग़ालिब को घेर लिया गया। समस्या थी कि उसका ट्रक ग़ायब हो गया था जिसमें वो तथाकथित उपकरण था।

इज़रायल की सरकार ने संदिग्ध आतंकवादियों को पकड़ने, संचार अवरोधन लागू करने और भाषण की स्वतंत्रता को कड़ाई से कम करने के लिए पुलिस को व्यापक शक्तियां दे दी थीं। अत्यंत जोखिम भरे इलाक़ों में सर्च वारंट भी ज़रूरी नहीं था और अधिकारी मोबाइल फ़ोन या साइबर कैफ़े से बातचीत करने पर अस्थायी प्रतिबंध लगाने के लिए स्वतंत्र थे।

ये मुर्ग़ी और अंडे वाली पुरानी कहानी थी। पहले कौन आया—आतंकवादी या यातना? कट्टर इस्लामी आतंकवादी संगठनों का दावा था कि इज़रायली सरकार ने हज़ारों लोगों को यातनाएं दीं जबकि प्रशासन कहता था कि उनके सामने ऐसे लोगों से निबटने

का और कोई रास्ता नहीं था जिन्हें स्कूलों, अस्पतालों और रेस्तराओं में मासूम औरतों और बच्चों की हत्या करने में कोई बुराई नज़र नहीं आती। आतंकवादी संकट जितना बड़ा होगा, पुलिस और सेना संदिग्धों से पूछताछ करने में उतनी ही ज़्यादा आक्रामक होगी, और, नतीजतन, यातना और पूछताछ का स्तर उतना ही बड़ा होगा। लेकिन जेल से बाहर आने वाला हर संदिग्ध, चाहे वो बेगुनाह हो या नहीं, आतंकवादियों के संघर्ष के प्रति सहानुभूतिपूर्ण हो जाता था।

तेल मजीदो, इज़रायल, 2012

उसे नग्नावस्था में एक मेज़ पर उलटा लिटाकर बांधा हुआ था और पूछताछ की जा रही थी, उसके तलवों पर बार-बार प्रहार किए जा रहे थे जब तक कि उसकी हड्डियां टूटने नहीं लगीं।

ग़ालिब बस बुदबुदाया था, "वो इंसान जो अल्लाह के नाम पर जिहाद में शरीक होता है, उसे अल्लाह नवाज़ेगा... अगर जंग में वो शहीद की मौत मरता है तो उसे जन्नत में जगह मिलेगी... *बिस्मिल्लाहिर्रहमानिर्रहीम,* अल्लाह के नाम से जो बहुत मेहरबान और रहम करने वाला है, *सुब्हान मन हलालका लिलज़िबह,* वो ज़ात पाक है जिसने तुझे ज़िबह होने के लिए हलाल क़रार दिया।"

येरूशलम, 27 ईसवी

रोमन सैनिकों ने जीज़स को नग्न किया और उनके ऊपर लगे खंभे पर उनके हाथ कसकर बांध दिए। कोड़ा चमड़े के टुकड़ों, हड्डियों और जस्ते को मिलाकर बनाया गया था। दोनों ओर खड़े दो सैनिकों ने काम को अंजाम दिया। यद्यपि यहूदियों में चालीस कोड़ों की सीमा थी, लेकिन रोमनों में ऐसी कोई सीमा नहीं थी। कोड़ा भरपूर तेज़ी से

उनकी पीठ, कंधों और टांगों की त्वचा पर पड़ता। हर आघात के साथ कोड़ा न केवल त्वचा को बल्कि ऊतकों, रक्त केशिकाओं, शिराओं और मांसपेशियों को भी काट रहा था।

तेल मजीदो, इज़रायल, 2012

हाई प्योरिटी जर्मेनियम (एचपीजीई) डिटैक्टर जिसे ज़्वी यातोम तेल अवीव से हासिल करने में कामयाब रहा था, अपने 'प्राकृतिक चिह्नकों' के कारण बहुत सक्षमता से रेडियोएक्टिव सामग्रियों को पहचान सकता था—क्योंकि सभी रेडियोएक्टिव तत्व गामा किरणें, एक्स-किरणें, एल्फ़ा कण, बीटा कण या न्यूट्रॉन निकालते रहते थे।[186] मशीन कई बार चेतावनी दे चुकी थी। पहली चेतावनी स्क्रीन पर उभरी थी।

थोरियम-234.24.1 दिन, बीटा, गामा, एक्स-किरण।

वो पास ही के एक खेत के किनारे पर मौजूद खाद का एक बड़ा सा गोदाम निकला। रेडियोएक्टिव थोरियम खाद का एक महत्वपूर्ण घटक था और उसकी 24.1 दिन की 'आधी-ज़िंदगी' होती थी। आधी ज़िंदगी समय का वो परिमाण था जो किसी रेडियोएक्टिव तत्व के आधे अणुओं को नष्ट होने में लगता था।[187] अगली चेतावनी किबुत्ज़ के पास मिली। ये किबुत्ज़ अस्पताल का एक्स-रे विभाग निकला। ज़्वी नोटबुक कंप्यूटर के स्क्रीन को देख रहा था जिस पर एक और संदेश चमक रहा था।

पोटैशियम-40.1.28 खरब वर्ष। बीटा (1.3-एमईवी), गामा।

फिर ग़लत नंबर। वो तो ट्रक भर केले थे जिन्हें किबुत्ज़ से स्थानीय बाज़ार में ले जाया जा रहा था।

एक और संदेश उभरा:

थोरियम-232.14.1 खरब वर्ष। एल्फ़ा, एक्स-किरणें।

"हां! शायद हमें ये मिल गया!" ज़्वी विजयी भाव से चिल्लाया,

साथ ही वो यूनिट के गश्ती वाहनों को स्क्रीन के नक़्शे द्वारा दर्शाई जा रही उत्तरी दिशा की ओर बढ़ने का आदेश दे रहा था। संकेत तेज़ होता जा रहा था और फिर अचानक वो रुक गया। वो किसी ग्रेनाइट की खान में थे! ग्रेनाइट पत्थर में अत्यधिक यूरेनियम और थोरियम के होने की वजह से रेडिएशन को स्पष्ट रूप से ज़्यादा होना ही था।

"पलटो!" उसने आदेश दिया। "हमें पहाड़ी की तरफ़ चलना चाहिए।"

जब कारवां आगे बढ़ा, तो कंप्यूटर का पहले वाला संदेश फिर से आया।

थोरियम-232.14.1 खरब वर्ष। एल्फ़ा, एक्स-किरणें।

ज़्वी यातोम ने अपनी जीप को रोका और टैक्नीशियन के कंधे पर से झांककर उसे खिझाऊ रेडिएशन डिटेक्टर को चलाते देखा। "ये क्या है?" उसने पूछा।

ऑपरेटर ने नज़र उठाकर उसे देखा और बोला, "सर, ये इलाक़ा स्थानीय कबाड़घर है। बेकार हो चुकी धातु की चीज़ें यहां लाई जाती हैं और वैल्डिंग के लिए उनका फिर से इस्तेमाल किया जाता है। थोरियमयुक्त टंग्स्टन की वैल्डिंग रॉड रेडिएशन छोड़ती हैं। शायद यही चिह्नक हमें मिल रहा है।"

ज़्वी हताश हो गया था। साले कंप्यूटर ने खाद, ग्रेनाइट की खानें, केले, एक्स-रे मशीनें, वैल्डिंग रॉड और बाक़ी सब कुछ पहचान लिया था, सिवाय बम के। "खुदाई स्थल की ओर बढ़ते रहें," उसने आदेश दिया, "ये हमारी बेहतरीन उम्मीद है।"

अचानक स्क्रीन जीवंत हो उठा।

यूरेनियम-235.70 करोड़ वर्ष। एल्फ़ा, एक्स-किरणें।

यही था। यूरेनियम-235 एल्फ़ा किरणें छोड़ता है, जिनकी आधी ज़िंदगी 70 करोड़ वर्ष है। वो समृद्ध यूरेनियम के स्रोत के बहुत क़रीब थे। और कोई विकल्प नहीं था। उन्हें तुरंत उस इलाक़े को ख़ाली करना होगा।

वज़ीरिस्तान, उत्तर-पश्चिम फ्रंटियर प्रॉविंस, 2012

"*शुक्रन लिल्लाह!* अल्लाह का शुक्र है!" शेख़ कह उठा। "भले ही वो ज़लील यहूदी के चंगुल में है, मगर वो अपना फ़र्ज़ नहीं भूला है। वो कहां है?"

संदेशवाहक ने कहा, "मुझे बताया गया है कि उन्हें पास ही स्थित तेल मजीदो की जेल में भेज दिया गया है, जहां मोसाद के एजेंट उनसे पूछताछ कर रहे हैं।"

"बदमाश! अपने मक़सद को पाने के लिए वो अपनी मांओं को भी बेच दें। तो हम उस ट्रक का क्या करें जो वहां खड़ा है? विस्फोटक के कोड तो केवल ग़ालिब के पास हैं।"

"अह... शेख़... शायद पिछले ख़त में वो ये पहले ही आपके पास भेज चुका है।"

"आह!" शेख ने कहा। "ग़ालिब, मेरे जिहादी, मुझे तुझपे फ़ख्र है।"

"अर... शेख़... उन बदमाशों को ग़ालिब किसलिए चाहिए?"

"ये बहुत लंबी कहानी है। ये येरूशलम में शुरू होती है..."

वैटिकन सिटी, 2012

महामहिम बहुत स्पष्ट थे। मासूमियत का मुखौटा ओढ़े रखकर हमेशा से अमेरिकी राष्ट्रपतियों ने चर्च की ताक़त का प्रतिरोध करने के लिए इस्लाम का इस्तेमाल किया था। कमीने इल्युमिनाती! उन्हें तो सबक़ सिखाना ही था।

फ़ोन बजा। थॉमस मैनिंग। वो बहुत ही धीमे बोल रहा था। मैनिंग के शब्द सुनते हुए कार्डिनल का चेहरा लाल भभूका हो गया,

"...पकड़ा गया... मजीदो... मोसाद... ट्रक नहीं मिला... हिरासत में..."

अब महामहिम अपने ऊपर और क़ाबू नहीं रख पाए। वो मैनिंग पर चिल्ला पड़े, "तुम समझ नहीं पा रहे क्या कि क्या हो गया है? मुझे ग़ालिब ज़िंदा चाहिए था! तुम्हें उसे मुर्दा सौंपने की इजाज़त देकर मैंने समझौता किया था। वो एक आदमी जो हमारे प्रिय चर्च की नींव हिला सकता है, अब उन लोगों की हिरासत में है जिन्हें इससे ज़्यादा और कुछ अच्छा नहीं लगेगा... वो वेश्याओं की औलाद, इल्युमिनाती!"

बालाकोट, भारत-पाकिस्तान सीमा, 2012

जब वो बालाकोट पहुंचे तो रात के ग्यारह बज चुके थे। यहूदा थक गया था, लेकिन स्वाकिल्की चौकस और पुरजोश थी—शिकार करने से पहले शिकारी की तरह। यहूदा ने दूर से ग़ालिब का तंबू दिखाया। स्वाकिल्की ने बुर्क़े के अंदर म्यान से धारदार नेपाली खुखरी निकाली और उसे अपने दाहिने हाथ में प्यार से थाम लिया। फिर वो दबे पांव ग़ालिब के तंबू की ओर बढ़ी।

उसे अंदर कैरोसिन के लैंप की मद्धम रोशनी दिखाई दे रही थी, लेकिन कोई आवाज़ नहीं आ रही थी। साफ़ था कि वो सो रहा है। उसने तली के पास तंबू को खोला और अंदर रेंग गई।

"स्वागत है, स्वाकिल्की!" स्टीफ़न एलियट और पृथ्वीराज सिंह की आवाज़ें गूंजीं और उन्होंने तेज़ी से उसके हाथ से चाक़ू छीना और उसे बंदूक़ के निशाने पर ले लिया।

कुछ दूर खड़ा यहूदा मन ही मन मुस्कुराया। उसके इल्युमिनाती आक़ाओं ने महामहिम द्वारा उसकी ओर फेंके टुकड़ों से अच्छा पैसा दिया था। इडीपस द्वारा इसकैरियट के खाते में जमा किए मामूली 30,000 की तुलना यूएनएल मिलीशिया द्वारा इसकैरियट के खाते में

जमा किए दस लाख से नहीं की जा सकती थी। यूएनएल मिलीशिया एक अन्य संगठन, इल्युमिनाती, के नाम का विपर्यय रूप था।

यहूदा अपनी महिंद्रा कमांडर 650 जीप में वापस पहुंचा और श्रीनगर के लंबे सफ़र पर चल पड़ा। उसे अपने साथियों से मिलने के लिए एक अंतरराष्ट्रीय उड़ान पकड़नी थी, जो पहले ही फ्रेडरिक काउंटी पहुंच चुके थे।

प्रायोब्स्कॉय, साइबेरिया, 2012

ज़्वी यातोम एक सुरक्षित लाइन के ज़रिए स्टीफ़न एलियट और पृथ्वीराज सिंह से बात कर रहा था। ग़ालिब के इज़रायली और स्वाकिल्की के भारतीय हिरासत में होने से ऐसा लगता था कि दो ख़ास धुरंधर अब उनके क़ाबू में थे।

"तो, ट्रक अपनी जगह पर है?" स्टीफ़न ने पूछा।

"हां। 21 दिसंबर, 2012 को शेख़ वज़ीरिस्तान से विस्फोट करेगा। उसके पास विस्फोट करने का कोड है। उसे लगता है कि ग़ालिब परमाणु अस्त्र को मजीदो में लगाने में कामयाब रहा है। वो ये नहीं जानता कि पूरे ट्रक को ख़ुफ़िया ढंग से विमान द्वारा प्रायोब्स्कॉय ले आया गया है," ज़्वी ने बताया।

1982 में खोजे गए प्रायोब्स्कॉय तेल-क्षेत्र ने पश्चिमी साइबेरिया के स्वतंत्र ज़िले खांटी-मैनसेस्क में 5,466 वर्ग किलोमीटर क्षेत्र घेरा हुआ था। ये रूस का सबसे बड़ा तेल-क्षेत्र था। सऊदी अरब और यूनाइटेड स्टेट्स के बाद अब रूस दुनिया में तीसरा सबसे बड़ा तेल उत्पादक था।[188] विस्फोट रूस के तेल उत्पादन को बहुत कम कर देता, जिससे सबसे बड़े तेल भंडार सऊदी अरब और अमेरिका के पास रह जाते—तेल भंडार ज़्यादातर इल्युमिनाती-नियंत्रित कंपनियों के पास थे। एक ही पत्थर से कई निशाने साधना इल्युमिनाती की विशेषज्ञता थी।

अध्याय सत्ताईस

गोआ, भारत, 2012

विंसेंट और मार्था बॉम जीज़स बैसिलिका में थे। विंसेंट आसानी से हार न मानने पर दृढ़ था। उसके पास वो काग़ज़ था जिसे स्वाकिल्की ने उसे अग़वा करने वाली रात को उसके मुंह पर फेंका था। उसने आख़री पंक्ति पर निगाह डाली:

> *याद रखें: ये पर्याप्त है, हे प्रभु, ये पर्याप्त है, दोनों देवदूतों ने कहा। मास्त्रिली ने निस्संदेह चांदी की उत्तम शैया बनाई है। किंतु मृतक के रहस्य की सावधानीपूर्वक रक्षा करने के लिए चांदी की शैया से उत्तम इग्नैटियस का सोने का प्याला है।*

और फिर, अचानक बादल छंट गए! सेंट फ्रांसिस ज़ेवियर का शव एक तीन-मंज़िला ताबूत में था जिसके निर्माण के लिए टस्कनी के ड्यूक ने उस तकिए के बदले पैसा दिया था जिस पर मृत्यु से अनेक वर्ष पहले तक सेंट फ्रांसिस ज़ेवियर सिर टिकाते थे। शीर्ष पर चांदी का बॉक्स था जिसमें ज़ेवियर के अवशेष थे। बॉक्स को फ़ादर मार्को मास्त्रिली की देखरेख में स्थानीय सुनारों ने बनाया था। बॉक्स के ऊपर एक क्रॉस था जिस पर दो देवदूतों की आकृतियां इस संदेश "*सैतीस एस्त, दॉमिनी, सैतीस एस्त*" को पकड़े खड़ी थीं जिसका

अर्थ है "*ये पर्याप्त है, हे प्रभु, ये पर्याप्त है!*" माना जाता है कि सेंट फ्रांसिस ज़ेवियर ये शब्द बहुत बोला करते थे। प्रतीत होता है जैसे इन शब्दों का अर्थ था कि रहस्य देवदूतों के साथ या बॉक्स के भीतर नहीं बल्कि सेंट इग्नैटियस के पास है।

विंसेंट ने चर्च की मुख्य वेदी की ओर देखा। वो पवित्र सेक्रामेंट जो पहले सेंट इग्नैटियस के बुत के नीचे मुख्य वेदी पर रखा था, अब एक स्वर्ण मंडप में सुरक्षित था। बाल जीज़स को सोसायटी ऑफ़ जीज़स के संस्थापक लॉयोला के सेंट इग्नैटियस के संरक्षण में दिखाया गया था। सेंट इग्नैटियस का बुत लगभग तीन मीटर ऊंचा था। *किंतु मृतक के रहस्य की सावधानीपूर्वक रक्षा करने के लिए चांदी की शैया से उत्तम इग्नैटियस का सोने का प्याला है।*

शिशु जीज़स सफ़ेद कपड़ों में थे और लाल पृष्ठभूमि में उभरकर दिख रहे थे। विंसेंट को पता था कि इसे और अधिक बारीकी से देखने के लिए उसे वेदी पर चढ़ना पड़ेगा। ऊपर खड़े होकर अपना संतुलन बनाने के लिए उसने उस विशाल सुनहरे पात्र का सहारा लिया जिस पर बुत टिका हुआ था। उसे ये देखकर झटका लगा कि वो एकदम खोखला था। *चांदी की शैया से उत्तम इग्नैटियस का सोने का प्याला है।*

उस बड़े से प्याले के अंदर झांकने के लिए वो पंजों के बल खड़ा था और किसी असंगति की तलाश में उसकी भीतरी सतह को छूकर देखने लगा। बाहर की भारी कारीगरी वाली सतह के विपरीत अंदरूनी सतह चिकनी थी। अचानक उसके हाथ को एक दरार सी महसूस हुई। ये स्वाभाविक तौर पर बनी हुई नहीं थी। ये एक सीधी रेखा थी। जब उसके हाथ सीधी रेखा पर नीचे उतरे तो उसे पहली रेखा से नव्वे डिग्री पर जाती एक और रेखा मिली। शंका से प्रेरित होकर वो एक अन्य रेखा को पाने के लिए इस दूसरी रेखा के साथ चलने लगा। वो सही था! एक अंदरूनी गुप्त पैनल था।

"ये तुम क्या कर रहे हो?" चर्च की गहराइयों में से एक आवाज़ गूंजी। विंसेंट और मार्था चौंककर पलटे। फ़ादर डायस थे,

जो ये देखकर बेहद नाराज़ थे कि उनकी वेदी और पवित्र वस्तुओं को अपवित्र किया जा रहा है। विंसेंट जल्दी से नीचे उतरा और उसने माफ़ी मांगी, "मैं माफ़ी चाहता हूं, फ़ादर। मैं भी एक पादरी हूं और मैंने बॉम जीज़स के बारे में इतना कुछ सुना है कि मैं ज़्यादा से ज़्यादा नज़दीक से बाल जीज़स को देखना चाहता था। कृपया मुझे माफ़ कर दें।"

"अगर तुम ईश्वर के सेवक हो तो तुम्हें तो पता होना चाहिए कि चर्च की परंपराओं की बेअदबी नहीं होनी चाहिए!" फ़ादर डायस ने तर्क दिया। हालांकि उनका लहजा नर्म पड़ गया था। "मैं तुम्हें इस बार माफ़ कर दूंगा। प्लीज़ भविष्य में सावधानी बरतना।"

दोनों अपराधी झटपट वापस हो लिए। चर्च से बाहर आने के बाद मार्था ने चिंतित होते हुए विंसेंट से पूछा, "तुम उस प्याले में इतना क्यों मगन हो गए थे? तुम्हें कुछ मिल गया था क्या?"

विंसेंट ने उत्तर दिया, "उसके अंदर एक गुप्त पैनल था। जब मैं हाथ डालकर देख रहा था तो फ़ादर की आवाज़ ने मुझे चौंका दिया और मैंने उसे बहुत ज़ोर से दबा दिया, ज़्यादा तो घबराहट में। मुझे पता भी नहीं था कि पैनल में कोई स्प्रिंग टाइप की क्रिया होगी और कि ये छोटा सा भोजपत्र मेरे हाथ में आ गिरेगा!"

"आह! समझी। इसीलिए तुम इतने शर्मिंदा हो पा रहे थे," मार्था ने व्यंग्य से कहा। दोनों ने विंसेंट के हाथ में मौजूद नाज़ुक से भोजपत्र को देखा। उस पर लिखा था:

> *दो लैस्ते-ऑक्सीदेंतल उ नॉर्त-सुल क्वे दिफ़रेंज़ा फ़ाज़? रोज़ाबाल दे कन्यार दॉर्मे क्वाइतामेंते, पोर्के यूज़ आसफ़ नाओ ए उमा फ़ाल्सीफ़िकासो। तेंतातिवा 34.09° एन 74.79° ई।*

अनुवाद करने पर इसका अर्थ होता था:

> *पूर्व-पश्चिम हो या उत्तर-दक्षिण। इससे क्या फ़र्क़ पड़ता है? कन्यार का रोज़ाबाल शांति से सोता है, क्योंकि यूज़ आसफ़ धोखा नहीं है। 34.09° उत्तर 74.79° पूर्व में कोशिश करो।*

श्रीनगर, कश्मीर, भारत, 2012

सुरम्य कश्मीर में सर्दी के आगमन का मतलब था कि धीरे-धीरे दिन छोटे होते जाएंगे। हालांकि अभी दोपहर के तीन ही बजे थे, मगर ऐसा लग रहा था कि रात बहुत तेज़ी से घिरती आ रही है। क्षेत्र के सेब और चैरी के बेशुमार बाग़ों से होकर आती सर्दियों की बर्फ़ीली हवाओं ने विंसेंट के नथुनों में तीखी और ताज़ा सुगंध भरी ठंडक भर दी थी। प्रार्थना करने के लिए क़ब्र पर झुकते विंसेंट के लिए उसकी लैदर की जैकेट और उसके नीचे पहना हुआ लैंब्सवूल का पुलोवर ही एकमात्र सहारा था। मार्था गोआ में ही रुक गई थी लेकिन विंसेंट एक दिन भी और गंवाने को तैयार नहीं था।

गर्माहट लाने के लिए उसने हाथों को रगड़ा, और शीशे की चारों दीवारों को निगाहों में समेटा जिनके अंदर लकड़ी का ताबूत रखा था। लेकिन मक़बरे का निवासी नीचे एक अगम्य तलघर में रहता था। एक मुस्लिम क़ब्रिस्तान के सामने बना मक़बरा सफ़ेद क़लई की गई दीवारों और मामूली से लकड़ी के साज़ो-सामान वाली एक साधारण और ग़ैरदिखावटी इमारत में था।

बाहर लगा बोर्ड आगंतुकों को बताता था कि पुराने श्रीनगर के कन्यार ज़िले के रोज़ाबाल मक़बरे में यूज़ आसफ़ नाम के एक व्यक्ति का मृत शरीर है। स्थानीय भू रिकॉर्डों के मुताबिक़ मक़बरा 112 ईसवी से अस्तित्व में था।

कश्मीरी शब्द *रौज़ा-बाल* से लिए गए शब्द 'रोज़ाबाल' का अर्थ 'पैग़ंबर का मक़बरा' था। मुस्लिम रिवाज के मुताबिक़, क़ब्र का पत्थर उत्तर-दक्षिण अक्ष पर रखा गया था; मगर, एक छोटे से सूराख़ ने नीचे स्थित असली क़ब्रगाह को उजागर कर दिया। यहां यूज़ आसफ़ की क़ब्र को देखा जा सकता था। ये यहूदी रिवाज के मुताबिक़ पूर्व-पश्चिम अक्ष पर बनी थी।

पूर्व-पश्चिम हो या उत्तर-दक्षिण। इससे क्या फ़र्क़

पड़ता है? कन्यार का रोज़ाबाल शांति से सोता है, क्योंकि यूज़ आसफ़ धोखा नहीं है। 34.09° उत्तर 74.79° पूर्व में कोशिश करो।

यहां और कुछ असाधारण नहीं था—अलावा ताबूत के नज़दीक मौजूद खुदे पैरों की एक छाप के। पैर सामान्य इंसानी पैर थे—सामान्य, अलावा इसके कि उन पर निशान थे; ऐसे निशान जैसे सूली पर चढ़ाए जाने में फटने से हो जाते हैं। एशिया में कभी भी सूली पर चढ़ाए जाने की परंपरा नहीं रही थी, इसलिए ये एकदम साफ़ था कि इस क़ब्र के निवासी को किसी अन्य सुदूर देश में इस यातना से गुज़रना पड़ा होगा।

विंसेंट ने श्रद्धा के साथ अपने जूते उतारे और उस सादा सी इमारत में चला गया। बूढ़े ख़िदमतगार ने उसे देखा और मुस्कुराया, "आह! आख़िरकार तुम आ ही गए।"

विंसेंट इतना हैरान रह गया कि कुछ बोल ही नहीं पाया। उसने ख़ुद को संभाला और फिर कहा, "शायद आप मुझे कोई और समझ बैठे हैं, जनाब।"

"नहीं। मैं जानता हूं तुम कौन हो। तुम जिन्न हो।"

विंसेंट को यक़ीन हो गया कि बूढ़े का दिमाग़ फिर गया है। "क्या?" उसने पूछा।

"जिन्न। वो जो सब कुछ उजागर करेगा। वही जिसने यूज़ आसफ़ की सलीब को उठाया था। तुम्हारा काम अभी ख़त्म नहीं हुआ है। आख़री बार यहां एक रूसी आदमी आया था। उसका नाम द्मित्री नोविकोव था। उसे यहां एक दस्तावेज़ मिला था। वो आर्माइक ज़बान में लिखा था और हज़रत यूज़ आसफ़ के पास एक तांबे की नली में दफ़्न था," झुर्रीदार चेहरे ने कहा।

"तो आप मेरा इंतज़ार क्यों कर रहे थे?" विंसेंट ने पूछा।

"क्योंकि वो तुम्हारे लिए मूल के साथ-साथ अनूदित प्रति भी छोड़ गया था।"

“लेकिन नोविकोव तो यहां 1887 में आया होगा। यानी सवा सौ साल पहले। उसकी आपसे मुलाक़ात हुई होना तो मुमकिन है ही नहीं।”

“आह। सही कहते हो। वो मेरे परदादा से मिला था, जो रहमान ख़ान के पोते थे। हमारा ख़ानदान कई पीढ़ियों से इस जगह की सार-संभाल करता आ रहा है। इस मक़बरे पर अपना हक़ क़ायम रखने के लिए हमने कई क़ानूनी लड़ाइयां लड़ी हैं।”

क़ाज़ी मुल्ला फ़ज़ल की मोहर, 1194 हिजरी। इंसाफ़ की इस बड़ी अदालत में, सल्तनत के तालीम और पाकीज़गी महकमे के तहत।

मौजूदा: रहमान ख़ान, वलद अमीर ख़ान, का दावा है कि: सल्तनत के हर हिस्से से बादशाह, अमीर, वज़ीर और सैकड़ों लोग यूज़ आसफ़, रहमतुल्लाहि अलैह के बुलंद और पाक मक़बरे पर अपनी अक़ीदत पेश करने और भेंट चढ़ाने आते हैं।

दावा है: कि वो इन चढ़ावों को पाने और उनका इस्तेमाल करने के हक़दार अकेले और तन्हा दावेदार हैं, और इन चढ़ावों पर किसी और शख़्स का किसी क़िस्म का कोई हक़ नहीं है।

इल्तेजा है: कि उन सभी लोगों को हुक्मनामा जारी किया जाए जो अड़चन डालते हैं और कि दूसरे लोगों को उनके हुक़ूक़ के साथ छेड़छाड़ करने से रोका जाए।

“और दस्तावेज़?”

“ये रहा। लो। अब ये तुम्हारी ज़िम्मेदारी है। मेरे पूर्वज और मैं अपने फ़र्ज़ को अंजाम दे चुके हैं,” उसने एक बहुत ही पुरानी तांबे की नली विंसेंट को सौंपते हुए ज़ोर देकर कहा।

विंसेंट ने सावधानी से ढक्कन को खोला और बहुत आहिस्ता

से तीन दस्तावेज़ों को बाहर खींचा। एक बहुत ही पतला और पुराना मिस्त्र का बना पेपायरस था जो एक ऐसी भाषा में था जिसे वो समझ नहीं पाया। बाक़ी दो दस्तावेज़ हालांकि पुराने थे मगर अच्छी हालत में थे और अंग्रेज़ी में लिखे हुए थे। दोनों में से ज़्यादा नया दस्तावेज़ एक ख़त था:

मैं, द्मित्री नोविकोव, ये सुनिश्चित करने की ऐतिहासिक खोज पर निकला था कि क्या जीज़स भारत में रहे थे। जब मैं अपनी कोशिशों में कामयाब हो गया तो मुझे झूठा और ग़द्दार कह दिया गया।

दुनिया को मैंने जो बताया था, वो बस मेरी कहानी का एक अंश था: उन दस्तावेज़ों का अनुवाद जो मुझे हेमिस के एक मठ में मिले थे जिनमें एक किशोर बालक ईसा का ज़िक्र है जो भारत में रहने और शिक्षा पाने के लिए जूडिया से भाग आया था।

लेकिन जब मैंने गहराई से खोज की, तो मुझे अहसास हुआ कि पांडुलिपियां तो पहेली का एक बहुत छोटा सा टुकड़ा भर थीं। अनेक हिंदू और बौद्ध स्रोतों में जानकारी का एक भंडार उपलब्ध था। वो मुझे बॉम जीज़स चर्च, जहां मुझे अल्फ़ांसो डी कास्त्रो द्वारा उपलब्ध करवाए गए संकेत मिले, और फिर अंतत: रोज़ाबाल ले गए जहां कास्त्रो ने उस दस्तावेज़ को दफ़्न कर दिया था जो उसे तारीख़े-ईसा-मसीह शीर्षक से प्राप्त हुआ था।

यहीं मुझे ये पता लगा कि रोमन कैथलिक मत के चारों गॉस्पेल ज्ञान के उस भंडार के साथ न्याय नहीं करते हैं जो हमारे प्रभु जीज़स क्राइस्ट ने मानवता को प्रदान किया था। हालांकि इतिहास के मार्ग में दूसरे कई गॉस्पेल, नॉस्टिक गॉस्पेल समेत, खोजे जाएंगे, लेकिन मुझे यक़ीन है कि साथ में मौजूद दस्तावेज़ यूज़ आसफ़ ने कश्मीर में अपनी मृत्यु से

पहले 115 ईसवी में लिखा था।

इसे पढ़ने पर मुझे तुरंत ही अहसास हुआ कि इसमें शिक्षाएं और आकलन, साथ ही भविष्यवाणियां भी हैं, और कि ये ऐसे किसी व्यक्ति के लिए हैं जिसे अभी आना है। इन्हें दुनिया के सामने लाना मेरा नहीं, बल्कि किसी ऐसे व्यक्ति का काम है जिसे अभी आना है—जिन्न। यूज़ आसफ़ की क़ब्र के ख़िदमतगार यूज़ आसफ़ के पवित्र अवशेषों के संरक्षक हैं और मेरा विश्वास है कि रहमान ख़ान का ख़ानदान उस जिन्न को ठीक से पहचानने में समर्थ होगा।

इस सच का कि आप इस दस्तावेज़ को पढ़ रहे हैं, तात्पर्य है कि वो चयनित व्यक्ति आप हैं। कृपया बुद्धिमानी से इसका प्रयोग करें।

द्मित्री नोविकोव, श्रीनगर, 21 मई 1887

ख़त के साथ पेपायरस था और इसके साथ ही एक और दस्तावेज़ था जो उसकी सामग्री का अंग्रेज़ी अनुवाद मालूम देता था जिसे शायद कास्त्रो या नोविकोव ने किया होगा।[189]

राजा शालिवाहन के राज में। मैं लाया कश्मीर में शांति का ज्वार। ईसा मसीह और मिर्यायी, मेरी पत्नी; वहन किए ला सारा काली को, ओह वो नाज़ुक जान। मेरे काम, शब्द और भावनाएं पूरी तरह पवित्र हैं, यूज़ आसफ़ मेरा नाम है जिसे इस धरती ने स्वीकार किया है। एक अक्षतयौवना से जन्मा, ईश्वर का पुत्र, सत्य को निकालता फली से मटर के दानों की भांति। सॉलोमन के तख़्त के पुनरोद्धार में मैंने राजा की मदद की थी; कृतज्ञ राजा ने मेरा नाम पत्थर पर लिखवा दिया। लेकिन बारह वर्ष बाद, मैंने अपनी पत्नी से कहा, मुझे हमारी पुत्रियों की सुरक्षा का कितना भय है। उन्हें गॉल की धरती पर ले जाओ, ताकि मेरा रक्त सबकी धमनियों में दौड़ता रहे। यहां कश्मीर में, मैं अकेला रह सकता हूं, और

जब मेरी मृत्यु होगी, तो मैं अपनी अस्थियों को आराम दूंगा। मैं क्रेस्टोस, क्राइस्ट हूं, अभिषिक्त; मैंने जीवन भर यात्राएं की हैं और अब और नहीं भाग सकता। मैं पदवियों, सम्मानों या अनुग्रह का अधिकारी नहीं हूं; वो जो अधिकारी है वो प्रतिबिंबित चेहरा है। आईने के सामने खड़े हो और स्वयं को देखो; तुम अभिषिक्त हो, अपने अंदर। साइरीन का साइमन मुझसे महान था; उसने एक राहगीर का क्रॉस धारण किया। वो उस ज्ञान का अधिकारी है जो मैं प्रदान करता हूं, ये दस्तावेज़ उस दिन तक विश्राम करेगा जब तक कि फिर से उसका दिन नहीं होगा। एक दिन रोज़ाबाल का पत्थर उठेगा, और धोखे और असत्यों को उजागर करेगा। इस दस्तावेज़ के ऊपर मिट्टी और पत्थर होंगे; और नष्ट होती अस्थियों का ढेर होगा। कौन कहता है कि मूर्तिपूजकों के भगवान धोखा हैं? दिल से निकली प्रार्थना के लिए, पत्थर हिल जाएगा। शक्ति तुम्हारे अंदर है, क्या तुम्हें नज़र नहीं आता? इससे क्या फ़र्क़ पड़ता है कि ये मेरे अंदर भी है? मैं जल को शराब क्यों बनाऊंगा, जबकि जल ही प्यास बुझा देता है? मैं किसी नेत्रहीन को देखने में सक्षम क्यों बनाऊंगा, जबकि जिनके पास नेत्र हैं वही मुझे महसूस नहीं कर पाते? मैं पानी पर क्यों चलूंगा, मुझे बताएं, जबकि एक नाविक मुझे रास्ता पार करवा सकता है? वास्तविक चमत्कार तो ख़ुद को जानने में और ब्रह्म को, अनंत को, स्व को समझने में है। ब्रह्म और अब्राहम एक ही हैं; यशस्वी और अनंत—एक अनंत ज्वाला। अपरिमित प्रकाश शांति है, शक्ति नहीं; इसी तरह का उन्माद है जो मीनार को गिरा देता है। और जीवन के आश्चर्य और चमत्कार को समझने के लिए, अंत उद्देश्य नहीं है, चाक़ू से भी नहीं। पैग़ंबर क्राइस्ट-विरोधी के बारे में लिखेंगे, जिसकी ज़बान बुराई और प्रलोभनों के प्रति आकर्षित होगी। मेरी संतान मेरी ख़ातिर अपनी जानें गंवाएंगी, मेरे चयनित बारह मारे जाएंगे, तो ऐसा ही हो। कोई क्राइस्ट-विरोधी नहीं

होगा। क्राइस्ट-विरोधी तुम्हारे दिलो-दिमाग़ में है। इक्कीस दिसंबर, दो हज़ार बारह, कोई अंत क़रीब नहीं है, और खोज मत करो। क्योंकि न कोई आदि है न अंत; ये एक अंतहीन सड़क है जिसमें कोई मोड़ नहीं है। मुझे खोजने के लिए तुम बहुत जतन करते हो, जबकि मैं तो तुम्हारे भीतर ही हूं, ये एकदम स्पष्ट है। मुझे कोई देवालय और ईंट-गारा नहीं चाहिए; मुझे केवल तुम्हारी आत्मा की जागरूकता चाहिए। चमत्कार वो चीज़ें हैं जो प्रतिदिन होती हैं; जब तुम प्रार्थना करते हो तो वो अनुकंपा सबसे महान है। तुम मेरे जिन्न हो, मुझे उजागर करने वाले हो; इन पंक्तियों को कुंजी की तरह इस्तेमाल करना। मेरी पूंजी को अपने हाथ में लेना, रेत में पिरामिड देखना। सर्वदृष्टा आंख से ज़्यादा अच्छी तरह इसे देखना, ऊंचे उड़ रहे पंछी से बेहतर इसे देखना। शीर्ष तक की सीढ़ियां गिनना, फ़सल में पत्तियों और फल को गिनना। उन्हें सुलाने वाले तीरों को गिनना, समान संख्या के अपने कवच को गिनना। और जब ज़ख़्मों से छलनी होकर वो गिर जाएं, तो सुनिश्चित करना कि वो सितारों की गिनती करें। और जब मौत दस्तक दे और नियति लाए, तो उन्हें मेरे पंखों की छांह और हवा देना। दोनों तरफ़ के मेरे पंख रक्षा करेंगे, सही होने के लिए उन्हें गिनना। चोंच के अंदर की भाषा को गिनना, चोटी के ऊपर की भाषा गिनना, अब मुझे और मेरे प्रचारकों को गिनना। और जब तुम निकलो और वृक्षों को देखो। तो कृपया सोचना क्या चीज़ तुम्हें मुक्त करेगी। तेरह चक्र। एक और तीन। माया संस्कृति ने इसे पवित्र वृक्ष कहा था। मैं तो बस इसे पवित्र त्रय कहता हूं। ब्रह्मा, विष्णु, और शिव तीन हैं। लक्ष्मी, काली और सरस्वती। वो तीसरा नेत्र जिसे हिंदू देखते हैं। त्रयी में त्रिभुज की रेखाएं। ईसाई, मुसलमान, इल्युमिनाती। पहले दो लड़ते हैं, तीसरा देखने की प्रतीक्षा करता है। आख़िर कितना विनाश हो सकता है?

विंसेंट ज़मीन पर गिर गया और उसने श्रद्धा से पन्नों को चूमा। फिर वो झटपट बाज़ार गया जहां उसने उस बेशक़ीमत दस्तावेज़ की फ़ोटोकॉपी करवाई, वो बस टर्मिनल की ओर चल दिया, इस उम्मीद में कि उसे श्रीनगर से दिल्ली जाने वाली बस मिल सकती है। अपनी निजी नन्ही सी दुनिया में वो इतना गहरे डूबा हुआ था कि उसे तब तक पता ही नहीं चला कि कब जनरल पृथ्वीराज सिंह उसके पीछे आ पहुंचे, जब तक कि उसे अपनी पीठ पर माउज़र चुभती महसूस नहीं हुई।

अध्याय अठाईस

श्रीनगर, कश्मीर, भारत, 2012

"बहुत ख़ूब, फ़ादर सिन्क्लेयर। मैं जानता था कि आपको इस मामले में शामिल करने के बारे में मैं सही था। हमें आख़िरकार वो दस्तावेज़ मिल ही गए जिनकी खोज में इल्युमिनाती ने पिछले कई सौ साल लगा दिए हैं!" पृथ्वीराज सिंह ने विंसेंट की रीढ़ में बंदूक़ सटाए-सटाए ही कहा।

"आप, जनरल, ओसामा-बिन-लादेन से बेहतर नहीं हैं। आतंकवादी तो असल में एक मोहरा भर हैं जिन्हें आप इल्युमिनाती की बिसात पर चलाते हैं!" विंसेंट फुफकारा।

"तो आपको लगता है मैं शैतान हूं, हां? और ओपस देइ? क्रक्स देकुसात्ता पर्मुता? आपको लगता है कि अगर कैथलिक मत की चली होती तो उसके अलावा और किसी धर्म को पृथ्वी पर शेष रहने दिया जाता? और इस्लाम के सच्चे आस्थावान? आपको लगता है कि वो नास्तिकों को छोड़ देते? हम एकमात्र ऐसी ताक़त हैं जो इन ताक़तों को क़ाबू में रख सकते हैं! और आपकी हिम्मत कैसे हुई मेरा आकलन करने की!" जनरल दहाड़ा।

विंसेंट ने पलटवार किया, "आप आग से आग को नहीं बुझा सकते। आग को बुझाने का सबसे अच्छा तरीक़ा पानी है, जनरल।

इसके बजाय, आप और आपके साथी आग को भड़कते रहने देने के लिए उसमें तेल डालते रहे हैं। नफ़रत की आग को सुलगते रहने देने में ही आपका फ़ायदा है। इस दुनिया के ताक़तवर संभ्रांत वर्ग ने ही अपने स्वार्थ को पूरा करने के लिए दुनिया के ओसामाओं को खड़ा किया है। आप पाखंडी हैं!"

"हम बहस कर ही क्यों रहे हैं? हम दोनों एक ही चीज़ के पीछे हैं। हमें ये मिल गया। अपनी तलाश पूरी होने का जश्न मनाएं," जनरल ने कहा।

"लेकिन ये दस्तावेज़ आपके लिए क्यों महत्वपूर्ण होने लगा?" विंसेंट ने पूछा।

"क्योंकि यही वो आधार है जिस पर इल्युमिनाती की नींव पड़ी थी। ये दस्तावेज़ जिसे आप *तारीख़े-ईसा-मसीह* कहते हैं, असल में *नॉस्टिक गॉस्पेल ऑफ़ जीज़स* है। इसे जीज़स ने अपनी ज़िंदगी के आख़री दिनों में कभी लिखा था। जब वो कश्मीर में थे।"

"लेकिन मेरा तो ख़्याल था कि इल्युमिनाती हाल ही में स्थापित हुई है। बवेरियन इल्युमिनाती 1776 में ही वजूद में आई थी। आप कैसे कह सकते हैं कि इस दस्तावेज़ का आपके संगठन से कोई वास्ता हो सकता है?"

"फ़ादर सिन्क्लेयर, मुझे समझाने दें। जीज़स की मृत्यु क्रॉस पर नहीं हुई थी। वास्तव में, क्रॉस पर उनको टांगना महज़ एक 'आनुष्ठानिक हत्या' थी जिसे उच्च पुजारिन मेरी मैग्डेलीन ने पवित्र हाइरॉस गैमॉस के हिस्से के रूप में अंजाम दिया था।"

"इसका आपसे या इल्युमिनाती से क्या ताल्लुक़ है?"

"जीज़स पहले ही कह चुके थे कि उनके भीतर से एक अनंत प्रकाश फूटा था। वो एक महान योगी, एक महान गुरु थे। लेकिन उनकी शिक्षा का ये पक्ष एक महान धर्म को उत्पन्न नहीं कर पाता। चर्च अपने अनुयायियों को कैसे नियंत्रित करता? तो उन्होंने क्या किया? उन्होंने मेरी मैग्डेलीन पर वेश्या होने का ठप्पा लगा दिया। उन्होंने क्रॉस पर जीज़स को 'मार' दिया। आत्मा के पुनरोत्थान को

समझाने के बजाय उन्होंने जीज़स के शरीर का पुनरोत्थान गढ़ा। सृष्टिनिर्माता, पालनकर्ता, और संहारकर्ता की प्राचीन यौगिक त्रयी के बजाय उन्होंने पिता, पुत्र एवं दिव्यात्मा की ईसाई त्रयी को गढ़ा। सबसे महत्वपूर्ण, मोक्ष केवल उनके चर्च के माध्यम से ही पाया जा सकता था!"

"मैं अभी भी इसे समझ नहीं पा रहा हूं।"

"आंखें खोलें, फ़ादर! अपनी धार्मिक शिक्षाओं में जीज़स विपरीतों की बात करते हैं। अच्छे के लिए बुरा होना चाहिए। गर्म के लिए ठंडा होना चाहिए। सकारात्मक के लिए नकारात्मक होना चाहिए। पुरुष के लिए स्त्री होनी चाहिए, वग़ैरा, वग़ैरा। हमने, इल्युमिनाती ने, तय किया कि क्राइस्ट के लिए एक क्राइस्ट-विरोधी होना चाहिए। ये क्राइस्ट-विरोधी रोमन कैथलिक चर्च का पतन करेगा, हमेशा-हमेशा के लिए!"

"लेकिन वो गॉस्पेल जो हमें अभी हासिल हुआ है कहता है कि क्राइस्ट-विरोधी कोई है ही नहीं! ये कहता है कि अनंत प्रकाश को ज्ञान और आंतरिक शांति के लिए इस्तेमाल करना चाहिए, न कि ताक़त के लिए!"

"आह! अब आप जानते हैं कि वो दस्तावेज़ मुझे क्यों चाहिए। मुझे उसे नष्ट करना है!" पृथ्वीराज चिल्लाए।

"इतिहास में हमेशा से जीज़स की बातों को तोड़ा-मरोड़ा गया है। आप भी वही करना चाहते हैं। मैं इतिहास को ख़ुद को दोहराने नहीं दूंगा!"

"तो आपको मरना होगा!"

वज़ीरिस्तान, पाकिस्तान-अफ़ग़ानिस्तान सीमा, 2012

शेख ग़ालिब द्वारा भेजे गए उस संदेश को देख रहा था जिसमें बम-विस्फोट का कोड निहित था। उसने एक बार फिर बिना आईने के

शब्दों को पढ़ा और फिर 'ओ' और 'आई' के सिवा बाक़ी सभी अक्षरों को नज़रअंदाज़ करने लगा:

UOY.OT.HTAO.YM.MAMI.HO
OWT.MOTA.TA.MOTA.TIH.OT
HT33T.3HT.TA.MIA.HTUOM.3HT.TA.MIA
TA3H.TOH.3TIHW.HTIW.YAWA.MIH.TIH
3OW.OT.MIH.3IT.YOT.YM.HTIW.3YA
3WO.I.HTUOY.YM.MIHW.YHT.OT
3M.HTIW.TUO.MIH.HTIW.TUO
3M.3SIMOTA.OT.3MIT.YHT.TIAWA.I

फलस्वरूप मिला क्रम था:

00010 00010 101 01111 001101 01010 10110 100111

ये बाइनरी अंक थे, उस तरह के जो डाटा भेजने के लिए कंप्यूटर में इस्तेमाल होते हैं। उसने एक पैन लिया और बाइनरी अंकों को मानक दहाई अंकों में तब्दील करने लगा।[190] परिणाम था:

2-2-5-15-13-10-22-39

अब उसके सामने विस्फोटक क्रमांक था। उसने थुराया सैटेलाइट फ़ोन उठाया जो परमाणु अस्त्र से जुड़ा था और बहुत सावधानी से नंबर डालने लगा। उसके द्वारा डाले गए अंकों को जियोस्टेशनरी इन्मारसट सैटेलाइट को भेज दिया गया जहां से उन्हें एक अन्य फ़ोन द्वारा वापस पृथ्वी पर भेजा जाना था। वो फ़ोन बम को सक्रिय कर देता। साइबेरिया के प्रायोबस्कॉय में नहीं जैसा कि ज़्वी यातोम ने सोचा था।

बल्कि वज़ीरिस्तान के चट्टानी इलाक़े में, जहां शेख़ खड़ा था वहां से बस कुछ सौ गज़ दूर।

एक्स-किरणों से गर्म हुई हवा से निकले आग के गोले ने आवाज़ की गति से सभी दिशाओं को थर्रा दिया था। बंजर और वीरान सीमांत

क्षेत्र में बिखरे थोड़े से मकान बस पिघल गए थे। विनाश का दायरा लगभग एक मील था। ग्राउंड ज़ीरो के पास अंधा कर देने वाली रोशनी के साथ आग के गोले से निकली ऊष्मा ने उस सब कुछ को जो ज्वलनशील था, लपटों में बदल दिया, कांच की चीज़ें और रेत पिघले कांच में बदल गईं, और हर इंसान पलक झपकते ही भाप में बदल गया।

विस्फोट से उसके केंद्र के पास लगभग 2000 लोग सीधे मौत के मुंह में समा गए और लगभग इतने ही घायल हो गए। भविष्य में होने वाले प्रभाव में रेडियोएक्टिव तत्व, कैंसर, और विकलांग या मृत शिशुओं का जन्म लेना शामिल था।

अगर बम किसी आबादी वाले इलाक़े में छोड़ा जाता तो नुक़्सान कहीं ज़्यादा हुआ होता। उत्तर-पश्चिम सीमांत प्रांत का पहाड़ी क्षेत्र जिसे शेख़ और उसका मास्टर इस्तेमाल करते थे, निर्जन इलाक़े में था।

शेख़ और उसका मास्टर अब बस हवा में घुल गए थे।

फ़्रेडरिक काउंटी, मेरीलैंड, यूएसए, 2012

यहूदा के होंठों पर संतोष भरी मुस्कुराहट दौड़ गई। सारी दुनिया सोचती थी कि जूडस ने जीज़स को धोखा दिया था। कैसी बकवास है! जूडस को तो, वास्तव में, चुना गया था। वो जिसे लंबे-चौड़े अनुष्ठान के अंतिम भाग को अंजाम देना था। ये सुनिश्चित करके कि परमाणु बम शेख़ और उसके मास्टर के नज़दीक फटे—ये अपने ख़ुद के स्वामी ग़ालिब के प्रति यहूदा की कर्तव्यपरायणता का अंतिम कार्य था।

पीपावाव के बंदरगाह से बम को लिए ट्रक जम्मू की ओर बढ़ा था। पंजाब-कश्मीर की अंतरराज्यीय सीमा के साथ-साथ ट्रक पश्चिम दिशा में बढ़ा था और भारतीय सीमा में राजौरी शहर में कुछ

देर को रुका था। यहां से ये सीमा पार पाकिस्तानी क्षेत्र में चला गया था, और, कुछ घंटे बाद मीरपुर पहुंचा था।

फिर ट्रक उत्तर में मुज़फ़्फ़राबाद और वहां से पश्चिम में मानसेहरा की ओर गया था। मानसेहरा से ये पाकिस्तान के उत्तर-पश्चिम सीमांत प्रांत में दक्षिण-पश्चिम दिशा में पेशावर की ओर बढ़ गया था जहां इसने ख़ैबर दर्रा पार करने के लिए इंतज़ार किया था।

ख़ैबर दर्रे को पार करने से पहले उसने वज़ीरिस्तान के पास 'निर्माण संयंत्र' को उतार दिया था और तेल मजीदो के अपने लंबे सफ़र के लिए जलालाबाद की ओर बढ़ता रहा था।

यहूदा को एक दिन ग़ालिब का उसे एक ओर ले जाना और तिरमिज़ी की इस्लामी हदीस सुनाना याद आया। "और अल्लाह के नबी ने कहा: 'आख़री वक़्त में ऐसे आदमी सामने आएंगे जो सांसारिक उद्देश्यों के लिए कपटपूर्वक मज़हब का इस्तेमाल करेंगे और विनम्रता दर्शाने के लिए सार्वजनिक तौर पर भेड़ की खाल ओढ़ेंगे। उनकी ज़बान शक्कर से भी मीठी होगी, लेकिन दिल भेड़ियों के से होंगे।'"[191] फिर उसने क़ुरआन की 6:112 आयत को उद्धृत किया था: "इस तरह हमने हर पैग़ंबर का एक विरोधी नियुक्त किया है—मानवजाति और जिन्नात के शैतान—जो छल-कपट के ज़रिए एक-दूसरे के अंदर संभाव्य संवाद उत्पन्न करते हैं।"

फिर ग़ालिब ने यहूदा से कहा था, "ग़द्दार कहलाना तुम्हारी नियति में है। और एक आतंकवादी कहलाना मेरी नियति है। तो क्यों न इन हालात का बेहतरीन इस्तेमाल करें? अच्छा होगा कि इन दोनों आदमियों, शेख़ और उसके आक़ा, को ख़त्म कर दिया जाए, भले ही इसका अर्थ हो कि इस प्रक्रिया में हम भी मारे जाएंगे।"

"लेकिन आप मुझसे ऐसा क्यों चाहते हैं कि मैं इडीपस और यूएनएल मिलीशिया से पैसा लेकर आपको धोखा दूं?" यहूदा ने पूछा।

"मेरी एक क़ीमत है। क्या ये बेहतर नहीं होगा कि उस पैसे का इस्तेमाल ये सुनिश्चित करने के लिए किया जाए कि मेरे जैसे दूसरे

अनाथ बच्चों को भावी आतंकवादी न बनाया जाए? सोचो कितने ऐसे स्कूल स्थापित किए जा सकते हैं जो मदरसों के कामकाज का प्रतिरोध करेंगे। यहूदा, मुझे ये विश्वास दिलाने के लिए वाक़ई ब्रेनवाश किया गया था कि मेरा इकलौता फ़र्ज़ इस्लाम के लिए मर जाना है—क्या किसी बच्चे को पालने का ये कोई तरीक़ा है? जन्नत हासिल करने की दिशा में ये मेरा एक अच्छा काम होगा!"

"लेकिन, बारअब्बा, हम दुनिया भर में इन ग्यारह घटनाओं को क्यों घटने दे रहे हैं? हम उन्हें रोक क्यों नहीं सकते?"

"ये हमारे नियंत्रण में नहीं है। तुम्हें लगता है ये निर्देश मैंने दिए थे?"

"तो फिर वो किसके थे? शेख़ के? उनके आक़ा के?"

"यहूदा, मेरे दोस्त, तुम्हें अभी बहुत कुछ सीखना है। तुम मेरे आदेश का पालन करते हो, मैं शेख़ के आदेशों पालन कररता हूं। शेख़ आक़ा के आदेशों का पालन करते हैं। आक़ा किसके आदेशों का पालन करते हैं?"

"मैं कह नहीं सकता।"

"इल्युमिनाती के, मेरे दोस्त। तुम्हें लगता है कि बिना किसी भारी वित्तीय सहायता के इस्लामी आतंकवाद एक दिन बस ऐसे ही उठ खड़ा हुआ? उन्हें सीआईए कहो, या सैस या अमरीकी राष्ट्रपति—सब इल्युमिनाती हैं। आग को भड़कते रहने देना ही इल्युमिनाती के हित में रहा है। ये सुनिश्चित करती है कि इल्युमिनाती द्वारा नियंत्रित कंपनियां पैसा कमाएं। ये सुनिश्चित करती है कि इराक़ में रक्षा ठेकेदार ऑर्डर पाएं। ये सुनिश्चित करती है कि कैथलिक चर्च और साथ ही मध्यपूर्व के कठपुतली प्रशासन नियंत्रण में रहें। ये भारत का ध्यान कश्मीर पर और पाकिस्तान का ध्यान भारत पर, चीन का ध्यान तिब्बत पर, रूस का ध्यान चेचन्या पर, और दुनिया का ध्यान ओसामा पर लगाए रखती है।"

"मैं अभी भी ये नहीं समझ पाया कि आप मुझसे ये क्यों चाहते हैं कि मैं अल-अज़हर से आपको धोखा देने को कहूं। ये तो बहुत

दूर जा रहा है।"

"ये अहम है। सब चाहते हैं कि मैं मारा जाऊं। ये अहम है कि वो ये सोचें कि मैं हिरासत में हूं। अगर इस प्रभाव को ठीक से पैदा नहीं किया गया तो अंतिम नतीजा वो नहीं होगा जो हम चाहते हैं। ये बहुत अक़्लमंद लोग हैं! उन्होंने मुझे क्राइस्ट-विरोधी के रूप में इस्तेमाल किया है ताकि कृत्रिम रूप से नॉस्त्रेदेमस की तीसरी भविष्यवाणी को पूरा कर सकें। उन्हें बहुत सावधानी से संभालना होगा।"

और फिर उसने उससे कहा कि उसे 'धोखा' देकर जापानी औरत को सौंप दे।

ψ

फ्रेडरिक रोड पर ख़ूबसूरत कंट्री इन के अपने सुइट में बैठा हुआ वो अपने ऊपर गर्व महसूस कर रहा था कि उसने ग़ालिब के निर्देशों का इतनी सफ़ाई से पालन किया था। अब वो यहां बाक़ी ग्यारह लोगों से मिलने और उन्हें ग़ालिब का अंतिम संदेश बताने के लिए मौजूद था।

दरवाज़े पर दस्तक हुई।

"कौन है?" उसने दरवाज़े की ओर बढ़ते हुए पूछा।

"रूम सर्विस," जवाब आया।

वेटर ट्रे लाया और उसने उसे सिटिंग क्षेत्र में कॉफ़ी टेबल पर रख दिया। यहूदा ने वेटर को शुक्रिया कहा और अच्छी टिप देते हुए रूम सर्विस बिल पर दस्तख़त कर दिए। जब भी वो विदेश यात्रा पर जाता है तो सुनिश्चित करता है कि टिप अच्छी दे; इससे साले गोरे छोटा महसूस करते हैं! वो दस्तख़त किए हुए बिल और टिप के साथ लैदर फ़ोल्डर को वापस देने लगा कि तभी उसे अहसास हुआ कि वेटर तो उसके पीछे है।

गर्दन में अचानक रस्सी कसी तब उसे अहसास हुआ कि टिप किसी काम नहीं आई थी।

नई दिल्ली, भारत, 2012

जापानी औरत तिहाड़ में बैठी थी।

तिहाड़ जेल, दक्षिण एशिया की सबसे बड़ी जेल,[192] भारत की राजधानी के दूतावास क्षेत्र चाणक्यपुरी से आठ किलोमीटर दूर दिल्ली के पश्चिमी क्षेत्र में स्थित थी। ये दुनिया के सबसे बड़े जेल भवनों में से थी। तिहाड़ कॉम्प्लेक्स में आठ जेलें थीं। 5648 की अनुमोदित क़ैदी क्षमता के बावजूद लगभग 13,160 क़ैदियों की कुल आबादी के साथ ये दुनिया की सबसे ज़्यादा भीड़ भरी जेलों में से भी थी। कॉम्प्लेक्स में सीजे-1 से सीजे-8 नंबरों वाले आठ जेल ब्लॉक थे। चार सौ एकड़ से ज़्यादा में बने विभिन्न ब्लॉकों में रहने का इंतज़ाम अदालती केसों, और फिर नामों के वर्णक्रम के मुताबिक़ होता था। स्वाकिल्की महिला क़ैदियों के ब्लॉक में सीजे-6 में थी।

विदेशियों को किसी भी कार्यदिवस में शाम को चार से पांच बजे के बीच अपने देश के राजनयिकों से मुलाक़ात करने की विशेष सुविधा प्रदान की गई थी। प्रवेश द्वार के क़रीब स्थित जेल के डिप्टी सुपरिंटेंडेंट के दफ़्तर में जापान का प्रतिनिधि स्वाकिल्की से मुलाक़ात कर रहा था। उसका बर्ताव नम्र और सम्मानजनक था। विशिष्ट रूप से जापानी।

"*कोनबान्वा,*" उसने स्वाकिल्की से कहा। "*ओ गेंकी देसु का?*" वो जानना चाह रहा था कि वो कैसी है।

"*हाइ, गेंकी देसु,*" स्वाकिल्की ने जवाब दिया। "मैं ठीक हूं।"

"आपको कुछ चाहिए?" उसने पूछा।

"मुझे स्वीकारोक्ति करनी है। एक पादरी भेज दीजिए," उसने सरल भाव से कहा।

"मुझे आशीर्वाद दें, फ़ादर, क्योंकि मैं एक गुनाह करने वाली हूं। मेरी पिछली स्वीकारोक्ति को एक महीना हो चुका है।"

"मेरी बच्ची, मैं तुम्हें उस गुनाह से मुक्त नहीं कर सकता जो अभी हुआ ही नहीं है।"

"हां, लेकिन मैं एक आदमी की जान लेने वाली हूं। और मैं पहले ही गुनाह कर चुकी हूं।"

"तुम ऐसा कैसे कह सकती हो? तुमने अभी तक उसे मारा नहीं है, और तुम इसे गुनाह कहती हो?"

"मुझे बरसों पहले अपने पिता को मार डालना चाहिए था। यही मेरा गुनाह है—कि मैंने उसे अब तक नहीं मारा है। हे ईश्वर, तेरा तिरस्कार करने के लिए मुझे तहेदिल से अफ़सोस है। मैं दृढ़ संकल्प लेती हूं कि, तेरी मदद से, अब और गुनाह नहीं करूंगी। आमीन।"

एक अचंभित सा ठहराव रहा। पादरी ने ख़ुद पर क़ाबू पाया और आगे कहा, "लेकिन तुम अपने पिता को क्यों मारना चाहती हो, मेरी बच्ची?"

स्वाकिल्की ने कहना शुरू किया।

"मेरी मां ने हमेशा मुझे ये विश्वास दिलाते हुए पाला था कि मैंने विरासत में असाधारण शक्तियां पाई हैं। बदक़िस्मती से, छह साल की उम्र में मैंने उन्हें खो दिया और मेरे बचपन की बहुत सी यादों का दमन कर दिया गया।"

"कहती रहो।"

"उन दमित यादों में मेरी मां की मौत की यादें भी थीं; साथ ही मेरे पिता की यादें भी थीं। अब मुझे वो आदमी याद आ गया है जो अक्सर हमारे घर आया करता था। मेरी मां कहा करती थीं कि मैं उच्च पुजारिनों के एक बहुत पुराने वंश की हूं... मेरे पिता हंसते और कहते कि वो उन्हें ग़लत साबित कर देंगे।"

"और?"

"उन्होंने मेरी मां को मरवा दिया। उन्होंने इसे गैस का रिसाव दर्शाया था। दिव्य नारीशक्ति के रक्षकों को सबक़ सिखाने के लिए उन्होंने मुझे अनाथ कर दिया था।"

"उनका क्या नाम है?"

"अल्बर्तो वैलेरियो।"

"और तुम्हारा?"

"स्वाकिल्की। ये सारा काली से लिया गया है।"

"तुम ये कैसे जानती हो?"

"मैं ये भूल गई थी कि मेरा वंश चर्च से भी बहुत पुराना है। गोआ में, मैं पोशीदा तौर पर एक हिंदू पुरोहित पंडित रामगोपाल प्रसाद शर्मा से मिली थी। वो *भृगु संहिता* के अनुयायी हैं। मुझे बस देखते ही उन्होंने मुझे कश्मीर में जन्मी एक बच्ची के बारे में बताया। उसे दिव्य देवी और उसकी मां मेरी मैग्डेलीन द्वारा महान शक्तियां प्रदान की गई थीं। जब वो बारह साल की थी तो भारत से चली गई थी।"

"तो ये तुमसे कैसे जुड़ा है?"

"उसका नाम ला सारा काली था।"

ली सेंते-मैरी-दे-ला-मेर, फ्रांस, 42 ईसवी

फ्रांस के ली सेंते-मैरी-दे-ला-मेर नगर में, प्रतिवर्ष 23 से 25 मई को सेंट सारा, जिन्हें ला सारा काली के नाम से भी जाना जाता है, के सम्मान में मनाया जाता है।[193] इस उत्सव का मूल उस घटना में है जो 42 ईसवी में यहां घटी थी। एक बारह साल की अश्वेत बच्ची के साथ मेरी मैग्डेलीन को लिए एक नाव यहां पहुंची थी। हीब्रू में 'सारा' नाम का अर्थ 'राजकुमारी' होता था। एरिमेथिया के जॉज़ेफ़ जीज़स और मेरी की राजसी वंशावली, संग्राल, के संरक्षक थे। वो पात्र जिसमें

ये वंशावली सुरक्षित थी, 'होली ग्रेल,' मेरी मैग्डेलीन का गर्भ था।

तो ये था ला सारा काली का उत्सव।

मेरी मैग्डेलीन *संग्राल* की वाहक थीं, ये एक पुराना फ्रांसीसी शब्द है जिसका सामान्य रूप से स्वीकृत अनुवाद *होली ग्रेल* है। लेकिन जब *संग्राल* शब्द को दो शब्दों, *संग* और *राल,* में तोड़ा जाता है, तो पुरानी फ्रांसीसी भाषा में नए वाक्यांश का अर्थ *रक्त राजसी* था। मेरी मैग्डेलीन 42 ईसवी में फ्रांस के तटीय क्षेत्र में इसी राजसी रक्त को लेकर आई थीं।

जीज़स और मेरी मैग्डेलीन के विवाह का परिणाम दो यहूदी राजवंशों का मेल था। जीज़स डेविड के वंश के थे और यहूदियों के राजा सॉलोमन के वंशज थे। मेरी मैग्डेलीन बेंजमिन के शाही घराने की थीं। ऐसे संबंध के राजनीतिक निहितार्थ अविवादित थे, क्योंकि इसका अर्थ था कि अगर कभी यहूदी राजाओं के वंश को फिर से प्राप्त करने की कोशिश की गई तो राजनीतिक उथल-पुथल का बहुत ज़बर्दस्त ख़तरा खड़ा हो जाता।

फ्रांस में ला सारा काली के आगमन ने यही किया था। जीज़स-मेरी की वंशावली को मेरोविंजियन वंश के रूप में आगे बढ़ाया गया, जिसका पोप के साथ निरंतर विवाद रहा। पांचवीं से आठवीं सदी तक, मेरोविंजियन वंश के राजाओं ने यूरोप पर शासन किया और, मध्य युग से लेकर वर्तमान काल तक यूरोप के अधिकांश राजा मेरोविंजियन थे।

679 ईसवी में, रोमन कैथलिक चर्च ने मेरोविंजियन राजा डैगोबर्ट द्वितीय की हत्या करके उसे हटाने के लिए कैरोलिंजियन वंश के साथ गठबंधन किया।[194] मेरी मैग्डेलीन के वंश का शासक होना ईशनिंदा थी!

मेरोविंजियन राजाओं को हटाए जाने का अंत शार्लमेन के राज्याभिषेक के साथ हुआ, जो 800 ईसवी में पवित्र रोम का सम्राट हुआ। बहुत समझदारी के साथ शार्लमेन और कैरोलिंजियन वंश के लोगों ने मेरोविंजियन स्त्रियों से विवाह किया ताकि उनके वंश की

निरंतरता जारी रहे। इसका परिणाम हुआ कि यूरोप के राजसी वंशों में मेरोविंजियन वंशावली जारी रही।

मेरोविंजियन वंश ने डैगोबर्ट द्वितीय के पुत्र सिगिसबर्ट चतुर्थ द्वारा भी एक प्रत्यक्ष वंश में स्वयं को बनाए रखा। इस वंशावली में गॉदफ्रॉय दे बूलियन आया जिसने 1099 में येरूशलम पर फिर से क़ब्ज़ा करने और जीज़स और मेरी के राजसी रक्त को फिर से सत्ता में लाने के लिए नाइट्स टैम्पलार, साथ ही प्रियरे दे सियोन का गठन किया।

वंशावली मेरी दे सेंट-क्लेयर तक जारी रही जो 1220 में प्रायरी की ग्रैंड मास्टर बनी। सेंट-क्लेयर उपनाम नॉरमंडी के सेंट-क्लेयर-सुर-ऐल नामक स्थान से लिया गया था। बहुत साल बाद इस परिवार की एक शाख़ा विलियम द कॉन्करर के साथ अंतत: स्कॉटलैंड पहुंची। कई सदियों बाद, उनमें से कुछ लोग अमेरिका चले गए। उनका परिवार सिन्क्लेयर बन गया।

अध्याय उन्तीस

कैंप डेविड, मेरीलैंड, यूएसए, 2012

फ्रेडरिक काउंटी में कैटोक्टिन माउंटेन पार्क के बीच स्थित 125 एकड़ में बने अधिकारिक आवास में राष्ट्रपति ने तड़कती आग के सामने लैदर के एक विशालकाय लेज़ी बॉय पर ग़ुस्से से भरकर स्टीफ़न एलियट की रिपोर्ट को सुना था। "हमें कभी पता ही नहीं लगा कि जो ट्रक प्रायोब्स्कॉय पहुंचाया गया था, उस सीएच-54 में एक डमी है। डमी से ये सुनिश्चित करने के लिए रेडिएशन निकल रहा था कि ये वही परमाणु चिह्न प्रदान करे। वो हरामज़ादा असली बम को पहले ही हटा और वज़ीरिस्तान के पास लगा चुका था।"

"हमें ओसामा-बिन-लादेन को ज़िंदा रखना था। उसकी मौजूदगी पाकिस्तान में अमेरिकी मौजूदगी जारी रहने समेत हमारी ओर से किए गए कई दूसरे कामों को उचित ठहराती," राष्ट्रपति ने कहा।

"फ़ौरी समस्या तो हमारे सामने अब ग़ालिब से निबटने की है। अगर वो दुनिया के सामने गाने लगा कि किस तरह इतने सालों से इल्युमिनाती ने उसे कठपुतली की तरह नचाया है तो नतीजे गंभीर होंगे... ख़ासकर चुनावों के मद्‌देनज़र..." स्टीफ़न ने कहा, कुछ अनावश्यक तौर पर।

राष्ट्रपति ने कलाई पर बंधी कार्टियर घड़ी को घुमाया जिसने उनकी कलाई पर बने एक छोटे से टैटू को ढक रखा था।

●●●

"केवल दो ही काम संभव हैं। चमको या मिटाओ! ज़्वी से इसे संभालने को कहो!" राष्ट्रपति एलिसा एलियट, यूनाइटेड स्टेट्स की चौवालीसवीं राष्ट्रपति और इस पद तक पहुंचने वाली पहली महिला ने कहा।

राष्ट्रपति एलिसा एलियट को ऑक्सफ़ोर्ड में रोड्स स्कॉलर के रूप में अपने वर्ष और साथ ही स्टीफ़न एलियट से हुई इत्तफ़ाक़िया मुलाक़ात याद थी जो कि टैरी एक्टन का सबसे अच्छा दोस्त था। स्टीफ़न के साथ समान धरातल पा लेना उसके लिए सहज रहा था। रोड्स का गुप्त संगठन और येल का स्कल एंड बोन्स एक मायने में सहभागी थे। दोनों ही गुप्त रूप से दुनिया पर नियंत्रण और शासन करना चाहते थे।

एलिसा एलियट टैरी एक्टन से बस एक साल पहले 1964 में एलिसा कैट्ज़ेल के रूप में जन्मी थी। इलिनॉइ में उसका बचपन ख़ुशगवार रहा था। वो खेलों में आगे थी, स्थानीय चर्च में सक्रिय रहती थी, और नेशनल ऑनर सोसायटी की सदस्या थी। उसकी मां उसका हौसला बढ़ाती थीं और उसे और मेहनत करने और अपनी पसंद का कैरियर बनाने के लिए प्रेरित करती थीं।

येल में अंडरग्रेजुएट के रूप में एलिसा ने शैक्षिक उत्कृष्टता को स्कूल प्रशासन के साथ मिला लिया था। 1993 में ऑक्सफ़ोर्ड में राजनीति और प्रशासन पढ़ने के लिए एक रोड्स स्कॉलर के रूप में उसका चयन हो गया था। पहले कुछ महीने तो टैरी के साथ चिरस्थायी दोस्ती में गुज़रे। टैरी येल चला गया जबकि एलिसा अपनी एम।फ़िल। पूरी करने के लिए ऑक्सफ़ोर्ड में ही रही।

टैरी से मिलने न्यू हेवन जाने के अपने एक दौरे पर एलिसा का परिचय स्टीफ़न से हुआ और जुड़ाव तुरंत हो गया। एक दुखद कार हादसे में टैरी के अपनी पत्नी सूज़न को गंवाने के बस एक साल बाद उन्होंने शादी कर ली।

एलिसा की हमेशा से ही सार्वजनिक जीवन और राजनीति में दिलचस्पी रही थी। वो इलिनॉइ से प्रतिनिधि के रूप में दो सत्रों के लिए कांग्रेस में भी गई थी। फिर उसकी नियुक्ति उच्च स्तर के अनेक पदों पर हुई: यूनाइटेड नेशन्स में राजदूत, चीन गणराज्य में अमेरिकी संपर्क कार्यालय की प्रमुख और सेंट्रल इंटैलिजेंस एजेंसी की डाइरेक्टर। इसी के साथ, एलिसा समृद्ध और मशहूर लोगों के साथ अच्छे रिश्ते बनाने में भी कामयाब रही। जिस समय तक वो राष्ट्रपति पद की दौड़ में शरीक हुई, तब तक वो प्रचार युद्ध पेटी में 34 करोड़ डॉलर से अधिक की पूंजी जमा कर चुकी थी।

स्टीफ़न एलियट पूरी निष्ठा से उसके साथ रहा हालांकि सैस के भीतर उसने अपना कैरियर भी बना लिया था।

उत्तरी अमेरिका, 34 ईसवी

वर्तमान भारत में देश का सबसे छोटा राज्य नागालैंड है। इस राज्य का नाम भारत के मूल प्राचीन शासकों नागों के नाम पर पड़ा है। नाग का शाब्दिक अर्थ 'सांप' है। नाग शासक अपने सिर पर नाग-मुकुट पहनते थे। ऐसे जहाज़ बनाने की अपनी क्षमता के कारण वो बहुत अधिक शक्तिशाली हो गए थे जो दूर-दूर की यात्रा कर सकते थे। ये शासक विष्णु की पूजा करते थे जिन्हें गरुड़ की सवारी करते दर्शाया जाता था। गरुड़ को हमेशा अपनी चोंच में एक सांप लिए दिखाया जाता था।

जब स्पेन के लोग पहली बार अमेरिकास पहुंचे तो उन्होंने देखा कि अधिकांश अमेरिकी इंडियन केटज़ाल्कोएट्ल नाम के देवता

की पूजा करते हैं।[195] एज़्टेक लोगों ने आने वाले स्पेनवासियों को बताया था कि सैकड़ों साल पहले केटज़ाल्कोएट्ल नाम के एक तेजस्वी पुरोहित किसी सुदूर देश से वहां आए थे। उनका वर्णन एक दाढ़ी वाले श्वेत व्यक्ति के रूप में किया जाता है जिसने एक चोग़ा पहना हुआ था जिसके सामने के हिस्से में क्रॉस का चिह्न बना हुआ था। अगर स्पेन के लोग थोड़ा और गहराई में जाते तो उन्हें पता लगा होता कि केटज़ाल्कोएट्ल नाम दरअसल एक चमकीले रंगों वाली मैसोमेरिकन चिड़िया केटज़ैल्ली, और कोएट्ल अर्थात सांप के संयोग से बना था। चोंच में सांप लिए गरुड़![196]

केटज़ाल्कोएट्ल की प्राचीन यात्रा को बाद में *बुक ऑफ़ मॉरमॉन* में दर्ज किया गया था जिसने इस कहानी को जीज़स के अमेरिका जाने के सुबूत के तौर पर लिया था। ये आंशिक रूप से ही सही था। अमेरिका में केटज़ाल्कोएट्ल के वंशज दरअसल नाग राजवंश की संतान थे जिसका भारत के सबसे महत्वपूर्ण राज्यों में से एक, मगध, पर आधिपत्य था, जो मेरी मैग्डेलीन का आध्यात्मिक गृह था।

आने वाले समय में ये वंशज अमरीकी आबादी में घुलमिल गए। केटज़ाल्कोएट्ल नाम बिगड़ते-बिगड़ते केट-ज़ाल और अंतत: कैटज़ेल हो गया। एलिसा कैटज़ेल।

तेल मजीदो, इज़रायल, 2012

2005 में कहीं, इज़रायली पुरातत्ववेत्ता यातोम टैपर ने तीसरी शताब्दी के एक चर्च के अवशेष खोजे। ये इतिहास का वो दौर था जब रोम के हाथों ईसाइयों का क़त्लेआम किया जा रहा था।[197] यातोम टैपर को एक बड़ा सा मोज़ैक मिला जिस पर यूनानी में लिखा एक आलेख उस चर्च को जीज़स क्राइस्ट को समर्पित कर रहा था। मोज़ैक आश्चर्यजनक रूप से अच्छी स्थिति में था। मोज़ैक पर प्राचीन ईसाई

चिह्न मछली की छवियां थीं। विशेषज्ञ ये मानने को तत्पर मालूम देते हैं कि ये स्थल संभवत: इज़रायल का सबसे पुराना चर्च रहा होगा।

ये खंडहर उस सैनिक जेल की चारदीवारी के भीतर स्थित था जिसमें ग़ालिब को रखा गया था। चर्च के खंडहर के भीतर एक आलेख में रोमन सैनिक गायनस के बारे में लिखा था जिसने उस मोज़ैक के निर्माण के लिए पूंजी दी थी।

आलेख के ठीक नीचे ग़ालिब बिन ईसार का बेजान शरीर पड़ा था। एक दूसरे जीवन में गायनस। उसकी बांहें दोनों ओर फैली हुई थीं और पैर एक साथ बंधे हुए थे। उसे सूली पर चढ़ाया गया था। जन्नत अभीष्ट थी। वास्तव में, एक ताबूत और एक अंतरराष्ट्रीय उड़ान उसके शरीर को उसकी अंतिम आरामगाह में ले जाने का इंतज़ार कर रहे थे।

नई दिल्ली, भारत, 2012

भारत में न्याय प्रक्रिया अपनी देरी के लिए बदनाम थी। स्वाकिल्की दिल्ली की तीस हज़ारी अदालत में मुक़द्दमे का इंतज़ार कर रही थी। जेलर बिट्टू सिंह को रिश्वत देना आसान था। बिट्टू ने पता लगाया कि उसे ग्यारह बजे एक हथियारबंद वैन में अदालत ले जाया जाने वाला है। उसकी कोठरी से वैन तक का पैदल रास्ता क़रीब 200 मीटर का था और इस बीच विभिन्न अंतरालों पर दो सुरक्षा गेटों से गुज़रना पड़ता था।

उसने अपनी मुट्ठी में बंद दो इंच के नन्हे से तेज़ नोज़ाकी चाक़ू को महसूस किया, चाक़ू पकड़ने की वजह से उसकी मुट्ठी में ख़ून छलकने लगा था। चाक़ू मदद के तौर पर बिट्टू ने हासिल करवाया था। स्वाकिल्की वैन से बस दस फ़ुट दूर थी, हथकड़ी पहने और अपने हैंडलरों के साथ ज़ंजीर से बंधी। अचानक उसने बाईं ओर के गार्ड को तेज़ी से सिर मारा और दक्षता से उसकी गर्दन

पर चाक़ू टिका दिया। स्वाकिल्की अपने हैंडलर के गले पर चाक़ू लगाए-लगाए ही फुफकारी, "कोई भी हिला तो तुम्हें मारने में मुझे कोई हिचकिचाहट नहीं होगी!"

उसकी गर्दन पर चाक़ू लगाए-लगाए ही, वो दक्षता से झुकी और अपना ख़ाली हाथ उसकी बेल्ट में लगी चाबियों की ओर बढ़ाया, दूसरा हैंडलर लाचारी से देखता रहा। उसने पूरा गुच्छा खींच लिया और बड़ी निपुणता से उस ज़ंजीर को खोल डाला जिसने उसे बंधक बना रखा था। उसने चाबियां ज़मीन पर फेंक दीं और गार्ड को पीछे से कसकर दबोच लिया, इस सबके दौरान चाक़ू दृढ़ता से उसकी गर्दन पर लगा रहा था।

साइरन चीख़ रहे थे; ख़तरे की घंटियां बजने लगी थीं। क़ैदी जिस भी सैक्टर में थे, वहीं के वहीं ऑटोमेटिकली बंद हो गए। बाहरी गेट भी अपने आप बंद हो गया था। क्षेत्र को सुरक्षित करने के लिए और गार्ड दौड़ते हुए आ पहुंचे थे, लेकिन अपने साथी को उसके क़ब्ज़े में देखकर वो निशाना लेने में हिचकिचा रहे थे।

स्वाकिल्की ने जल्दी से उसे वैन की पैसेंजर सीट पर धकेला और ड्राइवर की सीट में घुस गई। उसने वो 9-एमएम की पिस्तौल उठा ली थी जो गार्ड के होल्स्टर से गिरी थी और उसे अपने हैंडलर के सिर पर तानकर उसने इंजन चालू कर दिया।

गाड़ी दाहिने हाथ की ड्राइव वाली टाटा डीज़ल थी, मज़बूत, टिकाऊ और भारतीय सड़कों के लिए एकदम उपयुक्त। उसने क्लच पर अपना पैर दबाया, बाएं हाथ से गीयर बदले और एक्सीलरेटर पर पांव रख दिया। ट्रक तेज़ी से बाहरी गेट की ओर लपका।

एक गार्ड गेट के सामने मोर्चा लिए खड़ा हो गया था और उसने अपनी राइफ़ल स्वाकिल्की की ओर तान ली थी, लेकिन बहुत देर हो चुकी थी। गेट के धड़धड़ाकर गिरने से पहले ट्रक ने उसे टक्कर मारी थी और फिर उसे रौंदता चला गया था। तात्कालिक कर्म।

वैटिकन सिटी, 2012

महामहिम अल्बर्तो कार्डिनल वैलेरियो असाधारण रूप से चिंतित थे। वो अपने दफ़्तर के मार्बल फ़र्श पर इधर से उधर चक्कर लगा रहे थे। पीठ के पीछे हाथ बांधे पहलू बदलते हुए, ब्रदर मैनिंग उन्हें देख रहा था।

"अभी तक हमें स्वाकिल्की से कोई ख़बर क्यों नहीं मिली?" अपनी मेज़ के पीछे बैठते हुए उन्होंने पूछा। लगभग तुरंत ही वो कुढ़न से भरकर मेज़ को बजाने लगे थे। उनका सब्र चुकता जा रहा था।

पिछले कुछ दिन बहुत परेशानी भरे रहे थे। स्वाकिल्की का पकड़ा जाना अच्छी ख़बर नहीं थी। इसने फ़ादर विंसेंट सिन्क्लेयर को सूंघते फिरने के लिए आज़ाद छोड़ दिया था। इसके अलावा, कौन जाने क़ैद में वो ख़ुद क्या उजागर कर बैठेगी? मगर, ग़ालिब की मौत की ख़बर एक ख़ुशगवार राहत बनकर आई थी। इल्युमिनाती का नाश हो! एक इस्लामी जीज़स बनाकर उसे क्राइस्ट-विरोधी की तरह सामने लाना! जीज़स!

हालांकि वैलेरियो शेख़ के आक़ा के लिए परमाणु सौदा करवाने को लेकर वास्तव में ख़ुश नहीं थे, लेकिन बाद में उन्हें समझ आया कि प्रस्तावित विनाश का स्थान उनके लिए फ़ायदेमंद रहेगा। मजीदो में परमाणु विस्फोट से बाइबिल के शब्दों का शाब्दिक सच साबित हो जाएगा। ग़ालिब की लगातार जारी सफलता का अर्थ दुनिया भर में बढ़ता इस्लामी आतंक होगा। अगर दुनिया भर में इस्लामी उग्रवाद फैलता है तो वैलेरियो को तो बहुत ख़ुशी होगी। ये ईसाइयों को और ज़्यादा असुरक्षित बना देगा जिससे वो कहीं ज़्यादा श्रद्धालु हो जाएंगे। वास्तव में, इतिहास ने ईसाई धर्मयुद्धों को पूर्ववर्ती इस्लामी विजयों के नतीजे के रूप में ही दर्ज किया था।

लेकिन अभी वैलेरियो का ग़ुस्सा जायज़ ही था। उन्हें पता नहीं था कि स्वाकिल्की जेल से भाग निकली है। उन्हें लगता था

कि उनका उद्देश्य निष्फल हो रहा है। उनके लक्ष्यों को निशाना बनाने की बजाय उनकी एजेंट स्वाकिल्की अब ख़ुद हिरासत में थी। पेचीदगियां और उनके नतीजे इतने भयानक थे कि उन पर सोचना भी दुश्वार था, ख़ासकर अगर स्वाकिल्की क्रक्स देकुसात्ता पर्मुता के बारे में बकने लगी तो।

"तो..." उन्होंने कहना जारी रखा। गहरे बर्गंडी रंग की आरामकुर्सी पर बैठे थॉमस मैनिंग ने ऊपर देखा। "तो, तुम मुझे ये बताना चाह रहे हो कि हमारे पास उसे बाहर निकालने की क्षमता नहीं है? न ही हमारे पास ऐसा कोई ज़रिया है कि विंसेंट सिन्क्लेयर का मुंह बंद कर सकें?" महामहिम ने पूछा।

"हमारे पास साधन तो हैं, महामहिम। बदक़िस्मती से, ये अब क्रक्स देकुसात्ता पर्मुता और इल्युमिनाती के बीच की लड़ाई बन गई है।"

"उस क्षेत्र में इल्युमिनाती के पास क्या ताक़त है?"

"इस समय भारत के व्हाइट हाउस के वर्तमान प्रशासन के साथ बहुत अच्छे रिश्ते हैं... और हम सब जानते हैं कि व्हाइट हाउस पर इल्युमिनाती हावी हैं।"

"लेकिन क्यों? वो आख़िर विंसेंट सिन्क्लेयर से क्या चाह सकते हैं?"

"महामहिम! आप ऐसा सवाल पूछ भी कैसे सकते हैं? ये तो एकदम साफ़ होना चाहिए कि सैकड़ों साल से इल्युमिनाती का सबसे पहला लक्ष्य चर्च की साख गिराना रहा है। वो विंसेंट सिन्क्लेयर को इसी काम के लिए इस्तेमाल करेंगे!"

"अमेरिकी राष्ट्रपति की सार्वजनिक छवि ईश्वर से डरने वाली—पुन: जन्मी—ईसाई की है।"

"इल्युमिनाती के रूप में पुन: जन्मी। ईसाई के रूप में नहीं!"

"चर्च एक ऐसी संस्था है जो 2000 साल पहले स्थापित हुई थी। हम इसका विनाश नहीं होने दे सकते। इल्युमिनाती का नाश हो!

अब अपने गंदे कामों को अंजाम देने के लिए वो अपनी उस शैतान को पूजने वाली नाजायज़ संतान रोड्स, एवं स्कल एंड बोन्स को ले आए हैं!" महामहिम चीख़े।

वो अचानक उठे और कमरे से निकल गए। वो वैटिकन के गुप्त अभिलेखागार आर्कीवियो सैग्रेतो वातिकानो की ओर जा रहे थे। थॉमस मैनिंग भी झटपट उठकर उनके पीछे चल दिया। वो जल्दी ही विया दी पोर्ता एंजेलिका में पोर्ता एस। एन्ना से होते हुए अभिलेखागार के गेट पर पहुंच गए। वो जल्दी से अंदर गए और उनकी बातचीत धीमी हो गई। "हम असल में क्या ढूंढ़ रहे हैं, महामहिम?" मैनिंग फुसफुसाया।

महामहिम अल्बर्तो कार्डिनल वैलेरियो ने सीधे थॉमस मैनिंग की आंखों में देखा और नर्म आवाज़ में बोले, "क्षति नियंत्रण। अगर बॉम जीज़स दस्तावेज़ से कुछ सामने आता है तो उस सूरत में ये अहम है कि उसे तुरंत नकार दिया जाए।"

"और हम ये कैसे करेंगे?" मैनिंग ने पूछा।

"विंसेंट और दूसरे लोग रोमन कैथलिक चर्च के बुनियादी स्तंभों में छेद करने की कोशिश करेंगे। जीज़स की मृत्यु क्रॉस पर नहीं हुई थी। कोई पुनरोत्थान नहीं हुआ था। उन्होंने मेरी मैग्डेलीन से विवाह किया था। मेरी की संतानें थीं।"

"तो?"

"हमारे अभिलेखागार में एक वंश-वृक्ष है। वो वृक्ष जो मेरी मैग्डेलीन और वर्तमान काल तक उसकी वंशावली के बारे में बताता है। और ठीक वैसे ही जैसे सायन के मठ ने मेरी के वंश को बचाने की कोशिश की थी, हमारा संगठन उसे नष्ट करने, उसे न मानने, उसे नकारने की हर मुमकिन कोशिश करता आया है! इसी तरह मैं अकी हेराइ के संपर्क में आया था," वैलेरियो ने कहा।

"कौन?" मैनिंग ने पूछा।

"स्वाकिल्की की मां। वो मेरी मैग्डेलीन की बेटियों में से एक

की वंशज थी। मैंने उसे गर्भवती किया—एक ज़्यादा महान कल्याण के लिए अपनी शपथ को भंग किया," वैलेरियो ने ख़ुलासा किया।

"क्यों?" हतप्रभ मैनिंग ने पूछा।

वैलेरियो ने जवाब देने से पहले पल भर सोचा। "मैंने सोचा कि अगर मैं मेरी मैग्डेलीन की वंशज को पवित्र मातृशक्ति के अपने विश्वासों को नकारकर कट्टर रोमन कैथलिक बना सकूं तो अपनी चर्च के लिए मैं अब तक की सबसे महान विजय हासिल कर लूंगा। स्वाकिल्की ये नहीं जानती है।"

"लेकिन वो सिद्धांत कि मेरी और उनकी संतान को एरिमेथिया के जॉज़ेफ़ फ्रांस ले गए थे? क्या ये इस अधिकृत स्थिति कि कोई संतान थी ही नहीं, के विरुद्ध नहीं है?" मैनिंग ने पूछा।

"अधिकृत तौर पर कहा जाए तो कोई संतान नहीं थी। अनधिकृत तौर पर, हां, एक वंशावली थी। वंशावली को स्वीकार करने में समस्या ये थी कि फिर ये भी मानना होगा कि जीज़स ने मेरी मैग्डेलीन से विवाह किया था। अगर ये मान लिया जाए तो ये भी मानना पड़ सकता है कि क्रूसिफ़िक्शन और कुछ नहीं बल्कि मूर्तिपूजकों का एक अनुष्ठान था, पवित्र वैवाहिक अनुष्ठान, हाइरॉस गैमॉस, का एक अंग था।"

"तो वंशावली फ्रांस में जारी रही?"

"नहीं। दिव्य मातृशक्ति की पवित्र शक्तियां केवल एक स्त्री सदस्य ही दूसरी स्त्री को दे सकती थी। स्वयं मेरी मैग्डेलीन को ये शक्तियां एक लंबी वंशावली से प्राप्त हुई थीं जिसे अशोक महान के साम्राज्य तक खोजा जा सकता है जिन्होंने अपने दूत मिस्त्र में भेजे थे। क्या तुम्हें भारत में अशोक के साम्राज्य का नाम पता है?"

"नहीं। इसका क्या संबंध है?"

"अशोक के साम्राज्य का नाम 'मगध' था।[198] क्या अब तुम समझ सकते हो कि मेरी क्यों मेरी *मगध*-लीन थीं? ये स्पष्ट ही था कि येरूशलम में मौत से बचने के बाद जीज़स और मेरी भारत जाते।[199]

अगले 2000 साल तक, पवित्र मातृशक्ति की वंशावली भारत में मगध, फ्रांस, जापान और उत्तरी अमेरिका समेत सारी दुनिया में फैली।"

"और ग़ालिब? क्या वो भी इसी वंशावली से था?" मैनिंग ने अविश्वास से भरकर पूछा।

"यही तो चाल थी जो इल्युमिनाती ने हमारे साथ चली थी। ग़ालिब और उसके अनुयायी महज़ एक भ्रम थे। भारत में निश्चय ही मेरी मैग्डेलीन द्वारा एक वंशावली छोड़ी गई थी, लेकिन वो ग़ालिब और उसके बदमाशों का गुट नहीं था! ये भ्रम पैदा करके कि जीज़स क्राइस्ट का कोई वंशज अब भारत में एक आतंकवादी के रूप में रह रहा है, इल्युमिनाती चर्च को शर्मसार और अपमानित करने में सफल हो जाते। और यही वो चाहते थे।"

"लेकिन *तारीख़े-कश्मीर* में तो राजा शालिवाहन के ज़ोर देने पर, जीज़स के शाक्य वंश की किसी औरत मर्जान से विवाह करने की बात कही गई थी... इसमें उसके बाद की कई पीढ़ियों की संतानों के बारे में भी बताया गया था..."

"मेरे प्रिय थॉमस, मर्जान महज़ *मेरी* का ही एक और रूप है। जहां तक शाक्य वंश की बात है तो तुम्हें शायद ये पता न हो, लेकिन बुद्ध को शाक्य मुनि भी कहा जाता था। स्वयं मेरी मैग्डेलीन एक पवित्र वंश की थीं। तो, जो कहा जा रहा था वो ये था कि जीज़स ने मेरी मैग्डेलीन से विवाह किया था, न कुछ ज़्यादा, न कुछ कम।"

"लेकिन फिर जीज़स के बेनिस्सा नाम के पुत्र, और उसकी संतानों की बात क्यों होती है?"

"इस पर सोचो, थॉमस। बेन का मतलब बस 'का पुत्र' है, तो बेनिस्सा का मतलब हुआ 'ईसा का पुत्र।' कुछ ज़्यादा ही सुविधाजनक! नहीं, जिस वंश की बात की गई है वो काल्पनिक थी। जानते हो क्यों? असली वंशावली से ध्यान हटाने के लिए, जो ला सारा काली की है।"

"लेकिन बॉम जीज़स की खोज के बारे में वो ख़ुशक़िस्मत रहे

तो अभी भी चर्च को बदनाम कर सकते हैं। भले ही क्राइस्ट-विरोधी के रूप में कोई ग़ालिब न हो, मगर बॉम जीज़स दस्तावेज़ अभी भी दर्शा सकते हैं कि जीज़स की मृत्यु क्रॉस पर नहीं हुई थी और कि कोई पुनरोत्थान नहीं हुआ था।"

"हां। और इसीलिए हमें विंसेंट सिन्क्लेयर को इल्युमिनाती के हाथों से निकालकर अपने क़ब्ज़े में करना है।"

"और इस्लामी संबंध? शेख़ ने आपके साथ सहयोग क्यों किया? वो मेरे द्वारा बकातीन को दिए गए निर्देश मानने को क्यों तैयार था?"

"क्योंकि ये हम दोनों को सूट करता था। धर्मयुद्धों के सलादीन महान और धर्मयुद्धों के लॉयनहार्ट रिचर्ड की ही तरह हमने भी एक असहज सा समझौता किया था। वो ग़ालिब के आदमियों को उनके बुरे काम करने देकर ख़ुश था क्योंकि इससे ख़लीफ़ा बनने के उसके मक़सद को बल मिलता, भले ही इन कामों के लिए पैसा इल्युमिनाती ने दिया था।"

"नहीं, नहीं... वो ग़ालिब को सौंपने के लिए क्यों तैयार था?"

"क्योंकि वो जानता था कि ग़ालिब जीज़स का वंशज नहीं है। उसने हमसे एक बढ़िया सौदा किया था। एक नक़ली क्राइस्ट-विरोधी के बदले असली परमाणु अस्त्र!"

"और हम एक नक़ली क्राइस्ट-विरोधी के लिए परमाणु तबाही की अनुमति देने को तैयार थे?"

"ओह, मजीदो में परमाणु विस्फोट मेरे लिए अच्छा था। बाक़ी ग्यारह घटनाएं भी मेरे अनुकूल थीं। वो इस दावे को मज़बूत ही करती थीं कि बाइबिल में की गई भविष्यवाणियां सच हैं।"

"यानी, इतने ज़माने से, चर्च जानता है कि जीज़स ने वास्तव में मेरी मैग्डेलीन से विवाह किया था?"

"वो एक अनुष्ठान था। जीज़स का मेरी के साथ, जो बेंजमिन वंश की बेटी थीं, एक गुप्त राजवंशीय विवाह हुआ था। ये राजा

जीज़स का राजवंशीय विवाह था। इस तरह के पवित्र वैवाहिक अनुष्ठानों में, देवी व धरती का राजा के साथ विवाह किया जाता था। देवी उसके लिए समृद्धि लाती थी। फिर वो एक पालनकर्ता के रूप में उसकी देखरेख करती थी। इसके बाद राजा की आनुष्ठानिक प्रतीकात्मक हत्या होती थी, जब देवी अपनी विनाशकारी शक्ति का प्रदर्शन करती थी।"

"तो क्या उन्होंने वाक़ई उनकी हत्या की थी?"

"नहीं। हत्या प्रतीकात्मक थी। हत्या के बाद, राजा का पुनरोत्थान होता था जो जन्म, मृत्यु एवं पुनर्जन्म के अनेक चक्र दर्शाता था।"

"लेकिन क्या जीज़स को सच में सलीब पर लटकाया गया था?"

"यही तो दरअसल प्रमुख मुद्दा है। अगर जीज़स ने मेरी मैग्डेलीन के साथ पवित्र संतानोत्पत्ति अनुष्ठान हाइरॉस गैमॉस किया था, तो क्या ये मुमकिन नहीं है कि क्रूसिफ़िक्शन और पुनरोत्थान भी महज़ अनुष्ठान रहे हों? वास्तव में, लैज़ेरस का मृत होकर जीवित होना भी ऐसा ही अनुष्ठान रहा हो सकता है।"

"तो आपको विश्वास नहीं है कि जीज़स की मृत्यु क्रॉस पर हुई थी?"

"सारे संकेत तो यही हैं कि नहीं हुई थी। जब उन्हें सिरके में भीगा स्पंज दिया गया था तो वो बेहोश क्यों हो गए? उन्हें तो बेहतर हो जाना चाहिए था। उनका बेहोश होना संकेत करता है कि उन्हें जानबूझ कर नशा दिया गया था। उनकी टांगों को तोड़ा क्यों नहीं गया जबकि इससे उनकी मृत्यु जल्दी हो जाती? एरिमेथिया के जॉज़ेफ़ को उनका शव उतारने की इजाज़त क्यों दे दी गई? अगर उनकी मृत्यु हो गई थी तो उनके घाव ठीक करने के लिए एलोवेरा और लोबान जैसी जड़ी-बूटियों का इस्तेमाल क्यों किया गया? गुफा के अंदर असीन संत क्यों थे? मैं तो कहूंगा कि ये दर्शाने वाले सुबूत काफ़ी हैं कि वो दरअसल मरे नहीं थे।"

"अगर वो मरे नहीं थे तो फिर कहां चले गए थे?"

"संकेत तो यही हैं कि वो भारत चले गए थे। जीज़स ने अपनी अनेक शिक्षाएं असीन और बौद्ध विचारधारा से ली थीं। मेरी की पवित्र शक्तियां और अनुष्ठान भी वहीं, मगध के थे। साथ ही, कश्मीर ऐसा स्थान था जिस पर इज़रायल के लापता दस में से एक क़बीले का अधिकार था। अपने आध्यात्मिक मूल में वापस लौटना उनके लिए विवेकसम्मत ही होता। इसके अलावा, 1800 के उत्तरार्ध में द्मित्री नोविकोव, निकोलस नोतोविच और अन्य खोजकर्ताओं द्वारा की गई खोजें इस सिद्धांत को और अधिक बल प्रदान करती हैं, जिनके नतीजे में श्रीनगर के रोज़ाबाल मक़बरे की खोज हुई थी।"

"लेकिन ये साबित तो किया नहीं जा सकता कि वो मक़बरा ज़ीज़स का ही है, है ना?"

"नहीं। लेकिन इस पर विचार करो। भले ही क़ब्रगाह इस्लामिक रिवाज के मुताबिक़ उत्तर-दक्षिण दिशा में है, मगर असल शव यहूदी तरीक़े से पूर्व-पश्चिम में रखा गया है। *रोज़ाबाल* शब्द भी कश्मीरी शब्द *रौज़ा-बाल* से लिया गया माना जाता है, जिसका अर्थ है पैग़ंबर का मक़बरा। लेकिन अगर ये शब्द *रोज़-ए-बल* से लिया गया हो तो? तुम पेरिस की रॉज़लिन चैपल के बारे में तो जानते ही हो, सही? ये सायन मठ द्वारा मेरी मैग्डेलीन को समर्पित की गई थी। चैपल के बाहर लगे बोर्ड पर लिखा है *रोज़लीन।* ये पुरानी स्पैलिंग *रोज़ लाइन* मैरिडियन से ली गई है जिस पर चैपल बना है या *लाइन ऑफ़* द *रोज़* से—मेरी मैग्डेलीन के पूर्वजों की वंशावली। कश्मीर में ये माना जाता है कि *बाल* शब्द का अर्थ है *स्थान,* लेकिन अक्सर ये भुला दिया जाता है कि उर्दू में *बाल* का अर्थ केश भी है—एक बाल, एक वंश! क्या ये मुमकिन नहीं है कि रोज़ाबाल का ठीक वही अर्थ है जो रोज़लीन का है—*रोज़ का वंश?*"

"यानी रोमन कैथलिक चर्च हमेशा से ये जानता है?"

"मैं कहूंगा हां। ईसाई धर्म के शुरुआती साल धर्म के लिए बहुत ज़्यादा मुश्किल रहे थे। ईसाइयत के अनेक रूप सामने आए।

प्रामाणिक गॉस्पेल केवल चार नहीं थे, बल्कि थॉमस, फ़िलिप और मेरी जैसे कई नॉस्टिक गॉस्पेल भी थे। इसके अलावा, ईसाई धर्म को रोम में एक व्यापक आधार भी चाहिए था, और इसके लिए इसे वर्तमान मूर्तिपूजक विश्वासों के अनुसार बनाना था। क्रिसमस का दिन। ईस्टर का दिन। इतवार को साप्ताहिक अवकाश। पुनरोत्थान। जीज़स की दिव्य प्रकृति। ये ऐसे तत्व थे जिन्हें उदारता से कृष्ण और बुद्ध समेत दूसरे अनेक चरित्रों और कहानियों से ले लिया गया। आज कितने लोग इस बात को जानते हैं कि कृष्ण की मां *येशु*-धा, येशुआ की मां थीं? किसे याद है कि बुद्ध की पत्नी *येशु*-धरा, येशुआ की पत्नी थीं? परिस्थितियों के मद्‌देनज़र, चर्च के लोगों ने जो किया वो ग़लत नहीं था। ये समय की मांग थी कि ईसाई धर्म को टिकाऊ, स्वीकार्य और अभीष्ट बनाया जाए।"

"और अल्फ़ांसो डी कास्त्रो की खोज ने इस सबके पतन का ख़तरा खड़ा कर दिया?"

"अल्फ़ांसो डी कास्त्रो मूर्ख था! उसे धर्मन्यायाधिकरण को मज़बूत बनाने के लिए गोआ भेजा गया था। इसके बजाय वो प्राचीन आलेखों और पुस्तकों से छेड़छाड़ करने लगा। दुर्भाग्य से, उसे तुरंत वापस नहीं बुलाया जा सकता था क्योंकि पुर्तगाली राजसी परिवार पर उसके पिता का बहुत प्रभाव था।"

"उसने अपनी खोज को सार्वजनिक क्यों नहीं किया?"

"मेरे ख़्याल से उसका इरादा तो था, लेकिन उसके पिता ने उसे रोक दिया। उसके पिता ने पोप के साथ कास्त्रो की मुलाक़ात का इंतज़ाम करवाया था, और उनके बीच कोई गुप्त समझौता हो गया था। दस्तावेज़ अभिलेखागार में चला गया और कास्त्रो के ख़ानदान को फिर कभी भी कोई काम नहीं करना पड़ा—उन्हें हमेशा के लिए अमीर बना दिया गया। कास्त्रो ने चर्च के जीवन को छोड़ दिया और इंग्लैंड जाकर बस गया, जहां उसने पैट्रीशिया कैटज़ेल नाम की नौजवान लड़की से शादी कर ली। उनका बेटा, हर्बर्ट कास्त्रो, भारत और चीन के बीच अफ़ीम का मुनाफ़ेबख़्श कारोबार

करने लगा। जल्दी ही वो सेमुअल रसेल से बख़ूबी परिचित हो गया, जिसने तुर्की और चीन के बीच अफ़ीम का कारोबार करने के लिए सेमुअल रसेल एंड कं. स्थापित की। कुछ साल बाद, सेमुअल के एक कज़िन विलियम ने येल में स्कल एंड बोन्स समाज की स्थापना करने में मदद की, जो बवेरियन इल्युमिनाती का एक वास्तविक अध्याय है।"[200]

"आह। यानी कास्त्रो के रहस्यों तक इल्युमिनाती की पहुंच हमेशा से रही है?"

"बदक़िस्मती से, हां।"

"महामहिम, आप तो लगभग सब कुछ ही जानते हैं। मैंने, क्रक्स देकुसात्ता पर्मुता में आपके भाई ने, कभी आपके निर्देशों या उद्देश्यों पर सवाल नहीं उठाया—लेकिन ये मुझे अपने कर्तव्य से परे जाने को कहना लगता है।"

"मैं तुम्हें एक राज़ की बात बताता हूं। जीज़स की मृत्यु के तुरंत बाद के नतीजों में, मेरी मैग्डेलीन ने दूसरे शिष्यों से ये कहकर कि जीज़स ने केवल उनसे ही अनेक मामलों पर चर्चा की थी, ईसाई धर्म का नेतृत्व अपने हाथ में लेने की कोशिश की थी। स्वाभाविक है, सेंट पीटर और सेंट एंड्र्यु दोनों ही उनसे सहमत नहीं थे।"

"ये तो आम जानकारी है।"

"हां, लेकिन नाइट्स टैम्प्लर और सायन के मठ ने मेरी मैग्डेलीन की वंशावली को और पवित्र मातृशक्ति को बचाने की ज़िम्मेदारी अपने ऊपर ले ली। असल में मठ का प्रतिरोध करने के लिए ही क्रक्स देकुसात्ता पर्मुता को बनाया गया था। जैसा कि तुम्हें पता है, *क्रक्स* का लैटिन में अर्थ है *क्रॉस, देकुसात्ता* का अर्थ है एक्स के आकार का क्रॉस, और *पर्मुता* का मतलब है *उलटा*। तुम ये भी जानते हो कि सेंट पीटर को रोम में उलटे क्रॉस पर और सेंट एंड्र्यु को एकिया में एक्स के आकार के क्रॉस पर लटकाया गया था। एंड्र्यु और पीटर के वफ़ादारों ने तय किया कि उन्हें कैथलिक चर्च को मूर्तिपूजकों और मेरी मैग्डेलीन के नॉस्टिक प्रभावों और उनकी

निरंतर जारी वंशावली से बचाना होगा और इसी उद्देश्य से उन्होंने एक गुप्त समाज का गठन किया। इसे क्रक्स देकुसात्ता पर्मुता कहा गया जिसके तुम और मैं वफ़ादार सदस्य हैं।

"हां। लेकिन हम कभी दूसरे सदस्यों से तो मिलते ही नहीं हैं," मैनिंग ने कहा।

"वो इसलिए कि क्रक्स देकुसात्ता पर्मुता के अंतिम बचे सदस्य केवल तुम और मैं हैं," वैलेरियो ने कहा।

"और कोई नहीं है?"

"एक की अभी हाल ही में मौत हुई है। वो भी ख़ुफ़िया तरीक़े से पेंडेंट पहनता था।"

"कौन?"

"शेख़।"

येरूशलम, 1192

महान सलादीन 1187 में येरूशलम का स्वामी बना था। पोप ग्रेगरी अष्टम ने शीघ्रता से प्रतिक्रिया की और लॉयनहार्ट रिचर्ड को पवित्र शहर पर फिर से क़ब्ज़ा करने के लिए तीसरा धर्मयुद्ध छेड़ने के लिए नियुक्त कर दिया। रिचर्ड ने 1192 में येरूशलम पर चढ़ाई की लेकिन वो और उसकी सेना बुख़ार, भूख और प्यास से बेदम हो गए।

उसने सलादीन से अपील की कि उसे खाना और पानी उपलब्ध करवाया जाए। और सलादीन ने मंज़ूर कर लिया लेकिन एक शर्त पर। रिचर्ड को इस्लाम अपनाना होगा।

अंततः बातचीत करके एक समझौते पर पहुंचा गया। रिचर्ड के दस में से पांच लोगों ने, जो गुप्त क्रक्स देकुसात्ता पर्मुता के सदस्य

थे, धर्मांतरण के लिए ख़ुद को पेश किया।[201] रिचर्ड के बदले उन्होंने अपना धर्मांतरण होने दिया। सौदा हो गया, एक श्रद्धालु मुसलमान के रूप में सलादीन को ज़रूरतमंद की मदद करने का अपना फ़र्ज़ याद था। उसने रिचर्ड और उसके सैनिकों के लिए जमी हुई बर्फ़ और ताज़े फल भेजे।

रिचर्ड ने अंततः सलादीन के साथ एक संधि की जिसके तहत ईसाई श्रद्धालु सलादीन के मुसलमान भाइयों द्वारा किसी भी तरह परेशान किए बिना पवित्र शहर की यात्रा करने जा सकते थे। पांच मुसलमान पहरेदार—क्रक्स देकुसात्ता पर्मुता के सदस्य जिन्हें ईसाई धर्म से इस्लाम में अंतरित कर दिया गया था—उनकी सुरक्षा करते थे।

सलादीन के शिविर में मौजूद पांच धर्मांतरित मुसलमान और रिचर्ड के शिविर में बचे पांच ईसाई गुप्त रूप से क्रक्स देकुसात्ता पर्मुता का संचालन करते रहे। ऐसे गुप्त समाज का सदस्य होना जिसके पांव दोनों शिविरों, इस्लाम और ईसाई धर्म, में थे उनके मनमुताबिक़ ही था।

इस्लामिक विजयों ने ईसाइयों में श्रद्धा भाव को प्रोत्साहित किया और ईसाई विजयों ने मुसलमानों में। मूर्तिपूजा, बहुदेववाद, गर्भपात और समलैंगिकता के 'पापों' की तुलना में मुसलमान और ईसाई समान रूप से एक-दूसरे को कम बुरे के रूप में देखते हैं। ईसाई धर्म और इस्लाम के बीच एक गुप्त गठबंधन विकसित हो गया था।

"तो वास्तव में शेख़ कौन था? ओसामा-बिन-लादेन?" मैनिंग ने पूछा।

"नहीं। ओसामा तो इल्युमिनाती की देन था। उसने विश्व में आतंक रचा और इल्युमिनाती को दुनिया भर में कहीं ज़्यादा ताक़तवर बना दिया—सरकार, बैंकिंग, व्यापार, सेना और राजनीति

के क्षेत्रों में। उसने अमरीकियों को दुनिया भर पर नियंत्रण करने का बहाना दे दिया।"

"और शेख़?"

"शेख़ क्रक्स देकुसात्ता पर्मुता के उन मूल पांच सदस्यों के वंश का था जिन्हें सलादीन ने इस्लाम क़ुबूल करवाया था। इस सारे समय, उसने हमारे साथ सहयोग करने की कोशिश की... बदक़िस्मती से, उसके मास्टर का सहयोग हमेशा इल्युमिनाती के साथ रहा था।"

महामहिम उन दो रस्सियों को नहीं देख पाए जो रेंगते हुए उनके टख़नों को घेर रही थीं। अचानक रस्सियां दो फंदों में कस गईं और उनके पांव उखड़ गए। रस्सियों को एक-एक करके ऊपर छत पर खींचा गया। एक मिनट से भी कम समय में, वो उलटे लटक रहे थे। दोनों टख़ने दृढ़ता से फंदे में थे और दोनों रस्सियों में दूरी की वजह से उनकी टांगें फैल गई थीं। दूर से देखने पर, उनका शरीर 'एक्स' की तरह दिखता था, लेकिन उलटा; पैर ऊपर, बांहें नीचे। क्रक्स देकुसात्ता पर्मुता।

उनके जननांगों में लगी स्नाइपर की एक ही गोली के घाव ने ढेर सारा ख़ून बहा दिया और जब तक मैनिंग मदद लाता और उनके शरीर को नीचे उतारता, ख़ून बहने से उनकी मौत हो चुकी थी।

स्वाकिल्की ने अपनी मां की मौत का बदला ले लिया था।

अध्याय तीस

मेरीलैंड, यूएसए, 2012

स्टीफ़न एलियट, पृथ्वीराज सिंह और ज़्वी यातोम वापस उसी अंधेरे, वैल्वेट मढ़े कमरे में थे। ग्रैंड मास्टर एलिसा एलियट ने कहा: "अचैता, दिव्य रहस्योदघाटन। रोम ख़त्म हो जाएगा, येरूशलम जलेगा और विवेक खंडित हो जाएगा। और मेरे विधान, ज़ायन के विधान को सारी मानवता स्वीकार करेगी।"

"अचैता!" एकत्रित लोगों ने एक स्वर में कहा।

"ओ इल्युमिनेटेड, भाइयो और बहनो, देखो हमारे सामने क्या है!"

"अचैता!"

सुर्ख़ चोग़ाधारी ग्रैंड मास्टर ने विंसेंट के दिल के पास चाक़ू रखा। विंसेंट को कमरे के बीचोबीच काले ग्रेनाइट के बड़े से स्लैब पर रखा गया था।

"उठो और प्रकाश का ऐलान करो! आख़री क्रक्स देकुसात्ता पर्मुता भी ख़त्म हो चुका है। दुनिया को भय में रखकर हमने ढेरों दौलत जमा की है! अचैता!"

"सत्य सामने आएगा। और चर्च लड़खड़ाकर गिर जाएगा।"

"ज़ायन! ज़ायन! ज़ायन! ज़ायन! ज़ायन! ज़ायन! ज़ायन! ज़ायन! ज़ायन! ज़ायन! ज़ायन! ज़ायन! ज़ायन!"

जब पृथ्वीराज ग्रैंड मास्टर के सुनहरे चाक़ू को विंसेंट के दिल का निशाना लेते देख रहे थे, तो उन्होंने अपने सामने पंडित रामगोपाल प्रसाद शर्मा की झलक उभरते देखी।

"पुत्र, वो भाई जो मर गया था... उसने आपको बचाने के लिए आपके कर्म ले लिए थे। मृत्यु आपकी नियति में थी, लेकिन इसके बजाय आपके लिए वो मर गया। पिछले जन्मों में भी वो आपके लिए मरा या मारा गया है। आपके साथ उसका कर्म का संबंध है..."

"उस पादरी को ढूंढ़ें, मेरे पुत्र..."

"और पुत्र... वो भाई, जो आपके लिए मृत्यु को प्राप्त हुआ था... आप जान जाएंगे कि कब आपको उसका ऋण चुकाना है..."

अगले कुछ पल धुंधला गए थे। पृथ्वीराज ने अपनी .357 मैग्नम पिस्तौल निकाली और ग्रैंड मास्टर का निशाना साधा। नतीजा स्लो मोशन में सामने आया।

ग्रैंड मास्टर के गहरे रंग के चोग़ो की वजह से कमरे में मौजूद बाक़ी लोगों को ख़ून नज़र नहीं आया। वो अभी भी उच्चार रहे थे, "ज़ायन! ज़ायन! ज़ायन!"

शोर में किसी ने गोली की आवाज़ नहीं सुनी। ग्रैंड मास्टर का सीधा हाथ, जिसमें उसने सुनहरा चाक़ू पकड़ा हुआ था, शिथिल सा एक ओर गिर गया, और चाक़ू ग्रेनाइट के प्लेटफ़ॉर्म पर जा गिरा जिस पर विंसेंट बंधा हुआ था। पृथ्वीराज तेज़ी से आगे लपके, चाक़ू उठाया और बेतहाशा उन रस्सियों को काटने लगे जिन्होंने विंसेंट को बंदी बना रखा था।

"भागो!" वो चिल्लाए। विंसेंट भौंचक्का था। वो जड़ पड़ा रहा। पृथ्वीराज ने चाक़ू से विंसेंट की जांघ पर गहरा घाव कर दिया,

उसे सदमे से निकालकर सक्रिय करने के लिए। "भागो!" वो फिर से चीख़े।

इस बार विंसेंट उठा और गलियारे की ओर भागने लगा। लेकिन तब तक बहुत देर हो चुकी थी। स्टीफ़न एलियट, ज़्वी यातोम और बेशुमार दूसरे लोग अपनी बंदूक़ें निकाल चुके थे और अंधाधुंध मेज़ की ओर गोलियां बरसा रहे थे। गोलियों की बौछार में पृथ्वीराज गिर गए।

कर्मों का ऋण चुका दिया गया था। "*और पुत्र... वो भाई, जो आपके लिए मृत्यु को प्राप्त हुआ था... आप जान जाएंगे कि कब आपको उसका ऋण चुकाना है...*"

इस सबके बाद मची अस्त-व्यस्तता ने विंसेंट को कुछ समय दे दिया। वहां तेरह गलियारे थे। वो बिना सोचे-समझे एक में दौड़ गया।

☫

विंसेंट अंधाधुंध एक गलियारे में भाग रहा था जो एक उतने ही अंधेरे कमरे में खुला। जब उसने अपने सामने मौजूद दृश्य को देखा तो उसका ख़ून सर्द पड़ गया।

उसके सामने साफ़ कांच की खिड़की थी, जिसके पीछे मद्धम रोशनी वाली एक 'शॉप विंडो' थी। बाक़ी कमरे में अंधेरा था ताकि सुनिश्चित हो जाए कि सारा फ़ोकस खिड़की पर है। खिड़की के पीछे एक लाश थी। लाश को एक उलटे क्रॉस पर प्रदर्शन के लिए रखा गया था। लाश बुतरोस अहमद की थी, दक्षिण अमेरिका में ग़ालिब का ख़ास आदमी।

उस केंद्रीय गलियारे के अलावा जिससे विंसेंट आया था, कमरे में दो दरवाज़े और थे। एक डिस्प्ले विंडो के बाईं तरफ़ था और दूसरा उसके दाईं तरफ़। विंसेंट बाएं दरवाज़े की ओर भागा। वो उसे एक घुमावदार, उतने ही अंधकार भरे और भयानक गलियारे में ले गया।

तीस सैकंड के अंदर, उसने ख़ुद को बिल्कुल पहले कमरे जैसे

ही एक और कमरे में पाया। इस कमरे का वीभत्स डिस्प्ले और भी ज़्यादा घिनौना था। कांच की खिड़की के पीछे एक लाश थी जिसे बड़ी सफ़ाई से एक बेड पर रखा गया था। ये साफ़ था कि बेड पर रखे जाने से पहले लाश को तेल में तला गया था। ये यहया अली की थी, चेचन्या में ग़ालिब का भरोसेमंद सिपहसालार।

विंसेंट की इंद्रियां अब पूरी तरह सजग हो गई थीं। उसे आवाज़ें सुनाई दे रही थीं। ग्रैंड मास्टर को गोली लगने से फैली घबराहट और बदले में पृथ्वीराज पर बरसी गोलियों ने उनका ध्यान उस पर से हटा दिया था, कम से कम कुछ पलों के लिए। उसे इस भयानक सपने जैसे तलघर से निकलने का रास्ता ढूंढ़ना था।

तीसरा, चौथा और पांचवां कमरा भी कुछ बेहतर नहीं था। उनमें से एक में विंसेंट को याक़ूब इस्लामुद्दीन की लाश मिली जो ग़ालिब का जकार्ता में जमाअह इस्लामिया का आदमी था, जिसे एक कुर्सी पर बिठाया हुआ था और उसका सिर अलग से और सुघड़ता से पास ही की एक मेज़ पर रखा हुआ था। अगले कमरे में ग़ालिब के इराक़ अभियानों का सरग़ना क़ादिर अल-ज़रक़ावी था, जिसे एक 'एक्स' टाइप के क्रॉस पर लटकाया गया था। उसे कील से चस्पां नहीं किया गया था बल्कि टांगों को खोलकर बांधा गया था, जिससे कहीं ज़्यादा धीमी और तकलीफ़ भरी मौत हुई होगी।

विंसेंट पगलाने लगा था। वो क़ै कर देना चाहता था। वो उल्टी करने के लिए झुका और उसने अपने अंदर का सारा ग़ुबार निकाल दिया। जब वो सांस लेने के लिए सीधा हुआ तो उसका सामना और भी ज़्यादा विकराल दृश्य से हुआ। उसके सामने उत्तर अमेरिका में इस्लामिक जिहाद काउंसिल के ग़ालिब के ख़ास आदमी शमऊन इदरीस की लाश थी, जिसे आधा काट दिया गया था और उसके ऊपरी हिस्से में फ़रसा अभी तक धंसा हुआ था। मौत के तरीक़े का सटीक दृश्य उत्पन्न करने का लक्ष्य पूरी तरह से हासिल कर लिया गया था।

विंसेंट डर के मारे चीख़ पड़ा और गलियारे में भाग गया।

इसका कोई फ़ायदा नहीं था। अगले कमरे में इंग्लैंड में संगठन की गतिविधियों के सिरमौर फ़वाद अल-नूर की गुड़ी-मुड़ी लाश पड़ी थी। पहलू में एक बड़ा सा घाव लिए वो एक कोने में ढेर हुआ पड़ा था। उसे एक बरछे से छेद दिया गया था।

अब तक विंसेंट ऐसे बिंदु पर पहुंच गया था जहां से कोई वापसी नहीं थी। आतंक ने उसे सुन्न कर दिया था। उसने ग़ालिब के ईस्ट तुर्केस्तान इस्लामिक मूवमेंट के प्रमुख फ़ारिस क़दीर की लाश को एक क्रॉस पर उलटा लटके देखा, एक भाले ने उसकी जांघ को खोलकर रख दिया था। ग़ालिब के फ्रेंच इंतफ़ादा के सर्वेसर्वा अताउल्लाह अल-लिबी का नज़ारा तो नाक़ाबिले-बर्दाश्त था। उसकी लाश एक पत्थर के प्लेटफ़ॉर्म पर पड़ी थी, उसके पेट में एक भाला घुंपा हुआ था, और आंतें सारे पत्थर पर बिखरी पड़ी थीं।

मलेशिया के दारुल इस्लाम में ग़ालिब के मैनेजर तौआम ज़िन हसन की लाश बाक़ियों के मुक़ाबले काफ़ी बेहतर थी। उसकी लाश को इस अंदाज़ में व्यवस्थित किया गया था कि वो एक कुर्सी पर अपने दिल को वेध रहे तीर को पकड़कर बैठा हुआ था।

विंसेंट को कालकोठरीनुमा उन कमरों की गिनती भी याद नहीं रही थी जिनसे होकर वो भागा था। मगर इस कमरे में जिस दृश्य ने उसका स्वागत किया, वो सबसे ज़्यादा बुरा था। भारत में ग़ालिब के जैशे-मोहम्मद के प्रतिनिधि बिन फ़दान को इस तरह लगाया गया था कि वो अपनी ही खाल पकड़े हुए था। उसकी जीते जी खाल उतार दी गई थी।

विंसेंट को बेहोशी सवार होती महसूस हुई। ये क्या जगह थी? वो इंसानों के साथ ऐसा बर्ताव कैसे कर सकते थे? उसने ऊपर देखा और ऑस्ट्रेलिया अभियान में ग़ालिब के चीफ़ कमांडर आदिल अफ़रोज़ की लाश देखी। उसका शरीर टांगों से अलग कर दिया गया था, जिन्हें बुरी तरह से तोड़ दिया गया था। फिर उसे लाठियां और पत्थर मारकर मार डाला गया था जो उसकी फटी खोपड़ी से ज़ाहिर था।

अगले कमरे में ग़ालिब के भरोसेमंद साथी यहूदा का बेजान जिस्म गर्दन में पड़े फंदे से लटका हुआ था। विंसेंट बाहर की ओर भागा और तेरहवें कमरे में जा पहुंचा। इसमें ग़ालिब की लाश थी। उसे सिर पर कांटों का ताज पहनाकर रोमन क्रॉस पर सूली चढ़ाया गया था।[202]

इल्युमिनाती ने ये सुनिश्चित कर दिया गया था कि उनकी ज़बरदस्त साज़िश कभी दुनिया के सामने उजागर न हो। लश्करे-सलासता-अशर की मौत हो चुकी थी। क्राइस्ट-विरोधी और उसके बारह साथी मारे गए थे। विंसेंट आख़िरकार बेहोश हो गया।

रोम, 67 ईसवी

पीटर उलटे क्रॉस पर मृत लेटे हुए थे। मैमर्टीन में नौ महीने तक क़ैद में रखे जाने से पहले उन्होंने गॉल और ब्रिटेन की यात्राएं की थीं। नीरो के चौक में रोम के सम्राट के आदेश पर उन्हें सूली पर चढ़ाया गया था। उन्होंने प्रार्थना की थी कि उन्हें उलटे सलीब पर चढ़ाया जाए ताकि उनकी मौत का तरीक़ा उनके स्वामी की मौत के तरीक़े जैसा न हो।[203]

पत्रास, अचेया, 69 ईसवी

क्राइस्ट के पहले प्रचारक एंड्रयु ने दक्षिण रूस, बिज़ैंटियम, थ्रेस, मैसेडोनिया और यूनान की यात्राएं की थीं। यूनान में क्राइस्ट को नकारने से उनके इंकार करने पर एडिसैंसेज़ के गवर्नर एजियस द्वारा सैबेस्टोपोलिस में उन्हें सूली पर चढ़ा दिया गया। जिस क्रॉस पर उन्हें लटकाया गया था वो 'टी' नहीं बल्कि 'एक्स' के आकार का था। उन्हें कीलों से नहीं जकड़ा गया था बल्कि क्रॉस पर बांधा गया था

जो सामान्य से ज़्यादा तकलीफ़देह था। उनकी मौत तीन दिन बाद हुई।[204]

येरूशलम, जूडिया, 44 ईसवी

स्पेन और पुर्तगाल की यात्रा करने के बाद जेम्स येरूशलम वापस आ गए। 2 जनवरी, 40 ईसवी को एब्रो नदी के तट पर वर्जिन मेरी उनके सामने प्रकट हुईं। उसके बाद जेम्स जूडिया लौट आए, जहां स्वयं राजा हेरोद एग्रिप्पा प्रथम ने उनका सिर क़लम कर दिया।

पैटमॉस, तुर्की, 110 ईसवी

जॉन ने रूस और ईरान में धर्मप्रचार किया जब तक कि उन्हें देशनिकाला देकर तुर्की के तटीय क्षेत्र पैटमॉस नहीं भेज दिया गया। वो वृद्धावस्था में अशक्त शरीर होकर मृत्यु को प्राप्त हुए। रोमनों ने उन्हें उबलते हुए तेल में डाल दिया था लेकिन किसी तरह वो इस यातना से जीवित बच गए।

हायरोपोलिस, फ्रिजिया, 66 ईसवी

फ़िलिप रोम के प्रोकॉन्सल की बीमार पत्नी की जान बचाने में कामयाब रहे थे। इस चमत्कार से वो ईसाई धर्म में परिवर्तित हो गई। इसका राजनीतिक परिणाम प्रोकॉन्सल का क्रोध था जिसने फ़िलिप से कहा, "जीज़स को छोड़ दो और अपनी जान बचा लो।" फ़िलिप ने जवाब दिया, "जीज़स को अपना लो और अपनी आत्मा को बचा लो।" उनकी जांघ को भोंक दिया गया और फिर मरने तक सूली पर उलटा लटका दिया गया। उनकी बेटियों को भी इसी तरह से उनके

साथ ही मार डाला गया।

अल्बाना, आर्मेनिया, 68 ईसवी

बार्थोलोम्यु तुर्की, ईरान, भारत, इथियोपिया, फ़ारस और मिस्र की यात्रा करते हुए आर्मेनिया पहुंचे थे। यहां उनकी 'जीते जी खाल उतार' दी गई और बाद में सिर क़लम कर दिया गया।

मयलापुर, दक्षिण भारत, 72 ईसवी

थॉमस डिडीमस जंगल में अपनी कुटिया के बाहर प्रार्थना कर रहे थे, तभी गोवी वंश के एक शिकारी ने अपने ज़हरबुझे तीर से निशाना लिया और थॉमस को मार दिया। घाव घातक था और सेंट थॉमस 21 दिसंबर, 72 ईसवी को मृत्यु को प्राप्त हुए।

इथियोपिया, 60 ईसवी

मैथ्यु ने तेईस साल इथियोपिया, मैसेडोनिया, फ़ारस और मिस्र में धर्मप्रचार किया। राजा हायरकेनस ने उनकी मौत का आदेश दिया और अपने सैनिकों को भेजकर उन्हें भाले से मरवा दिया।

अर्दाज़, आर्मेनिया, 65 ईसवी

थेडियस ने कई साल मैसेडोनिया में धर्मप्रचार करते हुए बिताए। उन्हें बैरिटस में एडिसैंसेज़ के राजा एबगैरस ने पहलू में बरछा घोंपकर मार डाला था।

कैस्टर, लिंकनशायर, ब्रिटेन, 61 ईसवी

ब्रिटेन में फ़रसे द्वारा शहादत पाने से पहले साइमन ज़ैलोटेस ने मॉरिटानिया और अफ्रीका में अपना जीवन व्यतीत किया था। उनके दो भाग हो गए थे।

येरूशलम, 33 ईसवी

बारह शिष्यों में 'ख़ज़ांची' जूडस इसकैरियट ने चांदी के वो तीस सिक्के सैनहेड्रिन के पैरों में फेंक दिए जो उसने जीज़स को धोखा देने के लिए स्वीकार किए थे। फिर वो चला गया और उसने ख़ुद को फांसी लगा ली। उस पैसे को पुरोहितों ने स्वीकार नहीं किया क्योंकि वो 'ख़ून का मुआवज़ा' था और इसके बजाय उसका इस्तेमाल ग़रीबों को दफ़नाने के लिए ज़मीन ख़रीदने में किया गया।

येरूशलम, 62 ईसवी

न्यायी जेम्स को इसलिए मार दिया गया क्योंकि उन्होंने प्रभु को नकारा नहीं। उच्च पुरोहित एनैनियस ने जेम्स को मजबूर किया कि वो प्रभु को त्याग दें, लेकिन जब उन्होंने ऐसा नहीं किया तो उन्हें मंदिर के शिखर से फेंक दिया गया जिससे उनकी टांगें टूट गईं। फिर उन्हें पीट-पीटकर मौत के घाट उतार दिया गया।

एलेग्ज़ैंड्रिया, मिस्त्र, 61 ईसवी

पीटर के धर्मप्रचारक दुभाषिए मार्क को दो दिन से ज़्यादा एलेग्ज़ैंड्रिया शहर में घसीटा गया। उनका मांस पूरी तरह खुरच गया और धज्जियों की तरह उनके बदन से लटक आया। ख़ून ज़्यादा बह जाने से उनकी मृत्यु हो गई।

रोम, 67 ईसवी

पॉल जिन्हें मूल रूप से सॉल के नाम से जाना जाता था, ईसाइयों के मुख्य संहारकों में से थे, जिनका तब हृदय परिवर्तन हो गया था जब दमिश्क़ में जीज़स उनके सामने प्रकट हुए थे। नीरो के आदेश पर रोम में उनका सिर क़लम कर दिया गया था।

वाशिंगटन डीसी, यूएसए, 2012

सीएनएन की समाचार-वाचिका कह रही थी, "बहत्तर घंटे पहले, वीकएंड पर मित्रों के साथ मेरीलैंड में शिकार और कैंपिंग ट्रिप के दौरान दुर्घटनावश राष्ट्रपति को गोली लग गई और वो घातक रूप से घायल हो गई थीं। गोली शनिवार को शाम साढ़े पांच बजे के लगभग चली थी। उनके पति, सैस डाइरेक्टर स्टीफ़न एलियट, जो दुर्घटना के वक़्त राष्ट्रपति के साथ थे, ने बताया कि जांच जारी है, लेकिन सभी संकेत यही कह रहे हैं कि ये निश्चय ही दुर्घटना थी।"

समाचार-वाचिका ने कहना जारी रखा, "राष्ट्रपति के सीक्रेट सर्विस कर्मचारी आपातकालीन चिकित्सकीय सहायता लेकर पहुंचे लेकिन मृत्यु लगभग अवश्यंभावी थी। बेथेस्डा नेवल हॉस्पिटल में

हुए पोस्टमॉर्टम ने पुष्टि की है कि मृत्यु का कारण .357 मैग्नम से चली गोली थी, जिसे कभी-कभी हिरन के शिकार के लिए इस्तेमाल किया जाता है।"

कैंप डेविड के विहंगम दृश्य में अंतिम दर्शन के लिए रखे ताबूत का फ़ुटेज दिखाया जा रहा था, जबकि वो बोले जा रही थी। "राष्ट्रपति के शव को व्हाइट हाउस के ईस्ट रूम में रखा गया था जहां से दर्शनार्थ उसे एक बग्घी द्वारा कैपिटल भेजा गया था। कैपिटल बिल्डिंग के बाहर हज़ारों लोग दिवंगत नेता को अंतिम श्रद्धांजलि देने के लिए जमा थे। मंगलवार को राजकीय सम्मान के साथ होने वाले अंतिम संस्कार में सौ से ज़्यादा देशों के शासन प्रमुखों और राज्य-प्रमुखों के आने की अपेक्षा है। सेंट मैथ्युज़ कैथीड्रल में दफ़्न की रस्म के बाद दिवंगत राष्ट्रपति को वर्जीनिया की आर्लिंग्टन नेशनल सीमेट्री में दफ़्नाया जाएगा। उप-राष्ट्रपति ने कार्यकारी शक्ति ग्रहण कर ली है और उन्होंने सोमवार को राष्ट्रीय शोक दिवस घोषित किया है।"

कमेंट्री जारी थी। "दिवंगत राष्ट्रपति एलिसा कैटज़ेल ने अपने पीछे अपने पति सैस डाइरेक्टर स्टीफ़न एलियट को छोड़ा है। उनके शिक्षा संस्थानों येल और ऑक्सफ़ोर्ड में भी एक दिन का शोक रखा जा रहा है। दर्शकों को याद होगा कि एलिसा की अपने भावी पति से मुलाक़ात तब हुई थी जब वो येल में छात्र थे।"

ॐ

विंसेंट को ऐसा लगा जैसे वो शून्य से गिर रहा हो। वास्तव में, ऐसा ही था। ग़ालिब की लाश वाले तेरहवें कमरे में जब वो बेहोश हुआ, तो गिरने की टक्कर से क़ालीन बिछे फ़र्श में एक गुप्त दरवाज़ा सक्रिय हो गया। विंसेंट छेद से आलू के बोरे की तरह गिरता चला गया और धड़ाम से एक ख़ूब रोशन कमरे में जाकर पड़ा।

आंखें मींचते हुए उसने देखा कि कमरा एकदम सफ़ेद है। सारी छत शुद्ध दूधिया रोशनी से भरी हुई थी। यहां तक कि फ़र्श पर भी

चमचमाते सफ़ेद टाइल्स लगे थे। कमरा किसी क़िस्म के मेमोरियल जैसा लगता था। मज़बूत दीवारों पर राष्ट्रपतियों, प्रधानमंत्रियों, जनरलों, व्यापारियों, अभिनेताओं, वैज्ञानिकों और राजनयिकों के फ्रेमजड़ित ब्लैक एंड व्हाइट फ़ोटो लगे हुए थे।

सदियों से इल्युमिनाती के वफ़ादार और प्रतिबद्ध रहे सदस्य।

एक सिरे पर बिना हैंडल वाला एक दरवाज़ा था। विंसेंट दबे पांव उसके पास गया और उसे परखा। फिर उसने धक्का देकर उसे खोलने की कोशिश की लेकिन पता लगा कि वो एक सुरक्षित दरवाज़ा है जिसे दृढ़तापूर्वक बंद किया गया था। दरवाज़े के दाहिनी ओर एक न्युमैरिकल कीपैड था जो शायद दरवाज़े के खुलने को नियंत्रित करता था। कीपैड के ठीक ऊपर उलटी तरफ़ से अच्छी तरह से लैमिनेट करवाया गया एक डॉलर का एक नोट लगा था। चकराए से विंसेंट ने उसे देखा, और फिर अचानक उसके दिमाग़ की घंटी बजी! अमेरिकी एक डॉलर के नोट का पिछला हिस्सा पूरी तरह इल्युमिनाती द्वारा प्रायोजित छवि थी! उसने अंदर की जेब से उस दस्तावेज़ की मुड़ी-तुड़ी प्रति निकाली जो उसे रोज़ाबाल मक़बरे से मिला था।

तुम मेरे जिन्न हो, मुझे उजागर करने वाले हो; इन पंक्तियों को कुंजी की तरह इस्तेमाल करना। विंसेंट ने मन ही मन सोचा। क्या ऐसा हो सकता है? क्या वाक़ई इसे कुंजी की तरह इस्तेमाल किया जा सकता है? उसका नुक़्सान तो कुछ था नहीं। *मेरी पूंजी को अपने हाथ में लेना, रेत में पिरामिड देखना। सर्वदृष्टा आंख से ज़्यादा अच्छी तरह इसे देखना, ऊंचे उड़ रहे पंछी से बेहतर इसे देखना। शीर्ष तक की सीढ़ियां गिनना, फ़सल में पत्तियों और फल को गिनना।*

विंसेट ने आधुनिक दुनिया की पूंजी, एक डॉलर के नोट को देखा। वाक़ई पिरामिड तो था। पिरामिड की चोटी पर एक अकेली 'सर्वदृष्टा' आंख थी। इसके पास ही अमेरिकी गंजा बाज़ था—ऊंचा उड़ता पंछी। विंसेंट पिरामिड की सीढ़ियां गिनने लगा। तेरह। बाज़ के पंजों में दो शाखाएं दबी थीं। एक शाखा में पत्तियां थीं और दूसरी पर फल। विंसेंट ने पत्तियां और फल गिने। दोनों में तेरह!

उन्हें सुलाने वाले तीरों को गिनना, समान संख्या के अपने कवच को गिनना। और जब ज़ख़्मों से छलनी होकर वो गिर जाएं, तो सुनिश्चित करना कि वो सितारों की गिनती करें। और जब मौत दस्तक दे और नियति लाए, तो उन्हें मेरे पंखों की छांह और हवा देना। दोनों तरफ़ के मेरे पंख रक्षा करेंगे, सही होने के लिए उन्हें गिनना।

विंसेंट ने और ज़्यादा ध्यान से बाज़ के पंजों को देखा। वो तीर भी पकड़े हुए था। विंसेंट ने उन्हें गिना। तेरह! बाज़ ने एक कवचयुक्त ढाल भी थामी हुई थी। विंसेंट ने ढाल के कवच के सीख़चों को गिना। तेरह! बाज़ के ऊपर तारों से भरा एक बादल था। अब तक, विंसेंट जान गया था कि क्या अपेक्षा करनी चाहिए; फिर भी उसने तारों को गिना। हैरानी, हैरानी... तेरह! फिर उसने बाज़ के पंखों को देखा। बहुत ध्यान से उसने दोनों ओर के परों को गिना, दाएं और बाएं। दोनों तेरह।

चोंच के अंदर की भाषा को गिनना, चोटी के ऊपर की भाषा गिनना, अब मुझे और मेरे प्रचारकों को गिनना।

विंसेंट ने बाज़ की चोंच को देखा। उसमें एक बैनर पकड़ा

हुआ था जिस पर लिखा था "ई प्लूरिबस उनूम", अर्थात "अनेक में से, एक उभरता है।" तेरह अक्षर। फिर उसने पिरामिड की चोटी के ऊपर लैटिन में लिखे आदर्श-वाक्य को देखा, "एनुइट कोएप्टिस" अर्थात "ईश्वर ने हमारे उपक्रम का अनुमोदन किया है।" फिर से तेरह अक्षर।

जीज़स और उनके बारह शिष्य। तेरह।

विंसेंट ने जल्दी से न्यूमैरिक कीपैड पर 13 का अंक डाला और ख़ामोशी से दरवाज़े को खुलते देखता रहा।

प्रथम कॉन्टीनेंटल कांग्रेस ने बेंजमिन फ्रैंकलिन से प्रार्थना की थी कि वो एक टीम के साथ यूनाइटेड स्टेट्स के लिए ग्रेट सील बनाएं। इस काम को पूरा करने में चार साल लगे, और फिर दो साल इसे स्वीकृति दिलाने में लगे। यूनाइटेड स्टेट्स के एक डॉलर के नोट के पिछले हिस्से पर ये मोहर बनी है जो एक पिरामिड को दर्शाती है। बहुत कम लोगों ने ध्यान दिया होगा कि नोट पर बना पिरामिड एक मैसोनिक चिह्न है, तेरह क्रमिक स्तरों का पिरामिड। तेरह की संख्या केवल पिरामिड की तेरह सीढ़ियों में ही नहीं थी। बाज़ के ऊपर तेरह तारे थे, ढाल में तेरह सीख़चे थे, शाखा पर तेरह पत्तियां, तेरह फल, तेरह तीर थे।[205] ठीक उस सेना की तरह जिसे इल्युमिनाती ने दुनिया को आतंकित करने के लिए बनाया था। लश्करे-सलासता-अशर। या तेरह की सेना। पिरामिड के आधार पर वर्ष 1776 लिखा था। अमेरिकी जनता समझती थी कि ये वो वर्ष है जब अमेरिका की स्वतंत्रता की घोषणा पर दस्तख़त किए गए थे। दरअसल, ये तो माया लॉन्ग काउंट कैलेंडर के अंतिम चक्र की शुरुआत थी। इससे भी महत्वपूर्ण ये कि यही वो साल था जब एडम वाइशॉप्ट ने इल्युमिनाती की स्थापना की थी। पिरामिड के आधार पर आदर्श वाक्य है 'नोवस ऑर्दो सैक्लोरम' जिसका लैटिन से अनुवाद होता है 'युग की नई व्यवस्था।' बहुत कुछ इल्युमिनाती के उद्देश्यों की तरह। दुनिया में

एक नई व्यवस्था का निर्माण करना, और उस पर शासन करना।

टालपियोट, इज़रायल, 1980

अगर विंसेंट ने एक डॉलर के नोट को ज़्यादा ध्यान से देखा होता तो उसका ध्यान किसी ऐसी चीज़ पर गया होता जो बहुत ही अहम थी। पिरामिड की चोटी सर्वदृष्टा आंख के साथ एक त्रिभुज थी।

"28 मार्च 1980 को सुबह के क़रीब 11 बजे, लेंट के क्रिश्चियन सीज़न का एक महीना निकल जाने और उसके लगभग समाप्ति पर होने पर, एक बुलडोज़र के क़दमों तले एक मक़बरे के अंदर पहली रोशनी पहुंची। इस असाधारण रूप से ख़ूबसूरत शुक्रवार को, मक़बरे के अंत:कक्ष का पूरा दक्षिणी पक्ष गिर गया और सामने वो आया जो सारी दुनिया को एक दरवाज़े जैसा दिखाई देता था; उसके ऊपर एक ऐसा प्रतीक चिह्न बना था जिसे निर्माण दल में किसी ने भी पहले नहीं देखा था।"[206]

मक़बरे के अंदर, पुरातत्ववेत्ताओं को दस अस्थि-संग्रह मिले, चूना-पत्थर के डिब्बे जो पहली सदी में ताबूत का काम करते थे। छह पर आलेख थे जिनमें 'जीज़स, पुत्र जॉज़ेफ़," दोनों 'मेरी', और 'जूडाह, पुत्र जीज़स' के थे।

बाद में हुई रिसर्च ने इस मक़बरे के जीज़स और उनके परिवार की अंतिम आरामगाह होने की सचाई पर काफ़ी संदेह डाला। बहुतों ने कहा कि ये टालपियोट चर्च को शर्मिंदा करने के लिए गढ़ा गया

छल है। बहुत लोगों को इस बात की फ़िक्र नहीं थी कि मक़बरे के ऊपर बना चिह्न काफ़ी कुछ अमेरिकी एक डॉलर के नोट पर बने पिरामिड की चोटी के अंदर बनी सर्वदृष्टा आंख के इल्युमिनाती प्रतीक जैसा दिखता है।

अध्याय इकत्तीस

वैटिकन सिटी, 2012

थॉमस मैनिंग वैटिकन परिसर के भीतर स्थित अस्पताल ऑस्पिदेल बैम्बीनो येसु के गलियारे में था। महामहिम को तुरंत अस्पताल लाया गया था, लेकिन कुछ घंटे बाद उन्हें मृत घोषित कर दिया गया। मैनिंग तीन घंटे से ज़्यादा से अस्पताल के गलियारे में टहल रहा था। एक उदार नर्स, सिस्टर मारिया एस्परेंज़ा, जो मिश्रित ख़ून की एक ख़ूबसूरत युवा नन थी, बहुत बुरी तरह से थके-हारे थॉमस के लिए एक कप गर्मागरम एस्प्रेसो ले आई थी। थॉमस को पता नहीं था कि सिस्टर मारिया एस्परेंज़ा के पास एस्प्रेसो की एक ख़ास रेसिपी है।

वो एक अच्छे बर ग्राइंडर में बेहतरीन क़िस्म की लवात्ज़ा बीन्स को पीसती। फिर पिसी हुई कॉफ़ी बीन्स को दबाए बिना डबल शॉट फ़िल्टर बास्केट को भरती। पिसी कॉफ़ी के ऊपर उंगली फिराकर वो उसे एक समान करती। फिर हाथ में पकड़ने वाले एक ठोस टैंपर से क़रीब तीस पाउंड का बल लगाते हुए बड़ी महारत से कॉफ़ी को 'कूटती।' फ़िल्टर के हैंडल को फ़िट करके भाप छोड़ती गर्मागरम कॉफ़ी कप में उड़ेलती जिसमें पहले से उसकी एक ख़ास सामग्री, चम्मच भर 1080, मौजूद होती।

पिसा 1080, या सोडियम मोनोफ़्लोरोएसीटेट पानी में घुलने

वाला एक रसायन था जिसे मुख्य रूप से कोयोटी को मारने के लिए इस्तेमाल किया जाता था। ये रंगहीन, गंधहीन, स्वादहीन ज़हर था। एक चम्मच सौ वयस्क इंसानों को मार सकता था। इसका कोई तोड़ नहीं था।[207]

सिस्टर मारिया एस्परेंज़ा शहर की बेहतरीन कॉफ़ी बनाती थी। अजीब बात ये थी कि अस्पताल में कोई उसका नाम भी नहीं जानता था। ब्रदर थॉमस मैनिंग मरने से पहले उसे कॉफ़ी के लिए शुक्रिया तक नहीं कह पाया।

स्वाकिल्की ने परवाह भी नहीं की। उसने नर्स की वर्दी उतारी, वापस अपने कपड़े पहने, अपने हौंडा स्पेज़ियो स्कूटर पर सवार हुई और ल्योनार्दो दा विंची एयरपोर्ट की ओर बढ़ गई।

इस्लामाबाद, पाकिस्तान, 2012

वो पाकिस्तान के राष्ट्रपति के अधिकृत आवास ऐवाने-सद्र में बैठा हुआ था। राष्ट्रपति पाकिस्तान की इंटर सर्विसेज़ इंटैलिजेंस के चीफ़ और सैस के स्टीफ़न एलियट के बीच फ़ोन पर हुई बातचीत की ट्रांसक्रिप्ट देख रहे थे।

"ये आदमी उन लोगों के लिए इतना अहम क्यों है?" कुछ रात पहले शाम की अपनी स्कॉच और सोडा के घूंट भरते हुए वो ग़ालिब के बारे में सोच रहे थे। अब वो जानते थे।

उनका कमबख़्त इंटैलिजेंस चीफ़ और वो अमेरिकी कमीने चाहते थे कि ओसामा और शेख़ जैसे लोगों द्वारा लगातार ख़ुराफ़ातें करवाते रहकर पाकिस्तान में अपनी लंबी खिंच रही मौजूदगी को न्यायसंगत ठहरा सकें। बहुत हो चुका!

उन्होंने तय किया कि अब शाम को आईएसआई के डिप्टी डाइरेक्टर के साथ स्कॉच और सोडा पीने का वक़्त आ गया है।

आईएसआई के नाम से जानी जाने वाली इंटर सर्विसेज़ इंटैलिजेंस के डाइरेक्टरेट को पाकिस्तान में ज़बरदस्त ताक़त हासिल थी। आईएसआई सुरक्षा निगरानी, पाबंदियों और जासूसी के साथ-साथ पाकिस्तान के परमाणु कार्यक्रम की सुरक्षा के लिए भी ज़िम्मेदार थी। आईएसआई की ताक़त 1988 में और भी मज़बूत हो गई थी जब पाकिस्तान के सैन्य तानाशाह राष्ट्रपति ज़िया उल-हक़ ने ऑपरेशन ट्यूपैक—कश्मीर के नियंत्रण के लिए एक कार्यकारी योजना—का आरंभ किया। आईएसआई भारतीय-कश्मीरी मूल के लगभग 5,000 से 10,000 सशस्त्र आदमियों के साथ कम से कम छह बड़े उग्रवादी संगठनों का गठन करने और उन्हें ट्रेनिंग देने के लिए ज़िम्मेदार थी, जिन्होंने अगले कुछ दशकों तक भारतीय प्रशासन को त्रस्त रखा।[208]

आईएसआई चीफ़ कठोरता से अपनी संस्था चलाता था। उसके मातहत, राजनीतिक, बाहरी और आम डिवीज़नों के इंचार्ज उसके डिप्टी डाइरेक्टर को हमेशा मौजूद रहना होता था। आईएसआई चीफ़ पूर्व सैनिक अधिकारी था। उसके मातहत 1980 के दशक में अफ़ग़ानिस्तान से सोवियतों को बाहर निकालने के लिए सीआईए द्वारा प्रायोजित मुजाहिदीन जंग में आईएसआई ने अहम भूमिका निभाई थी। सीआईए ने ट्रेनिंग और पैसा देने का काम आईएसआई को सौंपा था, जिसने 83,000 अफ़ग़ानी मुजाहिदीन को ट्रेनिंग देकर लड़ने के लिए अफ़ग़ानिस्तान भेजा था। फिर सीआईए ने तय किया कि आईएसआई का इस्तेमाल अफ़ग़ानिस्तान में हेरोइन की तस्करी को बढ़ावा देने के लिए किया जाए ताकि वहां रहने वाले सोवियत सैनिक नशेड़ी हो जाएं। आईएसआई चीफ़ ने बहुत ही सटीकता से इस योजना पर अमल किया। उसने 1992 में काबुल में सोवियत समर्थित सरकार के पतन के बाद ये भी सुनिश्चित किया कि अफ़ग़ानिस्तान पर उग्रवादी इस्लामी तालिबान का राज हो जाए। उसके ऊपर उठने की वजह कुछ हद तक सीआईए की समान रूप से उत्साही डाइरेक्टर, अमेरिका की दिवंगत राष्ट्रपति एलिसा कैटज़ेल एलियट का निरतंर

सहयोग और समर्थन भी रही थी। सैस के स्टीफ़न एलियट से भी उसके बहुत मधुर संबंध रहे थे।

इस आईएसआई चीफ़ को तो जाना ही होगा। इस काम के लिए उसका डिप्टी डाइरेक्टर सही आदमी था।

आईएसआई चीफ़ स्टीफ़न एलियट और ज़्वी यातोम को अपनी हमर में पिंड रांझा इंटरनेशनल एयरपोर्ट से विलासितापूर्ण इस्लामाबाद सेरेना होटल के उनके सुइट के लिए ले जा रहा था। उसके बॉस, पाकिस्तानी राष्ट्रपति, ने ख़ास बल दिया था कि अमेरिकी और इज़रायली के साथ मुलाक़ात यहां इस्लामाबाद में ही होगी।

क़रीब छह बजे थे जब बम फटा। कार के नीचे बाईं तरफ़, ईंधन की टंकी और पिछली पैसेंजर सीट के पास टीएनटी युक्त एक इंप्रोवाइज़्ड बम लगाया गया था। इससे ये पक्का हो गया था कि ईंधन की टंकी के फटने से कार में सवार सभी लोग मारे जाएंगे। ट्रिगर एक पेजर द्वारा था।

डिप्टी डाइरेक्टर ने हमर के अंदर मौजूद तीनों लोगों की मौत की दुखद ख़बर देने के लिए राष्ट्रपति को फ़ोन किया।

मेरीलैंड, यूएसए, 2012

विंसेंट ने जल्दी से न्यूमैरिक कीपैड में 13 का अंक डाला और धीरे-धीरे खुलते दरवाज़े को देखता रहा। उसके सामने एक लंबी सुरंग थी। उसे सब तरफ़ से मज़बूत कंक्रीट से बनाया गया था। इसमें पेंट नहीं था, लेकिन छत की लंबाई में एक तार सैकड़ों बल्बों को बिजली सप्लाई कर रहा था जो एक सीधी अंतहीन लाइन में जा रहे थे।

अपनी थकान को भूलकर विंसेंट जॉगिंग करते हुए सुरंग के अंतिम सिरे की ओर बढ़ने लगा। ये थकान भरा काम था क्योंकि

सुरंग में चढ़ाई थी। क़रीब आधे घंटे बाद, जो अनंतकाल सा लगा था, विंसेंट कंक्रीट की एक ठोस, सफ़ेदी की गई दीवार के पास पहुंचा जिसमें उतना ही सफ़ेद दरवाज़ा था।

सफ़ेद पृष्ठभूमि पर जर्मन में एक कहावत लिखी हुई थी: "*वेर वार डेर थोर, वेर वाइज़र, बैटलर ऑडर काइज़र? ऑब आर्म, ऑब राइच, इम टोडे ग्लाइच।*"

इसके नीचे अंग्रेज़ी अनुवाद था जिसका अर्थ था: "कौन मूर्ख है? कौन बुद्धिमान है? कौन भिखारी या राजा है। बूढ़े मूर्ख और भिखारी सिंहासनों पर हैं। नीचे सब महज़ हड्डियों का ढेर हैं।" ये 1776 में स्थापित बवेरियन इल्युमिनाती का आदर्श वाक्य था। उसी साल, 1776, का ज़िक्र अमेरिकी एक डॉलर के नोट पर बने पिरामिड के आधार पर था। वही साल जो माया कैलेंडर के अंतिम चक्र के आरंभ को चिह्नित करता था।

दरवाज़े के साथ ही एक और न्युमैरिक कीपैड था। उसके ऊपर एक छोटा सा लैमिनेटेड बोर्ड था जिस पर बहुत साफ़ लेज़र-प्रिंटेड ये शब्द लिखे थे: "कृपया अपना कमरा नंबर डालें।" विंसेंट को कोई हिसाब-किताब लगाने की ज़रूरत ही नहीं थी। उसे हमेशा हैरानी होती थी कि स्कल एंड बोन्स समाज के कमरा नंबर 322 का क्या महत्व था। ये उसका सौभाग्यशाली दिन था। ताले में क्लिक की आवाज़ हुई और विंसेंट ने दरवाज़े को धकेलकर खोल दिया।

विंसेंट ने चारों ओर देखा। वो एपलेचियन पर्वतों की पूर्वी प्राचीर के साथ जंगल से भरे कैटोक्टिन माउंटेन पार्क में कहीं था।[209] वो एक पहाड़ी ढलान के पास हरे-भरे जंगल में खड़ा था। उसने पीछे मुड़कर उस दरवाज़े को देखा जहां से कुछ पल पहले वो बाहर निकला था। उसे देख पाना लगभग नामुमकिन था, उसे ढलान पर बहुत महारत से छिपाया गया था।

"इसका इस्तेमाल शायद वो सारे पागल किसी की नज़रों में आए बिना उन आनुष्ठानिक कमरों में जाने के लिए करते होंगे," विंसेंट ने सोचा और वो सावधानीपूर्वक मेन रोड और सभ्यता की

ओर जाने के लिए चल पड़ा।

उसने रोज़ाबाल दस्तावेज़ की फ़ोटोकॉपी को छूने के लिए अपनी जेब में हाथ डाला जिसे वो छिपाकर रखने में कामयाब रहा था, जबकि मूल प्रति को तो श्रीनगर में जनरल पृथ्वीराज सिंह ने छीन लिया था। वो वहां नहीं थी! ज़ाहिर था कि इल्युमिनाती हैडक्वार्टर से उसके भागने के दौरान वो किसी वक़्त गिर गई थी। अब इल्युमिनाती के पास उनके परिसर में ही कहीं मूल प्रति के साथ-साथ उसकी फ़ोटोकॉपी भी थी।

कटरा, जम्मू, भारत, 2012

त्रिकूट पर्वत, जिस पर वैष्णो देवी मंदिर था, का आधार एक था मगर चोटियां तीन थीं। इसीलिए उसका नाम त्रि-कूट, यानी तीन चोटियां था। तीन औरतें पहाड़ पर चढ़ते हुए उस जगह की ओर जा रही थीं जहां से वो उस पवित्र गुफा में पहुंच सकें जो अंततः मंदिर तक जाती थी। औसतन, हर साल लगभग चौवन लाख श्रद्धालु आधार से लगभग बारह किलोमीटर की चढ़ाई चढ़कर, 5200 फ़ुट की ऊंचाई पर स्थित मंदिर में देवी मां के दर्शन करने आते थे।

इस मंदिर में कोई मूर्ति नहीं थी। जिन तीन मस्तकों की श्रद्धालु पूजा करते थे वो चट्टान की प्राकृतिक संरचनाएं थीं। इस संरचना का अनूठापन ये था कि हालांकि वो एक ही चट्टान से निकली हुई थीं, लेकिन अपने रंग और विन्यास में वो एक-दूसरे से भिन्न थीं; इसलिए प्रत्येक को देवी के विभिन्न रूपों की तरह पूजा जाता था।

तीनों स्त्रियां एक-दूसरे के साथ काफ़ी सहज मालूम देती थीं। स्वाकिल्की, एलिसा और मार्था पवित्र मातृशक्ति के संप्रदाय की शक्तियों से ख़ुद को फिर से परिचित करवाने जा रही थीं।

बीच में देवी सुनहरे रंग में खड़ी थीं। सुनहरी देवी को धन-समृद्धि का स्रोत माना जाता था। माना जाता था कि वो अपने भक्तों में प्रेरणा और प्रयास के गुणों को बढ़ाएंगी। उनका नाम लक्ष्मी था।

बाईं ओर देवी श्वेत वस्त्रों में थीं। श्वेत देवी को सभी प्रकार की रचना, ज्ञान, बुद्धि, नैतिकता, कला, आध्यात्मिकता और पवित्रता का स्रोत माना जाता था। उनका नाम सरस्वती था।

दाहिनी ओर देवी काले वस्त्रों में थीं। वो जीवन के स्याह और अज्ञात क्षेत्रों से जुड़े गुणों का प्रतिनिधित्व करती थीं। चूंकि जीवन के विषय में मानव का ज्ञान सीमित था, और इस सच को मानते हुए कि मानव अधिकांशतः इस ओर से अंधकार में ही रहता है, काली देवी उस सबका मूल स्रोत थीं जो मनुष्य के लिए रहस्यमय और अज्ञात है। माना जाता था कि अंधेरे की शक्तियों को जीतने में काली देवी अपने भक्तों का मार्गदर्शन करती हैं। उनका नाम काली था।

हिंदुओं का विश्वास था कि हर इंसान में इन तीनों देवियों के गुण समाहित होते हैं और कि उनका व्यवहार उन गुणों से निश्चित होता है जो उनके स्वभाव में प्रबल होते हैं। लेकिन उनका ये भी विश्वास था कि एक सार्थक जीवन जीने के लिए इन तीनों के बीच उचित संतुलन भी ज़रूरी है और कि किसी भी गुण का आवश्यकता से अधिक होना ख़तरे की निशानी है।

यही तेरह के अंक का महत्व था। एक परमशक्ति और तीन स्वरूप।

पवित्र त्रयी।

लक्ष्मी सरस्वती काली।

ला सारा काली।

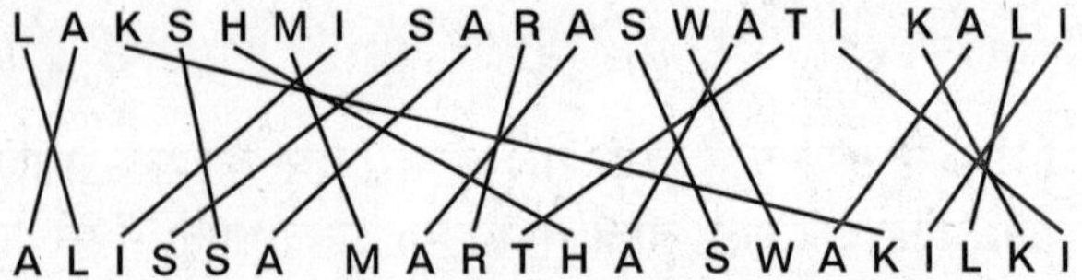

ये महज़ विपर्यय नहीं है, बल्कि एक बहुत ही विशिष्ट संघ की सदस्यता का सूचक है। पवित्र मातृशक्ति का संप्रदाय।

न्यूयॉर्क, यूएसए, 2012

विंसेंट न्यूयॉर्क की फ़्लाइट में था जब उसे जीज़स के गॉस्पेल के सबसे ज़्यादा महत्वपूर्ण शब्द याद आए:

और जब तुम निकलो और वृक्षों को देखो। तो कृपया सोचना क्या चीज़ तुम्हें मुक्त करेगी। तेरह चक्र। एक और तीन। माया संस्कृति ने इसे पवित्र वृक्ष कहा था। मैं तो बस इसे पवित्र त्रय कहता हूं। ब्रह्मा, विष्णु, और शिव तीन हैं। लक्ष्मी, काली और सरस्वती। वो तीसरा नेत्र जिसे हिंदू देखते हैं। त्रयी में त्रिभुज की रेखाएं। ईसाई, मुसलमान, इल्युमिनाती। पहले दो लड़ते हैं, तीसरा देखने की प्रतीक्षा करता है। आख़िर कितना विनाश हो सकता है?

और यही वो वक़्त था जब सिक्का गिरा!

ख़ुद मेरी मैग्डेलीन ने मगध में मंदिर की पुजारिन के रूप में प्राचीन गुप्त विज्ञानों का अध्ययन किया था और देवी के तीन स्वरूपों से अपनी शक्तियां पाई थीं। लक्ष्मी सरस्वती और काली।

और जब वो फ्रांस पहुंचीं तो उनकी बेटी को ला सारा काली कहा गया क्योंकि वो केवल जीज़स और मेरी की वंशावली का ही प्रतिनिधित्व नहीं करती थी बल्कि पवित्र मातृशक्ति के संप्रदाय का विस्तार भी थी। उसका नाम त्रयी

के तीन तत्वों का प्रतिनिधित्व करता था: *ला*-क्ष्मी, *सारा*-स्वती और *काली*।

फिर उसे गोआ में मार्था के साथ किए गए अपने भविष्य-प्रेषण के दृश्य याद आए:

"अब तुम कहां हो?"

"येरूशलम में।"

"और अपने आसपास तुम्हें क्या दिख रहा है?"

"मंदिर की आग। रात है। मैं कैफ़स और सैनहेड्रिन को जीज़स का न्याय करते देख सकता हूं। वो चिढ़े हुए हैं क्योंकि कोई भी विश्वसनीय गवाह जीज़स के ख़िलाफ़ गवाही देने सामने नहीं आ रहा है।"

"तुम्हारी वर्तमान ज़िंदगी का कोई परिचित?"

"थॉमस मैनिंग।"

"वो कौन है?"

"वो कैफ़स है—वहां जमा लोगों के दिमाग़ों में जीज़स के ख़िलाफ़ ज़हर भर रहा है। इस ज़िंदगी में भी, उसने बदला लेना जारी रखा है।"

"और कोई?"

"वो जापानी औरत जिसने मुझे अग़वा किया था। स्वाकिल्की। वो मौजूद है। वो मेरी मैग्डेलीन है!"

"और कोई?

"आप, नाना!"

"मैं क्या कर रही हूं?"

"आप मेरी मैग्डेलीन हैं!"

"तुम उलझ रहे हो, विंसेंट..." मार्था ने नर्वस होते हुए कहा। उसने बात बदलने की कोशिश की। *"वहां और कोई है?"*

"एक और औरत—मैं उसे नहीं जानता। वो मेरी मैग्डेलीन है!"

"विंसेंट, तुम सबको मेरी मानते मालूम दे रहे हो। आगे बढ़ते हैं... अब क्या हो रहा है?"

"मैं जीज़स और तीनों औरतों को दमिश्क़ की ओर बढ़ते देख रहा हूं... मैं बस उनकी पीठ देख पा रहा हूं।"

विंसेंट को अहसास हुआ कि वो कितना मूर्ख था! उसने मेरी मैग्डेलीन को, मगध की उच्च पुजारिन को देखा था, पवित्र मातृशक्ति के तीनों स्वरूपों से घिरे हुए: सृष्टा, पालनकर्ता, संहारक।

आख़िरकार, स्वयं मेरी मैग्डेलीन भी तो शक्ति का, पवित्र मातृशक्ति की दिव्य शक्ति का श्रेष्ठतम शक्तिशाली मानवीकरण थीं। जैसे हर स्त्री हमेशा से रही है!

ली सेंते-मैरी-दे-ला-मेर, फ्रांस, 42 ईसवी

फ्रांस के ली सेंते-मैरी-दे-ला-मेर शहर में, हर साल 23 से 25 मई को सेंट सारा के सम्मान में मनाया जाता था, जिन्हें ला सारा काली के नाम से भी जाना जाता था।

मेरी को प्राचीन गुप्त शक्तियां मातृशक्ति से प्राप्त थीं।

नवरात्रि में देवी मां की पूजा होती है। पहले तीन दिन श्रेष्ठतम मातृशक्ति को पालक, और आध्यात्मिक और भौतिक धन की दाता लक्ष्मी के रूप में पूजा जाता है। अगले तीन दिन दिव्य शक्ति को ज्ञान की देवी सरस्वती के रूप में पूजने में बिताए जाते हैं। अंत में, देवी मां को विनाश की शक्ति काली के रूप में पूजा जाता है।

अगले 2000 साल में, दिव्य मातृशक्ति की शक्तियां अनवरत श्रृंखला में मां से बेटी को प्रदान की जाती रहीं, और दिव्य मातृशक्ति का एक पवित्र संप्रदाय बना। हर औरत जो इसकी सदस्य थी, उसे मातृ-त्रयी के तीन रूपों के प्रतीकस्वरूप एक टैटू बनवाना होता था।

●●●

मातृशक्ति की ये अखंडित श्रृंखला अंततः तीन औरतों तक पहुंची: मार्था सिन्क्लेयर, स्वाकिल्की हेराइ और एलिसा एलियट, और ब्रह्मांड की बृहत्तर योजना से प्रत्येक ने देवी के एक अकेले मुख्य आयाम को विकसित और प्रदर्शित किया।

मार्था सिन्क्लेयर सेंट-क्लेयर परिवार की वंशज थी जो फ्रांसीसी मेरोविंजियन राजाओं के वंशज थे जिनमें ला सारा काली के माध्यम से मेरी मैग्डेलीन का रक्त था। मार्था ने सालों ध्यान, योग और अध्यात्म का अध्ययन करने में बिताए थे। वो ज्ञान का अथाह भंडार बन गई थी, बहुत कुछ सरस्वती की तरह।

एलिसा एलियट का जन्म एलिसा कैटज़ेल के रूप में हुआ था और वो एक नाग राजा केटज़ालकोएट्ल के वंश की थी जो प्राचीन समय में उत्तरी अमेरिका के तटीय क्षेत्र में जा पहुंचा था। मेरी मैग्डेलीन के आध्यात्मिक गृह मगध में बसने के बाद उसका विवाह मेरी मैग्डेलीन पारिवारिक वृक्ष की दूसरी शाखा में हुआ था। एलिसा ने अपनी राजनीतिक और वित्तीय महत्वाकांक्षाएं पूरी करने के लिए हर अवसर का उपयोग किया। वो ताक़त और संपत्ति के चरम पर पहुंच गई थी। लक्ष्मी की तरह।

स्वाकिल्की हेराइ का नाम शिंगो गांव पर पड़ा था जो प्राचीन काल में *हेराइ* कहलाता था। *हेराइ* नाम ख़ुद भी *हेबुराइ* शब्द से निकला था, जिसका अर्थ था *हीब्रू*। ये एक और स्थान था जहां मेरी मैग्डेलीन का पारिवारिक वृक्ष पहुंचा था। क़िस्मत के फेर से, स्वाकिल्की हेराइ एक घातक संहारक बन गई थी। अनुचित ढंग से बिताई अपनी अनेक ज़िंदगियों की वजह से उसके कर्म बिगड़ गए थे, और उसने बार-बार हत्याएं कीं।

तीनों औरतें रोज़ाबाल वंशावली थीं—मगध की उच्च पुजारिन मेरी मैग्डेलीन द्वारा थमाई पवित्र मातृशक्ति संप्रदाय की अखंडित श्रृंखला।

कटरा, जम्मू, भारत, 2012

तीनों स्त्रियां मंदिर से बाहर निकलीं और धूप में चलने लगीं।

"मैं समझ नहीं पा रही कि तुमने इतने सारे लोगों को मारा, तब जाकर तुम्हारी आंख क्यों खुलीं," मार्था ने स्वाकिल्की से कहा। "जब भी हम एक-दूसरे से टकराते थे, मैं तुम्हें बार-बार देखती रहती थी—लंदन में, मुंबई में, और गोआ में। मैं तुमसे कहने की कोशिश कर रही थी कि तुम बेवजह अपनी भावी ज़िंदगियों के लिए बुरे कर्मों का बोझ जमा कर रही हो। उम्मीद है तुम्हें पछतावा हो रहा होगा—ये तुम्हारी आत्मा के लिए अच्छा होगा।"

"हां। मुझे पछतावा है और मैं जानती हूं कि अपने जमा किए पापों को धोने में मुझे कई ज़िंदगियां लग जाएंगी, लेकिन मैं ये नहीं समझ सकती कि इसे क्यों अपनी ताक़त बढ़ाने के लिए सारी दुनिया को आतंकित करना ज़रूरी था," स्वाकिल्की ने एलिसा की ओर संकेत करते हुए कहा। "मार्था, क्या स्टीफ़न ने तुम्हें कभी बताया था कि एलिसा कितनी महत्वाकांक्षी थी?"

"इस बहस में नहीं पड़ते," एलिसा ने कहा। "मैं अपनी ओर ध्यान नहीं खिंचवाना चाहती। मुझे तो मर चुके होना और वर्जीनिया में दफ़्न हो चुका होना चाहिए। पता नहीं ताबूत में किसे रखा गया है... शायद बेचारे पृथ्वीराज को। जो भी हो, मार्था का क्या? इतने सालों से इसने किसी को पता भी नहीं लगने दिया कि इसने कितना आध्यात्मिक ज्ञान हासिल कर लिया है। बेचारा विंसेंट तो इसके साथ धर्मशास्त्र पर ही चर्चा करता रहा, वो अपनी आंट की ज़बरदस्त शक्तियों से पूरी तरह अनजान रहा।"

"सही कहती हो," मार्था ने कहा। "आदमी ऐसा क्यों सोचते हैं कि उनकी शक्तियां पिता, पुत्र और दिव्यात्मा से उत्पन्न होती हैं, जबकि वो तो दिव्य मां है जो लगभग हर चीज़ तय करती है? कि शक्ति तो मातृ ऊर्जा है जो ब्रह्मांड को चालित करती है?"

स्वाकिल्की बोली। "मैं जानती हूं कि अपने गुनाहों का क़र्ज़ चुकाने के लिए मुझे कई जन्म लेने पड़ेंगे, लेकिन मैं ये भी जानती हूं कि मैंने जो किया अगर वो मैं न करती तो कोई और करता। कर्मचक्र तो अंतहीन चलता रहता है।"

"और अच्छा-बुरा, गर्म-ठंडा, सकारात्मक-नकारात्मक, सफ़ेद-काला, प्यार-नफ़रत, पुरुष-स्त्री, और दूसरे कई विरोधी पक्ष एक ही देवी के अनेक रूप हैं," एलिसा ने अपना मत रखा।

जब वो पगडंडी के छोर के पास पहुंचीं तो उन्होंने अपने से कुछ क़दम पीछे एक जानी-पहचानी आकृति को आते देखा। विंसेंट ने अंततः उनके पीछे आने का तय कर लिया था। स्त्रियां उसे देखकर हैरान रह गईं। "मेरे प्यारे विंसेंट," मार्था ने कहा, और उसे गले लगाने के लिए आगे बढ़ी। विंसेंट पीछे हट गया।

"आपने मुझे बताया क्यों नहीं था?" उसने आहत स्वर में पूछा। मार्था को अहसास हुआ कि वो सच में ठगा गया महसूस कर रहा है। वो रुकी और कुछ कहने से पहले उसने पल भर सोचा।

"मैं तुम्हें कैसे बताती कि हम तीनों स्त्रियों को हमारी वंशावली ने पवित्र मातृशक्ति संप्रदाय को आगे बढ़ाने के लिए चुना है? मैं तुम्हें कैसे बताती कि क्रक्स देकुसात्ता पर्मुता से हमारी लड़ाई और कुछ नहीं बल्कि स्त्री-पुरुष की सदियों पुरानी लड़ाई है? मैं तुम्हें कैसे बताती कि मेरी मैग्डेलीन जीज़स की वजह से महान नहीं थीं, बल्कि जीज़स भी उनकी वजह से महान थे? मेरी मैग्डेलीन के अथाह ज्ञान, शक्ति और उच्च आदर्शों के बारे में मैं तुम्हें कैसे बताती?" मार्था ने पूछा।

एलिसा विंसेंट को फ़िलिप का गॉस्पेल सुनाने लगी।

> *"क्राइस्ट सभी शिष्यों से अधिक स्नेह उनसे करते थे और अक्सर उनके मुंह पर चुंबन करते थे। इससे अन्य शिष्यों को ठेस पहुंचती और उन्होंने अपनी अप्रसन्नता जताई। उन्होंने पूछा, 'आप उन्हें हम सबसे अधिक स्नेह क्यों करते हैं?' मसीहा ने जवाब दिया और उनसे कहा, 'उनकी भांति*

मैं तुमसे प्रेम क्यों नहीं करता: जब एक नेत्रहीन और एक नेत्रवान दोनों अंधेरे में होते हैं, तो वो एक-दूसरे से भिन्न नहीं होते। जब प्रकाश होता है, तो जो देख सकता है, वो प्रकाश को देखता है और जो नेत्रहीन है वो अंधेरे में ही रह जाता है।'

"विंसेंट, प्रकाश *नॉसिस* में, ख़ुद को जानने में है। प्रकाश सबके लिए उपलब्ध है, लेकिन कुछ नेत्रहीन होते हैं और उसे देख नहीं सकते। जो उसे देख सकते हैं, वो लोग वाक़ई धन्य हैं! इतने लोगों का अंधे रहना ही असल वजह है कि क्रक्स देकुसात्ता पर्मुता, इल्युमिनाती, इस्लामी आतंकवादी, हिंदू कट्टरपंथी, यहूदी रूढ़िवादी, ऑम शिनरिक्यो और ओपस देइ फलते-फूलते रहे हैं।"

विंसेंट ने स्वाकिल्की को देखा। "और स्वाकिल्की? एक क़ातिल जिसने अनेक बेगुनाह लोगों की जान ली? ये पवित्र मातृशक्ति की शिक्षाओं का पालन करना कैसे हुआ? ये अच्छा कैसे हो सकता है?"

स्वाकिल्की ने अपना सिर झुका लिया और नम्र मगर अर्थपूर्ण ढंग से कहा, "हममें से कोई किसी की जान नहीं ले सकता, विंसेंट। हमारा जन्म-मृत्यु परमेश्वर के हाथ में है। हम तो महज़ कठपुतलियां हैं। डोरियां तो कहीं और से खींची जाती हैं।"

"नहीं। मैं ये नहीं मान सकता। जान लेना ग़लत है। तुम ये कहकर अपने कामों को न्यायसंगत नहीं ठहरा सकतीं कि तुम महज़ एक कठपुतली थीं!"

"मैं तुमसे सहमत हूं, विंसेंट। मैं ख़ुद को अपने कर्मों से कभी अलग नहीं कर सकती और न करूंगी—यही तो कर्म का सिद्धांत है। टैरी एक्टन ने फ्रांस में गिलोटीन पर मेरा सर क़लम किया था। इस जीवन में मुझे उसके साथ यही करना था। तुमने मुझे, स्पा इन्का की पत्नी ममा एनावार्खी को मारा था। जब मैं वू ज़ाओ थी तो मुझे तुम्हें दंड देने का काम करना था। ताकुआ ने सिंग-सिंग में मुझे बिजली से जलाया था, इस जीवन में मैंने उसे बिजली से जला दिया। शिशु भाई के रूप में तुम पृथ्वीराज के लिए मरे थे, और वो तुम्हारे लिए

इल्युमिनाती के हाथों मरा। समान और विपरीत प्रतिक्रिया के बिना कोई क्रिया नहीं होती। पेंडुलम तो लगातार हिलता ही रहता है," स्वाकिल्की ने समझाया।

मार्था बीच में बोली। "कभी जब तुम रोम के एक साधारण सैनिक एंटोनियस थे तब तुम सोचते थे कि ईसाइयों को मारना उचित काम है। तुमने गायनस का पीछा किया क्योंकि वो ईसाइयों का हमदर्द था। इस जीवन में तुम्हें ये समझना था कि अच्छा ईसाई होने का अर्थ क्या है। सही?"

"मुझे अभी भी समझ नहीं आ रहा है कि आपने इल्युमिनाती की मदद क्यों की," विंसेंट ने अपना रुख़ एलिसा की ओर मोड़ते हुए पूछा।

"ये तो बहुत बुनियादी बात है, मेरे प्रिय विंसेंट," एलिसा ने हल्के अंदाज़ में कहा। "स्वाकिल्की क्रक्स देकुसात्ता पर्मुता की एजेंट के तौर पर काम करने को क्यों तैयार थी? इसका हिस्सा बनना ही इसे ख़त्म करने का एकमात्र तरीक़ा था।"

"लेकिन इल्युमिनाती तो ख़त्म नहीं हुए," विंसेंट ने तर्क दिया।

"वाक़ई?" एलिसा ने पूछा। "पृथ्वीराज, ज़्वी और मेरा स्वर्गीय पति स्टीफ़न एलियट सब मर चुके हैं। ग़ालिब और उसका बारह का क़बीला भी ख़त्म हो गया। ओसामा और शेख़ भी मारे गए। कौन बचा?"

धीरे-धीरे विंसेंट को सब समझ आ रहा था, लेकिन उसे पूछना पड़ा। "तो क्या आप तीनों मेरी मैग्डेलीन की वंशज हैं?"

मार्था मुस्कुराई। फिर उसने जवाब दिया, "हां। हम सबमें उनका ख़ून है। लेकिन बस यही चीज़ हमें नहीं बांधती है। हमें बांधती है तो वो पवित्र शक्ति जो मेरी ने अपनी बेटियों को दी थी।"

"बेटियों को? मेरा तो ख़्याल था कि मेरी की केवल एक ही बेटी थी, ला सारा काली, जो अपनी मां के साथ फ्रांस गई थी।"

मार्था ने समझाया। "उनकी तीन बेटियां थीं। एक फ्रांस गई

थी। दूसरी जापान गई थी। तीसरी को वापस मेरी के आध्यात्मिक गृह मगध भेज दिया गया था, जहां से भावी नाग राजा इस वंशावली को अमेरिका ले गए। पवित्र मातृशक्ति की पूजा करने वाली पुजारिन होने के नाते ये स्पष्ट ही था कि वो अपनी बेटियों के नाम पवित्र मातृशक्ति के तीन रूपों, लक्ष्मी, सरस्वती, काली, पर रखतीं। ला सारा काली एक बेटी का नाम नहीं है बल्कि तीनों बेटियों का सामूहिक नाम है।"

"यानी आप तीनों परम देवी मां के तीन रूप हैं?" विंसेंट ने अविश्वास से पूछा।

"नहीं। हर इंसान मां के एक या अधिक तत्व का स्वरूप होता है। हम दिव्य नहीं हैं, विंसेंट। हमारा उद्‌देश्य केवल ये सुनिश्चित करना है कि पवित्र मातृशक्ति की श्रेष्ठता ख़त्म न हो जाए," स्वाकिल्की ने कहा। वो एक पल को ठहरी। "विंसेंट, क्या तुमने कभी डेविड के छह कोणों वाले तारे के बारे में सोचा है... वही जो यहूदी धर्म का पवित्र चिह्न है? कभी तुमने सोचा है कि क्यों उसमें छह कोण होते हैं और उसे एक-दूसरे को काटते दो त्रिभुजों से बनाया जाता है?"

विंसेंट ने जवाब नहीं दिया। वो जानता था कि जवाब ख़ुद-ब-ख़ुद मिलना ही है।

उसकी ख़ामोशी ने काम किया। "जैसा तुम जानते हो, स्त्री रूप अक्सर पात्र या उलटे त्रिभुज द्वारा दर्शाया जाता है। इसे प्राय: गर्भ का प्रतिनिधित्व समझा जाता है। पुरुष रूप का प्रतिनिधित्व इसका उलट, यानी सीधा त्रिभुज करता है। इसे लिंग का प्रतीकात्मक प्रतिनिधित्व माना जाता है। हिंदू धर्म में, स्त्री ऊर्जा का प्रतिनिधित्व लक्ष्मी-सरस्वती-काली की त्रयी करती है और पुरुष ऊर्जा का प्रतिनिधित्व ब्रह्मा-विष्णु-शिव की त्रयी से होता है। पुरुष और स्त्री दोनों त्रयियां रचयिता-पालनकर्ता-संहारक की प्रतिनिधि हैं।" विंसेंट इस जानकारी को आत्मसात कर रहा था जबकि स्वाकिल्की उससे इसकी कल्पना करवा रही थी।

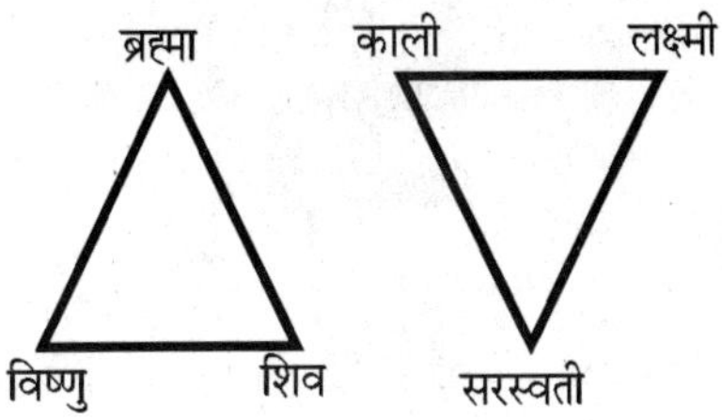

मार्था ने आगे कहा, "परमशक्ति—तुम चाहो तो इस शक्ति को ईश्वर कह लो—महज़ इन स्वरूपों का संयोग है। पुरुष और नारी ऊर्जा। कल्पना करो, अगर तुम इन दोनों त्रिभुजों को एक-दूसरे के ऊपर रखोगे तो क्या होगा? ये लो! तुम्हें डेविड का तारा मिलेगा—एक सार्वभौम शक्ति का प्रतीक जिसमें हम सबको विलीन हो जाना है!"

विंसेंट अवाक था। उसकी आंट ने अभी उसे जो बताया था, उसने उस पर विचार किया, लेकिन संदेह फिर भी बने रहे। "तो हिंदू डेविड के तारे की पूजा क्यों नहीं करते?" उसने पूछा।

"दरअसल, विंसेंट, वो करते हैं—बस थोड़े से भिन्न रूप में। कल्पना करो कि तुम एक-एक त्रिभुज को लो और उन्हें एक-दूसरे के ऊपर रखने से पहले 'खोल' दो। तो तुम्हें क्या मिलेगा? हिंदू स्वास्तिक! वही अवधारणा, बस थोड़ी सी भिन्न ज्यामिति!"

मार्था कहती रही। "वास्तव में, इल्युमिनाती के सबसे ज़्यादा अदभुत प्रतीक चिह्न में भी दोनों त्रिभुज मौजूद हैं। अमेरिकी डॉलर में!"

"लेकिन यहूदी प्रतीकविद्या भारत से क्यों लेते? इज़रायल के लापता क़बीले भारत क्यों भागकर आते? मेरी मैग्डेलीन भारत क्यों आतीं? जीज़स भारत में क्यों बसते? क्यों?" विंसेंट ने पूछा।

चुनौती एलिसा ने स्वीकार की। "यहूदी धर्म में, इज़रायलियों के पिता अब्राहम हैं, ईश्वर द्वारा अनुग्रहीत और चुने हुए। इतिहासकार अब्राहम का समय 1950 ईसा पूर्व के आसपास निश्चित करते हैं। यहूदी और ईसाई दोनों मानते हैं कि वो अब्राहम के पुत्र आइज़ैक के वंशज हैं। दूसरी ओर, मुसलमानों का मानना है कि वो अब्राहम के दूसरे पुत्र इश्माइल के वंशज हैं। महत्वपूर्ण प्रश्न एकदम स्पष्ट है। अब्राहम असल में कौन थे? बुक ऑफ़ जैनेसिस के अनुसार, अब्राहम तेराह के पुत्र थे जो सुमेर के उर प्रांत के थे। अब्राहम की पत्नी सारा थीं। हिंदू धर्म में, आपके पास ब्रह्मा और उनकी पत्नी सरस्वती हैं। क्या ये मुमकिन नहीं है कि अब्राहम और ब्रह्मा एक ही रहे हों? साथ ही इस तथ्य पर भी ग़ौर करो कि अब्राहम के पिता तेराह थे। क्या तुम्हें पता है कि भारत में, *तेराह* अंक होता है?" एलिसा ने पूछा।

विंसेंट शंकालु दिखा। अब मोर्चा स्वाकिल्की ने संभाल लिया। "एक सर्वोच्च शक्ति और तेरह स्वरूप। जो भी हो, सुमेर सभ्यता जिसके अब्राहम थे, वास्तव में सोम सभ्यता थी। सुमेर के लोग चांद की पूजा करते थे। हिंदू धर्म में, अमृत या सुधा का देवता सोम होता था। अर्धचंद्र को वो पात्र माना जाता था जिससे देवता दिव्य अमृत पिया करते थे, और इसलिए हिंदू चंद्रदेव को सोम-नाथ भी कहा जाता था। सप्ताह के पहले दिन, मंडे, को हिंदू सोमवार या 'चांद का दिन' कहते हैं। क्या ये आश्चर्यजनक नहीं है कि 'मंडे' शब्द का अर्थ भी 'डे ऑफ़ द मून (चांद का दिन)' है? अनिवार्यत: सुमेर और भारत की सभ्यताएं एक ही थीं। ये लोग एक ही थे, विंसेंट... और अब्राहम उनमें से ही एक थे! तो क्या ये आश्चर्य की बात है कि मेरी मैग्डेलीन या जीज़स का भारत के साथ आध्यात्मिक जुड़ाव रहा होगा?"

मार्था ने बीच में कहा। "मेसोपोटामिया और भारत में यक़ीनन समान लोग ही रहते थे, विंसेंट। ज़ोरोस्ट्रीय धर्म के संस्थापक ज़रथुष्ट्र का जन्म मेसोपोटामिया, आधुनिक ईरान, में रावी नाम के एक क्षेत्र के आसपास कहीं लगभग 628 ईसा पूर्व में हुआ था। माना जाता है कि उन्होंने गाथा लिखी थीं जो प्राचीन अवेस्ता भाषा में लिखे ज़ोरोस्ट्रीय धर्मग्रंथ हैं। दूसरी ओर, हिंदुओं का प्राचीन ग्रंथ, ऋग्वेद, संस्कृत में लगभग सात सौ साल पहले लिखा गया था। तो, विंसेंट, ये अवेस्ता की एक पंक्ति है: '*तेम अमावंतेम यज़तेम सूरेम दामोहू सेविश्तेम।*' जब मैं इसी भाव की वेदों की पंक्ति संस्कृत में सुनाऊंगी तो तुम भौंचक्के रह जाओगे: '*तम अमावंतम् यजतम्, शूरम् धमासू सविस्थम्।*' लगभग एक समान!"

विंसेंट हतप्रभ था। ये जज़्ब करना तो बहुत ज़्यादा था। मार्था फिर से कहने लगी। "विंसेंट, हिंदू धर्म में, दिव्य शक्तियों के दो समूह थे, *देव* और *असुर*। जानते हो ज़ोरोस्ट्रीय धर्म में भी दिव्य शक्तियों के दो समूह थे—*दैव* और *अहुर*! मेसोपोटामिया और भारत के लोग एक समान ही थे!"

"और मेरी मैग्डेलीन? क्या वो देवी मां की वंशज थीं? क्या उन्हें पवित्र मातृशक्ति का स्वरूप या अवतार माना जा सकता है?" विंसेंट ने पूछा।

स्वाकिल्की ने जवाब दिया, "विंसेंट, उस दस्तावेज़ के अंतिम शब्दों को याद करो जो तुम्हें रोज़ाबाल में मिला था। *शक्ति तुम्हारे अंदर है, क्या तुम्हें नज़र नहीं आता? इससे क्या फ़र्क़ पड़ता है कि ये मेरे अंदर भी है? मैं पदवियों, सम्मानों या अनुग्रह का अधिकारी नहीं हूं; वो जो अधिकारी है वो प्रतिबिंबित चेहरा है। आईने के सामने खड़े हो और स्वयं को देखो; तुम अभिषिक्त हो, अपने अंदर। वास्तविक चमत्कार तो ख़ुद को जानने में और ब्रह्म को, अनंत को, स्व को समझने में है।* मेरी मैग्डेलीन पवित्र शक्ति का स्वरूप थीं, लेकिन वो हम सब हैं! बात बस ये है कि हम इसे समझ नहीं पाते हैं। हममें से प्रत्येक व्यक्ति ईश्वर है। हम महज़ नदियां और धाराएं हैं जो महासागर में मिल जाती हैं। वो आवश्यक सामग्री जो नदियों और उस महासागर को भी बनाती है जिसमें उन सबको समा जाना है, एक ही है—जल। हिंदू दर्शन में शिव और विष्णु विपरीत हैं, लेकिन इस पर विचार करो। अगर हम दोनों नामों के केवल पहले खंड को ही लें, तो हमारे पास शिव और विष होते हैं, जो उलटकर देखने पर एक ही शब्द हैं! अनिवार्य रूप से हम सब एक ही तत्व से बने हैं!"

अब कमान संभालने की बारी एलिसा की थी। "मेरी मैग्डेलीन यक़ीनन पवित्र मातृशक्ति संप्रदाय की सर्वश्रेष्ठ अध्येताओं में से थीं। जीज़स और मेरी की मुलाक़ात तब हुई थी जब वो भारत में अध्ययन कर रहे थे। वो राजपरिवार बेंजमिन की वंशज थीं और वो डेविड के राजवंश के थे। ये मिलन न केवल स्वाभाविक था बल्कि एक शक्तिशाली संदेश भी था—शासन करने के स्पष्ट इरादे के साथ एक राजनीतिक गठबंधन और सम्मिलन। इस तरह, जब जीज़स को यहूदियों का राजा कहा गया, तो ये महज़ एक आध्यात्मिक पदवी नहीं थी, इसे राजनीतिक पदवी भी माना गया। राजनीतिक तत्व को रोमनों ने एक ख़तरे की तरह देखा और इसलिए उन्हें जीज़स को

सूली पर चढ़ाना पड़ा। यहूदियों को अपने धार्मिक कामकाज करने की अनुमति देने में रोमन ख़ुश थे। उन्हें बाधा डालने की कोई ज़रूरत नहीं थी। बाधा राजनीतिक कारणों से डाली गई, धार्मिक कारणों से नहीं," एलिसा ने समझाया।

"लेकिन मैंने तो अपनी परिकल्पनाओं में जीज़स के साथ तीन मेरी देखी थीं," विंसेंट ने कहा। "ऐसा कैसे मुमकिन था? मेरी मैग्डेलीन तो केवल एक ही थीं।"

"सम्मोहन की समाधि ध्यान की समाधि के समान ही होती है—दोनों में व्यक्ति का मस्तिष्क शुद्ध हो जाता है और दिव्य की उपस्थिति को देखना संभव हो जाता है। तुमने केवल दिव्य माता को देखा था, मेरी मैग्डेलीन को नहीं। तुमने माता को उनके तीनों स्वरूपों में देखा था," मार्था ने समझाया, "और ये देखते हुए कि हम तीनों के अंदर उन्हीं गुणों के तत्व हैं, तुमने उन रूपों के प्रतिनिधि के तौर पर हमारे चेहरे देखे थे।"

"मैं अभी भी ये नहीं समझ पा रहा हूं कि दुनिया का अंत क्यों नहीं हुआ। मैंने तो अपनी परिकल्पना में ये देखा था—दुनिया का अंत। मैंने नर्क देखा था!"

अब स्वाकिल्की आगे आई। "नहीं, विंसेंट, न कोई स्वर्ग है और न कोई नर्क है। आत्मा प्रत्येक जीवनकाल में जाती है—निकल आती है, और कर्मों के अनुरूप कोई जीवनकाल स्वर्ग या नर्क हो सकता है। और जहां तक इस संसार का अंत होने की बात है... तो संसार भी कर्मों के अधीन है। जब एक संसार का अंत होता है तो दूसरा शुरू हो जाता है। तुमने जो विनाश देखा था, वो महज़ वज़ीरिस्तान में हुए परमाणु विस्फोट का था—दुनिया के अंत का नहीं।"

"तो मैं क्या विश्वास करूं? क्या सारे धर्म बुरे हैं? क्या मुझे अपना धार्मिक काम छोड़ देना चाहिए?" हतप्रभ और उलझे हुए पादरी ने पूछा, जिसने ऐसा मालूम होता था कि वो आधार ही खो दिया था जिस पर वो खड़ा था।

"इसके उलट, सभी धर्म बुनियादी तौर पर अच्छे हैं। यहूदी धर्म आपसे कहता है कि पूरी आस्था के साथ विश्वास करें कि रचयिता, जिसका नाम पवित्र है, उन लोगों पर कृपा करता है जो उसके आदेशों का पालन करते हैं और उन्हें दंडित करता है जो उनका उल्लंघन करते हैं। एक ऐसा धर्म जो अच्छा व्यवहार करने के नियम बनाता है, बुरा कैसे हो सकता है?" स्वाकिल्की ने पूछा।

"ईसाई धर्म हमें सिखाता है कि प्रेम धैर्य है; प्रेम करुणा है; प्रेम ईर्ष्यालु, दंभी, अहंकारी या निर्मम नहीं होता। ये अपनी राह पर चलाने का हठ नहीं करता; ये चिढ़ या क्रोध दिलाने वाला नहीं होता; ये दुराचार में आनंदित नहीं होता, बल्कि सत्य में आनंदित होता है। ये सभी चीज़ों को धारण करता है, सभी चीज़ों में विश्वास करता है, सभी चीज़ों की आशा करता है, सभी चीज़ों को सहन करता है। मुझे बताओ, विंसेंट, ऐसा धर्म बुरा कैसे हो सकता है जो हमें प्रेम करने की शिक्षा देता है?" एलिसा ने पूछा।

"इस्लाम अपने अनुयायियों से कहता है कि अल्लाह से नज़दीकी की ख़ातिर ग़रीबों, अनाथों और ग़ुलामों को भोजन दो, ये कहते हुए, 'हम केवल अल्लाह की ख़ुशी के लिए तुम्हें खाना खिला रहे हैं—हमें तुमसे न कोई इनाम चाहिए न शुक्रिया।' ऐसा मज़हब जो अपने लोगों से परोपकारी बनने को कहता है, बुरा कैसे हो सकता है?" मार्था ने पूछा।

"हिंदू धर्म हमें सिखाता है कि परिणामों से मोह किए बिना और बिना प्रेम या नफ़रत के आवश्यक कर्म करने वाला व्यक्ति सत्य के गुण की प्रकृति का होता है। ऐसा धर्म जो व्यक्ति को अपना कर्तव्य करने की शिक्षा देता है, बुरा कैसे हो सकता है?" स्वाकिल्की ने पूछा।

"बौद्ध धर्म हमें बताता है कि जैसे बीज बोओगे वैसे ही फल उगेंगे। जो लोग अच्छे काम करते हैं, उन्हें अच्छे फल मिलेंगे। जो बुरे काम करते हैं, वो बुरे फल पाएंगे। अगर आप सावधानीपूर्वक अच्छा बीज बोते हैं, तो आप प्रसन्नता के साथ अच्छा फल पाएंगे।

ऐसा धर्म बुरा कैसे हो सकता है जो हमसे अच्छे कर्म करने को कहता है?" एलिसा ने पूछा।

"सभी धर्मों में कुछ न कुछ अच्छाई मिलती है, विंसेंट। समस्या कभी विश्वास नहीं हुआ है, बल्कि जानबूझकर उसका ग़लत अर्थ निकालना और उसका दुरुपयोग करना है," स्वाकिल्की ने विचारमग्न होकर कहा। "मगर फिर भी, सारी मानवता का विश्वास है कि जब हमारी आत्माएं ऊपर जाएंगी और उस परमात्मा से एकाकार होंगी तो हमें मुक्ति मिलेगी। यही वास्तविक पुनरोत्थान है। अगर इस सार्वभौमिक एकत्व को सब लोग समझ सकें तो कोई संघर्ष ही नहीं होगा!"

अचानक विंसेंट को हिंसा की उस लंबी, अंधेरी सुरंग के छोर पर प्रकाश दिखने लगा जिसमें वो भागे जा रहा था, डरा हुआ, अनंत काल से, उसे ऐसा ही प्रतीत हुआ। वो इन तीनों स्त्रियों के सामने गिर पड़ा। जब उसने फिर से ऊपर देखा, तो वहां केवल एक ही थी।

टिप्पणियां, आभार एवं संदर्भ

1. रोज़ाबाल मक़बरा मौजूद है। देखें *जीज़स लिव्ड इन इंडिया: हिज़ अननोन लाइफ़ बिफ़ोर एंड आफ़्टर द क्रूसिफ़िक्शन,* लेखक होल्गार कर्स्टेन, पेंगुइन, 2001
2. लश्कर-ए-तैयबा का अस्तित्व है। लश्कर-ए-सलासता-अशर काल्पनिक है।
3. ओसामा-बिन-लादेन के भाषणों से प्रभावित, यद्यपि उसके द्वारा कथित नहीं। देखें *मैसेजेज़ टु द वर्ल्ड: द स्टेटमैंट्स ऑफ़ ओसामा-बिन-लादेन* संपा. ब्रूस लॉरेंस, अनु. जेम्स हॉवर्थ, वर्सो, 2005
4. स्वीकारोक्ति के लिए प्रयुक्त अंग्रेज़ी एवं लैटिन दोनों के शब्दों को इस विषय पर ऑनलाइन http://en.wikipedia.org/wiki/Confession पर उपलब्ध एक लेख से लिया गया है।
5. बैंक लू वस्तुत: सबसे पुराना स्विस बैंक है। मगर एग्लॉफ़ का पात्र काल्पनिक है।
6. द्मित्री नोविकोव का पात्र काल्पनिक है। मगर उसकी उपलब्धियां उन्नीसवीं सदी के एक खोजी/शोधकर्ता निकोलस नोतोविच के वास्तविक जीवन पर आधारित हैं, जिसने *द अननोन लाइफ़ ऑफ़ जीज़स क्राइस्ट लिखा था, लीव्ज़ ऑफ़ हीलिंग* पब्लिकेशंस, 1990।
7. जैसा कि *जीज़स लिव्ड इन इंडिया: हिज़ अननोन लाइफ़ बिफ़ोर एंड आफ़्टर द क्रूसिफ़िक्शन,* लेखक होल्गार कर्स्टेन,

पेंगुइन, 2001 में वर्णित है।

8. अधिकांश इस्लामिक रस्मों और रिवाजों को द *एब्सॉल्युट ऐसेंशियल्स ऑफ़ इस्लाम,* लेखक फ़राज़ रब्बानी, व्हाइट थ्रैड प्रेस से लिया गया है।

9. http://www.organiser.org/dynamic/modules.php?name=content&pa=showpage&pid=69&page+17 पर ऑनलाइन उपलब्ध शची राइरिकर के एक लेख से लिया गया है।

10. देखें *गोस्ट वार्सः द सीक्रेट हिस्ट्री ऑफ़ द सीआईए, अफ़ग़ानिस्तान, एंड बिन लादेन, फ्रॉम द सोवियत इंवेज़न टु सैप्टेंबर टैंथ, 2001,* लेखक स्टीव कॉल, पेंगुइन, 2004।

11. असाहारा शोको सत्य है। एक बेहतरीन ऑनलाइन जीवनी http://religiousmovements/lib.virginia.edu/aums.html पर उपलब्ध है। ताकुआ काल्पनिक है।

12. http://en.wikipedia.org/wiki/Yigal_Amir

13. इस विषय पर काफ़ी जानकारी माइकल बैगेंट के द *जीज़स पेपर्स,* हार्पर, 2006 से ली गई थी।

14. यद्यपि ओपस देइ एवं प्रीस्टली सोसाइटी ऑफ़ द होली क्रॉस हर मायने में वास्तविक हैं, मगर क्रक्स देकुसात्ता पर्मुता पूरी तरह काल्पनिक है।

15. इस पूरी पुस्तक में, मैंने उड़ान संख्याओं, आगमन और प्रस्थान की सूचनाओं जैसी यात्रा जानकारियों का प्रयोग किया है। इस जानकारी को प्राप्त करने की प्रक्रिया www.travelocity.com के कारण सरल रही।

16. न्यूयॉर्क के आर्चडायोसीज़, धार्मिक शिक्षा संस्थानों और कार्डिनलों के बारे में भरपूर जानकारी उनकी अधिकृत वैबसाइट http://en.positiveatheism.org/writ/drlaura.htm पर उपलब्ध है।

17. मैंने http://www.biblegateway.com/ पर उपलब्ध बाइबिल के संसाधनों का व्यापक प्रयोग किया है।
18. पूरा चुटकुला http://en.positiveatheism.org/writ/drlaura.htm से लिया गया है।
19. व्हाइट हाउस के विषय में बहुत सारी जानकारी, अमेरिकी राष्ट्रपतियों आदि की ऐतिहासिक और जीवनवृतांतात्मक जानकारी http://www.whitehouse. gov/history/presidents/al16.html से प्राप्त की गई है।
20. http://www.forgotten-ny.com/CEMETERIES/Hidden%20cemeteries/hidcem.html
21. देखें, द *लाइट ऑन प्राणायाम: द यौगिक आर्ट ऑफ़ ब्रीदिंग*, लेखक बी.के.एस. आयंगर, क्रॉसरोड जनरल इंट्रेस्ट, 1985
22. देखें, द *आर्ट ऑफ़ लिविंग: विपश्यना मेडिटेशन: एज़ टॉट बाइ एस.एन. गोयनका*, लेखक विलियम हार्ट, हार्पर सैन फ्रांसिस्को, 1987
23. मुझे ऑनलाइन http://www.comparativereligion.com/reincarnation3.html पर ईसाई धर्म में पुनर्जन्म के सिद्धांत विषय पर उत्कृष्ट चर्चा प्राप्त हुई।
24. http://www.britannica.com/ebc/article-9372767
25. लंदन के ईस्ट एंड और लैज़्नी की मैचबॉक्स फ़ैक्टरी का शानदार इतिहास http://www.eastlondonhistory.com/lesney.htm पर मिल सकता है।
26. देखें, *सीसिल रोड्स*, सारा गर्ट्रूड मिलिन, साइमन पब्लिकेशंस, 2001
27. देखें, *अमेरिका'ज़ सीक्रेट एस्टैब्लिशमेंट: एन इंट्रोडक्शन टु द ऑर्डर ऑफ़ स्कल एंड बोन्स*, एंथनी सी. सटन, ट्राइन डे।
28. देखें, http://www.conspiracyarchive.com/NWO.Illuminati.htm

29. ग्रेट ब्रिटेन की स्पिरिचुअलिस्ट एसोसिएशन वास्तव में है। एसोसिएशन की ऑनलाइन उपस्थिति http://www.sagb.org.uk/ पर है।

30. देखें, *मेनी लाइव्ज़, मेनी मास्टर्स: द ट्रू स्टोरी ऑफ़ ए प्रॉमिनेंट साइकायट्रिस्ट, हिज़ यंग पेशेंट, एंड द पास्ट लाइफ़ थेरेपी दैट चेंज्ड बोथ दियर लाइव्ज़,* डॉ. ब्रायन वीस, वार्नर बुक्स

31. 'सम्मोहन का कथानक' रचने के लिए मैंने अनेक स्त्रोतों का इस्तेमाल किया लेकिन सबसे अच्छा ऑनलाइन http://hypnoticworld.com/scripts/problem_resolution.asp पर उपलब्ध था।

32. देखें, http://www.brown.edu/Administration/Chaplains/Communities/Descriptions/hinduism.html

33. देखें, कर्मा एंड रीइन्कार्नेशन: द विज़डम ऑफ़ योगानंद, वॉल्यूम 2, परमहंस योगानंद, क्रिस्टल क्लैरिटी पब्लिशर्स

34. डॉ. माइकल जी. मिलेट ने पूर्व-जन्म थेरेपी और पुनर्जन्म के विषय के संदर्भ में आधुनिक ईसाइयों द्वारा महसूस किए जाने वाले अपराधबोध पर एक सारगर्भित टीका लिखी है जो http://www.elevated.fsnet.co.uk/index-page14.html पर ऑनलाइन उपलब्ध है।

35. तिब्बती शब्दावली http://www.geocities.com/Athens/Academy/9594/tibet.html से ली गई है।

36. दलाई लामा की ऐतिहासिक खोज के विस्तृत वर्णन के लिए आप http://www.tibet.com/DL/discovery.html पर जा सकते हैं।

37. जीज़स के जन्म से जुड़े विस्तृत ज्योतिषीय और खगोलीय तथ्यों को http://www.math.nus.edu.sg/aslaksen/gem-projects/hm/0203-1-18-bethlehem.pdf से लिया गया है।

38. देखें, http://www.channel4.com/history/microsites/H/history/e-h/herod01.html
39. बेथलहम से जाने के बाद पवित्र परिवार के यात्रा विवरण को /weekly.ahram.org.eg/2005/724/tr6.htm पर देखा जा सकता है।
40. http://www.acns.com/~mm9n/Baptism/601.htm पर आनुष्ठानिक डुबकी के मूल पर प्रोफ़ेसर एम।एम। निनाक का एक दिलचस्प आलेख देखें।
41. अशोक। *एंसाइक्लोपीडिया ब्रिटेनिका*। एंसाइक्लोपीडिया ब्रिटेनिका ऑनलाइन। 17 जून 2007 <http://www.britannica.com/eb/article-9009884>.
42. टॉलेमी द्वितीय का ज़िक्र अशोक की लाटों में अशोक के बौद्ध धर्मप्रचार के प्राप्तकर्ता के रूप में मिलता है, हालांकि पश्चिमी ऐतिहासिक दस्तावेज़ों में यह घटना कहीं दर्ज नहीं है। देखें, http://en.wikipedia.org/wiki/Ptolemy_II_Philadelphus
43. देखें, http://en.wikipedia.org/wiki/Baudhayana। "बौद्धायन शुल्ब सूत्र का सबसे उल्लेखनीय नियम कहता है: तिरछी लंबाई में खींची गई रस्सी एक ऐसा क्षेत्र बनाती है जिसे लंबवत एवं क्षैतिज रेखाएं मिलकर बनाती हैं। अगर ये एक आयत का संदर्भ देता है तो पायथागोरियन प्रमेय का ये सबसे पुराना दर्ज कथन है।"
44. देखें, *पायथागोरस एंड द स्टोरी बिहाइंड द क्रोटोन क्राउन,* लेखक आदि कंगा एवं सैम केर। इसे ऑनलाइन www.vohuman.org/Article/Pythagoras%20and%20the%20behind%20the%20Croton%20Crown.htm पर देखा जा सकता है।
45. *कृष्णा टु क्राइस्ट,* द्वारा रेमंड बर्नार्ड, हैल्थ रिसर्च, 1961।
46. ब्रिटिश लाइब्रेरी, ऑनलाइन गैलरी ऑफ़ सेक्रेड टैक्स्ट्स,

http://www.bl.uk/onlinegallery/sacredtexts/deadseascrolls.html

47. द *कंपलीट वर्ल्ड ऑफ़ द डैड सी स्क्रॉल्स*, फ़िलिप आर. डेवीस, थेम्स एंड हडसन, 2002

48. द *नॉस्टिक डिस्कवरीज़: द इंपैक्ट ऑफ़ द नाग हम्मादी लाइब्रेरी*, मार्विन मायर, हार्पर सैन फ्रांसिस्को, 2006

49. द *रेफ़्युटेशन ऑफ़ ऑल हेरिसीज़, बुक वन*, एंटीपोप हिप्पोलीटस, कैसिंजर पब्लिशिंग, 2004

50. *सेविंग द सेवियर: डिड क्राइस्ट सर्वाइव द क्रूसिफ़िक्शन?*, अबुबक्र बेन इस्माईल सलाहुद्दीन, ट्री ऑफ़ लाइफ़ पब्लिकेशंस, 2001

51. देखें, http://en.wikipedia.org/wiki/Gondophares

52. देखें, http://www.indianchristianity.com/html/chap4/chapter 4c.htm जिसमें लिखा है: "इस परंपरा के बारे में हमें विभिन्न रिपोर्टें मिली हैं। सबसे पुरानी मार्को पोलो की है, और उसके बाद बिशप जॉन डी मैरिग्नॉली की है। हमने उन्हें यूल की मार्को पोलो, द्वितीय संस्करण और उनकी कैथे एंड द वे दिदर से उद्धृत किया है। मार्को पोलो (पूर्वोक्त, खंड दो, पृ. 340): 'अब मैं आपको वह तरीक़ा बताऊंगा जिसके द्वारा चर्च की देखरेख करने वाले हमारे ईसाई भाई संत की मृत्यु की कहानी सुनाते हैं। वे कहते हैं कि संत जंगल में अपनी कुटिया के बाहर प्रार्थना में रत थे, उनके आसपास बहुत सारे मोर थे क्योंकि और कहीं की अपेक्षा उस देश में वो बहुत ज़्यादा होते हैं। और उस देश का एक मूर्तिपूजक जो उस गोवी वंश का था जिसके बारे में मैंने आपको बताया था, अपने धनुष-बाण लेकर मोर मारने निकला, उसे संत दिखाई नहीं दिए और उसने एक मोर पर तीर चला दिया; और यह तीर उस महात्मा के दाहिनी ओर लगा, इतना घातक कि वे अपने रचयिता से बात करते हुए मृत्यु को प्राप्त हो गए। उस

स्थान पर आने से पहले जहां उनकी इस तरह मृत्यु हुई थी, वे नूबिया में थे जहां उन्होंने अनेक लोगों को जीज़स क्राइस्ट के मत में अंतरित किया था।

53. देखें, http://www.sol.com.au/kor/7_01.htm जिसमें लिखा है: " *द एपोक्राइफ़ल एक्ट्स ऑफ़ थॉमस,* और गॉस्पेल ऑफ़ थॉमस से और संकेत उद्धृत किए गए हैं जो सीरियाई मूल के हैं और चौथी सदी ईसवी, या संभवत: और पहले के हैं। ये नॉस्टिक धर्मग्रंथ हैं और अप्रनी प्रामाणिकता सिद्ध करने के साक्ष्यों के बावजूद उन्हें मुख्यधारा के धर्मशास्त्रियों द्वारा विश्वसनीयता प्रदान नहीं की गई है। इन ग्रंथों में थॉमस एंड्रेपोलिस, पैफ़्लागोनिया (वर्तमान में एनातोलिया के धुर उत्तर में माना जाता है) में एंड्रप्पा के राजा के मेहमान के रूप में क्राइस्ट की उपस्थिति के बारे में बताते हैं। वहां वे थॉमस से मिले थे जो अलग से वहां पहुंचे थे। एंड्रेपोलिस में ही क्राइस्ट ने थॉमस से भारत जाने और वहां उनकी शिक्षा का प्रसार करने की विनती की थी।"

54. बालाकोट से जुड़े एक ऑनलाइन समकालीन समाचार के लिए देखें http://jammu-kashmir.com/archives/archives2002/kashmir20020615a. html

55. क़ुरआन के शोध के लिए मुझे एक बहुत ही उत्कृष्ट स्रोत http://quod.lib.umich.edu/k/koran/ पर एम.एच. शाकिर द्वारा अनूदित द *होली क़ुरअन,* तहरीके तरसीले क़ुरआन, इंक., 1983 का इलेक्ट्रॉनिक संस्करण मिला। इस पुस्तक में क़ुरआन से संबंधित अधिकांश संदर्भ यहीं से लिए गए हैं।

56. http://en.wikipedia.org/wiki/Sermon_on_the_Mount

57. कश्मीर इंफ़ॉर्मेशन डाइरेक्टरी http://www.samawar.com/content/view/7/20/ पर देखें।

58. देखें http://www.plantnames.unimelb.edu.au/Sorting/Nardostachys.html

59. बकिंघम पैलेस के इतिहास के लिए ऑनलाइन http://www.royal.gov.uk/OutPut?page568.asp पर मौजूद रॉयल रैज़िडेंसेज़ देखें।

60. दरअसल, रॉयल कॉलेज ऑफ़ साइकायट्रिस्ट्स नंबर 18 में नहीं, नंबर 17, बैल्ग्रेव स्क्वेयर में स्थित है। साथ ही, कॉलेज से पहले अंतिम किराएदार लेडी क्लेमेंटाइन सॉसून नहीं, बल्कि लेडी लियोन्टाइन सैसून थीं। नंबर 17 बैल्ग्रेव स्क्वेयर का वास्तविक इतिहास कॉलेज की वैबसाइट http://www.rcpsych.ac.uk/college/archives/history/historyofbelgravesquare.aspx पर मौजूद है।

61. विपश्यना रिसर्च इंस्टीट्टयूट, देखें http://www.vri.dhamma.org/

62. आर्माइक भाषा में ईश्वर की प्रार्थना http://www.godswillministries.com/parayers.html से ली गई है।

63. जीज़स के समय में येरूशलम कैसा दिखता था, इसका वर्णन *टाइम* पत्रिका में प्रकाशित एक बेहतरीन लेख से प्राप्त किया गया है। इसे ऑनलाइन http://www.time.com/time/2001/jerusalem/cover.html पर देखा जा सकता है।

64. दक्षता के कारण मैंने बैबेल फ़िश की ऑनलाइन अनुवाद सेवा का बहुतायत से प्रयोग किया है और इसे बहुत उत्कृष्ट पाया। अंतिम अनुवादों की सटीकता के बारे में मैं सुनिश्चित नहीं हो सकता लेकिन अगर कोई त्रुटि रहती है तो मैं क्षमाप्रार्थी हूं। बैबेल फ़िश अनुवादक का प्रयोग ऑनलाइन http://babelfish.altavista.com/tr पर किया जा सकता है।

65. इस वैज्ञानिक खोज पर बीबीसी की ख़बर http://news.bbc.co.uk/1/hi/health/3929471.stm पर देखें।

66. लोबान के वैज्ञानिक गुणों के बारे में जानने के लिए स्लोन-कैटरिंग की वैबसाइट देखें। http://www.mskcc.org.mskcc/html/69309.cfm पर जाएं।

67. देखें, http://www.beercook.com/prochefs/markdorber.htm
68. देखें http://www.tombofjisus.com/indonesian/core/majorplayers /crucifixion/crucifixion-p2.htm
69. *ब्लैक पोटैटोज़: द स्टोरी ऑफ़ द ग्रेट आइरिश फ़ैमीन, 1845-1850*, सूज़न कैंपबेल बार्टोलेटी, हाउटन मिफ़लिन, 2005
70. http://www.forgotten-ny.com/STREET%SCENES/middlevillage /middlevillage.html
71. आइन्ज़ीडेल्न के इतिहास के लिए http://members.virtualtourist. com/m/b6eb4/a8f71/
72. http://www.hps.com/~tpg/ukdict/ukdict-8.html
73. गिलोटीन और फ्रांसीसी क्रांति के बारे में और अधिक पढ़ने के लिए यॉन फ़ैब्रीशियस की बेहतरीन साइट http://www.guillotine.dk पर जाएं।
74. मोटे तौर पर ऐतिहासिक मेरी एन शार्लट डी कॉर्दे द'अरमौं पर आधारित, जिसका ज्यां-पाल मराह का क़त्ल करने के लिए 1793 में गिलोटीन पर सर क़लम कर दिया गया था।
75. इन्का साम्राज्य पर बेहतरीन जानकारी के लिए देखें http://en.wikipedia.org/wiki/Sapa_Inca
76. वू ज़ाउ के ऐतिहासिक व्यक्तित्व की अधिक जानकारी http://www. womenofchina.cn/people/women_in_history/3594.jsp पर पाई जा सकती है।
77. क्रूसिफ़िक्शन के बाद जीज़स के क्रियाकलाप के पूरे कालक्रम को http://www.westarinstitute.org/Periodicals/4R_Articles/Easter?Chronology/chronology.html से लिया गया है।
78. देखें, *द मीनिंग ऑफ़ शिंटो*, जे.टी. मेसन, ट्रैफ़ोर्ड पब्लिशिंग,

2006

79. इंटरनेशनल सैंटर फ़ॉर रेकी ट्रेनिंग की वैबसाइट http://www.reiki.org/ देखें।
80. देखें, *मुहम्मद: ए बायाग्राफ़ी ऑफ़ द प्रॉफ़ेट,* कैरेन आर्मस्ट्रॉन्ग, हार्पर सैन फ्रांसिस्को, 1993।
81. इस्लामिक सैंटर ऑफ़ रॉचैस्टर के एक शोधपत्र 'जीज़स इन इस्लाम' को http://theicr.org/jesus%20in%Islama.pdf पर देखें।
82. देखें, *आइरेनियस अगेंस्ट हेरेसीज़,* आइरेनियस, कैसिंजर पब्लिशिंग, 2004
83. इस लिखित भेंट को विस्तार से http://www.tombofjesus.com/core/majorplayers/the-tomb/the-tomb-p3.htm पर देखें
84. देखें, *जीज़स इन इंडिया: बीइंग एन एकाउंट ऑफ़ जीज़स' एस्केप फ्रॉम डैथ ऑन द क्रॉस एंड हिज़ जर्नी टु इंडिया,* हज़रत मिर्ज़ा ग़ुलाम अहमद, फ्रैडोनिया बुक्स, 2004।
85. बीबीसी की वास्तविक रिपोर्ट को http://news.bbc.co.uk/2/hi/south-asia/4400957.stm पर पढ़ा जा सकता है।
86. देखें *ए लांग एंड अनसर्टेन जर्नी: द 27,000 माइल वॉयेज ऑफ़ वास्को डी गामा,* जोआन एलिज़ाबेथ गुडमैन, मिकाया प्रेस, 2001
87. http://www.keralachurch.com/main_left_right.php?cmd= keralachristianity
88. *द गोआ इंक्विज़िशन: बीइंग ए क्वार्टर सैंटीनरी कॉमेमोरेशन स्टडी ऑफ़ द इंक्विज़िशन ऑफ़ इंडिया,* अनंत काक्बा प्रियोल्कर, साउथ एशिया बुक्स।
89. http://www.christianaggresstion.org/item_display.php?type= ARTICLES&id=1111142225

90. http://www.newadvent.org/cathen/04610a.htm

91. *तारीख़े-ईसा-मसीह* नाम की कोई पुस्तक नहीं है। http://tombofjesus.com/core/majorplayers/the-tomb-p7.htm#marriageandchildren पर एक पुराने "फ्रांसीसी ग्रंथ *निग़ारिस्ताने-कश्मीर* का संदर्भ है जिसमें जीज़स के विवाह का ज़िक्र है। हम इसे पाने का प्रयास करते रहेंगे, और पाठक समय-समय पर वैबसाइट पर देख सकते हैं कि यह दस्तावेज़ प्राप्त हो गया है या नहीं... इस रचना को, सार्थक अनुच्छेदों के अंग्रेज़ी अनुवाद सहित, पाने की कोशिश में हमने अनेक लोगों से संपर्क किया है। यह मुश्किल काम हो सकता है, लेकिन इसे पाने के लिए हर संभव प्रयास करने के लिए हम दृढ़ हैं। इस बीच, हम एंड्रियस फ़ेबर काइज़र की *जीज़स डाइड इन कश्मीर* से निम्न अंश प्रस्तुत कर रहे हैं, जिसमें काइज़र मि. बशारत सलीम के साथ, वह व्यक्ति जो जीज़स क्राइस्ट का जीवित वंशज होने का दावा करते हैं, हुई अपनी बातचीत प्रस्तुत करते हैं: "उन्होंने मुझे बताया कि उनकी जानकारी के मुताबिक़ इस विषय (जीज़स के विवाह) पर एकमात्र लिखित स्रोत *निग़ारिस्ताने-कश्मीर* है, फ़ारसी की एक पुरानी पुस्तक जिसका उर्दू में अनुवाद हो चुका है, और वह बताती है कि राजा शालेवाहिन (वही राजा जो पहाड़ों में जीज़स से मिले थे और उनसे बात की थी) ने जीज़स से कहा कि उन्हें अपना ध्यान रखने के लिए एक स्त्री की आवश्यकता है, और उन्हें अपनी चुनिंदा पचास औरतें पेश कीं। जीज़स ने उत्तर दिया कि उन्हें किसी की ज़रूरत नहीं है और कि कोई उनका काम करने के लिए बाध्य नहीं है, लेकिन राजा ज़िद पर अड़े रहे तो जीज़स को अपने लिए खाना बनाने, अपने घर की देखरेख करने और कपड़े धोने के लिए एक स्त्री को रखने पर सहमत होना पड़ा। प्रोफ़ेसर हसनैन ने मुझे बताया कि उस स्त्री का नाम मरियम था, और

कि उसी पुस्तक में लिखा है कि उसने जीज़स की संतानों को जन्म दिया।"

92. पुर्तगाली में "हे ईश्वर, मुझे इस पुस्तक को बचाने की शक्ति दे"।

93. देखें, http://www.thezensite.com/non_Zen/Was_Jesus_Buddhist.html पर *वाज़ जीज़स ए बुद्धिस्ट?*

94. देखें http://www.psan.org/document551.html पर *द सिक्योरिटी ऑर्गन्स ऑफ़ द रश्यन फ़ेडरेशन।*

95. मोटे तौर पर एफ़बीआई एजेंट रॉबर्ट हैंसन की ज़िंदगी पर आधारित जिसने ओपस देइ के आदेश पर रूसियों की जासूसी की थी। देखें, http://www.foxnews.com/story/0,2933,27409,00.html

96. डॉ. दाऊद उमर का पात्र मोटे तौर पर पाकिस्तान के परमाणु कार्यक्रम के संस्थापक ए.क्यू. ख़ान पर आधारित है। उन्होंने वास्तव में लूवेन विश्वविद्यालय में शिक्षा पाई थी। विवरण के लिए देखें, http://www.ias-worldwide.org/profiles/prof85.htm

97. पाकिस्तान के परमाणु कार्यक्रम एवं ए.क्यू. ख़ान की गिरफ़्तारी की डब्ल्यू.एम.डी. इनसाइट्स के लिए देखें, http://www.wmdinsights.com/13/GI_SR_AQK_Network.htm

98. *वाशिंगटन क्वार्टर्ली* के वास्तविक लेख को http://www.twq.com/05spring/docs/05spring_albright.pdf पर पढ़ें।

99. सलाह का विस्तृत विवरण http://www.islamawareness.net/Salah/ से लिया गया है।

100. देखें, http://www.islamic-study.org/Saladin%20(Salahu%20ad-Deen).htm पर *सलादीन: ए बेनीवोलेंट*

मैन, रेस्पेक्टेड बाइ बोथ मुस्लिम्स एंड क्रिश्चियंस, द इंस्टीट्यूट ऑफ़ अरेबिक एंड इस्लामिक स्टडीज़

101. सीएनएन की एक वास्तविक ख़बर से लिया गया। देखें http://www.cnn.com/2005/WORLD/europe/04/19/pope.tuesday/index.html

102. पूरा लेख http://www.benadorassociates.com/article/13899 पर पढ़ें।

103. देखें, http://www.pipavav.com/a_in.html

104. देखें, http://www.sitemaker.umich.edu/satran/files/atran-sct-0406.pdf पर *ए फ़ेल्योर ऑफ़ इमेजिनेशन (इंटैलिजेंस, डब्ल्यूएमडीज़, एंड 'वर्चुअल जिहाद'),* स्कॉट एट्रन, सैंटर नेशनल दे ला रूशर्शे साइंटिफ़िक, पेरिस, फ्रांस एवं यूनिवर्सिटी ऑफ़ मिशीगन, एन आर्बर

105. देखें, *नॉस्त्रेदेमस: द कंप्लीट प्रोफ़ेसीज़,* जॉन हॉग, एलीमेंट बुक्स, 1997

107. फ्रेंच इंतफ़ादा पर टाइम पत्रिका का लेख http://www.time.com/time/world/article/0,8599,1127429,00.html पर पढ़ें।

108. देखें http://warfare2050.blogspot.com/2007/04/warfare-2050-dictionary-la-triple.html

109. 'परिपूर्ण!' के लिए वीगुर उक्ति।

110. देखें http://www.globalsecurity.org/military/world/para/ji.htm

111. http://www.globalsecurity.org/security/profiles/jaish-e-mohammad.htm

112. सभी ग्रहों की स्थितियों की गणना http://www.ephemeris.com/ephemeris.php पर की गई है

113. पात्र मोटे तौर पर अबू मुसाब अल-ज़रक़ावी पर आधारित है। देखें, http://www.globalresearch.ca/articles/CHO405B.html

114. 'कुत्ते का बच्चा' के लिए अरबी कथन।

115. http://www.jihadwatch.org/archives/004849.php

116. पात्र मोटे तौर पर जमाअह इस्लामिया के असल संस्थापक अबु बक्र बशीर पर आधारित। काउंसिल ऑफ़ फ़ॉरेन रिलेशंस से प्राप्त जे.आई. का विवरण http://www.cfr.org/publication/8948/

117. http://www.dfat.gov.au/facts/muslims_in_australia.html

118. पात्र मोटे तौर पर चेचन सेनापति शामिल बसायेव पर आधारित है। जानकारी के लिए देखें http://topics.nytimes.com/top/reference/timestopics/people/b/shamil_basayev/index.html

119. http://www.socialpages.com.pk/137/art.asap

120. डूरंड रेखा। *एंसाइक्लोपीडिया ब्रिटैनिका।* एंसाइक्लोपीडिया ब्रिटैनिका से 23 जून 2007 को ऑनलाइन http://www.britannica.com/eb/article-9031550 से प्राप्त।

121. देखें http://www.levity.com/eschaton/why2012.html पर द *हाउ एंड व्हाइ ऑफ़ द मायन एंड डेट इन 2012* ए.डी., द्वारा जॉन मेजर जेंकिंस।

122. http://www.specialoperations.com/Domestic/CIA/SAS/Default.html

123. यात्रा विवरण और सामग्री बेनी कूरियन द्वारा की गई केरल की वास्तविक यात्रा से ली गई है। जानकारी के लिए पढ़ें http://www.earthfoot.org/p2/in013/htm

124. देखें *जीज़स डाइड इन कश्मीर: जीज़स, मोज़ेज़ एंड द टैन लॉस्ट ट्राइब्स ऑफ़ इज़रायल*, द्वारा एंड्रियस फ़ेबर काइज़र, गॉर्डन एंड क्रेमॉनेसी, 1977

125. बार्ट, कार्ल फ्रेडरिक, *एंसाइक्लोपीडिया ब्रिटैनिका*। एंसाइक्लोपीडिया ब्रिटैनिका से 2007 में ऑनलाइन http://www.britannica.com/eb/article-9011796 से प्राप्त।

126. देखें http://www.answers.com/topic/swoon-hypothesis पर स्वून हाइपोथीसिस।

127. *नाथनामावली* के प्रसंगगत अनुच्छेदों को आत्मा ज्योति आश्रम की वैबसाइट http://www.atmajyoti.org/sw_unknown_life.asp पर पाया जा सकता है।

128. *गार्जियन ऑफ़ द डॉन*, द्वारा रिचर्ड ज़िम्लर, डेल्टा, 2005।

129. रैडिफ़.कॉम द्वारा लिया गया रिचर्ड ज़िम्लर का साक्षात्कार http://in.rediff.com/news/2005/sep/14inter1.htm पर मौजूद है।

130. http://www.answering-islam.de/Main/Intro/islamic_jesus.html

131. थियाऊबा प्रोफ़ेसी से जुड़े लेख के लिए देखें http://thiaoouba.com/tomb.htm

132. देखें द *बुक ऑफ़ रिवीलेशन* (द स्मार्ट गाइड टु द बाइबल सीरीज़), द्वारा डेमंड आर. डक एवं लैरी रिचड्र्स, थॉमस नेल्सन, 2006

133. http://www.chamonet.com/faq.php?id_faq_type=43

134. http://www.powerlabs.org/chemlabs/deflagrants.htm

135. थ्री गॉर्जेस डैम के बारे में पृष्ठभूमि की जानकारी http://en.wikipedia.org/wiki/Three_Gorges_Dam से ली गई है।

136. देखें http://www.acfnewsource.org/science/bomb_prevention. html

137. देखें, ऑनलाइन ग्रेट बिल्डिंग्स http://www.greatbuildings.com/buildings/Petronas_Towers.html पर।

138. http://www.textually.org/textually/archives/cat_cell_phones_ used_by_terrorists.htm

139. देखें श्री माता वैष्णो देवी मंदिर समिति की वैबसाइट http://www.maavaishnodevi.org/

140. सादिक़ एम. आलम ह्यसूफ़ी संतह्र को मेरा शुक्रिया जिनके ब्लॉग http://mysticsaint.blogspot.com/2008/05/earthly-mother-extra-ordinary-teaching.html ने मुझे पवित्र नारी शक्ति के संबंध में कुछ बेहतरीन विचार प्रदान किए।

141. http://www.globalsecurity.org/military/world/iraq/baghdad-monuments.htm

142. http://www.armageddononline.org/content/view/25/49/

143. बंग कार्नो स्टेडियम की तफ़्सील http://www.worldstadiums.com/stadium_menu/stadium_list/100000.html पर देखें।

144. http://www.pbs.org/wgbh/nova/bioterror/agen_anthrax.html

145. http://www.news.nationalgeographic.com/news/2004/11/1130_041130_locusts.html

146. http://www.goacom.org/overseas-digest/Religion/Christianity&Europe/church-crusades,colonial%20backing&no-salvation-outside-church.html

147. भारतीय गुप्तचर सेवाओं के बारे में http://www.fas.org/

irp/world/india/raw/index.html पर जानकारी लें।

148. http://www.answers.com/topic/mossad पर जानकारी लें।

149. मेरी के तथाकथित दफ़्न स्थल के बारे में और जानकारी के लिए http://www.despardes.com/articles/deco5/121305-virgin-mary-elmasry.asp पर मोहम्मद अलमसरी का लेख 'माई मेरी दा अस्थान' देखें।

150. देखें द *फ़िफ़्थ गॉस्पेल: न्यू एविडेंस फ़्रॉम द तिब्बेतन, संस्कृत, अरेबिक, पर्शियन एंड उर्दू सोर्सेज़ अबाउट द हिस्टॉरिकल लाइफ़ ऑफ़ जीज़स क्राइस्ट आफ़्टर द क्रूसिफ़िक्शन,* द्वारा फ़िदा हसनैन एवं डैहन लेवी, एहतेशाम फ़िदा, ब्लू डॉल्फ़िन, 2006।

151. अंग्रेज़ी और अरबी के विभिन्न नामों की शब्दोत्पत्ति संबंधी काफ़ी जानकारी http://www.behindthename.com से ली गई है।

152. श्रीमद्भागवतम् से हमें ज्ञात होता है कि भगवान कृष्ण पृथ्वी पर जिस दिन प्रकट हुए थे उस दिन चांद रोहिणी नक्षत्र में था और वह कृष्ण पक्ष की अष्टमी थी, कलयुग आरंभ होने के 125 वर्ष पहले ह्यजो 18 फ़रवरी, 3102 ईसा पूर्व को शुरू हुआ था, जिसके अनुसार यह तिथि 12-13 जुलाई, 3127 ईसा पूर्व निश्चित होती है।।

153. देखें http://www.berzinearchives.com/web/en/archives/approaching_buddhism/teachers/lineage_masters/life_shakyamuni_buddha.html पर *बर्ज़िन आर्काइव्ज़*।

154. देखें http://www.wilsonalmanac.com/jesus_similar.html पर जीज़स के साथ समानताएं रखने वाले देवताओं और मानवों पर *विल्सन्स एल्मनाक*।

155. देखें http://www.infidels.org/library/historical/kersey_graves/16/ पर द *वर्ल्ड्स सिक्सटीन क्रूसीफ़ाइड सेवियर्स*।

156. देखें http://www.truthbeknown.com/horus.html पर एस. आचार्य द्वारा लिखा लेख 'बॉर्न ऑफ़ ए वर्जिन ऑन दिसंबर 25थ: होरस, सन गॉड ऑफ़ इजिप्ट।'

157. देखें, *डॉटर्स ऑफ़ द इंक्विज़िशन: मेडीवल मैडनेस: ओरिजिंस एंड आफ़्टरमाथ्स*, द्वारा क्रिस्टीना क्रॉफ़र्ड, सैवन स्प्रिंग्स, 2003

158. देखें http://ourworld.compuserve.com/homepages/dp5/jesus.htm पर डेविड प्रैट का 'हू वाज़ द रीयल जीज़स?'

159. http://www.answers.com/topic/john-the-baptist

160. http://www.hinduismtoday.com/archives/2004/1-3/36-37_lore.shtml

161. देखें, द *वूमैन विद द एलाबैस्टर जार: मेरी मैग्डेलीन एंड द होली ग्रेल*, द्वारा मार्गरिट स्टारबर्ड, एंड कं।, 1993।

162. देखें, http://brainmind.com/MarriageOfJesusChristConspir.pdf पर द *क्राइस्ट कॉन्सपिरेसी:* द *मैरिज ऑफ़ जीज़स*, द्वारा रॉन जॉज़ेफ़।

163. http://altreligion.about.com/library/graphics/bl_smarymagdalen.htm

164. देखें, द *टैम्प्लर रिवीलेशन: सीक्रेट गार्जियन्स ऑफ़ द ट्रू आइडेंटिटी ऑफ़ क्राइस्ट*, द्वारा लिन पिकनैट एवं क्लाइव प्रिंस, टचस्टोन, 1998।

165. http://www.roman-empire.net/decline/constantine-index.html

166. देखें, http://reluctant-messenger.com/reincarnation-pope.htm पर 'पोप अरैस्टेड फ़ॉर बिलीविंग इन रीइन्कार्नेशन।'

167. *ओरिजेन* दे *प्रिंचिपीस, द्वारा ओरिजेन,* प्रका. कैसिंजर पब्लिशिंग, 2004।

168. इस विषय पर बेहतरीन पुस्तकों में से एक है द *क्राइस्ट कॉन्सपिरेसी—*द *ग्रेटेस्ट स्टोरी एवर सोल्ड,* द्वारा आचार्य एस., एडवेंचर्स अनलिमिटेड प्रेस, 1999।

169. ब्लॉग jesusofeastand west.blogspot.com को चलाने वाले नीलेन पैटन को मेरा धन्यवाद कि उन्होंने मेरा ध्यान यूट्यूब पर उपलब्ध बीबीसी की एक डॉक्युमेंट्री http://www.videosift.com/video/Did-Jesus-die-BBC-4-Documentary की ओर दिलाया।

170. http://www.shroud.com/menu.htm

171. देखें, द *जीज़स कॉन्सपिरेसी:* द *ट्यूरिन श्राउड एंड द ट्रुथ अबाउट रेज़रेक्शन,* द्वारा होल्गार कर्स्टेन एवं एल्मर आर. ग्रूबर, एलीमेंट बुक्स, 1994।

172. http://www.answers.com/topic/bhrigu-samhita

173. जापानी में 'आप नियति में विश्वास करते हैं?'

174. अगर हम मागरिट स्टारबर्ड की हाइरॉस गैमॉस, यानी विवाह के प्राचीन पवित्र अनुष्ठान, की धारणा को स्वीकार करते हैं, तो एक ऐसी स्त्री का विवाह राजा के साथ किया जाता था जो देवी और भूमि का प्रतिनिधित्व करती थी। इन प्राचीन रस्मों में से कुछ में पुजारिन-देवी से विवाह करने के बाद राजा की आनुष्ठानिक हत्या, प्रतीकात्मक या वास्तविक रूप में, सम्मिलित होती थी। प्रतीकात्मक हत्याओं में वह एक रहस्यात्मक पुनरोत्थान में फिर उठ खड़ा होता था जो प्रकृति में सुस्पष्ट मृत्यु और पुनर्जन्म के चक्र को दोहराता था। इस

हद तक, मेरी मैग्डेलीन के लिए जीज़स को "मारने" की बात पूरी तरह से वैध होती।

175. देखें, http://www.eurekalert.org/features/doe/2004-09/ddoe-rdo091604.php

176. मोटे तौर पर रावलपिंडी में गिरफ़्तार किए गए अल-क़ायदा के प्रमुख लीडर ख़ालिद शेख़ मुहम्मद पर आधारित। पूरी ख़बर के लिए देखें http://timesofindia.indiatimes.com/articleshow/1205101.cms

177. http://www.whitehouse.gov/history/facts/html

178. जॉर्ज डब्ल्यू. बुश द्वारा बीबीसी के *हार्ड टॉक* के स्टीफ़न सैकर को दिए वास्तविक इंटरव्यू से प्रेरित।

179. नॉम डिक्सन के मूल आलेख का संपादित संस्करण, जो पहली बार द *ग्रीन लैफ़्ट वीक्ली* में प्रकाशित हुआ था। पूरा आलेख http://www.conspiracyarchive.com/NWO/CIA_Created_Osama.htm पर देखा जा सकता है।

180. http://en.wikipedia.org/wiki/Islamabad

181. http://www.usatoday.com/news/graphics/9-11sequenceofevents/flash.htm से हासिल।

182. देखें, *सेम सोल, मैनी बॉडीज़: डिस्कवर द हीलिंग पॉवर आफ़ फ़्यूचर लाइव्ज़ थ्रू प्रोग्रेशन थेरेपी*, द्वारा एम.डी. ब्रायन, एल. वीस, साइमन एंड शूस्टर, 2005

183. दुनिया का सबसे पुराना चर्च वास्तव में इस स्थल पर खोजा गया है। देखें, http://www.haaretz.com/hasen/pages/ShArt.jhtml? itemNo=641806&contrassID=2&subContrassID= 15&SubcontrassID=o&listSrc=Y

184. अरबी में "तुम! तुम क्या कर रहे हो? सोचो इसका दुनिया पर क्या असर होगा।"

185. कथानक http://conspiracycentral.info/index.php?showforum= 11 से लिया गया है।

186. देखें, http://www.scielo.br/pdf/bjp/v33n2/a07v33n2.pdf

187. रेडियोधर्मिता का सारा डाटा http://www.hc-sc.gc.ca/ewh-semt/alt_formats/hecs-secs/pdf/pubs/water-eau/doc-sup-appui/radiological_characteristics/radiological-radiologiques_e.pdf से लिया गया है।

188. http://www.hyukos.com/EP/Priobskoe_Oil_Field.asp

189. ये पद काल्पनिक हैं और लेखक द्वारा रचे गए हैं।

190. मैंने http://mistupid.com/computers/binaryconv. से एक बहुत ही सुविधाजनक कैलकुलेटर की सहायता ली थी।

191. देखें, *ए मैनुएल ऑफ़ हदीस,* द्वारा मुहम्मद अली, अहमदिया अंजुमन इशाअत, 1990।

192. तिहाड़ जेल के बारे में जानकारी http://tiharprisons.nic.in/html/infra.htm से ली गई है।

193. देखें, http://www.answers.com/topic/saint-sarah

194. http://www.christian-forum.net/lofiversion/index.php/t18866.html

195. क्वेटज़ैलकोएट्ल की कहानी और ग्लैन किंबल की साइट की ओर मेरा ध्यान आकर्षित करने के लिए एम. माइकल क्राउन को धन्यवाद।

196. जीन डी. मैटलॉक का लेख http://www.viewzone.com/snake.html पर देखें।

197. http://findarticles.com/p/articles/mi_m1058/is_24_122/ai_n15923405 पर द *क्रिश्चियन सैंचुरी* में

समाचार आलेख देखें।

198. मगध, देखें http://www.everything2.com/index.pl?node=Magadha

199. देखें *जीज़स इन कश्मीर, द लॉस्ट टोम्ब,* द्वारा सुज़ेन ऑल्सन, ऑल्सन बुक्स, 2007।

200. सेमुअल काल्पनिक है लेकिन विलियम काल्पनिक नहीं है। वह स्कल एंड बोन्स का संस्थापक है। इसके बारे में अधिक जानकारी के लिए देखें http://www.theforbiddenknowledge.com/hardtruth/the_russell_bloodline.htm

201. ऐसा अनुमान है कि कुछ धर्मांतरण ज़रूर हुए होंगे। इस्लामिक विजयों में इस्लाम में धर्मपरिवर्तन की एक आम रिवायत होने पर संक्षिप्त टिप्पणी के लिए देखें http://www.users.rcn.com/jonathan-02/muslimhistory.pdf

202. मैं बोरिस स्टर्लिंग के उपन्यास *मसीहा* से प्रेरित हुआ था, जिसमें एक क्रमिक हत्यारा शिकारों को उसी तरह खोजता और मार देता है जैसे धर्म प्रचारक मारे गए थे। मगर आप देखेंगे कि बारीकियों में बहुत अंतर है।

203. मुझे http://www.imt.net/~gedison/apostle.html पर 'द ऐपॉसल्स एंड द हिस्टॉरिकल फ़िगर्स ऑफ़ द चर्च' पर बहुत उत्कृष्ट टीका प्राप्त हुई।

204. साथ ही देखें http://www.christianhomesite.com/cherryvale/text/apostles.htm, http://www.gotquestions.org/apostles-die.html, http://www.direct.ca/trinity/disciples.html, http://www.ccel.org/bible/phillips/CN500APOSTLES%20FATE.htm, http://www.shrines.org/apostles.htm

205. http://www.jesus-is-savior.com/Evils%20in%20Government/Federal%20Reserve%20Scam/satan_

on_our_dollor.htm पर अमेरिकी एक डॉलर के नोट पर इल्युमिनाती प्रभावों के बारे में एक दिलचस्प लेख 'सैटन ऑन अवर डॉलर' पढ़ें।

206. देखें, द *जीज़स फ़ैमिली टोम्ब,* द *डिस्कवरी,* द *इंवेस्टिगेशन, एंड द एवीडेंस दैट कुड चेंज हिस्ट्री,* द्वारा सिम्चा जैकबोवीची एवं चार्ल्स पैलेग्रिनो, हार्पर सैन फ्रांसिस्को।

207. कंपाउंड 1080 की विशिष्टताओं को http://www.globalsecurity.org/intell/world/pakistan/isi/htm से लिया गया है।

208. देखें http://www.usparks.about.com/od/lodging/1/blcatoctinother.htm

209. http://www.usparks.about.com/od/lodging/1/blcatoctinother. htm